U0814696

21
世纪
年 度
小说选

2020 短 篇 小 说

2020短篇小说

21世纪年度小说选

人民文学出版社编辑部 编

人民文学出版社

图书在版编目（CIP）数据

2020短篇小说/人民文学出版社编辑部编．—北京：人民文学出版社，2021
（21世纪年度小说选）
ISBN 978-7-02-016982-5

Ⅰ.①2… Ⅱ.①人… Ⅲ.①短篇小说—小说集—中国—当代 Ⅳ.①I247.7

中国版本图书馆CIP数据核字（2021）第023743号

责任编辑 徐晨亮 王昌改
装帧设计 李思安
责任校对 杨益民
责任印制 任 祎

出版发行 人民文学出版社
社 址 北京市朝内大街166号
邮政编码 100705
网 址 http://www.rw-cn.com

印 刷 三河市鑫金马印装有限公司
经 销 全国新华书店等

字 数 392千字
开 本 880毫米×1230毫米 1/32
印 张 15.75 插页3
印 数 1—6000
版 次 2021年3月北京第1版
印 次 2021年3月第1次印刷

书 号 978-7-02-016982-5
定 价 56.00元

出版说明

我社自 1977 年起，即每年编选和出版年度短篇小说选和中篇小说选，两种年选曾经深得读者的喜爱，在文学界和读者中具有广泛影响。1994 年后，这项工作一度中断。21 世纪肇始，根据文学界人士和读者的建议，我社决定恢复中、短篇小说年选的编选和出版工作，以便及时总结年度中、短篇小说创作的成绩，向读者集中推荐优秀的中、短篇小说，也为新世纪的文学积累做出我们的贡献。

恢复出版的中、短篇小说年选总冠名为“21 世纪年度小说选”，以示我们一百年不动摇，长期做下去的决心。“21 世纪年度小说选”分中篇小说和短篇小说，各编一册，于次年出版；编选范围为当年全国各报刊上发表的中、短篇小说，入选篇目的排列以作品发表时间先后为序。

“21 世纪年度小说选”的编选工作得到许多著名文学评论家和编辑的支持和帮助，他们应我社之邀，对当年的中、短篇小说创作状况进行深入、广泛的研讨，提出许多极有价值的选目。我们在广泛阅读的基础上，充分参考专家们的意见，严格进行编选。在此，谨向诸位专家深表谢忱。

人民文学出版社编辑部

目录

俗世奇人之三（节选）

冯骥才

小说《俗世奇人》已经写了两本，缘何又写？因为这两本书为吾乡之奇人搭了一个台。再有奇人冒出，自然一个个蹦上来，都想在台上演一演自己得意的故事。这些人物个个标新立异，又执意太强，叫我不好谢绝。只好上来一个写一个，不觉间又是十八篇，于是有了这本《俗世奇人全本》。

天津这地方自有特别之处，寻常百姓，茶余饭后，津津乐道者，往往就是乡土异士和市井奇人。他们不崇尚精英，偏爱活在身边的那些非凡的凡人。这些人物的身上也就融入此地百姓集体的好恶，地域性格因之深藏其中。地域性格乃最深刻的地域文化，我对将它挖掘和呈现出来十分着迷。这是我续写本书的另一个缘故。

一准会有人问我，还会再写下去吗？写作人都是性情中人，最靠不住的是写作人的计划。写作人最好的状态是信马由缰。马，自己的性情与不期而至的灵感；缰，笔也。

篇首歌

一本又一本，
一群复一群；
民间奇人涌，
我笔何以禁？
张王李赵刘，
众生非蚁民，
定睛从中看，
人人一尊神。

告县官

城南葛沽菜市东住着一个半废的人，人称何老三，模样丑怪到头了。大脑袋，梆子头，猩猩一般塌鼻子，老鼠似的小眼珠，下边一张蛤蟆嘴。根本瞧不出年纪，是四十还是五十？脑袋下边却长一个小孩身子。小手小脚，短身短腿，站在桌子后边，谁也看不到他。这小身子支不住那个大脑袋，走起来便一摇三晃。说话的声音没法听，老娘儿们腔儿。瞧瞧，老天爷怎么叫他长成这副模样。

人说武大郎长得就这样。可是人家武大郎有个花容月貌的潘金莲，何老三四十大几还讨不到老婆。人家武大郎能靠做炊饼养家，何老三却只能到街上找点零碎活儿干，糊糊口。镇上的人把零活儿给他，并非他能干，而是瞧他可怜。他早没了爹娘，一个人活着，至于他为嘛叫"老三"，老三上边还应该有老大老二，可是谁也没见过。反正爹妈活着时候，爹妈养他；爹妈走了，没人管他。

不过，何老三人性不错，菜市东那一带的人也善待他，他挺领情。他住在一间破屋里，没活儿干的时候，常会拿扫帚扫扫街，照看一下街头玩耍的孩子，或帮助邻家把跑出门来的鸡轰回家去。何老三虽丑，日子一久，人们看惯了，再加上他人好，这一带人便会把一些剩下来的吃的，旧了的穿的，拿给他。每在这时候，人们都是把东西放下就走，不敢看他感激的笑。那咧嘴一笑，好似装鬼吓人。

一天，几个邻人晚饭过后，在街头老柳树下边说闲话。何老三站在一边听。

人们说来说去，就说到一件叫人挠头的事：

葛沽镇的人多，住家的房子全挤在一起，难免磕磕碰碰，人们各有性情，日久总有摩擦。这些摩擦，既非仇，也非恨，却疙疙瘩瘩，别别扭扭。怎么办？

有人说，这种事非偷非抢，也不是谁专横跋扈，欺凌乡里，不好告官。有人说，要是真有一种官，专门调解百姓这种事就好了。可是当官的自己的麻烦都摆不平，谁管他们的事？有人半开玩笑半出主意说，就在每年春天的娘娘会上设一道会，立一假官，谁家有别扭事，谁家对谁家憋着气，就找这假官告状，由这个假官出面，把事解了。可是这假官怎么来了结事呢？大伙七口八舌，妙计不绝。开始说的是笑话，笑话愈说愈真。依这些法子，还真能把平日老百姓之间种种怨结，全都顺顺当当解开。但只有一件事没办法——谁当这个假县官？

说到谁当官，大伙就推来推去，没人肯干了。有的说自己不会当官，有的怕人笑话，有的不敢当官，有的怕招人骂。这么一来，反倒愈说愈没办法。大好的事情卡了壳。这当儿，站在一边听闲话的何老三忽然开口说：“我来当。”

大伙循声望去，一瞧一怔，随后一阵大笑：这丑东西也想当官？

可是这时前街的万老爷子一席话，叫大家服了。他说："本来咱这法子就是正事歪办，歪打正着，愈不正经，愈不当真，反倒愈能成事。我看何老三当这官最合适！"

这话不单在理，还点破了其中的奥妙。大伙就当作一件正事合计起来。一边把刚才七嘴八舌的话顺了下来，各种妙计也定了下来；一边凑衣料，请这一带针线活最棒的洪裁缝，给何老三量体裁衣，制作官服。何老三身材五短，节省材料，他一身衣服，还用不到别人半身的材料。这官服并不是真官服，是一种戏装，怎么好玩怎么做。亮缎黑袍，当胸是五彩补子，补子上挖镶一个彩色的王八；粉底靴子乌纱帽，帽子两边用螺旋铜丝挑起的帽翅上边，各画一个老钱，一动一颤悠。何老三往身上一穿，笑翻了天，有人笑得在地上打滚，有人还尿了裤子。

打这天开始，菜市东这帮人就以何老三为主角，开始编排演练这道会来。天天后晌，只要人凑齐了，就把何老三叫来，折腾得兴致勃勃。自打大明永乐年间，葛沽许多地方都有一道拿手的花会，唯独菜市东没有，故而都说菜市东没能人，这回菜市东要露一手，赚回面子，光照葛沽。

转年三月二十三，何老三上了娘娘会。这道会的会名叫作"告县官"。上街出会时，给安排在清平竹马会和长乐高跷会的中间。各道会全要边走边演，从头演到尾，唯独何老三的"告县官"只露一面。当各会又跳又唱一路下来，到了中街的街口，前边的清平竹马会接着往前走，长乐高跷会停下来，中间空出一块空地。跟着锣鼓一响，一个瘦巴巴、秃脑袋、身穿蓝袍的会头走上来，先叫一声"菜市东老会告县官"，跟着扯着脖子喊道："有冤的叫冤，有屈的叫屈，县老爷来了！"

人们一听，奇了。历年从来没有这么一道会，怎么叫"老会"，又叫"告县官"，哪来的县官，谁？

在拥满街口人群的目光里，照见一个奇头怪脸、只有半人高的家伙，摇头晃脑走了出来！这矬，这怪，这丑，这荒唐；是官又不是官，官装是戏装，是谁？跟着有人眼尖，认出是何老三！于是大叫一声“何老三”，立即哄天大笑。其实认出何老三并不难，他除去身上的戏装，只在眉心抹一块戏里丑角脸上白色的豆腐块，完全用不着再化妆，原模原样就足够了！他扮的这是哪出戏哪个官？

更叫人们惊奇的是何老三这个怪家伙，居然还会演戏，是谁传艺给他，还是戏神附体？瞧他一步三晃，头摇，腰摆，胯扭，左一蹦右一跳。两手端着腰圈，上下舞动，脑袋上的老钱帽翅一颠一颠，仿佛随着锣声鼓点。瞧他一举手一投足，一招一式，全都有姿有态。这就把站了满街的人全看傻眼了。

下边便是何老三用他那老娘儿们腔儿，一字一句，好似戏里的道白，说道：

“今儿，本官来到葛沽，专为百姓消解夙怨，摆平不平之事。谁心里不痛快，叫谁惹得不痛快，快快前来告诉本官，本官立马就办。”

这话音刚落，就有一人跑上来，给何老三跪下，说他邻居屠夫马大刀的儿子霸道，那天强亲了他闺女一口。他去找马大刀告状，马大刀非但不揍他儿子，反说：“我儿子才十二岁，你闺女九岁，亲一口算嘛？”他不敢惹马大刀，但这事像一口气，憋在他心里一年多，一直咽不下去。

何老三立即传令叫人把马大刀带上来，讯明属实，便说：“孩子虽小，不管就是纵容，大了不就去欺侮民女？”然后提高嗓门说，“养不教，父之过。押下去，关起来，罚他半天不准出屋！”

马大刀还想争辩，何老三扭过头不理他。马大刀身子有劲，四个上来押他的汉子更有劲，一动手把他押走。

人居然就这么押走了，据说还真的关进镇里一间小屋，关了足足半天，谁也没见马大刀露面，马大刀还不闹翻了天。何老三真的这么厉害？难道何老三这县官，不是假的是真的？

可是谁知道，人家马大刀关在屋里，比在外边还舒服，还好玩，还快活。屋里有鱼有虾有肉有酒，那几个带他来的人，都是这道“告县官”会里的人，进了屋就给马大刀点烟斟茶，好话哄他，陪他打牌，让他赢钱。只是想尽法子不叫他出去，他也不会出去，有吃有喝有玩，多美多乐。完事马大刀到处说：“要关老子半个月，老子准长十斤肉。”

马大刀高兴这种假被关，那个告状人却高兴告赢了状。从此怨结全消，相安无事。

人们看出这道会的厉害，开着玩笑，热热闹闹，真真假假，就把结在人间的疙瘩解开，官府也没这种本事。从此，菜市东叫人高看一眼，“告县官”名扬葛沽。年年三月二十三娘娘会，“告县官”都必有彩。

更出彩的是何老三。虽然“告县官”每年只露一面，告状的人不同，告状的事不同，他全能化解了结，说话不偏不倚，合情合理。在葛沽人眼里何老三不单是一位好官，为民做主，疏解小百姓的种种不和，还是一个地地道道的丑角，叫人生爱。他丑，却丑中见美。

可是后来，事情意外生了变化。一位外来到任天津的县官，久闻葛沽娘娘盛会来观看，当看到“告县官”这道会，脸色沉下来说道：“我是县官，告县官是告我吗？”

镇里的官员忙说：“不是告您，是向您告状，求大人为民做主！”

这一解释等于说这新来的县官无知。县大人更不高兴，歪个词儿说：“一县之长能这么丑怪吗？补子上还画个王八！”

说完抬起屁股，出门上轿，起驾回城。

就这么几句话，从此葛沽的娘娘会上，再见不到这道“告县官”，连何老三的影儿也瞧不见了。

崔家炮

要说烟花火炮，上栗、萍乡、浏阳、醴陵造的都好。天津卫是南来北往的码头，这些地方的花炮全都见过，但是天津人不玩外地的花炮，只玩自己造的。天津造的烟花，叫你看花眼；天津人造的炮仗，赛过洋人的炸弹。造炮是凶烈的事，不能在人多聚众的老城内，只能在荒郊野外的村子里造。其中造炮最好的村子，人人都知道是静海县沿儿庄镇的崔家庄。

崔家庄全姓崔，是个老村子，可是人很少，一半人造炮时炸死了。活下来的人全是虎性豹胆，拿死当玩，个个草莽英雄。这是因为炮仗厉害，造炮的人就得比炮仗还厉害，才压得住。

崔家庄造炮，头一号是崔黑子。他家老祖宗，早就知道把荒地里地皮上结成的白花花的火硝抠下来，加些硫黄木炭就是火药。他家造的炮仗能开山炸石，人称崔家炮。

崔黑子有三个儿子，老二十六岁那年，躺在当院一堆麻雷子上睡晌午觉，突然这堆麻雷子无缘无故地炸了，把老二炸散了，没留下整尸首。

崔黑子剩下这两个儿子，老大和老三。老大三十，一直光棍，没人肯嫁到他家来，怕炸死。他家连地上的黄土里都混着火药面子，空气里飘着硝，谁能不怕？崔黑子这黑头黑脸，就是给火药炸出来的。他家老三小，只有十三岁，身上有残。老三小时候，崔黑子修屋顶，一不小心斧头掉了下来，砸到地上石头，迸出火花，引爆了墙根的半袋硫黄，炸去了半间屋子，还炸掉老三右边的耳朵，伤了一条腿。崔黑子给老三留下两样残，一是一边耳聋，一是一走一瘸一拐。

造炮的人只两件事：一是造炮，一是卖炮。卖炮更要紧。这因为，只有自己才知道自己的炮好在哪儿，自己卖才能卖好。崔黑子年岁大了，造炮的事他盯着，卖炮的事全归了两个儿子。每到腊月，小儿子崔老三到村口的集市上去卖，大儿子崔老大到天津娘娘宫的福神街去卖。

要知道崔家炮多厉害，人多厉害，还得看他们哥儿俩怎么卖炮。论模样，这哥儿俩不像一个娘生的。老大像头虎，老三像只猫，可是卖起炮来就难说谁更厉害。

静海这边一进腊月，三天一集。赶集这天，崔家庄的人都把造好的鞭炮从家里搬出来，装满一车，上面盖一床辟邪的大红棉被。把车赶到庄子外边的青龙河边，停在高高的岸上，一排老柳树的下边。青龙河通着子牙河，一到秋后水就干了，冻得硬邦邦的河床便是炮市。各家的人拿着自家的鞭炮，从河堤跑下来，到河床上大放特放，相互比试，彼此较劲。买炮的人站在河堤上，去看去选。各地的鞭炮贩子也挤在人群里，好像看大戏。

静海造炮名气最大的是沿儿庄镇，造炮的村子至少二三十个，每年一到这时候，全赶着大车到青龙河这边来比炮卖炮。真要比起炮来，谁服谁？那些小子们，把单个的大炮别在腰带上，手执一根杆子，上头拴一挂长长的大红雷子鞭，一丈长短，点着药引子，从河堤奔下来，一边叫喊，一边挥杆，把拴在杆子上的长鞭挥舞得像火轮，雷子炸，硝烟冒，纸屑飞。跑到河床中央时，仍不停地挥杆舞鞭，吼叫震天，一个比一个英武。他们这么挥杆舞炮，不单是耍威，更是要显示自家编鞭用的麻精子多结实。鞭炮编得牢，才能不断火。

每在这时候，只要崔家老三一出场，买炮卖炮的人全静下来，等着他亮绝活，还不觉都把耳朵眼儿里的棉花塞紧一点，崔家炮震得耳朵疼。来青龙河炮市的人，连拉车的牲口，耳朵眼儿里全得塞着大团的棉花。

崔家老三不像英雄好汉，不足五尺，又瘦又小，身上套一条长棉袍，松松软软，像只猫，而且是病猫，灰灰小脸，眼小无神，头上扣顶毡帽，两耳戴着耳套。耳套皮里，龇出长毛。他出场与别人不同，不喊不叫，只是慢慢腾腾走到河床中央，放一挂鞭或几个炮，完事就走，跟着他家运来的几车鞭炮，顷刻被争抢一空。而只要老三把炮放完，别人家的鞭炮就像老牛放屁了。

去年，老三从河堤上走下来时，手提一挂鞭，奇小无比，看上去像一串豆芽菜。这么小的鞭能有多大的劲儿？可一点着，如同洋枪的炸子儿，声音刚劲清烈，往耳朵里钻。这才是真正的“钢鞭”！

可就这时，一个结结实实的胖小子，穿一件藏青短袄，光着脑袋，站在他对面，手握一根又长又粗的榆木杆子，挑着一串雷子鞭。没人见过那么大的雷子鞭，像一串黄瓜。胖小子二话没说，点着药引子，这一挂鞭响完，浓烟散去，老三不见了。有人说老三回村了，有人说老三给炸飞了。

事后，这胖小子的事就传说得愈来愈多，愈来愈神。人说这小子是河北大城那边的人，姓蔡，人称蔡胖儿。世家造炮，运销关外，连老毛子过年都放他家的炮。其实人家老毛子过年根本不放炮。还有人说，他家军队里有人，火药都是做炮弹用的，他家的炮装上铁皮就是炮弹，愈说愈神，快把崔家炮说没了。

今年青龙河的炮市，没见崔家老三。蔡家胖小子却神气十足地来了，当场放一挂鞭，更大更响，正威风时，只见崔老三从河堤上慢慢腾腾走下来。神气悠闲，好赛散步遛弯儿。他左边耳朵聋，不怕响，所以左手提一挂鞭。这鞭特别，一挂只有二尺多长，总共才十一头，头儿不算大，好似胡萝卜。嘿嘿，一串胡萝卜！人家崔老三有备而来，这串胡萝卜肯定非比寻常。

崔老三刚刚下了河堤，一上河床，就把手里的这挂鞭点着，第一声好比炸弹，声如巨雷，惊动了河堤上拉车的牲口，有的牲口拉着车就冲下河堤。崔老三人小，手中的鞭离地面近，随着剧烈的爆炸激起一阵黄土。

这鞭响得慢，他每走一步，炸一头鞭，发一声巨响，扬一阵黄土，就像一步步走在地雷阵里。他走了十一步，一直走到蔡家胖小子身前，最后一响炸在蔡胖子跟前，把蔡家胖小子吓得一蹦。大家定神再看，老三身后十一个坑，每个坑里都能蹲一个人！人们都看傻看呆了。

忽然蔡胖子两手捂着耳朵大叫起来，他耳朵听不见了。

以后青龙河这边再没见过蔡胖子。崔老三这挂鞭出了名，叫“十一响”。天津水师营乃至大沽炮台过年时，都买这挂鞭。

天津老城这边的炮市在城外宫前大街。

每到过年，城里人家用的香烛、绒花、衣帽、摆饰、神像、供品、年糕、瓜果、盆花、水仙、糕点、零食、美酒、年画、灯笼、对联、耍货、大小福字等摆满了这条街所有店铺的店里店外。唯有鞭炮，单放在宫北杨家大院旁边一条横街——福神街上。这缘故，一是天津卫买卖人多，买卖人特别在乎辟邪求吉用的鞭炮，用量极大，必须专辟市场；二是炮市怕火，易生意外，单放在一处为宜。

福神街太窄，炮市就极特别。只能一边靠墙摆炮摊，一边走人。说是炮摊，其实就是炮堆。下边是整捆的大炮、两响、烟花盒子等等，码起来，像一座座小山。炮山上边是大大小小各种各样花花绿绿的烟花爆竹。江西和湖南的鞭炮贩子也来抢生意，看上去这炮市就像花炮业的一个擂台。炮仗多用大红，一条街全是大红色。可是街口一块最惹眼、最抢先、最宽绰的地界，打乾隆年间就叫崔黑子家占了。依照宫前大街的规矩，一入腊月，老崔家就在这街口的墙上贴一块红纸，写上“年年在此”四个字，还落了“沿儿庄崔”的款儿，谁也不再敢占这块地界。

崔家只卖两样，一鞭一炮，炮是两响，鞭是雷子鞭。他家炮摊两边各立一根胳膊粗的竹竿，竹竿上端拴一挂大雷子鞭，两丈多长，把竹竿压成弓，下边一半垂在地上，中间挂一个大红木条，墨笔写着“足数万头”。天津人都知道鞭炮是静海崔家的最好。筒儿圆，火药足，引子挺，声音浑厚清亮，从没有一个“哑巴”和臭子儿。

当年崔黑子在这儿摆摊卖炮时，炮市不准放炮。哪怕一个火星子落进炮市，就是山崩地裂，起火死人。道光那年一位阔老爷在炮市里来了兴致，非要当场放一个“黄烟带炮”，老爷有钱，财大气粗，结果引着了炮摊，十多个水会死命来救，还是烧毁了半条街。官司打下来，叫这阔老爷赔得倾家荡产，成了穷光蛋。从那时起，没人再敢在福神街上放炮。可是炮不放怎么知道炮好坏？

直到崔黑子岁数大了，崔老大接过他爹的事，他在福神街口上一站，偏要放炮不可。他敢，他也能。他当众给人演了一手放两响的绝活——

两响一个纸筒，上下两截，一截一响。药引子在下边一截。一般人放两响，先捏着上半截，点着药引子后，下半截先炸，这是一响。上半截借力飞上去，在很高的空中炸开，又一响。放两响必得用手拿着放，要点胆儿。可是，没人敢在福神街上放，上半截飞出手后，万一飞偏，落进了炮摊，不全毁了？

崔老大的绝招是把两响全攥在手里放。

他先用左手握住上半截，点着药引子，叫下半截在左手上炸掉；再把炸开了花的下半截倒给右手，紧紧握住，露出上半截。两响里边上下两截有药捻子连着。倒手之间，药捻子正好烧到上半截，这上半截就在右手上炸开。这样一来，左右两手，一手一响，全都响在手上，绝不会飞到任何地方。

谁见过这样放两响？崔老大凭这一招，叫城里人看到了货真价实的崔家炮，也服了崔家炮。

可是人有能耐，就有人忌恨；有人叫好，就有人使坏。崔老大向来把用来演示给人看的两响，放在身后的小桌上。没想到叫人悄悄用针锥扎透了膛，上下两截变成一截，两响变成一响。崔老大哪会知道，待他随手从身后小桌上拿起一个两响，手里握紧上半截，用香头一点药引子，上下立时一块儿炸了。崔家炮凶，两响一块儿炸更凶，这一下手掌炸烂，大拇指飞上屋顶。

不久，福神街却传出一句话：

“这沿儿庄的两响不能买，两响里边火药连着，弄不好要人命！”

脊梁要是这么给压断，就不叫脊梁。

转年冬天，福神街街口的墙上，竟然又贴出沿儿庄老崔家“年年在此”的帖子。腊月十五那天，崔老大依然笑呵呵摆上了炮摊，两边支起那两根挑着“足数万头”雷子鞭的大竹竿。崔老大嘴巴鼓鼓，印堂发亮，红光满面，倒像是胖了。只是左手少了拇指，演放两响的事怎么干？他居然换了一个谁也想不到的招式！

只见他原先左右两手干的事，现在换成一只手。左手没了大拇指，用它点火。右手还是先握住两响的上半截，点着炸了之后，松手向上一颠，炮儿翻了个儿，手一抓，正好握住炸开的这头，再叫另一头在同一只手上炸开。

他变了一招。变得更险、更奇、更绝，却同样稳稳当当，万无一失，这就叫人更服了崔家炮。

可是他有怎样的熊心豹胆，冒多大险，才换上了这一招？

白四爷说小说

上海人好看言情小说，天津人好看武侠小说，所以写武林雄奇的高手大多扎在天津。挂头牌的是三位：还珠楼主、郑证因和宫白羽。还有一人，活着的时候名气更大，但此人隔路，别人都是写小说，他说小说。

他大名白云飞，家里贩盐，赚过银钱，现在还没花光。他在家排行老四，人称白四爷。白四爷长得怪，属于异类。大身子，四肢短，肚子圆，屁股低，脑袋大如斗。但他脑子比脑袋还怪，不单过目不忘，而且出奇地好使，思路快得离谱。他书看得不多，写得反比看得多。最初也是用笔写，可是笔杆跟不上脑子，就放下笔，改用嘴说。

那时天津卫时兴办刊办报，五花八门的报刊往外冒。报刊为了吸引人，就请名家在报刊上连载武侠小说，刊物每期一段，报纸每天一段。小说名家成了热饽饽，天天给报刊编辑逼着趴在桌上从早写到晚，第二天再接着干。唯有白云飞活得舒服，不写只说，只用嘴巴不费力，要说他活得舒服，还不只如此呢——

白四爷好泡澡。他说，一天不泡，浑身是土，两天不泡，浑身长毛。他在劝业场隔壁的大澡堂子华清池有个单间——甲排四号。他要的这个四号是为了跟自己"四爷"正对上数，图个吉利，也好记。一年四季，除了大年三十和八月十五，他天天在此，每天整一下午。

他先在热水池子里泡透泡足，然后光着身子，腰上裹一条大白毛巾，一掀甲排四号的门帘，进去往小床上一躺。澡堂子里的单间都是左右两张小床，中间一个小方柜子。他躺在一张床上，另一张床给来找他的人当椅子坐。他躺下来后，小伙计便过来，先搓泥，后修脚，一通忙。待收拾完了，人像脱了一层废皮，好似金蝉脱壳，轻快光鲜，从头到脚全都滑溜溜，屁股像个大白搪瓷盆。

跟着，伙计端上来几个小碟，各摆一样小吃：酱油瓜子、话梅、琥珀花生、大丰巷赵家皮糖和切成片儿水灵灵的青萝卜，还有一壶又酽又烫的茉莉花茶。这些吃喝，有热有凉有甜有咸有脆有黏有硬有软，这种活法，就是市井里的神仙。

这时候，门帘一撩进来一人，穿长袍，戴眼镜，手里提个小兜，一看就知道是报馆的编辑。他往白四爷对面的小床上一坐，一边拿笔拿纸，一边对他说："白四爷，明儿咱可没稿子登了，您今儿得给我们说上一段，两段更好。"说完对着白四爷眯眯笑。

"你是哪个报？"

"《庸报》啊。我天天来，您怎么不记得？"

"天天七八个报馆杂志找我，没前没后的叫我说哪段我就说哪段，哪能都记得？我没把你们的故事说混了，就算不错。"

"四爷，您是嘛脑子，同时说七八部小说。不仅天津没第二人，天下也找不出第二人！"

白四爷听了高兴，来了神儿，便说："我在贵报连载是哪一部？哎，你把前边一段念给我听听，我就接上了。"

这戴眼镜的编辑笑道："四爷，您在我们报上连载的是《武当争雄记》。我给您带来今天的报了，刚印出来，这就给您念，您听着，这段是——"他从袋子里掏出一张报纸，捧在手中念道：

谢虎悄悄叫廖含英从怀里掏出帕子，浸了水，绕头缠住鼻孔。吹灭了桌上的灯，和衣躺下装睡，刀就搁在身边。不一会儿，给大月亮照得雪亮的窗纸上就出现了一条人影。跟着窗上的人影忽然变大。原来这人摸到窗前，伸出舌头一舔窗纸，悄无声息地把窗纸舔了个洞，一根细竹管子便伸了进来。这人用嘴一吹竹管外边那头，里边这头就冒出一缕青烟，徐徐上升，在月光里发着蓝光，清晰异常，这就是要人命的迷魂药——"鸡鸣五更返魂香"！

戴眼镜的编辑念到这里停住，说道：“您上一段就停在这里。”

“好，咱说来就来了！我说，你记——”白四爷像抽一口大烟，来了精神，原先半躺着，现在坐了起来，光着膀子，一身白肉，两眼闪闪发亮，一张嘴就把前边的故事接上：

窗外那人把迷魂香吹进屋内，半天没见动静。他凑上耳朵听，屋里只有鼾声，这便抽出腰刀轻轻撬开窗户，飞身落入屋中。

四爷说到这儿，眼睛四处溜溜地看了两眼，似乎在找下边的词儿。他一望到现在房内的两张床，再往上一看，马上把故事接下来说：

这人手下极是利索，身子一翻，左右两刀，分别砍在左右两张床上，发出啪啪清脆的两声，他忽觉声音不对，定睛一看，床上没人。人呢？他心想不好，未及再看，两个人影忽然由天而降——原来谢虎和廖含英早就伏身在房梁之上。不容这贼人反应过来，他俩已飞落下来，同时四只手如鹰缚兔，把这贼人死死擒住，三下两下用绳子捆了，点灯一瞧，不禁大吃一惊，同声惊呼：“怎么是你？”

……

四爷停住了。眼镜编辑说：“我还没听够呢，四爷，您接着往下说呀！”

“行了，够五百字了，扣子也留下来了。不是说好每天五百字吗？”白四爷笑着说道，“欲知后事如何，且听下回分解。你看，人家《369画报》的老秦已经站在这儿等半天了。”

《庸报》的眼镜编辑这才发现，《369画报》的编辑老秦已经站在门口。他们都常来，不时打头碰面，彼此认得，互不干扰，赶忙撤走。老秦进来坐在床上，白四爷喝了几口浓茶，未等老秦开口，便笑道：“我在你们那里连载的是《花面侠》吧。我记得上次好像说到，花面侠正在山间野店要了一大盘子红烧豹肉，对吗？”

老秦说：“四爷好记性！您兵分八路，竟然一路不乱，您是奇人！您上次最后一句是‘她用筷子从盘子里夹起一大块豹肉，刚要放嘴里，忽见一个闪闪发光的亮点，银星一般，带着一股寒风，朝她的面门疾驰飞来。想躲是躲不过了……’”

此时白四爷一边听一边已在寻思，他右手食指和拇指正捏着一片碧绿的萝卜往自己嘴里送。他眼盯着这两根手指中的萝卜片，嘴里已将今天一段的开头说了出来：“忽然她手一抖，咔嚓一声，只见两根筷子中间不是那块豹肉，而是一柄六七寸、银光耀眼、两面开口的飞刀！”

“好！”老秦大叫，“今儿这开头太漂亮了！神来之笔！四爷说来就来，满脑袋奇思妙想啊！”

老秦是报业老江湖，懂得怎么给写东西的人煽风点火，撩动兴致。他这一捧，白四爷上了劲，立时神采飞扬，大江决堤般说了下来，不知不觉之间，老秦身边并排又坐了一高一矮两位，也都是来要稿的编辑。这些编辑全都是长衫大褂，只是有的不戴眼镜，有的戴眼镜，有的戴茶镜；有的用铅笔，有的时髦使钢笔，有的老派用毛笔墨盒，毛笔头套着铜笔帽。虽然这些编辑都是写手，可是要想笔录白四爷口授的小说，谈何容易？最难的是，白四爷说小说，声情并茂，出口成章，往往叫听者入了迷，停下了笔。

真叫人不明白，他这些小说哪儿来的？没见过他像旁人那样苦思冥想，咬着笔杆，愁眉苦脸，也从不把自己关在书斋硬憋自己。泡澡、搓背、喝茶、嗑着瓜子，指天画地一通乱侃，不动笔杆，就把活儿全干出来，而且是几个不同故事的长篇同时干。他口才好，记下来便是文章，完全用不着编辑加工润色。编辑们你来我往或我来你往，你前我后或我前你后，你要哪段他说哪段。他脑袋里这些故事就像天津的电车，红黄蓝绿白花紫七个牌七条线，各走各的，绝不撞车，也没人上错车。

他如瓢的大脑袋里，这些人物、故事、出彩的地方，都是临时冒出来的吗？鬼才知道！一个给他修脚的师傅说，他那本《天成镖局》里尤老爷的大老婆和四个姨太太就是他左脚的五个脚指头。一天他给白四爷修脚，白四爷忽然指着小脚趾感慨地说："你看我这小姨太太多可怜，又瘦又小，天天给挤到犄角旮旯，不敢出声。"又说："我得给她点功夫！"这话说了没几天，他这几个脚指头就变成《天成镖局》中尤家的几个女人。这个小脚趾变成的五太太武功奇绝，后来独霸镖局。

还有一个事儿。澡堂子一进门有个大屏风，正面画一条吐水的赤龙。屏风背面是一块大水银镜子，专门给客人出门时整装用的。白四爷每天洗过澡，说完小说，穿好衣服出来时，都要面对着这大镜子整一整衣领。这镜框一边有个钉子，系一根长绳，挂一个油哄哄的梳子，白四爷每天出门照镜子时，都会抓起这梳子理两下头发。可是这梳子不知怎么就变成他《鹰潭三杰》中湖上飞手中一件奇绝的利刃——铜梳。

人们说他书里一切都是从澡堂子里泡出来的。其实那次他湖北老家几位远亲来天津，向他家借钱，闹得不快，第二天也进了小说。真事入了小说，自然不是原样，有的成龙化凤，有的变狗变猪，全在他脑袋里化腐朽为神奇。一句笑话会引出一桩命案，男盗女娼反成了小说中绝配的侠侣。谁也不知道白四爷的脑袋里藏着什么天机。

行内的事行内明白。不过作家圈里谁也不肯认头这是白四爷天生的本事，只骂他"述而不作"，自己不会写，借人家的笔杆子弄钱出名。说这话的人还是位名家。于是有人为他愤愤不平骂那名家，你躺在澡堂子里说几段看看。人家白四爷不单脑袋瓜阔，还出口成章，记下来就是文章，不用编辑改一个字儿。你拿嘴说的话到了纸上，还不乱了套？

白四爷名噪一时，红了三十年。所有连载的书都由有正书局印行，发行量津门第一，北边卖到黑龙江，南边远到香港。直到一九四七年，华清池热水池屋顶给常年蒸汽熏糟了，掉下一块砸在白四爷脖子上，砸坏颈椎，白四爷天天犯晕，便停了各报刊上的连载，一年之后回了湖北老家养伤养老。

于是，原先有一种说法重新冒了出来：他一离开澡堂子小说就没了，白四爷的小说全是光屁股说出来的。可是不管闲话怎么说，只要打开他的小说一看，还得服人家。

旗杆子

过去，天津人把个头高的人，叫大个儿，把个头极高的人，称呼旗杆子。这因为那时天津卫最高的东西是娘娘庙前的一对大旗杆。据说这旗杆原先是一艘海船的桅杆，高十丈。嘛时候移到这儿来的，其说不一。反正站在它下边使劲往上仰头，直仰到脑袋晕乎，还是瞧不清旗杆子的尖儿伸到哪儿去了。

可是，真正称得上旗杆子的，还得是家住锦衣卫桥边的一个人。他有多高？至少比一般人高四个脑袋！鸟儿飞低了都会撞上他。他过城门时必得走在正中间，城门洞是拱形的，中间最高，靠边走就得撞上。东门上沿的左边缺半块砖，据说就是他的脑袋撞的。人都这么说，信不信随你。

他很小的时候就被人叫旗杆子了。十二岁已经高人一头，十四岁高人两头，十八岁高人三头，二十岁高人四头。人高，胃就大，饭量如虎。别人一顿饭顶多吃三个馒头，他吃八个，还得喝四碗粥。

男人向来靠干活吃饭，可是能叫他干的活儿只有三样：盖房子时往高处递砖头瓦片，擦洗店铺门上边的招牌，天黑时点路灯。别人用梯子的事他全不用，可是这种活儿并不常有，这就得叫他饿肚子了。然而，他饿肚子，并不全是活儿少，还因为他怕见人。他走在大街上，孩子们总拿他当作怪物，笑他，骂他，用石头砸他。他怕人们见到他时，露出的那种吃惊和嘲笑的神气。他从不招惹任何人，人人却可以招惹他。这也怪不得别人，他确确实实高得吓人。一天夜里他一手提个油罐，一手举着一个小火把点街灯时，迎面过来两个人，黑乎乎撞见了他——一个巨大的比房檐还高的黑黑的人影，吓得这两个人大声尖叫，手里的东西掉在地上也不要了，失魂落魄地掉头就跑，好像撞见了鬼。

他平时躲在屋里，很少出门，甚至不到院中。别人在院里，如同羊在圈中，墙外边看不到，他在院里，好像马在栏里，上半身高出墙头，外边全看得见，十分滑稽，谁见谁笑。逢到这时候，他赶忙猫腰钻进屋，常常还会哐地一头撞在门框上。

这么大的人，天天窝在家中。在屋里没法站直，长胳膊大腿没处放，他也没有劲儿动弹，肚子和饭锅全是空的。锅空了没声，肚子空了咕咕叫。饿极了只有硬着头皮出去找活儿干。河边有装船卸货的活儿，他干得了吗？别人扛到肩上的活儿，他要扛起来，得像举到房顶上；肚子里没东西，身上哪来的劲儿？

他怕人，从不和人说话，好像天生不会说话，只有房前屋后几家邻居碰见时，点个头。没人到他家串门。好像他一个人就把屋子填满了，谁还挤得进去？因此，谁也不知道这个大怪物怎么活着，也没人关心他的肚子，最多是闲聊时说说，他会娶老婆吗？谁会嫁他？他要是有老婆只能跪着亲嘴。

清明后的一天，他上街找活儿干，像没头的苍蝇那样到处乱撞，忽有两个穿戴像模像样的中年人笑嘻嘻迎面走来，仰着脸问他："我们给你一个活儿，一天三顿饭管饱，外加五个铜子儿，你干吗？"

旗杆子一怔，他不信有这种好事，多半拿他找乐。他问："嘛活儿？"

这两人说，他们是西头公园的，给他的活儿是站在公园门口收门票。游客在售票房买了票，来到门口把票交到他手里，他收了票放人进去，就这么简简单单一件事，别的嘛也不干。真有这种好事，还管三顿饭吃？是不是天上掉馅饼了？他天天最苦的事是挨饿，有吃的还有什么不行，当即答应了。

没想到他一答应，那两人就笑了，其中一个留八字胡的人说："我们早听说你的大名，已经找了你二十多天，今天运气，把你撞上了，明天一早你就来上工吧。"

旗杆子还是猜不透这到底是嘛差事。

转天他到了西头公园，他的差事确实如那两个人说的，再简单不过。只站在大门口收门票，别的任嘛不干，还有三顿饱饭吃。他每顿吃十个馒头居然也没人管。这样，天天吃得肚子像个石鼓，梆梆硬，睡觉前得喝半壶凉水，化开肚子里的东西，身子才能放平躺下。他愈想愈不明白，这种事谁不能干，为什么偏找他这个大饭桶？游人个子矬一点，还得踮起脚，才能把票撂在他手里。

可是，渐渐这件事的缘故就清楚起来。

自从他站在公园门口那天开始，来公园的游人就一天比一天多起来，一传十十传百，半个多月后，游人居然翻了两三番。那天把他请来的留八字胡须的中年人姓郝，是公园的园长，说他衣服太破，还有补丁，像个超大乞丐，站在那儿不好看。就请来裁缝给他缝一件干干净净的蓝布长衫，用的布比公园客厅的窗帘还长。园长还让旗杆子把头发剪成平头，又给他特制了一顶皮帽檐的制服帽，大小能给酒坛子当盖儿。这么一装扮，稀奇又好玩。郝园长来了兴致，锦上再添花，用彩带给他缝个胸花，别在当胸。这样，他在公园的大门前一站，即刻成了一景，全城各处的人都跑来看。更好玩的是买张票，举起来，撂在他蒲扇般的大手的手心时，他会发出公牛般粗重的一声“哼”，表示你可以进去了。来到西头公园的人，不只站在公园外边看他，都要买张门票递到他手里，好跟这大怪物打个交道，尝一尝这世上难得的神奇。公园就赚大钱了。

旗杆子成了一宝。这不能不佩服郝园长的好点子，好主意，好脑子。为了叫旗杆子变得更高大，更神乎，更有光彩，就得叫他胖起来壮起来。郝园长叫厨子给他菜里加些肉骨头和鱼脑袋，旗杆子从小也没这么吃过，顿顿如吃山珍海味，天天吃得周身冒火。腰身很快宽了一倍。原先像根木杆，现在成了大树。这一壮，更威风。

可是，这就叫公园里其他人心生嫉恨。暗地骂他这个没人要的怪东西，居然跑到这儿吃鱼吃肉，成了人上人。人要是遭了嫉，麻烦跟着就会来。

天津卫有钱的人多。有的人见到这个天下罕见的巨人，兴奋惊奇，便会给一点赏钱。旗杆子收下后，知道这钱不该归自己，不管多少，尽数给了郝园长。可是这事到了别人嘴里就变成另一样，说他私藏了不少赏钱。这些坏话三天两头地传到郝园长的耳朵里。一次不信，两次不信，不会总不起疑。

郝园长说：“你们总把人往坏处想。他藏钱你们看见了？”

没想到有人等到一天公园下班旗杆子走后，把郝园长带到大门口的门柱边，支上梯子，叫郝园长爬上去看。这墙柱顶端有一个铜球，铜球底座下边竟然掖着一些钱，有铜子儿、银圆，还有一张洋人的纸币。旗杆子比墙高，铜球在他身边，只有他才能把这些钱藏在这里。

郝园长火了，第二天仍旧怒火难抑，把旗杆子叫来劈头盖脸一通骂。骂他忘恩负义，骂他大个子不傻心奸，骂他小人。旗杆子站在那里，嘛话没说，也不分辩，表情发木，只是脸不是色儿，最后他把长衫脱了，帽子摘了，扔在郝园长屋里转身走了。

从此，西头公园再没他的身影。却有两段关于他的传闻，被人们说来说去。一是说他偷东西，被郝园长当场抓获，送进局子。一是说他人高是假，长衫里踩着高跷。第二段传闻没人信，谁会作这种假，有嘛好处？第一段传闻也很快叫郝园长辟了谣。

郝园长是有脑子的人。等事情闹过去，他便琢磨，那钱真是旗杆子藏的吗？如果是，为什么不拿回家，干嘛掖在墙头上边？他暗想，是不是有人做手脚，诚心给这个吃鱼吃肉、出了风头的傻大个子扰局。可是，旗杆子离开他这儿之后，哪里还能找到一天三顿的饱饭吃？

这事对郝园长也是一样。旗杆子一走，他的公园好像荒了。不要门票也很少有人来了。前些日子旗杆子往公园门口一站，那是什么光景，像天天办庙会。他不能没有旗杆子！这就又跑到老城内外四处去找旗杆子，期待像头年撞见旗杆子之前那样找到他。一连找了十天，虽然没有找到旗杆子，却在锦衣卫桥那边找到了旗杆子的破房子。一扇门死死锁着，敲了半天没动静。郝园长找人打开门一看，叫他惊呼出声来。只见旗杆子仰面朝天躺在床上，上去一摸身体冰凉，已经断了气儿，不知嘛时候叫阎王爷接走的。郝园长发现他身子板平，肚子凹了下去，肯定是饿死的，他动了良心，后悔那天一气之下辞退了这个被冤屈的大个子。辞了他，实际上是断了他的活路。

郝园长打听房前屋后的邻居，没人知道旗杆子的身世，只听说过他的一点零碎。诸如他家是山东鲁西南的沂蒙山人，从南运河来到天津，父亲给人打活，父母早已死去，没有手足，也无亲友，孤单一人。那么谁来葬他？郝园长心里有愧于旗杆子，出钱给他打了一口松木棺材。大木板子钉的，没上漆。他身高八尺，棺材八尺半。棺材铺老板抱怨从来没打过这么大的棺材。

可是，棺材打出来后，旗杆子却放不进去，量一量尺寸没有错，为什么放不进棺材，难道死了的旗杆子居然长了一块，比棺材还长？棺材铺老板惊奇地说，这事从没见过，也没听说过。人死了本该抽抽，怎么反倒长了一截？这傻大个子真有点奇了！

人间容不得高人，只有死后再去长了。

于是，郝园长又加点钱，把棺材加长一尺，才装了进去。旗杆子无亲无故，入殓时没人，郝园长也不愿意看，只是雇人草草埋在南门外乱葬岗子里完事。

从此，此地再无高人，亦无奇人。

（原文共十八则，节选四则）

原刊《收获》第1期

夜莺湖

班 宇

吴小艺想约我见面，但不直说，发了两天信息，第一天问我，最近过得怎么样？我说，一般化。她半天没回，估计是想等我问，你过得如何，但我就是不说。分手一年半，少扯犊子为妙。第二天晚上，她发过来一段视频，熊猫给饲养员开门，四肢蜷在把手上，缩作一团，轻松后仰，铁门顺势而转，我看了好几遍，想回点什么，但也不知说啥。后来半宿没睡着，始终在分析这段视频，琢磨出来两层意思：第一，你的心门，我来打开。并非自我感觉良好，主要是从某个角度看去，吴小艺长得的确有点像熊猫，上下一般粗，加上最近的种种反常举动，让人不得不产生这样的想法。第二，运用潜意识，向我推销。吴小艺在防盗门公司上班，干销售，其企业形象就是一只熊猫，一九九〇年亚运会的吉祥物，名叫盼盼，手持金牌，眼神飘忽，向前冲刺，仿佛即将跌倒，很令人担忧。所以我觉得，她发这个视频，也有可能想让我买一樘门，这么长时间过去，我仍记得她曾无数次纠正，卖门论“樘”，而不是“扇”，一樘门可以有两扇、三扇、四扇。量词使用要严谨。针对这两种可能，我也想了一下相应策略，若是前者，那就算了，好马不吃回头草，好男不跟前任搞，不是不行，而是没有必要。但若是想卖门，那就支持一下，这个条件还是有的，盼盼到家，安居乐业，口号喊了多少年了，我也信得过。想清楚这两点，我心里就比较有底，睡到中午十二点，冲了个澡，把车开到卫工街，顺着路边停好，后挡风玻璃贴上“收车”二字，便去旁边饭店喝羊汤，一碗见底，又再添满，直至后背湿透，冒一身汗。买卖二手车这生意，我干了好几年，数今年行情最差，价格透明，普通轿车每台能赚一千五就不错，SUV 也就两千来块，而且一个月出不了两台，好几辆破车都压在手里，小半年了，来摸的人都少，说不急那是瞎话。

我吃完饭，回到车里，给我妈打了个电话，说晚上准备过去看她。结果她没在家，出门旅游了，报的夕阳红团，华东五市，加上扬州、镇江、宁波、绍兴、普陀山、乌镇双卧十日游，一路高歌猛进，全程自助早餐。不用问，肯定跟相好的一起去的。事先也没通知，可见我在她心里的位置。我妈这人，性情比较活泛，擅长分析事儿，总乱出主意，但就有人愿意信。一来二去，跟活动室认识的杨师傅走得就比较近。杨师傅以前是工程师，长得挺有派，常年披着风衣，退休金丰厚，一个人也花不完，我妈就帮着一起想办法。我挺支持他们的，明里暗里，提过好几次，但俩人也没在一起过日子，就是游山玩水，畅享自然风光，然后各回各家，不知道图啥。

其实我也不是想去看望我妈，主要是我家有个传统，每逢周五，必包饺子，夏天吃黄瓜馅儿的，冬天是羊肉，春天的韭菜嫩，就包三鲜的，里面还有虾仁，雷打不动。当年我跟吴小艺在一起时，我都怀疑她是奔着这个跟我好的。吴小艺特别爱吃我家的饺子，吃过一次，就上了瘾，个个礼拜都要来，不用筷子，煮好拎起来就往嘴里送，塞满三只，同时咀嚼。即便是我们吵架期间，赶上周五，她也一声不响地提着肚子来吃饭，饺子进了肚儿，关系就缓和一些。所以我俩处对象时，没大矛盾。我妈挺得意她，觉得会来事儿，说话好听。吴小艺有这个本领，跟谁都能唠到一起去，上天入地，无所不知。但我后来就有点烦她这点，觉得里外不分，没个亲疏远近，我说过几次，她也没太当回事儿，依旧我行我素，大大咧咧。分手之后，经人介绍，我又处一个对象，叫苏丽，小我几岁，在超市的调味品区负责理货，跟吴小艺的性格正好相反，内向，不爱说话，问啥答啥，多余的一句不讲。苏丽又瘦又矮，眼睛大，往外鼓着，像条小金鱼，性格温驯，一点脾气也没有。我俩头一次见面，约在超市里，她的头发焗成黄色，扎在后面，一摆一摆的，戴着永远洗不干净的棉线手套，拉一辆平板车，也不抬脑袋，怄气似的，车上摆着好几箱油盐酱醋，花里胡哨。我跟她打过招呼，不知说点啥好，就陪着整理货品，苏丽走路带风，干活细致，不仅讲究品牌摆位，还会注意不同的区域配色，方方面面，都照顾得到，是门学问。下班之后，我问苏丽，工作几年了？苏丽说，三年多。我说，累不？苏丽说，还行。我说，头发颜色挺时髦。苏丽说，白的多，挡一挡。我说，下班去哪儿？苏丽说，回家啊。我说，吃点饭去不，麻辣排骨串。苏丽说，也行。我们之间的交往差不多就是这样，任何要求她都没有拒绝过。有时好像也想说点什么，话到嘴边，又想了想，也没说出口。我性子急，遇到这种情况，就愿意多问几句，但这样一来，她反而更不讲了。

电台里播着情感栏目，一位女性在讲述自己的婚姻经历，语调悲切凄惨，一言蔽之，再婚家庭矛盾多，想方设法来耍我，好心当作驴肝肺，前妻招手就去睡。我听了都跟着上火，但还是没扛住困意，在车里眯了一觉，没几分钟，便被铃声吵醒，吴小艺的号码。我揉揉眼睛，接起电话，假装不知道对面是谁，客气地说，喂，您好。吴小艺说，像个人似的。我继续说，请问您是哪位？吴小艺说，猜。我说，抱歉，猜不到。吴小艺说，你爹。我说，我是你爹，×你妈的。然后就把电话挂了，来气。过了一会儿，她又打一次，我也没接，把收车的牌子取下来，调了个头，速度七十公里，开车去了浑河西峡谷。这半年来，不忙的时候，我经常去那边，一坐一下午，比较肃静，景儿也好，放眼望开，一片浩荡，河水平缓漫延，消失在远处的荒草里。岸边总有人放风筝，各式各样，有燕子、老鹰，还有长虫、恐龙和猪，被地上的人们遥相牵引，风将其吹得鼓胀，烈日穿过，更显苍白，近乎透明，整片天空像是一个巨大的墓园，各守其位。还有民间乐团演奏，成员都是老年人，满脸斑点，表情僵硬，肢体动作丰富，摇头尾巴晃，压着嗓子唱苏联歌曲，三句一停，气力不足，但歌儿还是好，冰雪覆盖着伏尔加河，冰河上跑着三套车。我坐在台阶上，点了棵烟，想象着走在结冰的浑河上，浓云蔽日，老马只剩一把骨头，鬃毛覆雪，确实也有几分忧愁。中场休息时，乐团成员也坐过来抽烟，捧着保温杯，自说自话，边喝茶边吐碎末儿。有一次，其中一位跟我借了个火，对我说，家近吧，见你常来。我说，也不近，愿意过来歇会儿。他说，好听吗？我说，好听。他说，老了，年轻时可比这强。我说，专业搞音乐的？他说，不算，厂里文艺队的，我们这批总共九位，走了一位，还有两个在海南，一个在北京，带孙子呢，还剩我们四个。我说，难得，还能聚在一起，但数目不对，差一位。他说，心思挺细。我说，做买卖的，对数字敏感。他说，确实还有一个，女的，以前主要负责演唱，没联系了，她那嗓子是一绝，长得也好，九四年，单位解散，我们跟工会恳求半天，在文化宫办了最后一场，十首歌，都带着家属过来听，她唱的压轴，俄语一遍，汉语一遍，麦克风不好使，基本是清唱，全场鸦雀无声，不敢喘大气，生怕错过一个音儿，演出结束了，还缓不过来，没人敢拍巴掌，我往下一看，底下无数个发亮的脑门，往外渗着汗水，什么原理？我说，不知道，人多，热。他说，兴许是，当天唱的是苏丽珂，格鲁吉亚民歌，第一句，为了寻找爱人的坟墓，天涯海角我都走遍，第二句，但我只有伤心地哭泣，我亲爱的你在哪里，问谁呢啊，没答案。电视上演过的，半导体里放过的，古今中外全算，没有一个唱得比她好，了不得，就因为这个，把自己名儿都改了，就叫苏丽珂。我说，本来叫啥。他说，苏丽，加了一个字儿。我说，我对象也叫这名儿。他说，不加还行，加上之后，越活越坎坷。我说，这我相信。他说，出了点意外，昏迷半个月，去北京做的手术，好几个月没说过话，再一出声，动静完全不一样了，精神有点受不住，就与世隔绝了。我敷衍着回了一句。过了半晌，他站起身来，我抬头向上望去，一只黑色的蝴蝶风筝飞过，正好将太阳挡住，光在减弱，周围泛起一层虚影。他继续说，但现在过得也行，安度晚年，不唱苏联的了，改唱耶稣，我前几天见过一次，就在十三路教堂，请我去拉琴，一天五十块钱。台上人唱一句，她学一句，都唱完了，她也不走，摇着轮椅过去，拦住领唱，问人家，我该往哪儿走？可笑不，大门朝西，你说往哪儿走，不回家还能干啥，耶稣也不供饭。但人家不这么回答，他说，你本来四十天就能走出去，由于常有怨言、不断犯错，神就罚你在旷野，来回逛荡，一直走了四十年。她点了点头，我听不下去，净扯犊子，没打招呼，收拾东西走了。出门后我就琢磨，四十年啊，神咋不整死我呢。我没回话。过了一会儿，他又说，你知不知道谁最爱听这首歌？我说，不知道。他说，斯大林，他有四句话，说得比神还好，人生最宝贵的是生命，人生最需要的是学习，人生最愉快的是工作，人生最重要的是友谊，慢慢品去吧。

吴小艺在小区里堵我，一袭花衣，十分显眼，像要登台唱大戏。她蹲坐在花坛上，旁边摆着一个布包，用手给自己来回扇风，腰间的肉直往下坠，看着心惊，好悬没掉地上。我想去麻将社避一会儿，还没来得及转身，就被她发现了，以前我俩处对象时，她就有这特征，眼睛尖，凡是干点啥坏事儿，当场就能发现，瞒不过去。吴小艺扯着嗓子喊我，像是准备要我命，接着又一路狂奔，周围空气化作一股热浪，扑袭而至，我吓得退后几步，稳一下精神，方才站定。她跑至近前，双脚急速并拢，摆出立正姿势，身体挺直，气喘吁吁，我误以为她要跟我敬礼，条件反射，提前先敬了一个回去，权当问候。她一脸不解，咽了口唾沫，跟我说，我打电话，你骂我干啥？我说，以为是黑社会要账。吴小艺皱紧眉头，稍加思索，问道，最近得罪人儿了？我说，是，正躲呢。吴小艺说，事儿大不？我说，说大就大，说小就小。吴小艺说，到底啥事儿，我看看我有朋友没。我说，宰了一只大熊猫，正逃案呢。吴小艺说，这牛让你吹的。

我买了两罐汽水，站在超市门口，一边喝一边听吴小艺讲，最近确实遇到一些麻烦，具体说来，具体就不说了，反正现在差十来万。我说，要不你还是说说？吴小艺没吱声。我说，借高利贷了？她摇摇头。我说，我姨生病了？她继续摇头。我说，又摇头儿去了？吴小艺说，多少年不去了都。我说，那到底因为啥呢？吴小艺说，离了，我想要房子，得给前夫找点平衡。我顿了一下，说道，吴小艺，你上我这儿来给前夫找平衡？吴小艺说，江湖告急，想来想去，就认识你一个做买卖的，很神秘，有实力。我说，给个车行不，水淹捷达，刚泡好没几天，开着跟喷泉似的。吴小艺说，能别闹不，哥，实在没办法了。我说，你是真敢张嘴。吴小艺说，跟你提怎么也比别人强，毕竟有感情在。我原地转了一圈，问她，哪呢啊，我咋没看见。吴小艺说，一句话，帮不帮吧？我说，对不起，真帮不上，我有对象了，她管钱。吴小艺说，超市那个啊？我听说了，你妈可老看不上她了，方方面面都不行，拿不出手儿。我一下子有点火大，叨叨半天，就为了说这个，纯他妈闲的。我捏扁易拉罐，抛到空中，飞起一脚，但没踢多远，落在路边的井盖上，发出一声空响。之后迈步离开。

我没走正路，钻进绿化丛里，绕着往家里走，柳树垂在面前，我薅了一枝叶片，团在手掌里，感受着它一点一点展开。吴小艺踮着脚尖，紧跟身后，不离不弃，游魂似的，行动飘忽，我总想往后偷瞄一眼，担心她要捅我，人一急了啥事儿都能干出来，防人之心不可无，况且有过教训。到了门口，我迅速掏出钥匙，本来想给她拦在外面，但没掰扯过，还是让她蹿进来了。进屋之后，她也不脱鞋，假扮巡视员，背着手挨个屋视察，厕所也开灯看一遍。平白无故冲了一下马桶，水声阵阵，然后跟我说，没住一起啊你们。我没理她。她又说，关系还是不到位。我说，不是不帮你忙，实在无能为力，生意不好，要钱真没有。吴小艺说，你妈手里，是不是多少应该存了点。我说，×，你想啥呢，咋好意思的啊。吴小艺坐在沙发上，嘟着脸，一脸刚受完欺负的熊样，我懒得看，躺回卧室里，脸朝着窗外，一只灰鸟飞到窗台上，蹦了几下后停下来，与我对视。过了半天，忽然听见一声尖细的悲鸣，立体声环绕，开始还以为是防空警报，怕发生什么战争，内心有点慌，出来一看，原来是吴小艺在哭泣，声音从鼻腔里出来，还带着节奏，但就是不见眼泪，纯属干号，五官错位，满脑袋虚汗。我看着闹心，跟她说，打个借条，我给你拿。吴小艺立刻止住哭声，眨了眨眼睛，说道，还得是你，对我够意思。我说，卡号发我，这几天有空给你转，赶紧滚蛋。

送走吴小艺后，我盯着看那张借条。从桌上的新笔记本里撕下来的一页纸，字写得横平竖直：本人吴小艺，女，一九八三年生，沈阳市铁西区人，籍贯辽宁鞍山，现从事销售工作，因婚姻惨遭不幸，前夫纠缠不休，特借款十万整，处理未尽事宜。将来必定努力工作，争取早日归还，口说无凭，立此为据。底下是签名，还龙飞凤舞一下，像个领导似的。我将这张借条的边缘裁齐，认真折成一架纸飞机，打开窗户，使劲向外掷去。

夜里我做了一个梦，吴小艺过来找我，穿着工作服，胸前画着一只口歪眼斜的熊猫，面目狰狞，满脸是血和泥，黑红交错，好像刚摔过几跤，双臂抡着门板，虎虎生风，非要跟我拼命。我尽量保持镇定，跟她说，冤有头债有主，你来找我干啥？吴小艺说，不是你我能离婚？我说，跟我有啥关系，不该你不欠你的。吴小艺说，不跟你分手，我能遇到我前夫？我说，能不能讲点理，谁介绍的找谁去。吴小艺说，你妈介绍的，她有个相好，姓杨，我前夫就是他儿子。我说，我妈把我对象介绍给相好的儿子？吴小艺说，对。我说，你冷静一下，咱俩一起找她去，我问问到底咋回事，母子关系处到尽头了。吴小艺放下门板，坐在地上，两腿一伸，开始哭闹，这时，我才发现，我俩位于一座桥上，底下是深河，绿水涌动。天空下起雨来，我有点魂不守舍，因为忽然想起，在同一时刻，苏丽正在等我，我们之前有过约定，目前这个情况，我又脱不开身，心里很急。无计可施之时，水面上跃出一条金色怪鱼，体型极大，如四五个成年人叠加，长相奇特，头部是圆形，有点像小孩儿玩的布老虎，身躯和尾巴逐渐收缩，眼睛占据半张脸，龇着牙大笑，有点不怀好意。这条鱼跃起之后，在半空中翻腾数次，最后跳落在岸上，掀起几块砖瓦，尘雾弥漫，有人过去将其扑倒，死死压住，使其动弹不得。我看着非常惊讶，上前询问，那人说，这是龙舟开始的信号，大鱼既出，再无水鬼兴风作浪。话音刚落，河上有数只龙舟经过，头尾相接，次序井然，与平日所见略有不同，所有划桨者均十分懈怠，没有口令，动作疲惫，没精打采。吴小艺也不哭了，起身探出桥栏，目光呆滞，观赏龙舟。我趁其不备，转身溜走，一路小跑，来到与苏丽相约的地点，但她却不在。我有点失魂落魄，掏出手机想要联系，说明一下情况，却收到她发来的一段视频，不知拍摄者是谁，时间应该是下午，她顶着刚染过的头发，穿着一条松松垮垮的金色旗袍，对着镜头笑，斜阳散射，衣服上的亮片看起来近似鱼鳞，不断反光。苏丽赤脚站在岸边的草丛里，又扎一遍头发，比了个手势，然后舒展身体，向前冲刺几步，跃入水中，消失不见，只荡开一圈波浪。一只灰鸟从远处飞来，速度极快，像弦上射出的箭矢，驶过湖水，最终栖于岸边。

醒来之后，我又将这个梦回味了一遍，心头发紧。饭也没吃，开车去银行取了个定期，把钱给吴小艺汇过去，又发信息告诉她，钱已转过去了，记得早点还，有用。我坐在大厅里等了半天，也没回复。出来之后，发现车又被贴了条。没办法，点子就是这么背。这十万块钱也不是我的，我妈前阵子刚给的存折，说留着以后结婚当彩礼用。我说，我跟苏丽还没到那步呢。我妈说，或早或晚，你俩有点缘分。我说，那是幻觉，我跟小沈阳还有缘分呢，走哪都能看见广告牌子，打开电视都是他演的小品。我妈说，苏丽比吴小艺合适，你俩能过长远，我看人很准。我说，苏丽有个妈，残疾，坐轮椅，家庭负担不小。我妈说，我都不在意这个，你还在意。我说，说得轻巧，反正以后也不是你伺候。

其实苏丽没妈，我也就这么一说，她父母很早离异，一直跟着爸过。有次喝多了酒，我俩去开房，鼓捣大半宿，完事之后，酒都醒了，也睡不着，就躺在床上说话。我问她，这些年来，见过你妈没？苏丽说，见过，但没敢认。我说，在哪儿？她说，超市里，她坐着轮椅，可能是骨折了，后面有人推，一个男孩，跟我弟差不多大。我说，没打招呼呢？苏丽说，她戴着口罩。我说，挺讲卫生。她说，挑了半天，最后买了一瓶醋，搁在手里捂了半天，才去结的账。我说，还是应该走动走动，血浓于水。她说，后来又碰见过两次，我就想，别是奔着我来的，就躲在库房里不出来。我说，不至于，娘俩儿有啥仇。苏丽说，没仇，也没感情。我说，你这人心硬。她说，对，我爸也这么说，你想好。我说，没啥好想的。苏丽说，再想一想。我说，不用，我认准了，就不怕这个，前几天梦见你一回，伸胳膊蹬腿儿，非往湖水里跳，扎进去就没影儿，我也不会游泳，扯着嗓门去喊，但怎么都发不出声音，急得干瞪眼，醒过来时，心脏怦怦乱跳，半天缓不过来。苏丽挪了挪脑袋,顶在我的胳膊上,说,别想太多,我能下去,就还能上来。

给吴小艺汇完款的第三天,我头一次见到苏丽她爸,在超市门口,披着一件棕黄色外套,与季节不太相符,个子不低,驼背厉害,脸上很多皱纹,像用小刀刻过,嘴角往下耷。那天我等苏丽换衣服下班,准备一起去看场电影,票都买了。她爸站在门口抽烟,迎面看见我们,也没反应,只将烟头踩灭,双手插进裤兜里。苏丽拉了一下我的袖口,低声说,我爸。我有点措手不及,事先她没提,便问了声好,语气生硬。他点点头,又打量一下我,将苏丽拉去一旁说话,我不好打扰,独自走去停车场,发动好车子,拧开空调,过了半天,苏丽小跑过来,没拉车门,敲了敲窗户。我摇下玻璃,苏丽跟我说,今天不去了先,她弟出了点事儿,正在医院里,上班也没看手机,刚知道,得过去看看。我说,我陪你去,不然我也不放心。苏丽犹豫了一下,还是坐到车上,我绕到路边,看见她爸正在打车,冲着大街上招手,漫无目的,我停下来,将他一并接上,向着医院驶去。路上,车内温度有点低,苏丽打了好几个喷嚏,我想问问情况,但不知道要怎么开口,又觉得她也许不想回应,就先算了。后来开了窗户,风声很大,每过一个路口时,她爸都会跟我说一句,谢谢。语气相当局促。我听得隐隐约约,不太确定,刚开始还点头回应,后来苏丽开始啜泣,我也就没什么心情。虽然不是亲弟弟,跟她姨后来生的,但相处多年,总归有感情。她给我讲过几次,她弟从小体质弱,发烧感冒,总去医院报到,全家跟着操心。我给他们放在医院门口,又绕过天桥,找了半天停车位,才进到住院处,不好打电话问,只发了条信息,就在走廊里闲逛,差点撞了个老头儿。大半夜,他自己颤巍巍走出来,以为我是护工,先跟我要烟,我没敢给,又非要我搀着去上厕所,这不好拒绝,搀着他进去不说,还帮他解下裤子,仔细扶好,尿完又甩一甩,上下左右,心里倒也没多嫌弃。老实说,我伺候我爸都没这待遇,不怎么上手,但那天就想做点好事儿。方便过后,我又给他送回病房里，搁到床上，挺大的三人间，就住着他一位。我问他，啥病啊？他说，没病。我说，老干部？过来疗养？他说，王八犊子，给我拿棵烟。我说，你好好说话，我都给你把尿了，能不能有点涵养。他没吭声。我想了一会儿，没跟他一般见识，往床上甩了根烟，他拾起来，先用鼻子闻了两遍，又衔在嘴上，空吸几口，我转过来，凑到近前，给他上了火。他眯着眼睛，抽了半支，咳嗽数声，又跟我说道，快没了。我说，这儿还大半盒，够用。他说，不是烟，我说我快没了。我说，别想太多，我看你挺好，还能骂人呢。他说，我心里明白，就这几天的事儿。我说，家人没来？他说，撵走了，图个清净。我说，想开点，都得经历。他说，一辈子攒点钱，都看病了，最后给自己看没了，我图啥呢。

我没再回应，低头看一眼手机，还是没有消息。他叹了口气，也不再说话，闭着眼睛，又过了一会儿，开始哼唧，偶尔干呕。问他哪里疼，他摆摆手，问他需不需要找大夫，他也摆手。非亲非故，再多问也不合适。我躺在旁边的床位上，闭目养神，那天半夜，温度骤降，屋里越来越冷，我忍不住拉起被子，盖在身上，一不小心就睡着了。直到凌晨，我感到有人往我身上拱，半睁开眼，发现是苏丽，正背对着我，脱了外衣，只剩白色胸罩，头发披散下来，身体缩得更紧，我顺势移开一点，从后面轻轻抱住，搂着她的身体，她肋骨如柴，且有点往外翻，我像在抚摸一只营养不良的小狗。苏丽说了句什么，我没听清，就又睡着了。再醒来时，已是早上八点多，医生过来查房，房间里只有我们二人，衣衫不整，那个老头儿不知去向。一位医生用铁夹子敲着床栏，后面跟着一排实习学生，高声问我们，左卫武呢？我说，谁？医生说，三床的左卫武，不是你家人吗？我说，不是。医生说，那你是谁，在这干啥？我说，我来陪护别的病人。医生说，谁？哪个科的？我一下子答不上来。医生说，你们这号的我见多了，都不爱多说，跟动物没区别，俩眼一睁，干到熄灯，俩眼一闭，梦里继续，警告你们，以后别来了，挺大个岁数，也要点脸，干啥得分个场合。我说，不是，你误会了。医生没听我们解释，扭过头去，对着学生们说，过半个小时再来看看，左卫武要是还没在，联系家属。

一宿没睡好，我看苏丽也是灰头土脸，毫无精神，就让她跟我一起回家。我妈炒了俩菜，没吃几口，苏丽噎了一下，开始流泪，无声无息，完全止不住。我安排她在我的床上休息。睡了一个小时，醒来又洗了把脸，情绪缓过来一些。我问她，昨天到底咋回事？她说，弟弟没了，也不是昨天，前天的事儿，游泳池里过电死的，没在病房，太平间里看一眼，开始没敢告诉我。我说，游泳池里咋还能过电？她说，壁灯漏的，总闸没关，目前是这说法，具体还在调查。我说，多少能赔点钱，估计要打官司。苏丽说，人没了，要啥都没用。我说，在哪儿出的事儿，劳动公园的夜莺湖？苏丽说，是，你咋知道？我说，有过类似事故，许多年前，那次我正好路过，本来也想去游泳，但我爸没让，算是躲过一劫。苏丽说，听说这个事情，我就不信，做梦似的，看见我弟躺那儿，胖了一大圈，总觉得不是他，现在也这感觉。我说，接受现实，节哀顺变。苏丽说，接受不了。我说，人死不能复生，体面送好，风风光光，自己的日子还得过，谁都一样，斯大林有四句话，人生最宝贵的是生命，人生最需要的是学习，人生最愉快的是工作，人生最重要的是友谊，生命没了，学习不止，投身工作，处好感情，你好好品一品。

出殡那天，我闹表定的四点，头天晚上有点失眠，想了些别的事情，就没能按时起床。

闹表也许响过，但让我给按灭了，再睁眼时，五点十三分，天放了大亮。我连忙穿衣下楼，闯了一路红灯，来到苏丽家楼下，当时所有流程已走完一遍，她家亲戚不多，就等着我来。我内心很愧疚，这么个事情还迟到，实在说不过去。我的车跟在灵车后面，从大润发往德胜殡仪馆开，这天早上特别堵，本来四十分钟的路程，硬是开了一个半小时，头一炉是烧不成了。苏丽坐在副驾驶座上，也不讲话，直勾勾地愣在那里，双目无神。我想放点歌曲，但切了几首，氛围都不太对，好不容易到了地方，往门里拐时，又跟一辆别克商务发生剐碰，右前脸蹭了几道痕迹，漏出底漆，本来不是什么大问题，按理来说，责任一人一半，各修各车就好，在这种地方，谁也不是故意的。但对方不依不饶，大呼小叫，气势汹汹，我都回到车上了，又给我生拽下来，让当场赔付，我也不好发作。苏丽她爸先进入园内处理事情，我忍住脾气，给保险公司打电话，刚刚接通，便看见苏丽疾步走出，倒持一柄十字改锥，来到近前，谁也不看，反手握稳改锥，干脆利索，由上而下斜着刺入别克商务引擎盖里。还没等我报完保险，对方便已一脚油门开走，连号码也没留。改锥还悬在车上，像一只刚长出来的小犄角，跃跃欲试，准备出门闯荡一番。

我有点没反应过来，咬了几下嘴唇，苏丽将改锥递到我手里，扭头直奔隔间，去挑选骨灰盒。我没跟进去，就在外面等，里面氛围太阴，我待不住，每次都起一层鸡皮疙瘩，很长时间回不过劲儿。殡仪馆的绿化搞得不错，四处葱郁，树枝明亮粗壮，早上刚下过一点小雨，地面湿润，味道很好闻。高炉已经废弃不用，但还没拆，铁质爬梯缠绕在外，像是一只庞大的多足纲昆虫，身子微微立起。我忽然想到，很多人的一生，最后都在这里度过，躯体化作灰尘与烟，跟汽车排出的尾气、植物吐出的氧气、所有的雾和霜，彼此交融，肆意流淌，沉积在旷野上。世上没有死者，但它却是由死者一点一点构成的。我又想起那个梦，也许是在说，既然人生的龙舟之赛中，金色大鱼已经现身，且被人按捺于岸，那么，所有的傀儡自然消失粉散了。

雨又下起来，我躲进展示栏的低檐下，读着玻璃窗里的文字，有历史概况，也有政策方针、服务口号，以及部分工作人员的个人介绍。图片泛白，字迹模糊。我在上面看到一张照片，有些眼熟，底下名字写的是左卫武，想了半天，才记起是在医院遇见的那个老头儿。他在照片里还很年轻，系着绶带，头部后仰，笑容质朴，颇有几分自信。实际上，现在的他也许并不老，应该没到退休年纪，但人一生病，很快就会垮下来，或者变得跟以前完全不同。这种情况我见过很多次，我爸当年就是这样，最后瘦得脱了相。刚认识吴小艺的时候，她也瘦，八十来斤，头发烫成大波浪，好几处文身，爱去夜场跳舞，一蹦半宿，水都不喝，活力四射，眼睛往外喷火光。后来生过一场大病，大概是基因问题，北京上海都去过，属于疑难杂症，没办法治，只能吃激素，价格不低，也不敢停，停药就犯病，还自杀过，被我拦了下来：骑在窗台上，晃着小腿唱歌，好容易劝住，又去厨房拿刀逼我，让我别管，我咋能不管，扑过去硬抢，被她划了好几下，胳膊上都是血道儿。我也难过，一点办法也没有。那阵子我们过得都很难，我刚上班，在 4S 店干后勤，一个月就两千来块钱，根本不够花，租了个旧房子住，冬天交不起采暖费，室内没办法待，脸盆里的水很快上冻。吴小艺实在太冷了，每天我上班后，她就去附近的超市里待着，至少能有个空调，晚上我再去接她。整个冬天就是这样过来的。有一次，我加班到很晚，超市关了门，吴小艺也没回家，就一直在外面坐着，缩在棉门帘里面，那时她已经开始发胖，鼻尖冻得通红，呼吸紧促，眼睛也睁不开，迷迷糊糊，哑着嗓子跟我说，刚做了个梦，以为我不要她了呢，她也没地方可去，只能在这里等一等，也不知道我会不会来。我说，别乱想，梦都是反的。吴小艺抽了抽鼻子，站起身来，拉过我的手，放进她的袖管里取暖，笑着跟我说，哥，我俩快结束了，你知道的吧，我挺感激你的。我说，我不知道。吴小艺说，我知道，你会过得不错，我也许没那么好，但也还行。我说，纯扯淡。吴小艺说，我早就知道。我说，你还知道点啥？吴小艺叹了口气，说，我将来可能会变成一只熊猫啊。

想到这里，我在雨中给吴小艺拨了个电话，响了数声，无人接听。我有些低落，一时间不知该做点什么，便去服务部买了个花圈，五百块钱，写好一副挽联，挂在两侧。我举着花圈出来时，苏丽正坐在池塘边上，四处张望，我挥一挥手，然后走过去，她没打伞，雨水漫在脸上，看上去像是在哭，但我不太确定。我挨着她坐下，说道，买了个花圈，送你弟走，都是鲜花现扎的。苏丽看也没看，说道，退了吧。我说，没多少钱，我的一份心意。苏丽低着头说，我弟没了。我说，我知道，别太难受，他去好地方了。她说，不是这意思。我说，那是啥？她说，刚准备遗体告别，工作人员一直没找到他，现在还在找。我说，什么情况？她说，不知道，就是没了，原来记录的抽屉，刚一拉开，什么都没有，空的，旁边几个也都找了，都不是。我说，是不是还在医院里，做一些检验。苏丽说，打电话问过了，说也没有，那天半夜在医院的太平间，我看完一眼，就拉到这边来了。我说，这不合理。苏丽没有说话。我说，不行，得找他们领导去，怎么也要有个说法。苏丽还是没说话。我说，这样，我现在回医院，看看什么情况，实在不行喊几个人过来，今天必须弄明白。苏丽说，我知道，我都知道，我爸去医院了，你能不能先别说话，让我休息一会儿，我头疼。

我与苏丽并排而坐，心中充满疑惑，同时感到一阵眩晕，仿佛大地正在下沉，无休无止，我们跳入其中，要在茫茫无际之中，去寻找一个不存在的人，没有任何启示，更不会有答案。殡仪馆有钟声响起，也有鞭炮声、鸣笛声，迎来送往，一切按部就班。没人在意一具消失的遗体。

雨越下越大，落在身后的池塘里，响起一片沙沙的声音。这期间，我进去问过两次，没有任何消息。到了中午，殡仪馆的很多工作人员都已结束工作，换掉制服，相互道别。我的全身早就湿透，直打寒战，或许还有点发烧，偶尔能感受到心脏泵血，舒张与收缩，像伸开又握紧的拳头，蓄势待发，却不知要朝向何物。风将池塘里的水吹开，带来一片彻骨的阴凉，在我们身边积聚。苏丽捂住脸庞，茫然无措，仿佛沉入一场梦里，任人摆布，无法醒来。我始终在调整着呼吸，使其均匀，并向着她身体起伏的节奏靠拢。我们的周围到底是什么，我们所能掌控的又是什么呢。一个人在水中死去，最终会去向哪里。我想，如果我们能拥有一致的气息，也许一切就会清晰起来。

苏丽浑身无力，我替她接了电话，另一端是她爸，声音低沉无力，先问了苏丽这边的情况，然后跟我说，经人分析，目前有三种可能：第一，当天夜里，尸体并未送到殡仪馆，而是在医院或者路上被劫走，也许与公园那边有关；第二，殡仪馆方面，存在工作失职的概率，申请领取遗体时疏忽，以前也有过这种情况，还上了报纸，殡仪馆的回应是，烧错了，下不为例，目前正调查相关记录；第三，请了一位高人指路，他说，苏丽她弟没死，但也没不死，溺毙之人往往如此，睁不开眼，看着是往前游，其实没方向，在水里迷了路，久而久之，没有船来渡，变成水鬼，回头也不是岸，汪洋一片。挂掉电话之后，苏丽什么也没问，我也没讲，只是想象着，在刚过去的那个夜晚，他会猛然苏醒，站起身来，像电影里演的那样，吐出全部的水，深呼吸数次，直至平静下来，也许还会走出铁柜，在树的搀扶之下，来到池塘边，坐在我们对面，面容安静，轻轻地喊起我们的名字，但却听不到自己的声音。雨停之时，我的手机振动了一下，我解开屏幕，是吴小艺发来的一张照片，她插着饲管，穿着病号服躺在床上，面色苍白，头发散乱，比着胜利的手势，像是刚做完一场手术。没有其他字。

劳动公园浸在暮色之中，我从侧门驶入，按了喇叭，栏杆自动抬开，无人问询。泳池就在眼前，但此刻，已被铁栅紧密围住，不得入内。池里的旧水尚未抽去，落叶、废伞与无数垃圾漂浮其上，塑料椅子东倒西歪，只停业几日，便呈现一片荒芜迹象。苏丽从后座上爬起来，头伸出窗外，望向这潭死水，开始呕吐不止。我绕着泳池开了一周，最终在售票处停了下来，其门窗被木板封死，没人看守，我踹开一道口子，进入其中，苏丽也下了车，步伐摇晃，紧跟在身后。泳池分为深浅两个区域，从中间通道行去，是两排低矮的平房，左边为洗浴间，右边为控制室，有只灰鸟落在池边，朝着天空啼鸣，声音剔透，清晰如哨。我对苏丽说，许多年前，我的一位朋友消失在这里。那天他约我一起游泳，但我在院里踢球，兜里没钱，就跟他说，你先游，在那边等着我，我爸下班回来，我管他要钱，然后过去找你。他跟我说，那你快点，我今天要早回家，感冒没好利索，得按时吃药。结果他自己来到这里，游了很长时间，我也没去。泳池关门时，他躲在水里，彩灯一闭，无所凭依，溺水身亡。没什么人知道这件事情，但我一直忘不了，这些年来，总能梦见他。他现在跟我一边大，有时在龙舟上划桨，有时在岸上擒鱼，他对我说，自己变成了水鬼，困在池中，永远上不了岸，除非有另一个人来接替。苏丽一脸困惑，并没听懂我的话。我也不再解释，只是对她说，我想去看看他们。之后转身进入控制室，拉开电闸，霓虹灯被点亮，红绿相间，时明时灭，拼成一条条泳道，我褪掉外衣，上身赤裸，扶着栏杆，一步一步，慢慢走入深水区。池水散发着温度，黏稠如油脂，死死裹住我的身体，我不会水，任由下降，双手向前扑去，奋力握向那些光线，却越沉越深，许多大鱼围聚在池底，窃窃私语，如同密谋。我觉得自己缓缓睡去，无数的梦纷沓而至，载着我向黑暗滑行过去。接着是落水的声音，灰鸟尖叫着割破水面，分开一道裂隙，暗流涌起，大鱼四散，我低头看见数道流动的影子，由远及近，我想那是我的朋友，苏丽，或者她的弟弟，我分不清楚，但他们正穿过光的深处，朝我游来。

我们倒在岸边的长椅上，筋疲力尽，苏丽埋在我身上，只是哭，一句话也不讲。在这样一个不恰当的时刻，我忽然很想跟她结婚，极其渴望。在此之前，我从未考虑过会跟她在一起生活，没有一秒这样想过，但现在，这个念头在脑海里奔涌不息，无法遏止。我的视线有些模糊，仿佛看见了一点点未来，并非多么美好，而是它的糟糕程度，我恰好可以完全忍耐。灯光射在她金色的头发上，眩人眼目。我有些激动，但不知从何说起。一条或者几条大鱼，在身后的池里持续跃起，争论不休，溅起无数水花，像一个调皮的孩子，藏在荷叶深处，一直朝着我们扬水。我不再回望，只将苏丽交织在一起的双手握住。我能感觉到，我的血液流向她的身体，畅通无阻，我们正融为一体。

晚风吹来更多的倦意，我擦去水滴，舒了口气，决定重讲一遍。一九九四年，有天傍晚，我爸浑身酒气，骑着自行车回来，我正在院儿里踢球。他将车停在一边，上前几步，给球断下来，卷起一层灰尘，问我说，作业写完没？我说，今天没作业。他说，吃饭没？我说，吃了，我奶炖的豆角。我爸扭过我的脑袋，指了一下自行车后座，跟我说，走吧。我很听话，拍拍裤子，转身上车。他一路骑得歪歪斜斜，总在咂嘴，原因不明。经过劳动公园，门口挂着一排彩灯，沥青路面上铺着一层细沙，游泳池正在营业，有小孩儿肩扛救生圈，光着脚走出来，步伐轻巧，像是行于水面。我说，爸，我想去游泳。我爸说，有水鬼，三上三下，连提带拽，能给你淹死。我说，他们都去了啊。我爸说，那你也别去。我说，咱们去哪儿？我爸没说话。到文化宫时，天已经黑下来，门口斜立着一座船锚石雕，环着生锈的锁链，从远处看去，整座楼像是一艘停泊在此的航船，搁浅数年，长眠不醒。路边是刚栽的矮树，未经修剪，我爸带着我从中间穿过，我的脸上总被刚结成的蛛网粘住，怎么也抓不掉。礼堂分为两层，前厅空荡，人影都没有，但进入室内，便是黑压压的一片，后排与过道挤满观众，密不透风，我们在入口处，什么也看不到。只听见琴声从头顶上传来，将静默的空气锯开，反反复复，时有时无。待了几分钟，我爸便拉着我离开，说要去楼上看。一般情况，二层不让进，演员休息区，我爸以前常在文化宫跳舞，一直是逃票，所以知道个办法。我们来到礼堂后面，爬上廊柱，从二楼的窗户钻进去，其中半扇没有玻璃，反手伸去，能把插销拔出来。我个子矮，骑在我爸的脖子上，撑上廊台，将窗打开，我爸找了几块砖头垫脚，翻身进入。走廊空旷，只能听到一些隐约的歌声。我们绕至侧方，俯身观看，舞台上空亮着几个高瓦数灯泡，紧挨着我，晃得头昏。我刚听了一会儿，便失去耐心，就问我爸，啥时候回去。我爸说，快了，快了。我望向舞台，乐队在底下演奏，一个女的站在新搭起来的楼阁上唱歌，与我高度接近，左手持麦克风，右手撑着木栏，穿一身金色长裙，袖口开阔摆动，如夜莺扑扇着翅膀。她唱的声音很小，即便我在二楼，也不能完全听清。一曲终了，没有任何掌声，她俯视左右，面无表情，又抬起头，有那么一个瞬间，我觉得她正望向我，我有点犹豫，不知是否应该藏在椅后。还没等我做出决定，她像是被什么提着，飞出栏杆，踏入半空，我伸出手去，想要隔空抓住，但距离太远，无济于事。她轻飘飘落在地上，悄无声息。如一张糖纸，缓缓展开。忽然间，我感受到一股莫名的力量，凭空而来，集成一束，拉紧我的手臂，极力要将我拖出，下面仿佛不是人群，而是深池，我不由自主向前跌去，眼看要坠入。此时，台下响起剧烈的掌声，仿佛浪潮一般，长久不息，将一切重新托起，我借势退后半步。一股带着腥味的热气，由下至上，逐渐抬升，很快又消散。我满头大汗，蜷起身体，不知所措，靠在我爸身上。虽隔着衣物，却依然听到他紧绷的心跳，强健而有力，像是来自古代的击鼓之音，唤醒所有湖底的长眠者。

讲完之后，地上的水渍不断扩张，仿佛有人从池中上岸，周身湿漉，立于面前。我低下头去，轻轻亲吻苏丽。她在怀里，闭着眼睛，始终沉默，分不清是睡是醒。而在身后，或者更远处，大幕正在收拢，光暗下来，灰鸟飞去，万物宁静，只有那动人的鼓声，一次又一次，垂直降落，荡开枯叶与池水，向我们环抱而来。

原刊《收获》第 1 期

去大润发

王占黑

一

从学校到田林路柳州路口，不算等红灯，我看了手表，原来要走整整一节课。一节课四十分钟，是我度量各类事件的单位时间。每过一个单位，我需要喝水，落座，休息片刻。今晚六点之前，我上完五节课，用一节课和家长沟通口试得分的公平问题，直到彼此的不信任上升为敌对情绪；又花一节课领家长进主任室，听一人有理有据投诉，另一人频频点头赔笑，一直听到“对年轻老师，你们平常要多注意管”，我已疲倦到尽头了。为保持清醒，我花了大约半节课咒骂眼前两副面孔，接着把学校上上下下各路仇家咒了一遍。我身体里好像出现了自家楼下的鬈毛阿姨，新被头晒了一天，刚要收进，五楼的浇花水、四楼的晾衣水、三楼的空调水滴落来了。阿姨恨到发抖，一声怒吼含着醋腌大蒜，摆脱重力，升腾，凝成一股风暴，回相邻以恶臭一击。吼完，阿姨气消，头颈略有酸痛，而我感到一阵饥饿。眼前这两位假意告别，一人满面堆笑，一人转向我。我说，上厕所，提起公文包就走。其实只是平时装作业本的帆布袋，白地黑字，印着亘古不变的两行口号：燃烧自己，照亮别人。教你妈的小学英语，去你妈坟头燃烧吧。我把包扔进洗手池，不关心这骂声是否会传向走廊，只听得自己脚下砰砰发响，平底鞋像风雨里一对破败的船，在洪水没顶时执意朝江心划去。

路上雨停了，又像没停，我分不清。开学以来，秋雨连下几周，肉眼时常无法判断窗外是雨是晴，无非地上总是细流暗涌，裤脚管沾满泥点子，头发因为雨水浸润而变得毛毛糙糙——世上的事这样极端，潮湿从不能抚平人的零星鬈发，反倒叫它们吸足水汽，破了胆从柔顺的草丛里钻出来，弹簧一样歪歪地竖着，十分可笑。我走在路上，看骑电瓶车的仓皇，步行的狼狈，开车的堵，打车的绝望等待，想想年年如此，种种情绪便从马路上翻涌进自己体内，不由将对人的怨转移到这座多雨的巨型城市上。于是不愿去赶左脚踩右脚的一号线了，连排队安检也不愿了，就这么一路朝南，遇口则过，一节课之后，惊觉回程还未过半。不过是七八公里，走起来竟这样漫长。

我停下来，多半是因为身后几百米处有间企业酒店，路过它叫我背脊发凉。建筑并不难看，只是门口立着一尊大型铜像，我认出他了，这不是旺仔牛奶和小馒头上那个男孩吗？双手平举，双脚撑开，两束路灯高射下，通体发黄。膨胀的尺寸和金属冷光使他尽失食品包装纸上的亲切快活，眼珠上翻，直通额头，再雀跃的嘴角也无法掩饰大片眼白所泛出的令人害怕的空洞，他像在看我，又像没看，眼睑挂着雨水，反着光，要把一切都吸进深处。仅是路过一瞥，我感到绵延的恐慌，似乎他正保持张开的姿势一路尾随，口中重复着那句从小听厌的广告词，再看，再看就把你喝掉！听这口音，熟得很，啊，学校里来的。我不敢回头。一饿，一慌，迈不动了，就近拐入公交车站，不锈钢坐板上淌着水，我一把揩掉，坐下。望了眼站牌，此地只一路 820。行吧，乘几站，再走回去也不迟。

二

我就这样坐着，想自己毕业前的欢脱劲头，可以经济独立啦，还可以和男友同居。然后呢，分手了，谈了一个同事，又分手，于是被另一些同事孤立。这两年我到底干了什么，加过多少班，挨过多少骂，吃了多少外卖，又存下几个钱？悲从中来，雨水将我感染了，突然想起几位大半夜红着眼睛来敲门的好友，我终于也走到这一步了。但我不愿对任何人诉苦，三十了，谁没有呢。我并非没见过他们哭完骂完，倒在满地空瓶里，第二天起来接着做前一天的事，面色无异。只希望此时身边能来只落汤猫狗，不哭不叫，彼此垂怜。但最终，只有一股烟味沾着水汽向我飘近，闷闷地吊住鼻子。我回神一惊，很久没来车了，还是发呆错过了？看一眼电子栏，820 到站时间："--:--"。这个世界是这样不确定。

又等一歇，毫无动静，隔壁的烟味却不曾断过，一根接一根送过来。我想提醒那人，按照公共场所控制吸烟条例，此处禁烟，这一点小学生都学过。但我没有，烟味是此刻唯一提神的工具。又过一歇，仍不见车，我才想起手机地图，点开，× 你妈，下一班早晨六点半？脑血回流，冲撞我空荡的五脏六腑，一时间我竟想不出自己在车站待了多久，一整夜？看手表，明明才八点宽。再一查，浑身热血凉透，原来末班车是每晚七点，田林人民没有夜生活的吗？雨忽然大起来了，我才记起伞留在包里，只好点开叫车软件，二十五人排队。我看了看旁边那人，一声不吭，拱着腰抽烟，心想你抽吧，抽完一整包也等不来 820。二十四人。我又盯了他一会儿，越看越像小区里的傻子，早出晚归，游来荡去，挺可怜的。

我走过去，他穿一件黑色 T 恤，正面印着著名的 Pink Floyd 棱镜彩虹，心想这傻子还挺有品，只是这种优衣库短袖早就烂大街了。我说，喂，820 没了，别等了。

待我走回，他开口，我知道，没在等。

我他妈好心告诉你，你他妈早知道没车你不告诉我？！急火攻心，我杀回去劈头大骂，伸手夺过他指间刚点的烟，踩到脚下踬碎。就他妈一班公交，我在这半天，我他妈不等 820 还能等什么？！我意识到身体里的鬈毛阿姨吃过饭，在我最虚弱的时刻冲出来了。

我以为你在等另一部啊，他说。

还另一部，你他妈怎么不说等龙猫公交啊？！我冲到站头，把那张孤零零的生锈铁牌敲得砰砰乱响，像在课上愤怒地敲击黑板，尽管我从不敢这么做。这年头学生脆弱，家长凶猛，今天或者说工作以来没能在人前发作的怒气，全撒在这件黑色 T 恤上了。

他却不动声色，又抽出一根烟，朝天指了指说，大润发班车，也有的。

我望向他头顶那片几乎褪色的纸质告示，被水浸软的性病、办证和租房在风里翻飞，其中混着的一张，隐约印下些时间和路线。我嘴里像被凭空塞进一块臭抹布，撑得说不出话来。

他继续说，820 嘛，过南站过植物园再过中环，对吗，大润发也一样走。

我想起自己确实见过一个冷清的大润发，离家不远不近。只因不如沃尔玛身处商圈，人们大多舍弃，便日渐过气。但我无法消火，低头看手机，二十三人。

雨天最难打车了，除非你舍得花钱叫专车。轻轻一句，我情愿把他整个人对折放倒，当成烟屁股踬得煞平。

雨越来越大，车站沉默得只剩水声。我站到电子栏背面，尽可能远离那件黑 T，烟味却兜兜转转跟随。过了一会儿，讨人厌的声音拐进背面，来了，他说，走吧。我转头，一部大巴正停在不远处的红灯口子，车头没有打光，看不清。跳绿灯，它近了，大润发免费班车西南线。黑 T 从口袋里掏出一把格纹折伞，撑开。走吧，他说。这时我的腿竟完全不顾我的脑子和面子，借那折伞所遮挡的一小片空地，唰一下踏上了车，里面真如童年向往的龙猫公交那样，整洁而令人安宁。再也不用淋雨，也不必走路了，车厢空荡，我就近挑了驾驶员身后的位置坐下。黑 T 收了伞，驾驶员说，来了啊。他点点头，默默走到后门处坐下。

三

车里放着交通广播。除了我和黑 T，只多一驾驶员一乘客，看面貌，加起来要超过一百岁。两人聊天，一句话来，一句话去，像在空中抛球。只听乘客讲，当天我送孙子读书，早饭书包帽子拿好，一脚踏出门，孙子还在房间，盯牢电视机不肯出来。我喊，快点呀，小爷爷！孙子喊，阿爷，断掉啦！我不当回事，立门外头催。孙子喊，阿爷来呀，房子断掉了！我吓一跳，鞋子不脱跑进去，只见一架飞机冲过来，两幢高房子拦腰劈落，翻来覆去放这镜头，老吓人。我催，乖囡走，读书去。路上蛮冷，到底秋天，电瓶车不戴帽子，面孔刺痛。我讲，乖囡帽子戴好，早饭吃光。孙子讲，阿爷，火烧到顶，人像蚂蚁一样逃。只听孙子一路烦到校门口。我送好，任务完成，老花头，桂林公园吃杯茶。走进去，两个老头子一面锻炼一面放半导体，我跟后头一听，坐定来一想，才晓得，这两幢高房子，相当于东方明珠同金茂大厦，叫人家撞到这副样子，出大事体。一个老头子讲，美国人面子坍光。另一讲，还是苏联人本事大，不怕死。

驾驶员问，当年几岁？

乘客讲，刚刚退休，返聘不做，无缝衔接跑去管孙子，吃一肚皮苦，自家晓得。到明年正好八十。

驾驶员讲，照我看，顶多七十。

乘客甩手，老人面孔觉不出，小人呢，眼睛一眨，已经到美国读书去了。

驾驶员问，纽约？

不是不是，孙子讲起来，大农村，白天、夜里不见人，同上海不好比。我同孙子讲，蛮好蛮好，比大城市安全。

驾驶员笑，讲起来，大城市还是上海安全。你看戆戆，一年四季外头荡荡，出过啥事体？他伸手朝我一指，我吃一惊，顺着乘客的视线望去，才知自己身后到底的角落还有个人，一身横肉铺开，几乎撑满两个座位，他盯住窗外，不响。

驾驶员讲，日脚过来真快。两千年，我头一轮开免费班车。人家讲，班车多少好开，线路短，趟数少，再不怕膀胱胀出毛病。算不着分店刚开张，生意好到造反，一日六趟，从早到夜，没一趟不是人扑扑满。照我讲，来，是装一车厢猪猡；回，是一厢猪猡外加一厢饲料，譬如开大卡了。一上来，抢座位啊，吵相骂啊，花头不要太多。规定只上不落，有种人偏要拓便宜，门一开，趁机逃出，真当免费公交？到站，猪猡放出，乌泱泱一片，卷帘门外头排队等。丈母娘老年痴呆，问我，阿林啊，人家讲大润发勠钞票？我笑，妈勠搞错，免费车免费，大润发进去，打底一张毛爷爷出来。丈母一听吓坏，哦哟哟，想不着这许多人专门跑去送钞票。

听到此处，乘客大笑不止。我想起不久前 Costco 开张的新闻，不料黑 T 也问了一句，爷叔看，同闵行新开的科斯科好比吗？

驾驶员讲，免费车免费，吃饱空浪费自家汽油跑一趟，你看好比吗？黑 T 一听，笑了。

乘客讲，科斯科不灵，东西一箱一箱买，小户人家吃得光？又不是开生产食堂。还是大润发，来回个把钟头，便宜货挑挑弄弄，样样不缺。他转向黑T讲，这趟车子，我同我老太婆讲，反正是开多少年，乘多少年。

黑T问，大润发进来是两千年？

驾驶员讲，九七年，免费班车头一条线路，分公司人轧破头抢。后来每增一条，大家轧破一趟头。抢着的人开开心心，譬如去坐办公室，没抢着的不肯死心。好差事有人不要？我老婆亲眷当车队长，我等三年才轮到。

乘客讲，还可以了。

驾驶员继续，你讲这天，我正好开满一年，调部新车，享受享受广播。车子到站，上来一大批人，吵哄哄，只听得你买点啥，我买点啥，尼龙袋索索响，广播只当蚊子叫。开过半程，突然有一个女人喊，覅吵了！听广播！覅吵了呀！我想，怕吵乘啥大润发？没人睬。女人当场暴哭，大家吓了一跳，只听得喊声，要死呀！女儿在美国上班呀！喊到立不住，总算有人让出位置。女人落座，哭到不休不醒。我讲，先送医院？一个人讲，其他人哪办？另一个讲，要么大家东西放车里，先下去等。前一个讲，出贼骨头哪办？我骂，人要紧东西要紧？！没人敢响。我放乘客到站，指挥统统落车。还好医院近，两只绿灯开到，送进去抢救。急诊保安讲，不曾见过大润发车子开进来，吓了一跳，想不着是好人好事，就待我一根香烟。我来不及烧，调头回转，大家立站头等，上来拎自家东西，坐好，出发，没人多嘴。

乘客讲，这桩事体你做来相当上路。

黑T又问，阿姨后来？

驾驶员甩手苦笑，想不着第二天，这女人同平常一样上我车子哦，一句谢谢也没，笑嘻嘻同人家讲，女儿单位没炸牢，没事体，叫啥，海尔街，还讲全亏一家门信主，要谢谢主。我心里堵牢。不谢我，谢主？没我送去抢救，主会救你性命？真滑稽。倒反是单位里后来晓得这桩事体，领导开大会表扬，有啥用，一毛不拔。

阿姨讲的应该是华尔街，黑T说。我回头瞪他，觉得这纠正多此一举。

乘客讲，这女人我晓得，小气来不得了，每趟结账，大润发袋袋要问收银员讨三只。后来收费，袋袋一角一只，女人同人家讲，看我有投资眼光吗？笑起来像只青椒，辣乎乎。这只青椒面孔，讲起来倒不大碰着了，到美国去了？

驾驶员讲，生毛病，女儿不回来管。听人家讲，开春死掉了。

乘客感叹，钞票再多有啥用，收尸也没人来。做人一世，临跑，带得去啥？

进隧道了，窗外光线橙黄，广播信号弱下，驾驶员不再接话。整部车像行驶在生死两界之间，平稳而茫然，黄泉路上，只剩几个陌生人沉默相伴。我们在昏暗的车里，听玻璃茶杯撞击驾驶座的护栏，听折伞滴落的水珠在地板上滑来滑去，听轮胎腾跃水坑使底盘唰唰作响，唯独听不见彼此等待出口的呼吸节奏。我回头看那个专心的人，他依然专心盯住窗外，像没有呼吸一样平静。

四

小时候，我家附近有一只宝塔顶。塔立于河边，年代久远。只因地基松动，日渐歪斜，人们怕坏了风水，便将塔顶拆下，放至公园，砌一圈矮砖墙围住。我常随邻居老人去早锻炼，每回路过，透过砖墙望见那塔顶平滑发光，直指天际。走近看，侧身却刻满游客的字迹，下密上疏，如同蚂蚁乱爬。

老人说，造孽，拆下来叫人批斗，像啥样子。我问，不是讲为宝塔好？老人说，譬如有一位大将军立河边，威风吗？我点头。现在杀了头，放过来叫人家看，还威风吗？老人边说边做一个手势，我吓得猛摇头。老人也摇头，他摇起来像一只链条生锈的钟摆，有气无力。他拉我离开，并关照，残忍的事体不要看。

于是我再不敢直视那宝塔顶，哪怕只是透过水杉林远远地瞥上一眼。那座尖利闪光而伤痕累累的建筑，一想到是大将军的头，就相信他流着血、流着泪，相信他因为受到太多次无端的羞辱，而怒视每一个企图靠近他的人。

可猫狗是不知怕的。它们贴着底座休憩，卧睡，我明白，这不过是贪图金属外壳及其阴影带来的凉爽。我想塔顶也明白，因为那片阴影在无人时，会显示出某种毫无防范的温情。可我不明白，鸟类飞向塔顶是什么意图。它们如果愿意，大可以飞向更高、更凉快的树梢。直到那天，隔着水杉林，我看到一只鸟急速冲向塔顶，然后坠下。闷闷的一声，塔顶发出轻微的颤动，林中光影随之变化。我翻过围墙，像踩着冰针一样紧张前行，直到目击一坨血肉模糊的东西平平地烂在地上，烂在最早一批游客留下的刻字旁边。

我大哭。老人说，这种事，你看到一趟，就会有第二趟、第三趟。我眼前便出现第二只、第三只鸟朝塔顶冲去，跌落。我吓得紧闭眼睛，于是脑中出现一个金光闪闪的宝塔顶，那上面，游客的字迹全部消失了，只剩一对翅膀印子无法抹去，我知道，那是它的速度，它的决心。

几天后，我含着一口饭，在老人家的西湖牌电视里看到那个反复播放的镜头时，心里又想起了那只鸟。我想不出那只鸟要经过多少次计算和排练，才能精准地撞入一只宝塔顶。它为什么要撞，是为自己，还是为着宝塔顶？可是，为什么宝塔顶没有塌，高楼塌了？飞机来了，高楼里出现一团乌云，然后乌云爆炸，高楼分崩离析。我朝老人看了看，老人朝我看了看，谁也没说话，我们从没见过那么高的楼，第一次见它，竟是它消失成灰的时刻。在公园里，我觉得自己不曾看清，此时却在电视上完完全全看清了——我看见那只鸟的神情不是愤怒，而是快乐，令我怕到发抖的快乐。我几乎要把那口饭呕出来了。

老人拍我的背说，想不开的人钻进想不开的牛角尖里去，啥事体做不出来。

很快，黑夜重现，广播响起，一次熟练的换挡后，我们的车抖了抖，便迎向高处的路灯，迎向天幕。于是一阵新鲜的节奏渐渐散开，击打在座椅和晃动的扶手之间。黑T兴奋地喊，巧了，这首就是二〇〇一年的。我愣了一下，转头看他，却先看见那个专心的人，眯住眼睛，像一只对光线异常敏感的猫，头微微点着。进到副歌，我才听出是周杰伦的《开不了口》，那年他出了第二张个人唱片。我发现广播和KTV一样，出于习惯或是怀念，总爱停留在看似不久的很久以前。

在歌手含糊的唱词中，驾驶员喝了口水，又向乘客抛出了空中之球。他们的话，大约是大润发生意越来越差，乘客寥寥，线路一条接一条关，工资越发越少。几个回合下来，却又绕回原来的意思。一个说，只听人家拍手，美国人死了好，死了好。我想，不管啥地方，死人有啥好？另一个说，隔出两天，电视里讲，不是苏联，是本·拉登，美国人手腕狠，路道粗，马上打仗。一个说，你看看，又要死人了。

黑T插嘴，不是两天，是隔出一个月，小布什宣布打仗。

乘客笑道，小伙子，对我这种岁数来讲，隔出两天，同隔出一个月，有啥区别？

黑T也笑，爷叔讲来有道理。然后大声说，所以啊，站台上等一分钟也好，十分钟也好，有啥区别。

我怨恨地回了他一眼。

自那天起，我不再怕坐飞机，转而害怕身处高楼之中。我意识到塔顶所面临的危险，远比鸟类飞行要大得多。而十八岁以后来到这座城市，我无法回避满地高楼。毕业前，我曾在一家外企实习，座位有限，我被临时安排进四十八层的小隔间，里面堆满卫生和文具用品，我的办公桌，是一台坏了的打印机。我在这里坐了六个月，仅通过邮件同其他楼层的同事往来工作。他们中的许多人，我想，即使在楼下买咖啡撞到我，也绝不会想到这就是几分钟前的邮件发信人。但促使我做下去的动力，从不是这种陌生的秘密或乐趣，而是在四十八层，我开始主动克服自己的童年障碍——通过频繁地挤进打印机和墙之间的缝隙，踩上窗台，观看这座巨型城市的空中风景。

写字楼和宝塔一样，下大上小，所以在地面咫尺相对的，到天上却遥遥相望，又因为空中无所阻挡，人眼勉强能看清一些对岸的轮廓。每天的不同时刻，无数块透明玻璃窗后面的人来来去去，灯光时亮时暗。我见过有人撕纸，有人接吻，有人哭着打电话，有人甩了别人一巴掌，还有人走进会议室，先泡咖啡，然后把咖啡倒入沙发，悄悄离开。但我从没见过有人望向我。他们面孔不一，穿扮却大多相似，时髦得体中流露出自我约束又想要艳压群芳的心气。我不关心他们的具体工作或收入水平，我只是想，他们是否会在某个放空的时刻想起很多年前的一次恐怖袭击，继而为自己所在之处焦虑，毕竟，那些无可预知的航班，时常在他们头顶掠过。习惯是一种有力的练习，我在对人的反复观察和想象中，渐渐忘记了让自己去害怕，于是不再害怕。甚至偷偷住过一晚，实习结束前夜，为了持续观察某个加班的人，我留了下来。夜幕降下，无数块玻璃窗边都亮起了小灯，忽闪忽闪，组成虚假的星空。星空里的那人在电脑前趴倒时，我也不知不觉靠着窗台睡了，再睁眼，他早已继续伏案。那时我下了决心，忽略一封标题为内定录用通知的邮件。次日下午，正是初夏暴晒时，我蹲在窗边吃隔夜三明治，瞥见远处天台上站着几个人，看手势像抽烟，这是常有的。很快，一人将烟头往下一扔，撤回楼里。第二人一扔，也撤回。最后只剩一人，我才觉出眼熟。他抽一根，扔一次，又抽一根。反复几次后，他将烟纸壳往下一扔，点燃最后一根。终于，仅剩的烟头也扔下了。他像要去追那烟头，朝前走了一步，又走一步，他开始突破屋顶花园的边线。我的心拎起，拼命敲打自己面前的窗户，毫不起效。我欲打电话，却不知该打给谁，如何解释方位。就在我手足无措而他即将逼近的那几秒的末尾，一个霹雳坠下，天瞬间阴了。

那人停住了。我们的车停住了。

窗外掀起一阵狂风，雨水横泼，刮满玻璃。急刹车后，水花集体朝前冲去，形成张牙舞爪的地图。老乘客撑开伞，消失在响声巨大的雨中。驾驶员转头喊，末班回程九点五十噢。我顺着他的视线望去，那副宽阔的身体已套上雨披，正从后门缓慢移出。黑 T 站在门边，撑开他的折叠伞，朝我点头，我又一次毫不犹豫地钻进那块普通的格纹布面。黑 T 说，雨大，进去避一避？我说，正好去买把伞。便随着他的步伐落了车，朝入口处走去。地面迅速积起了活跃的水坑，一步一动，我的平底鞋再度划进湖里。

那天，响雷后的几秒内，雨泼下来了，同此刻眼前的停车场一样，那雨大到让天台屋顶处处跳起水花，窗户瞬间模糊。我拼命擦着自己那一面，看到那人渐渐变小，然后转身，收入一扇小门，像一条企图勇敢的蚯蚓，望了望天，又悄悄钻回土里。而我已进入雨中。

我说，要不是这场雨，我都快想不起工作之前的一些事了。

黑 T 故意怪声，哟，你看起来不像是工作二十年的中年社畜呀。

我朝他苦笑了一下。

五

黑 T 指着前面那片半透明的紫红色雨披说，戆戆进去，买两板养乐多，明朝到期，今晚第二件半价。一板当场喝掉，一板回程车上喝，每天一趟，雷打不动。我望过去，跃动的紫红色底下漏出一对洞洞拖鞋，步伐越来越慢，渐趋停下，全心踢打着地面的积水。黑T转弯，带我绕开戆戆掀起的余波。我指着前面那把写着“建设文明徐汇”的大伞问，爷叔买啥？黑T说，爷叔夜里来，当作跑一趟小菜场，九点以后，肉类打小折，蔬菜打大折，运气好，碰到半死不活的水产，当场拿走不谢，照爷叔讲法，老清早爬起来，不如夜里扫荡。我惊讶于他对同行乘客的了解程度，于是随意点了远处一把伞问，那个人买啥？看样子是来和爷叔抢生意的哦，他提高声音。那你买啥？我问。我啊，我就来逛逛。我抬头看他，才发现他生得好高，高到我只能望见一个突出的喉结和下颌骨的底面，因此吃不准他的岁数。回转脖子，眼角余光又恰同那道棱镜彩虹对齐。

顶上的白炽灯管很密很亮，闭上眼睛，脑中仍横着一道一道短促的光斑，再睁眼，愈发感到室内冷清不堪。寥寥几个顾客，钻出来，又遁入货架之中，甚至不如员工红马甲在眼前闪现得频繁。此地与其说是卖场，倒更类似大型仓库。就连入口处停得满满当当的购物车，也像是某种不幸滞销的过气商品。我极少见到这样的大润发。

记忆里，一旦过了闸门，场面必是乱中有序。人们第一步抢占购物车，第二步冲向最近的甩卖区，一头扎进叠堆，火速挑出临过期食品中剩余寿命最长的一包据为己有，然后扎进下一个叠堆。最可怕的是周末晚、春节前，以及周年店庆那几日，抬眼，黄地红字的巨幅海报下面全是人头，他们走过，留下大码小码脚印，与购物车轮的印记相互取代。即便在冬天，兜一圈也能出一身汗，提着大包小包往出口处一站，吸一口寒风，才算活转过来。头几年我岁数小，最热爱的食品架永远挤不进，便放弃了在大人的身体丛林中受苦，改去电视机展览柜前一坐，观看家里没有的高清《动物世界》。但自从听闻有小孩在这一区走丢后，大人便不许自己去，把我放进一部购物车。这倒使我得以畅快无碍地穿梭在卖场中，免去踩脚之痛。稍大些，无法再坐，改而负责推车。我推着它，眼睛却从不放它身上，饭菜是别人碗里的香，我家的车里，不用看，永远是那些无聊又笨重的生活用品，食用油、洗衣粉、褶皱卫生纸，哪一样放得入嘴巴！我唯一能做的，是悄悄塞几样小零食到车底，结账时趁大人不注意，抢先送上那条终点设在收银员手中的滚动带，心中盼它们快些到达。

不想这么多年过去了，走到食品架附近，我仍被触发出一阵无可掩饰的饿与馋。这两种感觉向来是紧密交织、彼此加强而出现的，像麻花绳子，必定要两股拧在一起，才能生出足够大的力气缠住我本意朝前的脚杆。我望着面前这堵挂满零食的墙，从花花绿绿中一眼认出若干熟悉的包装。白光反射，头一晕，我感到它们纷纷掉落来，砸向我，砸到我的小房间的地板上。

还没吃？黑 T 觉出我的异样。我抬头，才算第一次在亮处看清他的样子。实在是太普通了，那种放眼望去大学校园里满地跑的寸头方脸，人瘦且黄，不算高的鼻梁上架着粗框眼镜，并不能修饰脸型，也遮不住毛孔粗大的皮肤。那时室友说，你回想一下初高中，应试教育工厂里走出来的男生，十个有八个都长这样，是不是？我无可反驳。这类男生最大的特点是面貌高度稳定，中学显老，大学勉勉强强，真等老了，反而显得后生起来。总之，只要没秃，永远这副样子。

我点点头。估计自己是饿过了。工作这两年，我经常饿过头，有时加班忘记点外卖，有时忘记要错峰点外卖，于是空等太久，也就减了食欲。不过这会儿，我竟又生出一些新的食欲，也许是认出那几样久违的零食，老友重逢，心里忽然激动。正要伸手去拿，我们到那边吃，黑 T 拉着我穿过零食区，然后穿过酒水区、奶粉区、进口食品区，往低矮空阔的另一边去。一路上没人，我们跑起来，耳边竟响起了细小的风声，我扁平的胃也跟着上下蹿了起来。很快，我闻到烤焦的面包香气，正要停下，黑 T 又拽住我拐弯，快到了，他说。就在我的胃要被颠得贴成一片之前，我们到了熟食现做区。

小阿姨！黑 T 朝空荡的半开放厨房喊。

包子还剩三只，拿给你妈，明朝早饭正好。女人边讲边从后厨走出来，闷头递上一袋东西，嘴巴只顾朝另一只手里吐什么吃食的碎屑。

小阿姨，喊你做夜生意呀。

女人的目光扬起，又坠崖似的从黑 T 脸上落到我脸上，眼睛一亮，嘴便笑开了，喉咙里像灌了油，细细倒出话来。哟，啥情况，今朝带小姑娘啊，带小姑娘嘛，到大厦里吃顿高档货，来小阿姨这寻死啊。女人戴上口罩，立刻开火。炒只啥，小姑娘？她看我。我说随便。女人讲，趁年轻，不好随便随便呀，想吃啥就喊啥。你看小阿姨，再开条件要吃啥吃啥，爷叔只讲，老价钱，有啥好吃？她举起铲，指了指斜对过的海鲜摊，玻璃水箱里冒着泡，背后的人发着呆，同几只无人认领的老蟹面面相对。

黑 T 讲，今朝海鲜摊有啥好货出口转内销？

小伙子精是精，喏，女人取出一个保鲜盒说，爷叔省给自家老婆吃，我不吃，这两天牙肉肿，海货少吃，要么炒饭来一盘？没等我点头，女人就掰蟹腿蟹钳往油锅里扔。她讲，有人吃大闸蟹、帝王蟹，有人吃死蟹指指脚脚，小姑娘，要紧吗？我摇头。小时候吃过饭，爸爸常带我去菜场后门看最后一批河虾，踢一脚脸盆，毫不动弹，谁还敢要？只有爸爸喊，老板，收货、收货。老板笑嘻嘻连称带送。我们拿回家，趁那活物咽气前火速一剪，一落水，次日晒虾干吃正好。

黑 T 望着火势问候生意。女人讲，中秋也这样淡，好了，好下岗了，我讲要跑，爷叔不许，讲做做蛮好。这时斜对面喊道，没人来正好，好东西自家吃进，不会错。女人讲，你会算账，倒不见你发过洋财。那人又喊，洋财不想，吃大润发，用大润发，就算小财。女人转而对黑 T 讲，爷叔恨不得样样吃进，结果呢，媳妇一样不要，同孙子买，万事日本进口。女人冷笑，大润发吗，野鸡超市呀，我同爷叔讲，老头子老太婆自吃自用，覅拿出来叫人看笑，小姑娘，下趟你不好笑话。我摇头，却又觉得这一摇，不小心坐实了女人对我和黑T关系的误认。

女人盛出满满一座金黄小山，插进两只调羹，又从饮料机打来一杯冰镇酸梅汁，两根吸管。黑T觉出尴尬，忙推说，你吃，我吃过了。我吮一口汁，全是底部的粉渣。海鲜炒饭的味道，却并不比那些昂贵的泰国餐厅里的差，只是咬开蟹肉，腥气不免四散，这没什么，总比不知死活的外卖好。我看了一眼价目，也比外卖便宜不少。女人望见我的视线，高声讲，我待人吃一天到夜的边角料，要啥钞票？说完又往我面前塞了半条寿司和一只鲜肉月饼，都是冷的。

我有点饱，问黑T要不要，他正接过，女人喊，不许给。好东西现在留给人家，下趟屋里有好东西，人家不会晓得留给你。这话像是说给我听，又像说给斜对面听。她另取出一袋松散的月饼皮递给黑T，解下围裙讲，小阿姨去旁边买面包，要带点啥？

我主动提出一起过去看看。卖场里的面包，无论如何我都觉得亲切。从前爸爸下晚班，顺路拐进，九点多，当日快过期的面包，三捆两捆地拿透明胶绑在一起，不成样子，五块八块地甩卖。爸爸急着回家睡觉，大概是不会认真挑的。但很长一段时间内，我吃到的面包几乎没见过重样。长的、圆的，咸口、甜口，他买回来，第二天我打开冰箱，总是惊喜。爸爸说，放了冰箱，这一夜就当不存在，不算过期。我吃上去，大体如此，但某些带香肠和蛋黄的品种还是容易坏，味道怪怪。后来爸爸就改成只买吐司，次日早起，煎一个荷包蛋，抹一勺花生酱，两片夹住，叫我带上公交吃。高中三年，我吃了两年多。他走后，我失去了吃早饭的习惯。想起来，我已多年不曾见他。工作之后，我也很久没有认真地想他了。他永远停留在五十出头，而我不停追赶。

我们走过去，仍是那几样不知该叫作常青还是过时的品种，零零散散地倚在货架上，像夜班地铁里累到无法动弹的乘客，浑身散发着绝望气息。女人却挑得仔细，反复翻看成分和日期，同我商量几句，然后在全麦和红豆之间来回落眼，直到红马甲指明了“今日优惠”。

买一送一，我们无须思考，一人一提全麦吐司折返。黑 T 正在长桌上默默折纸盒，折一只，往收银台上放一只。我认得出，每个去过大润发并留下电话地址的家庭，后来都会定期收到这样一份购物邮报。薄软油滑的纸张，我将它同粗糙的报纸、小广告和水电通知单从信箱里一起拣出来，扔到桌上，只留一份夹进自己的作业本，然后坐回小房间，撕开透明薄膜，一页一页地翻，像欣赏一幅世界名画的各个部分，又像做生意，每翻过一页，就完成了一份订单、一桩买卖，内心无比充实。直到末页，我看完所有想要的文具，仍舍不得将它折成纸盒，供大人吐沾着口水的瓜子壳。九块九，十九块九，现在想来，数字所对应的商品甚至不意味着任何物质欲望，无非是些让人看着就高兴的画片。这又和浏览电商不同，后者随花费的时间而徒增犹豫和焦虑，最后引发令人窒息的空虚。

我告诉黑 T 这些想法。那当然不同，他说，物以稀为贵，网购的选择面太宽了，刺激你欲望的同时又稀释你的欲望，但有一点又是相似的——他流出一丝黠笑，我懂那意思，照片上的东西总比实际上诱人得多。他点头，递给我一张纸。现在看来，这种熟悉的排版和字体俨然过时的审美了，五毛钱 PS 的水果，成了更早些年在搪瓷面盆底部见到的水果，假得勾不起任何食欲。我尝试折，发现已经不会了。于是意识到情感变动也许并不关乎消费方式，只是时间问题。

你看。黑 T 另拿一张，平摊在桌上，我看了几秒，很快记起了折法。这近乎一种本能，多年不用，只需稍加提点，便立刻会了。就像小时候的一篇《新概念英语》课文，《潜逃的美洲狮》，我说，因为是第一课，背得最认真，从此以后只要看到puma这个单词，就能脱口而出全篇——黑T立刻背了起来："Lesson 1, puma at large……"我们大笑起来。

六

我们买伞，是去找伞，也是在空阔的大润发散步，穿过一个货架，又穿过一个，像身处毫无提示的迷宫，只有过时的流行歌曲和新晋网红神曲在耳边交替，但并不觉吵。我在消食，我和他说话，说些很久以前的事情，比如超市出现之前的副食品商场，超市里曾发生过的吵架、打架事件，抽奖活动和莫名其妙的商业演出，比如每户人家玻璃桌板底下都夹着的班车时刻表。我说起自己曾在停车场见到小广告漫天飞舞，那是一个夏末的台风登陆前夜，人们囤完货，眼前白茫茫一片，如同北方冬季下雪，电视剧里大户发丧。他说起入口处办银行和电信服务的广告大伞底下，曾有推销员脱了皮鞋，脚臭到顾客怒而报警，保安来赶人，又被活活熏走。我们讨论上好佳和乐事哪一样更长红，酷儿橙汁为什么渐渐消失，弹什么乐器的咪咪才是正宗的马来西亚咪咪虾条，我们单单没有提及电商、代购、外卖、快递，当然，谁也没有否认这些词汇早已填满当下的日常生活——我们只是避而不谈，就像故意绕开龌龊的洞洞鞋所掀起的水花，就像不愿过问一墙之隔的外面是否还下着雨。这是个复古的夜晚。白炽灯亮得让人几乎分不清白天和黑夜，我的脚步停不下来，也就渐渐忘了真正的白天所发生过的事。最神奇的是，大约从上车开始，我算不出自己用掉了多少节课。我的单位时间失灵了。

我想起第一次去大润发，是在小学暑假的傍晚。天特别热，没有一丝风，走出来才惊呼，半个小区都在门口等车。同方向的车一部部来，大家心照不宣地无视，只苦等那部未曾见过面的一小时一趟的免费班车。谁都明白，挤不上，只能再等一小时。很快在下一关，手脚不灵的人被无情淘汰了，他们在车外眼睁睁看着里面的人渐渐朝前移动，像月台上送客的亲属，目光黏滞不舍。只有里面的人晓得，对方舍不得的是车，对人，他们满腔怨愤。我被爸爸扛在肩上，砰一声，额头撞到车顶，硬塞了进去。从高处望下，人头密密麻麻，有的黑，有的白，有的中空，一个小孩从来没机会见到这么多头顶。它们流着汗，说着话，从各自嘴巴里流出不同的声音和语气，二氧化碳浓度渐渐升高。车厢如同过年前的公共浴室，太闷了。有人喊，师傅，开空调呀。驾驶员讲，要乘空调车吗，先丢两块钱进来。那人便忍住不回。大润发离小区很远，事实上，新造的大卖场离城里任何小区都不近。车一路开，人一路拥进来，驾驶员喊，来，松松脚。好事者应道，来，大家一道跳芭蕾舞啊。车内哄笑。人人都想着，快到了，到了就好。谁能预料，到了更不得了。我平生没见过这么多人被关在一个密闭的厂房里，即便是假日的广场和湖边，也不曾挤到透不过气来。过了闸门，同车的邻居很快被冲散了，我坐在爸爸肩上，听他和妈妈约定，如果走丢，一个半小时后回程车上见。

时间本够宽裕，可半路碰到邻居，对方千万关照，去晚了哪还有座，起码提前半小时等车。于是我们绷紧了弦，以最快速度找到清单上的必需品，至于我心仪已久的宝贝，一样都不许买了。匆忙到头，收银处排起长龙，我们三人各占一队，最终一人提一袋往停车场奔去。

可是车太多了，每部面貌相似的大巴外都挤了好几层人，叽叽喳喳等着发车。我们兜转许久，总算见到“城南线”三个字，但四面早已水泄不通，汗臭脚臭，要把车身轰上天去。幸亏遇到几副熟面孔，大人合力攻占下一张专设给消费者候车的圆桌，东西一放，很快聊得飞起，小孩坐在桌上，蚊子块一个接一个肿。直到驾驶员甩钥匙的声音传过来，众人一哄而上，圆桌派们反应不及，落败而归。过了一会儿，有人大叫，上错线啦！

见车内松动，爸爸扛起我就跑，其余人也跟着见缝插针，站稳脚，继续在昏黑的车里大声聊天。又是嗡嗡的一路。

挨到下车，一老太跺脚大骂，造孽，有一袋忘在座位底下了！这话像颗炸弹，一落地，炸翻了旁边的人。只听一个拍头大喊，要死，一样没拿，全在圆桌底下！另一个也哇哇大叫起来。众人忍住不笑。那天夜里，三个马大哈聚在小区门口商量要不要回转，怎样拼车合算。一个只买了鸡蛋，不愿费钱，只是怕老婆骂，犹豫不决，另两个则坚持要去。直到末一趟车到站，人头涌出，好事者插嘴，戆啊，老早叫人家占去便宜了！三人大悟，叹气回家。这桩事后来成为大家等免费班车时的必谈笑料。

听到尾处，黑T笑得走不动路，夸我会编。是真的呀，我保证。他便说回程时定要探探驾驶员口风，看他捡过多少马大哈的便宜。这时，我远远见到先前同车的爷叔在和海鲜摊师傅讲话，原来绕了一圈，我们又回到生鲜区附近了。爷叔戴起老花眼镜，从夹克里掏出一张纸，举得老高，用手指画。我说，爷叔真是好男人。黑T说，爷叔大半生脚翘翘，当官老爷，直到老婆中风，儿女讲，要么当护工，要么当保姆，你选一样，我们承包另一样。爷叔选了护工，做了一阵，实在伺候不动，改当保姆。

我想起爸爸住院后的性情变化，感叹道，每天同厨房打交道，总比同病人打交道轻松点。黑T讲，道理是这样，但实际上，中了风也可以当卧榻将军，家里每天买啥，还是要听指挥办事。我望过去，爷叔正在讲手机语音，地上的篮筐已半满了，塑料袋包裹的食物之外，还挂着一件带吊牌的玫红色条纹长袖。我讲，爷叔到底是贴心人。黑T讲，我从小也在超市买衣服。我看了看他身上的棱镜彩虹，他只好补了一句，在优衣库出现之前。

服饰区一向是我假装不屑的地方。试想自己匆匆忙忙，在一圈薄布的包围下换上一件尚不知合不合身的衣服，走出来照镜子，一脸滑稽，此时恰有熟人推着购物车从不远处经过，真没脸啊。因此我只敢偷偷瞄一眼，再瞄一眼，脚上自管朝前。黑T懂我意思，他说男孩不一样，当场脱当场穿，百无禁忌。我回想一下，确实没少见到这样的男孩，两手一环，上衣从头颈里扯一把，黑黑的肚脐眼就抖搂下来了。我站在两排短袖之间来回张望，仍是印花图样，大众款式，仍旧便宜。

黑T说，我进去逛逛。再出来时，一双迷彩沙滩拖鞋摆到我面前。我低头，才发现自己的平底鞋开口了。知道鞋湿，只是湿了太久，双脚几乎适应了这样畸形的环境，以至于毫无察觉。我迅速换上了。沙滩拖鞋是儿童夏天必备，廉价，轻便，遇水快干，缺点是容易被踩，从前一进教室，几个男同学就兴奋地互踩起来。可是怎么走？我望着两只鞋中间的防盗搭扣，却不知黑T蹲下身如何一弄，搭扣就松了。你是惯犯啊，我说。他眨眨眼。我顾不得照镜子，在空地上走来走去，虽稍嫌大，仍感到轻松极了。不远处货架上立着一排大大小小的凉拖，再看地上，浸水后褪色的鞋，张着大声求救的嘴。为什么职业女性不是高跟鞋就是平底鞋呢，前者塑造高冷，后者塑造毫无攻击力的温柔，自然就容易被忽视，被欺凌。我穿着新鞋，让脚趾在鞋底和空气之间反复撑开、并拢，它们像在大口呼吸，高声叫着再也不用扮演任何隐忍的角色。

我问黑T，怎么样？他点头。我得意，那中秋假就穿它去吃喜酒。黑T说，索性省了红包，送新人一双鞋。我叉腰大笑，沙滩拖鞋似乎将我暂时解放出来了，每说一句，我都忍不住要腾空蹦跳一下。此后我们走过布料区、灯具区，像走在一些面目无趣的样板房里，而我几乎是甩着手，斜着身，半朝着他的脸一路向前的，嘴也停不下来。我说起自己二十五岁后，开始频繁地参加同龄人的婚礼，掰掰手指，也该有十多场了。

黑T问，你有那么多朋友？

我说，你知道，婚礼只是一种社交方式。他点头，并说自己好几次走到酒店大堂，见门口摆出两三幅同日的喜宴海报，不仔细看，根本认不出要去哪一场。

只怪化妆太浓，修图太狠，风格又千篇一律，我说。

有一次真走错了，黑T说，仪式看到一半，觉出不对，去外面看名字，我 ×，赶紧去隔壁宴会厅，心里却老在想刚才见到的新娘。我插嘴，你什么意思？他说，没别的意思，我总觉得名字很熟，脸虽化了妆，也记得起小时候的样子，又实在不算认识，我想了好久，想不出这算哪一种熟人。

我们沉默了一阵，在两排厨房用品之间缓缓穿行，白灯照下，锅碗瓢盆的金属冷光泛着某种不近人情的成熟气质，空调吹向半湿半干的脚，地砖的凉意也蹿了进来。

也许就是，小时候一起上过少年宫奥数班的那种熟吧，我忽然说。

黑T不再往前。他似乎被这样一种既模糊又准确的描述击中了，停在一堆木制碗筷前，像只被高高吊起的细长汤匙。话脱落口，我也感到一阵恍惚。关于那些在少年宫上过同一门兴趣班，偶尔传过作业本，听老师点过名，却从没说过话的人，还能记起的不多了。这样的人，也许在暑期社区实践见过，公园游乐场见过，父母单位的工会活动上见过。总之现在，都是大人样子了，彼此不免会在酒店、医院或下一代的学校里重逢，引发一阵默契而短暂的惊诧。

我感慨道，一起学奥数的女同学已经结婚了，班上成绩最好的男同学，大概已经秃了吧。

黑T看了我一眼，始终没有开口。我不知道他在想什么。

我当年也拿过竞赛奖牌呢，我说，你长得高，从上面望下来，我头顶有没有不良迹象？黑T做出仔细端详的姿态，然后说，中空倒是没有，白头发好几根。

我也被这种诚实的描述击倒了。这时我们已走到食品区的另一头，牛奶冷柜的边框照出一半的我，从这个角度，这束光线，我隐隐望见左脸颊上某块阴影部位的塌陷。据说人到了一定年纪，皱纹会先成为一种焦虑，继而变为一种骄傲。我却两种皆无，每次无意中察觉出自己身上细微的变化，就像当年发现乳房微凸一样，只有成长的惊呼，与惊呼后的不知所措。

黑T突然拿手肘戳我，我吓得惊呼一声。他指指前方，我才看见那具硕大的肉体横陈在冷柜边，雨披垫住屁股，小腿抖动，两板饮料却被大腿牢牢夹住不动。红马甲走过来，递给戆戆一盒鲜奶，又递一只装到扑进扑出的袋子到他脚边。黑T上前，拍戆戆的肩，同红马甲稀松言语，似乎拒绝了从袋中拿走点什么的邀请，然后朝我招手，走吧，原来雨具在后面。他往回走，我追上去问，这是戆戆的……妈？看着不像。

黑T说，是舅妈。原来戆戆靠姆妈一手拉大，姆妈病故后，戆戆一个人过。他从小喜欢乘舅舅的公交，不讲话，只看野眼。乘来乘去，人大了，也老了。我回头看，戆戆在玩的手游，我班上好多小学生也在玩。他冲屏幕笑的时候，鼻头柔软地皱起，也像个小学生。若不是黑T提醒，我无法相信他快四十岁。

黑T告诉我，戆戆曾干过几份看门房的工作，都因为坐不住而告终。我说，既然生了只橄榄屁股，又爱乘车，不如去当售票员。黑T笑道，那他最好去当空乘呢，日行万里。我便趁机问起了那个我思考过无数遍的难题，你怕高楼还是怕飞机？黑T一脸茫然。

直到走近雨具架，挑出一把最普通的透明雨伞，九块九，和地铁站的价钱一致，我才讲完了宝塔顶的故事。后来宝塔重修，塔顶被移走，我一心以为它会回归原位，却不料人们新造了一个金光闪闪的塔顶，安于高处。奇怪的是，旧塔顶却没有再回公园。我不知道它去哪了。那时老人已死，我无处可说，常梦见一个戴头盔的将军立在雨中哭泣。他哭起来尖而细，像个女人，毫不威风。多少年过去，我可以忘记害怕，但忘不掉那撞击的画面，有时我分不清，是鸟还是飞机，砰的一声，烂在地上。

黑T沉默了片刻，他说，高楼被地面牵住，但飞机不是风筝。

所以，没依托更可怕？

不，没自由才可怕。

我接不上话。

那你还要继续移动吗？他这么问时，我才觉出自己有些累了。

于是我们坐在雨伞中间，像躲雨、躲空袭，也像躲一只鸟的撞击。光透过伞打下阴影，深浅一片。黑T起身，遁入阴影之中，我不敢回头。我们坐成一前一后，一亮一暗，抛起空中的球。

我说，听老人讲，室内不可撑伞。鬼在外面借你的伞躲雨，你收了伞，再打开，鬼就出来了。

黑T说，你怕鬼，鬼还怕你呢。

那我不怕鬼，我怕吓到鬼。

假如是你认识的鬼，还怕吗？

我想到爸爸，无论什么样子的爸爸我都愿意见到。如果转头就能见到爸爸的鬼，我情愿永远不朝前看。这样想的时候，我掉眼泪了。眼泪说掉就掉，同这个城市的雨一样，却吃不准何时会停。我听到身后的人唱起歌，随广播不和谐地哼着，那声音又近又远，“陪你去看流星雨，落在这地球上”。啊，真老土啊。

流星雨落完，超市广播响起，三十分钟后打烊。我抹了把脸，拍拍屁股，走吧，我说。黑T看了看手表，嗯，走出去正好发车。

我说我不坐回程车，走路就行。

黑T脱离暗处，忽然站到我面前时，他的影子将我罩住。他说，你有没有见过打烊前一刻的大润发？

他似乎没有继续考虑自己的回程问题了。我们决定再兜一圈。

七

黑T说，高岛屋八月底离开上海，人们疯狂扫货，关门前几天它又突然宣布，不走了，两头高兴，中间苦了商家，可话说回来，确实卖得太贵。我只听不响。黑T又说，家乐福要退出了，麦德龙也在拍卖，别的几家早不行了。我仍不答。黑T说，滨江有一家莲花开了多年，从前算郊区，现在成了市区，反倒被划作违章建筑了。我说，你怎么知道这么多？黑T不答。我讨厌他脸上掩饰不住的得意。

有一件事你肯定不知道，我说。

黑T停下来。我看着他说，我家小区门口的免费班车去年底叫停了，托相邻的福，这是城里撑得最久的一条线路，也就是说，自那以后，我从小长大的地方再没有免费班车这样东西了。虽然，我补了一句，有没有这样东西，世界还是照转。

停开前几日，驾驶员把消息透给乘客，乘客传到小区里，小区里传到小区外。最后一天，免费班车又开始装猪猡了，一车厢来，一车厢回。白发人空手在站台等，上了车，脸上看不出开心，也看不出难过，闲话照讲，只当相互配合，来完成一桩集体任务。驾驶员讲，这叫回光返照。

当晚的末班车，人并不多，四下沉默。直到开上桥，环城河里的夜游船向桥洞驶来，灯与波光辉映，有人见此便喊，跟船去兜一圈？旁人笑，发啥神经。驾驶员二话不说，方向盘一打，下了桥，就带全车人沿着环城河空兜了一圈。城南线潇洒上路，陆续穿过城东、城西、城北，停靠在人们能指认出的那些曾经拥挤的站点，若有人愿意上来闲乘一段，驾驶员就开门招呼，众人热闹相迎。徐行夜深，再回到城南时，小区铁门已虚掩了。几天后，等乘客的自述在相邻中传完一圈，站台上的大润发铁牌已被工人拆下了。看门人讲，螺丝钉锈光，哪还拧得下，工人只好拿榔头一顿猛敲，铁牌溃败，碎成几片落地，最后被扫垃圾的人收走了。剩下两块新旧线路的铁牌之间，从此空出一个长方形的洞。

听我说完，黑T讲，也许往后，超市也不存在了。虽然这也没什么，世界还是照转，人们还是照过。大人开车路过这里，看到外面停满大卡车，会跟小孩说，看，这就是电商物流的起点。我呢，也只是少了个散步的地方。他这么说时，我们像正走在一条即将望到尽头的路上，穿过墙壁，我们就要与它一同消失了。

于是我说起，我有一个前男友，他把自己最喜欢做的两件事写在社交网络的主页上，逛逛超级市场，看看卫星电视。我们以前……我没再往下说，我意识到和一个陌生男性主动说起前男友，似乎带有某种暗示，但实际上我并无此意图。我只是突然想起那个比我大几岁的男人，那时他已工作，我还没有，我常常赖在他租的房子里，不去上课。他上班后，我看书，看电视，用他的音响听他的CD，醒醒睡睡，直到他下班回来，我们下楼吃饭。饭后走着走着，就走去了附近的大超市，明明没什么想买的，还是买了点什么回来。他说，逛超市让人放松，和让人放松的人一起，就又多了一层快乐。有时我们边走边聊见到的商品，见到的人，有时聊些超市之外的事情，公司里的，学校里的，新闻里的，什么都可以——这些我都没说出来。

我努力将话题扭转回去。你知不知道国内有个乐队叫超级市场？我最早听到本土电子乐是从他们开始的。

那你现在还喜欢逛超市吗？他这么问时，我意识到话题回不去了。也许对黑T来说，他的回答只是对我所释放的信号的一种积极回应。但我并不想将错就错。我干脆说道，我并不怀念他。

我只是问你还喜不喜欢逛超市。黑T笑了起来。

我不知道怎么回答，太久没逛超市了。可我又突然理解了前男友为什么总是不知不觉地走向这里。工作后，我才体会到这种放空所带来的巨大舒适感，正如我曾见到过的，天台上一根烟的救赎。

黑T似乎陷入了自己的情绪，他等不及我的回答便说，反正我一直很喜欢的，从小就喜欢，而且我只喜欢大润发。

因为它是你来过的第一家？

也有这个因素，但主要是我来得特别多。

我表示好奇。

他说，你见过小区里的烟纸店吗？

我点头。我从小住的地方就有三家，一家沿街，两家开在底楼车库。其中一家我最熟悉，老板娘是个不显老的圆脸阿姨，直到现在，见我回家路过，她仍会这样喊我，宝贝回来啦。

我家就是开店的，黑T说。最早从批发市场进货，后来乘免费班车，我和我妈一起来捡便宜。我妈说，看到印花，你就拿，譬如买进三毛，卖出五毛，不会亏。我们一周扫一趟，每人准备好两个大袋，空着来，满着回。年节脚边需求大，我妈会临时派我来补点小货，我一上车，驾驶员就喊，你妈生意真好呀。

那你今天是来补小货的？

都拆了，底楼阳台的店面都算违建。我说再盘一个，妈说算了，何苦作对。我念及她身体不好，觉得也对。只是偶尔有老人习惯性来门口喊声烟酒，我妈关照我备着些，当作代购。

我想到自己在车站把他臭骂了一顿，心中有愧，但并不想道歉，便岔开去说，七岁时有一天我忘带钥匙，等到脚酸，只好去小店里坐。后来老板娘睡着了，我躲在柜台底下看电视入迷，忘了这事。大人到家后发现没人，满大街找，几圈兜下来，快要哭着报警，爸爸过来买烟解闷，才发现老板娘还在睡觉，我还在看电视。

如果你在我妈店里，就不会错过。

我问为什么。他说，我妈店外面挂着一块小黑板。

就是那种冷饮价目表？

他摇头，我妈店里每天都有小孩来，像晚托班，还有家长提前把药和玩具放过来。我家店不大，旁边有棵香樟，泥水匠在树下砌了水泥圆桌，旁边放两条长凳，白天供人下棋，四点以后，就留给小孩了。我妈叫我负责写黑板，接走一个，划掉一个，剩下的留在我家吃饭，继续等。

我没敢问他为什么始终没提到父亲。广播又响，离打烊只剩十分钟了。我们约定好要共同目击的最后一刻，正一步步走在头顶的白光里。很快，白光灭了几排，黑T的脸随之暗沉下来。他说，你算不算今天店里最后一个没人认领的小孩？我不说话，也不抬头。

你身上有多少钱？他突然问。我说，你手机没电了？他摇头，移动支付不算。我掏出包，一张二十。他有六十不到，拿出一半，指指我的鞋和伞。然后他说，你觉得，现在临时开一个小店，还来得及吗？

于是，我们决定在打烊前分头把手里的现金花完。

我为这个游戏兴奋奔走着，又有点不安。担心他买酒，三十块买一瓶劣质的白酒，再加几只避孕套，这种后果是可以想见的。同一个陌生的同龄异性聊天，然后喝酒，开房，第二天醒来，迅速消化事实，但来不及洗头了，匆匆离开，穿着同昨天一样的衣服去赶同昨天一样的地铁，掐点打卡时，早有细心的同事从我的神色中识出了这个秘密。但我并不愿像这样度过一晚，和下一个白天。

这样想时，我的脚步仓促起来。原来一个人走路很容易变快，就像一个人吃饭也快。陌生而俗气的旋律从耳边炸开，我心里乱，兜兜转转在毫无兴致的货架前，眼睛扫着一切，又仿佛什么都没看见。我只好慢下，停下，努力回想这晚发生的事，雨，灯光，黑T的脸，黑T的话。可是他说了太多了，嗡嗡的一片，无论如何我也想不起某句确切的话。最后在人工广播的反复催促中，我随手拿了点什么离开。

我走出货架时，黑T也走出来了。我们自觉绕开扫码机器，走向一头一尾仅剩的人工收银台。我踮脚望对面，想从收银员脸上看出些什么，但除了无可遮掩的困意，再无其他。我的收银员是个黄毛，面貌年轻，他的北方口音直击过来，就买这？我点头，又摇头，举起伞，同皱巴巴的纸币一起放在桌上，记不起它在包里躺了多久。黄毛又问，咋不去便利店？我才想起脚上，赶紧脱下，便利店能有这？他笑了笑，扫完，我赶紧穿上。这么短的时间，我竟已离不开它。

最长的一声铃响起了。和中学晚自习的结束铃一样，它均匀，粗糙，但挡不住其中夹杂的兴奋。我站在一扇门边，黑T在另一扇门，我们之间的白炽灯一排一排灭了，灯箱一只一只关闭，最后，远处暗了，近处暗了，整个大润发睡了。我的心瞬间安静下来。红马甲沦为一些黑漆漆的身影，从门缝中匆忙消失，像窸窸窣窣的煤球精灵遁入墙角。保安用手电直逼另一扇门，一个瘦高的身影在发亮。他走过来，我们跨越小门，外面雨停了。

地上的水坑映出明晃晃的光。我大喊，月亮出来了。黑T笑，哪来的月亮，不都是路灯照的。我说，人造月光也行。

我们站在露天，听卷帘门唰啦啦地落下，走出去，末班车刚好发动，驾驶员朝我们笑笑，车里比来时人多一些。它转弯，我再次看到后排窗边那个硕大的身体，他依然专心，像在目送远方的什么，脸上平静笑着。我转头看黑T，他也笑了起来，手插在裤袋。

你帮你妈买的货呢？

今天不买，我只是抽根烟，不小心被你带过来了。

我不愿接话，只说，真够闲的，不上班啊。

以前上班，现在不了。

话太多被炒了？

生了一场病，大半年没去，不愿去了。其实也来不及去了，我们这一行，一旦脱节，就会被抛到社会的边缘。

我不再过问。

其实你不必害怕飞机，黑T说，你见过飞机的影子吗？我摇头。他说，我工作那几年，频繁出差。天气好的时候，飞机下降，我靠窗坐，就会看到飞机的影子落在地上，速度越快，影子就跟着跑了起来，一路跑过楼房、河道、操场、马路，所有这些你以为熟悉但其实知之不多的地方，不知道有多少人和事在发生，在消失。飞机离地面越来越近，影子越来越深，我看着它，想到那里面也有我自己的一份影子，就宽舒不少。人的心总是悬在一点，如果能分出另一点来落在别处，彼此追随着，隔着多远都好啊。

他边说边从口袋掏出一份邮报，撕开，纸片的影子轻轻打到地上，有些透明。纸片降落，停在水迹将退之处，他将伞撑开并置，我毫不犹豫地坐下。然后他拿出一些东西，卤蛋、话梅、麦丽素、旺仔牛奶，一式两份，依次摆开。他笑，三十块可以买不少呢。

十点多了，如果是小学生，严格的家长就不许再吃零食了。但我可以，最后一个无人认领的人，坐在店里，不写作业，也无人可等，只为一集偶然看到的电视剧而入迷。我可以忘记一节课有多久，忘记多少节课过去了，但只要老板娘一喊吃饭，我会立刻回过神来。我听到黑T说，先拆哪个？

我说，你知道小学英语三年级上册第五单元讲的是什么吗？

他摇头。

我从包里拿出一袋吐司，一副牌，一盒飞行棋，说："Let's have a picnic."

原刊《花城》第1期

有福之人

远 子

当我闭上眼睛，时间就在我的眼皮底下飞逝。那个我中学时用过的机械闹钟依然完好无缺，拧紧发条后，钟面上那只不知疲倦的老母鸡便开始向一旁的两只小鸡示范如何进食。失眠的夜里，它啄食着我的身体，许多回忆从想象的伤口中涌出，我只好拿被子盖住它们，尽管天气燠热。

上海的夏天也很热，但毕竟还可以得到海风的解救。家乡的太阳更具压迫性，像是要把烈日下的每一个人都融化成自身的一部分。从哲学系毕业后，我在上海找了一个多月的工作，参加了很多场面试，每个面试官都叫我回去等那个根本就不会出现的消息。终于我失去耐心，决定回老家黄安休息一阵子，没想到这一待就是一个多月。出门的勇气消失殆尽，我索性叫大学室友把我存在他家的行李给寄了回来。母亲还和往常一样照顾我的饮食起居，像是在招待远方的客人。只是每到饭点我从房间里走出来，她的眼角还是会闪过一丝慌张。相比之下，姐姐的关心更为直接，她劝我振作起来，积极地给我出谋划策。

“要不你去见见方老师吧，他一直惦记着你，前两天还问起你。”一个周日的下午，姐姐又来给我打气。

“我的事不用他操心，”我已经猜到她会有此提议，便拿出早已备好的台词故意气她，“你就是忘不了你的方老师，真不知道你中了什么邪。”

“总有一天你会明白的。”她扭头走出我的房间。母亲在客厅里喊她，她也没有答应。

话说出口比我想象中的要重得多，我犹豫着要不要追上去给她道歉，但一想到那个伪善的方老师，怒火就在我心底蔓延，盖过了其他的情绪。我站在窗口，看她边走边拿衣袖抹泪，悬铃木的叶子绿得有些发黑。

方老师先后教过姐姐和我。念高中时，我和其他人一样崇拜他。他所带的班级始终保持着整个黄安县“一本”大学录取率的最高纪录，没有哪个家长不想让自己的孩子成为他的学生。关键是，他还不像其他老师那样喜欢体罚学生，不管你犯下什么样的错误，他都能耐心地劝说、安慰、鼓励。他的个子虽小，不到一米六，嗓音却很洪亮，有催人泪下的清澈感，那温柔而有力的声音给每一个学生留下了深刻的印象。

他要求我们比别的班级早到十五分钟，每天早上五点四十五分，他准时带我们晨跑，目的地是学校附近烈士陵园里的那片红军墓。当我们跑到墓地前面，学校操场就会传来运动员进行曲，在这激昂的伴奏声中，我们跟着方老师高喊各种口号：“两眼一睁，开始竞争”“不经历风雨，怎么见彩虹”“生前何必久睡，死后自会长眠”“革命尚未成功，同志仍须努力”……我们像是在用这些口号来安慰地下的烈士。现在回想起来，这个画面颇有些诡异和讽刺，但在当时，我和大家一样，沉浸在集体的热情之中。

没有人会怀疑方老师的教学热情与真诚。他到得比谁都早，晚自习后他又是最后一个离开教室的。他会拿自己的工资给贫困生购置文具、辅导书和羽绒服，甚至帮他们垫付学费。班上成绩最差的是一个大胖子，他的父母在高考前闹起了离婚，每天争吵不休，方老师便把他接到自己家里住。那阵子每天早上，瘦小的方老师就像误养了身形庞大的杜鹃鸟的云雀一样，带着胖子从教师公寓走到教室，胖子的脸上则挂起了从未有过的明亮的微笑。方老师的财力和心力，全都放在了学生身上，据说他家里连台电视机都没有，他的妻子终于无法忍受，离婚之后便带着孩子改嫁到了外地，再也没有回来过。

方老师的办公桌前总是站着一脸困惑的学生，大家不管遇到什么问题都喜欢找他，甚至包括情感上的苦恼。他不鼓励早恋，但也不从中阻挠。曾经有家长无意间发现自己的儿子在和班上的女生谈恋爱，就跑到方老师那里要求他严惩不贷。没想到方老师对他讲："你像他这么大的时候难道就没有喜欢过别人吗？这种情感再正常不过了，只不过有些孩子擅长隐藏，有些孩子急于表达。我一直劝孩子们把这种感情藏好，等它足够成熟、完满，再释放出来。真正的爱情从来都是需要忍耐的。但是，一旦他们真的捅破了那层纸，我们也不要害怕它会失火。只要加以引导，那种激情完全可以转化为学习的动力……"他找到两名学生做了长谈，鼓励他们考上同一所大学。之后，出人意料地，他把两人的座位调到了一起，让他们朝夕相处，但要求他们在课堂之外尽量保持低调，不要成双成对地出现。那个成绩较差的男生自此以后开始发奋学习，最后竟真的和那个女生一起考上了同一所重点大学。这件事也被传为方老师教学生涯里的一段佳话。

我偶尔也会问方老师一些抽象的人生问题，虽然都是些真实的念头，但现在想来，还是有不少炫耀和刁难的成分。我记得我曾问他，既然每个人都终有一死，那活着又是为了什么呢？死亡难道不会将一个人一生的劳作和成就一笔勾销吗？方老师是一个擅长微笑的人，他好像为每一个人、每一种情境都准备了一份恰如其分的笑容。当他听到这个问题后，嘴角立刻露出那种遇到知音才会出现的急不可待而又感同身受的笑意。“说实话，你这个问题我也思考了很久，我不能给你提供一份正确答案，”他的语速略有加快，“但是我想，生命的意义或许就在于过程本身，每一个阶段都有每一个阶段的任务，你现在的任务就是认真学习，备战高考。只有活在当下才是真实地、具体地活着，沉溺于过去、焦灼于未来都是虚假的、抽象的活法。你有精力思考离你那么远的死亡，还不如多背一个单词，多做一份习题，多睡一个好觉，这些才是和当下的生命息息相关的事情。”虽然方老师说他没有答案，但在当时的我看来，这就是最好的回答。

他的拿手好戏是每周一次的班会。他在讲台上来回踱步，那些发人深省的句子不疾不徐地流淌出来，折扇一般缓缓延展，整个教室都笼罩在他那波光粼粼的话语之流中。所有学生都期待班会课的到来，连平时最容易犯困的学生都坐得像韭菜一样直，认真做起笔记。他讲得最多的自然是高考。他认为高考实现了“分数面前人人平等”，这种对平等的追求，在西方一直都停留在理论层面，而在中国，从科举制到高考，它是延续了一千多年的历史实践。中国没有西方那么多的理论，是因为我们一直都在把自己的政治理念付诸实践，根本没有时间去构建成体系的抽象理论。“最重要的是，同学们，你们要知道，”他爱用书面语，恰好满足了中学生对于知识分子的想象，“高考消灭了青春的虚无。一切都没有意义，活着就是等死，人生毫无乐趣：一旦年轻人被虚无主义的情绪占领，他就会被围困在这些消极结论组成的牢狱里。这种常见于国外的时代情绪，在我们这里却很少见，为什么？因为我们有高考，它为所有年轻人指明了方向，填充了他们那极易受到虚无腐蚀的心……”班会课上不时发出瀑布般的掌声，而下课铃声的响起则会使整个教室陷入叹息声的漩涡。

最叫人难忘的是他在“高考百日誓师大会”上演讲的画面。他穿了一件白衬衫，皮鞋擦得发亮，提前稀疏的头发打上发胶之后也都一根根用心地反射着微光。他整个人沐浴在一片令人晕眩的柔光之中。他站在体育场讲台的立式麦克风前，向全年级两千多人传达他的祝福：“同学们，一个伟大的日子即将来临，这个日子是对你们过去学习生涯的总结，更是开启未来生活的序曲。不管结果如何，它都将改写你们此后的人生。但是在此之前，你们仍然需要再努力、拼搏一百天。你们要拿出半条命来备战高考，我不要你们的一条命，因为就我所知，还没有谁因为学得太苦而丧命的。我这么说可能有些残酷，但是同学们，你们要知道，这暂时失去的半条命会重新长回来，并为你此后的人生注满生命的活力。经历过高考的人都是有福的，因为在这之后，你就拥有了力量的源泉。同学们，在和平年代，我们应该感谢高考提供了这样一个磨炼心智的战场。尤其我们黄安县的学生，更应心存感激。因为有了高考，我们才能走出这片贫瘠的土地，去追求心灵的富饶……”

我注意到操场边、看台上、体育场栏杆外面挤满了前来旁听的人，他的声音像钟声一样传遍了学校的每一个角落。我感到所有人都和我一样，心一点点地提到嗓子眼，呼之欲出。在这种近乎迷醉的状态中，谁也没有留意那个经常在学校周边漫游的哑巴忽然冲上讲台给方老师戴上了一个手编的柳条冠。两个教职工急忙赶过去把那个哑巴往台下拖，方老师则冲上去把他们的胳膊从哑巴身上解开，示意他们动作轻一点。他回到麦克风前，继续他的演讲，一直到演讲结束，他才想起头上还戴着那个柳条冠。这段插曲没有减弱演讲的效果，反而增添了一种深沉的柔情，使他的发言变得更加深刻和可信。动员大会结束后，大家提着自己的凳子往教室里走，我听见有人在小声抽泣。

方老师一直都鼓励大家哭出来，“哀莫大于心死，”他总是这样说，“眼泪是生命力的证明，能哭说明你还没有麻木，还有顽强的斗志。哭吧，大声哭出来。”于是，每回月考成绩出来后，教室里总是哭声一片，有的女生还会抱在一起哭。

在我事后的回忆里，方老师还拥有一个终极杀手锏，那就是他的心脏病。虽然他从未和我们讲过他的病，但这个消息在高二开学后不久还是不胫而走，偶尔看到他捂住胸口，大家都会十分紧张。带我们的那两年里，他的病犯过一次。那天晚自习，第一排靠窗位置的两个男生不知为了什么争吵起来，他们彼此咒骂，声音越来越大，终于演变成肉搏。两人的桌子被掀翻在地，书籍和试卷撒得满地都是。血从其中一个男生的头上流下来，染红了他的整只右耳。他们互相架住对方的臂膀，像两只发情的公牛一样鼻孔忽大忽小直喘粗气，恶狠狠地瞪着对方的眼睛。看到方老师走来的瞬间，他们却像约定好了一样同时松开了对方的身体。方老师一言不发，带那个受伤的男生去医院做了包扎。回来后他坐在讲桌前沉默良久，才用沉重的语调说：“我没想到这种事会发生在我们班上，我和你们说过很多次，你们都是人，是中国人，是一个县的老乡，是同班同学，为什么还要彼此伤害呢？我教了这么多年书，这种恶性事件还是头一次遇见，这只能说明我对你们的教育是彻底失败了，我今天晚上就写辞职信，我要引咎辞职……”他越说越气，忽然停住，紧紧捂住胸口，趴在讲桌上，额头上渗出粗大的汗珠，教室陷入了坟墓般的寂静。我意识到老师可能是心脏病犯了，身为团支书的我，连忙叫上班长背起老师去医院。好在老师很轻，医院离学校又很近，步行几分钟就可以到。那个施暴的男生跟在我们后面，一路上都在向方老师道歉。快到医院的时候，他还抽了自己几个耳光，哭着说，他以后再也不会这样了。方老师也哭了，他哆嗦着已经发紫的嘴唇叫那个学生不要自责，是老师的错。

就这样，在钦佩、敬畏和同情的交织作用下，他教出来的学生几乎全成了他的信徒，不管毕业多少年，都会念着他的好。

离开那个被群山包围的贫困县城之后，我感觉自己一天天从那种无知的狂热之中清醒过来。室友里有一个上海人，他向我描述了他们那令人欣羡的素质教育：他们每周双休，不上早晚自习，还有很多兴趣班可以上，他们的升学率却比我们高得多。我学会了上网，从网上下载了一套上海的高考试卷来做，惊讶地发现他们的卷子和我们的全国一卷相比，实在是太简单了，我相信即使让我们班的那个胖子来做，也能过二本线。高考制度不可能是公平的，它也根本不会产生什么力量的源泉。同学里有好几个也是从山东、河北、河南等高考大省的偏远县城考来的，同样经历过残酷的高考竞争，但他们和其他同学一样，沉迷于游戏、体育赛事和成人电影，靠临时抱佛脚和多次补考才勉强拿到毕业证书，度过了浑浑噩噩的四年。临近毕业时，同届的学生里还有一个抑郁症患者跳楼自杀了……当然，作为高中的班主任，为了激励学生，方老师和其他老师一样选择性目盲，也没有什么可指责的，何况他确实做到了为人师表。应该说，他的形象在我的心中一直维持到了两年前的夏天。

高中毕业之后，同学们经常在线上通讯群里互动，对于高中生活和方老师，大家都念念不忘。那时的日子过得虽苦，却有明确的目标，所有的问题都可以抛给方老师，每天都活在充实感和安全感之中。不像现在，老师上完课夹着教科书就走了，根本不愿和学生多说一句话。随着毕业的临近，大家也越来越迷茫，不知道该往哪儿走。我终于意识到，自由乃是一种重负，它将人抛入了孤苦无依之中，这些承受不了孤独的人，只能选择逃避自由，一心只想回到被奴役的集体生活。

群里有两个复读生，他们就像是同学们安插在高中的卧底，不时给大家通报方老师的生活动态。有天他们讲起了方老师的绯闻，说是学校新来了一名老师，她曾经也是方老师的学生，现在两人走得很近，似乎是在谈恋爱。其中一人还声称他无意间撞见过两人在小树林里抱在一起。同学们都很兴奋，叽叽喳喳说个没完，有一个女生竟然还要求他们拍下那个女老师的照片发到群里。

他们不知道那个新来的老师就是我的姐姐。那一年，大我四岁的姐姐，辞掉了可以拿到北京户口的出版社的工作，执意回到县城高中教书。我断定她是受了方老师的蛊惑，有意想要拉她一把。

“北京的工作做得好好的，为什么要回来？”

“我不喜欢北京，也不想成为北京人，那里的骗子太多了，傻子根本就不够分。我的工作和你想象中的也不一样，交给我的都是些没有人愿意碰的书稿，我每天都在校对那些狗屁不通的文章，完全是浪费生命……那不是人过的日子。”

“那你可以换份工作，或去别的城市啊，为什么一定要回到县里？”

“你不懂……”

“我确实不懂。我们读书不就是为了逃离？活在这里，活在这愚昧的人群之中，人只会越来越狭隘、短浅，变成歌颂头顶那一小块蓝天的井底之蛙，难道这就是你想要的人生？”

姐姐用沉默抵制我的追问，我便转而问她是从什么时候开始有了想当老师的想法，她说从认识方老师的那一天起。其实她不说我也知道，我只是想听她亲口说出那个人，我没想到她说得那么坦荡，毫无羞耻之意。

“看来学校里的传闻是真的。”

“我没想到你也这么幼稚。”

确实，每当我生气的时候，我就会变得很幼稚，我也不知道为什么会这样。姐姐眼睛里陡然下落的失望深深地刺痛了我。小学毕业那年，父亲病死了，说实话，如果不翻看照片，我都想不起来他长什么样了，他生前的沉默使得他留在这世上的形象本来就很稀薄。父亲死后，母亲和姐姐对我更好了，好像她们认为自己对父亲的死负有罪责似的，所以总是想方设法来补偿我。姐姐给我买了很多零食和课外书，帮我辅导功课，有一阵子我们几乎无所不谈。不过，自她去北京读书之后，我们之间的交流就越来越少了，现在由于方老师这根刺的存在，我甚至能从她注视我的目光中看到敌意。

说来惭愧，姐姐念高中时写下的日记，我那时全都偷看过。尽管我也知道这样做不对，但就是沉溺其中无法自拔，有些让人心跳加速的段落，我反复地看了好多次。她后来用上了带密码锁的日记本，但我找到了破解的方法。将日记本放到耳边，拉紧锁头滑动转盘，转到那个对的数字时它会发出一声脆响。那是她内心大门打开的声音，每响一声，门就敞开一点。当四个数字全都输对之后，门开了，我冲进去，看见她第一次来例假时躲在厕所里偷偷地哭，看见她收到情书时既厌恶又兴奋的复杂心情，看见她对大学生活的想象，她喜欢谁讨厌谁，她的憧憬和迷茫，我全都一清二楚。每当她出现在我面前，我便像是有了透视眼，可以穿过她的衣服、皮肤和骨肉，直视她的内心。

从高二开始，姐姐的日记里出现得最多的人便是方老师。他的穿着，他的心脏病，他早生的白发，经典的语录……她的心每天都绕着那颗太阳转动。我嗅到了荡漾在字里行间的危险气息，但没有想得太深，以为不过是一个活着的父亲暂时取代了死去的父亲而已。成为方老师的学生之后，他的一言一行也彻底化解了我的顾虑。而姐姐回来当老师这件事，终于使我明白，方某绝不是什么正人君子，他不过是通过各种表演来蛊惑学生，大家全都成了这种个人崇拜的牺牲品，尤其是女学生。

我开始不遗余力地在高中班级通讯群里揭发方某，企图打破他留在同学们心中的神话：他的认真负责不过是为了掩盖他那卑鄙的真实意图，即让每一个学生爱慕他、迷恋他、追随他，他享受着这种受人敬仰的快感，为此他不惜抛妻弃子，不分昼夜地卖力表演。谎言说一千遍就会成为真理，他每天做的就是把谎言包装成真理。他动用了所有的情感资源，包括利用他自己的心脏病。世间最残酷的事莫过于用爱来行暴力之实，而他正是一个善于用爱来绑架他人的暴君……

也有几个人表示了审慎的赞同，他们说现在想想，方老师确实有点不太正常。不过绝大部分同学对我的发言无动于衷，有些女生还很气愤，指责我学了几天哲学就开始鹦鹉学舌。班长不知从哪儿知道了新来的王老师和我的关系，便劝我说，方老师的品行是有目共睹的，不要因为私人恩怨故意扭曲。再说就算传闻是真的，那也是自由恋爱，我无权干涉。我一怒之下就删掉了他的联系方式，退出了那个通讯群，决心不再理会这群井底之蛙，他们根本就不配得到自由，既然他们愿意做一辈子奴隶，那就做去吧，我要走我自己的路，我要做我自己的主人。

这种雄心并未持续太久，我发现我完全左右不了我的命运。虽然我对哲学颇有兴趣，学习也算认真。但我起步太晚，从小学到高中十二年的教育不仅毫无益处，还在脑海里埋下了很多互相缠绕的错误印象和观念，光是纠正它们就要耗费许多时日。大学老师也没有什么真才实学，他们最擅长的事情就是鄙视其他学科以及互相鄙视。没想到我费尽全力考上大学，最后还得靠自学。问题是高中学得那么苦，几乎连轴转了三年，到了大学便总是想着偷懒，尽管我一再提醒自己，但还是浪费了很多时间。尤其是想到在那场不痛不痒的恋爱上虚掷的精力，就感到追悔不已。

那场恋爱虽然并不荡气回肠，但我们各取所需，相安无事地过了两年，只是我心里总觉得哪里有点不对劲。直到有一天，女友无意间看到了姐姐的照片，笑着说姐姐和她长得有点像，我才意识到问题所在。她没往心里去，之后也没再提起，但她的发现深深刻进我的心里，我越想就越觉得她们确实长得很像，尤其是笑起来嘴角上扬的幅度。同女友的相处便渐渐有了乱伦的错觉，我对她越来越冷淡，连做爱都有点心不在焉。她一直问我到底是怎么回事，我没法向她解释，只能沉默。终于在毕业之际，我们不欢而散。

大学的四年就像是一场大梦，现在梦醒了，我无路可走。我想过考研、考博，躲在象牙塔里一辈子和死人的学说打交道，虽然未必可以著书立说有所建树，毕竟也能靠贩卖伟人的思想来让自己发光。但是大学老师展现给我的是一个令人灰心的前景，他们把哲学消化成一门由学分、论文和职称组成的普通课程。我不想和他们一样，每天都小心翼翼地在玩具城堡里打转，生怕撞翻那些纸糊的建筑。我对其他工作没有什么太大的兴趣，但还是很用心地准备了简历，但我很快发现几乎所有工作都要求应届生有相关工作经验，这简直是一个悖论，社会就用这样的悖论来嘲笑我所接受的教育。那些面试官看到我的专业是哲学之后，总是面露难色，好像看到了不该看的东西。也许我应该去工厂打工，和底层打交道，在机器的轰鸣声中锻造自己的心灵。但是这些年的学习已经让我未老先衰，我连爬个三楼都气喘吁吁，我怀疑我做不了体力活。

那些日子里，我每天出去面试，走迷宫一样艰难地穿过人群，去寻找那些藏得很深的办公室，再带着一身的挫败感回到那个已经逾期居住、只剩下我一个人的洞穴般的宿舍。上海的街上没有大写的人，只有小号的心，我仿佛都能听见他们在脑子里数钱的声音。我明白，就算我找到一份待遇不错的工作，那也不过是一点点地将自己淹没在市侩的沼泽之中。同学们一大半考上了研究生，另一小半则回到自己家乡附近的城市，在父母影响力的辐射范围内，继续经营他们的关系网。他们的人生对我没有任何参考意义，我撕掉了毕业照。每夜入睡之前，我都在暗自祈祷自己可以像入睡那样沉沉死去，只是我不知道该向谁念出我的悼词。

回到老家后，对死的渴望不但没有减轻，反而一点点加强，以致完全攻占了我的心灵。我没日没夜地同那股下沉的力搏斗，根本无暇他顾。偶尔平静下来，我就死死盯住窗外的院子。秋天已经深了，悬铃木的叶子落了一地。在书包的压迫下，那些小孩的眼睛好像都钉在了自己的脚上。我已经不同母亲一起吃饭了，她每天喂养宠物一般把一日三餐送到我的门口。

一天中午又响起了敲门声，我照例将房门卡一个小口子，伸出手去接餐盘，却被一只没有长茧的手抓住。原来是姐姐来了。她坐在床沿，叹了一口气：“其实你现在的状态和我刚毕业时很像，和方老师通了几次电话之后，我想了很多，终于认定了自己要走的路，你……”见我默不作声，她起身走到窗边，望着那片已经被我的目光污染过的风景，用近乎哀求的声音说，“你去见见方老师吧，他心脏病犯了，现在在人民医院，他说他很想见你。”

好吧，我想见见也无妨，我要当面拆穿他的谎言，顺便向姐姐证明，也许方老师可以拯救她的灵魂，但是他那套虚伪的学说，治不了我的病。

方老师穿着蓝白色的病号服坐在病床上，脸上显出失血过多的苍白，两鬓的白发看上去更多了：这些虚弱的白色在他那毫不做作的微笑的统摄下散发出迷人的光芒。我得承认，他的身上有一种奇怪的魅力，似乎可以软化所有靠近他的铁石心肠。为了避免臣服，一阵寒暄过后，我决定先发制人。

“方老师，有个问题我一直想问你，你真的相信你在课堂上讲过的那些话吗？”

“我相不相信并不重要，”他的微笑里泛起了苦味，接着又摇了摇头，像是要把这苦意给甩掉，“重要的是那些话是有效的。”

“所以你承认你在课堂上讲的那些都是谎言？”

“这取决于你对谎言的认识。欺骗毫无疑问是一种罪责，但出于对学生的爱，做老师的必须主动承担这种罪责。不然还能怎么办呢？告诉你们高考是不合理的，每天跟你们讲人生的虚无？我绝不会做这种事，我要给孩子们一条活路，让他们做梦。”他终于收起微笑，脸上露出一丝悲戚，“高考和人生一样，并非必然有意义，而是必须有意义。对于普通人而言，相信一切皆有意义是最好的选择。”

“那么真理呢？真理就没有任何意义了吗？一个正直的人难道不应该追求真理并勇于将它公之于众？”

“被真理诱惑，是像你这样的年轻人最容易犯的错误。我们会喜欢爱人的头发、眼睛或是皮肤，但绝不可能喜欢她的内脏，更不会产生看看她五脏六腑的冲动，可是她整个人的身体机能就是靠那些内脏来维持的。你明白我的意思吗？普通人是不需要真理的，也承受不了那么多的真理，他们甚至会下意识地避开真理躲藏的地方。我在课堂上讲过很多自相矛盾的话，可我教了那么多学生，为什么几乎就没有人来反驳我呢？他们根本就不在乎逻辑，他们需要的是可以沉溺其中的情感，是可以照进他们心底的太阳。他们需要什么我就给他们什么。这才是真正的正义，一个正直的人应该追求真理，但绝不应该公之于众，而应该小心翼翼地将它们维持在必要的限度之内。这是我瞧不起很多大学老师的原因，他们兜售廉价的真相，只顾逞口舌之快，却没想到这会给学生带来多大的心理阴影。”

“那人类就不需要启蒙了吗？照你这么说，人类社会还怎么可能进步呢？”

“启蒙和进步不过是些术语，是学者们的纸上游戏，普通人根本用不上这些大词，他们需要的只是照亮他们面前那一小步路的光。但是我想说，就让那些学者去相信启蒙和进步吧，让他们去写那些根本没有任何影响力的论文，让他们活在那种虚妄的深刻里，如果他们感到开心的话。但是要想办法阻止他们蛊惑学生。学生们发现真相之后能怎么办呢？真理之箭只会弹回来刺中自己，只会变成无穷的内耗，这是一种残酷的精神伤害。所以我说只有心狠的人才会整天把真相挂在嘴上，才会为了那些抽象概念鼓励年轻人做出牺牲。我爱这个世界，更爱这个世界的孩子，为了他们，我把批判的冲动埋在心底，绝不透露心底的黑暗，我相信这是唯一的、正确的活法……”

方老师越说越激动，他的肩膀开始微微发抖，最后竟把脸埋进双手呜咽起来，一旁的心电监护仪发出了警报声。一个斜眼的护士踩着没有声音的步子匆忙赶过来，查看状况后，她给方老师打了一针镇静剂，扶着他的身子让他平躺下来，帮他盖好被子，还小心地掖了下被角。在这个过程中，她不时朝我投来责怪的目光。方老师入睡后，她把我拉到病房外面训斥了一通，说我竟这样不顾病人的死活。她的斜眼加重了责备的语气。我明白，住院期间，方老师又多了一个追随者。

回家的路上，我压抑着在我眼眶中左奔右突的泪水，下定决心不能流下这些认输的眼泪……我本以为我会驳得方老师哑口无言，然后扬长而去，留下他一脸悔恨地坐在病床上，坐在自己余生里。我完全没有想到他会讲出这样一番无法反驳的话来。可是，他为什么要跟我说这些？这些话除了加深我的绝望，又能给我带来些什么呢？我渴望听到他的回答。几天之后，方老师已经出院了，我决定去他家登门拜访。

学校的大门像鲸鱼的气孔一样将学生们喷射出来。县城的高中每个星期只有周日才放一下午假，我走到学校时，正好遇上放假的学生。我站在一旁看着他们，虽有高考的压力，他们还是不停地说笑，空气里都是青春的朝气。我不由得想起方老师的那些话，是的，如果有人告诉他们大学没什么好期待的，人生毫无意义，他们还能有这样的活力吗？如果向日葵一直生活在黑暗下，它还能继续开花吗？

这不是高考状元吗，回母校来转转？学校的老保安认出了我，他的呼喊引来了几个学生的注视，我慌忙冲保安点点头，加快步子朝教师公寓走去。当年我考了全县文科第一名，便有了这个颇具封建色彩的称号，学校奖给我六千块钱，还把我的照片挂在进门的宣传栏上。不过，这些做法确实给了我一种天之骄子的幻觉，我执意填报了哲学这个冷门专业。我以为可以像武侠小说的主人公一样，从哲学史中提炼出一本武功秘籍，待我修得一身功夫，我就能在真理之中安身立命，却没想到四年之后，我连生存问题的任督二脉都没有打通。

高考结束后不少同学都约我去看望方老师，但那时未来在朝我招手，我对东方巴黎充满了向往，一心只想和这个灰头土脸的小县城一刀两断。如果我那时就去过方老师家，也许就不会对他产生那么深的误解。

他家客厅里最显眼的是那一排高至天花板的书架，在它映照下，桌椅都显得有些袖珍。另外三面墙上一幅画也没有，只有一个木质的挂衣架，上面耷拉着几件灰色的衣服。这完全是一个苦修室，活在这里的人不太可能产生尘世的肉欲，我想过去两年里，我不过是把自己因对姐姐的畸恋所产生的情绪投射到了他身上。方老师接过我带来的葡萄，将它们整齐地摆到塑料篮子里，那里面还摆着苹果、橙子和梨，有些已经散发出腐烂的香气。他从桌子下抽出凳子，叫我坐下，又忙不迭地去泡了一壶茶。等他终于坐下来后，我们却陷入了沉默。我没有了单刀直入的勇气，一直思忖怎样提出我的问题，最后还是他先开了口。

“你一定好奇我为什么要和你讲那些话。既然我已经决心要欺骗所有人，为什么就不骗你。其实你自己心里应该也有模糊的答案。总是会有例外的，总是有人与这个世界格格不入，他们游离在所有集体和体制之外。这些不幸者很难感觉到快乐，一辈子形单影只，茕茕孑立，终其一生都受到死亡的诱惑。你的姐姐是这样的人，但她没有你这么严重，她是有可能痊愈的，所以我跟你讲过的很多话都没有同她说过。当她向我描述你毕业后的状态时，我就知道你也是这样的不幸者。高二那年你曾追问我生命的意义，我当时就察觉到你有成为这类人的危险，但那种火苗通常很快就会熄灭，我也就没有太在意……”

方老师的眼睛从我身上挪开，投向书架，他起身走过去，在书架前逡巡，像是要为接下来要讲的话寻找参考书目。他的书架上有很多我想读却未读过的哲学名著，我注意到那些书里贴满了各种颜色的便签。

“火苗，的确是火苗，”他接着说，“你脑海里一定有各种各样如火苗般攒动、爬升、旋转的念头，这些永恒的活火可以毁掉一个人，但也可以成就一个人，因为你可以用它来照亮别人。当你成为光源，成为别人的意义，就不再需要寻找自身的意义，也无暇顾及自己心底的黑暗……”

“就算是火苗，它发出的光也是黑色的，”我知道如果我不打断他，他能一直说下去。我倒了一杯茶，递给方老师，“它们怎么可能起到照明的作用？”

“你当然不能显露出它们本来的模样，你要更换背景，涂抹颜色。你越是空虚、痛苦、绝望，就越要表现出充实、快乐和希望的样子。幸福的人只会在意自己的幸福，只有不幸的人才会关心他人的不幸。这是不幸者的天赋，也是他们的使命。就是在这种使命感的驱使下，我教了二十一年书。”方老师把一口未喝的茶放回桌子，坐到原来的椅子上，他坐得没有一开始那么直了，好像和那些缓缓落至杯底的茶叶一样，受到了地心引力的影响，“说实话，我从来没有相信过任何制度，也不相信人生有什么意义可言。大学毕业那年，这种不信终于把我逼上绝境。我在长江大桥上来回走动，走得越来越快，因为我害怕一旦停下来，我就会翻过栏杆跳进江里。就在这时候，我看见一个穿着校服的女生蹲在桥头的垃圾桶后面抽泣。她长得那么瘦弱，垃圾桶可以完全遮住她的身体。在我的追问下，她将手上紧紧攥住的浸满了泪水的遗书递给我，原来她和我一样，是来这里寻死的。像是得到了天启，我使尽浑身解数安慰、鼓励高考失利的她，最后竟使她破涕为笑，决定回去复读。可以说她是我的第一个学生，我在她身上找到了我的天命。我关心的从来不是成绩、排名、升学率，而是学生的心理健康，我教人怎么活下去，怎样相信生活。只要相信就行了，哪怕只信一年、一个月、一天也是好的，哪怕相信的是毫无根基、彼此矛盾的东西，也比什么也不信强得多。你和我一样，都尝过不信的滋味，那是万劫不复的深渊……”

“可是你自己呢？这能让你摆脱你自己的不幸吗？”我走到方老师身边，看着他湿润的眼眶，忍不住想拍拍他的肩膀，或是干脆给他一个拥抱。

“不幸的是，对我这样的人而言，这种不幸是无法摆脱的。每天晚上我躺在床上，都会重新跌入寸草不生的内心荒原。我也想找一个神问一下祂为什么要离弃我，但是神从来不肯向我显现，或者说祂从未涉足过这片土地。我只能发明自己的宗教，制定自己的教义，而教室就是我的教堂，我的圣洗池。那颗在夜间集聚起来的黑暗的心，总是在教室里一点点地化解掉。我活在一拨又一拨学生渴求的眼神之中，他们那无穷无尽的问题淹没了我，那个充满怀疑的、卑微的自我得到完全的消解与拯救。你明白了吗？真正的教师是为他人而活的，这是不幸者最好的职业。你和你的姐姐一样，也应该成为一名教师……”

整个冬天，我频繁地出入方老师的住处，遇到了不少熟悉的面孔。胖子现在是一个厨师，在县城经营一家小菜馆，他每次来都要给方老师做上一桌子的好菜，饭后还抢着洗碗，打扫卫生；那个动手打人的男生长得更强壮了，一身都是肌肉，看着他的身形，很难想象他现在是一名幼师；班长也来过，他考上了省城教育局的公务员。我们在相视一笑中化解了之前的龃龉，他把我重新拉入了班级的通讯群里。方老师依然是同学们谈论的中心，大家都为方老师恢复了健康感到高兴；那一对传说中的情侣也现身了，他们已经定居广州，并且有了一个孩子，那个小男孩的眼睛里可以看见宁静的蓝天……所有人看起来都很幸福，提起高中生活，他们充满了真挚的怀念。方老师也许是对的，他们需要幸福，而我们这些不幸的人应该给他们提供幸福。春节过后，我去省城考了教师资格证，但教书在我心里仍然只是一个备选，尽管在我面前并没有其他选项。

母亲也为我的转变感到欣慰，和当年反对姐姐教书的态度不同，她没有试图打消我当老师的冲动，可能她被我那几个月的精神涣散给吓到了。姐姐也用她的幸福打消了母亲对教师这一职业的疑虑，姐姐脸上的笑意从来就没有像这两年这么密集地出现过。经方老师介绍，她现在有了一个男朋友，那个长着一口好牙、发质坚硬的律师也是方老师的学生，他们已经开始谈婚论嫁了。

“如果你想当老师的话，可以考虑去大城市啊。县城离家近，生活压力也小，就是工资太低了。”我们三个人第一次一起吃饭，律师的口气里俨然已经有了姐夫的意味。

“可能我和我姐一样，适应不了大城市的生活吧。”我决定用书面语熄灭他套近乎的热情，“城市里有那么多红绿灯，看起来好像有很多条路，实际上只有一道供人攀爬的峭壁。我不愿意像其他人那样把别人的手和脚当成阶梯，过互相攀比没有尽头的日子。”

“果然不是一家人不进一家门啊，”律师举起倒满了黄色啤酒的一次性塑料杯，示意要和我干杯，“我在省城的一家律师事务所做了七年，一直都习惯不了大城市的生活，还是县城好……”

“方老师有一个观点，我感觉还挺有道理的，”我已经知道姐姐要说什么了，那番话方老师也对我讲过，“经济的发展是掠夺式的，大城市就像吸铁石一样把小地方的精英搜刮一空，在我们这种偏远山区，有体力有脑力的人全都出去了。表面看起来大家的日子是比以前好过了，但内里却在积贫积弱。虽然他一直鼓励大家走出去，但真正有良知的读书人应该往后退一步，用精神的耐心代替物质的野心，用爱人的暖意去消解被爱的孤独……”

姐姐提到方老师之后，我们的话题便一直围着他打转。我意识到，有了方老师这条纽带，他们将来的婚姻不可能出现无法弥补的裂痕。姐姐真的可以摆脱不幸，成为一个幸福的人吗？不管怎样，我替她感到高兴。

“高考百日誓师大会”那天，我临时起意，决定去旁听。我完全没有想到那天竟决定了我此后所有生活的排序。方老师照例是大会的明星人物，他那只常年握住粉笔的右手好像有了自己的性格，不停地举起又落下，挥舞短剑一般划动着他面前的空气。这些动作贴切地配合他的发言，增添了言语的力量：“同学们，高考制度是一个有机的体系，它最神奇之处其实是它能够牵动全社会的神经，让所有人都关注中学生。高考也因此成为一个重要的人生坐标：在这之前，它提供一个公认的目标；在这之后，它又能带来一份美好的回忆。从这个角度讲，高考的确是伟大的。我们要像热爱祖国一样热爱高考……也许有人会表示质疑，高考怎么可能是美好的呢？有人说他们在高考结束多年之后还在做高考的噩梦。各位可能也做过这样的梦吧，交卷时间快到了却发现自己还有整整一面的题目未做。但，这不是噩梦，真正的噩梦是在你面前摆着一张白纸，你却不知道该写些什么。有题可解的人是幸福的，哪怕是在梦里。有梦可做的人是幸福的，活成没有梦想的空心人是最可怕的。同学们，还剩一百天了，努力吧，奋斗吧，只要你拼尽全力准备高考并坚持到高考结束，那么不管考试结果如何，你都胜利了。在你们以后的日子里，只要遇到过不去的心坎，你就想想高考，想想你当时的热情……”

也许是因为我知晓了方老师内心深处的悲哀，他的这些话在我听来简直字字锥心。他说得越是慷慨激昂，底下的掌声越是响亮，就越是印证了他内心的凄凉。一个人竟能终生隐藏自己对真实世界的全部看法，一个最悲观的人竟能给世人带来最热烈的希望，他难道还不足以成为我的精神灯塔吗？他所从事的难道不是一项值得献身的伟大事业？那个哑巴不知道从哪里钻了出来，站在我的身边，这些年过去他好像都没有变老，他学着别人的样子拼命鼓起掌来，喉咙里发出兴奋的吼声。在这充满了生之干涩与压抑的叫喊声中，我的泪水终于夺眶而出。我接受着这些透明液体的洗礼，它们完全淹没了我的视线，以至于我都没有注意到台上的人中断了演讲，而台下的师生骚动起来，一群人冲了过去：方老师倒在了讲台上。

救护车很快就到了，手忙脚乱的医护人员将方老师抬到了车上。车子启动之后，一群学生小跑着跟了上去，我跟在他们后面。校长的声音从身后的高音喇叭里传了出来：“同学们不要激动，不要追车，我们的大会继续，方老师不会有事的，你们跟过去也没用……”有几个学生被校长叫了回去，剩下的一大半铁了心继续前行。我们赶到校门口时，救护车已经出去了，老保安锁上了校门不让学生出去，他们放声大哭起来。我向保安求情，说我一会儿带他们回来，他无奈地指了指对讲机，表示那是领导的意思，但他愿意放我出去。我叫学生们放心，说我会向方老师传达大家的问候和牵挂。

然而，当我赶到医院，方老师已经被送进了重症监护室。透过门上的玻璃，我看见他平躺在病床上，头侧向门口，氧气罩里起伏的雾气证明他还活着。朦胧之间，我仿佛看见他睁开了眼睛，那双在病魔的吞噬下变得迟钝的眼睛重新焕发出光亮，它们好像在对我说：活下去，一定要活下去，不仅要让自己活下去，更要让你身边的每一个人都好好活下去……那个斜眼的护士拍了拍我的肩膀，叫我不要挡在门口，我的眼泪软化了她脸上的严厉。她走进病房，像呵护婴儿一样轻轻地将方老师的头摆正。我忽然想到，也许方老师是为我倒下的，接下来他还要为我而死，他要用他的死敦促我做出最后的决定。

听姐姐说，方老师的葬礼是他的前妻从外地赶回来操办的。令人没有想到的是，前妻哭得比谁都伤心。送葬的队伍有好几百人，也有人说至少有一千。我没有去，因为我知道那里只有一个残留的躯壳，他在这世上留下了更重要的东西，而这个东西也许只有我一个人知道。

拿到教师资格证后，九月开学前，我参加了学校的面试。试讲那天，四位评委老师里有三个都教过我，站在他们面前，我就像儿子一样很难找到父亲的语气。为了缓解紧张，我把视线后移，越过坐在第一排的他们，盯住教室后排的空桌椅。

就在这时，我仿佛看见了那天被保安锁在学校铁门后的学生，他们那噙满了泪水的发光的眼睛分明是在呼唤我。是的，他们需要我，就像我需要他们一样。我已经看见了自己日复一日在教室里踱步、在学校里穿行的余生。在这种重复之中，死将彻底失效。即使心中的石块一再滚落下来，但和方老师一样，我也拥有了一次又一次将它们重新推上山顶的力量……我终于也成了一个有福之人。

原刊《小说界》第 1 期

分 离

王威廉

> 你的空缺犹如穿针的线穿透了我的躯体。
>
> 我所做的一切都被它的色彩一针针缝缀。
>
> ——W.S. 默温《分离》

本年度最后一天，冷空气无影无踪，来自南部海洋的暖湿气流便持续发威，气温一直飙升，到了一个这些年来气温记录的至高点。栗子走在街上，体育西路的汹涌人流裹挟着她，让她更觉烦躁。这是五点多的光景，人们已经从写字楼里拥了出来，从现在起，会有三天的时间可以摆脱那些没有尽头的工作。但栗子的心情并不佳，身边的人越多，她越感到孤身一人，她本应该更早一些离开公司的。她通常会提前十分钟离开，按着惯性，她今天依然如此，但她低估了今天是假期来临前的特殊日子。年末犹如一次漫长的告别到了尾声，她被迫要想到自己：她今年三十五岁，明天起，如果不细算到月份，她就是三十六岁了。这种想法让她极为焦虑，她一直不愿意去想，但此刻在人群中这个想法却抑制不住地强烈起来。也许，身边这些兴高采烈的人看上去都很年轻？她的目光在人群中扫荡着，的确，那些老成持重的人一脸漠然，她不用照镜子就知道，她跟他们一样。

栗子穿了一身黑色的制服，外套里边还穿着一件白衬衣，她每走一步，身体散发出来的热量都被厚实的制服封锁着，她很快就出汗了。她的头发是油性的，一出汗就更容易变得湿漉漉的，她想到这些，心情愈发向下沉去，仿佛自己正置身在赤道的汪洋当中，很快就要被淹没了。她不想随着人流向前走了，那种感觉很不好，仿佛被人群裹挟着，而不是自己的意愿，那种感觉真的很不好。她蓦然向边上走去，恰好站在了一家路易·威登的巨大橱窗前边，她背对着橱窗，因而对此毫无察觉。她看了会儿人潮，仿佛每个人都有着坚定的目的地，没有人扭头看她一眼，他们的目光怎么会如此巧妙地避开她，她不得而知。后来，有几位女士望着她，不如说望向她的身后，她扭头，才发现了自己站在路易·威登的橱窗前边，那种感觉更加不妙了，她索性一转身，走进了店里。

店员对她很热情，就像她平日在店里对顾客一样，她知道热情可以训练成一种冷漠的习惯。她对此倒是不在乎。可她的目光迅速被一款小耳钉给吸引了，这真是说不清楚的感觉，那么多时髦的衣服、皮包和鞋子合成一股力量压抑着她的目光，她的目光便主动出击，穿越那道无形的幕墙，准确锁定了那款隐藏在角落的小精灵。她凝视着那个小玩意儿：紫金被驯服成如此温柔的曲线，在钻石镶嵌而成的小花中央，铂金形成了比真实花朵还要复杂多姿的花蕊，仿佛有永恒的微风经过那里。巧夺天工，她脑海里出现了这样一个课本里的词，乏味却无可替代。

她的凝视迅速激起了店员的注意，店员走到她面前，轻声说：“小姐，试试好咩？”

粤语真是奇怪的方言，不同的人讲出来，会放大各自的特点。工人们用粤语骂娘简直不堪入耳，而此刻的温柔也让人猝不及防。况且，论及珠宝，香港品牌的名气是很大的，因此珠宝和粤语之间便也有了说不清的隐秘关系。她本能地点头，目光随之上下摇曳，然后那个可恶的小标签跳了出来，上面写着一串很长的数字。她不看第二遍，心里已经很清楚了，以3开头，后面跟着四个数字。

试试就试试，她云淡风轻地戴上耳环，店员手持镜子，她把脸凑近镜子里的自己，那个小东西在灯光下愈发焕发出夺目的光彩。那串数字让这种光彩显得如此奇异，仿佛是世间不容易见到的奇彩。

“好靓哦。”店员的粤语软到快融化她心底郁积的冰层了。

她在镜子里左顾右盼，觉得自己还是神采飞扬的，那层漠然只要她想消除便可以随时消除。

“现在我们有个活动，有神秘礼物送噢。”店员忽然换成了普通话，有了那股粤味垫底，也算不上突兀。但她分明还没有说话，为什么对方改用普通话了呢？她的心中荡起一阵微小的波澜。

“唔使啦，”她微微一笑，用无可挑剔的粤语轻声说，“多谢你。”

没有任何借口，她就这样直挺挺回绝了对方，然后在一种淡淡的眩晕中走了出来，店员的长相她都记不清。外边的天色已经黑了，但街灯和店铺的灯光都开足了动力，另外一种明亮统治了世界。她喘了口气，有种劫后余生的幸福感，她知道自己善于夸大自己的情绪，但那当中的确有种准确的成分。二十秒之后，她陷入更深的失落和沮丧，因为她发现自己遭遇了无形的阻碍，而且也不知道可以上哪儿去打发这段难熬的时间。不要回家，现在回家是一种无奈的宿命，她还不想认命。

这时居然有人叫住了她。栗子迟疑地望着眼前这个彬彬有礼的陌生男人，一时有些不知所措。陌生男人很年轻，满脸青涩，说是小伙子可能更恰当。

小伙子说："女士，我们特别想邀请您做我们设备的体验嘉宾，我们会给您支付相应的费用，请您了解一下可好？"

栗子左右看看，穿着这种灰白色工作服的人只有眼前这一个，并不是对着人群广泛撒网的。自己身上有什么东西让这个陌生人找了过来呢？

"女士，请您不用担忧，我们找您是因为智能终端向我们推荐了您。"小伙子向她点头微笑，并再次轻轻鞠躬。

"人工智能……"栗子不高兴了，这算是什么事呀，难道自己的信息被泄露了？

"请您不要误解，请听我的解释。我们完全不知道您的任何信息，我们只是把智能终端连接到了我们店门口的摄像头，它会按照自己的方式从行人里边去挑选，我们也会尊重它的选择。体验是很简单的，而我们的报酬是很可观的，请您考虑一下吧。"

这样的解释她觉得牵强。她是文员不假，可这样的话如何能蒙骗一个天天跟电子设备打交道的文员呢？她尽管不懂那些技术的真正原理，但她也学到了很多概念，用这些概念去唬人是轻轻松松的事情。那些来店里的客人，问到手机、电脑、声控音箱、智能手表等各种商品的性能，她都能够娓娓道来，仿佛这些电子产品都是她研发出来的。如果她没有这样的能力，她早就被这个行业淘汰了。就像他们公司早就不再需要收银员，也在不断地压缩导购员的数量，她经受了一轮又一轮惊险的过关游戏，才留了下来。她发现店里只剩下她一个女性了。讲性别政治？好像跟这个没什么关系，这里讲的是有没有用，这才是事情的关键。哪怕你是个第四性别的外星人，但只要你有用，你就可以留下来，享受更好的福利。就这么简单。

但是，还有什么比报酬可观这样的说法更具备诱惑力的呢？这在她看来，甚至都不是诱惑，而是一种诚意。早早地便明码标价，是一种最大的诚意。

“你们是生产什么产品的呢？”她装作好奇的样子。

“家庭用品，”对方一下子放松下来，对她更加热情了，“各式各样的用品，我们是智能家居的系统生产商，因此，更加需要您的意见。”

她还是有些踌躇，眼角的余光望了望周围的人群，他们还是面无表情地从她的身边掠过，他们永远都是他们，都是一种背景。但她站在这里，不再跟着他们一起流动，这点让她觉得踏实。流动是多么可怕的事情，流动的终点是极度的虚无和绝望，她早已深谙这一点。

“全是些特别好玩的产品，比如通过语音就可以命令全家的灯，明暗或是关闭，还能控制电视和洗衣机……”

“不是吧？这些功能太简单了，连很多手机都有。”

“抱歉，抱歉，我……”小伙子的脸微微泛红，有些紧张的样子，也许他刚刚才参加工作吧，栗子不禁想到。

“好吧，我跟你去看看。”

“谢谢，还有很多产品的，很多很多，您会大开眼界的，只是我笨嘴拙舌，不知道怎么介绍清楚。”小伙子转身带路，满脸羞涩的笑容，那样的笑容是很能打动人的，尤其是打动她这样的人。她是怎样的人呢？这个问题如某种指示灯忽然闪烁，然后迅疾熄灭了。

而商场是如此明亮，光线充足到了看不清自己影子的地步。走在光滑的大理石地面上，看着巨大的玻璃橱窗，栗子觉得自己恍然间变得抽象了。那真是一种奇怪的感觉，不完全是因为没吃晚餐而气力不足，她晚餐吃得很少，她每天都像精密的仪器那样控制摄入的热量。她主要是觉得在这个过于明亮的空间当中，自己的身体不再重要了，自己只剩下眼睛在四处观看，身体仅有眼睛便足够了。或者，眼睛成了身体本身。走在一边的小伙子，虽然不时跟她说几句话，但都显得虚无缥缈，像是空中浮现的迷雾一般。

坐电梯，到了三楼，走过五家游戏用品店，小伙子站住，告诉她，店面到了。“微固智能家居”，六个汉字紧紧排列在一起缩在右下角，仿佛怕被看到似的。从整体上看，又像是一张古怪的面具一般。走进店里，便有AI导购前来，那是一个光影凝成的幻影，有着世上永不凋落的微笑。

没有其他顾客，只有她。她转头，还有那个带她过来的小伙子，冰冷的LED光印在他的脸上，让他的笑容仿佛凝固了。

栗子看到墙边窄小而精致的柜台上摆放着各种各样的小型电子设备，除了她熟悉的电脑、手机，还有一些日常的物品，比如沐浴露、纸张、钢笔、书籍等等，这些物品集中放置在一起，宛如一个小型的行为艺术展。她穿过房屋中央的一块明亮地带（那里什么都没有），走到柜台前，看着这些日常的物品，想了想，拿起了一本书。纸书与这家硬科技风格的店有些风马牛不相及的感觉。但她发现这本书是纯黑色的，没有书名。

“您好，这是由特殊材质制作的书籍，”小伙子赶忙上前介绍道，“它的材质是类纸材料，但是能够感应到电子内容，并发出相应的形状。目前只能显示黑白两色，还无法显示彩页。”

“我想看看。”栗子和颜悦色地说。这才觉得小伙子有点专业导购的样子。

小伙子的食指在书脊上触碰了隐秘的图标，书的封面上出现了目录，倒是一目了然，先是自然科学与人文学科的分类，栗子选择了人文学科，又选择了文学。她天天跟手机打交道，想着看看小说类的还能放松一下心情。

“您也喜欢读小说吗？”小伙子更加热情了。

“是的，”栗子沉吟了一下，“看来你很熟悉这东西，你帮我推荐一本书吧。”

小伙子不假思索地说：“好的。”

他的手指快速操作，选择了一本书，叫《分成两半的子爵》，作者是意大利的卡尔维诺。栗子隐约听说过这个人，好像获得过诺贝尔奖吧？得过诺贝尔奖的人太多了，她记不住了，曾经学生时代的她还想努力都记住，然后打算闲了都看一遍的，这个目标显然彻底落空了。

书被设置好了，递到她的手中，跟一本普通的纸书几乎没有两样，除了略重一点儿，纸面更光滑一些。她打开书页，可以一页页翻看，那种感觉还是非常好的。她已经忘记了上次这样捧着书读是什么时候了。她跟其他人一样，刷刷手机，看看公众号文章，觉得就已经足够了。

“封面，装帧设计，都是可以选择设置的，如果你读腻了这种感觉的话。”小伙子一脸兴奋，仿佛他是这种电子书的发明者，继续说，“我们知道市面上有那种可以折叠的一页电子书，但那种感觉和书籍是完全不同的，书就是要有厚度，需要翻阅的，这样才能迅速看到它的结构……”

“多少钱？”

“现在促销，888 元。”

“买了。”栗子心想，真的不算贵。

“谢谢，物超所值！”小伙子从柜台下边取出全新的包装盒，递给她，“要打开检查下吗？”

“不用。”

买了一件东西的感觉真好。刚刚在路易·威登的挫败感被唤醒，随即又被抚平了。知识就是力量，一句多么古老的箴言呀，此刻重新在栗子的脑海里歌唱，宛如革命者的赞歌。她提着包装盒，手里沉甸甸的，让心里也如此踏实。她像每次购物结束时一样，打算转身骄傲地离去。但是，且慢，好像有个什么事情还没有了结。是什么事情呢？她看到了小伙子笑眯眯的脸，看到了他脸上青春痘的痘痕依然泛着红色的光泽，她突然想起来了。

“不对呀！”她脱口而出。

小伙子紧张了，笑容僵住了，看着她。

“你不是让我体验产品，然后给我报酬的吗？现在怎么成了我买东西了？”她的记忆一下子全都清晰了，包括“报酬”这个词都清清楚楚地记起来了。是报酬，不是钱，说出口就是应该理直气壮的。

“啊！不好意思！我也给忘了！”小伙子使劲拍脑门，啪啪啪，连续击打，栗子看着都觉得疼。

“没关系，没关系……”她连忙说道，又怀疑自己是否过分了。

“您是我邀请到的首位体验顾客，所以我一紧张反而把您当成了普通顾客，”小伙子做了个请的手势，指指里边的屋子，“您是特殊的贵宾，咱们进去看看吧。”

“体验的商品难道不是这个电子书吗？”栗子握着提袋的手不由使了使劲，生怕小伙子说这个书他们不卖了。他别想夺走这本书，我已经付过钱了，她心里想着，这真是奇怪的感觉。

“不是，是另外的商品，比书好玩多了。”小伙子的笑容有些奇异，鼻翼两边的纹路加深了，嘴巴半张着，像是还有一堆话塞在里边，等待着吐露。

栗子来到里屋，发现里边的光线比较晦暗，但是绝不会让人不快，反而让人充满了好奇。也许是那光源并非来源于某几个固定的点，而是整个天花板，还有整面墙壁，都发出令人舒服的微光，这些微光融合在一起，构成了一个邀约性质的空间。小伙子触摸一个图形，地面升起了一块类似床的长方体。

“这是一个综合性的传感系统，就是邀请您参与体验的商品。”小伙子的话在这样的光线中显得冷淡而平静，没有了此前介绍电子书时的热情。

“看上去特别诡异。”栗子勉强笑了一下。

“不会的，其实特别好玩。”小伙子的声音还是干巴巴的，“您躺上去就好了，不用您多做什么的，体验的费用是一千元，在您体验结束后就会支付给您。”

“不用做什么还那么多？”栗子难以置信。

“主要是我们要记录您的许多感受反应，这些数据对我们改进产品非常重要。请您放心，这些数据我们会保密的，在请您体验之前，会签订一份电子版的隐私协议。也就是说，您只是一个匿名的体验者，是无数匿名体验者当中的一个。”

栗子工作的店里也经常有邀请顾客参与的体验活动，因此她倒也不陌生，只不过她那店里的体验可没什么报酬，最多送点优惠券，而这边居然有一千元，比她刚才买的电子书还多。这是让她犹豫的根本原因。

看来她提供的信息是很值钱的，那会是一些什么样的信息呢？

小伙子调整灯光，那光线变得更加幽静，仿佛有种沉默的召唤更加坚定。栗子面对这样的召唤，觉得自己无路可退，这有什么大不了的？除了这个健康的身体，自己还有什么值钱的吗？没有。她这是一种自我否定还是一种判断？她嗓子眼里发出了轻微的呻吟，说：“躺上去就可以了吗？”

“是的，躺上去，很舒服的。”小伙子补充说，“这是一款专门为人的精神愉悦而发明的机器。”

栗子把手中的袋子递给小伙子，然后走上前去，坐在那奇异的平面上，双手放在身体两侧，感受了一下它的温度。她特别害怕那是冰冷的，如同医院的手术器械。不过还好，那种材质很温润，上面有着细小的颗粒，身体触碰上去一点也不觉得冷，反而很想在上面摩擦，有种强烈的抚摸感回传给了身体。

“躺下吧。”小伙子冲她笑笑。

她也笑了一下，缓解尴尬。她还是服从了，躺了下来。她的双手不自觉地交叉放在小腹前，这是一种本能自卫的手势。小伙子告诉她，她应该把两只手放在身体两侧，手掌朝下，紧紧贴住那个神奇的平台。事已至此，她只得照做，双手紧贴着表面，仿佛无端躺在了手术床上。她感到全身忽然升腾起一种奇异的酥麻感，来源不明，却又如此确凿。那不像是电流通过的感觉，更像是一个生命体的接触。那究竟像是什么呢？她闭上眼睛，恍然间觉得那就像是躺在爱人的怀抱里，她感到彻底的放松，尤其是她的肌肉开始失去控制，仿佛有一个通透的隐形人钻进她的体内，沿着她的神经给她按摩，让她放松。

“您现在是什么感觉？”小伙子的声音从遥远的地方传来。

她闭着眼睛，不想睁开，说：“我感到非常放松。”

“您觉得很舒服吗？”

“是的。”

说完之后她感到有点害羞，幸好闭着眼睛。

“这是一款陪伴产品，它可以在您孤独的时候给您想要的感觉。”小伙子的声音很轻柔，跟之前好像不大一样了，那其中的青涩不见了。

栗子眯缝起眼睛，可以看到他站在不远处凝视着她，这种凝视让此刻的她有些担忧，那毕竟是个陌生的男人……她完全睁开了眼睛，挣扎着说：“好了吗？”

“没呢，好好享受吧，”小伙子像人工智能那样介绍着产品，“这款产品有很多模式可供选择，比如说，有睡眠模式、有想象模式、有越界模式、有回忆模式……”

“回忆模式？”她问。

小伙子说：“是的，回忆模式，它能够准确地探测到您沉淀在海马体中的记忆信息，尤其是捕捉到过去曾经让您激动的瞬间，您只需要调到回忆模式，然后使劲回忆曾经的美好时光便可以了，它会自动找到您的兴奋点。”

回忆能被探知到吗？她对此表示怀疑。她再次闭上眼睛，回忆模式？她有多久没有回忆了？小伙子的声音让她重新想起了那个曾经深爱她的男人，也许她给他留下了最大的伤害。那是她相处最久的男朋友，他们在一起多久？五年还是六年？距今已经七年还是八年了？她也深爱过他。他们曾是那么深爱过，最后又因为无数的生活琐事、观念差异闹得不可开交，成为彼此的仇敌。他们决定分开，谁先提出的已经无关紧要，因为这件事就像是无法愈合的伤口，开始了溃烂，但那种分开又带来了血肉割裂的巨大痛苦，在心底留下了难以磨灭的伤疤。

“系统检测到您选择了回忆模式。”

“可我并没有说话呀。”

“不需要说话，它知道您大脑的状态，并帮您做出最佳的选择。”

“无所谓了。”她觉得现在再说些什么反抗的话也毫无意义，顺从在很多时候都是一种美德。

“就是，您放松吧，顺其自然，它不会伤害您的，只会为您服务，它愿意做人类最好的情感仆人。”小伙子咯咯笑了几声，说，“抱歉，刚才那句话不是我瞎编的，而是它的广告词。”

她已经无暇顾及那个陌生的小伙子了。回忆的冲动被引诱着，向幽暗的纵深处上溯，那些早已模糊的细节再度清晰起来。她曾经那样恨过他，咒骂过他，但此刻，在她的回忆深处，那些憎恶的瞬间不再那么憎恶，她反倒有些懊恼，怀疑自己当初是不是反应过度了。他离去的背影曾让她有着撕心裂肺的疼痛，但此刻在回忆中她不能再品咂出其中的痛苦了，痛苦变成了一种特殊的记忆，却也仅仅是记忆而已，不能与如今的心灵感受建立联系。令她意想不到的是，让如今的心灵被揪住的场景反而是那些欢悦的时刻。她和他在公园的湖边忘我地接吻，阳光温暖，微风和煦，她眯缝着眼睛，整个人仿佛融化进周围的一草一木当中了。还有他们的第一次做爱，他引导着她，两个人的脸都红扑扑的，好像喝醉了一般。她很少去回忆这些，在她的意识中，那是一段失败的关系，这个结论是注定的，因而其中的温情都蒙上了一层厚厚的灰尘，被封存起来。现在结论不再重要，或者说，她终于越过了那道结论带来的围墙，擦净了灰尘，那些美好重新涌现，就像深埋地下的宝藏忽然裸露在阳光下，是如此炫目。她忽然感到痛苦，那是此刻的心感到的痛苦，这是时间带来的痛苦，不妨说，是某种更加本质的痛苦，形而上的痛苦。她必须抑制住此刻的这个自己，她的这个想法似乎得到了某种呼应，逐渐缓和了，她的回忆从而上溯得更加深入，那些她甚至不曾记得的细节也开始浮现。终于，她的回忆凝聚在她和他的某一次床上做爱的时光，她不再是一个客观的冷眼旁观者，而跟当年一样，也是时间的完全主角，她慢慢陷入那个情景当中去了，如此清晰地看到了前男友的脸和身体，觉得陌生而又亲切，终于，她感到自己整个人都投入进去，身体开始不可遏制地颤抖，她发出了抑制不住的呻吟和叫喊。

过了好一会儿，那个世界开始重新变得模糊，她这才意识到自己现在的处境——她可是躺在某个商店的床上，有个陌生的小伙子盯着自己看呢！她难堪极了，睁眼的同时便立刻从台上坐了起来，捂住自己的脸说："太……太不好意思了，我做了什么？"

但是，小伙子一句话都没有说，依然站在她的不远处。她觉得特别奇怪，不管怎么说，他都应该说些什么的呀。她忍不住抬头看他，大吃一惊，站在她面前的不是那个小伙子了，而是……而是刚刚在回忆中的前男友。她看不清他的表情，也不敢多看，收回了目光，这是怎么回事？栗子在心中尖叫起来：我在做梦吗？我还陷在刚才的状态中没有出来吗？她急了，大声地吼叫起来："够了！够了！快把这个该死的机器关掉！关掉！"

眼前的男人依然一言不发，轻轻抬起胳膊，触摸到周围某个隐秘的地方，这个机器便停止了工作。她能感觉到那些微小的突触，还有那些说不清的信息流，确实被切断了，身下的平台像是普通的塑料材质一般冰冷了。

她整个人冷静下来，再看看眼前的男人，还是他。

"孙坚？"她试着叫了声。

那个男人点点头，说："栗子。"

面前的这个人原来是真实的，她感到一阵疯狂的情绪诞生在心底，但她克制着，声音都有些扭曲："这，这是怎么回事？！"

男人微微一笑，嘴唇张开了，露出里边齐整的牙齿，她曾经赞美过的牙齿。她没见过一个男人的牙齿长得那么优雅，像是医院摆放的工艺品。

"栗子，你这些年都好吗？"孙坚望着她，关切地问道。

"你是来自于我想象中，还是真实的？我现在已经完全分不清状况了。"

"栗子，是真实的，真的是我。"孙坚说。

"啊……"栗子心底的情绪升腾而起，整个人战栗起来，"你怎么会在这里？刚才带我来的那小伙子去哪里了？你是偶然闯进来的还是怎么回事？！"

"那个小伙子是我的店员，这家店是我开的，产品是我研发的。"孙坚用一种平淡的口吻说，"抱歉，吓着你了。"

栗子感到潮水般的恐惧从她的尾骨一直传到了她的头顶，刚才的极度欢悦似乎完全是为此刻的恐惧所准备的。她噌一下站了起来，仿佛身体继续接触那台面会带来意想不到的灾难。

“你的意思是你专门设了这样一个局来使我难堪吗？”她大声质问道。

“栗子，你知道吗？这个产品是我因为你而研发的，或者说其中的灵感跟你有关系。但是，我并不是用它来让你难堪的。”

“跟我有关？”栗子用颤抖的声音说，“那这一切都是针对我的？”

“这么重要的一个产品，投资和心血都不是你可以想象的，怎么可能是针对你的？我只是说你给我提供了一些灵感。”孙坚往后退了一步，坐在一张椅子上，冷冷望着他。这么多年过去了，他性格中的冷硬还是丝毫未改。她曾经不止一次对他抱怨过，但他在表示歉意之后依然如此，长期的研究工作已经影响了他对世界的根本看法。他不接受含混的事物，他喜欢精确的，可以分析和推论的事物。其实一开始栗子正是被他的这种气质所折服，他向她描绘了一个极度清晰的世界，让她觉得自己原来如同坐井观天的青蛙一般。从宇宙的诞生到基本粒子的量子效应，从细胞的形成到意识之谜……她仿佛瞬间获得了本质性的顿悟。尽管在他的精确描述中，世界反而显示出了更多的奇异特征，但这正是她喜欢的。直到他们生活在一起若干年后，她才发现，她喜欢的这种奇异性，正是他深恶痛绝的，因为他的工作就是与那样的奇异性作斗争。能减少一丝一毫的奇异性，便是他最大的成功。

“好，知道了。”栗子深呼吸一下，让自己平静，跟他歇斯底里只会让事情更糟，她领教过那样的缠斗，窒息到绝望，因而她尽量平和地问，“那我来这里，这个店里，到底是你的阴谋，还是一次偶然？”

孙坚略略沉吟说：“不，这绝不是什么阴谋，但是，这也不是什么偶然。我设置了你的面部视觉搜寻，是的，我一直在找你。但你也知道，我有你的电话号码，我要真的想找你的话，不如直接打电话给你。我用这种方式找你，其实还真有几分你说的偶然性。假使这样都能找到你，尤其是你还主动来体验了这款产品，那么我就会觉得这不是我刻意邀请你来的，而是某种缘由需要你来的。”

“科学主义和神秘主义真是邻居。”她用他喜欢的那种词汇嘲弄道，“而你就是那个来回串门的人。”这句话当然不是她忽然想到的，而是她和他分开之后才慢慢悟到的。

“你还是那么会讽刺人，”孙坚笑了起来，“还是那么富有哲理，那手机是科学主义的还是神秘主义的？”

看来他知道她在手机店上班了，她曾经的梦想是当一名画家，至少也是一名平面设计师，但她需要生存，靠艺术已经不能实现这点，AI 都在搞艺术了。

“手机既不是科学主义，也不是神秘主义，”她冷笑道，“手机是实用主义的。”

“说得好，说得好，这么多年没见，你变得比过去犀利了。”孙坚快速笑了一下，脸上的皱纹让他显得比过去苍老，他也比过去胖了一些。

“说说你的这台机器吧。”她逐渐平复下来，能够接纳这个突发的状况了。

“坐吧。”

她重新坐上那个平台。孙坚在她身边也坐了下来，与她隔了二十厘米的距离。他也放松了一些，说：“这台机器能够检测到你神经元的信息活动，锁定你正在回忆的点，进而引导你的进一步回忆，许多潜意识的记忆也能够被激活。这样一来，它就可以复原你的情感模型，让我可以更好地探究你的内在。”

“天啊，孙坚！探究我还有什么意义吗？我们已经分手这么多年了！”她的声音再次大起来，但不是恐惧，而是一种情绪被点燃了，她喊道，“难道你没有再找其他的女朋友吗？我可是找了很多男朋友！”一种报复的快感弥漫她的全身，原本她置身于完全尴尬的处境，现在忽而具备了某种想象中的主动权，她觉得自己很快就要从泥潭中走出来，获得意想不到的长情告白了。

“我们分手后，我当然有过女朋友，不仅如此，我已经结婚了，孩子都会叫我爸爸了，但这并不妨碍我对你的探究。这样说你明白吗？”孙坚说完这番话，他心中想，感情在我这里也可以是一个研究的客体。当然，他们真爱过，他从不否认这点，但她给他造成的创伤他也无法释怀。他不是想去报复她，而是想探究那种创伤，就像是探究细胞是如何聚合的，神经元又如何开始了思考。

栗子一时不说话了，当一个女人听见过去的男人还爱着自己——或者说还对自己抱着很大的兴趣——的时候，心里多多少少还是会升起温柔的眷念。

“我如果可以提取你的感受模式，严格说，你的神经丛反应模型，对我理解何为爱情，意味着很多很多。”孙坚的声音低沉，语速缓和，显露出久违的柔情。

“比方说……”她竟然有些期待了。

“比方说，以后在我想你的时候，我就可以躺在这上面，让我们曾经的感觉完全融为一体，而不仅仅是我单方面的。因为我们知道，发生过的事情是属于双方的，因而记忆也应当弥合双方。借助这台机器，我们两个人可以重新使它变得完整。”

栗子凝视着孙坚，他过去有过这样柔情的时刻吗？尽管不多，但肯定有的，她忽视了多少次这样的时刻？她恍然间有些感动，这些年，她是谈过好几个男朋友，但她现在孑然一身，她对男人有些厌倦了，又有些怀恋遥远的过去。当年的自己是多么冲动，稍有不满意就会大发雷霆，而这个男人总是傻愣愣地不知所措，那个样子曾让她暗暗发狂，觉得自己找了个木讷的呆瓜，但现在她觉得那其中不是有一种可爱的呆萌吗？自己为什么那么挑剔？不挑剔的女人才是好女人？她当然不会这样想，她想的是，自己究竟需要什么样的爱情？爱情是什么？这个身下的机器真的可以研究出爱情的本质来吗？

孙坚比栗子要小三岁，他们在一起的时候，栗子周围的朋友都不看好，她自己也是。她在激情过后，便觉得这个比自己小的男生身上，有一种怎么也摆脱不了的幼稚劲。但是现在面前的这个男人显得如此成熟，富有掌控一切的魅力，而且还实现了他的梦想。如果她没记错，他的梦想就是制造出一台自己的智能机器，看来他实现了。但当初她嘲笑他拥有的只不过是每个男孩子在幼儿时期的幻想。

栗子期待着这个男人继续对她再说些什么。这个话题很温情，还可以继续，她愿意在这个年度的最后一天，好好聊聊这个话题，如果可以的话，他们还可以去找个地方坐下来聊，喝点东西什么的。

但这个男人没有再说下去，而是掏出小巧的手机，把一千块钱转到了她的账户上。她没有拒绝，为什么要拒绝呢？她都签了协议，更何况以现在的情况来看，这笔钱更像是一份奇异的礼物。她收了钱，还说了句谢谢。男人站了起来，退后了几步，回到了一开始的位置上。他这是什么意思？他要干什么？难道是跟她想的一样，有出去外面的意思吗？她也站起身来，迟疑地等待着他的暗示。

“很高兴能在这里见到你，栗子，太高兴了，我没想到这一天会这么早到。”

“看到你实现了梦想，我也为你感到高兴。”她说。

“男孩子的幻想罢了。”他笑了笑。

“不是谁都这么幸运，可以坚持自己的梦想，还能实现它。”她又看了一眼那个平台，想到以后孙坚会在那里探测她的某些记忆，她感到羞耻。他们等会儿聊天的时候，她得跟他商量，他能否在体验一次之后，就删除它。她允许他体验，体验他们共同的过去，就一次，一次足够了。

“谢谢，那就这样吧，如果你还想来这里体验，随时欢迎你。”他站直了身子，露出了职业性的笑容，像是戴上了面具。

她愣住了，这就叫她离开了吗？她怀疑自己是不是有什么误会，对他微笑了一下。他点点头，客客气气的，仿佛在街上偶遇，寒暄了几句，到了分别的时刻。但是，他们不是已经聊到很深入的话题了吗？

“哦，不想再聊聊？这么多年了，发生了很多事情吧。”她只能主动提出了，也许他还是那么木讷，有时候不通人情。

“你知道……你知道的对吧……”孙坚结巴了一下，说，“我爱的是曾经的你。”

栗子等着他往下说。

“所以对我来说，我和曾经的你一旦分开，就再也不能相遇，因为我和那个你被时间越推越远。现在，能得到你的回忆，就像是一道桥梁，我能重新跟她说说话，这就已经足够了。现在如果我们继续聊下去，只会发现我们早已变成了彼此的陌生人，这会大大影响我们的记忆。记忆其实是不大可靠的，会受到此时此刻的影响，我们会根据现在的需要去重新阐述记忆，所以，栗子，让我们保持一个纯粹的过去吧。”

走出商店的时候，她的知觉忽然变得迟钝和麻木，觉得自己的魂魄似乎被偷走了。如果这世界上有魂魄的话。但她清楚，被偷走的并不是魂魄，而是记忆。但那些记忆分明还在自己的脑海里，只能说他盗取了自己记忆的拷贝。她憎恨这样的感觉。她觉得自己还是受骗了，她想报复，她想控诉他。但她一想到自己已经签了那个愚蠢的协议，如果孙坚以此为由跟她耗下去，她是撑不了多久的。事情真的演变成那样，她就更加像一个弱者了。她觉得在生活中做一个弱者没什么不好，但怕的是在感情中成为弱者，而且在那段关系中，自己还曾是强势的一方。在她看来，是自己先伤害了对方，对方这才报复了她。报复？她琢磨着，刚才的那一切似乎也谈不上是报复，报复是要让她付出代价，但她付出的是什么？一段记忆的拷贝而已，那对她来说，本质上是没有任何付出的。她如果能像过去分手并忘记他那样，再次忘记他一回，她的生活将和几个小时前没有任何不同。但对他来说好像意味着很多。她想象着他躺在那个奇妙的平台上，回忆着过去的她，陷入无法自拔的境地，她觉得她终究还是这场感情关系中的胜利者。虽然这种胜利非常虚无，但对她失落的此刻堪可安慰。

突然起风了，凉气逼人，还等不及走几步，便下雨了。这是北半球的干冷空气和南部海洋的暖湿气流交融在了一起，气温跳水般往下落，冷雨不仅加剧寒冷，而且还制造出了氛围。在冷雨中她扭头赶紧往回走，重新走进了商场，她得预约一辆无人驾驶的出租车把她送回家。她掏出手机，忽然发现目力所及的范围内没有一个人影，那些熙熙攘攘的顾客在冷雨前已经逃回了家；商场里的店铺灯火通明，但她站的这个角度望不见一个店员。她抬头，望着三楼，仿佛看见了孙坚的那家店，她的心中涌过一阵奇异的战栗。她很想再进去一次，但又不知道该说些什么。

原刊《芙蓉》第 2 期

飞鸟和池鱼

张惠雯

一

那天，她终于愿意出门了。我们开车去我姑姑家吃饭。那天一早就刮起了风。我醒来、还未起床时，听到楼下树枝碰撞、树叶簌簌干落的声音，这种风声我很久没有听过，让我想起很多年前的初冬的光景。

她出门时穿着件大红色的毛衣，脸上还扑了一点儿粉。她看起来和突然而来的好天气一样，很鲜亮。这说明她确实想出去。上次她愿意让我带她出门大概是在三四周前。然后，在几周的时间里，她就待在这间不足八十平方的房子里，连楼也不愿下。她待在家里，摆弄她的旧东西，想她自己的事。我出门一趟回到家里，她仍然穿着睡衣睡裤，和我早上看见她的时候一样。有时候，我问她在家都想些什么样的事。她惊讶地看了我一眼，说："什么事儿都有啊，太多事了，还有你没有出生以前的事……哎呀，我的脑子里塞得太满，想不清楚的地方我又喜欢一直想下去，弄得我头疼。”

我们出门，天空浅蓝，高远，前些天的阴霾、闷燥突然间消散了。我开着父亲留下的那辆白色海马小轿车。这辆车十年了，我父亲开了将近八年。以往我每次回家，他都会开着这辆车去火车站接我。然而他走了。他离世以后，我以为悲伤会慢慢弥合，生活会逐渐恢复平静，尽管对我母亲来说，它肯定更为孤独，而对我来说，它肯定更为无助……但另一件事发生了，生活完全变了样。

她坐在副驾驶座，看着车窗外。她因为要看什么东西而夸张地变换着坐姿，一会儿把头缩下去，一会儿使劲把头往外伸。如果不是头发几乎全白了，她那样子就像个幼稚的孩子。生活完全变样了，我指的就是这个：她变成了一个孩子。而我变成了她的什么呢？我得像对待孩子一样小心而耐心地对待她，密切留意她的一举一动。我们两个倒换了角色：前三十年，我是她的孩子。现在，她是我的孩子。

想到这一点，我就觉得生活很荒唐。从小学开始，我所有的努力似乎都指向一个目标：离开这个地方，到更好、更广阔的地方去。而我确实做到了。我在广州读书、生活了将近十年。即便我父亲离世，我的人生轨迹看起来也不会有什么改变。但某一天，姑姑突然给我打了个电话。于是，我不得不迅速辞掉我的工作，离开那个“更好更广阔的地方”，回到这个小地方，就像我不曾走出过，就像过去的那些年，我付出的努力、得到的一切不过是徒劳地转了一个圆圈，最后，起点和终点重叠在一起。不知道在我父亲去世后的一年多里发生了什么，她在电话里从没有提起她心里的那些变化。有天晚上，她突发奇想地爬到我们住的那栋楼的顶端，在靠近生与死边界的地方来回走动。下面，越来越多的人在围观。不是，她不是想自杀，她说她那天就是觉得会有很危险的事情发生，所以她躲到楼顶去了。

她生病了，一种奇怪的病。她需要持续接受精神治疗，他们说。她随时会做出无法控制的行为，她身边需要人全天陪护，他们说，除非……但我不可能把她丢进精神病院，我是唯一的儿子。不犯病的时候，她差不多是个正常人。她对我说，我回家后她觉得自己已经好了。她说过去她常常睡不着，总是有人在门外、窗外弄出动静，他们还想到屋里来。现在，他们消停了，很少再折腾。“他们是谁？”我问她。“不知道，”她烦恼地说，“说不定是你爸那个死鬼派来的。要命啊，我昨天还梦见你姥爷了。他在梦里还吓我，就像他刚去世那会儿。他刚去世那会儿，一直给我托梦，在梦里，他总是吓我，我吓得晚上不敢睡。”“那是你几岁的时候？”我问她。“十来岁的时候。他在梦里一会儿变一个脸……”

我把她的床和我的床挪到紧贴着墙壁的位置，夜里，我和她只有一墙之隔。我让她不要锁她的卧室门，留一盏台灯，如果害怕就立即叫我。睡意蒙眬中，我时而听到她在房间里来回走动的声音，还有她哼哼唧唧的含混的自语。我挣扎着让自己清醒过来，敲敲墙问她怎么了。她在墙那边回答：“没事儿，就是睡不着。”我自己的房间里也整夜留着一盏台灯。我渐渐习惯了在灯光里入睡，改掉一个人时裸睡的习惯，穿着整齐的睡衣睡裤，以便随时起床。我的房门也和她的一样不上锁，方便她随时走进来。我知道她仍然睡不好，她日益倦怠、不再出门。除了那些声音、梦、古怪的念头、久远的记忆，她似乎对什么都失去了兴趣。我不得不出去的时候，她反锁上门，在家里等我回来。其实，我和她一样不喜欢出门，在这个小地方，到处都是熟人，谁都没有秘密可言。那些殷勤的询问和廉价的同情令人生厌，他们脸上分明赤裸裸地写着：他妈妈是个疯子！

一切都停顿在这个点，一切陷入困局，她的心智、我的生活，全都卡在这里。但就现在的局面而言，静止、凝滞反倒是让人安心的，而一切的变化、前进可能都预示着危险。

二

我姑父身材高大、肥胖，因为过于庞大的身躯、浑浊的嗓音，以及脖子上厚厚的肉褶子，他显得有点儿凶狠。但他其实是个温厚、容易动感情的人。午饭是他做的，特别做了她喜欢的老鸭萝卜汤，但她吃得心不在焉，汤也只是喝了半碗。有时候，姑姑、姑父问她一句什么，她要过几秒钟才回过神，才明白他们是在对她说话。她的眼神说明她不情愿和人交流，她人已不在此地，正神游于另一个世界。我们和她说话，只是要把她从那个世界里唤回来的徒劳的努力。

午饭后，我姑姑在阳台封闭起来改造而成的厨房里洗碗。她到卧室的床上躺下休息（她虽然严重失眠却很容易疲倦），我和姑父坐在客厅的沙发上说话。姑父穿着一件起球起得厉害的旧毛衣，让他看起来像头毛茸茸的熊。他眉头紧锁地抽着烟，一圈圈烟雾聚拢、漾开，像空气里的青灰色涟漪，然后它们慢慢伸直、攀升，在接近天花板的地方消散。

“今天天气真好。”我说。

“嗯。”姑父应了一声，仿佛在想事情。

随后，我说起让姑父帮我留意一下有没有人想买旧车。

“你要卖车？你这辆车根本值不了几个钱儿。”姑父说。

“给钱就卖。其实也用不着，还得出保险费、养路费什么的。”我说。

“钱上有困难？”他问。

“暂时没有。”

姑父沉默了一会儿，随后站起来说他去拿点儿东西。他回来时塞给我一个信封。“五千块钱，我早就取好放着呢。”我推辞不要，说不缺钱。他用不容置疑的口气说：“你拿着，别说其他了。”

事实上，因为那些昂贵的药，我父母的存款、我自己工作这些年的积蓄都在飞速消减，我们处在坐吃山空的危险境地。她需要那些药，据说，它们避免她坠入更深的抑郁、疯狂，同时，她也需要我，那么我需要一个使我尽量不必外出就能挣钱的方法。考虑了各种可能后，剩下的选择就是开一个微店。我在微店里卖这里的土特产：胡辣汤料、芝麻油、真空包装的卤牛肉、烧鸡……有时候，一天里我会接到几个单，有些还是朋友们出于同情下的单。有时候，几天里也没有一个单，而某个挑剔顾客的差评能立即毁了你努力很久建立起来的信誉。这东西根本无法维持我们的生活。后来，我又和朋友合伙投资了一家加盟奶茶店，说好我不参与管理，只是抽少量利润。有一天，我偶尔经过那家奶茶店，看到我们雇用的那个小姑娘趴在柜台上睡着了，她身后站着那个我们雇用的男孩子，他斜靠在放机器的台子上，正面带微笑地、沉迷地玩着手机。我默默地走出店里，竟然没觉得气恼。我只是羡慕他们。

我收下了那个信封，对姑父说以后有钱的时候再还给他。过后，我姑姑才走过来加入我们。她没有提钱的事，但我想，这是他们俩商量好的计划。只是为了保护我的自尊心，她扮演了那个什么都不知道的人，而我姑父则装作这件事根本没有发生。我从姑姑看我的眼神里感觉到她对我的怜悯，那是真正的、带着疼痛的怜悯，这种怜悯让她那双眼睛湿润。她那双在日常劳作里变得粗糙的、红通通的手放在她还没有解下来的围裙上，看起来有点儿不知所措。我想，她心里一定在叹息：可怜的孩子，命苦的孩子……她只是不敢再用她惯有的悲哀语调说出来，她说出来会惹得我不高兴，姑父会因此斥责她。我的痛苦、我的困境，这都是我的隐私，我并不希望从别人嘴里听到它。

大概过了四十分钟，她从卧室里走出来，脸上带着迷茫又有点儿惊恐的表情："我刚才竟然睡着了。我一醒来，吓坏了，床啊、屋子里的东西啊，都不认识！我这是在哪儿啊？现在才缓过神。”

午后的光线透过窗帘中间拉开的缝隙，斜照在地板上，那光束在离她脚下不远的地方变细了、暗淡了、消失了。在窗玻璃的外面，贴着一只冻僵的、等待死亡的黑苍蝇。我看看她，什么都没有说。她真的病了，她看起来就像个午睡醒来、受了噩梦折磨的小孩子，懦弱、可怜。我感到一股剧烈的心酸，站起来去了厕所。我想，很久以前，我就是那个午睡醒来、做了噩梦的小孩儿啊，我心情恶劣，会哭着找到她，她会把我搂在怀里，安慰我，我就又觉得这世界温暖、安全了。现在，她却不能告诉我她做了什么样的梦，到底是什么在反复地折磨着她。当然，这不能怪她，这是疾病，她自己也理解不了。她的精神世界里住着一群失控的小恶魔，它们就像夜色中的蝙蝠一样诡异地、阴险地扑飞。

这是疾病——在绝望让我心情阴郁的时候，我每次都是这么安慰自己——那么，也许会有好的一天。我只需要一次次带她去看那个板着脸的、坚决不给出答案的医生，一次次去开那些药……我要从这些机械性的行为里找到一点儿希望，哪怕是微乎其微的希望。

三

“天真好啊，”回来的路上，她说，“你看见那一大片云了吗？看见了没有？像不像一只大鸟？”

我朝她看的地方看过去，惊讶于她的描述多么准确。那块云的确像一只大鸟，一只正在飞翔的鸟。它的翅膀展开，身体舒展，长长的脖颈向前伸着，絮絮的云就像它被风吹乱的柔软的羽毛。

我发现她把车窗打开了一条缝，她的额头和眼睛露在外面，下半部的脸贴在车窗玻璃上。干瘦、像孩子般失去女性性征的她看起来像极了一只鸟，一只白头、红身子的鸟。我想，如果我把她想象成一只飞鸟，一只我养护过的鸟，那么她想要飞走、随时可能飞走的念头或许不会那样折磨我。

我们可能很快就会失去这辆车，人们只需要给我一万块钱，我就打算把它卖掉。想到这个，我对车又心生眷恋。它是我父亲的遗物。我开着这辆车，就足以唤回父亲在世时那些生活的回忆，就足以制造某种瞬间的幻觉：生活还是像过去那样——一个无忧的生活世界，一个少年人的生活世界……至少，这辆车让我和那个看起来遥不可及甚至和它相关的记忆也随时有消失的危险的世界联系起来。但和车相关的一切费用对现在的我们来说都成了没有必要的沉重负担。想要卖车这件事，我从没有问过她的意见。不知道她会极力反对，还是对此根本就不关心。现在，无论是钱，还是冰箱里的食物，还是饭菜，这些东西仿佛都不在她的关注范围内。她似乎在思考更深邃、更邈远的事物，眼神里经常透出有所发现的惊异和极力保存秘密的闪避。

有意思的是，在她患病以后，她在偷偷地写日记，也许，不能说是日记，只是随便写点儿什么，记录在一个本子上。如果她觉得被我发现了，她就把“日记本”藏在某个地方。但她总是忘记她自己藏它的地方，为了寻找它而把整个卧室翻腾一遍，最后，通常是我帮她找到的。我偷偷翻看它，那些文字就是那些诡异、阴险的蝙蝠从她意识里群飞而过的痕迹。那里面充满了我听不到的声音、我所不知道的陌生来客以及我父亲这个鬼魂对她的秘密拜会、挤在窗户上面的朝她窥视的小脸儿、站在雨地里淋得精湿的透明人……我发现，好几次，她混淆了我和父亲的鬼魂。她把父亲也称作“小亮”。我很害怕她有一天会真的把我当成父亲。还好，到目前为止，在现实生活里，她还没有犯这样的错误。

我看着这些句子，它们来自失序的意识的深渊，却具有某种毒药般的诡秘。我不能看太久，否则我觉得自己也会被这股黑暗的旋涡或是潜流卷到另一个世界里去。我对医生提起这些，他说："这很好，对她来说是一种纾解。"他要我把我能记住的内容记下来，治疗时向他汇报。我受命去做这个我自己觉得其实是徒劳无益的工作，我必须不带感情地去做，抵制这些自深不可测的黑暗中飞来的句子、形象对我的侵蚀。

显然，她对她写的这些深信不疑，但她平常并不和我说起这些，大概她觉得我既不会相信也不想听她说。这也是好的征兆，说明她仍在极力控制自己，她对说话的对象还存有判断。总之，她爱"小亮"却不信任他。

"我们去公园吧。"她这时说。

我感到惊讶，但立即听从了。她愿意出去走走，对我来说这就是让人振奋的消息。

她说的"公园"其实只是一个有一点儿绿化的群众活动广场。广场中央有个很小很小的水池，水池中间竖着一块冒充假山的石头，这块石头上非常可笑地刻着三个字：鱼之乐。原因是池子里养着几条鱼。这些鱼总是反复被人弄死，或者自己在污秽的环境中死去，所以总是会有几天，池子是空的，接着又来了一批鱼，几条注定死去的、孤独的鱼。

她喜欢提起"公园"，总会说起她年轻的时候，这里是工会大院儿。那时候流行跳交谊舞，她经常在工会大院里跳舞，就是在跳舞场上遇到了我父亲。我父亲那时候刚刚当兵转业回来，是跳舞场上最高最帅的男人，每个女人都想和他跳舞。

我把车开到"公园"。心想，有一辆车能随时带她到她想去的地方也挺好的，如果她想去郊区呢？想去乡下呢？我可以带她去农家乐，让她呼吸更新鲜的空气，我应该强迫她出去，想更多可以调剂我们俩生活的计划……

公园里闲逛的人很少，因为今天不是周末，时间也不是下班后。只有几个老人，在池塘边坐着。有一个抽完了烟，就顺手把烟头丢进水里。她昂首挺胸地从那几个颓丧、邋遢的老人面前走过，和她在家里时有气无力的样子判若两人。我惊讶地看着她，心想，她大概正在心里重温跳舞场的往事。她看起来像在寻找着什么地方，不时停一下，然后又目标明确地走起来。我走到池塘边去。今天这里竟然有几条鱼，有一些沉在水底，就像死了一样，有两条木然地在漂浮着烟头和塑料袋的池子里游动。

"不要往池子里扔烟头，那边不是有垃圾桶吗？"我突然心烦起来，对刚才那个丢烟头的老人说。

他看了我一眼，我瞪视着他。他有点儿胆怯了，站起来走了。

看他笨拙地把三轮车推到街上，又笨拙地爬上车座，我有点儿后悔。我这算是得了胜利吗？我不知道。我肯定想和谁打一架，但对象绝不应该是这个衰颓的老人。我掉过头去看池子里那几条半死不活的新放进来的鱼。它们本来可以生活在河流里、海洋里。什么人把它们捞起来扔进了这个狭小、污秽的地方？没有人管它们的死活、它们的自由。之后，它们就会一直在这里，直到窒息死去。

我看见她朝我走过来，她的步态、身姿都仿佛是一个走在音乐里的随时准备跳舞的人。不知道为什么，我想起《女人香》里阿尔帕西诺饰演的盲眼上校和酒店大堂里遇见的那个女孩儿跳探戈的那一段。我想，我如果会跳她所说的那种"交谊舞"，在这里陪她跳一段，她一定会非常开心，过去那些快乐的时光会在她心里复苏……一个白发的、濒临疯狂的老年女人，一个即将步入中年的、茫然无措的年轻人，这样的画面里倒是有更多令人绝望的悲伤。可惜我完全不会跳舞，我跳起来会像个螃蟹一样。这样的想象让我想笑。无论如何，她昂然的步子、颜色鲜艳的衣服使她变成了一个有气质的小老太太，把那几个乡气的老人的目光吸引过去。我朝他们看过去，他们就都把目光转开了。

“池子里还有鱼啊？”她像个孩子一样大惊小怪地喊叫，她的嗓音也是那种女孩子一般的尖声尖气。大概有什么东西在她意识里苏醒过来，强烈地刺激着她，让她的脸颊也变红了。她忘了她是谁，孩子气地把两手一拍。

显然，看到鱼对她来说是惊喜。而我宁可池子永远是空的。

四

在我小时候，傍晚是一天里最好的时候，宁静、肃穆，天空中常常铺满霞光，那奇异的光色会映照在房舍的窗户上、街道的柏油路面上，还有路边那些大树的枝丫上。而现在的傍晚是一天中最嘈杂、混乱、污浊的时候，废气下沉，各种噪音在带臭味儿的空气里似乎都被放大了，所有的人和车拥堵成无数个死结。我们回家时，小城里的南北大道在大堵车，自行车、机动三轮车、电动车在车辆缝隙里钻来钻去，铃声、人声、喇叭声响成一片。天空变灰了，空中也没有了样子像飞鸟的云。

坐在车里，她默不作声。我看看她，她的身形仿佛变小了，仿佛外面这个嘈杂、混乱的黄昏景象碾压着她，令她畏缩。我试图和她聊天，而她只是敷衍地回答。后来，我什么也不想说了。我们俩就那样坐在无法向前行驶的车里，被窗外肮脏、嘈杂的一切围堵、阻碍，听天由命。她的身子在座位上往下滑得很厉害，人变得更小。她从刚才那副回光返照般的少女的怪模样变回了本来的样子：一个衰弱、神经质、惊惧的可怜老太太。那件她精心挑选的红毛衣，早上还令她很有光彩，现在看起来像一件极不相配的、可笑的戏服，而她像个头发凌乱的侏儒被罩在其中。每天的这个时候，我的无力感、绝望都比其他时候更强烈，我对我父亲的想念也比其他时候都强烈。我的生活被他的离去分割成了两半，就像黎明或是黄昏时候的街道两边，一边是阳光，一边是阴影。只是，发光的那面如今像是虚幻的，阴影却是浓重的、实实在在的，能顷刻把人吞噬掉。

我们终于挨到了家。我去厨房里做晚饭。她跟过来，说她要帮忙，但我像平时一样严厉地拒绝了，让她去房间歇着，等我做好叫她。她离开以后，我找到那把钥匙，打开橱柜上那个抽屉，拿出平时锁在里面的刀具……我实在太累了，决定只煮一些冷冻水饺，切一点儿葱花、香菜做个水饺汤。在我叫她吃饭之前，我把刀洗干净、擦干，再锁进那个抽屉里。

她的胃口好像不错，吃了十二个饺子，往汤里加了更多醋。

“酸汤水饺。”她对我说，冲我笑了一下，“你小时候发烧，吃什么都吃不下，就是爱吃酸汤面叶，要放很多番茄，很多醋，面叶要吃我手擀的。”

“我记得。”我说，“吃别的都会吐，只有这个开胃。”

过一会儿，她有点儿讨好地看着我，问：“吃完饭可以去阳台上看看吗？”

“不行。”我说。

临睡前，我确认大门和通往阳台上的门都锁好了。阳台上的门是我回家以后新装上的，本来，厨房是直通到阳台的。我躺在床上看了一会儿书，察觉到她房间里已经没有动静，不知道她睡着了，还是躺在那里耽于她那奇特的幻想中。我合上书，起来关掉房间里的顶灯，只留着床对面矮柜上那盏黄光的小台灯。我躺在昏暗的光线中，有种没入黑暗之水的困倦和休憩感。小台灯的光经由灯罩在天花板上打出一个圆圆的、柔和的光圈。突然，我回想起一张纸，那张纸的样子那样清晰、生动地跃入我的脑海里，带着它上面蓝色的圆珠笔笔迹，以及它特有的边角处的折痕。那是她写给我的第一封信，也不算信，就是一张留言条。因为她出差了，她临走时给我留下这张纸，上面写着：“小亮，妈妈要出门几天，但是妈妈在外面，心里也会一直想着你。妈妈回来的时候，会给你带你想要的火车模型。”……我那时候还不到六岁。每一天放学回来，我都会先看看钉在墙上的这封信——是的，它是用两个图钉钉在墙壁上的。后来，妈妈回来了，她说这封信也没有用了，但我不让她扔掉。她问我为什么，我说，这样我长大了还可以看到这封信，就不会忘掉。我的回答显然让她大吃一惊，她说她会一直保存着这封信。我最后一次看到这封信，是在我上大学以前。那时我无意中翻看一个相册，发现它被对折起来，卡在相册里嵌照片的透明薄膜里。当然，它那时并没有怎么让我感动，不过是一件寻常旧物。但现在想起它，它还是当初被妈妈钉在墙上的样子。我似乎还能看到它的下半部分被从门缝、窗口透进来的风吹得轻轻卷起来，发出轻微的沙沙声，因为那两个图钉仅仅固定住了它的左右上角。记忆是奇怪的东西，有些细微并不那么重要的东西会莫名地清晰如昨，譬如这张纸，但有些东西却在你记忆里完全褪去了形迹，譬如她过去的样子。这就像一个人在长途跋涉中失去了所有贵重的大物件，最后，一张经年的、毫无用处的小纸团儿却还留在他褴褛的衣服口袋里。

有时候，我努力回想她年轻时的样子，或者至少是中年时的样子，我想，这样也许能让我多爱她一点儿，多一点儿耐心。我反复翻看那些相册，但旧相片根本帮不了我，它们只是存在于过去某个时空中的孤零零的影像，和现在、未来全然割裂了关联。在我脑海里，她的样子固定不变，无法和照片里那个年轻些的女人相互映照、融合，她的样子始终就是她老了以后的样子、现在的样子。

我睡着了，但和平时一样，半夜无缘无故地醒来。矮柜上那盏小灯仍旧孤寂地亮着。我听了一会儿：隔壁一片沉寂，连她翻身时引起的床的轻微响动、睡梦中的咳嗽声以及叹息声都没有。她或许睡得很沉，我想。但慢慢地，我感觉到这静寂里的异样，一股彻骨的凉意爬到我后背。我跳下床，径直走进她的房间。她的床上是推成一团的被褥，她不在那儿。

我又来到客厅、厨房、洗澡间，在这狭小的空间里，她并没有可以藏身的地方。我盯着门——门纹丝不动地反锁着。冷静，冷静，我对自己说。我又转回去她的房间。青色的布窗帘拉得严严实实，我走过去拉开窗帘——背后的窗扇都好好地反锁着。我站在窗边眺望，对面楼房里的大部分窗扇都黑沉沉的，只有楼下街道上的路灯孤寂地亮着，一辆车无声无息地驶过去，仿佛在梦中滑行，车灯光游移般扫过昏沉的街道和楼壁。我已经想到她在哪儿，但我却在她床上坐了下来。我觉得我累极了，身躯沉重得几乎没法动弹。难得有这样巨大的、黑暗的安宁！我感到这巨大、黑暗的安宁笼罩着我。我想：她这次可能真的像鸟儿一样飞走了。

窗户紧闭，但不知从哪里透进来一丝风，窗帘里面那层白色镂纱在微微拂动。那是陈旧得发黄的白纱窗帘，吸满了岁月的尘埃，灰突突的已经裂开的边缘垂落在地板上，沙沙拂动。我伸手摸了摸她的被褥，大部分凉了，中间还余留着一点儿她的体温……我猛然惊醒过来，奔出房间、穿过厨房。果然，从厨房里侧一角通往阳台的那扇小门关着，但锁开了，我藏在大衣柜一套被褥里面的黄铜色小钥匙就挂在锁上。

拉开门的那一瞬间，我感觉到心狂跳着快要冲出胸腔，我预见到那空荡荡的阳台，觉得我的世界下一秒就会轰然倒塌，什么都不剩。然而，如同令人惊奇的幻象一样，她双手扶着栏杆，稳稳地站在阳台上，朝我转过身来。她穿着肥大的印花棉睡衣，像个憨憨的、面相老成的孩子。她脸上还残留着一些轻松、愉快的神情，但又有点儿困惑、负气，仿佛我打扰了她正专注于其中的游戏。

“你怎么不睡觉？”她问我，好像我是那个捣乱的半夜不睡的小孩儿。

“你怎么不睡？”我反问她，走过去站在她身边。

她看着我的眼睛，慢慢地，她胆怯了。

“我睡不着……出来透透风。”她嗫嚅着说，“我就想到阳台上站一站、看一看，你不让我来，我自己拿了钥匙……”

“没事儿，没事儿。我也睡不着，陪你透透风。”我说着，拉住她的手——一双干燥、皱巴巴但很温热的手。

我感到心脏重新在我的胸腔中平稳地跳动。现在她再也飞不走了，我抓住了她，抓得很紧、很结实。我和她又连在了一起，无论是身体还是命运……这比什么都好。

原刊《江南》第 2 期

山 河

淡 豹

父亲抛弃了我，我是私生女。然而妈妈说他爱我，也要求我爱他。她认为这样做是为我着想，我将因此长成更健康自信，更擅于爱别人，心中不怀怨恨的大人。我认为这是全然的欺骗。

妈妈在电视上看了一期当红上海女演员的谈话节目，女演员说自己来自破碎的家庭，父亲未曾向这对母女交付生活费，但由于那位母亲告诉女儿父母只是因为性格的分歧而无法共同生活，在窘迫之中也不断向女儿强调父亲始终爱她，女演员长大后没有患上厌男症。

但是，我的出生远在那位女演员结婚生子之前，甚至早于她成为女演员、为妈妈所知的时候。所以我认为，妈妈一定是早就想好要向我灌输这些观念，只是回头去找一个例子来向我证明她的做法是正确的。也许她想借此说明，我未来也可以像那位女演员一样结婚，生两个孩子（一儿一女，相隔三岁），丈夫就是孩子的爸爸，经过合法登记，在其他人的承认下，一起在家吃晚饭。

为了让我未来拥有完整的生活，妈妈不惜对过去撒无尽的谎言。

小时候她说我没有父亲，我是从天而降的孩子，躺在一个小人站在镜面上跳芭蕾舞的粉色心形音乐盒里飞到她的身旁，就像电视剧片头里的音乐盒那样。这比我同学讲的故事美好一些，她们的妈妈往往说她们是从垃圾箱或公厕捡来的。可惜我和我的同学迅速离开了幼儿园，她们不再因垃圾箱而受伤，几乎在同样的时间里，我也无法再因芭蕾舞小人而高兴。

婴儿降生时的重量是五斤、六斤、七斤，或者八斤，等于一棵或两棵白菜。而音乐盒只有电视上明星的手掌那么大。

后来妈妈和我做了第二次谈话，气氛更严肃一些。她告诉我，我是一个神秘男人的后代，他是会骑马的长跑运动员，长得非常帅气，聪明又温柔，十分爱我。上小学时我已经在学校见过讲解生育过程的画，因此我问妈妈，他的精子是什么样的。妈妈说，她不需要知道他的精子的形状，精子库中有几万个精子可以选择，她在屏幕上浏览，就像电视购物，其中最好的那一颗精子孕育出最好的我。

在我想象中，他是法国人，头发和脸像费德勒。

之后父亲来看我们。妈妈告诉我他爱我，他有难处，因此在我十岁前没能来看我。这是她的第三个谎言。这样的日子持续了将近一年，之后他又消失了。然而妈妈不得不始终维持这个谎言，因为这时我已经记事了，拒绝再接受新的说法。

想要让我感到爱与被爱的妈妈不断撒谎，说出许许多多尴尬的话来。她说，他一直惦记你。在研究生面试中，我听到同学说“一直想要成为记者，因此决心考入新闻系”时，情不自禁地皮肤发凉。

妈妈是一个靠不住的女人。关于我的来历她撒了许多谎，在童年时我忙于分辨其中哪些更靠近真相，长大一些后我知道，认识她的人认为她是靠不住的女人，尤其在精子库的故事无法维持以后。人们原本以为她是有勇气的古怪的人，现在则认为她是被抛弃的愚蠢的女人。并且有些人厌恶她撒谎，不再因为她被抛弃而怜惜她，帮助她。

她在物业公司上班，我们住在物业公司管理的小区内的半地下室，在一幢住宅楼底层，窗外有个小天井。妈妈穿灰色的制服，胸前别黄色胸牌，“管家”旁边绣有棕黄色的长颈鹿图案。

我们所处的街道居委会有一位奶奶很喜欢带我玩。她抱着我说，你妈妈怀孕时，我们都看在眼里，很心疼她。

妈妈说，谁怀孕时不要赚工资上班。

奶奶说，还是要看娘家跟婆家。我怀孕时很轻松的，也年轻，稀里糊涂就生了，婆婆伺候了三轮月子。我们看着你女儿长大，将来谁都能给她介绍一个好婆家。

妈妈催我回家写作业，拉扯我的胳膊，从背后把我推走，就像我刚说了脏话。

长大后，妈妈告诉我，在妈妈怀孕、生下我、独自抚养我的这些年里，不少人愿意帮助她。公司让她低价住进这套一室一厅。这原本是保洁员存放工具的仓库。

有几年，她下班后在小区内的小广场花园前摆摊，卖切好的葱姜蒜末，也有葱段、姜丝、蒜片可以选择，加起来，新鲜调料包一包五角，后来涨到一包八角，供下班的人带回家做晚饭用，物业默许了，没有驱赶她，也没有让她交摊位管理费。不过没赚到什么钱，她很快就不做了。后来她还去这个小区以及邻近小区的住户家里，为新产妇通乳按摩。曾经有同事说闲话，认为她能做这样的生意是利用了住户对物业公司的信任，相当于占公司便宜，不过，经理也并没有阻止她。

但妈妈憎恨天下有同情心的人。在这些时候，当善良的人在我们的面前说她不容易和辛苦时，我看到妈妈的眼睛里喷出怒火。

妈妈有好几次感受到我在腹中变成石头。后来才知道这是假性宫缩。那时她的肚子胀得又硬又大，手指戳在上面也纹丝不动，肚脐凸出来，她以为我要死了，十分恐惧，然而在无望的等待中，腹部的皮肤又逐渐柔软下来，过一阵子我动起来，她知道我还活着。

由于我是私生女的缘故，她不和别人谈论怀孕的事，装作像自己没有怀孕一样。而每个人都看着她的肚子渐渐变大。

因此，并没有人告诉她怀孕期间应当做什么、不应当做什么。她没有抽烟或喝酒，但她呼吸了小区内新装修的地下库房的有害气体，吃了据说会导致流产的桂圆，有一次在两位业主因为遛狗而争吵时她上前劝架，一位业主踢了她的肚子。她没有吃过鱼。她经常感到很劳累，一天只吃一顿饭。

而我还是活了下来。这说明我是一个坚强、勇敢、有主意的孩子。

由于没有合法夫妻才能开到的准许生育的证明，妈妈不能在医院建立孕妇档案。到怀孕后期，她编造肚子疼痛或出血的理由，去不同的医院挂急诊，听到我卖力的心跳，从 B 超屏幕上看到我踢腿不止，蜷缩着长大。预产期后的第四天，她通过急诊进入医院生下了我。

这说明我是一个有耐心的孩子。

在政府的分类系统里，我是非婚生子，上户口需要缴纳社会抚养费。她没有因为单身抚养我而得到补贴或帮助，却需要缴相当于这座城市城镇户口居民一年收入的罚款。她把我用背带裹在身前，坐公共汽车去缴这笔钱，夏天里我闷出许多汗来，在她胸前昏昏欲睡，脸伏在她的胸口，一上午没有吃奶也始终没有哭，她大滴的汗和我小小的汗珠汇成涓涓河流，从妈妈晒得发亮的胸口弯弯曲曲地流下去，流过她的肚腹，浸透她宽松麻制长裤的松紧带，流进她贴身的短裤，汇入她以为将永不止息的产后恶露。

这说明我是一个甜蜜的孩子。

这都是妈妈逐渐告诉我的。

妈妈有不应当有的爱心。

她买来一筐来自贫困农户的滞销水果。咬不动的李子，又酸又涩，塑料筐上贴着洋气的“黑布林”标签，吃起来如同湿润的双层胶皮。她说，居委会要求大家支持贫困地区，物业公司需要与街道维持良好的关系，这是公司不得不完成的任务。但妈妈是办公室里唯一真正购买了李子的人。她买了二十斤，为自己和我留下十斤，另外十斤想要送给同事，因为太过难吃被她们拒绝了。

妈妈像赎罪一样购买二十斤黑布林。

还有一次买了有皱纹的绿色冬枣。也是滞销农产品，妈妈像认领孤儿一样在公司的认购表格上仔细地画下对钩。

我相信妈妈身体中的某个部分情愿做这样的事。即便居委会没有要求，她也会英勇地做出这样的事，买下咬不动的酸李子，再去愁眉苦脸地买来大块冰糖敲碎，早餐时让我吃下涂着她熬制得过甜的李子酱的切片面包，与蘸着酱油的煎鸡蛋一起吞下肚子。由于李子酱里没有防腐剂，她要求我涂得很厚，在一个月内将二十斤李子做成的李子酱全部吃掉。

因此，我认为妈妈不是由于勇敢或爱而生下我，而是由于逆来顺受而生下我，不得不在泪水之海中抚养我长大。

我们住的半地下室时常返潮。我在客厅饭桌上学习，正对纱窗，一楼左右两户人家的厨房窗户夹击我们，他们住在我们隔壁高一些的位置，但并不是我们的邻居，而是我妈妈随时需要服务的人。窗外尺余的草地中央有一口井，在夏天放射出来自地底水管中垃圾的臭气。夏天还有壁虎爬进房间，我担心它们会在夜里爬到床上来，时常焦虑得无法入眠。蟑螂像军团一般。我频繁过敏，长出一片片让我发痒的小红疹，奇怪的是都在腰以上的位置，在手臂、耳后、脖子、胸口、锁骨，也许这说明危险的事物悬浮在空中静默地落下，并不像我想象的那样都来自地底。趴在桌上写作业时，桌面铺的塑料布摩擦我小臂上的红疹，如同无声地为我涂上镇静剂。那时我以为过敏是会伴随我终生的影子，在我上大学住进宿舍后，它毫无预兆地消失了。

我和妈妈睡在一张双人床上。周末妈妈要求我午睡，这样她能够休息一会儿。我睡不着，她责骂我，我开始装睡，向内蜷缩，脸冲墙壁，尽量保持身体一动不动，直到她相信我已经睡着了。有时她在我旁边睡觉，我用指甲无声地抠白色墙壁上的墙皮，动作幅度很小，但也在抠出几个凹洞之后，逐渐在枕头旁边的位置刻出一艘深深的帆船。有时也会因为过分伤心而真正睡着，因此我发现，人在大哭之后会因为哭泣带来的疲劳而沉入睡眠。成人后我对这个道理不时温习。

我早已知道有些同学家有书房，甚至有游戏室或专门用于观看投影的房间。但当我上大学后，在一堂传播史课上，大家需要讨论《文明的进程》，一本经典著作，有同学发言说她认为孩子的玩具散落在客厅中是社会不够文明的标志，这意味着父母与孩子的生活并未充分隔离，家庭以孩子的活动为中心，使客厅失去了原本社交的意义。孩子的玩具应当放在孩子自己的卧室里，即便有些家庭缺乏给予孩子专用房间的条件，也应当放在书房里。这时，我仍然感到一阵刺痛。

妈妈并未因生活条件感到抱歉。她时常提醒我，有很多人生活在贫困或饥饿之中，我们的生活是幸福的。这是真实的吧，我们仍然可以，也仍然在帮助着种出滞销黑布林的遥远地方的农户。我们住在壁虎爬行的房间，然而妈妈工作的物业公司为高级小区服务，我的户口在这条街道，我能够步入高级小区旁边的学校。

妈妈也不因生下我而感到抱歉。但她因我的性别而对我抱歉。即便我学了生物后，告诉她婴儿的性别全然是父亲的责任，她也一再向我重复不相干的话，“可你是我一个人生下来，一个人养大的。”就好像她不得不为我的全部，为我缺少的阴茎与疼痛的智齿，为我在立定跳远测试中的失败，为我未来找到好婆家的概率负责。

在许多妈妈令我反感的时候，在我抵抗着下午的潮热令身体一动不动，含着泪水不移动手臂而只活动手掌和手指，建造出墙壁上的帆船，直到最用力的大拇指指甲都开裂了，肉和指甲分离而疼痛的时候，在许多个看不见星星，没有安装空调，干热的风透过纱窗吹拂我发痒的脚底的夜晚，我曾经梦想我真实的父亲会从天而降，接走我，留给我他全部的巨额遗产。

我从未相信我来自天上。但我曾经真的以为我神秘的父亲会从天上来，搭救我，就像一位王子。

我在幼年的黑暗中无声地练习喊出爸爸。爸爸啊。

真实的父亲降临时，他送给我一双鞋底夹层中镶有圆环状的夜光装饰，在晚上如果穿上它奔跑，就会像彩灯一样亮起来的运动鞋。

那年我已经十岁了，不再是三岁或者五岁那种会想要在傍晚穿着它在别人慢慢散步时从广场或公园里快速奔跑而过的年纪。现在想来，我很惊讶这种给幼儿穿的鞋会制作出小学生的尺码，也许是打折的滞销货吧。

父亲的出现让妈妈说出更多很快被戳破的谎言。父亲是一位水暖工，妈妈在他来的前一晚告诉我第二天中午我真正的父亲将会出现时，却说他是一位水电站工程师，那让我产生了遐想，我想象他是邓稼先一样的人，因为要隐秘地研究为国家做贡献的原子弹，不得不离开我们，隐姓埋名。在其后几年我渐渐积累了更多消息，拼凑出的情况是，他和她是在物业公司相识的，我在十岁那年见到他时，他看守一所中学的男生宿舍楼，负责维修校园内各幢楼的管道电路。

为了让父亲爱我，妈妈那天没有上班，早上带我去菜市场买来虾，开始熬白粥和海鲜砂锅粥。

在大学里我会告诉别人我对虾过敏。我说，小时候吃太多虾了，家里总用白水煮虾，蘸酱油碟，一成不变，这让我对虾的味道很厌倦。

实际上我是从电视节目中看到这种白灼虾的做法。我在童年很少吃虾，因此长大后始终无法习惯它扑鼻而来的味道。

那天上午，妈妈煮海鲜砂锅粥的过程是这样：首先从小区中一位她熟悉的保姆那里借来砂锅，清洗大米，滤干后倒进一些油浸泡。再切姜片，再把一些姜片切成姜丝，洗丝瓜，洗胡萝卜，洗豌豆，切丝瓜，切胡萝卜，洗虾，剪开虾的背部，拎出虾线。然后她在锅中炒姜片，放入米，再加入水，煮很久，始终不停地搅拌，之后加入虾、丝瓜、胡萝卜、豌豆、姜丝。父亲到达后，她又加了一些胡椒粉和盐，盛出一碗粥，在上面撒了葱花。

妈妈说这是她记忆中他会愿意吃下的食物。他肠胃不好，在她认识他时他喜欢喝粥。但他有时又食欲不佳，因此她认为，在有味道的海鲜砂锅粥之外再准备一份白粥供他挑选，是万无一失的。

那天父亲在中午到达。他说想吃方便面。如果没有方便面，他宁愿吃光面，也就是没有味道的阳春面。妈妈煮了一锅水，放入干面条，加了盐，打了一个鸡蛋。父亲吃下了它。

当晚，妈妈与我面对着需要尽快吃完的海鲜砂锅粥。第二天早上必须还回砂锅，而我们家中没有能盛放这么多粥并放入冰箱的大碗。她没有再做菜，在自己的碗里加了些辣椒酱，悔恨地说，中午没有想到可以这样调味。加辣酱和味精后，粥的滋味和父亲中午点名要吃的韩式辛拉面很像。

他爱你，他爱你，你父亲爱你，你应当叫他爸爸。在这件事上，妈妈始终把我当作幼儿去哄骗。我真的那么傻吗？还是她真的那么傻呢？带着对妈妈残存的期待，我希望她没有对自己的话信以为真。

大半年后他消失了。妈妈和我的家回到没有人拜访的状态。

在我记事以后，没有人来过我家做客。妈妈与她自己的妈妈和姐妹，都因为她要生下我的缘故而不再来往。小区里的阿姨和街道上的奶奶对我很温和，给我拇指大小的樱桃西红柿和点心吃，因为我是单身的妈妈抚养的私生女。但她们不到我们的家里来，因为我是单身的妈妈抚养的私生女。

有一次例外。有一个夏天，我刚上小学不久，小区里的一个男孩子被他的父母惩罚。妈妈回家时，他站在住户的单元门外，通往地下室的专用入口旁边。他说，冯阿姨，我想到你家里看一会儿电视。在我家看了半个小时电视后，他父母叫走了他。但有一股汗味留在我们的家里，妈妈皱着眉头说，男孩子的味道。她在他坐过的椅子和旁边墙壁上喷了花露水和一些驱蚊液。我在学习，看着她做这些。这股味道以及妈妈对这股味道的反应，是我对于性最初的记忆。

父亲以不同的形态翻新出现，始终欺骗着妈妈。

而妈妈早起，画表格，写报告，贴告示，拖箱子，扛东西，做饭，买股票，再买进黄金指数基金与猛烈下跌的股价抗衡，定时去书报亭买彩票，一天天地无济于事。她所做的是在不同的事情上极为努力又始终失效的工作，并且欺骗着自己和我。

在父亲出现后，妈妈坚持对我说，在我出生之后的头两个月，父亲经常来看望我们，每周都会探望一两次。只不过那时我是胎儿，之后是不记事的婴儿。因此我不知道他有多么爱我。

她还说，在我出生之前的那十个月中，他有过变化，最初恼怒而逃避，到我临近出生的两三个月里，他也来探望过她好几次，甚至陪她去过医院。有一次在医院等了一个多小时，他都没有因为焦急而发火，最后还将她送回家，在楼下与她挥手道别。他甚至主动提出在旁边的超市给她买一箱坚果，让她拎上楼去补身体。她因为身体虚弱，无法拎动而拒绝了，但在她逐级爬上当时她居住的六层楼楼梯时，一直想念着他。

妈妈像精明的肉铺老板，把劣质的肉做成肉馅，再加上作料煮成肉丸子，拼命塞到我的嘴里，以为我辨认不出腐烂的味道。

父亲出现的那段时间我并不快乐。他来访的时间很短，但总会给我出题，让我心算、背诗，让我给他唱歌，再说我跑调了。或者让我讲出最近在学校各门课程中各学到了什么东西。有一次我和同学约好，要去超市一起买在英语课上表演小品时要用的西瓜和彩色塑料喇叭。然而父亲出现了，他考我三位数的口算，要求我当他的面做完一道应用题再离开家。

在让妈妈成为靠不住的女人之后，他以他的随心所欲让我成为靠不住的女生。

他常常说，中国的优势在于基础教育，小学应当抓紧数学，才能够在进入中学后学好理科。那时我以为数学对于他很重要。后来我认为，他只是想说了算。

暑假的一天，他像每一个刚在早晨离开家去上班的平平常常的男人那样，随意地在中午出现，穿着工作服。我不得不给他开门。妈妈急忙从旁边的物业办公室赶回来，家里没有菜，她煮了冷冻馄饨，他边吃馄饨边让我讲一个成语故事，又翻我的语文补充读本，让我查出“铩羽而归”和“折戟沉沙”这两个词的读音，分别用它们造句，每句都需要出现一名中国历史人物。隔壁正在看电视剧，纱窗里传来电视剧主题歌的声音和煎带鱼的味道，一种香到了极点反而熏人的腥臭气味。他拉上玻璃窗，妈妈在刷锅，她开着厨房门，边洗边瞄摆放在卧室里的电视机，发辫甩来甩去。父亲和我沉默地闷坐在饭桌前，像死刑犯和处决人在等待钟声，桌上晶莹的油点闪闪发光，窗外白杨树的叶子在风中拍打着对方。

shā，jǐ，他达到了目的，这两个音我确实永远都不会忘记。

我由于紧张，查字典后把翘舌音读成了平舌音，“撒羽而归”，我说。在我查字典前，父亲想必也并不知道这两个字的读音，他明明是皱着眉头在阅读材料中圈出它们的。现在他仍旧皱着眉，像庙里威严高大的神像，但他用手指节重重地敲击字典纸页上印着拼音的位置上方，让我重来，仿佛他与字典素来是彼此的代表，我需要向他和字典下跪。那一刻我的舌头失灵了，无法卷曲，撒，撒，撒，我说。

后来我经常读错翘舌与平舌音，很奇怪，都是在成语中。平时我不会错。有一次我在高中语文课上发言，命运多舛，读成了 cuǎn。老师在黑板上写，chuǎn，她说，这个字的读音很好记，喘息的喘，命运多舛，喘息着的一个人的命运。这个音我也从此不会再忘记。

还有一天晚上，他让我做题到很晚。妈妈端上两杯热牛奶，父亲没有喝，他说他要回家去了，并且他说，牛奶是食品，不是饮料，晚上九点不适合再吃一顿这样含有脂肪让人发胖的夜宵，他已经是中年人了，立秋之日凉风至，如果妈妈这里有梨，他倒是不介意喝一碗梨汁。

我在电视上看到著名的歌手结婚生子后，对主持人说，家让人彻底放松，家庭是一个可以随意放屁的地方。在我的记忆之中，在妈妈和我的家竭力模仿一个普通家庭的那短暂时间里，家是一个男人随意提出要求的地方。

我喝掉了两杯牛奶，第二天腹泻得厉害。后来我知道我不耐受乳糖。这大概遗传自妈妈而不是父亲，因为我们的家中平时并没有牛奶。

妈妈喜欢撒谎，而父亲喜欢给出有科学意义的解释以更好地逃遁，这成为我对工程师的理解。当我知道他只是一名水暖工时，我万分失望。

现在想来，当晚妈妈应当是去便利店临时买来了牛奶。那是剧烈变化的年份，我们所住的地方出现了二十四小时便利店，和后来我上大学后见到的并不相同。其一，它并不是像北京上海的便利店以及我家乡后来逐渐出现的连锁便利店那样，会卖进口牛奶、盒饭、拿铁咖啡、烤鸡胸肉蔬菜沙拉和特价意大利面，而是在门口架起一个小柜台卖辣鸭脖和无关健康的鲜亮卤菜。其二，它并不是二十四小时开张的，到半夜十二点（也许是一点或两点？）就关门了。不过，这座城市的一天到这个时间无论如何也会终结，因此说它是二十四小时便利店也并不算太离谱，而且它与以前的杂货店已经很不相同。装潢都是白色，冷柜摆得很整齐，甚至有杂志卖，收银柜台很干净，没有霓虹灯，店内的灯光也是全白的。晚上在很远的地方就能看到它亮起的印有彩色横条纹的白色标牌和自店内透出的白光，像因纽特人的雪屋。

上大学后，我来自深圳、童年曾在香港读书的男朋友嘲笑我把 7-11 读成“七幺幺”。

Seven-Eleven，他说。

如果用中文呢？我问。

他说，七，十一。

让我爱父亲，让我相信自己没有被抛弃，让我听不到别人为我心酸，让我不因为别人的心酸而感到心酸，就像妈妈生活中的魔法棒，让她做出许许多多辛苦的事来。在我长大后，妈妈说她是为让父亲对我好一些而委曲求全。但我认为她做得未免太多了。

父亲曾留宿一次。第二天早上，妈妈做了有五种小菜的早餐：拌黄瓜，黄豆烧肉，豆腐乳，青椒皮蛋，炒蘑菇。五个小碟子旁边，大盘子里有三个煎鸡蛋，一人一个，另一只大盘子里有三个她买来的三丁包子，也是一人一个，每人还有一碗红薯粥。我们的饭桌几乎要溢出来，放煎鸡蛋的盘子有一小半危险地悬在桌子外面，而且妈妈把一条普通的黄瓜切得像一条蛇。与这张富裕的桌子相比，我们平时吃的早餐像漏洞中捅出脚趾的袜子。

那时是我人生中的特殊阶段，我还没有进入我自高中起一直持续到今天的长期减肥之中。读小学和初中的那些年里，我时常感到饥肠辘辘，学校供应午餐，但我因为周围的眼睛而不愿意吃得太多。并且，同样是放在相同大小的铝制托盘右下角的一碗饭，食堂阿姨给女生总是盛得不满，给男生则盛到冒尖。在其他女生提出异议前，我不想提出意见。

我把想法说出来，我说："妈妈，今天的早餐太丰富了。"妈妈掐了我的大腿根一下。我不理解为什么她因此对我生气。

许多年后当我用实习赚到的钱给男友买腰部松紧带上绣着名牌商标的内裤时，才明白这样的心情。不是想要取悦的热情，而是希望得到尊重的冲动。就像在客人来访前擦干净桌子。夏天在腋下涂抹冰凉的滚珠防臭剂。请你尊重我吧，以为我是香的，以为我每天也穿着与这相同价格的上好内裤。

妈妈，以及我，没有在取悦，也并没有真正想要得到什么，或本以为自己能够得到什么。我们放弃了对爱的追逐。

父亲无法持久地来看我们，或者表达出爱。妈妈无法克制自己想要被尊重的冲动而停下她可笑的做法。因此在妈妈拼命做饭时，他们会发生冲突，就像父亲说他宁愿吃方便面或白水煮光面时那样。

父亲不曾有一次刷洗他吃过的碗，或者虽然不洗碗，但把他用过的碗放进水槽里，或者虽然把用过的碗留在桌子上，但倒掉碗里剩下的稀粥和鱼刺。我想这可能是一种满不在乎的无谓态度，更可能是一种随时急于离开我们的焦灼态度，或者是一种抗议。父亲以他的方式告诉妈妈，他不喜欢她这样认真隆重的招待，他也许会吃掉她准备的早餐，但他不愿报答也不会被收买。他不那么软弱。只有他能够决定他是否来，什么时候来，是否离开，是否消失。那永远会偶然、随机、暴力地降临在我们身上。

父亲用底部留有稀粥的碗和筷子建设了一支背过身去的军队。如果你走上前去抱住他们，他们会立即回转身来，用机枪扫射你。

妈妈让我管他叫“爸爸”。我不愿这样做，也难以用我的声带清晰自然地说出这两个字。但在她时而哀求，时而训斥，反复几次之后，我几乎屈服了。就在这个时候，父亲从我们的生活中消失了。

在此以后，妈妈和我的生活缺乏变化。除了一件事。

我十三岁时，妈妈中了大奖。她每周都买十元的彩票，有一次中了五百万。那个夜里她抱着我睡觉，我们都且悲且喜，流泪不止，筹备要出门旅行一次，设想了许多可以买的东西。她希望给我买一架钢琴，虽然已经不可能专业弹或者获得考试加分了，但有了五百万以后，你还要什么考试加分呢，弹琴作为女孩子的特长能够提高你的气质。我想要环游世界，但妈妈说开学不能耽误，那么，我希望去一次中美洲的加拉帕戈斯群岛，那是达尔文坐着“小猎犬”号到达的地方，他在航行中发现了企鹅、鸭嘴兽、袋鼠、许许多多奇特珍稀的鸟。我们要慢慢地去，不坐火车也不坐飞机，要像古代人那样坐船。

第二天妈妈像平常一样去上班。她说最好等周末再去兑奖，而且她得先回办公室找遮阳帽和口罩，中了这样的大奖，还是提防别人知道或跟踪为好。

当晚我们发现，她中的实际是五百元。她记错了买的七位号码中的一位。

但这也是她到目前为止中过的最多的奖金，而且妈妈用这五百元，又添上六百元，给我买了一辆新自行车。因此我认为这是一次大奖。

父亲消失以后，妈妈和我很少谈论他。人世就是这样的，无味而多艰，是没有意思的海，大陆起伏冥王星来去它也在，鲸鱼搁浅、岛屿自杀，冰川壮健的腿脚渐渐瘫痪它也在，而你没有办法。

到大学三年级时，父亲再次成为妈妈对我诉说的话题。那时妈妈做美容产品和生活药品推销，从兼职渐渐变成了主要的工作。大约一年后，一位下线带她信了基督。以前她用隐瞒和谎言来掩饰心中许许多多的不解和不快乐，走进基督之门后，她更宽容，花许多时间练唱歌，交了新朋友，她们以热情高昂的态度夸奖她是坚强、有爱心、有盼望的女人，她也更常谈论过去发生过的事。

比如妈妈认为我很像父亲：鼻子、嘴以及不怕虫子。

还有，在我刚刚出生的那段时间，妈妈曾请一位叫作小燕子的女孩帮忙照顾我。小燕子二十一岁，是物业公司刚雇的临时工，妈妈和她商定，由妈妈提供食宿，在家里饭桌旁搭一张军用折叠床，她帮妈妈做饭、泡奶粉、照料我。但我夜里哭得太多，小燕子很快就搬走了。

在小燕子与我们同住的那短暂的二十天里，父亲曾来探望过我们两次。见到小燕子后，他评价，腰细的女人，腿都不够长。

如今妈妈带着怜悯的神情说起这些。你爸爸就是一个始终觉得自己有魅力的男人啊，在一个房间中他总会盯着最年轻的女人。我认识他时，我是单位里最年轻的女人。

这样想来，父亲和妈妈也许恰是一对。她心中自己唯一的吸引力正是他最看重的优点。

妈妈说起父亲的样子，就仿佛他，而不是我，是她的孩子。

妈妈还讲起生我的那段时间她身体所遭受的苦痛。在此之前她担心被父亲嫌弃的我会感到也受妈妈的嫌弃，因此向来把怀孕讲成快乐而且乐观的过程，仿佛在那几个月里她受到神的护佑，一身轻快地等待世上最好的宝贝。她说，在怀孕后期她得了妊娠痒疹，浑身红包和肿块，无法退去，无药可消，无法睡着，只有涂上暂时令人皮肤麻木一些的镇静外用药液才能勉强睡着一两个小时，药效很快消退，又从剧痒中醒来，这让她希望自己可以站着睡觉，像长征行军故事中的马匹。忍不住挠时，鲜血渗透睡衣，床单和被子上留下斑斑血迹，包裹着妈妈，如同经受过酷刑的一具尸体。那时妈妈的脸也仿佛毁容了一般，从前额到下巴，甚至耳道中都长满突起的疹包。得了痒疹的妈妈从脸蛋到脚腕都涂着需要在晃动后充分混合的粉色药液，像粉癜风。

而这一切最令妈妈困扰的是，那时她仍旧爱着已经抛弃了她的父亲，她苦恼地想，每二百个怀孕的女人中，只有一个会患上这种妊娠期特有的病症，这是怎样的概率、怎样的命运啊。如今父亲更不可能再爱毁容的她了。

就好像皮肤是她与父亲之间最大的障碍。

另一件妈妈新告诉我的事是，在父亲来看望我们的那个阶段，父亲以为他能和一个有钱的女人结婚，他是怀抱着这样的希望从我们的生活中再次消失的。

那当然是不可能发生的，父亲真是一个天真的人。

此前我的猜测是，那时冬天到了，暖气上水，做水暖工的父亲或许一时忙到左支右绌，无法再将时间给予他隐秘的女儿，赶场一段后干脆就此消失。我一直觉得他是这种软弱的人，把自己犯下的错当成其他人给自己带来的麻烦，因此焦躁，发脾气，痛苦。现在我觉得他可真傻。

还有，那半年多之中，在妈妈如今记不清时间的某一天，父亲曾经在我们的饭桌上留下一张字条，“我中午来的，没人在。爸爸”。妈妈回家后把纸条卷起来又打开，大声号哭，直到嗓子沙哑，还不可抑制地哭泣不止。她说，没有想到他会承认自己是爸爸，即便是在一张不会有其他人看到的字条上。他有时和妈妈争吵时会说他毕竟是我的爸爸，但他不曾对他人承认过。我出世后，他也从未与妈妈或我一起出现在家门外的任何地方。

我隐约记得这件事。当年妈妈似乎给我看过这张字条。如今它在哪里呢？我不想问。如果妈妈保存着它，就太像电视剧了。我也不想看到十几年前父亲写下的必定丑陋的字，也许上面还带着他修理管道时沾上的油污。我也认为，署名为“爸爸”，也许是由于相对来说他更不愿留下让他的真名实姓与我们有关的证据，就像他与我们没有合影。妈妈曾经借来一台拍立得相机，要照下他看我做作业的样子，那时父亲转过身去，说，别搞这些。

他们在同一家单位时，维修工共享同一个休息室，就在妈妈所在的物业接待室走出去的第三间。父亲是维修副班长，妈妈觉得他是不平凡的人。他常常把休息室里的折叠椅拎出去，坐在走廊里，读杂志报纸，不像其他人那样围着电视打牌。他什么都读，健康杂志、破案的、军事、历史、国际新闻。

他告诉妈妈，他碍于家庭，没能继续上学，有亲戚找他一起做装修班，但他不预备加入，他要去考文凭，或者做大生意。现在妈妈感慨道，当年他不是一般的人，后来他受生活的折磨，逐渐提不起劲来。

究竟是谁折磨了谁的生活？我认为妈妈高估了他的雄心壮志和超凡脱俗的程度。我也逐渐开始认为，在以前那些年里，她并不是因为爱我才在乎他，而是无法不在乎他。同样，她不是因为爱我才留下我，也并不是怀着无法明说的、能够终究和他共同生活的隐秘期待而忍耐，而是像孤注一掷的瘦弱渔夫，在苍茫的海中抓住破烂的舢板，冒着淹死的危险，打捞纪念物。

国破山河在。

之后的年月里，她在失落中开始重新解释当年生下我的决定，说这是她自愿的选择，与他无关，她一直渴望生活中能有一个孩子的陪伴。在现实中我并没有陪伴她。她大概也很清楚我上学之后就不可能陪伴她，只会越走越远。

所谓因为希望让他关心我，她才对他好，这是一个未曾学会主动走开的女人在不可能被爱之后为自己无法停止的感情寻找到的遁词。爱情和面子让她撒谎，基督教都没能揭发这一切。

想到人会有如此浓密的爱情，爱情是这样一种危险的病症，这让我恐惧。它比电影里用来类比爱情的瘟疫要可怕得多，死亡不令人丧失尊严和自由。在那时，二十岁的我不认为自己是一个浪漫的人，我不读粉色封面的小说，但妈妈讲述的一切让我更加警觉，来世上一遭不是为了这个。我决心要经常自由地生气，随时愤怒，不作践自己，不立纪念碑。虽然后来这也并没有给我带来幸福。

出于好奇而乐意听到父亲新鲜事的心情很快过去了，我的耳朵挑剔地筛选电波那端的声音，对妈妈讲述的大多事情相当不耐烦。我更不喜欢打电话给她了。那时我忙于考研，不再实习，也很少去上课，每天待在教室自习，将时间分割成三十五分钟的小段落，保证在每个段落里都聚精会神，不查手机，不回消息，不看窗外。这叫作“番茄工作法”，是考研辅导班的伙伴教给我的。标准的番茄工作法是每段二十五分钟，再休息五分钟。而我感到自己浪费的时间已经太多了，把二十五分钟延长到了三十五分钟，休息的五分钟压缩成四分钟。我坐在固定教室的固定位置，把方形的红色电子闹钟摆在书桌上，关掉声音，但到时间后红色闹钟外沿的灰圈会骤然点亮，黄灯一闪一闪像燃起火警。经常坐我侧后方的一个女生从未与我说过话，但也逐渐按我的番茄时间分割自己，闹钟亮起时，我能用余光看见她在我身后抬起头，放下笔趴在桌上，或者拿起手机，对着屏幕拔眉毛。有时在四分钟的休息时间里，她和我都走去自习室斜对面的洗手间，在洗手间内撞见时仍旧不交一言。如今想起她，就像想起一个曾与我相互帮助的人，困在电梯里的另一个人，或者冻在雪山上的另一个人。

告诉妈妈我很忙后，她不再心血来潮突然在下午或傍晚打电话给我。但她有时通过手机给我发很长的消息，占据整个屏幕，这些消息耗尽我四分钟的休息时间。

她为我祈祷，让我相信上帝会显灵令我考研成功。或者告诉我她销售润肤霜和抗敏牙膏时遇到的麻烦。有时她在基督灵光的照耀下，带着新生出的悔恨回忆往昔。过去她不大爱讲这些，自尊心让她敌视宽慰的话语，即使那来自我。

她说，如今看到我准备考研这样辛苦，她更为将我生成女孩而感到抱歉。她看过两个节目，一个节目中，主持人讲到，单亲家庭子女成长的好坏，既与孩子的性别有关，也与孩子是随父或母生活有关。也就是说，一共有四种排列组合，由父亲照料的男孩，学业成绩比普通的孩子差；

由母亲照料的女孩，长大后更容易多次分手或离婚。这意味着父亲对孩子疏于管教，而母亲把自己的失望传递给女儿。在另一档节目中，成为主角的那位四十岁的女人有一儿一女，丈夫很有钱，离开了她，再娶了年轻的太太。这个女人决定把儿子交给丈夫，自己保留女儿，理由是，丈夫的生意需要传递下去，儿子是长子，这样做至少能保证未来家业仍在自己儿子手里，如果丈夫抚养的是女儿，生意恐怕会传给年轻太太未来生下的孩子，而年轻太太恐怕会费尽气力也要生下儿子，一连串地生也要生下儿子，就像古代帝王的宫廷。

节目中的情感专家批评了她。妈妈说那位短卷发情感专家很甜美，其家庭是幸福的样本。专家分析道，你这样做对自己的孩子不负责任。你自己是没有钱的。如果儿子在你手里，他爸爸怎样也会保证儿子的教育经费、房子、未来的发展，保证了儿子的生活，也就等于保证你自己的生活水准。女儿在他手里，他即便为有钱人的面子，也要让她享有最好的教育，也要负责她未来的婚姻。那样，你、儿子、女儿，一家三口都终身有靠。你现在这样做，坑了女儿，也坑了自己。

“得把儿子留在自己的身边啊！男人总是舍不得儿子的教育的。”另一位点评嘉宾说，一所中学的心理教师。

她觉得被点醒了。自我出生，她就为我是女孩感到遗憾，想到我将不会打架，难以还击欺负我的人，我也会有经期，她就觉得自己犯了错。现在她更进一步认为，假如我是男孩子，我本该拥有更好的生活，父亲会更在乎我，甚至可能会愿意和她一起抚养我。

我想区别在于那是离婚。而且是和有钱人。这与一个水暖工的私生女并不相同。与父亲结识后我就不再指望从他那里得到任何东西，只希望能迅速离开家乡。

在深圳男朋友之后，我有了一个北京男朋友。在学校饲养了天鹅的人工湖旁的林荫小道上散步并交换秘密的夜晚之一，我告诉他，自己从小就想离开家，我感谢高考让我终于可以离开。与几乎所有同学相反，高三是我最快乐的一年，黑板上老师倒数“距离高考还有 ×× 天”，在我心中唤起欢快的、充满希望的鼓点。

他说，但那是你的家啊。那么想离开家吗？

就好像在对一株忘恩负义的食人草说话。

我有气无力地说，没有好大学啊。

黑夜里大树投下的暗影中浅浅的吻让我难以相信他不能理解我，就如同他难以想象我离开家乡的念头那般强烈。他生在这里，长在这里，他爱故乡，也爱他的家，自自然然。他认为人人都该关心故乡城市的街道变迁，记得幼年时的楼号，与父母都亲近，虽说对双方亲近的程度有所差别，也正是由于家人间十分亲近而习惯于相互抱怨。他认为人人都怀念家属院，想回家吃饭，拥有自童年陪伴至今的熟人。我看到我和他之间像两幢刚刚修建好的楼宇之间铺了预制板的空中走廊坍塌碎裂，砸在地上，无声无息。

他告诉我，他一起长大的朋友，都是和自己的初中或高中同学谈恋爱。就似乎他如今和我，一个在大学认识的外地女生并排走在去电影院的路上，是一种他被迫忍受的特例。

我决计不做妈妈那样温柔的女人。于是我说，小地方都是这样的，得和身边的人终生捆绑在一起，古代也是，那时人只认识很少的人，人无能走出自己生长的地方。

去探望父亲是我研究生一年级暑假时的事。

我在病房中见到他。他生了病，正处在昏迷中。病房外的雨很大，浸湿运动鞋，让我发冷。我怀疑此刻自己的脚和病房一样会发出细微的、会让鼻子激灵一下的潮湿臭气。

因为不熟悉而可以像打量男人一样打量他，我发现他完全缺乏性感之处。妈妈说我有他的鼻子和脸型，不过她那样说时，我已经有许多年没有见过他了。如今看到他的样子，我认为自己要好看不少。鼻子这种东西有些微妙，只要鼻孔略微大一些就看起来很不一样。而且随着人变老，鼻梁不会塌陷，鼻孔却会逐渐变大，将原本挺直的鼻梁衬托得也像抻平扩张了似的。

人变老是多么奇异的事，看到父亲，就像我有一次在火锅店偶然遇到自己初中时的班主任，似曾相识，又觉得真的并不相识。疑似班主任坐在邻桌，看着我，我也看着她，有一种灵魂出窍的感觉。实际上，到如今我也不确定那就是我初中时的班主任。我们对看了好几次，始终没有说话。

床单上父亲的身体在白发与秃顶之外还有一些不那么明显，但只要注目于其上就无法移开目光的记号。此外还会有我无法直接看见的东西。口臭，变白的阴毛，这是我在一篇行业内被当作学习范例的犯罪新闻中读到的人衰老之后难以逃脱的隐形惩罚。我对于自己在父亲的病房里想到男人的阴毛感到有些尴尬。

是父亲的弟弟告诉我妈妈他陷入昏迷的。妈妈出于让我爱他的执念，或者出于基督传递给她的崭新的爱，让我去探望他。父亲的弟弟和他的妻子联系过，她让我到医院去。那是父亲在认识妈妈之前的妻子，也是在认识妈妈之后的妻子，也是父亲妄想自己可以离婚并与一位有钱的女商人结婚那个阶段之中的妻子。是他唯一的妻子。过去这些年里，他就与妻子和他真正的孩子住在离妈妈和我四公里外的一栋楼房。四公里外的邓稼先啊。

我没有见到她。也许她知道我会这个时间来，因此避开了，也许她并不常在病房出现。总之，我意识到，会愿意让我来病房探望他，会肯让妈妈知道他失去了知觉，也许快死了，这说明父亲绝对没有遗产可以分割。

其实在去医院的路上，我还有一瞬和童年一样想到遗产这个词，并多少做梦。看到他后，这种心情立即消失了，就像我十岁时那样。

他的床前放着塑料拖鞋，一双印着阿迪达斯的藏青色男式旧拖鞋，脚后跟凹陷，盖着许多年间每天日常生活的印章。我想，在我的家中，从未出现这样的东西啊。

我很快离开了病房。用手机从床脚拍了一张父亲躺在病床上的照片，发给妈妈，在吊瓶边上站了一会儿，就走了。双人病房里还有另外一家人，我走进去时和他们说了话，我说，我来看翁建利。离开时，他们也招呼我："这就走了？不多坐一会儿？"就好像他们一家人在招待我做客。我始终没有走近父亲。

医院的电梯口总排着很多人，我走楼梯下去，觉得阴浸浸的，到医院旁边的小饭馆去吃一点东西。很奇异地，我左右两张桌子上各坐了一个女人，都是独自吃饭，各自面前都有一盆酸辣汤。长发的那个只有汤和一碗米饭，勺子举在空中半天不动，余光看过去才发现有眼泪从她的发丝间落进汤碗。闻到酸辣汤的气味，我也有些想点，但觉得三桌独自点菜的女性都喝酸辣汤，这个场面未免太奇特了，譬如在妈妈所相信的神的眼睛里。因此我点了一份小锅牛肉和一盘干贝炒甜豌豆，都是妈妈和我出门时不会点的菜。

那是一个奇怪的夏天，我执迷于写论文的一个夏天。放假后我很晚才离开学校返回家乡，那段时间我也没有男朋友，要等到几年以后，我才会重新开始痛苦无能地给出对爱的模仿。学期结束前，导师告诉我，我的一篇课程作业有希望在学术期刊的书评栏目发表，因此期末考试后我待在学校改论文，有一次在学校东门外无须熄灯的咖啡店连续写了十五个小时的论文，并没觉得困，也无须使用番茄工作法，其间只点了咖啡和一份咖喱牛腩饭。我计划在研究生二年级开学后去网站或电视节目组实习，之后读传播学博士，未来有几种选择，或者随现在的导师继续研究新闻报道，或者在院内换专业，去研究电视传播，总归是要留在大学里工作，一辈子过这种无止无休地写论文的生活。并且已经想好，如果顺利考上博士，就用网络贷款奖励自己一个近视眼手术，或者一副隐形牙套。心中惦记着这篇论文以及待它结束后就可以开工的其他论文，我经常忘事。实际上我回家的那天，就把箱子忘在了机场的传送带。第二天我前往医院，妈妈在连续不断的暴雨中坐着公共汽车去机场把我的箱子取了回来，我认为这是应有的交易。因为是妈妈要求我去探望父亲的，而箱子里有我的笔记本电脑，取回来我才能写论文。

有一天我始终在打字，妈妈叫我吃饭时说，别玩电脑了。

这让我有些愤怒。她不知道我在做什么。

还有一次我和妈妈发生了冲突，或者说我看不惯妈妈，她也发现了我的看不惯，也同样是在吃饭的时候。手机没电了，我去大排档收银台租了一个移动电源。

她批评我不在家充好电再出来，也不带自己的充电宝，浪费钱。

我说，你就没有手机意外没电的时候吗？

她说有，但她不会付钱充电，宁愿手机关机。晚看一会儿消息有什么大不了的？再过一个小时就回家了，她说。

我愿意付钱充电，不愿意关机，这是我与妈妈的不同。但后来，还回充电宝时我发现，充了一个小时十五分钟，按照两小时收费。这时我心里发紧：居然忘了记下租借开始的时间，只要刚才少充十五分钟电，就可以少交二元五角钱。

然后我想，我与妈妈的区别究竟在哪里呢？

那个夏天妈妈的收入比之前好，也很忙碌，她说，做化妆品直销是一种没日没夜的工作，也是特别好的工作，她和姐妹在一起又自由又快乐。回忆起来，那几年她卖了不少化妆品，虽然她的脸并没有说服力。她还交了六万元成为区域代理，以优惠价参加了在一艘邮轮上举办的品牌庆祝仪式，合影中的妈妈比平时确实要美丽一些。她为此办了护照，向我借了旅行箱，五六天后她下船返回家时，箱子上贴满化妆品的宣传小贴纸和代言女星的脸。

我和妈妈相处的时间并不多。妈妈出门去见客户，我在家写论文，买了视频网站的 VIP 会员，吃饭时用手机看综艺节目。我一直看的综艺节目需要给选手投票，我还没有专业到每天去打卡支持选手活跃数据的程度，但投票中也有很多要研究的学问和要跟踪的信息，还得与其他粉丝配合行动，比如，在一轮复活赛中，我反而需要投给 T，才能保证我支持的 M 入围。夜里我有时会写到很晚，饿的时候，就走去家附近的一家夜宵店吃麻辣烫。街道与我所记得的样子已经迥然不同，虽然在白天各个小区住宅楼的色调如故，远处高层写字楼和商场的玻璃幕墙也像过去一样，但在夜幕之下，这熟悉的一切看不清楚了，身边崭新的楼盘底商演奏出新的音响。如今，夜间的街道不像我的记忆那样萧条可怖，城市在深夜之中遍是仍然亮着灯的事物，充分承认也随时准备满足人类多种复杂的需求。在夜宵店的旁边，还有二十四小时开业的宠物医院、洋酒行、情趣内衣商店。电子烟专营店已经休息，但 LED 显示屏仍然不懈放送男人在吸入电子烟后畅快无忧的脸，眉头从紧锁到渐渐松弛下来，就像我所见过的人在高潮之后的表情。为了让男人获得片刻的愉快，历史投入无穷的时间，做出无尽的发明，男人认为自己理应获得平静和愉悦，在失意时大发雷霆。表面上为所有人而著，但实际是为服务于男人而著出的生活指南中罗列无穷多令男人快活满意的妙招，英雄一般的女人被认为可以输出无尽的美意。

那时我没有想到研究生毕业后，我并没有读传播学博士或者做研究，而是随着我实习的那家媒体的记者，进入一家租房网站的公关部门上班。也就没能像计划的那样去做近视眼手术。现在我按照医疗公号上的文章给出的建议，用“20-20-20”法则管理自己：每隔二十分钟，看二十英尺外，即六米外的物体，坚持二十秒。长久盯着屏幕研制 PPT 和 Excel 后，这样做能够缓解眼睛疲劳。红色电子闹钟如今转移到了我的公司工位上。公司空调设定为二十七摄氏度，不准开窗，而我的工位处在吹不到空调的位置，于是我在桌子上安装了便携小电扇，交替把海盐味和桃子味的香氛喷雾喷到电扇里。这种香氛喷雾还是研究生时同宿舍的女生介绍给我的，当年，我们从各地入学时，这位从本校直升上来的同学已经在桌子和床上装饰了她自大学时代就拥有的各色小摆设、马克杯、毛绒玩具，在台灯旁贴了一张海报：

虽然枝叶很多，根却只有一条
穿过我青春的所有说谎的日子
我在阳光下抖掉我的枝叶和花朵
现在我可以枯萎而进入真理

入学前我没有听说过叶芝。那两年中，我端着饭，拿着盆，打开宿舍门时，就会看到进门左手，她台灯旁边贴在柜子上的这张饰有绿色树叶的海报。后来我不时想起这几句话，虽然无法背诵。也是她把桃子味喷雾喷到宿舍里发放的蚊帐上。在读书时，跟风身边的同学是件让人不好意思的事，如今我则买来同品牌下好几种味道的精油和喷雾，到夏天，夹在工位隔断上方的小电扇吹出湿润的风，让我感到时而身处远方陡峭的海岸，时而身在果园。

那时我也没有想到，八个月后，那家直销公司的董事长逃到海外。几年来，妈妈所赚的钱几乎都再次投入了这家公司，像她那些上线和下线一样，把公司允诺她们的高额回报又换成了仓库里等待卖出的除皱霜和羊奶皂，据说收益率是银行理财产品的七倍。在这时，这些钱都像邮轮上的梦一样成为泡影。而后她经其他受害者介绍，去找大师测算钱能否追回，判断钱究竟处在东南西北哪一个方位。这些关于命运的迷信与她的基督信仰并不矛盾。找不同的大师，去普陀山和五台山拜佛、作法，又花了些钱。不过，我始终不认为妈妈在直销中损失的钱有她所说的那么多。她的计算方式是错误的：她把公司允诺她当年将获得的收入也计算为自己的损失，把这几年来公司给她的七倍于银行储蓄收益率的分红都当作自己业已赚到的钱。我认为，实际上那些“回报”都是下线的投入，无论在历史上还是在妈妈孜孜以求维权“拿回来”的未来，都不可能属于她。

而去掉“回报”单纯计算她几年来直接投入到这个公司的钱数，又让我难过。那个数字说明，她曾拥有的积蓄，她在人生中曾真正赚到的钱，是多么少啊。

那年夏天的另外一次冲突，是妈妈不能容忍我把内裤和袜子放在洗衣机里做一缸洗。回忆起来，我在小时候也不会这样做，但上大学后，学校的洗衣房八元五角才能洗一次衣服。我就读的四年中，洗衣卡的价格从六元逐渐涨到八元五角，买二十次赠一次，附送消毒液，加柔顺剂则要另花五角。服务员会把甩干后仍然带着水的衣服湿漉漉地从洗衣机里拿出来，带着褶皱叠好，放进架子上你存放的洗衣袋里。你必须尽快去取，不然取回后衣服就会有经久不散的潮湿的消毒液味道。这个价格不容许我把袜子和其他衣服分开来洗，我的番茄时间也不容许我手洗内裤，虽然，每天要自己洗内裤、洗下身，要把内裤和袜子分开洗，也把洗下身的盆、洗脸盆、洗脚盆区分开，是妈妈一直教导我的律条。

她自己的内裤一定会手洗，挂在洗手间外右手墙壁上粘的衣帽钩。其他衣服都挂在阳台的晾衣架上，唯独内裤不是。

进门时或者坐在饭桌前时，我会看到她松松垮垮的内裤，上面有黄色痕迹。似乎有比地心引力更为复杂的力量让内裤屁股那部分下坠得比前面那一侧更多一些。

如果妈妈崇拜的神能在上天看到这一切，他所看到的是一个以传统家庭的方式爱好干净，却独居并且不指望任何人上门做客的女人吧。想到这令我不寒而栗。

而意识到我自己想到了什么，这也让我不寒而栗。她是在努力做个善良的人，还是天性善良呢？而我，是天性不善良，还是由于种种原因而不想善良呢？

谁能告诉我，天堂里，究竟会有什么样的人的位置。

大约四年后，我为不成为我的妈妈而回到这座医院。这时我和自己的第一个孩子告别。

那天晚上我仍然在出血，扔在洗手间里的纸团让妈妈以为我患上了妇科疾病。而那天上午我前往医院后，明白了几年前在小餐馆里那两个女人都在独自喝酸辣汤的原因。医生会建议药物流产的女性去喝酸辣汤，让她们喝着汤等待排出孩子。真是奇特的配方。是为了开胃吗？刺激食欲保持心情愉快？让孩子因刺鼻的味道在肚子里感到不适，从而更心甘情愿地离开吗？

我没有喝酸辣汤。中午我在医院二层 B 超室外的等候厅里等到了难得空出的蓝塑料座椅，从自动售货机里买了椰奶和咸蛋黄牛角包。那天下午两点十分，向蹲厕里的一个小血块告别后，我突然非常饥饿。走出医院，我在旁边的便利店要了份关东煮。

这是一家“全家”，我记得当年我来看父亲时，医院旁边似乎是一家我买过咖啡的 7-11。不过我也不太确定是否“全家”就在当初 7-11 的位置。

我向来不喜欢“全家”便利店。它未曾考虑过没有家庭的人吗？怎样能算作整全呢？故意唤起人心中温馨的情意以吸引一部分顾客，而无形地将其他人拒之门外，我对这种方式无法产生感情。

店员告诉我魔芋丝还需要再煮一会儿。我在店里转了一圈，看到在放方便面的货架上也有罐装酸辣汤卖。冲进热水，三分钟后就可以喝。

便利店门口的台阶上，一个把外套铺在身下的女人坐着喝酸辣汤，旁边台阶上坐着两个在吃“全家”盒饭的男人。我在回家的路上流下泪水。

原刊《十月》第 2 期

入型入格

徐皓峰

一

入型入格——广东话，北平人讲的“办事漂亮”。一九三〇年，北方战乱，迁居广州的北平人，学会了这句话。

广州临珠江，住岸边的人低下。两户人家间有块空地，一位老居民领一对男女，敲两户门，说这对男女想省砖头钱，用两户左右墙面，只建前门后墙，成一栋房。

两户人不高兴，老居民介绍男人习武，说住上个习武的，不来小偷，流氓生事，他出头，大家受益。

男人眼光，遥远模糊，江里礁石般。

女人的眼，好看。

广州是大城，小学一百一十余所，学费低，五六个小孩的人力车夫家，孩子到岁数都上学。更便宜的义务小学，还提供课本铅笔。男人在义务小学找了体育老师的活儿，教拳。

一九一二年，上海的小学率先开设了武术课，之后各大城市陆续模仿，十年内普及全国，成了小学的基本设置。他教的是北平常见的八卦掌，他叫叶洪民，爷爷辈，洪水淹了庄稼，入城讨饭做了北平人。

就职半年，小学放暑假，歇五十天。叶洪民在家，来了访客，乘美国福特轿车，车顶绑两根丈长的白蜡杆子，北方武人练功用具，手握处久吸人汗会变红。

一根杆子红深近褐。

岸边房区，没进过轿车，街坊们都出了门。访客皮鞋西装，眼光亮，正在二十近三十的好斗年龄。他练北方功夫，听说新来了北方武人，技痒要比比。

站在家门口，盯那根红深的杆子，叶洪民问操习了多少年，访客说是他北方师父留下的。

访客脸白，涂了女人护肤的雪花膏，拿起杆子，腰部生硬。富家公子自我娇惯，不会下苦功，能练出什么？叶洪民答应比了，街坊们散开。

三下变化，叶洪民杆子脱手，震飞上房，顺房顶斜度滚落，摔下个人般响。访客藏了本领，好沉的力道。

叶洪民："开眼，见了高术。"

访客谦虚："您让我。"

女人站在门口，叶洪民请访客入家喝茶。访客指向他家："这道门，我进，您不能再进了。北方规矩，输了，留家留女人，白手走人。"

有街坊骂脏话。看了眼家门口女人，叶洪民走了。

江上在修桥，美国马克敦公司承建，完工要三年。水深处有礁石，访客的杆子般红深近褐，时值下午三点半，正被江潮淹没。

迎面停下顶敞篷轿子，轿夫戴黄色竹帽、长对襟着装。轿夫不接街头散客，在富户家专职。轿子接客，礼数上重于轿车。

接到一栋顶有钟楼的银行。银行后厅，酒店般华丽，立着小树高的草本植物。接待叶洪民的是位女士，近五十岁人，保养得如三十岁，自称"邦妮何"，说大杆子是正经拜师的武人练的，你没下过功夫。

输了女人，没抗争，是想看背后的事。

抵押古画，是向银行贷款的方式。这家银行新收了明末清初画家龚贤的长卷《千岩万壑图》，高二十八厘米，长九百八十厘米。行长高攀一位名士，请来赏画，不料名士借回家细观，就此不还。

名士——政界大佬引退后，入文艺圈当龙头。杨度操持北平诗坛，梁启超主导新闻报评，张勋成了京剧大角儿们的靠山，康有为鼓动书法新潮……

行长羞于当面索要，下派邦妮何办理，吩咐要"入型入格"——办得漂亮，不留难堪。

跟叶洪民比武的，是邦妮何的弟弟，差十七岁，叫何长发。俩人是行长的"安全顾问"，在行长家已服务两代。他们的父亲来自江湖，给行长父亲办过大事。邦妮何先向叶洪民表示："您夫人安全，我弟弟会对她秋毫无犯。"

在小学教的八卦掌，是叶洪民看会的。北平城是八卦掌发源地，树林水边，都有练的。他远看，没敢上前学，武人收徒要查家世。

邦妮何："冒充武人南下，不会大杆子让你露馅。您真该练练。"

叶洪民："那得从小练。来不及。"

邦妮何："是。你从小练的，杆子是用来爬的。"

叶洪民不再接话，邦妮何笑道："广州出强盗，北平出飞贼。强盗伤人，飞贼躲人，入了人家，以被看见为耻，掉头就走，不来第二次。令尊是北平大飞贼，劳您取个东西。”

行长要求“入型入格”，偷画不能用本地人，不能用警局有案底的人。叶洪民符合。

没想的严重，叶洪民放松了，原以为是父亲仇人找上门。他起立作揖：“您找错人了。父亲带我练功到十三岁，没带我入过人家，便给警察打死了。飞贼的活儿，一天没干过。”

邦妮何：“练过，就能干。”

叶洪民：“干不了。家父遗言，叫我改邪归正。”

邦妮何：“改邪归正，我帮你。”

开出条件，他父亲名字续进八卦掌门派师承谱，他进“省立广东文理学院”教体育。洗白家世，成大学老师——做一夜飞贼即可换来。

二

父亲，北平茶馆里至今有评书在讲他。飞贼只窃富商高官，市民听着解气，因而有侠名。北平城，一代只有一个飞贼，身手老化后退隐，方有新飞贼。

父亲四十六岁，还不退隐。那年入京个飞贼，带着女人。父亲打跑了他，占了他女人，生了俩儿子。

评书里，父亲买了一条鲤鱼、三根德国香肠、一盒稻香村点心作见面礼，跟那人比全套飞贼技，输了退隐，赢了要女人。大战五日，那人一样没赢，留下女人，出了北平城。

“飞贼赌媳妇”是北平市民爱聊的事，香艳凶恶。母亲是湖北人，五年里生下俩儿子，求父亲放她回老家。父亲放了，贼人不照相，母亲没留下照片。父亲一个人带孩子，脸变了，和善如妇人。

父亲爱侠名，跟二位评书艺人兄弟相称，事由他们编，很受听很伤人。富商高官家的财宝被描述成坑害同行、搜刮百姓的不义之财，直说姓名。被点名的富商高官不好表态，报复艺人，会落下“所言皆真”的口实，无反应，则是百姓娱乐，满口瞎说。

富商高官失窃后，不报案，警察不抓他。赌媳妇事件不是父亲让说的，长子叶洪民降生，他高兴，请艺人喝酒，被套出了话。这段评书编的，父亲不满意，但在茶馆里火爆，想“让老哥们儿挣点钱吧”，没管。

于是父亲背上恶名。

父亲不是谨慎人，警察除了不知道他住哪儿，要白天上街，能认出他。他常去茶馆听讲自己的评书，半个茶馆的人都认识他。他嗜吃，去酒楼不订包间，在人满为患的大厅，一个人一桌，喝醉了，趴桌面睡觉，两三个小时醒不了。

如此显眼，没出过事。

飞贼不窃大额钱款、难得之货，超过容忍范围，高官富商会雇凶追杀。过了五十岁，父亲不再翻墙盗窃，送信到高官富商门房，说自己哪天来，要保镖提防。保镖上报主人，领出钱，送到讲父亲评书的茶馆，托茶馆经理转交父亲。

拿到“去贼钱”，父亲返还二十分之一给保镖个人，作为好处费，返还十分之一给这家主人，感谢对自己的尊重。父亲像个公司中层职员，工资不高，管很重的事，高官富商家如被流窜入京的贼窃了，父亲要负责追讨。

讨回来，才好再送信拿钱。

叶洪民四岁，开始学飞贼技，过了两年，弟弟也四岁，哥儿俩一块儿练。弟弟像父亲，叶洪民被说成像那个记不得脸的妈。弟弟两岁时，还说不出整话，父亲也不说整话地跟他聊天。弟弟十一岁，他俩有时仍这么说话，叶洪民想明白了，那是他俩发明的暗语，只属于他俩。

弟弟十一岁，父亲死了。那天，爷儿仨在西单牌楼下的街摊吃早点，弟弟犯馋，说要二十碗豆腐脑，叶洪民骂弟弟心大，向摊主说是三碗，父亲打断他，要了二十碗，跟弟弟比赛着吃，哈哈大笑。

他俩间的快乐，让叶洪民艳羡。

来了警察五人，领头一位跟父亲打招呼。贼人总要回避官人，父亲要走，领头警察却坐上他们桌，说北平城换了主人，听城里有飞贼，嫌不体面。

父亲说给五天时间，最后捞一票出城。领头警察笑了："我的老哥哥呀，您多久没动过脑子啦？上头要体面，还能容您再作案？"

父亲表态，下午即出城。

领队警察："我们来了这么多人，还能容您走？"

父亲赔笑："抱歉抱歉。看不懂眼前事了。是要捕我入狱？"

领队警察："上头意思，击毙街头。"

谈话间，街面已清了行人，空出牌楼，来的警察超过四十人，皆持步枪。领队警察："往日里，你跟我们碰面打招呼，冲这情面，让您死漂亮了。"掏出手枪，指向牌楼，"显手本事，能爬多高爬多高。"

西单牌楼，四柱三门，绘着彩画。

父亲跟弟弟用不成句的话，说了片刻，之后交代叶洪民："教你的本事，朽在身上吧。改邪归正，哪怕当街卖豆腐脑，爹也高兴。带着你弟弟，掉头即跑，不要回头。"

跑出五十米，叶洪民回头，见父亲攀上西单牌楼最高端，中枪跌下。弟弟没回头，街上跑没了。

牌楼下，父亲见叶洪民回来，喊："你谁呀？不是我儿子。"瞥眼警察，哀一声，咽了气。

那时汽车罕有，运尸体用骡车，两位身披麻布的警察赶来骡车，早备好候着的。披麻布，为免蹭上血。

父亲尸体上了骡车，领队警察递给叶洪民一张报纸："你爹一代豪杰，别让人看他死相，笑话他。"

叶洪民蹲上骡车，给父亲脸盖了报纸。

警局写了申请书，叶洪民被送入宣武门外下斜街的"香山少年感化院"。少年感化院是瑞典首创，欧洲各国效仿，关押少年犯，上八年制小学课程，施以基督教教化。香山感化院追求中华特色，改为佛教教化，语文课上讲佛经。

心慈何劳持戒，行善即是坐禅；
前非可以痛改，淤泥能生红莲。

香山感化院校歌的第一段词，让叶洪民明白人生是块淤泥。一身功夫，感化院围墙困不住他，待了三天，出去了。原想自己露面，弟弟该来相会，但弟弟没有。家被搬空，住上了新租户。满城寻弟弟不得，像城里没了他。

感化院三天，每天有语文课。语文老师叫许家娴，能同时对视上所有学生目光，一堂课四十分钟，每个小孩都觉得她全神贯注地只看自己。

从小到大，没这么被看过。走在西单牌楼下，叶洪民想起，父亲看弟弟也这样，没这么看过他。

他回了感化院。隔十天，翻墙出去找一次弟弟。后来，一个月出一趟，之后两个月出一趟，再之后，想起来才出一趟。弟弟一身本事，不担心他活不下去，担心他欺负别人……如此想着，叶洪民成了许家娴眼里的好学生。

语文课，除了小学正式课本外，讲佛教故事集《百喻经》和《坛经》。

《坛经》一半也是故事，讲禅宗选第六代祖师，品学兼优的僧人没得着，给了一个伙房帮厨。帮厨不识字，样子丑凶，被骂成是野狼野猪一般的人。

感化院孩子认同六祖，每听到他拿话刺人，令饱读经书的高僧还不上嘴，孩子们便鼓掌欢呼。

叶洪民语文课上受宠，因为他识字多。前辈评书艺人多是文盲，评书内容是口口相传，父亲年龄的评书艺人，因报业繁荣，以识字为荣，讲汉唐故事要带上今日新闻。叶洪民五岁、弟弟三岁开始，整日被父亲放在茶馆，艺人教了识字。

许家娴住在感化院外的胡同里，租的房，家具简单，有一盏底座为红色钢琴造型的台灯，看着就贵，小偷会偷的东西，是她的未婚夫所赠——少年犯里传言，是位军阀，骁勇善战，打下一连串天怒人怨的战争。为给他赎罪，她来感化院工作，一旦结婚，将住进占地四亩的法国式别墅，享用一间墙上镶金的念佛堂。

她家，去过。

体育课，此生第一次打篮球，叶洪民差点戳了同学眼。不是失手，是父亲的训练，飞贼逃脱追击者的技巧。控制不住，有人抢球，他必戳眼。没法打篮球，为下场，他装晕倒地。

恰被穿行校园的她看到。

躺在沥青的操场地面，听体育老师说，这是血糖低的表现。她说她家有糖，拉他起身。校门到她家有四百米，她家里的糖，是咖啡馆喝咖啡，暗带回来的方糖，包在手帕里，只有两块。她相信，足以治好他一辈子的低血糖。

之后，他又开始夜里翻墙出去，不是找弟弟，是看她窗帘。她的窗帘，印着热带鱼图案，在晚九点规律地熄灯。窗帘上从未出现过别人，只有她合十念经的侧影。

两年后，少年犯们传言，她的军阀未婚夫攻下了南京。她辞职了，应她的要求，感化院未组织师生告别，说是免得孩子们伤心。

她突然没了，凭父亲传授的本领，叶洪民找到她，在北平前门火车站台上。有四五个同行者，拎着箱子，她披俄罗斯纱巾，叶洪民径直走去，有些脸红。

在感化院两年了，叶洪民十五岁，是收容少年犯的极限年龄，马上要转去成人监狱服刑一年。父亲死罪，他作为从犯，判了三年。走近她，冰雪聪明的她带他走开几步："私自离校，要记处分。"

想起《坛经》，叶洪民说："老师，六祖说——前念着境即烦恼，后念离境即菩提。我没懂。"

她回头向同行的几人说，这是她班上最好的学生，代表全班来送行，再解答："眼前的一切，火车、众人、你我，都是虚假泡影，当真了，便有烦恼。你的心，要离开你看见的。"

叶洪民："您是假的吗？"

她："是。"

她走了。叶洪民在成人监狱服刑一年，出狱后回香山感化院求职，当了杂工。院长收下他，因许家娴写他的"教师总评"："本性善良，热爱学习，虽生于歹徒之家，却没不良习气，淳淳无染，令人同情。"

他打扫楼道，修补体育课器具，后做了烧热水的锅炉工。感化院教学改革，顺应全国武术热潮，像普通小学一样开设武术课，之前不设，是怕助长少年犯们打架。他向教务处申请当武术教师，表演了从墙上一个跟头翻下，把公园里偷看来的八卦掌打得威风凛凛。

教务处解释，武术教师由北平教育局认证，去报名考核，需拿出拜师习武的师承谱和三位成名武术家的推荐信。贼人与武人，如井水与河水。

作为飞贼的儿子，没有拳师会收叶洪民为徒，他学不到武术。

休了此念。聘任的武术老师来了后，带学生在篮球场打拳，也是八卦掌，他偶尔会走出锅炉房看看。

二十四岁，他没结婚，很少出校门。一日，锅炉房来了位打开水的生面孔，新来的老师，一双避不开的眼，像一个人。一直低头的叶洪民，惊觉自己对视着她。

她教语文课，来自南京，叫李方，听音易想成“芬芳”的“芳”，她会纠正：“方块的方。”她带来许家娴的消息。九年前，许家娴离开北平，去南京第二小学任教，全因那里薪水高。

九年后，许家娴是名牌教师，她班上的小孩，奇迹般无一遗漏地热爱学习，成绩永远高于他班。她不是加大作业量，研究解题秘诀，而是课余跟小孩们聊天。她的理论是，孩子觉得自己受重视，智商便开发了，智商高了，学习自然好。

她本不愿说，多位老师恳请下，公开了她的理论。老师们实践，皆无效，觉得她藏有秘诀，对她更为敬畏。

李方十九岁，师范学校毕业，来南京二小实习，由许家娴带她。一见面，她喜欢上许家娴的眼，一双可看见所有人的眼，专注而美丽。

许家娴发现李方在学自己的眼神，对她有了亲近感。实习结束，凭着俩人处出的好感，李方追问许家娴教学秘诀，许家娴说了自己的理论，李方寒心，早听过，听说了它的无效。

许家娴不诚，李方离了南京二小，没再回去看过她。查到许家娴曾在北平教少年犯，或许在罪恶的孩子身上，令她发现了什么？报纸上看到香山感化院招聘教师，李方来了北平城。

叶洪民对于李方，是意外之喜，竟还有许家娴教过的人留在校中。叶洪民问：“许老师的丈夫是位军阀？”

李方瞪大跟许家娴一样的眼。

叶洪民早知道，许老师未婚夫为军阀的传言，是少年犯们的集体臆想，只觉得她好，想出军阀来配她。她的男人该有权有势，保障她一生不受人欺。

还是问了。

李方说，许家娴在北平独身，在南京成了家，丈夫是美术编辑，报纸上画插图，心灵手巧。

叶洪民双手合十，默念，真好。

他的样子，令李方有一丝触动。

之后，李方常约他喝茶，询问许家娴在感化院的日子，其实是想看他说话，一人感恩另一人的神情，令她触动。触动，是被婴儿的手碰上的感觉。

问他久了，她悟出了许家娴的秘密。其他老师跟孩子聊天，假装平等，还是大人对小孩的居高临下，孩子更紧张。对他们的失败，同为教师，许家娴不好意思说：“原因在你们。你们没有爱。”

李方目的达到，该回南京，却犯了懒。她懒洋洋待了一年，军阀们打起了“中原大战”，北平有兵灾危险，她去了锅炉房，问叶洪民：“我要离开北平，你走不走？”

收拾东西，跟她走了。

此生，许家娴是关注他的第一个人，李方是第二个人。

三

何长发入住叶家，带唱机、咖啡壶，搬进座四壁一门的厢床，如房里建了栋木屋，夜里可关门合锁，供叶洪民妻子睡，表示不会冒犯她。

门外邻居则议论，床都换了……

叶洪民妻子是李方，离开北平前，她联系了镇江国立小学就职。镇江到南京一夜车程，她带叶洪民看望许老师。

许老师没认出他，不记得当年火车站有学生送行。

许老师家的周日，总有已毕业的小孩来，吃了午饭吃晚饭，天黑透才走。许老师课上的目光，他们毕业后再没遇上过，久了不舒服。他们彼此聊天，并不要许老师陪，但要待够时间。

眼扫过坐在四处的小孩，叶洪民说："您能想起我，'前念着境即烦恼，后念离境即菩提'——这是火车站送别，我向您的提问。"

许老师："我当年怎么答的？"

叶洪民："你的心，要离开你看见的。"

许老师点头，仍未想起他。

或许，看着这位向自己走来的十五岁男生红着脸，她便刻意忘记了他——李方如此想。

回到镇江，叶洪民未失魂落魄，李方病了一周。等她病好，叶洪民告辞。他伪造了一份北平教育局武术教师资格证书，要南下广州。北平距广州二千一百公里，广州小学一百一十所。小学里教武术，十七岁时觉得是最好的事……

以为缘分断了，不料李方辞职，跟他走。

到广州，叶洪民想起，这辈子还没骗过人，久久不去应聘。李方说，教书一年多，才知自己烦小孩，教书违背她天性，不愿再当老师。迫于生计，他走出门。

只敢去招收贫困生的义务小学，那里急需师资，检查不严。工资比预想的低，像许多底层妇女般，李方粘火柴盒补贴家用。全国火柴厂均不建手工车间、不雇手工工人，外派粘火柴盒的活儿，粘二百个一分钱。

不再谈许老师，夫妻间得有话，李方要叶洪民讲，叶洪民越说越会说，他本是在讲评书的茶馆里闲待着长大的孩子，听熟了讲父亲的两套全本、四十个小段。

李方爱听。

面对入住家里的何长发，李方认为是她惹来的，人对什么感兴趣，便会惹来什么。比武赌媳妇，是听过的事，她缩在桌子后，粘她的火柴盒。

天还要许久才黑，何长发走来，似要帮手。门外响起喊话，高亮的女腔："里面的人，出来！"

门外站了七八位女镖师。广州绑架案频发，富人给妻女雇贴身保镖，男子不便，催出了女人当镖师。富人女眷的服饰普遍西化，女镖师们随着，短靴、夹克衫，一样时髦。

丑事传千里，比武输老婆的事，激怒了同为女流的女镖师。她们拎六点半棍，长二点八米。北方大杆子用白蜡木，南方武人厌恶其弹性，认为是废材，影响劲力传达。六点半棍用热带气候里几百年长成的酸枝木，硬如生铁，不需要手汗浸染，天然红深近褐。钟表上的六点半，时针、分针都垂着，起这名，是形容它沉重。

何长发出门，同在一城，都认识，女镖师领头叫火烧云。何长发："您该待在小姐太太的香阁里，怎么上街了？"

火烧云："斗棍赌媳妇，武行没这规矩，你玷污了习武人声誉，我跟你斗棍，输了，你离开。"

何长发："您说对了，武行没这规矩，飞贼的规矩。"

暗示明确，这家男人不是武人是贼人，火烧云有了退意。此时李方踱出家门，没事人的脸，学了七成的许家娴的眼。

一秒对视，火烧云生出亲近，口气又硬："不许欺负女人。"

何长发："秋毫无犯。"

火烧云："怎么保证？"眼向李方，"你跟我走。"

李方欠腰行礼："您仗义，我不好走。"

火烧云怒喝："不知好歹，走！"向李方迈步，要撞开何长发，去拉她。火烧云胸部，白种女人般鼓胀，这便是习武的好处。何长发犹豫，该闪避还是该出手阻拦，碰身子，终不好……

六点半棍一沉，砍上何长发胫骨。偷袭成功，何长发倒地哀号，似腿已断。

火烧云："这是你给的保证。"瞄眼李方，带队走了。

夜半，李方仍在油灯下粘火柴盒，何长发被两名黄帽用人抬进门，自医院回，腿上打了石膏。李方抬头："非得回来呀？"

何长发笑笑："江湖事，是这么办的。你男人要手脚麻利，我也就忍一夜。"

四

名士不住洋楼，住中式建筑——西关大屋，广州风格的四合院。叶洪民甩飞爪攀墙，以折叠铁皮铺上墙顶铁丝网，一个翻身，吊在墙内。

毕竟是四合院，刹那潮了眼，想起北平城。

院内有巡夜镖师，三人一组，三组循环。北平城，飞贼与镖师共识，以武功为荣，用火器为耻，镖师巡夜持红缨枪、挂腰刀，手枪深埋衣襟，尽量不掏。

眼前的广州镖师端着捷克 VZ-24 短步枪——原是为战乱频发的南美洲设计生产，不料中国成了最大销量国。

叶洪民反身，挂于墙外。

叹气，滑下。

此枪射程八百米，废了飞贼技，在此射程下，没有追与逃。

次日，叶洪民走正门，递上拜帖，求见护院镖头铁靠山，广州三十年来出名劫匪吕百媚、周有礼、欧阳姑父、孙天、葛力、沈白脸皆坏于他手，打残送官。

他六十三岁，即将退隐，受雇名士家是保镖生涯最后一单，誓要平安，全一世之名。已向各路匪帮打过招呼，诸位要清醒，雇佣期两年内，别来找麻烦。

北平城递拜帖，要等主人送回帖，写下约见日子，方能见面。叶洪民要走，被门房喝住："不等回话呀？"

不想当日能进门。

铁靠山在后花园见他，中式八角亭，雕罗马花纹。为谈事，拜帖上写了父亲名号——北平叶七郎。

铁靠山："南北遥远，也听过你父亲大名。上座。"

叶洪民坐于铁靠山侧面，二人平齐。铁靠山双眸闪亮，维持在五十出头模样，近了才感到他的衰老。衰老，是股味道。

叶洪民："这家主人借了张古画，赖着不还，我受雇于人，要取回来。"

铁靠山："借物不还，确实理亏。"

叶洪民："请主持公道。"

铁靠山："下面的人没法主持上面的公道。上面的事降到下面办，下面就得付出翻倍代价。我也受雇于人，失画，毁我名声。"

叶洪民："世上没有公道了吗？"

铁靠山散了眼神："有！你爹是北平叶七郎……晚上来，我们不开枪。看你本事。”

叶洪民行礼退下，得到了想要的。

入夜，叶洪民翻上墙头，五重院落都亮着院灯，不见巡夜镖师，二重院里支一面镖旗——要飞贼现身谈判的江湖暗号。

铁靠山坐在镖旗下，为表诚意，身边不留镖师，不备武器，两名老用人陪着。见叶洪民现身，他起身致歉。下午名士去了外地，古画挂到名士女儿房里。飞贼规矩，不劫女眷、不进女人屋。

铁靠山：“你做不了什么了。”见叶洪民发愣，追问一句：“你爹在时，规矩给你讲全了？”

叶洪民穿深灰色夜行服，蒙头裹脸，忙点头，表示知道。铁靠山：“从大门出去吧，你这趟，算是朋友拜访。”

老用人备了青色大褂、意大利礼帽。

过一重院，老用人喊声“送客”，开一重门。镖师守夜，不代劳用人工作，还是用人开门。

五

李方与何长发处了三夜，四日下午问：“我男人死了？”

何长发应答，画在女人屋里，飞贼自尊，不进女人屋，进女人屋的是采花贼，你男人在满城搜索，找采花贼帮忙。

李方：“这儿有采花贼吗？”

何长发：“常有妇女失踪，贩卖到南洋。”

李方：“难为他了。”

没了话，她粘火柴盒了，等半晌，听她又言：“他父亲是北平叶七郎，劫富济贫，有侠名，瞧不起祸害妇女的采花贼。找采花贼帮忙，对他，是降身份的事。”

扫来一眼，眉秀瞳丽。

如吸凉气。何长发连连称是：“难为他了。”

“前念着境即烦恼，后念离境即菩提。”默念此言，叶洪民蹲在所宅院外。白日在墙上发现了采花贼标记——七齿梳子，梳子旁画了大象、轿车，伪装成小孩粉笔涂鸦。

暗号表明，今晚取墙里女人，江湖朋友请回避。南北遥远，而贼人用同一套礼节、黑话、暗号，百年如此，方便本地贼人与过路贼人沟通，出了纠纷，退让着解决。混江湖，不能做绝事。

采花贼不劫高官豪绅的女儿，高官豪绅必要赎回女儿，还人拿钱的过程中，难免军队警局介入，事情会闹大，绑票是六十人以上的匪帮做的事。

广州城外，有匪帮十七股，走私为日常，绑票为大事，人手一支射程三百五十米的德国毛瑟枪是基本配置，其中两股匪帮买了英国造民用快艇。

采花贼是城里的贼，偷偷摸摸，以不开枪、不惊街面为底线，不要赎金，贩卖人口盈利。采花对象是拿不出高价赎金、无报复能力的中下阶层。

其中，开杂货铺的和教书人家是首选。开杂货铺的小富，企盼女儿嫁入更高阶层，娇生惯养，皮肉漂亮。教师家女儿都读书，聪明文雅。二者可卖高价。

白日打听了，墙里人家是中学校长。半夜来了辆运客的脚踏三轮车，广州与北平上海一般，街面上多是人跑着拉的人力车，脚踏的稀罕。

叶洪民判断，到了采花贼。

三轮车行驶稳，车厢大，女子挣扎，好控制。车靠在墙边，乘客掀帘出来，已换上夜行衣，和车夫搭手，车底掏出折叠梯，拼高了，爬上墙头，把梯子立到墙边，背女人出来时登踏。

见同伙进去，车夫推开车。叶洪民遛上，一棍砸在他后颈，叹声："朋友，帮个忙。"

车夫身上藏日本短刀，刀面光泽，观之心喜。广州是国外武器走私的集转地，德国枪支、日本刀剑价廉而普遍。

仰望墙头，此生没打过架。采花贼两人，不敢一块儿截在墙外。车夫是盯梢的，没本事，入名士家行窃，进墙的那位有用。

将车夫堵嘴捆绑，藏在暗处。换上车夫衣服，叶洪民墙下悠圈，练了练车。香山感化院里当杂工，会骑运东西的平板三轮车。

校长女儿的床，四壁一门，木屋般的厢床，如同何长发搬给李方的那张。贼人开厢床，校长女儿面朝里卧着，广州炎热，腿伸在被子外。

是个好货色。

采花步骤——渗湿迷药的手帕捂晕女子后，弯折身体，绑扎装袋。袋子的背带层层叠叠，分解重量，一个人可背走，跑步、登梯不成问题。

校长女儿肩胛骨形状明显，贝壳般好看。贼人举上手帕，凑近后警醒，广州女子流行打羽毛球，白人女子般肩膀宽，得广州男子推崇，但此女肩头方正，打羽毛球打不出来，只有持重器械习武方会有。

收了手帕，贼人伏身下臂，行清朝请安之礼："敢问姑娘，何方神圣？"

女子展被子遮腿，翻过脸，是城里女保镖首领火烧云。

贼人："不知您受雇这家，冒犯啦。请给条活路。"

火烧云："死路一条。押你见官。"

贼人赔笑："大户人家才请得起您，怎么接上了小户人家的单？"

火烧云："习武人拿武艺挣钱，还要为百姓除害，光知道挣钱，祖师爷会坏我命运——无儿无女，老无所依。你盼我倒霉？”

贼人：“不敢。只求活命。”

火烧云戾了眼：“你们祸害的女子多，天地不容。废一手一脚，我放你。”

贼人再次请安：“姑娘大恩，这辈子当贼，早知要遭报应。”掏出钩刀，挑了左手左脚的筋。

墙外等贼的叶洪民，被六名女保镖用四杆六点半棍、两支德国毛瑟步枪堵住，押到宅院后门。火烧云背贼人出来，放入三轮车，其手脚已止血包扎，嘱咐叶洪民：“传句话，祸害女人，是此下场。”

为避免后患，让他摘去车夫帽，记下他脸，再放行。

叶洪民摘下帽子，对视上她。武人眼观六路，要看透面前所有人，火烧云双眼——如课堂上的许家娴。

火烧云戾了眼。江湖人对视，定尊卑，先闪开眼为臣服。面前男子，眼中无挑衅，温和有情，看得人舒服，想看下去。

她闪开眼：“你爹妈把你生得好，何苦做贼？”挥手放行。

驶过三条街，贼人喊：“朋友，饶了我吧！”早看出叶洪民是假冒。

叶洪民停车：“采花贼被谁打服了，便认谁当主子，是这规矩吧？”

贼人：“我手脚废了，打服我，也给您办不了事呀。”

叶洪民：“找出个同伙给我打。”

贼人：“打了也不会给您办事，我们有主子啦。两年前，北方下来个人，打服了我们所有人。卖女人的钱，要孝敬他。要打，您打他！”

放贼人走了，他说他会回家乡，余生里吃斋念佛，攒得功德，下辈子投生，五官都在，手足齐全。

城中采花贼共五股，一股二三人，各有作案区域，做成案子，给主子交钱，是去一家“女子美发馆”，那是男人不能进的地方，得找女性代劳进去。澡堂般，男女理发要分开，女理发师接男客，男理发师接女客，都是伤风败俗。

馆内三位女理发师，说上海话，上海时尚高于广州，上海来人好做生意。美发馆用来收钱，露了相，按江湖逻辑，主子不会住那儿。采花贼如隐瞒钱数，三桩案交两桩钱，他会鬼影般冒出，一顿暴打。

难道每次作案，身后都有他？

不知他住哪儿，没法偷袭暗杀，采花贼们不敢造反，亦不敢从三位女理发师下手找消息，感到随处都有他的眼。

行踪不定，是操控权术。

叶洪民走入，被呵斥：“这里不接男顾客。”他闪到空位坐下，右手捏剑诀，左手搭右腕，亮在镜子里——“江湖求见”的暗号。

呵斥他的女理发师去了急脸，镜中点头，转去内室。理发厅共三个理发椅，现有一位烫头的女客。夏日炎热，屋顶垂着扇风的厚布，一位四十岁妇女均匀拉着。

一小时内，走了女客，扇风妇女亦下班，门口挂上“停止营业”的告示牌。一位女理发师去拉风扇，另一位掏手枪，镜中晃下，垂在腿侧。

内室走出位男人，持把梳子，坐入叶洪民旁边理发椅：“北方来的？”此人有技压群雄的气场，该是主子，怎么会在店里？

叶洪民压住兴奋，学父亲神色，老腔老调地说：“北方来的。向你借个人，取女人屋里东西。”

“四十块大洋。”

大洋值钱，四百块可买栋三层小洋楼。

“够把您这店盘下来啦，减点价？”

“行！我北方来的，你北方来的，报个熟人名号，让我服气，给你减。”

“我爹是北平叶七郎。”

“爹的名号只值四十块吗？我的哥哥。”

指弹梳齿，竖琴般好听。

竟是弟弟叶洪王：“你认不出我，我能认出你，是我隔几年，会去看你一眼。你荒废了爹的手艺，察觉不到我。”

看向镜中的自己。十一年过去，兄弟俩不像。原本是他像父亲，自己像没留下照片的妈。

叶洪王让二位理发师回内室，歪过头：“长兄为父，禀告个事。父亲的仇，我报了。西单牌楼下开枪的警员，一个不剩。”

叶洪民站起：“你犯了命案？”

叶洪王：“我南下躲通缉，你为什么来？”

叶洪民：“改邪归正——爹的遗言。全国小学开武术课，招聘拳师，广州离得远，好冒充。”

叶洪王：“不错。遵从父命，你是孝子。”

美发厅内室，是候班换衣的地方，摆着藤椅茶桌。墙角立的大衣柜，内有暗道通向屋外，窄得需侧身，是左右房中间的隔断，本不是人走的道。

左右房，一侧是三位女理发师宿舍，一侧是厨房餐室，隔断里行走响动，传不给外人。隔断二十米，尽头是间大屋，摆着飞贼练功的器械，叶洪王睡这里。

反了江湖常识，接头地即是藏身地。兵法之道，实者虚之，虚者实之，弟弟狡诈，耍了采花贼……

不知为何，竟然激动，叶洪民道："你对得起爹，成了厉害角色。"

叶洪王眼湿，急转几下眼，转去了泪："哥。咱家有钱了。"

墙边立着一挺马克沁重机关枪。一分钟可射六百发子弹，精准射程一千米，据说以四十度角仰射，子弹抛落的杀伤范围达三千米。

是德国原版，国内仿品尚要二千六百大洋。其时，福特轿车在美国值一千大洋，运到中国卖二千七百大洋，富豪阶层方买得起。

叶洪王："买了，不为抢劫，为钱能保值。"

想起卖到南洋的女子，叶洪民："卖女人的钱？咱家不是干这个的！"愤然离去。此生没发过这么大的火，第一次感觉像个哥哥。

弟弟没拦着，叶洪民侧了身，人已在隔断里。回了理发厅，见门口旁，客人等候坐的长条凳上，落了张报纸，反着阳光，似张白纸。

叶洪王在擦机关枪，听叶洪民回来，未停手："从小，我没服过你。你能不能做件让我服的事？"

叶洪民耳根红涨，递上报纸。

叶洪王接过，搜眼新闻："看什么？"

叶洪民："很多事。"

叶洪王："报纸嘛，当然有很多事。"

想着许家娴的眼，叶洪民说："你我几十年经历，和一张三十分钟看完的报纸，没有区别。"

叶洪王："怎么会？"

叶洪民："会。"

十一年前，西单牌楼下躺着父亲叶七郎，身中四枪。遵从父命，十一岁的叶洪王不回头跑了，十三岁的叶洪民回了头。看他跑来，父亲呵斥："你谁呀？不是我儿子。"瞥眼警察，斜脸死去……

叶洪民："父亲临死，问我是谁。问蒙了我，一想多年，答不上来。我的名字、经过的事、待过的地方，说明不了我是谁，人名、地点、事件——报纸上登的也是这些。弟弟，你是谁？"

"叶洪王！"

"不。每天都有新报纸，你也可以是另一个人。"

叶洪王垂头，似被说服："香山感化院里讲佛经，这些是你学的？"

叶洪民温和点头："父亲遗命——改邪归正。报纸看完了可扔掉，改正不难。"第二次有了当哥哥的感觉。

叶洪王抬脸："你是要点化我吗？你该照顾我！你在感化院好吃好喝，不想我在外面怎么过活？那年我十一岁。"

半晌，叶洪民回答："想过。我们不是一般孩子，我们是贼人，爹在我们身上种了本事，不怕你吃不上饭，怕你祸害别人……我找过你，你不现身，我只好这么想。"

等着挨骂。

叶洪王笑了，小时候纯真的脸："近来一个人待着，莫名其妙会流泪，常想起小时候的事，想的和小时候不一样。你的话，我刚好听懂。多谢大哥点化。"

第三次有了当哥哥的感觉。叶洪民拍上叶洪王肩膀，见他接受，又多拍了一下："多愁善感，不吉利。查查手下人，别出卖你。"

叶洪王："预感不好，我怕是命不长了。"

叶洪民凑近："北平下来人查案啦？"

叶洪王诡诈一笑，变了个人。叶洪民退一步，小时候，弟弟和父亲都是让他害怕的人，搞不清他们哪句话真哪句话假。

叶洪王敛去笑容："父亲早说过，你生错了人家，不是干飞贼的料，叫我照顾你！我发过誓，一定照顾你。"

叶洪民高了嗓子："父亲遗言，叫我们改邪归正……"

叶洪王："那是单对你说的，邪道不好走，你以为你走得了？你落在感化院里，符合父亲心意。你找我，我不现身，因为我那时候小，你会拖累我。"

叶洪民退开。

叶洪王："不是要借人吗？借给你。"

叶洪民："不了……正道上，该有办法。"

不知怎么出来的，侧了身，又在两房隔断里。

六

自小不开朗，忍着的天性，不知要忍什么、要忍多久。父亲死时，叶洪民哭不出，似有微弱的庆幸感——或许母亲遗传，怀孕时的心情种给了他，她该多么不喜欢父亲，多么不愿意生下他。

十三岁落在感化院，他的心，熊一样冬眠。迟钝了，才能把一切忍下来。许家娴老师是第一个梦，李方是第二个梦，能让他好受，不让他醒来。

走出美发厅，二百步后，感觉街面清洁，脑子前所未有地好使，似大梦初醒。

去找铁靠山。父亲教导，走江湖，问友不如问敌。朋友出主意，可能惹祸，问清敌人意图，能保住命。

见面，陈述自己找不来采花贼代劳，请教还有何江湖规矩，可进小姐房。铁靠山笑了："请来采花贼，也没用。他是能进小姐房，但他进院子，我们就开枪。"

不开枪的约定，仅限于叶洪民。

找采花贼，是叶洪民自己琢磨的。江湖上行事，步步要得到对手认可，一方错用了约定，一方便可毁约。毁约后，变成不择手段，一方丧命，方能终局。

君子之争，最为安全。

叶洪民致歉："我想当然了。"

铁靠山："是，你该问我。"

主人半月后即回来，画自然挪回书房，铁靠山要叶洪民半月后再来。老年人慈祥地笑："你爹绝技，我还想看。"

叶洪民说他不会再翻墙，爹的遗命是要他改邪归正，原想破例做一件，换笔现实利益，现在不敢了，行礼："请赐教，走正道，能否取到画？"

泯去慈祥，铁靠山回答，当然有办法，只要比武赢了他，他亲手从小姐屋取画。习武人最重武功，输了，付什么代价都可以。

心知，是句废话，飞贼练的是攀爬，武人练的是发力，飞贼不可能打过武人。叶洪民告辞，铁靠山喊上位仆人，由其领出门。

行至大门口，铁靠山追来，叫仆人退下，低语："广州女保镖，凭一手快刀，立威武行。女人跟男人争，要取巧。飞贼技也是取巧，配上快刀，巧上加巧。或许能跟我有一争。"

叶洪民诧异："为何助我？"

铁靠山："之前冲你爹名声，这回冲你。"

广州男女，不可一起理发，可以一起游泳。某酒店建了室内游泳池，白人男女居多，华人男女量少，持酒店内部登记证，方可进入。

火烧云身包毛巾，坐在池边躺椅上，她的服务人在池中，是位十七岁富豪千金，三位女保镖下水护着，防白人男子靠近。

铁靠山嘱咐，镖局之间抢生意，彼此不和睦，见了火烧云，千万别提他。叶洪民混进泳场，穿连体男士泳衣，在火烧云身旁躺椅坐下，招来她一瞥，一瞥即认出。冒充采花贼车夫的一夜，被她喝令摘帽子，亮了脸。

火烧云："大胆。"

假借整理披身毛巾，叶洪民行清朝请安之礼，说那晚车夫是假冒，为办件江湖事，自己是比棍输了老婆的人，感谢她仗义出手，教训了占他家的人。

火烧云："江湖事，我不问。女人不该受欺负，为你能早回家，你说什么，我帮什么。"

叶洪民再行请安之礼："学您的快刀。"

火烧云戾了眼："真敢开牙。那是我保命的东西。"

女保镖接单后住雇主家，没活儿回镖局。女人快刀，是双短刀，名"八斩刀"。八字是古语"断开"之意，断指斩喉的刀法。第一下断敌手，第二下斩敌喉，任敌持多长兵器，皆挡不住。

镖局里有火烧云独立的练功房，练拳要沙袋，练刀要活动木桩。面对一横一竖两个刀桩，叶洪民行请安礼。

火烧云："发个誓，此生只用一次八斩刀，事情了结，不许再用。"叶洪民跪下双膝，右手指天左手指地："如若再用，绝我后代。"

叶洪民要向火烧云磕头，行拜师礼。火烧云抬脚顶住他肩，不让磕下："你我不是师徒，闯了祸，别提我名字。"撤去脚，"知难行易，此刀利用人心理盲点和错误反应，一经说破，练成不难。"

上午九点开始，练到晚六点。火烧云去雇主家值夜班，叶洪民问明日他几点来。火烧云说明日不必来，一日已教完，自己练去吧。

叶洪民："练多久？"

火烧云："看你急不急，急用练三日，不急一辈子。八斩刀是女人拼命的东西，不灵不行。"

叶洪民："姑娘大恩，日后报答。"

火烧云："别提这话。要轮到你帮忙，我该落魄到什么地步？呸呸呸。"

七

华人富豪打高尔夫球，男性未敢越规矩，服装遵循西洋，增中华特色的事由女性承担，穿旗袍打高尔夫球，成为时尚。

银行安全顾问邦妮何一身旗袍，陪行长打球，转身见拎杆袋的球童右手捏剑诀、左手搭右腕，做出"江湖求见"的手势。

球场下的林边茶座，坐着叶洪王。在他身边坐下，听他说："《千岩万壑图》，六天取不来，想不想换个人？"

邦妮何："要什么回报？"

叶洪王："兑现对前一个人的许诺，让他进大学教体育。"

递上拜帖，叶洪王从名士家正门进去，铁靠山等在后花园八角亭。两位用人帮他抬进只木箱，系抬杠，近三十公斤，院内路长，换了两次肩。用人退下后，叶洪王撬开木箱，德国原版马克沁重机关枪。

叶洪王："送您的见面礼。今儿晚上，我来取画。你我双方不开枪，都用祖师爷传的真本事，来一场飞贼对保镖？"

铁靠山端详拜帖："北平叶七郎几个儿子？之前来过一个，跟你比，像是假的。"

叶洪王："真的。他给爹丢脸了。晚上，您看我的。"

铁靠山显出神采："我不在小姐楼下设人，你能到楼下，画我给你取出来。"

叶洪王走后，铁靠山去见夫人，禀告夜里会有响动，天亮就好。夫人："来贼啦？"又问老爷要在家，怎么处理。

铁靠山："事发不介入，事后不询问。"

夫人保证女眷们夜里闭门闭窗，让他全权处理。出了夫人房，铁靠山想念起年轻时用过的三尖两刃刀、狼筅、镗钯。

三尖两刃刀，长柄兵器，刀尖分叉，挂上敌人衣服后搅动，可将敌拉倒；狼筅是大片竹枝，顶端削尖，如带刺的盾牌；镗钯，长柄兵器，顶端是牛角形弯铁，装八根刺，敌人兵器打上便会被别住。

狼筅围堵，镗钯卸兵器，三尖两刃刀拉衣拽倒……很久不用了，手头的三件是当纪念品存的。报叶七郎名号的两人，前一个，日常练功用的剑棍刀枪便可应付，后一个，是对手……

铁靠山摘下腰间两个信物牌，吩咐候在走廊里的两位镖师，向荔湾区何镖头、天河区胡镖头借兵器。

杀人容易，捕人难。院子太大，二十人堵不住。此人是叶七郎儿子，五十人怕不够……铁靠山喊住两镖师，吩咐兵器之外，还要借人。

"借多少？"

又不让他俩借了。

接这单，讲好带手下二十六人，白日八人、夜里十八人两班倒，年轻的时候，再大的院子，帮手不过二十人。

二十六人，已很多了。

铁靠山瞄向太阳，让光刺了刺眼。

八

习练八斩刀，便会想起她。揣摩出刀角度，要分析她送出腰的动态。

整日要想……

从没这么想过女人。和李方的第一晚，似弄丢了自己。合在她身上，周围起了雾，视觉、听觉构成的世界，退潮般瓦解。那个飞贼儿子、感化院优秀生、锅炉工的叶洪民显得虚假，如太阳晒干的一滴水，彻底消失。

“后念离境即菩提”，她让他离开了。

“前念着境即烦恼”，火烧云让他回来。想她的身体，想起自己也强壮。强壮的男女该有个后代，甚至能想出那孩子的脸，不管是男孩女孩，都有一双我的眼……

叶洪民奔去游泳场。

没有火烧云，富家小姐不会每日游泳，是看她待过的躺椅。这把椅上，她的身体映现，真人一样横在眼前。

她的肌肉线条，藏着习武的秘密，是他十七岁想了解的事，不是远观可以获得。十七岁躲在公园树丛，偷看三十米外的练武者，凑齐一套八卦掌。知道自己练不对，支使哪块肌肉均不知。

她的身体含着他不知的另一个世界，未见过的山河大地。

尽情想她。

她没了。

躺椅上呈现出李方。

对男子而言，世上仅一个女子，不同女人皆是她的映现。火烧云引发他生育的欲望，这是很久前他对李方的，被深深掩埋。猝不及防地来了，成为一个丈夫，只觉得自己低微，负担不起一个孩子……

没见过面的母亲、忘了自己的许老师，也是李方。她俩是绵长线索，引来了她。

李方，并不有别于我，她是我想来的，此生最好的想象。

叶洪民回去练刀了。这场江湖事，本是内心招来的。低微之我，渴望让自己的女人看到自己重要。银行行长、著名镖头，是找来演戏给她看的。

铁靠山既是我想出来的，那就想成打败他吧。

之后，生个孩子。

每日晚饭，为补充营养，都吃广州“一品煲”——街边大排档淘来高级酒楼的各种剩菜，混在一起热。只有穷苦人吃这个，穷苦人怕没气力，不怕不卫生。

听排档里聊天，昨夜广州第一镖头铁靠山又出大彩，今日多家报纸登载，轰动全城。新捉的匪人不是凡品，是北方大飞贼叶七郎的儿子。

此子厉害，超过乃父，能上房抓猫，飞刀落鸟。擅使一对英国造蓝钢手枪，不需瞄准，随手可射二百米外的苹果。左右手开枪，苹果上只一个枪眼，后一颗子弹能追上前一颗子弹，不差分毫。

此人狂傲，放弃手枪专长，要跟铁靠山比老手艺，按百年前的玩法，来一场飞贼对保镖。可惜自不量力，终还是折在了铁靠山手里……

叶洪王关在监狱，定为死刑犯，亲属不能探视，枪决时，刑场上远距离看一眼。铁靠山致歉：“谁想他在北方有命案，要就地正法。我不想这样。”

叶洪民：“您没让他被当场击毙，让我们兄弟还能见上一面，已很感谢。”

那晚情景，铁靠山交代，叶洪王入了院子，即被发现，但他不撤走，时而上房时而落地，与镖师们周旋。镖师捉不住他，他也近不了小姐楼。院子里闹开了花，女眷们纷纷开窗看。

热闹久了，夫人给警局打了电话。警察是带枪来的，叶洪王没逃路，挥刀不就范。为免警察开枪，铁靠山亲自上阵，用六点半棍敲裂叶洪王一脚足弓，让警察捉了他。

叶洪王在北平杀了四位警员，另外两位已升任警局分局局长。警匪默契，追捕冲突，难免伤亡，但在平日生活，匪不能暗杀警员，那样会引起百姓恐慌，将警方逼到绝境，不报复，社会秩序被颠覆，必调动全部警力追捕，不死不休。

犯了江湖大忌，叶洪王在法院收监所扣一日，法庭次日即判刑，挪去监狱扣一日，次日便枪决。

叶洪民拿出香山感化院的毕业证，表明兄弟关系，得以入刑场观望。铁靠山也来了，是陪小姐。作为涉案人士，亦得到允许。

贼不说赃，镖不说贼——录口供时，铁靠山和叶洪王默契，都不提古画事。叶洪王说是看上了小姐，漂亮得他寝食难安，死也要得手。

名士一家在上海住过六年，小姐在白俄移民区买过个军用望远镜，那晚女眷们开窗看热闹，找了出来，看他已够仔细。听说为自己不惜死，非要再看看。

刑场，高墙围着，是片沙地。观望的人被三米高铁栏杆隔开，叶洪王被押出，坐轮椅，上臂封在精神病人的约束衣里，颈后插一尺三寸高的令牌。

令牌，遵天命、遵王命、遵军令。有心理作用，死刑犯被插上令牌，会感自卑，老实了。确实有效，从清朝延到民国。

叶洪民顺栏杆追看。小姐亦追看，急得如弟媳般。铁靠山未动，原地叹了口气。

叶洪王被推远，转成背影，戴上眼罩口罩。口罩绝叫喊，眼罩绝眼神，以免行刑枪手有心理负担。

小姐紧挨叶洪民，脖颈儿渐红，骤然失控，“啊”地叫出一声。如受小学体育课上的短跑指令，叶洪民蹿出……踏上刑场沙地，惊了心，回望栏杆，铁条间距不足一掌，过不了人头。

刑警十余人扑来。叶洪民起伏闪晃，假动作引诱刑警互撞跌倒，露出通向弟弟的道。名士家里，在镖师围堵中穿梭，即是这样吧？弟弟做的，他一样做到……

叶洪民停步，向刑警们作揖：“诸位差官，无意冒犯，只想听我兄弟最后对我说句话。”

刑警们没再围上来，领头警官喊话：“十几人拦不住，敬你是个有本事的人，但开了方便，得对得起我们，别耍诈！”

摘掉口罩眼罩，叶洪王是笑脸，道：“劳诸位退半圈，我交代家事。”

领头警官：“看过报纸，你爹一代人杰，别自损家名，辜负他人好心。”

叶洪王褪去笑，作狠点了下头。

刑警们退三步，叶洪民近前。叶洪王：“像小时候，来！抱我一下，我的哥哥。”抱上，为附耳说话。

抱上，叶洪民落泪。

听他说：“这些人困不住我，你听到枪声一响，就往外跑，到墙底下接着我，我脚伤了，你可得把我接住了。”

叶洪民退出脸：“真的？”

叶洪王：“别说了，你藏不住事，让人看出来。”

叶洪王被戴上口罩眼罩，叶洪民被押回栏杆处。钻过的栏杆，钻不回去，叶洪民赔笑，表白没耍诈，刚才不知怎么过来的。

押他的刑警说：“知道您心里难过，在这待着吧。对不住。”拿出手铐，一头铐叶洪民右手，另一头铐在栏杆上。

叶洪王从轮椅挪到板凳上，两个披麻布罩的刑警弯腰执刑，一人扶他后背，一人持手枪抵上他后脑。

枪口离开，后移几寸。开火需要距离。

枪响时，叶洪民蹿起，翻过栏杆，奔向大门。手铐自栏杆顶滑落，铐叶洪民手的一头已打开。获了押他的刑警一声赞。

刑场高墙外，跑着叶洪民。墙头阳光璀璨，不见叶洪王落下。

九

入夜，叶洪民还在墙外，不再走动，遥对墙头，双手合十。感恩弟弟好心，骗了他。

人活一世，唯我独尊，他人为假象，看见的都是想看见的，遇到的都是想遇到的。想做件大事，把弟弟想死了……

弟弟名字是娘起的，母亲留下的唯一念想。怀弟弟时她生病，听说持诵地藏菩萨名号可保胎，北平人加上个“王”字，念“地藏王菩萨”，一日万遍。叶洪王的“王”字，是地藏菩萨。

墙头空旷，弟弟是菩萨显现……

来了火烧云，问：“您干吗呢？官差说了，你弟弟尸身，今天不领，明天可得领了呀。”她骑辆自行车，是要带走他。

上车，脸近着她，想说话：“明天怎么办？我见不了我兄弟尸身，不见，能当他逃了，还活在世上。”

火烧云：“明天，我去领。先跟我吃饭去。”

叶洪民“嗯”一声，似是哭腔。火烧云：“千万别，我容不得男人掉泪。”叶洪民又“嗯”一声，硬了口气。

骑了会儿车，叶洪民的手摸上她腰，火烧云忍了。

叶洪民：“我爹讲过，镖师行当里有句话——养贼造大。把小贼养成大贼，再擒拿，是镖师成名之法。铁靠山捉过六七位悍匪大盗，要个个都有真本事，那他太费劲了。”

火烧云未应话，摸上腰的手摸走了她腰间手枪。叶洪民：“他原本想养大的贼是我吧？”

火烧云：“嗯，你爹名声大。你弟弟冒出来，是镖行祖师爷赏饭，意外大礼。”

叶洪民：“我不成器，所以要教我八斩刀？铁靠山是你什么人？”

火烧云停车：“一伙人。”

干镖师的，彼此不和，是演给匪帮看的，所有镖师皆暗中联盟。

叶洪民：“我弟弟闯宅，叫警察的电话，不是名士夫人打的，是你们打的？”

火烧云：“何必问？”

叶洪民下车，递还手枪：“我都练刀了，还能比武吗？”

火烧云：“飞贼技是练什么成什么，练攀墙能攀墙，练爬绳能爬绳。武术是练什么不成什么，真动手，脑子就不够用了，各种反应不过来。三日练成，是骗你的，铁镖头没有风险。”

叶洪民：“懂了。”

径自前行。

火烧云蹬车追上：“你兄弟一条命，全了铁镖头一世之名，大伙满意，给你个回报——《千岩万壑图》我们已找高手伪造，真品送回银行，赝品留给名士。你可以回家了。”

十

锤子敲碎石膏，何长发好人般站起，惊了李方：“腿好了？”

何长发："一直是好的，没断过，故意上石膏，为同居一室，让您心安。我该离开了。"

门外停了轿车，引来看热闹的邻居，李方微感失落。相处七日，他帮手，糊了六筐火柴盒。察觉她神情，何长发停在门前："离了你男人，跟我吧？"

李方摇头，泛起笑容。职业使然，小学老师看调皮学生的神情。

何长发道声"惭愧"，抬袖遮脸，京剧戏子般出门。

邦妮何守信，安排叶洪民进省立广东文理学院，当了体育教师。上班一月后，邦妮何找来。何长发不辞而别，去了香港，留下封信，推荐叶洪民替代他，做银行的安全顾问。

邦妮何："以后就是咱俩搭档了。"

就职，与行长见一面，要叶洪民偕夫人来。行长像苏联人，长时间握手不放，称赞叶洪民："入型入格。"转向李方作揖，"弟妹，受委屈啦。后面全是好日子。"

李方欠身还礼，两名秘书推开门，引进名士。行长大惊，忙迎上。名士："《千岩万壑图》在我家弄丢了，你报个数，多少我都赔。"

镖师们找的伪造师傅，没奢望手艺瞒过名士的眼，留赝品，是让其认哑巴亏。

名士却说丢了，不知其用心，行长敷衍："您别介意。刚查明是假画，不值钱！正在追究抵押的人。"

名士："那我放心了，听说贵行新收了草书《古诗四帖》，请一观。"

《古诗四帖》从库房取出，展在架子上，五色纸册页，传说是一千二百年前唐朝草圣张旭所书。行长赔笑："请人鉴定过，纸张墨色都不对，也是假的。”

名士：“您轻率了，真的假的，容我带回家细看。”

行长：“装上！”

眼瞟叶洪民，事将重演。

叶洪民回眼色，暗示行长宽心，由他取回。

眼前一切，是文理学院的操场上一个月里盼来的，让事情重演，为弟弟讨回公道。这次会不同，不会武功，亦没关系。想，就能办成。

人间，一切公平，人人自作自受，要风得风要雨得雨，恶念善念皆得满足。所遇之人，是心造作，变出一个个人来，以看清心底每一角落。

无一人不是我，我之外无一人。

原刊《上海文学》第 3 期

堤岸之间

宋阿曼

没有人见证接连落在皇甫山麓的雪。只是倏然出现一片白色大地，冬日的荒芜被遮掩了。暴风雪挑选了夜晚。在夜晚，风轰隆隆地吹袭一切，雪从西北方向而来，将山地褶皱带与丘陵区一一抚平。一年里只有这个时刻，世界是平的。水雾不断从发电厂的双曲线冷却塔中涌出，慢吞吞地挪动。粗矮的塔身矗立在河岸上。唯一流经此处的河流已枯竭多年，但没有人会从河床上直接走过，就像河流还有动静一样，所有人都选择过桥。从桥上望去，雪簌簌在下，天和地之间有寂静的维系。所有消逝着的，正像一团满是水分的雾，飘在一切高耸之物的顶端。

集市也是萧索。铁桶炉里的红光抵抗不了这样的季节。当太阳靠近某个固定角度，法图就出现在菜市。他推着和自己一样旧的自行车，路线也固定。冰冻以来，他每天去河堤坑坑洼洼的路上走一圈。从这一年，他人生中第八十个冬季，他觉得自己发生了不少变化。最明显的是，他开始能看清很远很远处的事物了。这和以前大不相同，在此之前他只能看清手头的东西，眼里只有那些近身的、与一时一地相关的东西。

他推着自行车穿过皇甫公园外围的树林。树林中间有片凹下去的土地，积在里面的雨水在某个夜间突然间被封印了。从冰层往下看，能看到暗黄但完整的叶片，零零散散插着些植物茎秆。法图可以看到冰层之下的腐殖质。冰面上的雪早被溜冰的孩子铲开。一面巨大的镜子。四周环绕的树干，天空飞过的鸟，空气的蓝，穿透林子的晨光都被映了出来，从冰面看去，一切都是透明的。时间尚早，没有人来搅动法图眼前的平滑。法图将车靠在树上，在冰面滑了一阵子。手脚也比过去灵活。没滑几次，他感到后背出汗了。心情极好。他再次推起自行车时，嗓子眼好像有声音就要溜出来了，但他想不起自己会唱什么歌或者任何一句适合在这时说的话。

那种遗憾的感觉又出现了，最近他总能意识到一些过去的东西，基本都是他以前从来没有意识到的遗憾。有些东西好像在等时间，时间到了才慢慢浮出水面。比如，他发觉自己当了一辈子听众，从没有在公众场合大声说过一句话。很长一段时间，法图很少主动去说话。那时他觉得说话没有用，他与外界的交换都在动作上。悄无声息的动作。一辈子都是别人言语的执行者——那些说话大声、对自己确信无疑的人可不在少数啊。显然他不是其中之一。遗憾程度不同的这类事情还有很多。

不过，法图还是喊了一声，简短有力的单音节连在一起，他觉得声音太小，补一句。喊完他又开始低声嘀咕，“见喜，见喜。”健身器上停着两只喜鹊，白色部分融进雪景，只余下黑色线条。隔着整个公园的距离，法图能将它们羽毛的纹理看得明明白白。总而言之，是个好日子。

除了视力变好外，还有一点他解释不了。就在入冬前，他还觉得世界是晃动的，摇晃的人走在摇晃的大地上；即使身体不晃，心也在不停晃。从内到外，人永远要为了许许多多说不清的事情晃动。但现在，他觉得一切都踏实了，地面上的一切好像被一个巨大透明的手掌捂住，不能动弹，不能旁枝斜出。时间也比从前更宽阔，一天之内他可以做很多事，似乎每天至少有三十六个小时。

法图的老妻从梦中醒来了。她最近每次从昏睡中清醒时，都会不自觉地叹一声气。她觉得醒后的世界不会有人理解她喜爱的事物，让她更生气的是没有人明白她的老头法图又是如何破坏了那些事物。一桩桩一件件，在她不能真的为此做些什么时，她就是靠对老头做事方式的怨怼去维持自己的追求。在一辈子与艺术毫无关联的田野劳作之后，法图老妻身上那种艺术家气质的确还存在。她不知道那是什么，她说那是“好”和“欢喜”。“好”就是这一切：四间屋子，除了法图住的那间（那间充斥着长满锈斑的金属）全都有她的作品。但凡能看到的任何一块布上都有法图老妻绣的花。她有一个花样集，存着她从各处收集来的画片，年轻时她相信一辈子的时间足够绣完这一册画片。

她不识字。在她眼中，字和花鸟、人物、风景一样，是一种形状。一针下去，“好”的形状就清楚一些。从绣线到某一种能喊出名字的东西，这就是她精彩绝伦的生命时光。一针一针下去，轮廓一点一点显现，那种感觉，她从来不指望法图能懂。从两人相识起，法图就对她这项事业满是不屑。她确信在法图眼里，正确的事情就是两人一起做一对本分的年轻农民、本分的老一点的农民、本分的老农民，至于别的事情都是闲事。“净搞些没用的。”她一想起法图时常挂在嘴边的话，就忍不住朝空气翻个白眼。

也是从这一年开始，她决定不忍了。在儿女和邻居眼中，法图奶奶像变了一个人似的。过去安静平和的老妇人不见了，现在的她因为过于善谈而显得刻薄，她逮谁跟谁讲法图这一生过得是多么不可理喻。她说起五十年前的事也生动得像是刚刚才发生过。

法图走在夕照中，自行车前把手照常挂着一大袋绿叶菜。回到家，他把满是锈斑的老古董铁锅架在几块砖上，将菜全部倒进去，又往里添了两勺杂粮。法图奶奶坐在窗前注视着法图。“多大年纪了，去路边捡烂菜叶子，不怕人笑话。别人还以为我们老两口在捡烂菜叶吃，”她和法图短暂地对视，“也不嫌难看。”

“有什么难看的，我捡我的，他们笑他们的。”

法图在菜市讨烂菜叶子时确实一点不难为情，遇到熟悉的摊主还会坐在人家的火盆旁边取取暖。摊主之间打趣说，就是年轻小伙在一指厚的冰面上骑车也不能像法图那样平稳。法图也常附和着说说大话，说点他年轻时并没有做过的事。大家都信以为真。最近他跟摊主们讲点真话时，反而被嘲笑说他吹牛。比如，他说他能看到皇甫山上的华尖亭，亭子下有两只长着花翎子的红头野鸡。人们望去，只有大雪覆盖下洁白的弧线。

法图拎着食篓一踏进小花园，三只肥硕的鸭子就朝他摇摆了过去。绿头颀的鸭子最高最壮，羽毛发出丝绸才能发出的光泽，另外两只新来的鸭子灰黢黢的，羽毛还没有绽放出应有的色泽。法图坐在院墙和房子之间留出的过道口开始煮茶，他煮茶的地方正好能看到小花园。他用铁锹从自己屋的炉子里铲出几块火炭，挂上熬茶的罐子。

“真是个老古董，死脑筋，什么年代了还熬罐罐茶。”法图奶奶知道法图听不见她说的话。自从搬进这套新宅院，她就看法图熬茶不顺眼，熬茶架起的火将法图奶奶新房的后墙熏出一道道的炭黑。“以前也没见你熬茶，就是看我的新墙太干净，存心的。”她一边嘀咕，一边纳鞋垫，半只熊猫的身影已经出现在她的指尖。天色完全暗下来时，法图喝完茶，鸭子们也吃饱了晚餐。法图又回到屋里，在炉子上给自己热中午剩下的饭菜。

法图奶奶也不记得是什么时候开始他们不在一起吃饭了。没什么具体事件，好像是长时间以来慢慢发生的变化，又好像突然之间就成了自然而然的事。一人一间屋，没有事互不涉足，法图奶奶用灶台，法图用炉子。空间划分十分明确。她的晾衣竿，厨房，院子北边的摇椅，洗衣机，空屋租出去收的租金；他的罐罐茶角落，自行车，屋子外放着的一堆不知做什么用的生铁。女儿送来的东西也都在法图奶奶的屋子里，法图不要任何和科技沾边的东西，连女儿做的饭菜他也很少吃；他说吃别人做的饭菜会嗜睡，影响他做祷告。他什么也不为地必须保持日出而起的习惯。

和法图不一样，法图奶奶很相信科技，她用电热毯、电饭煲、电暖气，最近还迷上了坐电疗椅。每逢周一、周四她会去人民广场的疗养店坐“电凳子”。她确信腿上的风湿就是因为这个才痊愈的。只要她和邻居相约去坐电疗椅，她就会讲一遍法图是如何在花园养鸭子，鸭子又是如何啄了自己那些可爱又柔弱的月季花根。

“春天到了你就知道了，我那些花儿估计一枝也长不出来了。”

“等鸭子长肥了，吃掉不就行了。”邻居出主意。

“别提了，上次吃了一只，死老头又买回来两只。”

稍息片刻，她又说：“他一定是故意的，他见不得那些花，见不得人好，好的东西他都看不到。”花园被鸭子完全占领后，她才意识到一场无声的战役已经开始了。

绣花和种花对法图奶奶来说是一件事情。从出嫁到现在，搬过三次家，有过三个花园。年轻一点的法图除了农活还要找点挣钱的事情，顾不上院子里的细碎事务，只有花期时分繁复盛开的花朵发出躲也躲不开的浓香时，他才能意识到家里还有个小花园。那时法图的妻子照料花园多么地随心所欲。只要能找到种子，她都能养活。除了农活和务花，她给别人缝衣服也能挣点现钱。她做的老式旗袍远近闻名。裁剪，襻扣，刺绣，每道工序她都手工完成，手艺十分精细。后来不兴绣花了，她就帮别人赶制巨幅十字绣。这些事情曾经让她多么愉快。

雪越下越大。大自然似乎要将这一季最后的雪全部倒出来，没有一点儿停歇的征兆。雪晚上下、白天消，路面上的冰层越来越坚固，人走在上面直打滑。一个白雪晃眼的早晨，法图奶奶醒来发现法图又和那辆自行车一起不见了。她站在院子里生闷气。“八十多的人这种天气骑车上街，不要命算了。”她随手拽了东西扔进鸭子中间，三只鸭子迟钝地躲开了。

法图拎着捡来的菜叶子回来后，和往常一样拌鸭食、熬罐罐茶、热饭菜。等法图房子里的灯熄灭后，法图奶奶起身了。她靠近法图的房子，听到了熟悉的鼾声。她将自行车抬上楼梯，为了不发出声响，她几乎用了通身的力气悬空搬动。她将自行车挪进最里的屋子，那间屋子不住人，堆满了陈年的杂物。她把车子靠在旧沙发后背，翻出一个绣满仙鹤的旧窗帘盖在上面。她做好这一切，满意地去睡了。

她已经好久不做梦了，那天晚上她做了一个奇怪的梦。她被接引到一个被人们称为大花园的地方。一个真正的无边无际的花园，高耸层叠的花园：树木覆盖的山峦，有无花果味的甘泉；四季的美味水果和鲜花都长在那里，花丛中坐落着珍珠打造的宫殿。雪白炫目的马匹与骆驼在其间自由行走。她走到一条纯净的泉水边，向下望去，却发现倒映出的是法图年轻时的样子。

“你可以求。”一个巨大的声音。接着，她隐约听到法图的声音，一切都打乱了。那种飘浮的感觉持续着，一直到她醒来。她发现自己在梦里流眼泪了。真是个奇怪的梦。她起身，花园的场景已经烟消云散了，只有一种巨大莫测的情绪还跌宕着。她隐约听见了自己的名字。

她在院子里伸展双臂，呼吸有甜味。花园里的三只鸭子似乎格外困倦，两只小个子围着绿头鸭，羽毛颜色也逐渐有了温度。她走到法图窗前一看，空的，法图已经出门了。她又跑去藏自行车的屋子，漂亮的窗帘布搭在旧沙发背上，自行车已不见了踪影。法图奶奶坐在沙发上，像被拆穿计谋的谋士，生气却又不能声张。她决定再也不和法图说话了。

法图早上起床，立刻就发现自行车不见了。谁会偷一堆骑不了几天的破铁呢。清冷的空气里，鸭子们安闲地卧在角落看着他。他走到老妻窗口一看，她正侧身熟睡，金黄的朝阳照在她绣满金盏菊的被套上，金灿灿一片。他毫不费力就找到了自行车。他坐在沙发上犹豫，是骑着自行车走还是假装没找到。最后他决定，在冰雪完全消融前，这是最后一次骑自行车上街。

他推着自行车从桥上走过，冷却塔冒出的水雾静静盘汇在小城上空。他想起多少年前的一个河滩，想起许多个年代久远的瞬间。多少年前的事了，他为自己突然想到那个地方和那些瞬间感到奇怪。他小时候住在采矿区的西边。他循着记忆找了过去。那边现在已经成了塌陷区，除了废弃的钢丝绳厂房，只有早已经搬空了的民宅临街矗立着。车轮在雪泥上划出干净利落的线条。他找到了那个地方。河床在那里形成一个断层，如今水枯了，看得更明显。他在荒芜的堤岸上站了很久，有那么几秒钟，他看到水流像年轻时看到的一样——迅速奔涌过来，在断层处形成一个——瀑布。那时他年轻，没见过真正的瀑布，他幻想真正的瀑布就是一个比这更大的断层。如今他依旧没见过真正的瀑布，就连这个断层也只剩下了地势，但瀑布——瀑布真真实实地出现在他的眼底。人就是这样咔嚓一声老了。到如今，就是这么一下子，法图以一个非常放松的姿势站着，有点感慨。他的目光悄悄从河床上扫过，停留在天地相接的白色粘连处，白色的中段滑入皇甫山巨大的罅隙之中。他凝视着起伏的地平线和那些凸出的庙宇、角亭，树干在化雪的琼琼声中轻轻颤动，好像山要随着雪的融化一起崩塌掉。某种东西，法图感到，这种神奇的、飞逝的东西，让人一瞬间感受到时间的叵测，“就是你，就是今天。”

返回的路上，他意识到自己不光能看清远处的事物，还慢慢看清了那些他早已忘记的陈年旧事。所有事，被搅动了。总而言之，法图觉得，他度过的是很本分的一生。雪在融化，温度急转直下。几辆挂着轮胎防滑绳索的车子从法图身旁缓慢驶过。远处一片红色在雪地里十分炫目，一个法图认识的摊主正推着一车枣在雪地里移动。

法图今天比往日回家早。到家后，他将三袋枣子搬回屋内，就没再出来。法图的老妻午觉醒来发现法图回来了。她已打定主意不和法图说话了。想想这辈子她做饭、煨热、再煨热的次数，她决定再也不做诸如此类愚蠢的事情了。

暮色已至，到了法图给鸭子们配制晚餐的时间。法图没有动静。一直到罐罐茶时间，法图还是没有走出房间。法图的老妻觉得异样，走进去一看，法图戴着一顶用白绒布缠成的帽子，像阿拉伯人一样，躺在床上。

看见妻子进来，法图没有动，两颗眼球转向自己带回来的口袋。

“便宜让我今天捡到了，十块钱三袋，你一袋，女婿一袋，我留一袋。”

她跨过法图那些废铜烂铁，看见三个口袋里装满了被冻霜黏在一起的枣子。“买这干什么？”三口袋枣子加上冰碴，少说也有十来斤。她看着法图，这个干瘪的老头躺在被子里像一个不足七十斤的难民。皱纹沟壑般遍布在法图的面庞，他的头颅形状在黑而薄的皮肤下隐约可见。

“煮汤啊，很有营养的。”

“孩子带来的保健品也没见你喝上一口。”

“那都是骗人的。”法图躺在床上，像个为捡到便宜而开心的孩子。

法图的妻子从她的火炉里取出一铁锹燃烧着的煤块放进法图的炉子，用火钳捅捅炉底，火势旺了起来。法图的废铁藏品也增了温度，火光映照下反射出亮红色光点。

“你是不是哪里不舒服？”她问。

“没有，我好得很。”他回答道。过了一会儿，他又说道，“要是不嫌麻烦，你去把鸭子喂了吧。”

法图奶奶深呼一口气，将一碗面条递给法图，“先吃你自己的。”

她照着法图往日的样子拌好了鸭食，又将食物放在固定的位置。她站在花园中央，目光在鸭子和晾衣绳之间转移。晾衣绳上悬着枕巾，上面绽放着橘红色郁金香。它们开得太鲜活了。吃完食，大个儿的绿头鸭开始带领鸭子们在花园里散起步来。她坐在门口的凳子上出神。许许多多她绣过的东西在她眼前展示成她从未见过的场景，那些陌生场景像在云雾或者一场雪暴之中——她可以选择跳进去，或者不跳进去——就是那么一种看不清的感觉。自她开始思索“美”以来，就被一种颤颤巍巍的感觉围绕着，好像她总有机会可以纵身一跃，但又往往选择举起盐瓶。直到现在，她无从抱怨，如果不是偶尔回想起来，她也会忽略掉自己曾经有选择这个事实。法图毫不知情。“太老了，都说不清了。”但有一点她被动明确了：绣花的女人一辈子是绣不完一本花样集的。

炉上的水壶发出急不可耐的沸腾声。她灌了暖水袋，在法图身体左右各放一个。从被子压出的轮廓看，像一堆骨头支在那里，一截撑着顽皮眼睛的老树根。她尽量不直视这个和自己过了几十年的男人。任何时候，她都不希望他从她这里看出怜悯与同情，哪怕一闪而过。这要命的恻隐之心。她的顺从与谦让会真正地、一次性地照出他的老态和走形，这是抗衡了半辈子的夫妻的常识。

“喝茶不？”

“不喝了，你泡的茶不行。”

“不喝拉倒。”法图的妻子坐在床沿，左手抚摸着被套上的英文字母。

“你在看什么？”

“探照灯。”

探照灯从皇甫山顶的信号塔射出，蓝色的光束像一双天眼扫视着小城。

“你记不记得索菲她爸被雷击，那时候大家都在捆玉米秆。”法图问。

“好像是有这么一回事。”

法图靠着一床被子坐了起来。“很可能不是雷击的，那时变电厂刚建成，天线支在那儿，乱七八糟的，怎么就没想到是变电厂漏电呢？”

“猴年马月的事了。”她说。

“人老了就应该早点要命。”

“人老了要会享福。”

她起身从自己屋里抱来正在绣的被套，上面是完成了一半的凤凰。街坊四邻办喜事都愿意用法图妻子绣的床品，就算是只绣龙凤，她也能件件不重样。红绸布摊在床上，在黄色灯光下泛着粼粼的光。屋内逐渐暖和了起来。

“听过双凤山传说吗？”法图问。

法图的妻点点头。

“传说是真的，我亲眼看到了，”他说，“我还看到了很多怪事。”

见妻子没有停下手里的活，法图又说：“我望见过牧场里的人从鹿的头角上取血，有时候还能看到他们宰鹿。”他停下来认真地看着老妻，追问道：“你相信我能看到山里的事吗？”

“嗯，”妻子依旧没有停下手里的活，“人老了会变远视。”

窗外是放晴之前的刺骨寒冷。“你猜今天怎么着？”笑容让法图的皱纹变得愈发深邃，他那顶阿拉伯人一样的帽子戴在头上显得十分滑稽，“我骑着车刚要从南关十字转弯，一辆车没刹住把我撞倒了。你猜怎么着？”他的语速轻快，“没等司机下车，我就爬起来骑上车走了。”

这回，法图的妻子停下了绣针，转过脸看着法图。法图像个得意的孩子等着妻子说点什么。她面无表情地看着法图，看了很久。突然地，她笑了一下，起身去开那台上世纪的老电视。她什么话都没有说。电视台正在播当地新闻。法图也变得安静。法图的妻子又继续手里的活，她不时停顿，像叹气又像是在笑。她把针准确地刺进红绸布里。电视台播音员的声音在冷空气里传了很远。

“哪里疼你就说。”她的声音很小。

火炉里传来燃烧声，火势正好。法图感到困倦。河水很清，他和另外几个小伙子脱光衣服漂在水里，水在他身下拂过，很凉，很轻。法图闭上了眼睛，感觉自己爬上了树，兜着一件破衬衫准备降落。嗖！他惊醒了，发现自己在做梦。播音员正在播有关汭河的新闻——

预计未来一周内，汭河上游地区将迎来强降雨天气。随着大雪解冻，干涸已久的汭河也将在今年开春喜迎潮汛。据专家预测，由于水压过高，上游水库将于近期开闸放水。为防止发生塌方、泥石流等自然灾害，请本地居民勿在河堤处逗留，勿在两岸泊车、堆积物品。

一周后的一个早晨。三只鸭子从花园的矮围墙跳了出来，大摇大摆地在院子里散步。听到喊叫声，法图奶奶循声出去，看到法图拄着拐杖站在房顶上。轰隆一声。他望着河堤那边——

“涨水了，涨水了。”

她看着他，仿佛和他看到了同一种景观：黑色的淤泥从上游被冲刷下来，石子、麦草、堆放在岸边的砖块和各种废弃物全部被黑色泥浆裹挟而下。水声越来越大，水势也越来越疾。很短的时间内，水面就涨起来了。河岸两侧站满围观涨水的人。法图直挺挺站在屋顶上。“消失的人全都出来了。”他最后喊道。

原刊《西湖》第3期

沙 漠

王 芸

崔小鹏，四岁半，四月六号下午两点左右于小星星幼儿园附近走失，至今下落不明，身穿蓝色卫衣和黑色长裤，孩子不擅长与人交流。请知其下落者速速拨打电话……父母心急如焚，愿奉以三万元酬谢……

刘强站在“赣家风味”大门旁，将寻人启事仔细看了两遍。是崔家大娃没错！

“那孩子有点傻……”刘春芳总是这样开头。她到崔家做钟点工，是她从玩具厂出来后接到的第一单家政服务，刚开始她羞怯得像一只兔子。那个习惯大着嗓门和刘强絮叨这絮叨那的女人，忽然变得沉默寡言，一度让刘强觉得刘春芳转行做家政实在是拯救了自己。可是很快，他发现了不对劲。

刘春芳不仅不和他说话，连眼神也不与他触碰了。“崔家待你咋样？”那天刘强问刘春芳，等待她回答的间隙，他将头仰靠在沙发上看天花板，上面的一团污渍像一只猿猴的侧影。

刘春芳不作声。刘强收回目光扭过头看她，只见她的嘴抿得像一根倔强的铁丝，颧骨上卧着一股闷闷的轴劲儿。原本心情轻松的刘强忽然意识到了不对劲，他伸出手臂将刘春芳搂过来，斜探过头看定她。“咋啦？”

不知过了多久，刘春芳身子抖了一下，叹息一般，“他不和我说话，也不看我。”

“谁？”刘强挺直身子。

“崔家孩子，他和蒙蒙差不多大，我和他说话，问他什么，他都不理我。有时候，我感觉像是蒙蒙不肯理我……蒙蒙肯定在心里怪我……”刘春芳嘤嘤地哭起来，哭得像个四处漏水的旧木桶，破绽越来越多，刘强用啥法子都堵截不住，只好由着木桶里的水淌泻。

刘春芳终于收住泪，可还止不住抽抽噎噎。“要不，暑假将蒙蒙接过来，在这边……在这边找一所私立的……”这下，轮到刘强沉默了。

那天以后，刘春芳似乎恢复了正常，回来会说说三家雇主的事儿，说得最多的是崔家孩子。崔教授在大学教哲学，他老婆是附小的老师，姓魏，教语文。“他俩都是文化人，咋把孩子教成那样，一点礼貌都没有……”那孩子是刘春芳心里的一个梗。

刘强还记得有一天他半夜回到家，刘春芳没睡，攀住他的胳臂，没头没脑地砸过来一句：“那孩子有点傻！”那天，刘春芳破天荒给他备了一盘青椒炒猪耳、一盘花生米和一壶水酒，她也抿了一小杯。

水酒仿佛冲开了淤塞的通道。“我终于明白了，那孩子有点傻。除了他爸他妈，他不和任何人说话的，每天自己玩自己的，只玩两样东西，一个小羊布偶，一辆小汽车，布偶每天抱着睡，小汽车就不停地转轮子，转啊转啊可以转上几小时。我真没见过这样的孩子，他从来不拿正眼瞧我，一开始我还以为他害羞，或者是瞧不起我，不喜欢我……他啊，有一次我不小心蹭到墙上开关，他突然就尖叫起来，警报那样的尖叫声，还在地板上打滚。他奶奶救火一样赶过来，说他不喜欢灯有光。灯没光那还叫灯吗？不管天多阴，厨房光线多暗，我都得摸黑切菜，总有一天会切到手的。唉，也不知他家晚上怎么熬……”

刘春芳摇晃着脑袋，摇着摇着忽然笑起来，笑得有些不自然。“他和蒙蒙不一样，蒙蒙打小就机灵的……”笑容涟漪一样在脸上扩展，可是很快凝固了。“唉，这孩子有病，我今天才知道，他妈说他两岁时还不会说话，带他去医院看了，又去上海找专家看了，北京也去了，说是‘自闭症’，不会和人交流那种……你说，这么好的人家，咋摊上这么个事……”

那以后，刘春芳又变得絮叨了，说来说去都是崔家孩子的种种怪癖好。她说，崔家打算再生一个，这孩子毕竟是个缺憾，而且崔家人认为，有了二娃，说不定这大娃的毛病也跟着好了。不过，她觉得后者的可能性不大，没准还会让大娃变得更糟。她整天说着崔家孩子，刘强心想，她莫不是将这孩子当蒙蒙了吧。

五岁的蒙蒙在县城上幼儿园，接他来省城也不是不可以，幼儿园收费贵倒没啥，他可以挣，来省城不就是为了多挣点钱，挣钱不就是为了花在孩子身上。可谁来带蒙蒙，他俩早出晚归，叫父母一起过来？他们租住的一室一厅，身子转急了都会撞到东西，父母来了怎么住？还有蒙蒙快上小学了，没有户口到哪里读？在老家只要舍得钱，找找人，可以读最好的学校……一大堆问题，刘强不能由着刘春芳感情用事。刘强也想蒙蒙，想得心里发苦，可他得忍住，千万不能让刘春芳知道。

下午两点送完最后一单外卖，刘强转到幸福小区的快递点，换韵达快递车，赶送下午那趟货，有二十七单。一眼瞟去，满大街都是活蹦乱跳的孩子，刘强知道，他们不是崔小鹏。

听得多了，刘强已经通过刘春芳的描述脑补出了崔小鹏的形象，木木的，一张缺乏表情和阳光照射的白净脸儿，走路的时候喜欢挨着墙根，两只手臂紧紧贴住身体，小木杆一样向前移动……满大街的孩子，一个也不符合刘强的想象。他们发出夸张的叫声、笑声。他们不是崔小鹏。

等人取货的间隙，刘强掏出手机拍了几张街拍。习惯了，一天不拍他就手痒、心痒。他走街串巷的，适合街拍。他将照片投给一个名为“眼”的街拍微信群，群主每隔几天会筛选出特别的几张做成链接发布，选中的照片会支付不多的稿酬。刘强的图片已经被选中好几次了，每次他都像彩票中奖一样高兴。群主学摄影的，说刘强的街拍视角、构图、意味很特别，喜欢捕捉动态瞬间，赋予时间流动甚至是动荡不安的气息。

警察找刘春芳问话了。问她四月六号下午一点半至五点在做什么。不知为何，见到警察，刘春芳又成了一只胆怯的兔子，肌肉骨骼都在隐隐地发抖。她竭力做出镇定的样子，挑起眉毛仔细回想。那天是星期二，惊蛰第二天，她在崔家做了午饭，崔家的饭比较复杂，她先要给月子里的魏老师做产妇营养餐，她记得那天熬的是黄豆猪脚汤，从九点开始熬，直熬得汤汁呈浓稠的乳白色，筷子轻轻一戳猪脚就骨肉分开了才离火。崔老师的妈妈马上督促魏老师喝下了一大碗，四十岁的产妇急需这个老方子催奶。接着，刘春芳给一家人做饭，这顿饭也不简单，有两餐的分量，晚餐崔老师一家只需热热饭菜就可以了。从崔家出来，她赶到菜场买菜，下午她得去王老师家打扫和做晚餐。王老师将他想吃的菜单提前微信发给她了，菜钱也打给她了，她就按着要求去采买。那天王老师点了鸽子汤，鸽子都是摊主现杀的，所以她在菜场里多耽搁了一阵子，出菜场时，她没看表，应该差一刻三点的样子。

“有人证吗？”警察面无表情，在小本子上记着。

“有的有的，菜场很多人都认得我。我一天要跑几趟菜场的。”这一点刘春芳比较骄傲，她素来人缘不错。

“那之后呢？”

“之后我就去王老师家了啊。”

“有人证吗？”

刘春芳语塞了。“王老师在上班，下午六点多才到家。我哪里去找人证……”难道让那锅鸽子汤做证，刘春芳在心里嘀咕。

“你去王老师家走的哪条路，出来走哪条路？”

刘春芳的眼睛瞪大了，嗓门也大起来，“你们不是怀疑我拐走了小鹏吧？”

从崔家出来，刘春芳心里还在叨咕个不停，这警察真是太离谱了，居然怀疑到她头上。那天晚上她接到崔老师电话，才知道崔小鹏失踪了。尽管后来警察脸色缓和了许多，和她解释这只是例行公事，进行外围调查，可这件事还是梗在了刘春芳的心头。她确实到崔家没几个月，孩子不巧就走丢了，可这和她有什么关系，他们去南城打听打听，她刘春芳从来就是循规蹈矩的人，竟然怀疑到她头上，简直岂有此理！

崔小鹏失踪前后的情况，她是这两天经由各种听来的讲述拼凑出来的。崔小鹏进这家幼儿园没几天，崔家的二宝是三月二十号那天剖腹产的，高龄产妇魏老师住了八天院，一家人忙前忙后实在顾不过来，一直因病在家的崔小鹏被送进了幼儿园，一家远近闻名、口碑挺不错的私立幼儿园。

崔小鹏情况特殊，崔老师缴了差不多双倍的学费，幼儿园才答应收他。除了一部分大班课程，幼儿园还专门针对小鹏的情况安排了感统运动课程，这以前都是崔老师夫妇自己在家给孩子做的。幼儿园的老师对崔小鹏挺照顾，可班里的孩子对新来的同学有克制不住的好奇，时不时地伸出小触角来探一探、戳一戳崔小鹏。崔小鹏的反应有两种，要么安静如无物，要么闹出惊天动地的动静。几天观察之后，老师不得不在崔小鹏和孩子们之间划出了隔离区，崔小鹏愿意一个人在角落里静静地玩布偶、转车轮，就由着他，只要他不发出警报一样的尖叫声、不满地打滚就好。

唯有图画课，是崔小鹏乐意配合的课程。奇怪，上第一堂课他就画出了一幅让老师们震惊继而兴奋不已的作品。他画了许多只羊，它们有着棉花糖一样的体形，弯弯的角，仔细看每只羊的神态和表情都不一样，它们占满了迷宫一样的黑色甬道。老师大力表扬崔小鹏，崔小鹏无动于衷，目不旁视地继续坐在一边转动他的小汽车车轮。从那以后，每逢图画课，崔小鹏就和同学们靠近了，只不过他单独坐一桌。

那天下午，正好上图画课。老师示范完，孩子们开始在画纸上自由涂画了，这时老师突然接到家里打来的电话，说她的孩子被开水烫伤了。老师走出教室接听，心太急忘了另一位生活老师去拿下午的点心了，于是教室处于无人监管状态。

后来回放监控录像，发现有两个孩子探出头去看崔小鹏的画儿，崔小鹏将画儿挪向自己怀里，不知怎么三个人就扭打了起来，崔小鹏将两个孩子掀翻在地，头也不回地出了教室。

大家通过孩子们的回忆拼凑出残缺不全的当时的情景，大致是两个孩子冲着崔小鹏叫“傻瓜，傻瓜”，起初崔小鹏面无表情，两个孩子的声音由小增大，一个甚至凑到了崔小鹏的耳朵边叫“傻瓜”。一直目不旁视的崔小鹏冷不丁出手，没有防备的同学仰面倒在地上，另一个上去扶他，也被崔小鹏一把掀翻在地。

奇怪的是从大门的监控看，崔小鹏并没走出幼儿园大门，门卫也说没看见那段时间有孩子走出大门。可老师找遍了幼儿园的角角落落都没发现崔小鹏，崔老师接到电话赶来，也将幼儿园翻了个遍。崔小鹏仿佛人间蒸发了。幼儿园园长恳求了一晚，第二天崔小鹏的父母还是决定报警……

刘春芳去菜场买菜，摊主们纷纷向她打听崔小鹏失踪的事。进门左手边第三家专门卖黑猪肉的孙姐一边麻利地剁肉、称肉，一边跟她闲聊："搞不好是他家生了二娃，这大娃生气了，离家出走了吧？"

刘春芳苦笑，摇头说道："不会不会，那孩子没……"话吐出一半，她住了嘴。

崔家很少带孩子出门，知道他家大娃有毛病的人不多。这要在县城，左邻右舍的肯定没谁不知道，可这是大城市，每一家都守着自家的秘密，不会费神去打听别人家的事。不是这样的突发事件爆出来，你家的痛痒并没有旁人了解。刘春芳拎得清，她已经习惯了城里的生活，从不多话。她的絮絮叨叨只对刘强一个人。除了他，这城市里还有谁会耐心听她絮叨呢？

一晃两天过去了，崔小鹏还没有一点音讯。警察实地勘察了幼儿园的地形，怀疑他是从教室背后的花园后门出去的，那里有个铁门，大半边被铁皮封死了，小半边是两根铁杆，精瘦的孩子挤挤就能从铁条缝里穿过去。后门外不远有一条小河，连着贤湖公园，公园是开放式的，但午后人不多，喜欢来这里锻炼、跳舞的中老年人，那时多半在家午睡。而且，后门内外刚好没有监控摄像头。

有传言说，崔小鹏很可能失足掉进了河里，说不定被水草缠住了，尸体浮起来怕得等几天。听到这传言，刘春芳心里像有根针在扎。虽然崔小鹏至今不肯与她交流，可她还是从心里生出疼惜来，这么个孩子，孤单单掉进人海里，若遇到坏人可怎么办啊。

在另一个雇主孟老师家等洗衣机洗被单的工夫，刘春芳将客厅的地面拖了一遍，中途手机叮了一声，她没顾上看。给她发微信的人少，除了刘强、蒙蒙奶奶，就是几个做家政的姐妹。她瞟了一眼，是刘强发来的一条链接。肯定是那个公众号又选了他的照片，他最得意的事就是这个了。

从孟家出来，刘春芳顺路买了馒头和什锦菜，四个馒头她晚饭吃一个就够了，其他留给刘强和明天当早餐。在雇主家做一顿饭得花一个多小时，她一个人的晚饭只需要五分钟。电视机打开，刘强不在家的时候她喜欢屋子里有声音，边吃馒头边点开刘强发来的链接。

刘强是个骨子里特别乐观的人。那天刘春芳听见崔老师和魏老师聊天，说国外一项研究发现，人的乐观指数很大一部分由基因决定，和自闭症是由基因决定的一样。有的人乐观指数天生是八，有的只有三，哪怕后天再转变，再努力，也只能提升到五，而不可能到八。刘春芳将这话转述给刘强，刘强嬉皮笑脸地说："我的乐观指数没准有九。"这话刘春芳信，不是乐观指数那么高的人，会自欺欺人地说他每天满大街东奔西跑主要是为了拍照片搞创作，顺便送送快递、外卖？她不行，她的乐观指数恐怕只有五。一想起蒙蒙，她就有流泪的冲动。

点开链接，刘春芳不紧不慢地往下翻，寻找署名"蒙巴"的照片，那是刘强的"艺名"。蓦地，她愣住了，一张黑白照片被斜分为明暗两部分，在明暗交界处嵌着一大一小两个背影，一个男人和一个孩子。那个孩子，竟然，竟然像崔小鹏！

刘春芳的手抖起来，她将照片放大，再放大，没错，这发型，耳朵的轮廓，微微向左斜下去的肩膀，是崔小鹏没错！照片上只有黑与白的切割，无法提示任何地点信息……

刘春芳颤抖着手拨打刘强的电话，占线，再拨，还是占线，再拨……刘强的电话一直占线，刘春芳心神不宁，一忽儿站起，一忽儿坐下。她想打给魏老师，可又拿不准这照片上面到底是不是崔小鹏，又咋会出现在刘强的镜头里……

电话打进来了，是刘强。“有事？”

“你先停好车，我问你个事。”刘春芳的手不抖了。

“我在餐馆等单，啥事，这么急……”

“你那张照片，一个男人和一个孩子的，什么时候拍的，在哪儿拍的？”

“就这？让我想想，应该是前天下午拍的。在哪儿，在哪儿，我想想……哦哦，好的，是我的单！这时想不起来，等我闲了查一下，你问这干吗？”

“那孩子……那孩子像是崔小鹏。”

手机一直振动，刘强心里暗骂一句，这谁啊，催命似的。停下车，掏出手机一看，刘春芳的五个未接电话，心里顿时一炸，她很少这个点给他打电话，不是蒙蒙出什么事了吧？

照片上的男孩像崔小鹏？！心里又是一炸。

这张照片是在哪儿拍的……在哪儿拍的？一个红灯差点闯过去，幸好后轮压线刹住了。

前天下午他去哪些地方送过快递？他得查查时间，仔细回想一下。

送完手中的外卖，刘强退出了接单软件，将车歇在一家超市门口，借着灯光翻找相册里的照片。

这张照片他处理过，在筷子巷拍的。正好是黄昏时分，一抹夕阳从侧巷斜射过来，划出泾渭分明的一道分割线。刘强刻意在那儿等了一阵，拍下几个过路人的背影，这一张是最让他满意的。这孩子是崔小鹏？刘强将照片放大，他其实并不清楚崔小鹏的样子，既然刘春芳说是，恐怕就是了。

拍摄时间是六号下午四点三十二分。这个巷子离小星星幼儿园直线距离有一公里的样子，但这一带巷子弯弯绕绕、串来串去的，崔小鹏怎么会出现在这里？那个男人是谁，他和崔小鹏认识？为什么崔小鹏紧跟在他身边？不知情的人，会以为这是一对父子。按刘春芳的说法，崔小鹏可是一个和家人都无法正常交流的孩子，刘春芳靠近他花了近三个月时间，他会轻易接近一个陌生人？

送外卖有一年了，刘强第一次在晚上九点返家。他和刘春芳一起对着照片琢磨了半天，刘春芳也无法解释这不可思议的一幕，只是强调这孩子就是崔小鹏。

两人决定连夜去崔家，将这事赶紧告诉崔老师和魏老师，俩老师现在每时每刻都站在针尖上，有消息多少是个支撑，是点安慰。也好让他们确认一下照片上是否是崔小鹏，以及是否认识那个男人。

果然，崔老师一家都还没睡。屋里的光线比外面还暗。客厅里的吊灯关着，只开了一盏角落里的立灯，圆筒灯罩上还蒙了一层纱。光线这么昏暗，想来是为了崔小鹏。

不过，今晚这光线与屋内压抑悲伤的气氛相宜。

刘强找出原照片，众人坐在昏暗中传看，看后大家基本认定孩子就是崔小鹏，可男人是谁，没有一个人说得出来。

大家压低声音说话，昏暗似乎让声音裹足不前，总要费点神才能听明白别人在说什么。刘强有回不过气来的感觉。一屋子人的聚焦点都在他这儿，大家希望他尽量回想起点什么，最好是男人的正面，有什么明显的面目特征……可是，很遗憾，刘强想不起更多东西了，他当时完全沉溺在那一瞬间的光影中了。

终于有人清醒过来，拉亮了顶灯。仿佛重回人间。

刘强暗暗舒一口气，崔老师给负责此事的刘警官打了电话，刘警官在电话里询问了半天，刘强并不能提供更多的信息，刘警官答应明天去筷子巷调查。

半夜里，刘春芳忽然发出一声尖叫。刘强浑身汗毛一奓，睁开眼，看见刘春芳坐在床上，头发披垂着在哭。他坐起来搂住她，“咋啦？”

刘春芳拿手捂住脸，只顾哭。这女人真是越来越脆弱。刘强有些心疼。好不容易，等哭潮退下去，刘强打湿毛巾，给刘春芳擦了把脸。两人重新躺下来，刘春芳幽幽地说：“我梦见蒙蒙走丢了，找啊找，终于在草堆里找到他，我扑上去把他抱住，可是，可是我太用力了，把他的……他的脖子……脖子……给折断了！”刘春芳再一次痛哭起来，仿佛悲伤的汪洋又一次吞没了她。

刘强用手拍抚她的肩膀，一下一下，有些机械，天花板上的污渍忽然像了一个女人，埋头哭泣的女人。用弗洛伊德的理论推论，梦里埋藏着白天发生的事情的线索，用民间的话说，梦都是反的，蒙蒙肯定好着呢。刘春芳的梦无法引起他的共鸣，但这样的哭法，实在让他心烦意乱，他只好一个劲地重复：“没事没事，只是梦只是梦……”

刘春芳终于收住了眼泪，刘强忙递过毛巾，接着说：“好了好了。”刘春芳现出一丝扭捏的神情，说：“最后，我发现……那是个木偶。”

这一句简直要让刘强晕过去，他禁不住在心里猛烈地摇头，一个木偶，也能让这女人哭成这样。女人啊……

第二天刘强特意绕去了筷子巷。第三天刘强也绕到了筷子巷。第四天、第五天……不由自主，只要从附近经过，他就会绕过去，在巷子里转悠一阵。没准，他就能撞见崔小鹏或者那个男人呢。

警察没调查到什么信息，白天守在巷子里的多是老人、抱在怀里的奶娃娃和满地乱跑的孩子。有位七十来岁的老太婆说好像看见过这孩子，可再一追问，就闹不清时间、地点、谁谁谁了。旁边的邻居好心走过来，拿手指一指脑袋，低声告诉警察：“老太太脑子糊涂的呢！”也有人说这男人像偶尔来这一带捡垃圾的，也有说是送货的，还有的说是收废旧手机的，警察依照线索去查，不是给否了，就是找不见人。没有一条线索有用。

就在大家一筹莫展的时候，崔小鹏离奇地回来了。

崔小鹏回来时的情形，刘春芳讲得有声有色。那天崔老师有课，魏老师的小娃出现黄疸，奶奶陪魏老师去了医院，爷爷一个人在家。大概下午三点来钟，他听到敲门声，很轻，开始以为是幻听，魏老师和崔老师都有钥匙，这时间点谁会来敲门？等了一刻，外面又响了几下，他狐疑地去开门，没想到崔小鹏站在门外。

老人家心跳加速，忙不迭伸手去抓他，“鹏鹏，这几天你去哪儿了？”崔小鹏不看他，径自往里走进了卧室。等老人家关好大门，赶过去一看，这孩子仰面朝天倒在床上，手里握着小羊布偶已经睡着了。

老人家又惊又喜，急忙四下里打电话。崔老师、魏老师很快赶回来了，看着呼吸平稳、沉入深睡的崔小鹏，心里满是失而复得的庆幸。两人没敢惊醒崔小鹏，仔细查看他的头、脸、手、脚，似乎没有什么异常。再看他的衣服，虽然不像平时在家时那么干净，但也还齐整。一翻口袋，里面装了一口袋细沙。

两人面面相觑。崔老师到底是教授，用保鲜袋装了一小袋沙子，拿到朋友那儿去化验，朋友说这沙子很细，不像是这座城市及其附近地带的河沙、江沙，倒像是沙漠里经年累月风化的沙子。

崔小鹏这一觉睡了两天一夜。魏老师除了吃饭，几乎寸步不离地守在床边，她坚持要等崔小鹏醒来的第一眼就能看到她。

崔小鹏终于睁开了眼睛，仿佛这只是千百个普通早晨里的一个，他按照几年来魏老师教给他的方式洗脸、刷牙，然后将小羊布偶端端正正地放在身边，开始转动小汽车的车轮。魏老师一言不发地看着他有条不紊地做这些，眼睛泛起阵阵潮热，都被她拼命逼了回去。她不敢说话，屏住呼吸，生怕自己一点点突兀吓坏了孩子，也怕眼前的一切只是个脆弱的梦境。

自然，没有谁再提小星星幼儿园，也没人再催促崔小鹏去幼儿园了。二娃还待在医院特护病室里，崔家仿佛回到出事之前的日常时光。

无论崔老师和魏老师怎么旁敲侧击，苦苦探询，崔小鹏对自己失踪的七天守口如瓶，只字不提。这七天，仿佛成了一个黑洞。七天里，他去了哪儿，在什么地方度过的，一日三餐怎么解决，为什么口袋里装满了据说只可能来自沙漠的沙子？

这些都没人能回答。

更离奇的是，崔小鹏竟对魏老师提出了一个要求。

要知道以前崔小鹏是一个不会提要求的孩子，甚至连自己的需求都表达不清楚。他只会重复别人的语言，比如想吃饼干了，他会说“你想不想吃饼干”，想尿尿了，他会说“你想不想尿尿”。“我想吃饼干”“我要尿尿”这样的主动句式，在崔小鹏的语言系统里似乎不存在。可是，失踪七天后归来的崔小鹏，突然将盖在身上的被子一把掀到一边，对魏老师无比清晰地说：“我盖沙子。”

刘春芳在讲述这一幕时，为刘强进行了情景再现，她一会儿化身崔小鹏，一会儿化身魏老师。“你不知道，自闭症孩子认死理的，认准的事，不依就过不去。你猜魏老师他们怎么办？”

“弄一堆沙子，每天晚上把他埋进去，早上再扒出来呗。”刘强没讲完就笑倒在沙发上，这事想想都挺有趣。

刘春芳擂他一拳头。“还是人家文化人智商高。魏老师先是买了几本跟沙漠有关的故事书，这是铺垫。然后，重点是然后，崔老师搬回家一只骆驼，当然不是活的，也不是死的，是布的，布骆驼！天天卧在崔小鹏卧室角落里。他晚上闹着盖沙子的时候，魏老师就让他转移视线，哄他去骑骆驼。可是，自闭症孩子，不是那么好打发的。你知道吗，崔老师又抱回来一只羊，这次是活的，母羊，养在阳台上，天天喂青草。顺便挤了羊奶可以给二娃喝，魏老师的奶水一直不足。你看看，人家多智慧！这下小鹏安静了，没事就去摸摸羊，喂喂青草，骑骑骆驼。魏老师还给他新做了一套被套、枕套、床单，上面是她四处搜寻到的沙地里长满仙人掌的图案。这下好了，崔小鹏以为自己真住在'沙漠'里了！”

生活似乎恢复了寻常节奏。可刘强多了个毛病，送外卖、送快递的时候，只要经过筷子巷附近，就会下意识地绕过去。

他有个念头一直没对谁透露，连刘春芳也没有。他想和那个拍进照片里的男人不期而遇。那个男人一定是真实存在的，照片是最有力的证明，不管那一刻光影呈现得多么诡异、虚幻，它是真实的，却又像黑洞一样神秘。如果遇见那个男人，会不会就此解开崔小鹏失踪七天之谜？

这念头让平朴冗长的日子多了点波峭，多了点滋味。

在曲曲绕绕的巷子里穿行，每当遇到前路隐匿在一个弯道背后时，刘强就变得莫名兴奋，仿佛一转过这个弯道，他就会与什么不期而遇。仅仅是不期而遇这个念头，就让他兴奋起来。

听刘春芳说，崔小鹏的沙漠世界越来越丰富了，多了几丛仙人掌、仙人球，有真的，也有塑料的。骆驼栖身的那个角落的墙面上，贴满了崔小鹏画的画儿，相当一部分主题与“沙漠”有关。他回来时口袋里装的沙子，似乎已经被他遗忘了，可崔老师没有忘，他将这些沙子做成了一个沙漏，摆放在崔小鹏卧室的床头柜上。

“这样，崔小鹏又多了一个玩具。”刘春芳总结道。

刘强看得比刘春芳深刻，他想崔老师此举大有深意——也许有一天崔小鹏要找这些沙子，崔老师就可以指着沙漏告诉他，这些就是，又或许，看着这些沙子，崔小鹏总有一天会说出它们的由来，解密那黑洞般的七天。

有一次，一个男人迎面走来时，刘强不由得眯起了眼睛，恍惚感吞没了他。男人擦身而过，刘强才回过神来，第六感告诉他：就是这个男人，就是他！

刘强掉转电动车，慢慢地跟在男人身后。男人往墙上贴东西，隔一段贴一下。等男人拐进了侧巷，刘强才驱车上前，看到墙上贴着“水电修理电话 152……”字样。原来男人是水电修理工。

刘强背下了电话号码。那一刻他并不清楚自己想干什么，在送完两单外卖后，想法已经清晰饱满了。他拨打了男人的电话，电话里传来带点沙哑的男低音，松弛，疲惫。

刘强给自己放了半天假，瞒着刘春芳。他将卫生间的水管弄滑了丝，男人很快到了，骑着自行车，背一个大工装包，腰里别着几样工具。看起来很普通，容易淹没在人群中的那种，胡楂可能有三天没刮了，浑身散发着潦草隐忍的气息。可是他的活计做得细致，反复调试后才收工，顺手还帮刘强修好了进出水不畅的马桶。临走，他递给刘强一张名片，上面写着他的名字：谢小华。

看他修水管时，刘强心里反复回旋着一个问题，是他吗？说实在的，并不能确定。可又有一种强烈的预感在心里翻腾不休。

刘强落下一百来米的距离跟着那男人，他看见男人去了一个居民小区，大概半小时后出来，估计是另一家上门维修的客户。就这样跑了三家，都在城区。近傍晚，男人进了一家抚州大骨汤粉店，点了一碗粉。

这时通常是外卖单雪片一样从天而降的时段，刘强看见穿马甲的外卖员在车流里穿行，仿佛望见一个个自己的分身。他怕错过男人，在路边摊买了个烧饼，就着水杯里的水囫囵吃下去。

男人出来，骑车向郊外去。刘强不紧不慢地跟在后面。在城乡接合部的一片住宅区，男人停下来，进了一座平房。西方天边的一抹玫瑰红，一点一点往紧收，最后消失在一片瓦灰蓝中。

等了约一刻钟，男人出来了，换了一身衣服，大包没有了，腰里的工具也没有了。男人继续骑车向西。车速渐渐快起来，风将刘强的风衣吹得鼓鼓的。

我大概像一只迎风飞奔的黑绵羊，刘强想。心情竟像风一样轻盈。

走过一截半边修路的拥堵路段，又走过一段坑坑洼洼的柏油路，再走了一里多土路，男人终于在一座带院墙的铁门前停下来，推车进了院子。刘强又往前骑了几百米，掉头。

回到铁门前，院门口没有挂牌，院子里空荡荡的，透出一股萧索之气。大门右边有一座门房样的砖房，亮着灯。男人进去不久，另一个男人走了出来，骑上车哐啷哐啷远去了。

男人坐在屋里，隔着铁门远远地看不分明。院内左侧有一排平房，好像是遗弃的旧厂房，黑乎乎的，像一排沉默的半蹲的兽。门房背后的院子，似有不小的一片空地，堆着两座高度超过院墙的沙堆。沙堆让刘强眼前一亮，他仿佛听见了崔小鹏的尖叫声，夜幕中崔小鹏将沙子一把一把装进自己的口袋里。那个傻孩子，难道他将这沙堆当成了“沙漠”？

刘强靠在车座上歇了一阵，不知该何去何从。难怪有人说，谜底近在眼前时，是那么平淡无奇，让人失望。

他准备返城，一辆卡车亮着车灯开过来。近了，从车厢缝隙处，窸窸窣窣地漏下沙子来，像一根断裂的棉线。司机开到铁门前按响喇叭，引擎发出闷轰轰的声响，车轮在原地颤动不已。

犹豫一下，刘强走上前，用手接住一线沙子，拿近眼前仔细辨认，又揣在指尖摩挲几下，是河沙，粗粒的，潮湿的。这不是崔小鹏带回的沙子，不是那种来自沙漠的干燥的细沙。

刘强记得很清楚，刘春芳说崔老师无法相信这是来自沙漠的沙子，他将沙子拿去找不同的人分别检验了几次，得到的结论竟然都是：这不是我们这座城市惯见的河沙、江沙，它们是来自干燥的沙漠的被风碾得细细的沙子。

刚刚还欣欣然的光明世界，一下又坠入了混沌中。往回骑的一路上，刘强心神恍惚，难道自己误入歧途了？

第二天刘强又给自己请了假，瞒着刘春芳。关于昨天的事，他没对刘春芳透露一句。这是属于他一个人的秘密。

他来到城乡接合部那片住宅区，装作一个远道而来的朋友，向周边的邻居打听那个男人。不出所料，这里居住的多半是短期租户，相互间并不熟识。幸好有一位租户热心地将房东的电话给了他。

房东长期住在上海儿子家。在一番谨慎的交流后，刘强终于让对方打消了顾虑。

“你说谢小华啊，挺可怜的。你是他的老朋友，鹰潭来的？他的故事，我想想是哪一年，前年，还是大前年吧，被晚报记者登在晚报上了。当时还是我劝他接受采访的，我是看他可怜，想着没准登了报能帮他找到孩子。可是没用，十多年了，能找到早就找到了……”

泛黄的报纸散发着陈腐的气息。

在一堆如灰如尘的报道中，刘强找到了男人的故事：男人的孩子，四岁那年丢了。就在他家门口，他老婆上楼做了一顿饭的工夫，就再找不见孩子了。

这些年，男人去过很多地方。只要有线索，他就会出发去寻找。老婆早离开了他，他独自一人，去过新疆，去过黑龙江，去过西藏，去过福建，去过云南，去过甘肃，每去一个地方，他都会带回一捧当地的泥土。他将泥土分别装在一个个瓶子里，瓶身的标签上写着采集它们的地点：新疆伊犁，黑龙江延寿，西藏那曲，福建屏南，云南会泽，甘肃武威……

刘强想象在小屋的一个角落，竖立着一片瓶子的森林。其中有一只，木然地反射着变幻的天光日影，标签尚在，上面用粗体字写着某一个沙漠的名字。只是，瓶子里空空如也。

原刊《青年文学》第 4 期

踏雪之访

刘庆邦

窗外有些发白，文丰以为天亮了。似睡似醒之际，他的眼睛还迷糊着，还不是被擦亮的状态。擦亮他眼睛的不是别的东西，是他的眼皮。他把眼皮眨了两眨，等于把闲置一夜的眼珠子擦了两擦，眼睛才明亮一些。这时再往窗外看，他不禁有些惊喜，不光他的眼睛亮了，他的心仿佛也亮了起来。下雪了，外面像是下雪了，映进窗内的不是天光，像是雪光。因玻璃窗上结有一些冰花，看去像隔了一层雾，他吃不准到底下雪了没有。窗户一侧对着他的床头，他从被窝里坐起来，光着上身，头抵着窗玻璃往外看。这一次他看清楚了，确认了，老天爷真的下雪了。他看见，外面的窗台上已砌了一层雪，砌起来的雪，已拥到了窗框的下沿。没有刮风，雪下一朵，存一朵，看样子还会越砌越高。往上看，窗户上方雪光荧荧波动，一波未落一波涌，一波更比一波兴。蜂舞蝶阵乱纷纷，这不是下雪又是什么！

冬季漫长，晴天的时候总是多，下雪的时候总是少。入冬以来，这个冬天一直是干冬，人们一直盼望着能下一场雪，这场雪总算从天而降。这里是矿区，文丰所在的工厂是煤矿支架厂。矿区的主色调是黑，是从里到外的黑，彻头彻尾的黑。黑得连田里的麦苗都成了黑色，有麻雀从矿区飞过，似乎也会变成乌雀。有什么办法可以把矿区的色调改变一下呢，可以把黑色变成白色呢？人的眼珠有黑也有白，日子有黑夜，也有白天，矿区的面貌总不能一黑到底吧！那么，用水洗行不行呢？恐怕不行。好比煤的本质就是黑色，你越洗它就越黑。在地上撒些石灰行不行呢？恐怕也不行。你可以在某个场地撒一些石灰，使场地在小面积范围内由黑变白，可是，还有房顶呢，树木呢，天空呢，你总不能指望用石灰来个全覆盖吧，那得抛撒多少石灰呀！好啦好啦，别发愁了，雪来了！在人们还睡得昏天黑地的时候，雪悄悄地来了，一下子就下了个铺天盖地。改天也好，换地也好，要把黑世界变成白世界，还得靠雪呀，还只能靠雪啊！

下雪是一个喜讯，文丰得到了喜讯，想对住在同一间宿舍的工友们报告一下。他相信，工友们听到喜讯，也会很欣喜。他回过头在宿舍里看了一下，见两个上夜班的工友尚未下班，他们的床铺还空着，只有一个工友在蒙着头睡觉。他的嘴张了张，没有报出声来。他的心比嘴快，想到把熟睡的工友叫醒不太好。窗外的雪在那里明摆着，等工友醒来，自然会看得见。宿舍内生有一炉煤火，睡觉前，文丰用和得稀软的煤泥把火口封上了，只用火锥在煤泥中间扎了一个火眼。经过一夜的蒸烤，煤泥被烤干了，火眼那里生长出一支火苗。他在宿舍的暗影中发现，火苗是红色的，好像一枝红花。这枝在夜里开放的“红花”，应该是献给白雪的吧！

文丰没有开灯，若是开了灯，就显不出窗口的白了，他不想让电光夺了雪光的光彩。他没有起床，又在被窝里躺下了。他在心里祈愿着，雪千万不要停，夜里下，早上下，中午下，下午下，再下一天一夜才好呢，下得天翻地覆才够意思呢！文丰是一个善感的青年，他的感觉与别人的感觉也许不大一样。他的感觉，悄然而至的大雪，仿佛是从遥远的地方给他寄来的一封信，每一朵雪花都像是一页信纸，每页“信纸”上都写满了字。那些“字”有着雪花一样的符号，每个符号都能唤起他对雪的记忆。记得还在农村老家时，有一天夜里下大雪，雪下了一夜，把堂屋的门都堵住了，堵到了门半腰。母亲一打开双扇木门，半堵雪墙一下子倒塌在屋子里，扑得屋当门都是雪块子。母亲蹚着雪去灶屋做饭，需要先用铁锨把堆砌在屋门前的雪铲去一些，才能把灶屋的单扇木门打开。在他的记忆里，在每年的春节前，他们那里都会下雪，直到放炮过年了，雪都化不完，需要把残雪堆在墙角，或堆在树的根部，才能给春节的欢乐打开一些场子。而红色的炮纸落在残雪上，融化的雪液总能把炮纸洇湿，洇出一块块殷红，像开在白雪上的一朵朵莲花，或木槿花。更让文丰难以忘怀的是，他们村里有一位会拉弦子的盲人，每当天下雪时，盲人的弦子总会响起来。他的眼睛看不见下雪，不知他对下雪是怎样感知到的，反正只要一下雪，他的弦子必定会响起来。人们似乎不记得他在晴天晴地时是否拉弦子，但人们都记得，只要天一落雪，他的弦子声一定会及时响起来。这样一来，他的弦子声就成了一个信号，弦子一响，村里人就知道又下雪了。他拉出的曲调儿一点都不欢快，而是有些悠远、凄婉，甚至充满无尽的忧伤。听到弦子声后，文丰不止一次踏着雪去盲人家里近距离地听。边看边听是允许的，但不能说话，只能悄悄地睁着眼睛看和张着耳朵听。这是盲人定下的规矩。让文丰感到吃惊和难忘的是，他不止一次看见，盲人正旁若无人似的拉着弦子，却有两行清泪从盲人的眼角流下来，慢慢流到盲人鼻梁两侧的鼻凹子里。盲人的鼻梁高高的，显得有些苍白，像是用石膏雕塑而成。在雪光的映衬下，盲人流出的眼泪明溪溪的，似有雪花的翅膀在泪光中翻飞。文丰不能明白，盲人在雪天拉弦子时为何会流泪，他的眼泪是为漫天的大雪而流？是为自己拉出的曲调而流？还是为自己而流呢？也许都有吧！

在记忆中再现盲人的眼泪，文丰的眼角也快要湿了。这真是，天不下雪让人愁，天下大雪更让人愁啊！当发现下雪时，他脑子里一明，第一个想到的是他的女友。他和女友的恋爱已谈了一年多，逐渐接近成熟的程度。在初春，田野里的残雪尚未化尽，他们去山沟的崖畔采过金灿灿的迎春花；夏天，他们来到一处烟波浩渺的水库边，用抻开的手绢在生有水草的清水边捕鱼捉虾；秋来时，当山野五彩斑斓之际，他攀上柿子树，为站在树下的女友摘熟的、红红的柿子吃。去外面游玩之后回到厂里，文丰兴犹未尽、意犹未尽似的，就用笔、用文字，把游玩的过程记录下来。他是以短句的形式记的，类似人们所说的新体诗。既然是用文字记录，就有一个命名的过程，也是一个修辞的过程。名不是那么好命的，他抓住一个感觉，或一个意思，调动脑力想啊想啊，才比较贴切地把名命下来。辞也不是那么好修的，往往是，他在自己大脑有限的辞库里扒来扒去，挑来挑去，才能找到一个既能表情也能表意的辞。生活是一个过程，生命是一个过程，游玩当然也是一个过程。不管什么过程，如果没有文字的参与，过程过过就过去了，如过眼烟云一样，不会留下什么痕迹。而一旦有文字参与进来，一切的一切都变了样子，仿佛胎也脱了，骨也换了，雪中能长出炭来，石头上能开出花来。拿他和女友外出游玩来说，如果不用文字记录下来，会显得平平淡淡，不足为奇。一变成文字的东西呢，就陌生化了，就有了近乎明媚和奇异的色彩。他们在游玩的时候，并没有意识到环境有多么美好，并没有和审美联系起来。现实一搬到字面上呢，就有了画面感、升华感，给人的是美不胜收的感觉。不管他们玩山玩水、玩虫玩鱼、玩花玩果，从不敢轻易想到诗。在他们心目中，诗是那么高雅的东西，那么神圣的东西，他们所玩的那些静物或动物，怎么能说得上是诗呢，它们有什么诗意呢？而他们所玩的内容由文丰写成了分行的句子呢，面貌焕然一新，顿时就有了诗意。却原来，那一山一水、一虫一鱼、一花一果，都是诗歌的素材，都是诗意的载体啊！再有，文丰在白纸上写下的黑字，如铁板上钉钉，留住了他们共同活动的美好和诗意，同时留住了他们青春的年华、蓬勃的朝气，和贴心贴肺、贴肝贴肠的爱情。

他们每外出游玩一次，文丰就写上一篇。写完了，就拿给女友看。女友有着浪漫的情怀，很喜欢看文丰所写的东西，每看一篇，都表示赞赏，并很珍惜似的保存起来。之后，她向文丰建议，再出去玩玩吧！文丰明白，女友的需求不再是单一的，至少是双重的，在物质世界里畅游过，还要到精神世界里畅游一番，是希望文丰再写东西。这样一来，女友的需求就形成了文丰写作的持续推动力，并形成了一种从物质到精神的良性循环。在一个偏僻的矿区，有一对青年工人，在他们二十来岁的青春岁月，就这么不声不响却激情满怀地享受着他们的人生，创造着他们的生活，拓展着他们的世界。望天天高，望路路长，他们觉得这一切可真好啊，好得让人温柔无边。他们对眼前的一切深感满足，这就可以了，还要求什么呢，这样就完全可以了。他们想让时间停滞下来，他们也不再继续长大，就这样把恋爱谈下去，谈下去，谈他个海枯石烂。他们幸福得有些晕眩，有时怀疑他们的生活是不是真的，他们是不是在做梦？他们只得互相拉一下手，用双手的热度和力量，感知一下恋爱的存在。

任何怀疑都不是无缘无故，从深层次的原因来讲，他们的怀疑来自他们的隐忧。他们担忧恋爱能不能继续下去，能维持多久。他们觉察到了，别人认为他们的恋爱不够革命化，有些不合时宜。果然，人家把文丰所写的东西都从女友那里收缴走了。连里（车间被改成了民兵连，实行军事化管制）的指导员经过审查，认为他们被资产阶级的香风吹昏了头脑，掉到资产阶级思想的泥坑里去了，有必要拉他们一把。拉他们的办法，就是组织动员全连的职工批斗他们。在每天的班后会上，他们已被连续批斗了三场，批斗的火力越来越猛。指导员嫌批斗的力度不够大，火药味儿不够浓，有一次，趁一个工人捅煤火炉捅得火花四溅时，指导员说了一句一语双关的话——把火烧得越旺越好！

人家批斗他们的目的，当然是把他们分开，不许他们再“资产阶级”下去。说是提倡自由恋爱，其实不管在什么时候，恋爱从来都不自由，不是受这样的制约，就是受那样的制约。正是因为恋爱不自由，才有了对自由的向往，才有了自由恋爱的说法。文丰目前的处境就是这样，和女友处在一个被强行分开的状态。可他越是不能和女友见面，对女友思念得就越厉害，仿佛他整颗心都在女友身上。早上这个时候，女友或许仍在女工宿舍里睡觉，外面下雪的事，不知女友发现没有。他听女友说过，她也很喜欢下雪。要是在没有批斗他们之前，他会勇敢地敲开女友宿舍的房门，把下雪的好消息报告给她。如果女友提出到雪地里走一走，他当然会欣然答应奉陪。雪是白色的，白得比白纸还白。但雪却是一种难得的标记，一块儿在雪地里走一走，不知会留下多少难忘的记忆呢！然而，有讨厌的然而在，文丰哪里还敢去找他的女友呢！

天亮之后，雪还在下着，而且越下越大。穿衣起床后，文丰站在门口往外面看了好一会儿。雪片子不是在飘，而是垂直下落，每一片雪似乎都很有分量。这样的下法，如果搁在夏天，应是在下大雨。到了冬天，就变成了下大雪。据说雪片子在高空时还是液体的形状，接近地面遇到冷空气时，才变成了固体的雪片子。雪片子似乎对液体状的雨水有一定的延展扩大作用，使雪片子在空中的密度显得比雨点子要大，遮蔽性也更强。一时间，大面积的雪片子似乎把天地之间的空间都充满了，分不清哪里是天，哪里是地。他看着看着，有些迷惘，也有些走神，好像有些忘我，亦不知身在何方。见有工友在门外的雪地里行走，并大嚷好雪，他伸手接了一下雪，才回过神来。

花儿不可辜负，月儿不可辜负，雪同样不可辜负。他穿上自己的棉大衣，蹬上翻毛皮鞋，戴上那顶旧军帽，决定到雪地里走一走。他不能到女友那里去，只能是乱走。好比女友既是他的方向，也是他的目的地，如今他没有了方向，也失去了目的地，只能跟着大雪，雪行我行，走到哪里算哪里。

他刚走出宿舍的门口，密密匝匝的大雪片子迅即把他包围起来。在宿舍里烤过煤火，他的脸还是热的。雪打在脸上，他觉得自己的脸颊一凉一凉，雪很快就化了。雪花落在他的鼻梁上时，化得没有那么快。别看他的鼻梁是他脸上的第一高度，他的眼睛却看不见他的鼻梁，而鼻梁上一落了雪呢，好像把鼻梁的高度又提高不少，他看到雪片的同时，似乎连带着把鼻梁也看到了。雪落在他嘴唇上时，他用嘴唇一抿，把雪片子抿到嘴里去了，觉得有些甜丝丝的。雪和他的眉毛大概有某些相近之处，雪似乎喜欢他的眉毛，眉毛仿佛也喜欢雪，雪在眉毛上停留得更长一些，有了层层叠加的效果，黑眉毛很快变成了长长的白眉毛。同时，雪落在他的帽子顶上了，落在他竖起的棉大衣的栽绒领子上去了，也落在了他的肩头。他原来以为，雪很轻很轻，轻得一点分量都没有。今天随着落在他身上的雪不断加厚，觉得轻来轻去的堆成山，雪多了还是有一定分量的。他原来以为落雪无声，而他今天好像听到了落雪的声音，那声音叽叽喳喳，像是一群女孩子在说悄悄话。不管雪落在他身上任何部位，他都不会马上把积雪清除。一年到头，身上好不容易才落了一些雪，雪那么洁白，一点都不嫌弃他，他怎么舍得把雪清除掉呢！

地上的雪大约超过了半尺深，他的脚一踏，就陷了进去，脚一抬，就现出一个脚窝。新雪是松散的，还没有落实和冻结，呈现的是虚蓬的状态。新雪不仅包裹在他的鞋面子上，连裤脚上也都沾了雪。他把脚抬高，猛地在雪面上震了一下，他的震收到的是爆炸般的效果，积雪四溜子开花，在雪面上“炸”出一个比脚窝大得多的雪坑。雪面上留下的脚窝还不多，他回过头看了一眼，看到了自己留下的一串脚窝，他欣喜地发现，脚窝是那么深入、明显、新鲜、好看！在地上没有雪的时候，人们不管在什么地方走过，一般很难看到自己的足迹，走过跟没走过差不多。而地上一旦有了雪，人们就可以留下足迹，并清晰地看到自己的足迹。这大概也是人人都喜欢下雪的原因之一吧。

如果雪事由老天爷掌管，老天爷大笔一挥，把世界上的万事万物都改变了。人类使用的笔，蘸的多是黑色的墨水，写的多是黑色的字。老天爷使用的笔，蘸的是白色的粉末，写出的所有的字都是白色。以老天爷的高瞻远瞩和宏大气魄，它或许不是在写字，它所做的是涂改的工作。它大概对世界上存在的一切不够满意，就统统涂掉，涂成一律的白色，然后重新布局，建设成一个更新更美的世界。院子里的两棵树上，扯有一根裹着一层黑色胶皮的铁丝，铁丝是工人们平日里晾晒衣物用的。文丰看见，雪没有在铁丝上行走，而是玩平衡似的在铁丝上停住了，使铁丝变粗，变得毛茸茸的，如加长的白猫的尾巴一样。扯铁丝的树是两棵杨树，树上的树叶早就落得光秃秃的，只剩下一些灰色的枝枝丫丫。是落雪缀满了树上的每一根枝丫，忽如一夜春风来，满树开满了雪白的梨花。连部对面的路边有一块黑板，黑板倾斜着放置在一个木头架子上，那是连里不定期出黑板报用的。今天黑板上附着了厚厚一层雪，黑板就变成了白板。文丰在“白板”前面停了一下，想用手指在“白板”上写两个字——“白板”。手指已经伸出来了，他想了一下，没有写。他惹祸就惹在写字上，对写字的事一定要慎之又慎。手指头痒了，他宁可把手指头放到牙齿上咬咬。

他们的厂区建在一处缓慢的山坡上，东边高，西边低。文丰一步一个脚印，却又漫无目的地从低处往高处走去。低处是生活区，高处是生产区。一条水泥路连接着生活区和生产区，他每天都要在这条马路上走很多趟。今天冒着大雪再在这条路上走，他的感觉与以往截然不同，像是走进了一个崭新的世界。放眼向上望去，大雪把生产区的一切都覆盖住了，采石场、破碎石头的机房、球磨机车间、烧水泥的地炉、加工钢筋的工棚等等，都变成了一片白。矿井下煤在继续挖，巷道在不断延伸，支架要源源不断地送往井下，支架厂不会因下雪而停产，工人们该干什么还干什么。可是，文丰只看见大雪纷纷，连一个工友都看不见。前不见人，后不见人，文丰感到了一种前所未有的孤独。

有一个念头，他刚从宿舍里出来时，念头还有些模糊，一如大雪中的远景。此刻，他的念头变得清晰起来，却原来，他思念的还是他的女友啊，他心里最放不下的还是他的女友啊！有道是，每逢佳节倍思亲。眼下不是什么佳节，只是一个下雪天，他是在下雪天时倍加思念女友啊，下雪天真比佳节还要佳节啊！他念头的内容是，他在雪地里行走，他的女友也许也会在雪地里行走。因为他上的是中班，下午四点才上班。女友上的也是中班，上午也在宿舍里休息。如果女友也出来走，他在雪地里碰见女友的概率还是有的。尽管概率可能很小，但世界上的所有概率都是给有心的人准备的，都是给有准备的人准备的。如果他待在宿舍里不出来，在厚雪地里遇见女友的机会一点儿都不会有。倘若没有人家对他们的批斗，没有对他们的恋爱上纲上线进行干扰，他们的恋爱也许平平常常，他见到女友的心情也许不这么迫切。正是因为有了批斗和干涉，他们的恋爱像是遇到了挫折，并经受了考验，一下子提高了价值，使他们倍加珍惜起来。看来，世界上美好的东西，有时与距离和限制相伴，只有暂时拉开了距离，受到了限制，才让人感到爱来之不易。

他在雪地里来来回回走了两趟，期望中的概率没有出现。如果继续在雪地里走下去，意图过于明显，被人看破就不好了。徘徊犹豫之际，他记起来，有一个叫张杰的老乡前几天对他说过，张杰的老婆从老家来厂里看张杰来了。探亲用的家属房里已住满了人，张杰和老婆没地方住，只能临时住在生产区一个盛放钢筋的工棚里。张杰还对他说过，他老婆家里是地主成分，他娶的是一个地主家的闺女。文丰没问张杰什么，是张杰主动对他说起其老婆的。张杰是一位复员军人，在部队时入了党，当过班长。张杰这样说，可能是训练有素，出于一种政治上的坦白，也可能是出于一种无奈。张杰不说他老婆是地主家的闺女，文丰或许不想看他老婆。张杰一说他老婆是地主家的闺女呢，文丰倒想看一看，张杰的老婆长得怎么样。在他们老家，秧红薯苗子的红薯被说成红薯母子，红薯母子都是挑了又挑挑出来的，只有红薯母子好了，秧出的苗子才会好。人也是同样的道理，只有“母子”好了，生出的孩子才不差。地主婆一般来说都比较漂亮，张杰的老婆是地主婆生出的闺女，也应该有几分姿色吧！

盛放钢筋的工棚在生产区的南墙边，文丰下了路基，向工棚走去。路基下面凸凹不平，因积雪的覆盖，他分不清哪里是凸，哪里是凹，走得深一脚、浅一脚，像是在艰难跋涉。有一脚没踩好，他失去了平衡，差点摔倒在雪窝里。身旁刚好有一辆废弃的矿车，他伸手扶了一下落满雪的矿车的上沿，才没有摔倒。在他手扶矿车的时候，不但右手沾了一手雪，雪粉还罩进他的袖筒里去了。他往下甩了两下，有的雪粉还是化了，化得手腕子那里湿湿的、凉凉的。大雪仍在下，他闻到了雪的气息。雪的气息一点儿都不单一，除了沁入肺腑的清凉之意，他似乎还从雪中闻到了丝丝类似春天的暖意。

工棚的西头是封闭的，东头敞着口子。文丰一来到工棚东头，就看到了张杰和张杰的老婆。他没有立即走进工棚，在工棚外面停下来，把自己身上的积雪清理一下。他低下头，先让帽子顶上的雪块子脱落下来，而后右手扫左肩，左手扫右肩，把双肩上的雪都扫了下来。在大雪中行走，落雪几乎把他变成了一个雪人。经过清理，“雪人”褪去，才还原了他的本来面目。

当他在外面清理身上的积雪时，张杰和老婆已站在棚口。张杰一再说不碍事、不碍事，进来吧！

他喊了张杰的老婆一声嫂子，见嫂子怀里还抱着一个小男孩儿，当是他们的儿子。小男孩儿头上戴着虎头帽，脚上穿着虎头鞋，像一只长了双虎头的小老虎。小男孩儿穿得很厚，棉袄和棉裤都厚得鼓囊囊的，使小男孩儿又像是一只皮球。文丰摸了一下小男孩儿胖胖的小手，说真可爱。

工棚里生有一炉煤火，煤火正熊熊燃烧。张杰指了一下放在炉火边的一只用钢筋焊成的小凳子，让文丰坐下烤火。

文丰坐下来，双手伸在炉火上烤，扭脸望着棚外，说雪下得真大。棚口外面不远处有一个高台，高台下面不知是土堆，还是石块。高台后面是一棵杨树，杨树一侧是厂区的围墙，围墙外面雪蒙蒙的，就什么都看不到了。

张杰也说雪下得不小，到厂里参加工作两年多了，第一次看见下这么大的雪。

文丰说，幸亏没有刮风，要是刮风的话，雪会旋进棚子里来。他把整个工棚环视了一下，见工棚里码放着不少成盘的钢筋。在钢筋的缝隙之间支有一张床，床上放的是张杰从部队带回来的黄色的被子。炉火边只有两只凳子，嫂子把孩子放到床上去了。孩子还不会走，把他放到哪里，他就坐在哪里。文丰看了看嫂子，觉得嫂子的相貌与他预想的差不多，长得是不错。嫂子的皮肤说不上很细，但嫂子端庄、娴静、内敛，一看就是那种内心世界丰富的人。

对于文丰目前的处境，张杰是知道的，他说："你们连里净是瞎胡来，连个恋爱都不让人谈，天底下哪有这样的道理！"

文丰摇头，说人在檐下，没办法。他们两个现在连面都不敢见了。

张杰说："你要是同意的话，我去把你的女朋友喊来怎么样？我是当过兵的人，我什么都不怕！"张杰说着，朝棚外看了一眼。大雪纷飞，敞开的棚口那里像挂着一道雪帘子。“雪帘子”挡不住张杰，他仿佛一伸手就可以把“雪帘子”撩开。张杰又说：“中午我让你嫂子炒两个菜，咱们一块儿喝两盅。”

文丰笑了一下，说不用，她上的也是四点班，这会儿可能还在休息。

这时，让文丰意想不到的一幕出现了！让文丰惊喜的一幕出现了！！让文丰终生难忘的一幕出现了！！！隐约之中，他觉得棚外的层层雪幕中似立着一个身影。身影有些熟悉，但他不敢相信自己的眼睛，担心自己看到的是一个雪幕中的幻影。他定睛再看，才把那雪遮幕障中的身影认出来，那不是别人，正是他昼思夜想的女朋友啊！

女友既然来了，她肯定也看见了在工棚内烤火的文丰，那就赶快进来吧，还站在雪地里干什么！文丰起身来到棚口，喊了女友的名字，让她赶快进来。

然而，不知女友今天抻着了哪根筋，亦不知她犯了什么牛脾气，她站在棚口前面的那个高台上，一动不动，也不说话，像是要把自己站成一尊雪雕。她身穿的是一件棉猴，两手插在棉猴两侧胸前的口袋里。因她站在雪地的高台上，身材显得比平日高挑。她闭着嘴巴，双眼微眯，一副心思渺远的样子，又像是有着深沉的心事。她的鼻子高高的，脸蛋鼓鼓的，冻得脸上白中有一些发红。飞舞的雪花似乎见不得她如此沉静，以动带静似的在她面前飞来飞去。她不为缭乱的雪花所动，仍站在那里一动不动。她所穿的棉猴已经旧了，褪去了原有的蓝色，变得微微有些发白。文丰听女友说过，这件棉猴还是女友在读中学的时候妈妈给她做的。在文丰看来，女友穿上这件棉猴，还像是当年女中学生的样子。女孩子不怕穿旧衣服，旧衣服不但遮不住女孩子青春的丰采，对比之下，正好可以对女孩子蓬勃的青春之美起到反衬作用。棉猴的猴帽遮住了女友光光的前额，从帽檐下面冒出的是女友的一些头发。女友的头发从没有烫过，是天生的自来卷。这样的卷发使得女友像是一个外国的女孩子。文丰像是突然发现，在大雪洁白背影的衬托下，他的女友原来这么美，美得无可挑剔，无与伦比。要是有一部照相机就好了，他可以把女友在雪中的形象照下来，留作永久性的纪念；要是有一幅类似西洋画那样的油画就好了，他可以把这个女孩子在雪中的神情描绘下来，油画的名字就叫《浴雪图》。

文丰只好从工棚里走出来，走到女友身边，小声跟女友说了两句什么，并把女友拥了一下，女友才随他到工棚里去了。他问女友："你是怎么知道我在这里的？"

女友这才开口说话："不管你走到哪里，我都能找到你。"

原刊《中国作家》第 4 期

虞公山

徐则臣

要从一个鬼魂说起。

不管你信不信，那三个人的确看到了卢万里的鬼魂。他们用手指着脑门对我发誓："千真万确，如有半句瞎话，全所你拿枪打我这里。"三个人在不同时间点，经过卢万里家的院门前，都看见他在烤火。卢万里缩着脑袋蹲在地上，面前是一个火盆，他正理着湿衣服在火上烤。在火焰和冒着水汽的湿衣服后面，他们三人都看见了卢万里瘦骨嶙峋的上身和那张憔悴的脸，他冷得直哆嗦。卢万里显然比活着的时候更瘦了。三个目击者的表述区别仅在于燃料：一个说，盆里烧的是木柴；第二个人说，烧的是火纸；第三个承认他没看清楚，火太大，几乎把整个火盆都吞没了。烧的什么不重要，重要的是，死去的卢万里突然回到家门口来烤火。

雨一直下，大的时候像老天漏了底，小的时候如满天的蜘蛛在吐丝，缠缠绵绵半个月没消停。所以，尽管现在是大夏天，如果鬼魂衣服湿透了，感到冷也很正常。反常的是，死去的卢万里为什么要回到家门口来烤衣服。

死人回家我没见过，但鹤顶这地方此类传闻从来没断过。算命的老赵多年来的口头禅就是：水边嘛，湿气重，阴气也重，出啥事都不稀奇。也就是说，鹤顶就是个神神道道的地方。所以卢万里的儿子把这件事作为报案的原因之一，我根本没当回事。他说有人动了他父亲的坟墓。他说不仅有三个街坊看见了他爸在院门口烤衣服，冻得直哆嗦，他还亲自梦见了父亲。在他的梦里，父亲穿着的正是在院门口烘烤的衣服，卢万里抱着胳膊对他说：

"儿子，我快冻死了。衣服全湿了。"

在他梦里，父亲的衣服的确是湿的，湿漉漉地正往下滴水。他做梦的时间在三个目击者看见烤火的场面之后，可见，父亲的衣服在烤干之后又湿了。第二天早上，他把这个奇怪的梦说给母亲和老婆听。母亲听了心酸得不行，跟邻居们说起时，止不住流下眼泪；老婆则当成个笑话，说给姐妹们听时自己都忍不住笑出声来。然后，作为反馈和回应，三个目击者看见卢万里烤火的消息陆续传到了他们家。里应外合，卢家就不能不上心了。卢万里的儿子想起来，清明给父亲上坟时是有点潦草，没烧几张纸。一定是父亲在那边缺钱了，所以衣服湿了也没得换。第三天，他一口气买了十刀火纸，每张纸上都摞满了金元宝，装在一个大号塑料口袋里捆到摩托车上，冒雨去给父亲上坟。

离坟墓还有二十米，穿过雨帘他就发现父亲隆起的坟堆缺了半边。再往下看，有人在坟墓旁边挖了一道深沟，雨水汇成激流，正从深沟里流过。浑浊的流水不停地冲刷父亲的坟墓，棺材一角浸泡在水里，流水撞击到黑色棺木上，激起泛白的水花。卢万里的儿子骑上电驴子转身就跑，背着一口袋的火纸直接到了丁字路口。他结结巴巴地对所里的值班警员说：

“有有有人,盗盗盗了我爸爸的的墓。”

我们觉得这事不可能,卢万里又不是啥大人物,平常到不能再平常的一个坟,盗它,谁吃饱了撑的?本来下雨天也干不了活儿,大家想趁机打个瞌睡,结果他非要我们去破案。为了表示兹事体大,且有预兆在先,他把卢万里湿了烤干、烤干后又湿了的衣服和哆嗦喊冷的事给我们颠三倒四地讲了一遍。好吧,上车。

快到现场,一摊烂泥地,车过不去。下了车他让我们走在前面。他说天暗,他有点怕。

就是在那天的大雨里,我们发现了未遂的盗墓案,当然,盗的不是卢万里的墓。

卢万里埋在一个好地方。这一片高地,鹤顶人叫虞公山。传说甚多,有说古时候一个姓虞的人曾在这地方住过;也有说这地方埋过一个姓虞的大官;还有的说,一个姓虞的外乡人来这里修行,最后坐在山尖上飞升成了神仙。反正跟一个姓虞的人有关。这种传闻鹤顶人都懒得信,但凡跟别处有点区别的地方都有类似传说。如果都是真的,那咱们鹤顶早就仙迹处处,哪还会穷得如此叮当响?虞公山周围是片荒地,尽管没生老赵那样的慧眼,鹤顶人也看出来这地方风水不错,但因为离镇子实在有点远,人死了也极少长途跋涉埋到这地方。这两年不少人家鸟枪换炮,有了摩托车、电动三轮车,交通工具改变了距离的概念,虞公山周围才慢慢出现几座新坟。

我们围着卢万里的坟墓转了几圈,确定没人动过那口黑漆漆的槐木棺材。它露出一角,还有坟山垮掉半边,完全是雨水冲刷所致。卢万里的儿子拍胸脯保证,若非意外,他爸坟边绝不会出现水沟。坟墓的左侧低于右侧,虞公山上的雨水再凶,往下流也只会从他爸的左边走。他说得没错。坟墓周围荒草丛生，尤其是那些抱住大地不放的巴根草，拿铲子都未必能将它们连根拔起，仅靠雨水的冲刷，十天半个月怕是搞不定的。有人帮了忙。

这好办，我们继续在附近转悠，等同事开车回去取来几把铁锹。然后挖土筑坝再引流，让水从卢万里的左边走。果然，水落之后，在坟墓的右侧发现了铁锹切挖过的隐约痕迹。荒无人迹，谁会无聊来这地方模仿大禹治水呢。我提着铁锹绕虞公山的边缘走，十步之外看见了雨水没有冲刷干净的新泥。

虞公山说是山，其实就是个大一点的土堆子。也许姓虞的那人当初成仙或者刚埋下地的时候，虞公山确有一些气势，比如巍峨宽阔，但风吹日晒雨淋了不知多少年后，它已然也被消磨成了一个土丘。我跟着断断续续残留的新泥走，发现土丘坡上有一丛灌木尤为稠密。大雨把灌木洗得干净，同一丛灌木竟长出两种不同的枝叶。我用铁锹毫不费力就挑起了部分枝叶。再来一锹，剩下稍微牢靠一点的灌木也被从泥土里掘出来。一例都没有根。它们是被砍断了根插进土里的。

灌木清空后，再铲掉插灌木的一堆泥，土丘的肚子里似乎有个洞。我招呼大家过来，清除洞口堆积的虚土，再往里挖。果然一个黑灯瞎火的洞。铁锹在洞的深处撞上坚硬的东西。卢万里的儿子想出个招，打火机点着，系在铁锹头上往洞里探。洞中氧气稀薄，但奄奄一息的火光中，我们都看见了刚才铁锹撞到的是什么——打磨光滑的巨大条石。

以在派出所工作多年的经验，我知道遇上大事了。我把所有人集合到跟前，发布如下命令：

任何人不得走漏风声；

立刻原样封堵洞口，恢复伪装；

现在就协助死者家属培筑好坟墓；

我现在就给有关部门和领导汇报，在相关决定下达之前，咱们所一定做好现场保护，不能有半点闪失。

省文化厅接手了剩下的工作，天还没晴透就派来考古队。他们认为虞公山下可能藏有古墓。他们与县史志办及有关历史学家交流研判之后，初步达成共识：虞公山的传说或许非虚，这地方真埋葬过姓虞的历史人物。安保工作由县公安局牵头，我们所全力配合。同时，责成我们所尽快侦破该起古墓盗窃未遂案。

我们手头的线索只有两个：一是这起盗挖跟卢家的关系。大雨之后的现场线索几乎消失殆尽，但两者之间若无必然联系，那只能说太过巧合。第二个，就是县公安局提供的两个过滤嘴烟头，他们在洞里找到的。一个古怪的牌子，蓝旗。

第一个问题好解决，警员做了拉网式查访，卢万里家人、亲戚、街坊邻里，甚至随机采访了跟卢家毫无关系的人。没有发现任何蛛丝马迹。卢万里生前口碑甚好，他的左邻高度赞扬了卢万里，那个老大爷说："我就一个标准：凡是万里说有问题的，那人肯定有问题；凡是说万里有问题的，一定是那人有问题。我认识万里几十年了，这标准从没错过。"卢万里的言传身教影响了整个家庭，卢家家风挺好，门楣上还钉着"五好家庭"的牌牌。他们家没仇人，没做过亏心事，儿子、儿媳妇、女儿、女婿，人缘都不错，至少在查访中没听到任何负面评价。足够了。在乡镇，除非深仇大恨不共戴天，谁会干掘人祖坟这种损阴德的事。更不会有人抽风，要去卢万里坟边开一道深沟解闷。所以我们维持先前的判断：此事跟盗墓相关。

我把查访详情向县公安局做汇报。县局表示赞同，他们也发现，两者很可能关联密切。盗墓必须掘土，盗墓还得隐蔽，掘出的土不能露馅，运土也不能太麻烦，怎么办？现场解决。如何解决？被雨水冲走。自然便捷，神不知鬼不觉。卢万里的坟墓是距盗墓口最近的一座坟，山丘与坟堆之间正好有个凹槽，高处的雨水下泄，那地方是第一个下水口。为了加大水流带土的能力，盗墓贼掘开草皮和地表，人为地开了一条深沟。他们没想到，雨大流急，这个更有效的“挖掘机”扩大深沟的同时，把卢万里的坟墓也给摧毁了半边，露出棺木。已经在干燥温暖的棺木里安睡三年的卢万里突然落了水，感到了冷。盗墓贼失算了，提前惊动了鬼。

剩下的两个烟头。作为一个老烟鬼，很惭愧，我真没听说过蓝旗这个牌子。警员们去镇上各个商店买蓝旗烟，全都空手而归。店主们跟我一样孤陋寡闻。这方面见多识广的只能找满天下乱跑的人。住滨河大道边上的老苏长年跑长途客车，他也说不清，答应下一趟跑车时帮我问问。我把鹤顶在外工作、求学、做生意和游荡的人名单找出来，能联系的都联系了一遍，没一个人知道。结果显示，他们大部分人都不怎么抽烟，更不会带烟回来。这很好，健康比什么都重要。

副所长想起运河街上常年跑船的吴斌，这家伙烟酒都是大户，没准知道。他老婆在家，听说找吴斌，没好气地说：

“死了。”

“死了？”

“早死了。”

“啥时候死的？”

“一年到头连家都不着，跟死了有什么两样？”

副所长出了口长气，拿出烟头照片，“你见过吴斌带回来这个牌子的烟吗？”

吴斌老婆瞥都没瞥，“人都见不着，哪还见得着烟？”

副所长知道再问也是瞎耽误工夫，赔个笑转身要走，被叫住了。

“本来也懒得问，”吴斌老婆说，“赶上了我就多一句嘴。我家那兔崽子好几天不着家了，你们能不能帮忙找一下？”

“什么兔崽子？”

“我儿子，吴极。”

“失踪了？”

“谁知道。学校也打来电话，三天，哦，今天第四天，没上课了。”

“平常他会去哪儿？”

“谁知道。跟他爹一个德行，四六不着的货。”吴斌老婆摊开手对着房间挥了半圈，“这个家就是个旅店。”

副所长答应着，出了吴家。正经事没干成，倒添了桩新业务，回到所里就跟我抱怨。抱怨归抱怨，还是给镇中学打了电话。教务主任说，有这事，家长再不给出合理解释，按有关规定，可以开除了。教务主任又说，咱这鹤顶，一到下雨天事就多，吴极班上还有个同学也旷课四天了；班主任说，他俩好得穿一条裤子。

“两个孩子平时表现如何？”

“俩孩子性格都偏孤僻，”教务主任电话里的口气有点哀其不幸、怒其不争，“不太合群。听说经常抽烟喝酒。”

我和副所长对视一下。我们的判断步子可能大了一点，有枣没枣来一竿吧。

吴极的同学叫安大平，住在运河街的另一头。父母都在家，老实得像闷瓜，见了警员手都不知道往哪里放。除了回答我同事的问题，多一个字都没说，连句客气话都没有。据邻居反映，他们两口子常年如此，相对无言。如果不是拴在墙根的那条狗偶尔发出几声叹息一般的叫声，这个家可以一整天不弄出任何动静。两口子说，大平去他姑妈家走亲戚了。

“课也不上了？”

“大平没说上课的事。”

好吧。我同事问，可不可以看一下安大平的房间，两口子没说行也没说不行，对着一扇关着的门指指，门上贴着奥特曼。一个高二男生的房间，墙上贴的还是初中生口味的招贴画。没有烟味。在一个半开的抽屉里，同事看见一盒本地产的运河牌香烟。打开烟盒，剩下的五根烟里，有一根蓝旗。同事合上烟盒，对两口子笑笑，问，大平他姑姑家远吗？

从安大平家出来，他们直奔运河街的那一头。吴斌老婆正锁门要去菜场，这个时候肉会便宜点。她给了我同事一个白眼，不耐烦地说：

“你们到底想看什么？我都半个月没吃上肉了。”

“就看看你儿子的房间。没线索怎么帮你找儿子？”

吴斌老婆用钥匙打开儿子房门。吴极平常出门就上锁，不许母亲随便进他房间。因为门窗紧闭，浓烈的潮霉味中混杂着没能散尽的烟味。地上有烟头，没错，蓝旗牌。同事顺手翻了写字台上的一堆演草纸，有张纸正面演算了一道数学题，反面画着一个山包。山包的半腰上有一扇打开的门，一个粗暴的箭头指向门里。纸的右下角写着“祖宗”两个字。

“这是什么？”同事试探着问吴斌老婆。

“我哪知道？”她心不在焉地说，“一天到晚跟没魂儿似的，出了这扇门就像梦游。跟他老子半毫米不差。我说你们能不能快一点，再晚便宜肉都卖光了。”

同事回到所里汇报之后，驱车去了安大平姑妈家。

可能因为电视里正在播放侦探片，那俩孩子扭头看见三个警察进了门，立马从并排坐的椅子上跳了起来。安大平的姑妈也吓坏了，他们家从没来过戴大盖帽的。她跟在我同事后面说：

“他俩可啥坏事都没干啊，坐在这里看了一天的电视了。”

我同事说：“没事，我们就了解一下情况。”

俩孩子个头都不小，杵在那里一个挠鼻子，一个拧着手指头。

“有烟吗？”

吴极脸上长满了青春痘。他从口袋里摸出挤皱的半包蓝旗。

“哪来的？”

“我爸上次带回来的。”

“带给你抽的？”

“我偷的。”

一个同事堵在门口防止他们溜掉。另一个同事指着椅子，“坐。”

他俩坐下来。安大平姑妈关掉电视，让我同事坐到旁边的木制沙发上。

“别紧张，就是了解点情况。旷课可不是个好习惯。”

“吴极说不想上了，我就陪他出来了。”安大平怯怯地说。

“为什么不想上？”同事问吴极。

“心慌。”

“吃坏肚子了？”

“不知道。”

“再想想。比如看见谁，害怕了？”

吴极低着头，翻起眼看眼前的两个警察，然后扭头往后看。堵在门前的我同事，像逆光中矗立的一座黑塔。

“嗯。”

“看见谁了？”

吴极低头不吭声。

“大平，要不你来说说？”我同事说。

安大平看看吴极，后者没反应。安大平犹豫之后小声说：“你们。”

“戴大盖帽的？”

安大平点点头。

“在哪儿？”

“虞公山。”

“哦，”我同事说，“吴极，你俩一块儿？”

吴极突然站起来，脸涨得通红，“那就是我们家的地方！我本来姓虞！”

两个孩子被带回所里。

副所长把审问结果报送给我时，哭笑不得，这是他从警十八年来见过的最有意思的案子。如果嫌疑人不是未满十八岁的少年，他敢断定这会是本年度全中国最荒唐的案件，没有之一！

虞公山那个洞是吴极和安大平两人掘的，为寻找古墓。卢万里坟墓旁边的水沟也是他俩挖的，如我们和县局推断的，是为了就近把掘出的新土冲走。那个小坟里埋的是谁，他们根本不关心，甚至都没认真看一眼卢万里的墓碑。俩孩子交代，他们利用中午和下午放学后的空闲时间来干活。刚开挖不久就下起雨，本以为雨天对工程不利，黏黏糊糊到处是泥，但发现雨水可以迅速将掘出的新土冲走，他们倒希望雨一直下下去了。因为不会留下明显的痕迹。尽管此地荒僻，若非逢年过节，扫墓上坟的人都见不着，他们还是谨慎为上，每次工作结束，都要把洞口伪装妥帖。大雨帮了他们的忙，踩出的泥泞也很快被雨水抹平；小丘上杂草也多，被踩趴下了，喝了一肚子水后，腰又迅速地挺起来，所以我们第一次去那里，完全没留意这些疑点。

“为什么盗墓？”我问副所长。

“嗨，他们根本不认为是盗墓。”副所长拿出提审记录，“吴极认为他只是在挖自家的祖坟。他说吴斌一直跟他说，他们原来姓虞，当年老祖宗虞公出差途中意外病逝在鹤顶，天热，遗体没法久存，只能就地下葬，埋在了虞公山。虞公山其实就是个大坟堆。只是天长日久，历史演进，鹤顶人把虞公墓这事给忘了，虞公山成了一个大土丘的名字。吴斌跟儿子说，他们这支‘吴’跟本地的吴姓没关系，他们从‘虞’字来。当年虞公是清朝康熙年间的大官，起码相当于现在的省部级干部。因为是皇帝的宠臣，死后才备极荣华，有如此规模的大墓。虞公客葬异地，他的二儿子是大孝子，便迁居鹤顶，长年为父亲守墓。因为是从家族中分出来，如同从‘虞’字里拆出个‘吴’，这一支虞公后代就以吴姓在鹤顶繁衍开来。”

“听上去挺是那么回事的。就算真是吴家祖坟，吴极这孩子为什么现在突然开挖了？”

“据安大平说，吴极跟一个姓吴的同学闹矛盾，对方说：‘有种别姓吴。’为撇清跟对方‘吴’的关系，这小子血直往脑门蹿，竟然要到老祖宗的坟墓里找证据。吴斌跟他说过，虞公落葬时，带了一部家谱进地下。”

这算不算“儿戏”？他还真就这么干了。这孩子都没意识到，即便真有家谱陪葬，几百年过去，也不知道腐烂多少回了。而且，找到家谱就能证明他是虞公的后人？

“吴斌跟吴极说，他们家有一部吴姓家谱，打头的是虞公的二儿子，只要两部家谱衔接上，齐了。没有比这更有力的证明了。”

家谱这么复杂的东西我不懂。我爹给我留了一本，让珍藏，我放抽屉里后再没拿出来过。但以我对家谱粗浅的了解，很多家谱开头都会有一段大帽子，历数自家姓氏的沿革，吴极完全可以拿出自家的家谱嘛。

“这个我也问了。”副所长问我要了根烟，“吴极说，他把家里翻了个底儿掉，没找着。就给吴斌的船上打电话，父亲醉醺醺地跟他说，早不知放哪儿了，回到家再说。他一趟船经常要跑三四个月，吴极等不了，找到一部算一部。头一次见到这么仓促上阵的盗墓贼。找了几本盗墓小说翻了翻，围着虞公山转了三圈，觉得哪个地方顺眼，一锹插下去就开干了。

担心一个人忙不过来，就把好朋友拉过来帮忙。哦对了，他不同意盗墓这个说法。”

“不盗墓他们怕啥？”

“我们的人守在那里，大盖帽总还是有点震慑力的嘛。他俩就跑了。”

“口供跟现场都吻合？”

“核对无误。挖掘工具藏在旁边的小树林里，也找到了。”

确实有点意思。我想找个时间跟吴极这孩子聊聊。他爹我见过，跑船回来，经常摇摇摆摆穿过运河街，一大早看上去也是醉醺醺的。

专家们确认虞公山下有座古墓。墓主人虞凤常，字鸾翔，湖北宜昌人，仕宦生涯主要在清康熙年间，官至大理院少卿。也就是大理寺卿的副手，佐正卿总理全院事务并监督一切事宜，正三品，够大的官儿。专家查阅大量史料，证实了本地的传说。大理院少卿虞凤常确系陪侍康熙皇帝沿运河南巡，船队行至鹤顶时病逝。虞少卿是康熙的爱臣，他的突然亡故，让皇帝十分悲痛，其时天气尚热，尸体不宜久存，长途迁移更是不妥，便御旨厚葬于此。当年一定是立了墓碑，碑文很可能还是康熙御笔，但很遗憾，不知道在哪个年代弄丢了。很可能因为墓碑的失散，导致本地人对这段历史的记忆开始漫漶，最终成了众多漫不经心的传说之一。不过这也在一定程度上保护了虞公山，否则，早不知道被那些职业的盗墓贼光顾多少次了。

我们把吴斌的“吴自虞来”一说报给专家，他们讨论之后，表示存疑。现有的资料完全不能支撑吴斌的说法。虞氏一族，在北京和宜昌都有后人，子孙繁茂，有案可稽；至于鹤顶的这一支，真没听说。

考古发掘正在有条不紊地进行。鹤顶在运河边上，千百年来，无数历史人物在运河上穿梭，无数的大事在水上与河边发生，大大小小的遗迹不能算少。在这方面，鹤顶人还是见过一点世面的。开始几天，大家围观考古现场的热情挺高，里三层外三层，等专家们找到此系虞公墓的确凿证据，即一块镌有“虞少卿”字样的石头后，人群就慢慢散了。热闹不能一直看下去，自己的日子还得好好过。我们继续提供必要的安保，所里的日常工作也逐步恢复。

跟县局协商之后，对吴极和安大平做过批评教育，把他们送回了课堂。我知道吴极没有想通。说实话，我也挺好奇，于是决定，干脆把它当成不是案子的案子继续办下去。周末下午，吴极母子俩都在家，我敲响了他们家的门。

儿子挖了虞公山，当妈的觉得挺没面子；但因为儿子这开山的几锹，引来一场轰轰烈烈的考古，还坐实了虞公墓，当妈的又觉得儿子给自己长了脸。不过此外，“吴从虞来”又让她哭笑不得。你爸整天云里雾里，瞎话张嘴就来，你也信？当妈的又十分来气，这事用膝盖想都觉得荒唐啊。我到吴家时，没说上两句，吴斌老婆又训开了儿子：

“好的你没学，脑子抽筋倒学得挺快。不过那死鬼也没啥好的可学。”

吴极小声嘀咕：“我爸没瞎说。”

“他不瞎说？嫁给他十八年，我算明白了，从头发梢到脚指甲盖儿，他从头到脚都是个骗子！”

“我爸不是骗子！”

“他要不是骗子，你妈我就是七仙女，就是王母娘娘。”

“我爸就不是骗子！”

“好了，老娘懒得跟你争了。你真是你爸的亲儿子。”

我赶紧打圆场，表示想跟吴极单独聊聊。

“随便！”吴斌老婆手一挥，“能带回家聊到管饭更好。”这婆娘拎起织毛线的袋子去邻居家串门了。

我问吴极：“你爸知道这事吗？”

“不知道。电话打不通。”

吴斌跟着一个外乡人跑船，每年回来两三次，吴极掰着指头数，在家撑死了也就待一个月。活儿多？谁知道。他喜欢在水上跑，说在陆地上走不稳，上岸就要摔跤。他悄悄跟儿子说，别告诉你妈啊，我两条腿不一样长。吴极想看看两条腿差多少，吴斌刮了一下儿子的鼻子，站着是看不准的。可是吴斌一躺床上就是前腿弓后腿蹬，两脚从来不齐，那姿势像在跑路。过去吴斌有过两个便宜的手机，一个喝多了不知丢哪去了，一个站在船边撒尿时，不小心滑进了水里。干脆不要手机了，反正没人找。吴极找他，都是打船老大的电话，那差不多也是个不靠谱的酒鬼。

吴家的房子不大，就这样也没塞满，客厅里的摆设稍显清冷，感觉这家人随时都可能搬走。

“喜欢爸爸吗？”我问。

吴极低着头，“不知道。”

“想爸爸吗？”

“不知道。”

“爸爸回到家都干什么？”

“喝酒。跟妈妈吵架。给我讲故事。”

“都讲了什么故事？”

“什么故事都有。”这孩子突然有了自信，眉毛都跳了起来，“我爸爸一肚子故事。真的，他什么都懂。他去过很多地方，每个地方都能带回来一大堆故事。不信你问安大平。我爸一回来，他就待在我家不愿走。他说我爸是他见过的最会说笑话的人，每次他都笑得两个腮帮子疼。”

“你妈妈喜欢听吗？”

“我妈说，都是吹牛，鬼话连篇。然后就吵架。有时候还会打起来。”

“你爸都跟谁一起喝酒？”

“他自己把自己喝醉。一年有十一个月在外头，哪来的朋友。”

鹤顶镇上姓吴的有好几家，跟他们家都不是本家和亲戚。吴极往上四五代，都是单传。他爸说，跟他们不一路。

“你们家的家谱你看过？”

吴极摇摇头，“我爸都忘了放哪儿了。但是我看过这个。”他去自己房间抱回来一本破旧的县志，砖头一样大。他熟练地翻到折页的地方，递给我看。

纸页泛黄，印刷效果也欠佳。那一页介绍虞公山的传说，列出四种：虞氏住地说，虞氏修仙说，虞公墓说，还有一个愚公说。第四种意思是，这地方原来真有座山，堵在某人家门口，这家也出了一个愚公，誓将此山夷为平地，可惜天不假年，快削平的时候累死了。大家就把剩下的这个土包叫愚公山。已经有个跟王屋和太行两座山耗到底的愚公，本地人想，还是别弄重了，分不清彼此也麻烦，于是改叫虞公山。虞公墓说，指的就是虞凤常落葬于此，名之虞公山。吴极只在此一说的文字下，用圆珠笔画了两条歪歪扭扭的线。

“这个说明不了什么问题啊。”我说。

“我相信我爸的。”

吴极说这句话时，内向、羞涩和躲闪都不见了，一脸单纯笃定的孩子气。我摸了摸他的脑袋，感觉像在摸我们家的那个小混蛋。儿子高中毕业后，再不让我摸他脑袋了。“挺好，挺好。”我说，“你爸这么说，一定有他的道理。想吃什么？”

他想吃羊肉串，如果可以，还想把安大平也叫上。没问题，我说这顿一定管饱。我们在镇上最好的羊汤馆等安大平。他们想吃的全点了。分手的时候，我要了吴斌的船老大的电话。

那人姓秦，山东口音，说话充满梁山泊的豪气。我们聊得很好。船停在码头，他留守船上，吴斌上岸溜达了。他说吴斌这兄弟不错，就是管不住自己的嘴，每顿都离不开那二两猫尿，可惜了一肚子的才华。秦老大说到猫尿时嘿嘿地笑了，他也好这口。水上跑惯了，不喝两口真顶不住那寒湿，还有“孤独”。他说到“孤独”时舌头打了个结，不习惯这样文气和矫情的表达。

“一肚子才华？”

“也是一肚子鬼话。”秦老大吐了一口痰，在电话里说，“那真是个聪明人，说什么像什么。他要不跟我搭个伴，这一年到头在运河里跑上跑下，我还真不知道时间怎么打发。”

“你知道他祖上姓虞吗？”

“那得看他喝到哪儿了。喝到位了，也姓过臭。”

我不知道接下来该问啥了，便随口说：“一肚子鬼话那你还信？”

“信了能翻天？你们可能不了解他。聊透了，你就知道，这人让你心疼。对，心疼，就这个意思。”

我头脑里立马出现一个清瘦的男人，还有点病病歪歪的。事实上，我见过的吴斌虽然块头算不上多大，但绝对是个结实的汉子。

“我可能没说清楚。反正这兄弟真不是坏人。他不过是张嘴就来。你要是跟他敞开了说上一个小时，我担保你会认为他跑船是屈才了。我一直觉得他能干很多高级的事。能干什么我也说不好，反正他经常没魂儿的样子既让我冒火，又让我愧疚，觉得委屈了他。但他又能干什么呢？所以这些年我一直收留他。要是别的船老大，早换个更年轻能干的了。不好意思，啰啰唆唆的，也不知道我说明白了没有。”他的声音突然远了，一段空白，他一定是捂住了话筒。很快山东口音又回来了，“吴斌回来了，又喝多了。你要跟他说吗？”

“不必了。我就随便问问。谢谢。”我竟然有点慌张地挂了电话。

这次通话之后不到一个月，准确地说，二十八天，考古发掘还在进行，秦老大突然给我打了个电话。吴斌死了。昨晚喝多了，可能夜里起来撒野尿，一脚没踩好，栽进了运河里。今天一大早尸体浮在水上，幸亏没漂太远，要不都不知道他跑哪儿去了。现在他正加足马力把他运回来，明天就到鹤顶。他觉得先给我打个电话，可能比上来就通知吴斌老婆孩子要妥当。为什么妥当，他也不知道。这个山东汉子，在电话里露出了哭腔。他说，吴斌无论如何是个好兄弟。

由所里出面，找了一辆车去接吴斌。我以为吴斌老婆会拒绝去码头，没有，她坐在车上一声不吭。如此安静的母亲，吴极也有点不适应，他下意识地抓着妈妈的胳膊，他的手不停地抖。

吴斌被水泡得变了形，头发稀疏，白多黑少。他长一张瘦脸，跟肿胀的身子完全不成比例。吴斌老婆没有哭出声，只是眼泪啪嗒啪嗒地掉。吴极也一样，因为控制不住的惊恐，他连眼泪都很少。秦老大年轻时肯定是个壮汉，此刻两鬓斑白。他擦眼泪的时候不得不擤鼻涕。

一切从简。最后关头，再整理一下死者仪容。吴斌脸上蒙一沓火纸，这是鹤顶的风俗。旁边站着五个人，他老婆、他儿子、秦老大、我和安大平。就在殡葬工要把他推进炉子里的那一刻，吴极抓住了父亲。他把父亲的两条腿直直地并到一起，握住父亲的两个脚踝。为了看得更清楚，他弯下了腰。

原刊《芳草》第3期

猫 生

葛 亮

我终于要写这篇关于猫的故事。

在我出生后不久，我的母亲便投入了工作。有相当长的时间，我的外公外婆在抚养我。同时他们有一个帮手，是我的小姨。

我外公家那时的房屋，尚有一个阁楼。在我记忆中，午后的阳光，透过顶窗，会一点一点照射到地板上，逐格向前迈进，好像日晷一样。我的婴儿时期，常常被抱到这个阁楼上，有时放在摇篮里，有时放在临窗的床上。因为那里是全家日照最好的地方。我外婆听一个医生的忠告，笃信小孩要多晒太阳，才有助于钙的吸收，快快长个儿。

但有时，那些光会在某个角度，凝聚为光束。这往往吸引了我的注意，会凝视这束光。大人们说，我在一岁之前，曾经有段时间有些斗鸡眼。我想，可能和这束光有关。因为你无法忽略它的存在。如此透明，中间有灰尘飞舞。

在这阁楼上，发生的另一件事，总是被大人说得惊心动魄。小姨至今念起，仍说心有余悸。那天家里没有其他大人。小姨因为值夜班，中午便在阁楼上，哄我睡午觉。这中间，小姨中学时的同学来找。她便下去。这个同学是个返城的知青。因为隔了许多年未见，又曾经知心得很，两个人似乎有说不完的话。待聊了半晌，才想起我还在楼上，大叫一声不好。

她听到了我的哭声。我从小就是个哭声很大的孩子，中气十足。所以在幼儿园时，我有一个绰号，叫“金嗓子”。

小姨匆忙地赶到阁楼上，看见我们家的大猫杧果，正对着一只不知哪里来的野猫。那是一只狸猫，凶猛而体形巨大，虎视眈眈地看着我。

上个世纪的八十年代，所谓流浪猫，原没有现在这么好的待遇。如今我们小区楼下，可以看到它们优哉游哉，或卧或行，定时定点地接受着人们的投喂。而它们的神情，也一律是怡然的。因为不需要为了食物而争斗，眼光也往往是涣散而缺乏戒备的，甚而有一种家畜的谄媚。每见于此，我的母亲就会说，在她的记忆里，夜半总是能听到野猫厮杀的声音。那才是这些小兽的常态。

所以，这个城市一直流传着传说。说庞大的野猫，在饥饿的状态，甚至会以婴孩为食。我们的一个邻居家的孩子，被咬掉了鼻子。我的小姨显然被这种传说吓破了胆。她看见杧果站立在我与狸猫之间，浑身的毛已经支棱起来，喉头发出低沉的吼叫。因为身上的毛簌簌地颤抖，体形也因此阔大了一倍。而那只狸猫犹豫了一下，并没有去意，只是将尾巴扬起，围着我与杧果兜起了圈，在迂回中靠近。杧果终于趴低，身体弯成弓一般的形状，忽然将自己像箭一般射了出去，一口咬住狸猫的脖颈。两只猫开始激烈地打斗。这时候小姨才愣过神来，急忙将我抱下了楼。

大人们重新回到阁楼上，责备着小姨的失职。暮色低垂，室内一片昏暗。野猫已经不知去向。他们看到房间的床上和地上，到处都是蓬松而散落的猫毛。杧果静静地趴着，正用嘴巴舔舐自己的前爪。那前爪和眼睛流着血，已经凝成紫色。

外公用红汞水，为它消毒。然后狠狠叹一口气，说，杧果这是用命来搏啊。看看，眼睛都差点给咬穿了。母亲怀着感激的心情，抱着我去堂屋的猫窝看它。它蜷缩着，看到母亲怀中的我，停止了动作，温柔地发出了“喵”的叫声。然后站起来，一瘸一拐地走过来，用头蹭一蹭母亲的裤脚。母亲蹲下身。它端详了我一下，然后抬起头，舔一舔我像黄豆大小的脚趾。

后来，当杧果稍好了，它就日以继夜地守在了我的身边。它的一只眼睛，已经看不见了。但另一只眼睛还保持了十分的警觉，只要陌生人接近，喉咙里就发出戒备的声响。邻居们都渐渐知道，我们家里有一只比狗还要凶的独眼大猫。孩子们都很怕它。但据母亲说，它唯独对我保持着分外的温柔。它窝在摇篮里，将身体紧紧卷裹着我，像是对一只小猫。眯着眼睛，耳朵却在机敏地颤动，留意着周遭的声响。而我也似乎享受于它的温暖和气息。我是个好哭的孩子，每每没来由地号啕，大人们抱着哄着都没有用。但唯独杧果趴到我的身边，喉头发出咕噜咕噜的声音，我便立即停止了哭声，气息均匀地沉沉睡去。而杧果，便再也不离开我。用一只眼睛凝神看着这个婴孩，寸步不离。

这段有关我婴孩时的记忆，在我头脑里已了然无痕。但我的母亲会一遍遍地讲述。幼童时的我，对这只丑陋而年老的橘猫，并无特别的好感。只记得它的毛色杂乱，有多处的脱落。而且有一只失明的眼睛，里面常年积聚了眼屎。它很凶悍，但似乎对我格外亲近。而我是下手无轻重的孩子，有一次在玩闹中揪着它的耳朵，它终于想要挣脱，情急中用爪子在我的手上挠了一下，留下一道血痕。大人们在我的哭声中到来，惊慌地喝退它，打它。杧果并没有离开很远，远远地站着。半晌后，才怯怯地，慢慢走过来，绕着我，试探地用嘴巴拱拱我，舔一舔我的手。

我再大了些。母亲告诉我，在我出生的那个正月，杧果产下了三只小猫。历来，“春猫子”都要经受气温与体质的考验。大约是那个冬天格外的冷，春寒料峭，三只小猫竟然都没有活下来。最后一只，是在我出生的那个月份死的。杧果对着小猫僵硬的身体，守了整整一夜。外公将小猫埋进了花园里，半夜它又刨出来，放在了猫窝里，用自己的身体暖着，直到那小猫发出了难闻的气味。

外公将小猫埋到了更远的地方。它没有再追赶过去，但是却凄厉地叫了一天。

当我来到了这个家里，它第一眼看到我，便似乎恢复了安静。它试探地走到了摇篮边上，趴下来，试图用身体把我卷裹起来。与对它的小猫，一模一样。

在我长到六岁时，杧果再次怀了孕。这时它已经很老了，很瘦弱，但是肚子很大。外公说，至少有四只小猫啊。它变得小心翼翼，护着肚子。走得也很慢，趴低身体。看上去，好像用肚子贴着地面。

到接近秋天时，外公说，我很担心它会生不下来。

但是，中秋后的夜里，它忽然发出了凄厉的叫唤。外公披上衣服，走到了堂屋，看见杧果正卧在外公为它准备待产的窝里。羊水已经破了，它变得十分焦躁，身体出现些微挣扎。四肢绷起来，似乎很紧张。外公看护着它。这样一个多小时，都没有生出来。它好像很疲惫了，叫声也开始虚弱。

外公很伤心，说，唉，杧果已经十岁了。生这窝小猫，可能会要送了它的命啊。

但这时，杧果却流出了许多血。然后外公就看见有小猫的头露出来了。

生出了一只后，杧果似乎耗尽了力气。它将身子靠在箱壁上，望望外公。闭上了眼睛，像是要睡过去。外公将它刚生出的小猫放在它眼前。我说，杧果，加油啊。

杧果终于张了一下眼。它艰难地抬起头，伸出了舌，轻轻舔了一下小猫。这只小猫真瘦小，蜷缩着，好像在瑟瑟发抖。

杧果将小猫都生出来了。果然是四只小猫，但是另外三只都是死胎。可能是太久没有生出来，都闷坏了。

小猫身体上都包着胎衣，血淋淋的。外公捂一下我的眼睛，不让我看。自己用一只鞋盒，把死去的小猫都装起来。我知道他又把它们埋到花园里去了。

这一回，杧果似乎并没有很伤心。它甚至没有多看一眼。它的心思，都在活下来的这只小猫身上。

这小猫很瘦，闭着眼睛，看不见。但是，好像是因为本能，也可能是因为气味，它很快钻到了杧果的怀里，发出了“咪咪”的细微的叫声。杧果用嘴巴拱一拱它，引导它找到了乳头的位置。它立即趴了上去。才手指长的一只小猫，竟然有很大的力气。我看它使劲地吸吮，竟然将杧果的肚皮吸得一起一伏。

外公笑笑说，这一窝里，就留下它一个，是个“福将”。杧果十岁了，也算功德圆满了。

杧果剩下的一只眼睛，目光变得很温柔。它软软地叫一声，时不时去舔一舔这只小猫，理顺它还很柔软的胎毛。在我看来，小猫的毛色，实在是有些奇怪的。大体而言，它算是一只狸猫，但是身上莫名有一块白。猫身上局部的黑白颜色，一般都有点睛的作用。比如，在头上的黑呢，可以叫“乌云盖顶”；生在四爪上的白，可以叫“踏雪”。总之，都可以起个好听的名字。可是呢，这只小猫很奇怪，只在侧面的肚皮上，生了圆圆的一块空白。像是身上的花色，忘记被填满了。外公问我，毛毛，你看这像个什么？

我看了看，说，像一只汤圆啊。

外公哈哈大笑，说，好啊，那就叫它“汤圆”吧。

汤圆长到一星期大时，小姨带回家一只小奶猫。

这小猫看上去，比汤圆略大些。虎头虎脑的。但是身上的毛支棱着，应该是未受到很好的照料。

外婆说，这是哪里来的？

小姨说，厂里传达室赵大爷捡到的，在花坛边儿上。我想咱家不是有杧果吗，我不能见死不救啊。

外婆说，不会是野猫生的吧。你怎么回事，什么都往家里捡，有寄生虫怎么办？

小姨不接她的话，打了悠长的呵欠，说，下夜班困死了，妈我去睡觉了。

但没过一会儿，小姨便宣布她睡不着。她跑到了猫窝边上，看她刚刚放在窝里的小猫。

但是，她瞧见杧果蜷缩在箱子的一角，身体蜷曲着，将汤圆也包裹在自己的皮毛里。而那只新来的小猫，趴在箱子的中间，好像是睡着了。显而易见，杧果用这种方式，表达着对这只来历不明的小猫的排斥，甚至不惜牺牲自己的空间。

小姨叹了一口气，她轻轻捧起小猫，放在杧果的肚皮旁边。杧果一动不动。小猫在温暖的母体旁边受到了诱惑，出现了本能，开始将身体往前拱，甚至开始挤压汤圆。杧果急了，喉咙口出现低沉的嘶声。它用后腿猛然一蹬，小猫被蹬出老远，哀戚地叫唤起来。

这游丝一样的声音，让小姨十分心疼。她将小猫放在手心里，对着杧果，做了一个怀抱的姿势。她对它说，杧果，谁的孩子都是孩子，你不能见死不救啊。

不知杧果是不是听懂了。当小姨把小猫再放进箱子里，杧果的身体慢慢舒展开来。它冲着小猫的方向，软软地叫了一声。小猫如受到了鼓励，爬向了它，钻到了它的肚皮下面，拱了拱，飞快地找到了它的乳头，吃起了奶。大约突然而至的痛楚，让杧果的身体颤抖了一下。这小猫，大概很久没吃东西了。

杧果平躺下来，闭上了眼睛。

小姨舒了一口气。忽然，她冲我大声说，快看啊。

我已经看到了。杧果抬起头来，它将鼻子靠近了小猫，仔细地闻了闻。在片刻犹豫之后，它终于伸出了舌头，开始舔这只小猫。舔得异常仔细，从头到尾。

小猫在这舔舐中，似乎感到舒服，发出软软的叫声，耳朵也耷拉下来了。它杂乱的皮毛，也被舔得清晰顺滑了。这是一只黑白相间的小猫。它的背上，有一个黑色的 T 形的花纹。小姨说，毛毛，你看，这像不像个榔头。

于是，这只小猫，从此被命名为“榔头”。

榔头是一只很壮健的小猫。这一点，同时体现在它的性格和生长上。相对于汤圆，它长得更快，一个星期个头已经大了不少。并且，它有天然的争取的欲望。它吃奶的时候，就是“用尽了吃奶的力气”，占据最优越的位置，还时不时地把汤圆往旁边挤。而汤圆呢，则有些逆来顺受的性情，当然，也可称之为随遇而安。把它放在哪里，便老实地待着。虽然它也睁开了眼睛，但似乎好奇感仅止于向四周张望，而不像榔头似的四处乱爬。它也并不介意榔头侵占了它的母爱。榔头有时会爬到杧果的肚皮上，四仰八叉地，还打起了呼噜。小姨就嘲笑地说，它可真不把自己当外人啊。

这时候，杧果就默默地将汤圆用嘴巴叼起来，放在离自己更近的地方，不厌其烦地舔它，仿佛以示爱的公平。

这期间，外公不断给杧果加餐，为了让它下更多的奶。有小鱼拌饭，小鱼是那种很容易嚼碎的鰺子鱼，还在里面掺入虾皮。我看着外公。外公说，杧果老啦，牙口不好，这个虾皮呢，可以给它补补钙。

可是，对以前最喜欢的鰺子，杧果似乎没有什么胃口，象征性地吃几口，就停住了。它低下头，偶尔抬起，轻轻地叫一声。它只是守着它的小猫们，寸步不离。它似乎很依恋地看着它们。

到汤圆快满月时，有天夜里，忽然打起了很响的雷，然后下起了滂沱大雨。雨停了，外公忽然听到窸窸窣窣的响声。他穿上衣服起身查看。我跟着起来，看到堂屋里的猫窝空了。

什么都没有。杧果不在，汤圆和榔头也不见了。

我大吃一惊。要知道，这近一个月，为了照顾小猫，杧果没怎么离开过窝。

外公说，唉，怪我，这窝离门口太近，打雷给惊着了。

我四周看了一看，找了又找，也有些着急，杧果去哪里了呢？

外公的目光，在堂屋的门上停住了。这木门上留了一处小布帘，是供杧果出入方便的。那布帘上，有个湿湿的爪印子。

外公于是带着我走出门去，看看地上，然后穿过了小院，最后来到了院子后头的储藏室。

外公推开了储藏室的门，打开了灯。

我四下里望，眼睛一亮，大声说，外公，杧果在这儿呢。

杧果卧在这个小房间的角落里。这房间平时很少人来，摆满了各种杂物。我们走过去，杧果先是戒备地猫低了身体，绷得紧紧的。待看到是我们，才仰起头，轻轻叫了一声。

我们看到杧果浑身都是雨水，湿透了，有些瑟瑟发抖。

汤圆和椰头也在。它们卧在外公摆在墙角博古架的一大摞宣纸上。这摞宣纸，中间被刨开了一个坑。汤圆和椰头卧在这坑里，身上堆满了纸屑。两只小猫，倒都是干蓬蓬的，睡得正香。外公叹一口气。我知道他是心疼这些宣纸。

杧果这时走过来，用头蹭一蹭外公的腿，蹭来蹭去，来来回回。

外公蹲下身，说，杧果，你怎么了？

杧果抬起头，一只眼睛里，闪着光芒。在黯淡的室内，像是一颗绿宝石。它软软低叫一声。外公伸出手，里面是一条小鱼干。它不吃，只是伸出舌头，舔一舔外公的手心。

外公让我拿来一块毛巾，给它擦身上的雨水。它有些焦急地仰起头，望一望两只小猫的方向。

外公说，杧果一定是被雷惊到了，所以要冒雨把两只小猫转移到安全的地方。

我说，可是，两只小猫身上，怎么一滴雨都没有呢？

外公说，当妈妈的，怎么会让自己的孩子淋雨呢？

我又问，它怎么知道储藏室是最安全的地方呢？

外公愣一愣，回答我，当年杧果生头胎，我给它准备了产褥子，它不要。自己跑去那个储藏室，把小猫给生下来了。那就是它心里最安全的地方。

杧果病了。不吃不喝，吃一点就吐出来。

它蜷在窝里，一动不动，我们望着它。它就眯着眼睛，虚弱地叫一声。两只小猫，拼命地想要爬向它。但是，只要一靠近，它就将身体挪开，驱赶它们。可是榔头似乎有些锲而不舍，甚至咬住了它的尾巴。它于是艰难地站起来，叼起这两只小猫，轻轻把它们放到了窝外面。

外公说，杧果知道自己不好了。

外婆说，这怎么办？

小姨开始哭，但很快她一抹眼泪，说，我出去找个人。

没等我们问，她就出门去了。

很快她就回来了，身后跟着一个年轻男人。小姨低着头，介绍他，爸妈，这是李大志，我们的厂医。

这个叫李大志的青年人，看了小姨一眼，很礼貌地问外公外婆，病人在哪里。

我未来的小姨父，就以这种方式，第一次登门。在此之前，小姨甚至对所有的家人，都没提过这个人。据说这时，他已经追求了我小姨一整年。

外公愣一愣，说，小同志，你跟我来。

李大志看到了杧果，有点惊奇。因为小姨跟他说的是，家里有“人”得了急症。他很是忐忑，因为这大晚上的，并没有去医院，而找上了他，必然是有什么特别的原因。毕竟，他只是一个年轻的厂医，刚刚从学校毕业。

现在，他更忐忑了，因为他从来没有给动物看病的经验，实习时也没有过。相反，其实他有点怕猫。因为他的鼻敏感，他对所有带毛的动物，一向敬而远之。但此时，他唯有硬着头皮上了。

小姨对他表现出的犹豫，有点不耐烦，说，你到底会不会看啊？

他赶紧笑笑，说，没问题。

他一边打开了医疗箱，从里面拿出了压舌板，将手靠近杧果。杧果闻到了生人的气味，立即张开眼睛，戒备地看了李大志一眼，喉头发出咕噜噜的声音。

小姨问，你在干什么？

看……看看舌苔。李大志勇敢地把手又往前伸了伸。但是，杧果忽然咬住了压舌板，不肯松开。李大志脸憋得通红，使劲地想要抽出手来。但病中的杧果，仍然表现出了惊人的咬合力。

外公于是拍拍杧果的脑袋，说，杧果，要知好歹啊。这是李大夫，给你看病呢。

杧果真的就将嘴巴张开了。但是，它并不想让李大夫看它的舌苔，将头偏到了一边去。

李大志有点不知所措，就问外公，病……病人，之前有什么症状？

外公就对他说了。

李大志沉吟了一下，点点头，说，我给它听一听吧。

李大志从医疗箱里拿出了一个听诊器。他戴上了听筒，一面将那金属的听头，放在自己的手里攥着，攥了好一会儿。

小姨催促他，你怎么还不听哦？

李大志嗫嚅一下，说，就好了。有点凉，焐……焐一焐。

谁也没注意到，小姨的眼里，这时忽然闪过的一丝柔情。

接下来，就出现了令我至今记忆犹新的一幕。外公抱着杧果，小姨把住它的腿，让它不要挣扎。李大夫将听诊器小心翼翼地在它肚皮上移动，神情严肃郑重。

过了一会儿，李大志将听诊器拿下来，说，嗯，肺部有杂音啊。应该是淋雨感冒了，轻度肺炎，也影响了肠胃。我给它开点药吧。

李大志认真地写着药方，一边说，这个，一天两次，要饭后吃，温水送服。

小姨说，啊，怎么给杧果温水送服？

李大志又闹了个大红脸。他说，对……对啊。怎么办？

外公忙出来打圆场，说，不碍事。我把药捣碎了，拌在猫饭里给它吃。

杧果吃着李大夫的药，在全家人的照料下渐渐好起来了。

只是胃口还不太行，吃两口饭就不吃了。

李大夫时不时跟着小姨，过来看看它，还给杧果带了葡萄糖的针剂，说可以补充营养，好得快。

可是，这样一病一折腾，杧果的奶水回去了。两只小猫只好提前断了母奶。外公呢，就多订了一瓶牛奶，倒到一个小碟子里。榔头呢，很快就学会自己挨着碟子，吧唧吧唧地舔起来。但是汤圆太小了，还没有学会自己舔食，只会着急地在旁边咪咪叫。

李大夫说，我……我有办法。

我看他，用打针的针筒，在牛奶瓶里吸满了，然后凑到汤圆的嘴边，慢慢推下去。奶香吸引着汤圆张开了嘴巴。不知是不是出于本能，它开始用力地吸吮，就如同趴在杧果身上一样。以后，条件反射一般，只要看见针筒，汤圆立刻张开嘴巴。

杧果默默地坐在近旁。它看出了李大志的好，便从以往的戒备变为了亲近。有一次，在他给汤圆喂过奶后，它走过去，舔了舔他的手。

很快到了初冬。

冬至这一天，家家户户要“做冬”吃团圆饭。外婆对小姨说，小妹，明天叫小李大夫来家里吃顿饭吧。

小姨蹲在地上逗小猫玩。她听着，头也不抬，说，咱全家吃饭，叫他干啥。

外婆说，让你叫，你就叫，哪来这么多话。

小姨脸微微一红，说，你们要是都喜欢这个结巴，我，没意见。

外婆笑了，说，哪是我们喜欢，是咱家杧果喜欢呢。杧果，对不？

杧果听见了，抬起头，看着外婆，很温柔地“喵”了一声。

汤圆两个月的时候，家里人才看出了它的异样。按理因为照顾得好，两只小猫都成长得茁壮。榔头来了一个多月时，已经满地跑。十分矫健，出其不意地抱住人们的腿脚，像是巡捕的小兽。

而汤圆则一直艰难地爬行。准确地说，是用两只前腿在爬，拖着后肢，努力地爬行。你可以体会到它对世界的好奇，体会到它对站起来的盼望。可是，后面那两条腿，却软软地使不上力气。看它努力地昂起头来，像是一条在岸上喘息的鱼，这模样十分让人心疼。

小姨说，是不是缺钙啊？

于是就把钙片磨成了粉，混在牛奶里给它吃，但是似乎并没有改善。

李大志看了看，说，这小猫的后腿，好像变形了。脚掌内翻。

李大志就用钢丝和大号的木头衣夹，给它做了一对夹板，绑在后腿上。汤圆疼得直叫，但杧果懂得他的好意，便使劲舔着汤圆，安抚它。

一个月后，夹板取下来，后腿算是矫正过来了，但仍瘫软在地上。杧果低下头，拱一拱汤圆，鼓励它。汤圆拼命地撑着前脚，几乎耗尽了力气，但是无济于事。

这时候，我们都很清楚，汤圆是一只先天残疾的小猫。

我也不知道，汤圆是性格本就安静，还是因为无法四处活动，而变得安静了。榔头越来越强健和聒噪，会用叫声表达它所有的要求。要我们为它开门、喂食，甚至无聊时需要人陪伴它玩耍，榔头都用急促而嘹亮的叫声来表达。

但汤圆，紧紧依偎着母亲，寸步不离。这种依偎，并未因为它体形的成长而改变。杧果因为迁就自己的儿子，似乎也变得行动迟缓，总是静卧着，只有吃饭时才会唤上汤圆。

但是与行动不便相对照的是，汤圆是一只极其热爱洁净的小猫。它从不会随便便溺。所以，总是要非常艰难地爬到猫砂盆，安静地解手，然后用猫砂细细地盖上。有一次，小姨出去换猫砂，忘记把猫砂盆拿进屋。到了傍晚，忽然响起了凄厉的猫叫声。小姨恍然大悟，当她火速将汤圆放进猫砂盆，汤圆颤抖着，尿了好长的一泡尿。可能已经憋了很久很久，到了难以忍受的程度。但是它仍然没有让自己失禁。尿完了，它仍然很细心地用干的猫砂盖住，然后艰难地从盆里爬出来，一瘸一拐地爬向它的母亲。这让我们都十分惊异，为它的自律，也因为它没有因残疾而放弃自己，这更为让人心疼。

而榔头则走向了另外一极。它早早就在室内待不住了，而且似乎注定是向往野外的。它大小二便，都要跑到外公的小花园里解决。偶尔也会在床底下不羁地撒上一泡，当有尿臊味弥漫上来，必然是它的作品。外公叹一口气，在它脑袋上拍了一记，假装呵斥它：怎么都说不听。

长大以后，我在《科学画报》上读到，猫科动物，总是用便溺来做出记号，对其他动物表明自己的势力范围。也许这个家，对于榔头而言，就是一座丛林吧。

到了夏天时，总是下许多雨水。人和猫都闷闷的。

一天雨后，竟在黄昏时晴了，而且出了很大的太阳。

外公就把家里的猫都抱到花园里晒太阳。

雨后，总有蜻蜓低飞。榔头兴奋得很，在花园里奔跑，赶着蜻蜓，扑来扑去。汤圆抬起头，一动不动，眼睛里闪着好奇的光。一只蜻蜓，竟然飞过来，静静地停在了它的鼻子上。它可能也吓了一跳，却大气不敢喘一下。眼珠盯着蜻蜓，几乎要对起来。终于没忍住，打了个很大的喷嚏，把蜻蜓给惊飞了。

杧果照例转过身，在儿子的头上舔上一舔，以示安慰。阳光照在这对母子的身上，暖洋洋的。杧果趴下来，阖上眼睛。我抚摸它的皮毛，它喉咙里就发出呼噜呼噜的声音，可能是很舒服吧。

杧果这时，已经很老了。病了一场后，精神一直不济。半年掉了许多毛，背上都秃了不少。它已经完全没有大人向我描述的当年的神气。趴在地上，像是从箱子底里拿出来晒霉的一件老旧的黄色皮坎肩。

杧果是在这年的秋天死的。

死的时候，并没有什么征兆。前一天晚上，还吃了一小碗鱼饭。

杧果的尸体，是清早时在储藏室里发现的。

这是它觉得最安全的地方。

被发现时，汤圆紧紧地依偎着它。而榔头则在它的四周走来走去。

杧果侧躺着，眼睛闭得紧紧的，只是像睡着了一样。

榔头在杧果死后的第五天，失踪了。

吃饭时，也没有出现。外公隔一段时间，就去猫窝里看一看。只看到汤圆静静地卧在那里，不吃也不喝。小姨抚摸它一下，要把它抱出来喂食。它挣扎着，用前脚抵住箱子的边缘，不愿意出来。

外公叹一口气，说，由它吧。这窝里有它娘的味儿呢。

榔头一天一夜没有回来。外公将吃饭的搪瓷碗在花园的台阶上敲着，嘴里喊，榔头，回来吃饭了。

敲了很久很久，榔头一点影子也没有。

外婆说，唉，到底是野猫的种，养不熟啊。没良心，说跑就跑了。

小姨扁扁嘴说，椰头不会跑的。

我也说，外婆，椰头不会跑的。

又过了两天，中午时候，椰头回来了。

它浑身脏兮兮的，嘴里叼了一个东西。直接跑进了堂屋，将那东西放进了窝里。

小姨本来很高兴，但是定睛一看，大惊小怪地叫起来。原来椰头把一只老鼠搁到了汤圆面前。这老鼠很大，几乎赶上了椰头大半的身量。颈子上，还汩汩地流着鲜红的血。

小姨慌忙地拿了一只炭钳子，将老鼠夹了出来，丢在地上。

可是椰头，却一口咬上去，跳进了窝里，重新又放到了汤圆跟前。

小姨伸手打它一下，说，椰头你要死啊，多恶心啊。

当小姨又要夹那只老鼠时，椰头忽然蹦了上来，在她手上凶狠地抓了一道。身体弓了起来，喉头发出低沉的吼叫。

小姨生气极了，伸出脚踢它一脚。它愣了愣，回身望一望汤圆，叫了一声，箭一般地跑出去了。

我们都觉得，椰头不会再回来了。

但是隔了两天，看到堂屋里黑影一闪。我们赶紧走进去，看到猫窝里，放着大半条的红烧鱼。

又隔了一天，我们又发现，汤圆正在窝里啃一只酱猪蹄。

终于有邻居上门投诉，话说得很不客气，说你们家的猫，干什么不好，老来偷我们家的菜，就真少它一口吃的吗。

外公叹一口气，狠狠心，将堂屋大门底下那个供猫出入的小门，给封上了。

有天半夜里，我们听到了咯吱咯吱抓门的声音。走出去一看，果然是椰头。

椰头看到我们，并没有退缩。它抬着前脚，支起身体站着，将门使劲抓得更响了。

不理它，它就在外面抓个不停。锲而不舍，足足抓了半个小时。

外公终于为它开了门。它刺溜一声冲了进去，径直冲到了猫窝跟前，松了口，把一只麻雀送到了汤圆的嘴边，然后拱一拱它。

那应该是它的猎物。

然后，椰头自己退到了墙角里，卧了下来。再看我们，是一脸浑不吝的神情。

它卧下来，安静地周身舔着自己。我们这才注意到，它身上有几道很明显的伤痕。一些血已经凝固成了紫色。可还有一道很深的，仍然在渗血。

外公从急救箱里，拿了红药水，把它抱到自己的膝盖上，给它涂药水，消毒。后腿上一处，给它缠上纱布。

它也不抗拒。我知道，这药水沾上伤口，是很疼的。椰头一声也不吭，只是向猫窝的地方张望。

外公把它放到了地上。它一瘸一拐地走到了窝跟前，把头探进去，用自己的鼻子，碰一碰汤圆的耳朵，又轻轻面对面地蹭了一会儿。

这才站起来，坚定地往门口走过去。到了门口，却又回转了头，看一眼猫窝，对我们叫了一声，这才出去了。

我们看到，椰头虽然受了伤，仍然十分矫健地蹦到了窗台上，然后是墙头、屋檐，动作一气呵成，最后消失在了我们的视野里。

外公远远看着，对我说，娘没了，它知道要照顾弟弟啊。

我看见外公眼里星星点点的，声音也有些酸楚。

外公回了房间，拿出工具，蹲下身，将堂屋封住猫洞的木板，给拆掉了。

以后，椰头仍然经常回来。但更多的时候，是在外面流浪。

在外面食无定时的日子，并没有影响它健壮地成长。它已经是一只大猫了。有一次，在附近的公园里，看到了椰头。它蹲踞在一个水泥砌成的乒乓球台上，气定神闲。它身边有其他一些野猫，围绕着它。显然它已经是一方首领。它倨傲地环视，它的右眼上方，有一道深深的疤痕，是某次打斗留下来的。眼睛就不太能顺利地睁开。可是另一只眼睛，目光如炬。这让我想到了当年的杧果。

在环视中，它看到了我和外公，猛然站起身。摇摇尾巴，向我们致意。

椰头每次回家，照例会带“礼物”给汤圆。

汤圆也长大了。虽然行动不便，依然安静，但可以看出它的乐观。虽然无法蹦跳，但它的前脚因为使用得更多，变得发达，可以拖着后腿飞快地前行。在家里，好像是到处游动的一尾鱼。

每次椰头回来，它就目光闪亮，十分兴奋。它们在院落中打闹，如同小时候一样。有时汤圆的前爪是欠分寸的，在嬉闹中，显见是把椰头打疼了。但椰头甩一甩头，只迁就地，用嘴巴轻轻咬它一下。椰头也会匍匐身体，模仿汤圆，在地上做爬行的动作。但它其实并不及汤圆游刃有余，经常落后。当它们累了，就窝在一起，相互舔舐。这时椰头的眼光，和在公园里看到的完全不同，温柔而涣散。

每次，椰头都不会逗留很久。有时它听到风吹草动，耳朵立即警觉地支棱起来。然后站起身，毫不犹豫地跳上屋顶，飞檐走壁地消失了。

过了这一年的暑假，我要跟爸妈上小学了。

临走时，我抱起汤圆，才发现它已经很重了。我说，汤圆，你要好好听外公的话，我会再回来看你的。

汤圆对我叫了一声，然后轻轻地舔一舔我的手。

亲戚们把我送到门口。我回过头，忽然看到，墙头上有道黑影一闪，就不见了。

我希望那是榔头吧。

原刊《江南》第3期

仙境

哲贵

一

从家开车到越剧团，大约需要二十分钟。车子一发动，余展飞身体有感觉了，兴奋了，柔软了。不是柔软无力，是柔韧，充满力量，跃跃欲试。同时，身体里好像有股水在流淌，可比水要绵柔，几乎要将身体溶化。很轻又很重。很淡又很浓。他很享受。

越剧团有两个排练厅，一大一小。他直接去小排练厅。不用事先联系，更不用打招呼，他知道，团长舒晓夏已经在小排练厅了。一打开车门，一阵音乐涌进耳朵，那是锣鼓声，是密集如万马奔腾的行板。一听那声音，身体立即又起了不同反应。这次是热烈的，是滚烫的，是奔放的，他几乎要摩拳擦掌了。他听见身体里有开水沸腾的咕噜声，那是身体被点燃的声音，他要绽放了。他知道，那是《盗仙草》选段，是越剧里难得的武戏，特别有挑战性，让他神往，令他痴迷。他都快恍恍惚惚了。

他进了排练厅，果然，舒晓夏已经化好装，正在厅里踱来踱去。她看见余展飞进来，朝他看一眼，那眼神是急不可耐的。两人直奔化装间。

这是余展飞的习惯，也是他的态度，即使是排练，即使排练厅里只有他们两个人，他也要化装，也要穿上戏服。他不允许马虎，一点也不行。

舒晓夏给他化装，他们都没有开口说话。他们不需要。几十年了，只要一个眼神，一个微小动作，便可以领会对方的意思。什么叫心意相通？这就是。什么叫心有灵犀？这就是。而且，余展飞听了进来之前的伴奏音乐，已经知道晚上排练的内容，没错，还是《盗仙草》选段。

他和舒晓夏第几次排这个戏了？起码有几千次吧，甚至更多。

装化完了，舒晓夏帮他穿上戏服。他晚上扮演守护灵芝仙草的仙童，是短打扮，头上扎着一条红头巾。在正式演出的戏文里，守护仙草的仙童是四个，两个先出场，跟白素贞对打。被白素贞打败后，去后山请两个师兄出来。白素贞最后不敌，口衔仙草，被四个仙童架住。这时，仙翁出场，放她下山救许仙。

他们晚上练双枪。这是《盗仙草》里很重要的一场武打戏。当然，双枪几乎是所有中国戏曲里的重要武戏，也是最基础的武戏。正因为基础，要练得出彩不容易，太不容易了，几乎所有武生都会的动作和技术，大家都很熟练，都想做得出彩，怎么办？办法只有一个：创新。没错，只有做出别人不会做的高难度动作，只有做出别人不会也没想过的精彩又优美的动作，只有做出惊险又与白素贞冒死精神相协调的动作。难，太难了。但可能性也正在于此，吸引力也正在于此，激发创新的动力也正在于此。一般情况，白素贞和仙童都是先拿拂尘出场，然后是剑，再是双枪，最后是空手搏斗。空手搏斗的难点在翻跟斗，每个仙童翻跟斗都是不同的，都有讲究，第一个是前空翻，第二个是侧空翻，第三个是后空翻，第四个是前空翻加后空翻。空翻都是连续性的，有连翻三个，也有连翻六个，身体是否挺直，动作是否干净，很考验人的。双枪是《盗仙草》里的重头戏，是重中之重。一般的演出，白素贞和四个仙童各拿双枪，打斗到激烈处，四个仙童围着白素贞，将手中双枪抛向中间的白素贞，白素贞要用脚板、膝盖、双肩和手中的双枪，将来自四面八方的枪，准确又利索地反挑回四个仙童手里。这里面有连续性，又有准确性，还要控制好力量和弧度，差一点点都不行。而且，八杆枪要连贯，要让观众眼花缭乱，要行云流水。既要武术性又要艺术性，要升华到美的高度。这太难了。

舒晓夏将伴奏音乐调整一下，跳过前面舞拂尘和舞剑的段落。直接到了耍枪花。那枪是老刺藤做的，一米来长，两头都有枪尖，中间涂得红白相间，枪尖绑着红缨，行话叫花枪。他们每人两根花枪，先是象征性地比画几下。戏曲的灵魂之一就是象征。

随着锣鼓声密集起来，他们站到排练厅中间，耍起枪花。看不出他们身体在动，其实他们全身在动，他们身体很快被手中的枪花覆盖。他们的枪先是在身体左右画着圈，手臂不动，手腕随着身体扭动，锣鼓声越来越密集，枪转动的速度越来越快，红白相间的花纹这时变成红白两道光芒，两道光芒最后连在一起，形成一道彩色屏障。从远处看，排练厅中间的余展飞和舒晓夏不见了，只有两个彩色球体，纹丝不动，却又风起云涌。

耍完枪花之后，他们练挑枪。余展飞投，舒晓夏挑。这是余展飞和舒晓夏的创造，他们不是一根一根来，而是八根。余展飞将八根枪一起投过去，舒晓夏用脚尖、用膝盖、用肩膀、用枪将八根枪反挑回来。考验功力的是，余展飞八根枪是同时投过去的，而舒晓夏却要将八根枪连续挑回来，八根枪要形成一排，在空中划出一个优美弧度，像一道彩虹。练了一段时间后，反过来，舒晓夏投，余展飞挑。这种挑枪，整个信河街越剧团只有他们两个会，估计全天下也只有他们两个会。

二

父亲余全权是信河街著名的皮鞋师傅，绰号“皮鞋权”。他在信河街铁井栏开一家店，做皮鞋，也修皮鞋。他长期与皮鞋打交道，皮肤又黑又亮，连脸形也像皮鞋，长脸，上头大，下巴尖，张开的嘴巴像鞋嘴。对于余展飞来讲，父亲最像皮鞋的地方是脾气。皮鞋有脾气吗？当然有。皮鞋最突出的脾气就是吃软不吃硬，它不会迁就穿鞋的人，不能跟它“来硬的”，必须顺着它的性子来，要尊重它，要呵护它。但它又是感恩的，懂得回报。谁对它好，怎么好，对它不好，怎么不好，它是爱憎分明的，也是锱铢必较的。擦一擦，亲一口，它会闪亮。不管不顾，风雨践踏，它就自暴自弃了。它对人的要求是严格的，甚至是严厉的。它不会主动选择人，但会主动选择对谁好。不是一般的好，而是全心全意，甚至是合二为一，它会将自己融进人的身体里，成为身体的一部分。

父亲就是这样的脾气。每一双经过他修补的皮鞋，都有新生命，是一双新皮鞋，却又看不出新在哪里。他做的每一双皮鞋，看起来是崭新的，穿在脚上却像是旧的，亲切，合脚，就像冬夜滑进了被窝。

从皮鞋店到皮鞋厂，是父亲的一个改变，也是皮鞋对父亲的回馈。那一年，余展飞已经当了三年学徒，理论上说，可以出师单干了。实际情况也是如此，余展飞觉得技术已经超过父亲。

也就是这一年，余展飞“认识”了舒晓夏。农历十月二十五，信河街举办物资交流会，越剧团接到演出任务，将临时舞台搭在铁井栏，就在皮鞋店对面。那天下午演出的剧目是《盗仙草》，舒晓夏演白素贞。

余展飞不是第一次看越剧，也不是第一次看白素贞的《盗仙草》，他以前看过的。也觉得好，咿咿呀呀的，热闹又悠闲，真实又虚幻。但那种好是模糊不清的，是不具体的。说得直白一点，就是舞台上的白素贞跟他没关系，没有产生任何联想和作用。但这一次不同，他被白素贞“击中”，迷住了。她一身白色打扮，头上戴着一个银色蛇形头箍。她的脸是粉红的，眼睛是黑的，眼线画得特别长，几乎连着鬓角。美得不真实，惊心动魄。余展飞突然自卑起来，粗俗了，寒酸了。他无端地忧伤起来，无端地觉得自己完蛋了，这辈子没希望了。当他看到白素贞和四个仙童挑枪时，整个心提了起来，挑枪结束后，他发现手心和脚心都是汗，浑身都是汗。这是他第一次发现自己的手心和脚心会出汗。当看到白素贞下腰，将地上的灵芝仙草衔在口中时，他哭了。差不多泣不成声了。他觉得魂魄被白素贞摄走了。

散场了。对余展飞来讲没有散，他依然和白素贞在一起，如痴如醉，亦真亦幻。他不知不觉来到戏台边，来到后台。他看见了白素贞，不对，是正在卸装的白素贞。有那么一瞬间，他有失真感觉，却又觉得无比真实。卸装之后，舞台上的白素贞不见了，他见到一个长相普通的姑娘，身体单薄，面色蜡黄，眼睛细小，鼻梁两边还有几颗明显的雀斑。

舞台上下的反差让余展飞措手不及，让他惊慌失措。但恰恰是这种反差拯救了他，唤醒身体里另一个自己，他感到震撼，感到力量，更主要的是，他看到了可能——既然她能演白素贞，我为什么不能演？他突然萌生出一个念头：我要去越剧团，我要唱《盗仙草》，我要演白素贞。

这个念头来得凶猛，令他猝不及防。用父亲的话说是，丢了魂了。

但余展飞知道，他的魂没丢。是被舞台上的白素贞“迷住了”，也是被现实中的白素贞“唤醒了”。他回到店里，对父亲说：

“我要去学戏，我要唱越剧。”

莫名其妙了。突如其来了。父亲没有放在心上，小孩子嘛，心血来潮是正常的，异想天开也是正常的，怎么可能去学越剧呢？怎么可能不做皮鞋呢？说说而已。不过，父亲觉得不正常的是，这个下午，余展飞什么也没有做，鞋没有做，也没有修。他还是那句话：

“我要去学戏，我要唱越剧。”

父亲明白了，这孩子鬼迷心窍了。

问题的严重性在于，接下来，余展飞还是什么事也不做，见到他就说：

“我要去学戏，我要唱越剧。”

那就是疯了。走火入魔了。父亲不可能让他去学戏，不可能让他去唱越剧。父亲的人生只有皮鞋，当然，他还做了一件事，就是生下余展飞。对于父亲来讲，两件事也是一件事，可以这么说，他也是父亲的一双皮鞋，甚至可以这么说，他从出生那天起，便注定这一生要和皮鞋捆绑在一起，逃不掉的。这一点余展飞知道不知道？他当然知道。实事求是地讲，余展飞不排斥父亲，也不排斥皮鞋。恰恰相反，他喜欢父亲，因为他喜欢皮鞋，也喜欢修皮鞋和做皮鞋。他喜欢父亲，是因为父亲对待皮鞋的态度，父亲没有将皮鞋当作商品，商品是没有感情的，而父亲对待每一双皮鞋，无论是来修补还是来定做，都像对待儿子。也就是说，在父亲眼中，余展飞和那些修补和定做的皮鞋几乎没有区别。余展飞委屈了。确实有一点。但他内心却是骄傲的，他觉得这正是父亲与人不同的地方，他没有将皮鞋当作鞋来看，而是当作人来对待。这是余展飞喜欢的。余展飞也是将皮鞋当作人来对待的，他跟父亲不同之处在于，对他来讲，皮鞋是有性别的，是分男女的。这跟男鞋女鞋无关，而是跟皮料有关，跟使用的胶有关，跟使用的线有关，跟针脚的细密有关，最主要的是，跟皮鞋的气质有关。但是，无论是哪种性别的皮鞋，余展飞都是喜欢的，无论是他做的，还是别人拿来修补的，只要到他手里，他都会让它们发出独特的光芒，他会给它们全新生命。

三

那一个月里，余展飞只说一句话，其他什么事也不干。皮鞋权先是惊讶，再是愤怒，然后是恐惧，最后是无奈。他懂儿子，就像他了解皮鞋和各道制作工序一样，不能“来硬的”。他做出了让步，但也是有条件的，他答应让余展飞学越剧，但只是业余，主业还是做皮鞋。这就是“以退为进”了。

余展飞答应了。只要能学越剧，让他不吃饭不睡觉都行。

父亲找到一个长期在店里定做皮鞋的人，也是父亲的酒友，他是信河街越剧团的鼓手。余展飞后来才知道，在剧团里，鼓手地位很高，类似于轮船上的舵手，起掌握方向作用，起控制节奏作用。父亲将那个鼓手请到家里喝酒，喝得脸色由白转红，又由红转白。最后，鼓手捏着酒杯，问他想学什么。余展飞说他想学《盗仙草》，想当白素贞。鼓手一听就笑了，说：

“要学《盗仙草》，想当白素贞，在信河街只能找俞小茹老师。俞老师是第一代白素贞，她的学生舒晓夏是第二代白素贞。这事非找俞老师不可。”

余展飞是从这一刻开始，才知道那天演白素贞的演员叫舒晓夏，因为那天演出就是鼓手敲的鼓，他告诉余展飞：

“舒晓夏现在是越剧团的台柱子，俞老师已经退居二线，但要学戏，还得找俞老师，姜还是老的辣。再说，舒晓夏不收学生。”

一个礼拜后的一个下午，鼓手带他去越剧团见俞小茹老师。余展飞记得是直接去排练厅的，一大堆人，有化装的，更多是没化装的。穿什么的都有，穿短打扮的，腰间都用一条红腰带扎起来；穿戏服的，比画着动作，沉浸在各自的情境中。排练厅一片混乱，却又秩序井然。他第一眼就找到正在排练厅一角的舒晓夏，她穿着白素贞的戏服，脸上没有化装。她的装扮让余展飞有不真实的感觉，既是白素贞，又不完全是白素贞。他发现，自己特别迷恋这种感觉，似真似假，如梦如幻，虚中有实，实中有虚，脚踏实地，却又飞在半空。余展飞很羡慕这些演员，他们哪里是在排练？哪里是在演戏？他们就是生活在天宫中的一群神仙，饥食仙果，渴饮琼浆，生活在各自的想象中，悲欢离合，逍遥自在。这样的日子才是有意义的，不用考虑柴米油盐，更不用考虑生意来往，只需要考虑自己和角色的内心。他们就是神仙，是漫无边际的神仙。他多么希望成为其中一员。

俞小茹老师穿一件黑色旗袍，烫一个波浪头，在排练厅走来走去，有时停下来，对某个演员说几句，或者用手纠正某个动作，偶尔也示范一下。鼓手将俞小茹老师叫到一边，俞老师显然已经知道他，笑眯眯地问：

“你为什么要学《盗仙草》？”

“我要演白素贞。”

“你为什么要演白素贞？”

“我要盗仙草。”

“你为什么要盗仙草？”

“我要演白素贞。”

俞小茹老师一听就咧嘴笑了，确实是个外行哪。俞老师告诉他，《盗仙草》是《白蛇传》一个选段，以武戏为主。《游湖》《断桥》《合钵》也是《白蛇传》的选段，以文戏见长。俞小茹老师当年最拿手的是《断桥》，其次才是《盗仙草》。余展飞说：

“我只学《盗仙草》。”

紧接着，他又补充一句：

“其他戏都不学。”

俞老师没有觉得余展飞这种思维有什么问题，她觉得蛮正常，而且蛮正确。余展飞不是专业演员，他学戏只是好玩，也可能只是一种寄托。再说了，如果能把一段戏学好，学到精髓，很了不起了。俞老师问他：

“以前学过没？”

“没。”

“会一点吗？”

“我会下腰，就是白素贞用嘴去叼灵芝仙草的动作。”

这一个多月来，余展飞做了一件事，用脑子回忆那天看到的演出，模仿戏里白素贞的每一个动作，他比较满意的是下腰。

俞老师说：

“下一个看看。”

余展飞二话没说，扎个马步，一下就将腰“下”去了，而且是以口触地。他知道自己做得不错，下腰下得轻松，起腰起得利索，脸不改色，心不跳。站起来后，拿眼睛看着俞老师。俞老师咦了一声：

“腰蛮软的。”

越剧团是不收业余学员的，再说，余展飞已经十五岁，这个年龄才学戏，显然迟了。余展飞见俞老师面有难色，他说：

“俞老师，我只想学戏，只想演白素贞。”

俞老师想了一下，说：

“我给你化个简妆看看。”

俞老师带着鼓手和余展飞进了化妆室，让余展飞在一面镜子前坐下。俞老师先在他脸上打一层底粉，然后在脸蛋上涂点胭脂红，最后是描眉眼。描完眉后，俞老师往后退两步，看了看余展飞的脸，又咦了一声。这时，站在边上的鼓手拍起了巴掌：

“好俊的一张脸。好一个白素贞。”

俞小茹老师最后收下余展飞，当然是看在鼓手的面子上。鼓手说了，俞老师这次“破例了”，以前没有收过“这样的”徒弟。

余展飞后来才知道，俞老师当初答应收下他，一方面是出于鼓手的面子，另一方面也是可怜他，顺口允了而已。在她呢，也没有太放在心上。这些年来，她见过多少学戏的孩子最终还是选择离去。何况余展飞还有店要照看，家里还有一家皮鞋工厂刚开业。因为余展飞跟父亲有约定，皮鞋工厂开业后，父亲负责工厂，铁井栏皮鞋店由余展飞坐镇，他学戏时间只能在晚上。俞老师心想，这孩子也就是一时心热，正在兴头儿上呢，来几次，吃些苦头，自然知难而退。她也算做完人情了。

让她没想到的是，余展飞是真下了狠心学戏，什么苦都吃。学戏最难的是练基本功，单调、枯燥却费劲，譬如压腿、劈叉、踢腿、下腰、扳朝天蹬，哪一项不需要下死功？就拿最简单的压腿来说，一般人压个九十度试试？压不起来的，即使压起来，用不了五秒钟，保准抽筋，是那种不由自主的抽筋，身体就散了。再譬如劈叉，压腿也可以说是为劈叉做准备的，要将两条腿劈成一字形。对于一个十五岁的孩子来讲，要将腿劈下去，等于将他腿上已经生长出来的筋砍断，那得多疼？得下多大功夫？但余展飞一句疼没说，甚至没有发出任何声音。俞老师让他练拿大顶，让他拿三分钟，他一定拿十分钟。俞老师让他拿十五分钟，他一定拿半个钟头。他在店里练，做皮鞋时练，吃饭时练，睡觉也练。这就让俞老师刮目相看了：这孩子不是一时兴起，而是着了魔了。看得出来，他是真喜欢学戏。这个时候，俞老师的想法发生改变了，将余展飞“放在心上了”，对余展飞有了“新的希望”。当然，俞老师没有将这个想法告诉余展飞，不需要说，也不能说，这是她个人的事，是她和舒晓夏的事，跟余展飞无关。现在，跟余展飞有关了，但他还是不需要知道，俞老师不想让他知道。

练完一年基本功后，俞小茹老师才教他真正学戏。余展飞的嗓音又让俞老师咦了一声。余展飞平时说话属于偏柔和的男低音，很男性化的。

他居然能变音，最主要的是，发出的声音不生硬，是很温和的女低音。太难得了。男生扮旦角，第一是扮相，第二是声音，他居然能唱出这么真实的女声。俞小茹老师心里想：是个旦角的料哇。

四

拜在俞小茹老师门下，余展飞最开心的事，是能见到舒晓夏，能向她学戏。

舒晓夏是他师姐，在内心里，余展飞却是将她当作师傅。没有拜入俞老师门下前，余展飞在家"瞎练"《盗仙草》中白素贞的动作，模仿对象就是舒晓夏。他脑子里既有舞台上的白素贞，也有卸装后的舒晓夏，两个形象既分离又合一。他记得白素贞的每一个动作、每一句唱词，甚至每一个眼神。如果要认第一个师傅，那就是白素贞，就是舒晓夏。

舒晓夏是在排练厅看到余展飞的，知道是俞老师新收的徒弟。她只用眼睛余光瞟了余展飞一眼，立即感觉到威胁：这人不简单。她感觉到余展飞身上有种"仙气"，也可以称为"妖气"，她能感受到他身上的"执拗""一根筋"和"不可理喻"。他是个"疯子"，是个什么事都干得出来的"疯子"。艺术需要的正是"一根筋"和"不可理喻"，特别需要"疯子"的精神和行为。她就是个"疯子"，为了演戏，她可以什么也不管，可以什么也不要，包括自尊，包括身体，包括生命。她只想成为站在舞台中央的那个人，只想成为戏中的那个角色。

舒晓夏对这种威胁不陌生。她曾经给过俞老师这种威胁。当她第一次正式登上舞台，正式成为白素贞后。她从俞老师眼神看得出来，她是多么哀伤，多么无奈，那是一种被对方逼到悬崖尽头的怨恨，是走投无路的绝望。这种感觉不是长驱直入的，而是混沌的，是弥漫的，是眼睁睁看着自己枯萎的悲凉。眼睁睁看着自己消亡，却无能为力。

她现在感受到来自余展飞的威胁，她觉得，这是俞老师刻意安排的，是专门针对她的。她当然不甘心。她不是俞小茹老师，她不会束手就擒的，为了舞台，为了舞台上的角色，她会拼命的。

必须主动出击，但不能盲目。一个月之后，排练结束后，她在越剧团门口“无意中”遇到余展飞，她主动打招呼，主动自我介绍，主动约余展飞：

“有空的话，咱们一起排练《盗仙草》。”

这是余展飞做梦都想的事，只是没胆子提出来：

“真的？”

“当然是真的。”她停了一下，接着说，“这事不能让俞老师知道。”

她知道，俞老师是不会让她接近余展飞的，他是俞老师用来对付她的秘密武器。而她从余展飞眼神看出来，他是愿意接近她的。

那以后，舒晓夏经常去余展飞的鞋店，打烊之后，余展飞反锁了店门，一起排练《盗仙草》。

舒晓夏原来的打算，是想让余展飞放弃白素贞，那么多越剧剧本，他演什么不可以？扮演哪个角色不行？为什么偏偏要演白素贞？他可以演青蛇，可以演梁山伯，可以演祝英台，可以演贾宝玉，可以演崔莺莺，可以演杜十娘，也可以演穆桂英。想演什么，自己教什么，可是，余展飞说：

“不，我只学《盗仙草》，我只演白素贞。别的都不学，都不演。”

死心眼了。舒晓夏也是个死心眼，她清楚，跟死心眼的人是没有道理可说的，讲不通的。那么好吧，就学《盗仙草》吧，就演白素贞吧。“教鞭”在她手里，“方向盘”在她手中，她指哪个方向，余展飞只能跟到哪个方向。也就是说，余展飞始终在她掌控之中，余展飞是孙悟空，她是如来佛，逃不出她手掌心的。

一接触，舒晓夏就知道，遇到劲敌了，跟自己相比，余展飞或许算不上戏痴，他不会为了演戏，生命也可以不要，但他绝对是有魔性的，他心里住着一个白素贞，身体里也住着一个白素贞，一遇到白素贞，他就“魔怔”了，不能自拔了，意乱情迷，差不多是神志不清了。他怎么演都是白素贞，白素贞就是他。作为一个演员，舒晓夏明白，这有多么可怕，那等于说，这个演员进入一个特殊空间，这个空间里只有他，只有白素贞，他想怎么演就怎么演，他想演成什么样就是什么样，没人能够阻止得了。这样的演员，不是“疯了”是什么？一个“疯了”的演员，是什么都可以做得出来的，是无法估量和比较的。有时候，这样的演员就是个“神”，演什么角色都是“神灵附体”，都是“灵魂出窍”。这一点，舒晓夏是有体会的。

既然如此，教还是不教？当然教，而且要更认真教。她要做的事情其实也很简单，就是不让余展飞“疯了”，让他清醒，让他知道，他是在演戏，他不是白素贞，白素贞也不是他。

但是，舒晓夏发现，她做不到，只要一接触到《盗仙草》，只要一接触到白素贞，余展飞什么也不管了，余展飞不见了，只剩下白素贞，而这个白素贞也不是她通常理解和演绎的白素贞，而是一个陌生的白素贞，一个带着余展飞浓烈气息和情绪的白素贞。那还怎么教？

让舒晓夏意想不到的变化是，在与余展飞接触过程中，她的心理和身体发生了微妙改变。只有舒晓夏知道，于她来说，这个变化是翻天覆地的，是史无前例的。她居然对余展飞“动了心”，居然有跟他身体发生关系的念头和欲望。在此之前，她只对戏里的人物有过这种感觉，对戏里的白素贞，包括对戏里的许仙，她可以以身相许，可以合二为一，她没想到对余展飞会有这种感觉。但她没有慌乱，出乎意料地淡定。她对余展飞最初的“敌意”来自他的威胁，当她接触余展飞之后，和他排练《盗仙草》之后，威胁升级了，变成了压迫，她发现，一旦成为白素贞，余展飞的白素贞比她更疯狂，比她更迷离，比她更决绝，也比她更柔情。这种感受很不好，是被压挤和束缚却没能力挣脱的感觉。这让她丧气。在演戏方面，她从来没有丧气过，也从来没有服过谁。她是最好的。她演的白素贞，是真正的白素贞，天下第一。可是，跟余展飞的白素贞一比较，她自卑了，无论是扮相、神态、动作、眼神、氛围还是唱腔，余展飞的白素贞似人似妖似仙，却又非人非妖非仙，那是真正的妖孽，光芒四射，摄人心魄。她达不到这个境界。

她对余展飞"动了心"，还有一个只有她才能体会的原因，这种体会或许只有她这样的演员才有，她愿意与余展飞合二为一，因为他们都是白素贞，他们本来就是一体的。

有这个心思后，她才让余展飞来她宿舍排练。舒晓夏心思不在穿衣打扮上，不讲究，但干净。宿舍却是"垃圾场"，眼睛看得见的地方，都跟越剧有关：脸谱、盔头、戏服、拂尘、刀、剑、枪、剧本等等等等。随意堆放，杂乱无章。有一面墙壁是镜子，镜子让宿舍显得双倍凌乱。不过，杂乱无章却产生出特殊氛围，即使是兵器，在这里也变得柔和，变得温暖，变得含情脉脉，变得情深意长，变得真实又梦幻。这里每一件东西都可能幻化成白素贞，至少与白素贞有关。

他们是在排练中亲吻起来的，就在那面镜子前，他们穿着戏服练下腰，练白素贞口衔灵芝仙草。他们背对背，在镜子前做成 m 形，两张嘴便"衔"在一起了。是舒晓夏主动的，余展飞有过短暂迟疑，很快就热烈起来。脱下戏服后，又急切地抱在一起，继续"排练"。

亲吻是什么？舒晓夏理解，亲吻是正式演出前的"头通"，是热场子，是酝酿，是发酵，是含苞待放，是必不可少的过渡。可是，"头通"打了一个月，就是喧宾夺主了，正戏还唱不唱？舒晓夏有意见了，觉得余展飞在这方面的勇气和能力完全不像白素贞，更像懵懂迟钝的许仙。只能依靠自己了，因为她是白素贞，是完整的白素贞。

那天晚上，排练结束后，他们跟平常一样，戏服还没有脱就抱成一团。在亲吻过程中，舒晓夏增加了一个动作，主动探索余展飞身体。慢慢地，余展飞反应过来了，将手伸进她身体。戏服在不知不觉中被脱掉，身上所有衣服不见了，最后时刻来了，当舒晓夏要将身体交出去时，余展飞突然停住了：

“不能。”

舒晓夏心里一冷，问：

“为什么？你不喜欢我？”

余展飞回答说：

“不是，你知道我喜欢你，但我不能。”

“为什么不能？”

“我也不知道为什么不能。”

余展飞的回答让舒晓夏不满意，很不满意。但没再问下去，她觉得冷，嘴巴都僵住了。

五

俞小茹老师告诉余展飞，以他的天赋，如果一门心思将功夫花在学戏上，将来成就一定超过她，说不定能走出信河街，走上全国舞台，成为一代名角。但是，她没有要求余展飞这么做，她说余展飞的任务不仅仅是唱戏，他还有家族责任。最主要的是，她认为戏曲环境变恶劣，看戏人减少，社会关注点转移到赚钱，能赚到钱才是英雄，才是当家花旦，才是台柱子，才是“名角”。她感到戏曲行业在走下坡路，而且是一条看不见尽头的下坡路。这种时候，她怎么可能让余展飞来做专业演员？她甚至觉得，余展飞根本不应该来学习，他应该跟父亲做生意，帮父亲把皮鞋厂办好，赚更多钱。但她也没有要求余展飞这么做。在这个问题上，她蛮自私的，她觉得遇上一个好苗子了。唱戏是她的事业，她这辈子只做这件事，当然希望这个行业能够兴旺，希望得到更多年轻人关注，更希望有潜质的年轻人投身这个行业，只有这样，这个行业才有希望，才有未来。

她用一年时间给余展飞"打基础"，又花一年时间，将《盗仙草》教给他。是一句唱词一句唱词教，一个动作一个动作教。两年之内，俞老师一直"捂着"他，没让他"亮相"。其实也不是完全"捂着"，俞老师每周会带他去一次剧团排练，跟他配戏的演员，都是俞老师特意叫来的。他演白素贞，不能总是一个人对着空气比画，要考虑和四个仙童配合，要有默契，特别是挑枪那一段，差一分一毫都是不行的。

他第一次在剧团正式登台，是两年后的汇报演出，听说信河街文化局局长也来"观摩"。俞老师安排他演《盗仙草》。他在排练厅和四个年轻演员对戏也很正式，都有化装和穿戏服，毕竟只是排练。汇报演出不一样，虽是内部观摩，但所有观众都是内行，都带着挑毛病的眼光，还有领导坐镇。其实是考试，是大阅兵。

余展飞没有紧张，恰恰相反，他内心是迫不及待的兴奋。他不是剧团的人，没有考试压力。更主要的是，他知道自己演白素贞时，舒晓夏就在台下。他一直想让舒晓夏看看自己在舞台上演的白素贞，他想让舒晓夏知道，自己演的白素贞是从她那里来的，她演的白素贞，改变了他的人生，他原来的生活除了皮鞋之外还是皮鞋，他看到的和想到的都没有离开皮鞋。是她演的白素贞帮他打开一扇大门，让他看到，除了皮鞋，他的生活还有梦想，而且是一个只有他看得见摸得着的梦想。或者可以换一句话，她演的白素贞让他突然从现实生活中飞起来，让他看到原来没有看到的东西，那些东西是他以前没有想过的。

在他演出之前，是舒晓夏，她演的也是《盗仙草》。舒晓夏上台时，余展飞在候台。他站在舞台右侧，一直盯着舞台上的白素贞。这是完全不同的体验。他上一次是站在台下看台上的白素贞，那时的白素贞是遥远的，是虚幻的，是可望不可即的。这次不同了，他在舞台上，他能感觉到，自己就是白素贞，他和舞台上的白素贞是相通的。他能感受到白素贞每一个动作、每一句唱词，更能感受到白素贞内心的愧疚、悲伤和决绝。

确实是不同了。他离白素贞更近了，甚至就是白素贞。他也觉得离舒晓夏更近了，因为舒晓夏已经和白素贞合为一体。

轮到余展飞上台了，他依然停留在刚才的情绪里，他已经盗到仙草，飘飘荡荡回去救许仙。是锣鼓声提醒了他，让他重新回到舞台，哦，他又回到峨眉山，再盗一回仙草。余展飞不见了，舒晓夏不见了，舞台不见了，舞台下所有人，包括俞老师也不见了。他现在就是白素贞，白素贞现在只有一个目的——盗了仙草回去救许仙。白素贞更哀伤了，也更决绝了。白素贞一边担心许仙的生命安危，一边担心能否盗到仙草。但她内心是坚定的，是没有回旋余地的，必须盗回仙草，必须救活许仙。这事没得商量。

随着锣鼓声，白素贞使用了"莲步水上漂"。她确实是"漂"上去，腾云驾雾，晃晃悠悠，却又风驰电掣。在舞台上转了小半圈，又回到右侧，她一抬头，开口唱道：峨眉山。她能感觉到，这声音是一支射向峨眉山的利箭，穿破云雾，不达目的绝不回头。

一上台，余展飞就忘记了音乐，他不需要音乐，他要的是仙草。音乐似乎又是存在的，变成一种提醒，让他不断向前、不断飞翔的提醒。

回到台下，余展飞依然沉浸在那种情绪和情节之中，白素贞口衔仙草，飞向家中的许仙。他似乎听到舞台下巨大的掌声，看到俞老师跑到后台，激动地抱住他，不停地跺脚。

六

那次“汇报演出”后，俞老师对他说，文化局同意招他进越剧团，局长特批一个名额。

进越剧团演戏，是他这两年来的梦想。可是，当真正要成为专业演员时，当他即将成为真正的白素贞时，他又犹豫了。这意味着，他将抛弃皮鞋店和皮鞋厂。在没有直接面对这个问题时，余展飞一直认为自己更愿意当一名演员，那是他的梦想。可是，当机会摆在面前，他却犹豫了，但他不好意思直接回绝俞老师，只好说：

“我没问题，我回去问问我爸。”

余展飞记得，听他这么说，俞老师突然很夸张地笑了两声。但是，俞小茹老师那么骄傲的人，后来还是托鼓手去做父亲的工作，鼓手和父亲喝了一顿酒，回去问了俞老师一句话：

“你说做生意和唱戏哪个有前途？”

俞小茹老师再没说什么。或许，她已经想通了，或者，是绝望了。她在那一年提前办理了退休手续，与人合伙成立一家演出公司。

也是那一年，余展飞进入父亲的皮鞋厂，父亲抓生产和管理，他负责采购和销售，父亲主内，他主外。他向父亲提出要求，在工厂顶楼要了一个房间，装修成排练厅。下班后，他会去排练厅待一两个小时，有时更长。

也就是那一年，余展飞和舒晓夏开始每周一次排练，他们只排《盗仙草》。

他们两人演的白素贞是同一个白素贞，却又是不同的白素贞。舒晓夏的白素贞显得坚毅，甚至刚毅，眼神、动作和唱腔都显示出坚硬的力量，这种力量是掷地有声的。余展飞的白素贞是柔软的，甚至是哀怨和哀伤的。他的白素贞显示出另一种力量，是冰下流水的力量，看不见，但能够感受，那种感受让人忧伤，忧伤是一种无法言说的力量，特别“摧残”人。说不清两个白素贞谁更出彩，坚毅和柔软都能打动人。

皮鞋厂发展是飞跃式的，从刚开始的三十个工人，增加到三百个，然后又增加到三千个。余展飞的职务也在发生变化，从科长升到副厂长。皮鞋权不管生产管理了，只抓技术。

舒晓夏凭《盗仙草》参加省文化厅戏曲比赛，她挑枪的动作设计打动了所有评委，拿到一等奖。这是信河街越剧团几十年来第一次拿大奖，半年之后，舒晓夏被提拔为副团长，成了“有级别”的人。

两个人都到了谈婚论嫁的年龄。这几乎是顺理成章的事，一个搞经济，一个搞艺术，还有比这更般配的结合吗？不可能了嘛。

余展飞也是这么想的，他觉得这是理所当然的。他知道舒晓夏喜欢自己，而且，他也知道，舒晓夏没有别的人选。以前没提出来，是因为他没想过结婚的事，他想舒晓夏也是。结婚看起来是人生大事，但在决定婚姻上，往往是一刹那，甚至是草率的。

余展飞想结婚，是因为父亲想他结婚，父亲对他说：

“我老了，这个摊子要交给你，希望你早点成家。”

余展飞没有当面答应父亲，但也没有反对。那就是可以商量的意思了。他找谁商量？当然是舒晓夏。

周一晚上，他们在皮鞋厂顶楼结束排练后。初秋的晚上，天气还没有凉下来，即使开着空调，两个小时排练下来，也内衣湿透。他们脱了戏服，坐在镜前卸妆，余展飞突然对舒晓夏说：

“嫁给我吧。”

舒晓夏手里拿着卸妆湿巾，转头看着余展飞，一脸惊讶：

“为什么？”

她这么问，轮到余展飞惊讶了：

“你不爱我吗？”

舒晓夏停顿了一下，点头说：

“我爱你。”

余展飞松一口气：

“那就对了，你爱我，我也爱你，我们结婚。”

舒晓夏这时眼睛一动不动地看着他，然后，缓缓地摇摇头：

“不，你不爱我。你爱的不是我。”

余展飞从镜子前跳了起来：

“怎么可能？我还不知道自己爱的是谁？”

舒晓夏很镇定，面无表情地说：

“你爱的是白素贞，是舞台上的白素贞，而不是现实中的我。”

余展飞俯视着舒晓夏的眼睛，很肯定地说：

“我当然爱舞台上的白素贞，同时也爱现实中的你。”

“骗人。”舒晓夏仰视着他，“如果你爱现实中的我，为什么不能和我上床？如果你爱现实中的我，为什么要和我争演白素贞？你爱的是白素贞，一直是白素贞。白素贞就是横亘在我们之间的峨眉山，无法逾越的峨眉山。”

余展飞突然打了个哆嗦，一股冷气从头顶倾泻下来，立即覆盖全身。他想否认，可是，一屁股跌坐在椅子上，什么话也说不出来。

七

皮鞋权退居二线了。他这么做，当然是对余展飞放心，除了唱戏，他对余展飞确实放心。他是满意的。一切按照他的设计推进，唱戏只是小插曲，开次小差而已，他最后不是选择回皮鞋厂了吗？谁还没有个开小差的时候呢？同时，他又对余展飞不放心，除了皮鞋厂，只剩下唱戏，连婚姻都耽误了，这让他焦急，也让他伤心。但他能下命令让余展飞娶妻生子吗？这不是工厂赶订单，他没办法亲自“上马”，只能商量，只能提议，只能干着急。他提议多次，余展飞表面上答应“好的好的”，却没有实际行动。他知道余展飞和越剧团的舒晓夏关系密切，也委婉对余展飞说过：

“我看小舒这人还行。”

余展飞点头说：

“是的是的。”

表明态度了，方向也指明了，余展飞还是按兵不动。他按捺不住了：

“你和越剧团的舒晓夏到底在搞什么鬼？这样不明不白拖着算什么？”

余展飞装傻：

“我们关系很好啊，她是我师姐啊。”

心力交瘁了。皮鞋权决定将皮鞋厂交给余展飞，不管了，没个尽头。迟早要跨出这一步的。

父亲退休后，余展飞觉得最大好处是可以无拘无束排练。但余展飞是不会“乱来”的，所有排戏都在工作之余。他觉得很好，每天充满期待，精神和身体都是饱满的。一想到晚上可以和舒晓夏排练，他就觉得这一天是美好的。

舒晓夏当上越剧团团长后，余展飞想出资装修越剧团排练场所，舒晓夏不肯。她知道余展飞有钱，也是真心实意，但她不愿。她打报告给文化局，局里拨专款让她装修。

装修之后，多了一个小排练厅，余展飞和舒晓夏有时将排练移到小排练厅。

余展飞"主政"皮鞋厂后，做了几个"大动作"：第一是改厂名，将原来的"皮鞋佬"，改成"灵芝草"；第二是将工厂改成集团公司，工厂名字带有计划经济痕迹，而公司是市场经济产物；第三是花十年时间，在全国各地开出五千家专卖店，他让"灵芝草"开遍各地；第四是"灵芝草集团公司"上市，敲锣当天，他个人市值三十三亿。

在"上交所"敲锣当天，余展飞特别邀请俞小茹老师、鼓手和舒晓夏作为嘉宾。他亲自上门送请帖，鼓手看到请帖里注明"正装出席"，一脸诚恳地问：

"中山装算不算正装？我只有一套中山装。"

余展飞一听就笑了：

"你穿法海的袈裟也是正装。"

俞老师现在老年大学教越剧。余展飞约好去她家送请帖，她问余展飞都邀请了谁。余展飞说邀请了越剧团的鼓手和舒晓夏。俞老师沉默一会儿，说老年大学教学蛮忙的，每天都有课呢。余展飞说舒晓夏有演出任务，去不了。她听了之后，改口说：

"我去请假试试，学校领导蛮尊重我的。"

舒晓夏确实因为演出没有参加，但余展飞认为，即使没有演出，她也不会去。这些年，除了演出，除了越剧团的事，舒晓夏很少抛头露面。她也很少提俞老师，余展飞倒是提过几次，她没有任何回应。余展飞后来就不提了。

舒晓夏没结婚。余展飞没问她原因。他动过再次向舒晓夏求婚的念头，但没提出来。

余展飞没再提，还有一个原因，他确实很享受和舒晓夏排练《盗仙草》，不但精神满足，身体也得到满足。他每天会去公司排练室坐坐。这个排练室是在原来基础上改建的，规模、设备和越剧团的小排练厅差不多，他有时会独自唱一段，或者练一阵枪花。有时只是坐坐，什么也没做。也就够了。

父亲走得突然，也不算突然。父亲身体一直很好，就像他做的皮鞋，经久耐用。可能是平时坐多的缘故，有高血压，也不是很高，低压一百，高压一百四十，按时吃“络活喜”，血压就“标准”了。他的死跟高血压没关系。余展飞觉得父亲是“闲死”的，他做一辈子皮鞋，突然不做了，空了。他原来喜欢喝点酒，喜欢喝信河街五十六度老酒汗。他喜欢老酒汗直扑脑门的冲劲，喜欢酒后不断升腾的幻觉。退休之后，喝酒的念头也没有了，他大概觉得“任务”完成了，再活下去没意思了，也没意义了。

父亲走时，虚岁才七十，很叫人惋惜。事发突然，更叫人痛惜。

按照信河街风俗，父亲葬礼之后，有场宴请酒席，余展飞想请越剧团来演一段《盗仙草》，他想用这种方式，送父亲最后一程。余展飞觉得舒晓夏可能不会同意，越剧团是艺术团体，怎么会在葬礼宴席上唱戏？太低贱了。出人意料的是，舒晓夏居然一口答应。宴请那天，她带来越剧团全班人马。

《盗仙草》安排在宴请尾声，也是酒至酣处，差不多人仰马翻了。这个时候，临时搭建的舞台上，锣鼓声响起来了。很多人知道余展飞喜欢唱戏，喜欢演白素贞，但从来没见过，大家起哄，让余展飞来演。一个人带头后，几乎所有人跟着喊余展飞的名字，一边喊，一边用手掌或者拳头拍打桌面。场面“不可收拾”了。余展飞去“后台”找舒晓夏，舒晓夏化好装，戏服也穿好了，她看着余展飞：

“你演不演？”

其实，听到锣鼓声后，余展飞身上肌肉已经抑制不住地兴奋，他感觉肌肉在跳动，在喊叫，在翻腾，发出吱吱声。舒晓夏这么一问，似乎身体已飞翔在半空，哪有不演之理？

他坐下来，舒晓夏给他化装。锣鼓声中，他看着镜子里的自己变幻成白素贞。镜子里还有一个白素贞，那是舒晓夏扮演的白素贞，两个白素贞时而分开，时而重合。他听见演出开始了，两个守护仙草的仙童上场，几句念白之后，手持拂尘做着练武动作。他还听见喊叫他名字和拍打桌面的声音。又是一阵锣鼓过后，两个守护仙草的仙童退场，轮到白素贞上场了。他看了眼扮成白素贞的舒晓夏，她表情穆然，并不看自己。锣鼓声催得更急，他不由自主、恍恍惚惚地被舞台吸引过去。他一身白色打扮，手执拂尘，上身纹丝不动，脚板挪移，飘上了舞台。舞台下立即安静下来，叫喊声和拍打桌面的声音戛然而止：哪里还有余展飞的影子？分明就是千年蛇妖白素贞嘛。分明是舍身救夫的白娘娘嘛。太妖怪了。

余展飞一踏上舞台，舞台便成了峨眉山，云雾缭绕，群山巍峨。他现在是她，是白素贞，是上峨眉山盗仙草救夫的白素贞。眼里只有千难万阻，眼里只有刀山火海，眼里只有灵芝仙草，眼里只有悲伤的希望。

她先是用拂尘与两个仙童对打。两个仙童不敌，向后山退去。

第二场，手持双剑与两个手持双剑的仙童对打，仙童败。

第三场是手持双枪与四个手持双枪的仙童对打。她突然感到双腿发软，双手发酸，沉重得抬不起来。客观原因是：为了父亲的葬礼，连续三天，余展飞每天只睡四小时。主观原因是：白素贞身心俱疲，她长途奔波，又挂念家中许仙性命，筋疲力尽了，她明知打不过四个仙童，却不甘心就此罢休。她知道，困难还在后头，还没到挑枪环节呢，她第一次怀疑自己能否顺利完成那套动作。此时，四个仙童将双枪从她头顶压下来，她使双枪往上一顶，感觉八杆花枪像八座山从头顶轰然而下，胸中有一口滚烫热流奔涌而上，被她硬生生咽下去后，这股热流更加凶猛往上涌，她眼前一黑，几乎一屁股坐下去。就在此刻，意外发生了，舞台上突然多出一个白素贞，手持双枪，飞奔过来，和她并肩而立。

四个仙童这时围成一圈，轮番朝她们投枪。两个白素贞背对着背，将枪尽数反挑回去。舞台上彩虹飞舞，霞光闪烁，舞台下的观众伸长了脖子，仿佛忘记自己存在。当四个仙童第四轮将双枪投向两个白素贞时，她们做出一个令所有人意外的动作——将枪悉数“没收”了。四个仙童见丢了兵器，慌了手脚，一哄而下。

舞台上只剩两个白素贞。她们舞出的枪花将身体团团包围住，成了两个既统一又独立的球体，发射出一道道让人睁不开眼睛的金光，既真实又虚幻。

原刊《十月》第3期

月 球

郭 爽

儿子又穿上了铠甲。从头盔看出去，这次开的地图是中国。漓江塔、烧烤摊，荷花浮在水面荧荧发紫。儿子躲避跳跃着开枪，占下一个据点，二十五点血很快告急，敌人的进度条到了 80%。捡到血包，回血，对方进度条满 100%，“战败”。不过几秒钟里，儿子死了又活过来，或者根本就没有死过，生死可以瞬间循环，只用等待重新组队、开局前的几十秒。

第三次送儿子去就诊后，医生请刘丽丽进诊室。医生说，希望刘丽丽可以加入治疗。医生姓岑，四十出头，医学博士。本地还不流行在生物医学之外辅以精神卫生治疗，他的出诊费很贵。但送儿子来试试，更多是主治医师、刘家世交冯医生推荐，“慢性病是无法治愈的。要处理好，需要患者、家属全面配合，是身体的，也是心理的、环境的。”

给儿子治病两年后，刘丽丽开始明白，家里有病人，真正棘手的问题只有一个——钱。这个家最大的幸运，不过是丈夫挣了不少钱，至少，在儿子生病这事上，他们虽跟其他家庭一样“一劫不复”，但仍可支撑下去。

她点点头，表示愿意配合。

医生说，我的意思是你每周也需要一小时诊疗。

我？

孩子说的情况，我需要参考。你们家的环境，也需要深入了解。你的情绪、身体、状态，也直接影响孩子。

一周后，刘丽丽开始做病人。她像平常跟冯医生汇报一样告诉岑医生，“星期一，很稳定。星期二早上不好，下午好些。星期三，更好了些。星期四，上午不好，下午也不好，到晚上好了些。星期五，今天，目前还好。可我不知道星期六会怎么样。”岑医生点头，鼓励她说出更多。她于是听到自己说：“孩子生气，我也生气。特别好的时候我不敢相信自己的眼睛，很快不好了，我又难受。每天都这样，没有规律。”

待她平静后，岑医生说，慢性病就是细节，病人和家属都精疲力竭，她的愧疚、自责、恐惧，都是正常反应。他正在引导孩子说出更多对自己生病的感受，这样才能帮到他。而刘丽丽需配合说出更多。

看诊一年后回头想，儿子是从见过岑医生后开始起变化的。电视上出现少男少女演的偶像剧时，儿子不再砰一声关掉然后发脾气。刘丽丽帮着儿子换尿袋时，他也没那么紧张别扭了。岑医生告诉刘丽丽，只要儿子不再纠结为什么会生这个病、为什么不能像别人一样考大学，他就慢慢有能力去思考未来的人生怎么办。“这是个非常聪明的孩子，我对他有信心。”

刘丽丽做了笔记，关键词是——接受、控制、改变。

她每天好几次上儿子的 QQ 空间去看他的动态。也是这半年，儿子才对她开放了进入权限。

某天吃饭时，儿子说，当个好学生也挺无聊的。她筷子停在半空。生病前，儿子一直是学习委员、年级前十名。她没想好怎么接，筷子缩回碗里。儿子又说，考上 Top2、拿国外 Offer、移民或者进五百强，都很无聊。她只好说，家里也不缺你来挣钱。可儿子说，妈妈，我是说这个秩序很无聊。儿子伸手夹菜到她碗里，妈妈，你跟岑医生都说些什么？

从岑医生的诊所回家必经开发大道。跟小城里其他拥堵狭窄的道路相比，这是拆迁后拓出地盘修的新路。原本阻隔新旧城区的山包上打出双向四车道的隧道，连接起新旧半城，开发大道也因而完整。每次呼的一声开进隧道时，湿润的空气都让她的鼻翼轻微颤动。车灯的光柱追索着硬币一样的出口，她享受这幽闭。小城架在群山之间，空气如山峦般苍翠湿润。天气不错的时候，她喜欢开一点窗，让空气呼呼对流。她熟悉这里的道路、河滩、瀑布，山民独有的饮食和语言。也许因为在北京进修过两年，她的普通话发音圆润、准确，科室里外省考来的小年轻都说，刘姐你不像本地人。她笑笑，不认为这是夸赞。

阿姨来，她又不想去见朋友打牌的时候，就一个人开车出门。阿姨会处理淋浴间里一团团的掉发，会用消毒水给儿子房间的地板清洁。而如果她开得足够远，被足够多单调的风景簇拥，回家进门时就会忘记出门前的烦心事。岑医生怎么说来着，磨砺。只有你足够强大，才能保护他，而他也会保护你。

在她从小长大的工厂，工人们总是用废弃的材料给孩子做小玩具。车床上一过，再用砂纸细细打磨。手最巧的人，能做出流行的日本电视剧里忍者用的飞镖。眼睛盯着道路和随时蹦出来的山包时，她脑子里无边无际想着这些。时间被压缩、跳格，她还扎着羊角辫打乒乓球，转眼就抱着孩子当了母亲。慢慢地，她熟悉了城郊的道路和景色，也一遍遍温习自己的幼时记忆。河流和瀑布像地球本身一样古老，靠近它们，琐碎的哀喜似乎能被时间的绵长带走。

丈夫与女领导那桩事，被女领导的丈夫举报到单位去。她相信丈夫是冤枉的，他沉默、温和，不似许多男人有太多欲望。可后来丈夫辞去公职，下海开公司。她有些失落，似乎自己错信了他。这些好像都走远了。

人生过半，已有太多后悔的事，像棋盘上无法收回的败着。

三年前，她辞职回家照顾儿子。知道原委的人安慰她说，回家也好，家事为大。只有她自己清楚，她在重新排列人生的次序。从小她就数学好，大学念机械专业，分配到地方工厂是唯一的女助理工程师。调回城、转行政岗后，她做事也一直井井有条。这个家是齐整的。

公婆先后去世，她不用再伺候病榻本应轻松些，可两个小姑子对她的家事愈发关心，主要是关心儿子，也就是她们的侄子。她们的哥哥才情过人，如果做错什么，也是刘丽丽做妻子不体贴不细致，让他躲了出去。“他又不是不回来，他累死累活挣钱不是为了你和孩子？”她们说。或许她们说的也没错，婚姻也如逆水行舟，不进则退。走了二十几年水路，同舟共济的情分有，但如今水面大雾笼罩，两人在雾中竟似捉迷藏。而她终究太要强。

辞职回家后，她学习护理，了解康复医学、心理学。跟这些事情的难度和消耗的精力相比，三年下来，她排列出了最难完成的三件事：永远不让儿子觉得自己是个废物、傻瓜；时刻观察、了解儿子的需要，发现儿子的潜力；努力去理解儿子，那个被打上慢性病烙印的世界的界限和可能性。

健康的人总是把身体的忠实视作当然，直到身体背叛了自己，才愤怒、沮丧、崩溃。这几乎像婚姻了。

儿子却比她预想的更快长大。最不好的时候，儿子完全不能自理。可那双明澈的眼睛告诉她，他虽不能像别的孩子一样走动奔跑，虽然外表不再如常，但他对人的反应、对事的感知毫发无损，甚至可以说更敏感了。

半年前，她跟丈夫又为琐事口角，儿子突然提起一只板凳，“李国强，你再这么对我妈，信不信我打死你？”丈夫没有像往常那样摔门而出，反是软塌塌缩到沙发上，什么也不再说了。

她吃了一惊，似乎儿子身体里长出了连母亲都不认得的东西。就像现在一样，她睁大眼睛盯着儿子的背影，想穿透他的思绪，想要开口说出什么。

座钟铮铮响，六点半。刘丽丽把目光从儿子的背影转到面前的电视上。每天晚饭后，她都独自坐在客厅看电视。先地方，后中央，先播本地新闻，余几分钟见缝插针播广告，然后信号一转对接中央一套，几十年不变的音乐哗地一响，导出《新闻联播》。

现在还是地方新闻时段。原本端坐画面正中的女主播被挤到一边，画面左边更打眼的位置坐着另一位女主播。更端庄，更漂亮，也更年轻。刘丽丽放下遥控器，眼球左右滑动，比对着两个女人的五官、肤色、妆容、衣饰，轻轻叹出一口气，“宋霖，你也老了。”荧屏上的宋霖像是被刘丽丽点破了真相，再密的假睫毛也扮不出灵动的眼神，只呆呆看提词器，一句句吐着新闻。五十二寸的电视里，宋霖的每一根睫毛都可以看得那么清晰。

今晚她亲自下厨，炒菜时却失手放多了盐，儿子自然不能吃，她怕浪费硬是消灭大半。她起身倒水。饮水机咕嘟咕嘟响。她恍惚盯着儿子的背影和电脑屏幕。

换了地图，这次是埃及，豺头神的神庙。儿子潜进神殿，神柱赤黄，空气雾蒙蒙尘埃翻飞。继续进攻，搏杀，夺取胜利。刘丽丽闭上了眼睛。

昨天给儿子换尿袋的时候，尿袋歪了一下洒到她手上。这种状况也不是一两次了，但她就是没忍住，胃里的东西几乎是喷射出来，沾了儿子满脚。胃抽搐得太剧烈，她一边擦眼泪一边清理。儿子躺在床上没作声。等她抬头才看到儿子眼里蓄着泪。

呕吐物跟儿子的裸体相比又算得了什么呢。最厉害的时候，儿子是被单下插满管子、动弹不得的病体，护士随意掀开被单擦拭四肢，刘丽丽则被猝不及防的裸体打晕。她已极力转过身、移开眼睛，可儿子的下体还是阴影般映入她眼底。是有疯子画家，用自己的亲生儿女做裸体模特。让他们光着身子坐在一起，坐很久，坐很多次，直到被他用颜料和画布固定。她是被迫的。

男人的下体，对她来说已是陌生。丈夫已许久不碰她了。她原没有理由像看待一个男人那样去看待儿子。只是这半年多的变化猝不及防。她怀疑自己再不能像之前那样，做个失去性别的母亲。

她抬头看钟，儿子已经玩了一个多小时了，平时他自己准时就会停，今天……她失去了去让儿子停下来的理由。

宋霖从电视上消失了，天气预报说明天有雨，可刘丽丽的膝盖并没有感觉到会有雨。准是又报错了。山太高，气流变幻莫测，天气预报常是不准的。

新一局，儿子在月球基地里出生，出生点附近有一台天文望远镜。太空舱外，蓝色星球地球巨大、沉默，近在咫尺。儿子像迷了路，在太空舱里迂回闪动。儿子教过她，这张地图的彩蛋是月球背面，那是人类不知道的秘境。他们的任务不再是人族、虫族和神族之间的纷争，而是人族与智械的博弈。她没太听懂，却记住了。

几个月前，主治医师冯医生提出了新的治疗方案。其中，换肾是主要方法，至少作为病情恶化的解决方案被正式提出。刘丽丽跟丈夫商量。两人平日总是吵，给不给儿子换肾，却看法一致。用丈夫的话说，如果换了就可以好起来，比现在更好，那就考虑换。丈夫还提出更现实的考虑：也不是想换就马上能换的，现在不去排队，什么时候等得到一个好肾？

儿子却不同意。他跟刘丽丽表达，不同意。又跟主治医师表达，不同意。刘丽丽追问过，到底为什么？这是为你好啊。儿子先是沉默，看母亲不肯作罢又可怜，就说，是我做手术，为什么你们俩那么积极？刘丽丽说，我们是为你好。儿子说，是为我好还是为你们好？你们把能给我的都给我，却根本不考虑我需不需要。从小就是这样，我根本不需要那么多玩具。你们买了玩具堆在家里，根本不知道我只喜欢积木这一样。

发完脾气，儿子变得虚弱。刘丽丽在床边守着他，不明白这孩子的想法到底从何而来。是有人说过，你们又不缺钱，怎么不给孩子换肾。但她从没细想过，就算不缺钱，是不是也必须换肾。钱是不是真的能解决问题。那些昂贵、风险难测的检查、新疗法、药物，真的要让儿子去试吗？还是就像儿子说的那样，他们不过是自私，才什么都想给儿子用上？

跟岑医生的诊疗会面里，她谈到自己的精神压力。一次次的检查、会诊，一次次的透析、服药，可病仍像一团雾，无法驱除，无法定型。医生开导过她很多次，先天型，又发现得早，控制得好的话，不少病例都活到了老年。

今天下午，儿子坐在副驾位，她开车载两人回家。过隧道时，温度陡然低了几度，儿子打了个喷嚏。她随手抽张面巾纸给儿子。儿子窸窸窣窣擤鼻涕，摁开驾驶位和副驾位之间的垃圾盖。她瞥了一眼，里面有几个老鲍留下的烟头。丈夫不抽烟。她手错拍了喇叭，嘟一声响，声音被隧道内壁反射、拉长、扩大。

出隧道，她拐下开发大道往南郊开。南郊地貌平缓，是群山之间的俯冲地带，遍布溪流和滩涂。远山如黛，隐没在云和云的连接处。河滩上长满芦苇，浩瀚如浪。她小时候，这里还有不少农家，仲家子和客家子杂居，也有苗子。黄牛步态悠扬，牛尾扇拂着米粒大的蚊蝇，不疾不徐地很耐烦。农家孩子穿短褂，打赤脚，吆牛的口诀与牛脖子上的铜铃一起铃啷作响。沿着河滩一直往南，就是他们厂。

她把车停在河滩边沙子铺出的临时停车场上。挽着儿子，儿子也挽着她，沿着人脚在芦苇中踩出的小路，母子俩往河滩边走。不知名的水鸟被他们惊飞，呼啦啦地在空气中荡出一连串圆弧形。两人心照不宣地沉默着。

儿子还是婴儿时，她经常给他按摩。指腹在柔软的皮肤上游走，像会释放电流。儿子小小的身体舒展、顺服，承接着她从指腹而出的感情。直到这两年，她的手指又频繁地触碰儿子的额头、胳膊、背脊。这躯体竟是从自己而出么。

岑医生让她用五个程度来评估她和儿子的情感关系，非常好、好、一般、不好、非常不好。她选择“非常好”。岑医生说，儿子选的也是“非常好”。“你辞职，回到家庭，你不断地努力，孩子不断地努力，让你们的关系非常亲密、牢固，这是很少见的。”

她跟紧儿子。儿子说要一台天文望远镜，她上网认真比价。接着，儿子买了不少澳大利亚的图册。她登录儿子的QQ空间，看到一个名字：哈蒙德。儿子在好几条动态里打出这三个字。也许这个哈蒙德是澳大利亚人吧。

她上网检索天文望远镜与星系。月球是天体，是人类肉眼所见的天空中，太阳以外最亮的天体。明亮的白色光晕下，玄武岩熔浆堆积出月球表面广阔的平原。月球经得起人长时间的凝视，它甚至比太阳更耀眼。

她想起上学时，先学万有引力，月球与地球之间被引力相连。后来又知道了相对论，按照爱因斯坦的说法，星球之间并没有磁力般的吸引，彼此的关系不过因为过大的质量压弯了时空，引力是一种几何现象的呈现。

这些简单的信息流在电脑屏幕上滚动，她有一种久违的愉悦。

在岑医生的诊所，她讲得最多的是哥哥。哥哥像三角钢琴的支架维持着家的平衡。哥哥去世后，钢琴顶盖砰地压下来，琴弦震动嗡嗡乱响，他们家像琴箱一样闭合。

几次诊疗后，岑医生说，你都是在说别人，你自己呢？

她想了想说，我不习惯谈自己。

医生问，有想过为什么吗？

她说，大概就是我是你的病人的原因吧。

年轻时觉得天大的事，都碎成了芝麻粒。她觉察出自己的变化，却很难开口真的说出什么。而婚姻会熬煮掉滋味，感情之外的东西都做不得盐。

河滩边的空气因水流的涌动而新鲜生猛。儿子捡起一块小石头掷向水面，石头在水面上跳了三跳。她也捡石头往水面掷去。

儿子说，妈妈，这两年我想明白很多事。从小到大，我想要什么就都能得到，我也就觉得，世界会永远这样。只要我按你们期待的去做，或者只要稍稍努力一点，就可以让所有人高兴、满意。可生病后，我根本没有精力去做什么、想什么了。应付病和治疗，我就已经筋疲力尽。有时候我会觉得，身体和脑子之间隔着什么，你明白我的意思吗？你要非常专注，才能忍住痛、控制身体。从卧室走到卫生间里、拿起一杯水喝下去，这些动作都需要集中精力才能做到。以前我觉得自己也想过人生的意义，但现在我想：活着是为了什么？如果不能控制的事随时都会发生，那我在怎么过我一天天的生活？

她再捡起一块石头，朝水面掷出去。“你大了，你的生活自己决定。手术不手术，只要你想好了，妈妈都同意。”

回程的路上儿子睡着了。山在车窗外快速后退，变成奔腾的马群或者宣纸上洇开的墨迹。也许就像岑医生说的，从儿子的角度来讲，手术是一种风险，会破坏现在他已经熟悉、基本可控制的状况。“他不想真的变成不完整的人。”

“完整的人。”她说。

她开车带老鲍去过瀑布。从市区出发往南开四十公里，有个不知名的小瀑布。因为不知名，并没有开发成景区。也有零零散散的游客，但多是镇上居民在锻炼、吸氧。她和老鲍就夹在跳舞打拳的老年人中踱步。不知从什么时候开始，在这些小地方就全是老年人了。老鲍说，清明快到了，要不要他帮忙去给刘丽丽哥哥扫墓。刘丽丽说，不用。老鲍知道刘家老爷子重男轻女，她弟弟又三天两头玩消失。她说，我会去的，这些年我不去谁去？我爸就算不满意也没办法。老鲍说，你要是不方便就跟我说。她说，没什么不方便的。老鲍说，你那个胆子小得乒乓球掉人脚下了都不敢去捡。她说，那是以前，我现在跟以前不一样了。

他们绕着瀑布前的坝子走了一圈又一圈，像要把时间的发条扭转回去。雨季还没到，瀑布尚未涨水，声响温柔。他们还没有老。

关于老鲍，“资深美女”们打趣过她。姐妹群在手机里叫“资深美女”。能做牌搭子的，手里的钱总不至于相差太远。拿得住这么多钱，至少年轻时都是美女。她们也不避讳，带了小男朋友来，让人乖乖坐一旁端茶听牌，偶尔上场玩两把活跃气氛。自然，有钱做底子才托得住这些。美女们逗她，刘姐你什么时候才有男朋友啊？有了可要带出来让我们看看啊。

城市小，同学圈子再一层层紧缩，谁都知道在同学会上，她跟老鲍喝了交杯酒。

老鲍大概恨过她。她那时候只知道听父亲的话。结了婚，弟弟又不争气，她偷偷给弟弟还了不知多少债。弟弟最后连她都骗，在丈夫公司搞了一堆烂账就拍屁股走人。她在丈夫面前是抬不起头的。如果当初就不管不顾、跟了老鲍呢？一样的两三套房子加上郊区别墅。而且，她的心抽搐了一下，老鲍的女儿漂亮又聪明，尤其一双眼睛，跟老鲍一样黑白分明。她不会怀上个……坏种。

可过了段时间，老鲍给她发信息，她总推说走不开、孩子情况不好。老鲍问具体怎么不好，她就捏几个常见症状搪塞过去。几次后，有天晚上老鲍突然发来一条信息：我都等了你一辈子了，再等儿子几年又有什么？他应该是喝多了，又乱喊“儿子”了。刘丽丽盯着这句话看了又看直至夜深，没有给老鲍回。

儿子小时候，她背着他回娘家。在家属院里遇见老鲍，老鲍也不避讳，伸手捏住儿子的小手，“喊爸爸。”刘丽丽凶他，“你疯了啊？”老鲍故意嬉皮笑脸，“认个干儿子总可以吧？”她不言语。老鲍又掏出钱包，说要封个红包，“你结婚也不请我，满月酒我总凑个份子吧？”刘丽丽打开他的手，“让人看见像什么话。”老鲍停住了，说他生了个女儿，叫琳琳，姐姐可以带弟弟玩。刘丽丽跺着脚走了，回头骂他，“神经病。”老鲍却在喊，“常回来啊。”

在冶炼厂时，老鲍常给她写信。老鲍那时接了他父亲的岗做钳工，却因头脑灵活被调到销售科，常年在外地跑。信件贴着天南海北的邮票飞到她大学毕业分配去的山坳。老鲍讲着武汉的长江大桥火车和汽车楼上楼下地跑，广州火车站前就是人山人海的服装批发市场。

老鲍说，他真想出去闯一闯。丽丽，你想吗？我们一起出去，肯定能闯出一番天地来，鸡窝狗窝也是我们自己的金窝银窝，你信不信？到时我们的孩子也能在大城市出生，生下来就能吃麦当劳。我们永远离开这个鬼地方！

信展开、叠起次数太多，折痕几乎要割裂薄薄的信纸。她在信封背后画图，每封信都铺展开一个幻想的新世界。黄鹤楼上“白云千载空悠悠”。橘子洲头有“书生意气，挥斥方遒”。深圳和广州她实在难以想象，只能按广播里说的画一片“热土”。图都是用铅笔画的。细密的线条涂满信封背面。她用月亮做记号，给图画标注时间。月初收到信，上弦月。月中画个满月，月底则是下弦月。老鲍在天南海北，他们俩都被同一个月亮照拂着。而他们正年轻，有足够多的未来和美好前程。

岑医生问过她，二十四岁就结了婚，为什么三十一岁才要孩子。在九十年代，这并不常见。她告诉岑医生，一结婚她就有了去北京进修的机会，两年进修结束，她有调动的可能。九十年代，人的流动开始松活，不少同学朋友都找机会去了深圳。父亲执意让她回来，告诉她，自己对女婿很满意，而她也不可能再找到更好的丈夫。父亲的话刺痛了她。父亲说，你跟鲍时进的事谁不知道？能结这门亲，你还想什么？原来跟其他人一样，父亲也觉得她不过是二手货。

她听说过老鲍的事。这二十多年，他外面没有人。他要的话，怎么会没有？然后莫名其妙就有了。自然是小姑娘。她心上黯然，老鲍终究过得不好。没多久又听说，这姑娘长得像年轻时的刘丽丽。传话人等着她的反应，她僵着脸笑了笑。出饭店下台阶时踩空，崴了脚。一瘸一拐在夜里走，直走回家去，刘丽丽自觉悲哀。但另一个声音又喊她，跟她说，这下跟老鲍扯平了。

有些话她只能跟弟弟讲。比如她说，她欠老鲍的，老天要她还她就还。弟弟说，姐，最近流行注氧疗法，你脑壳昏不昏，我带你去潇洒一回？她不懂。弟弟说，那你就不要发昏。是刘志平那个老颠东耽搁了你，又辜负了鲍哥，关你什么事？你是超人啊，动不动就要拯救地球？弟弟一凶起来，脸上的肉都打横走，像螃蟹脚。她又气又想笑，我看你才是个颠东。弟弟说，姐，你说是不是，你、我，是不是都是他耍威风的炮灰。大哥一死，横竖看我们两个不顺眼，说我是寄生虫，嫌我给他丢面子，他也不想想我咋会变成寄生虫的呢？我啃老我光荣。他就晓得为革命事业做贡献，也要为我们做点贡献啊。她不说话。弟弟又说，几十岁的人了，你听我一句，人不为己，天诛地灭。你想那么多干什么？

像弟弟那样自私地活着，一切或许简单。弟弟求她去说项，跟丈夫讨个项目，开发区的肥肉只要吃上这一口，以后再也不愁了。说是最后一次，又说要给姐姐争气，“你娘家又不是没人。”他从小如此，家里惯坏了他，又没有足够多的钱让他过余生。最恨弟弟时，她会想起宋霖打电话跟她摊牌，弟弟说要找几个流氓去“教训”她。跟丈夫闹起来后，弟弟去砸了丈夫办公室。至于老鲍，弟弟听着也毫无愧色，“姐，只要你愿意……”这样一个弟弟……而且，无论真话假话，弟弟总能让她开心起来。她切了盘西瓜，姐弟俩坐在小圆桌前吃西瓜，说着二人同盟里相识几十年的旧人旧事。黑色的瓜子被姐弟俩吐在盘子上，迅速风干，几分钟后就要被倒进垃圾桶。像他们无声无息转过头去不看的很多事情一样。弟弟临走前，装作不经意地跟她说，凡事不要太认真了，你就是样样都太认真。她装作不耐烦，挥手撵弟弟走。当晚她给老鲍发了条信息，“不要借钱给我弟弟。”

她拿不准自己到底在想什么，只是时不时，就把一件衬衫过水，晾到正对小区的窗外去。一件丈夫早已淘汰作废的蓝衬衫。衬衫过了水，不甩干，任水滴滴答答打在邻居的雨棚上。她住得低，只四楼。小区里人来来往往，都能听见看见这蓝衬衫。

刘丽丽关掉电视站了起来。宋霖有没有怀过孩子？她不得而知。如果有呢？她心上咯噔一下，薄而脆的一声。

三年前，她辞职后的第一件事，就是重新布置儿子的房间。床搬走，换成可以高低升降的医用床。衣柜、书柜搬去客房，只留一口五斗橱给儿子放内衣睡衣袜子。房间一下空了，但很快又被仪器填满。只剩一个角落留下儿子的电脑。

这房间一天她要进来无数次，但今晚月亮又大又白，月光洒满阳台，照彻整个房间。儿子没开灯，电脑屏幕荧荧散射蓝光。刘丽丽坐在床上等。直到屏幕上闪出“战败”两个大字，儿子才摘下耳机转过身来。

“妈妈！”儿子惊了一下，拎着尿袋起身。

刘丽丽拍拍床沿，“来。”

母子俩肩并肩坐在床上。应该是错觉，她竟觉得儿子的呼吸里也有尿味。

“妈妈，你有话就说嘛。”儿子的语气很轻，却像是等待很久了。

刘丽丽绞着手，翻来覆去搓了半天，才又对儿子说：“听说宋霖要嫁人了。”

“听谁说？”

“就有人说。”

“你就是爱听人家乱说。”

“她也老了。”

儿子突然转过脸，“妈妈，你可不可以不要再这样了。”

“我怎么了？”

“我不想说这些，但是你天天晚上对着电视看她干什么？就不觉得恐怖吗？我晓得，你恨她，但是能不能放过自己……”

“我恐怖……为什么我不能看她？那么多人都看电视。”

“他不会对我满意的。”儿子说。

“谁？”

“李国强。就算我不生病，他也永远不会对我满意的。”

“你不要这样想。”

“我就是病人。”

“不准你这样说。”

“如果我是好的，你们早就离婚了，是不是？”

“不是！”

“我要是好的话，李国强不可能不跟宋霖结婚，不会拖到现在。”

她停了一会儿，“我不想说你爸爸。”

“你讨厌他。”

“不是。宋霖是宋霖，你不能没有父亲。他一辈子也是你爸爸。”

“妈妈，你是我妈妈，对不对？”

刘丽丽轻微地点了点头。

“李国强是你老公，对不？那这件事就是你和李国强之间的事，要解决也是你们两个，最多加上我。宋霖只是个外人。懂不懂？”

她不知道自己是在生气还是害怕，也许更是震恸。

“以前我也觉得，事情变成这样是因为宋霖。但真的是她吗？库房里面，我有多少玩具是她买的？她去日本，专门给我买迪士尼玩具，那时候我已经上五年级不喜欢这些了。下一回，她就买了变形金刚给我。你和李国强只要一吵架，就都不回家。结果呢？她来接我放学，陪我做作业、煮饭给我吃。连有一次我发高烧，也是她在医院守着输液。你要我恨她，我当然恨她。但我不能像恨李国强那样恨她。可能你都不记得了，你恨起宋霖后，就不再恨李国强了。本来我觉得，也就这么下去吧。可能哪天我死了，你们就可以过想过的生活了。所以我恨李国强，他也恨我。没有我的话，我不生病的话，他早就自由了。”

“他离不开这个家，”她喉咙哽住般断续着说，“你跟你爸爸一样，觉得她好。”

“她好，她不好，她都是别的女人，你是我妈妈。我不想说谎，我说谎对我们有什么好处呢？我知道这么说你会不舒服，但我不是背叛你，不是的妈妈。好多事你不知道。”

“好多事你不知道。”她像是重复，又像是挑衅。

她是宋霖的老观众了。十年前，宋霖刚坐上晚间新闻主播台，本地报纸采访称呼她“小侯佩岑”。刘丽丽问儿子，侯佩岑是谁啊。儿子那时才七岁，知道的事却已经比她多，“侯佩岑？周董的女朋友。”“周董又是谁？”儿子放下 PS2 手柄，“周董？！妈妈你连周董都不晓得？周杰伦啊！”后来刘丽丽还是知道了侯佩岑是谁，宋霖笑起来也确实醉人，同为女人她都移不开眼。他们一家三口去过台湾旅游，那里的水果改良得厉害，红心芭乐、牛奶释迦、台南杧果口口甜得入心，所以出产那么多甜姐儿好像也理所当然。后来，刘丽丽跟宋霖照过面。她陪丈夫去参加晚宴，当晚主持人就是宋霖。在台上顾盼生姿的一个人，下来了跟他们夫妇俩分别握手寒暄，周到得很，客气得很。她没有想过，宋霖会进入自己的家。

电脑显示器上，男孩骑单车越过月球，ET 坐在单车筐子里，像过大的婴儿。

她突然理解了丈夫。拖延不过是在推迟结局，没有结局就没有成败对错。

两人都不知该再说什么才能打破这沉默。月球旋转，地球旋转，两个星球之间的夹角随时间而变幻。月光更深地铺进了房间，地板镀上半截银。儿子提着尿袋起身，走到阳台上，整个人陷入白光中，被无声涌动的光之颗粒轻轻擦洗。什么时候儿子已经这么高了呢，而他的眼神，分明跟在产房里第一次睁开眼跟她对视时一样。

她正要转身离开时，儿子拉住了她围裙的后摆。她突然想打开儿子的手，恐惧于儿子已经识穿了她。可这是件从袖子到正身连成一片的大围裙服，裙摆被攥住了，整个身体就被牵引住了。

她犹豫要不要说话，头皮阵阵发麻。儿子松开了手，好像一切又恢复正常了。她回转身，儿子把手缩了回去，眼神平静，并不像要责怪她。

这个家里，有什么事是真正的秘密吗？儿子在 QQ 空间里写：你看到月亮，我也看到月亮，但我觉得，我们在地球、不在月球，算不得真正的家。

这到底是什么意思?

儿子自顾自地说,还在上初中时,一次去动物园。动物园的秘境在虎山。路过黑熊、豹子、羚羊、斑马,凸起的山脊上,虎弓背踱步。硕大的身子踩起步子来却一点声息没有,尾巴如钢水浇铸,在空气中扫出一道道银色切面。浓稠的绿荫中,虎脸上的肌肉随着呼吸跳动起伏。踱步,跳跃,吼叫,虎困死在山头。宋霖突然哭起来。哭声很轻,像绳索一样细的溪流,在空气中拉出一道破绽。

宋霖说,隔壁办公室的小玲怀孕了。电视这行,女人当男人使,不到临盆不离岗。前几天,小玲的肚子瘪了,胎音不知怎么就没了。宋霖说,小玲是个好姑娘。

虎仍在山头踱步。宋霖窸窸窣窣抹去眼泪鼻涕,纸巾搓成纸团扔进垃圾箱。

那时我还是小朋友。现在我明白了,大人嘴里那些朋友的故事,不就是不想承认的自己吗?儿子对着空气说。

近窗的地方,光线是白色。被落地灯照亮的室内,是鹅黄。两种颜色的边界处,混杂出青烟一样的淡蓝。

不自觉地,她双手交叉,双臂紧抱。她抬头看见了窗户上映出的这个身体,蓦地放下手。她只能把手叠在儿子手背上。儿子轻轻挣脱了,反手扣住她的手,轻轻握着。

"妈妈,你去望远镜前看一眼。就看一眼。"

她走过去弯下身子。

"看见月球了吗?"

"这是月球吗?"

"圆圆的,白白的?"

"圆圆的,白白的。"

“那就是了。”

她看了一会儿月球。不再是月亮，而是月球。像儿子说的，很多智能生命住在那里。

儿子起身，把手机接到望远镜上。这么一来，望远镜里的月球就显在手机屏幕上了。月球白得像石膏模型，只是叠加了时间的重量，白得很旧。手机把月球带进了房间。而月光，则从想象的距离外奔跑而来。跟日光一样，月光也有重量，跟他人的目光一样，轻轻落在人脸上。

慢慢地，她摊开手，让月光落在手上。邻居的窗台也被照白了。她突然想到，城里的每条道路、每栋房屋，都被月亮光照着。匆匆的路人和车辆头顶，都戴上了雪一般的帽子。她从电视里看过的一张张脸，每一处农田，也都在这同一个夜里。远一点，再远一点的地方，河流涨水，瀑布壮大，也都拥有这月光。

儿子下个月就要十八岁了。一年三百六十日，十八个三百六十日，他们一起有过月亮，有过太阳。就算看不见，太阳和月亮也自在旋转着。这些事汹涌地在她脑子里浮动，但又如潮汐退去，她想起的时刻就被忘记了。月球偏移，她被埋进了光里。月光镀人，人如新铸成的银币。

儿子起身坐到电脑前，解锁屏幕，鼠标点开图册指着一张图说：“这是我。”

“这是只猩猩。”她盯着屏幕。

“他叫温斯顿。”

“这个呢？”

“这是哈蒙德。”

“他是……只老鼠？”

“仓鼠。他是我的朋友。”

儿子是只猩猩，他的朋友哈蒙德是只仓鼠。那些带着笔记、课件、参考书来看儿子的少男少女又是谁呢？她摇摇头。

“他跟着我，从月球去地球。”

“月球？”

“月球，我的家。”

“那地球呢？”

“我父亲的家。”

“你父亲？”

“哈罗德·温斯顿，科学家。人类月球基地的总工程师。”

“他是人。”

“他是人。但被叛乱的猩猩杀死了。”

“你也是只猩猩。”

“对。为了给父亲报仇，我背叛了自己的同类。”

“这听起来像哈姆雷特的故事。”

“只不过我是只猩猩，猩猩里的异类。”

“这是个故事？”

“是那个世界。”

“你来了地球。”

“我来地球。我的朋友哈蒙德悄悄跟着我来地球。但他的飞行器落在了澳大利亚。”

“哈蒙德是只仓鼠。”

“是会制作机甲的仓鼠。”

“他是科学家。”

“我是科学家，哈蒙德是造机甲的。”

儿子播放一条短片，这只叫温斯顿的猩猩的故事。他的父亲给一群猩猩培训，受训后的猩猩可以成为人类的助手。一天，父亲发现有一只小猩猩特别聪明，就把人类的科学知识和创造力都教给了他。小猩猩也就成为了父亲和科学家们的助手。他常常看着窗外那颗叫地球的蓝色星球想象，那是他父亲来的地方，父亲的家。这就是温斯顿。

“我喜欢哈蒙德。听声音别人都以为他是个中年男人，但那只是他做出来的机甲，没人知道机甲里坐着只仓鼠。哈蒙德很会讲笑话。你跟他讲笑话，他会说，哈！哈！哈！很好笑！天气太热，他会说，哎呀！啮齿类动物感到不适！他嘲笑自己。温斯顿有父亲，要复仇，有故事。哈蒙德没有故事，至少，他不愿意说出自己的故事。他来地球，没人知道他是谁，所以他自由自在，在人类的废墟上旅行。我羡慕他，因为我只是温斯顿。”

“可是有了温斯顿，哈蒙德才更有意思了。”

“妈妈，你知道吗？哈蒙德只是哈蒙德。做机甲，旅行，讲笑话。哈！哈！哈！很好笑！”

“所以呢？”

“哈蒙德这么轻松，是因为他可以用机甲当身体。他有两个身体。一个是他自己的，一个是他造的。”

“他可能对自己仓鼠的身体不太满意。”

“不是不满意，只是只仓鼠的话，会限制他的行动力和想象力。”

“想象力。”

“没错。”

“明天我们出去玩吧。”

“去哪儿呢？”

“你想去哪里就去哪里。”

儿子伸手指指月亮。

“你去过的。”

“真的啊？”

“你看了《魔豆》的故事，就画了一条豆藤梯子，梯子挂在月亮弯弯上。”

“我呢？”

“你说，妈妈，我要爬上去了！”

“然后我就爬上去了！”

“你爬上去，肚子饿了才想起来往下看，我妈妈在哪里？我要吃饭！”

“我妈妈送饭上来给我吃。”

笑声破开了什么，又雕塑着什么。儿子让她坐到电脑前，“玩一局。”她右手紧抓鼠标，口中默念儿子的指令：左键是火炮，右键是抓钩。

月球基地里，冷光带着淡蓝色，刘丽丽开始奔跑。她从没这么跑过，球形机甲滚动着往前碾压，枪火在眼前闪光。双腿在融化，身体也飘浮于半空，她却能拼命奔跑。太空舱外，月球沉默如巨大的谜语。她点击鼠标，每点一下，都在积蓄和爆发能量。虽不能击中敌人，至少是在躲避死亡。她的身体很轻，从没这么轻过。她不再是关节炎、不再是偏头痛。胎儿从她身体脱离，飘浮于星河之中。月球转动，宇宙浩瀚，刘丽丽的身体像剧烈晃动的天平，在炮火中颤颤巍巍，但突然，天平静止了，她说不出理由，似乎被银河强大冷彻的力镇定了。她吁出一口气。

她变成一只仓鼠，在球形机甲里滚动向前。她不再是刘丽丽，而可以成为哈蒙德。用哈蒙德的头脑和意志操纵一具机甲，而机甲无所不能。

“怎么不动了？”她晃动鼠标。

“你死了。”

“我死了？”

“敌人把你堵住了，你被群殴了。”

“那怎么办？”

“还有命，继续打。”

儿子俯身在她左边，手指摁着键盘。刘丽丽突然飞向空中，机甲变成暴烈的破坏球，加速俯冲，敌人被撞飞。火光在眼前炸开，白得耀眼。

“可以啊妈妈。”

“打死了？”

“打死一个。”

话音刚落，刘丽丽被击中，“战败”。

“好像也不是很可怕。”

“什么可怕？”

“战败。”

“战败有什么可怕的呢。”儿子笑了，“每天战败几十上百回呢。”

哈蒙德从机甲中探出身体，朝半空抛出一粒坚果，仰头张嘴，稳稳接住。他咀嚼，微笑，享受他的身体和时光。

儿子七岁时，他们搬到这个小区。儿子在这条街尽头的小学入学上一年级。初中也离家不远，骑自行车十分钟就到。儿子初二，李国强买下市区新开的楼盘，大平层，要坐公交车上学了。高一，儿子退学，她辞职，他们搬回这套离医院只一个路口的房子。这些都被月光淡入了银河里。时间变成圆环，进化论停止。

终究，她什么也没有说。像之前的夜晚一样，她轻轻阖上门，离开儿子和他的房间。

从儿子的望远镜看出去，月球在她眼前第二次诞生。还是个孩子时，她抬头就能看见月亮。她相信月亮上有只兔子在捣药。兔子跟月亮一样白。儿子小时候她讲故事，也是说月亮很远，神仙吃了仙丹才能飞上去。后来她画月亮，月亮是计时器，是光与影，是她的心事。今晚她踏上去了。像儿子踏上去无数次那样，她也踏上去了。她那么年轻，有使不完的弹药。她变成一只仓鼠，却像个战士一样开枪，有最牢固的铠甲。在那个可以看见地球的世界里，每一次降生都是祝福和使命。

她捡起一支笔，在电视购物杂志的空白处画图。太久没画图了，纸和笔都别扭，线条也陡峭杂乱。可她毕竟在按自己的意思画图。

她画月相。上弦月，望月，下弦月，朔月。四轮月亮周围环绕着更多不规则形状的小月亮，不是阴晴圆缺的说法可以想象和概括的。一切都来得及。

月的潮汐中，七岁的她在打乒乓球，球跳离桌面滚向围观的人群。人群突然哄笑了，男孩们都在等待刘丽丽手中的球失控的这一刻。她犹豫了，迈不开腿。鲍时进捡起球，塞回她手里。现在，她对自己喊停。月相高速变幻，时间被魔法冻结。她走过去，捡起球，扬起球拍发自己的球。橘色小球跃向半空。月光古老而崭新。

儿子没有睡去。他打开页面，在仅自己可见的日记里写：

妈妈忘记了。

她曾对我说，我还是想跟你鲍叔叔在一起，你能理解吗？我说，妈妈我支持你。

可是妈妈现在好像忘记了。大概她觉得我也不记得了。

我记得妈妈消失过几次。

第一次我还在吃奶，她丢下我不知去了哪里。我把塞进嘴里的奶嘴吐出来，开始记事。

后来妈妈又离开过，每次都只有一两天。

我猜过她去了哪里，但没有问过她。

妈妈只有这一点秘密。

如果妈妈不是我的妈妈，我会喜欢她吗？我想会的。她是我喜欢的人。

这次，妈妈会离开吗？真的离开？

我希望妈妈能去她想去的地方，比如光明美丽的月球。

原刊《钟山》第3期

格陵兰博士逃跑计划

房 伟

一

我第一次见到导师，是在一个秋夜。江南暮色，凉风能吹到骨头缝里，不很冷，但有着阴暗寒意。导师个子不高，面色憔悴。我们住的博士公寓，名叫乌楼，是一座民国建筑。西式彩玻璃镶嵌的窗，六棱黑色护栏，镶嵌珐琅片的洗手池，巨大的红漆门，铜狮形状的门环，都带有几分神秘色彩。我站在鹅卵石铺成的台阶下，仰望着门口的导师。镂空尖顶的铜灯柱，流淌着鹅黄的光。在那些错落摇曳的法桐叶子的阴影下，导师面目更加模糊了，身形也仿佛被光影切割成无数破碎的曲线和直线，还有很多莫名其妙的几何形状。我有些突如其来的迷惑，仿佛宇宙中飘浮的巨型光带，小到尘埃，大如星球，都静静地飘浮着，等待着未知的判决。

晚上十点，乌楼的灯会自动熄灭，也是大安静来临的时刻。导师有些言不及义，不知所云。

九月开学后，我一直等待导师召唤。但导师的讯息凌乱而模糊。有时说在日本开会，有时说在欧洲查资料，还有时说在闭关申报项目，撰写论文。我陆续听到一些消息。比如导师竞争长江学者失败；导师严重失眠，不愿与人交流等。我等了几个月，终于等到了导师的回应。

我心中已没有了刚读博士时的喜悦，更多的是一份沉重与慌乱。南方的冷，带着一股湿滑的邪恶魅惑。我的眼神滑过乌楼，唰地掠过导师头顶、梧桐树树梢。我闻到了一股破败气息，好似锈迹斑斑的刀锋的嘴唇。蓦地，那些湿漉漉的金黄落叶，连带着洗手池碧绿的水，都蜷缩起僵硬的爪，对我报以示威的狞笑。乌楼不远处，是体育场，那里不分时间段，总有零零星星的人，在不停奔跑着。他们步伐缓慢，又不屈不挠，仿佛夜晚之中，无望而执着的神祇。

我是北方人，渴望刻骨铭心的冷，一如冬天的阳光，稀薄，干燥，严肃，能刺瞎所有阳台矜持的双眼。然而，在这个南方大学博士公寓里，我辗转难眠，抱怨暖气的失踪。

这只是起点，不是结束。导师继续说。我看到了乌楼的红漆大门，它已有很多年头，凝聚着无数时间的叹息，和人类手掌抚摸带来的铁锈味道。不知为何，我突然害怕这扇门，走过它，我总是汗毛竖起，感到有冷风舔过身体，仿佛地狱阴森游魂的舌头。我害怕那门活过来，变成飞舞的巨型蝴蝶，咬住我，撕碎我。

我有点怯，又怕今后少有向导师请教的机会。虽然读博听起来不错，但我放弃了大城市的公务员职务，家里人和很多朋友都认为不值。我的压力也很大，我希望能得到导师的确认。

你要创造“范围”，既是学术专攻方向，也是生活范围。人必须有范围，这比目标更重要。目标会变，死亡、腐朽，但范围不会。人必须生活在范围中，才能找到方向和后续动力。导师说道。

就是说一种“环境”？我很迷惑。

导师继续说，这是布迪厄意义上的“场域”。以学术为业，在这个时代是艰难的，尤其是文科。主体性圈套，比客体的欺诈，更值得警惕。你只有创造出一个范围，才能活得强大而稳定。我已人在中途，你好好努力，或许还有希望。但你不要变成格陵兰这样的博士生，那就彻底没希望了……

格陵兰是谁？我的脑袋里画满了问号。导师丢下发愣的我，独自离开。寒风中，他的大衣沾满湿漉漉的露水。我远远望去，只能看到他的头一晃一晃，慢慢隐退在了浓重的夜。

我不晓得导师的话有什么玄机。我就是想读博士，将来在大学混个教职。我一直羡慕大学教授这个职业，我很多次地意淫过博士毕业后，第一次登上讲台的情形。说实话，我更期待少女们关注的目光和淡淡的体香。想到这里，我不禁有些羞愧，为自己猥琐的想法。

几年后，当我离开乌楼，才明白导师的苦心。一九七八年，哲学家巴特在巴黎发表《人在中途》演讲，那年他六十三岁。巴特认为，中途是一个符号，一个重要庄严的时刻，是良知全体的震撼，是对衰老的拯救。导师刚过四十岁，怎么会有这么悲壮的想法？

格陵兰，是住在博士公寓五楼的一位男博士。严格意义上说，他是我的师兄，和我出自同一师门。我无论如何也没想到，格陵兰博士，改变了我的人生。他逃走之后，我也日渐荒芜，险些无法熬过艰苦的读博生涯。

二

南方的寒冷在继续，我早起时发现，窗前那些黑黝黝、湿漉漉的樟树枝上面居然有了一层薄薄的冰。梧桐金黄的落叶，在池塘边渐渐变成尸体般的黑褐色，只有鲜艳的红枫在冷雨中舞蹈，还有披头散发、棕红色的木麻黄，也在雨水中保持着沉默。

导师和我交谈后，又开始闭关修炼。他决定冲击今年重大项目选题，需要一段较长时间写规划书。S大的教授们，时刻处于有关项目的焦虑中。学校明确规定，没有项目的教授不能招生。导师没空管我，我只能尽快进入博士的生活节奏。我们课程也不多，主要是在图书馆读书，寻找合适选题，查找资料，写一篇数十万字的博士论文。同时，我们必须在核心期刊发表三篇论文，才能达到毕业标准。有的导师关心学生，帮助学生推荐文章，有的则不管不问，很不幸，我的导师属于后者。

我试图沉浸入书的海洋，心却很难安静。乌楼历史悠久，传说最早是民国官员的府邸，日据时期，又变成日军宪兵司令部，建国后，它原是历史系办公楼，新校区成立后，大部分院系迁走，历史系也趁机占据了一个更大更新的办公楼，乌楼就被改造成了博士公寓。

只要有闲暇，我就在乌楼的走廊里，走来走去。寒冬来临，淋淋漓漓的冬雨，让乌楼飘满了木地板的霉味，类似石楠奇异的臭。乌楼也有不少离奇传说，这里死过不少人，有失意的民国政客，殉情的富家少爷，拒绝投降的日本军官，被红卫兵小将批斗的教授，还有几个无法毕业的博士。我踩着的被寒潮搂得紧紧的地板，发出吱吱呀呀的响声，犹如石子跃过平静湖面。我不禁产生很多迷幻遐想，仿佛穿越历史，变成一个手捧鲜花，参加晚宴的民国富家公子，或是一个夹着绝密文件，神情严肃的日本少尉。走廊尽头是拱形木窗，南方的冷雨中，没有阳光洒进，窗子也是乌黑色的，显示出阴冷湿滑的平面感。每当我独自在那走廊彷徨，都会感觉，它好像一条奇异的时空通道，一个平行时空交汇的“奇点”。由于连天阴雨，走廊白天也点着灯，有时我倚在潮冷墙壁上，精神恍惚，仿佛空荡荡的走廊，挤满了不同历史时期的幽灵。他们热烈地交谈、亲切地问候，他们的喧哗声，充斥着乌楼……

走廊四周，有很多博士房间，我时常张望着那一扇扇木门，希望能与人交流。我在S大没什么熟人，读博士的生活，太枯燥孤寂，我需要交朋友。202房间住着两个男博士，一个瘦得像被锻打冲压后的铁条，另一个胖得像发酵后的精粉面包。他们年龄都不小了，都是单身。他们的宿舍，永远弥散着一股腥臭味道，我每次从虚掩的门缝望去，总能看到他们奋战在电脑前，眼珠一动不动地盯着电脑。我猜想可能是在查资料，但有时可能是在打游戏。因为我看到"魔兽""英雄联盟"等游戏屏幕界面。每当我想和他们聊天，他们就傲兀地指着门上的字条，摆摆手。上面赫然是"闲谈不能超过三分钟"。我还没有开始，何来三分钟的限定？

205房间就在隔壁，住着一对博士夫妇。孩子刚几个月，女的没有工作，就在那间小屋里带孩子。深夜时分，夫妻俩时常爆发激烈争吵，然后是肢体冲突。婴儿刺耳的哭泣声、男人的叱骂，还有女性压抑的哽咽交织在一起。这个过程，往往延续一个小时左右，之后渐渐停歇，但又或掀起一两个小高潮，复又低沉，才最终归于沉寂。第二天，我能在水房遇到那位博士夫人。虽然她的脸上有明显伤痕，但她依然温婉贤淑，微笑向我致意，保持了一个女人的尊严。我小声问她，是否要为她报警。她感激地咧了咧嘴，还是坚定地摇头。她将手放在我的肩头，轻轻地拍了拍，鞠了一躬，转身离开了。

博士夫人已身为人母，但皮肤白皙，身材曼妙。她走过我的身边，飘出一股母乳香味。她含泪的眼，更有着楚楚可怜的风韵。我已经二十七岁，还从未接触过女人。乌楼隔音也不好，那位男博士三十多岁，从原来的工作单位辞了职，来读管理类博士生。我见过他几次，高高大大，一脸凶悍和不甘落魄，符合我对恶丈夫的想象。他们也有不吵架的夜晚。那便是漫长的做爱。"恶人博士"的喊声肆意高昂，博士夫人还是一如既往地发出压抑的呻吟。这让我分不清她是痛苦，还是享受。或者说，她只能将痛苦化为享受。这让我抓狂。我在操场疯狂跑步，消耗着多余的躁动荷尔蒙。性压抑对于处于高度精神压力之下的男博士而言，是一种难以摆脱的梦魇。202 房间的“铁条博士”和“面包博士”也是光棍，从没有女生来这间发霉的屋子，可能连母老鼠都懒得光顾。有时我也能看到他们围坐在电脑前，呆呆地看着什么。我走近一看，是韩剧《来自星星的你》，202 房间的灯光永远是昏暗的，电脑荧光屏闪烁，一胖一瘦两个男人，泪流满面，不知是为了感人的电视剧情节，还是为了自己。

这座楼也有不少女性，除了少数博士家属，就是女博士。她们少有一般女孩明媚的笑脸，特别是理工类学科的女博士，有时一个实验做上万次，结果只能证明结论的错误。她们很多人脸色暗黄，长满痤疮，发色干枯。她们无心打扮，衣着朴素肥大，目光呆滞，又有着一种执拗的狂热。医学院女博士，发梢中是福尔马林气味，那是解剖室和手术室的职业气息。生物医药专业的女博士，身上散发的则是药材气味。至于历史专业的女博士，满身都是书籍的发霉的味道。

知识不只是带来快乐，更带来压抑和焦虑，偏执和扭曲。我和博士们的交集，除了走廊偶遇，就是在水房。水房二十四小时供应热水，另有一个洗衣房。深夜水房也是恐怖的。212 房间有一位研究化学的女博士，已三十六岁“高龄”，她刚经历了一场刻骨铭心的失恋。白天，我们从没遇到过她，深夜，她才悄悄爬起，在水房洗衣服。她一边洗，一边哼唱着自编的小调。水管哗啦啦的流水声，搓动衣服的声响，搭配扭曲走调的小曲，在深夜乌楼走廊飘荡。更可怕的是，小调常常唱着唱着，就变成不绝如缕的哭泣声。一次，我看书到深夜，想去水房接点开水煮泡面，碰上化学女博士洗衣服。她穿了一件白色睡衣，披头散发，长发遮住了她的脸。透过水房昏暗的灯光，我看到她的手指瘦长，关节粗大暴起，长指甲抓着缩成一团的衣服，好似抓着男人鲜血淋漓的心脏。我联想到她学的化学专业，不禁为她的前男友担忧。

我只能强迫心思回到学习上来，不考虑乱七八糟的事。学业任务沉重，如果不能按期发表核心论文，写出合格的毕业论文，将不能获得博士学位。推迟就业，意味着很多意愿落空，父母对我的期望也会落空。对于发论文和做学术，我还是茫然没头绪。导师闭关修炼，不能给我指导。我对前途愈发感到悲观。认识格陵兰博士，将成为我的博士生涯的重要转折点。

三

没人熟悉格陵兰。他深居简出，神秘低调，住在乌楼顶层，五楼最南端 514 房间。514 房间旁可直通天台。传说十几年前，曾有一名中文系女博士在这里上吊而亡。女博士生前迷恋昆曲，漆黑的雨夜，有人见过一个眉眼如画、挥舞水袖、身着古装粉色长衫的女性，在天台咿咿呀呀地唱着《牡丹亭》。没人敢住在这里，唯独格陵兰主动要求住下，说是比较清静，学校求之不得，也没人与他合住，格陵兰就享受单间待遇。无论何时，从楼下望去，514 房间的灯永远亮着，总有一个抽着烟、清瘦的身影，落在淡蓝色窗帘上。

没人说得清楚，格陵兰确切长什么样，他的博士已读到第五年，据说常戴着帽子和口罩，好像生怕被别人认出。他的故事，在乌楼博士圈广为流传。有人说，格陵兰的家乡在甘肃，因为家贫又热爱学习，几年都没回过家。S 大图书馆每年评比借阅量最大、最勤奋的学生，格陵兰总是高居榜首。但图书馆里，没有几个人真正见过他。格陵兰还有一个吓人的外号——“中国文科第一博士”，如果打开中国知网搜索，格陵兰总是高居年发表量和引用率前几位，据说他读博期间，已发表核心刊物论文三十余篇，论文总量则达到了惊人的五十篇。这是一个非常吓人的数字。我有限的视野之中，的确没看到如此厉害的文科博士。奇怪的是，格陵兰的博士论文却迟迟不能完工，这也导致他五年还没毕业。也有人说，格陵兰憋着一股劲头，要把论文做到极致，让它成为一篇震撼学界的名著。

学生使用知网，不仅是查找资料，也可以暗暗检索同学们的核心刊物发表情况。除了在有限几门课程的课堂上交流讨论，餐厅也是沟通的场所。大家的话题，永远一成不变枯燥无聊，就是谈论各自论文的情况，有多少论文发出，有多少论文被刊物排队，或者多少论文被枪毙。这些交流常常三心二意，遮遮掩掩，既有得意的炫耀，也有嫉妒和窥视。有一位男博士，常向我们吹嘘，他将要在权威核心刊物《哲学研究》上发表论文。我们都羡慕不已，系里老教授们都被惊动了。他也常拿出一个脏兮兮的用稿通知给我们看。他甚至成功俘虏了一个女博士的心，将她搞上了床。后来证明，他不过是遇到了骗子，白白花费了五万元。女博士也上了他的当，嫁给了这个“只有用稿通知”的男博士。女博士索要了三万元分手费，离开了这位风光一时的学术凤凰男。这位男博士经受不住打击，最后被送到了陆家嘴精神病医院。

格陵兰的发表是实打实的，有据可查。大家都猜测他的来历。其实，他不过是一个来自贫困地区的、普通农民的儿子，他的导师，也就是我的导师，虽是哲学系最年轻的博导，但不是什么学术权威，也没有多丰富的学术资源，否则也不会几次评比青年长江学者，都接连败北。那么，为何这么多编辑都发表他的论文？难道他的论文水平如此之高？说实话，对此我们都不服气。格陵兰肯定有着不为人知的身份，才能获得如此丰厚的学术认可。他可能是学界某位大佬的私生子，或是勾搭上了学界某位年高德劭但寂寞孤独的女主编。

格陵兰也并非在何处都受欢迎。系里某些老教授，认为此人狷狂傲气，心浮气躁，只是论文发得多而已，根本不会做学问。也有的博士讨厌格陵兰，说他哗众取宠，发论文不过是为吸引异性注意。我对格陵兰的好奇心更重了，好几次，我偷偷跑到514房间，想找他聊天。然而，他的房门总是紧闭着。我轻轻敲门，清脆的敲门声，似是掉入深潭的小石头，深远而幽微。那是一扇绿色木门，门上有一个奇异的血红色惊叹号，仿佛一根巨大手指，阻止着好奇者的探访。我悻悻地准备离开五楼时，他的房间隔壁的天台入口处，有若有若无的吟唱传出。我汗毛直竖，快步逃离。回到房间，我一口气喝光一大杯苏打水，还能感受到心脏在胸腔疯狂跳动。

深夜，天空飘着小雨，我在宿舍学习了五个多小时，头昏脑涨，决定去操场跑步。深夜在操场跑步，有一种漫长的孤独感。煤炭渣铺成的跑道，踏上去非常硌脚。我不管这么多，我只需要理由，在空旷的地方疯一下，在速度的激情下，喘息与汗水，都能化成自我确认的信心。一个人在操场上跑动，冷雨劈开每一个毛孔，狠狠地钻进去。这些小虫般的生物，吞噬着肌肉和血液，侵蚀我在寒夜所剩不多的勇气。

突然，有个影子从我身边飘过，我试图抓它，却无从着力。雨愈发大了，影子在我前方大约一百米的地方停下。我抹了把脸，又大踏步追上去。我这才看清，是一个瘦高的男人，大约二十七八岁。他穿着整齐黑西装，戴着白口罩，领带紧紧勒着细长脖颈，仿佛多情的蛇。黑皮鞋被雨点击打着，发出噼里啪啦的声响。他浑身湿透了，雨点顺着他的额头溜下，在严肃宽阔的下巴边沿聚汇，变成了一排白亮的甲虫。他的眼不大，目光刺人，直勾勾的，不是疯狂，而是一种与生俱来的冰冷、邪恶和嘲讽。他咧咧嘴，似乎想笑，却变成了某种狰狞的暗示。

难道是变态狂？我猛然想起，一个变态狂游荡在S大的传说。相传他已偷袭了好几个女生宿舍厕所，跑步速度奇快，每次都能逃脱保安的追捕。我愣住了。就在这时，那人快步上前，一眨眼逼近，紧紧握住了我的手。我感觉被某种冷硬的铁器擒住了，无法逃脱，大脑一片空白。男人摘下口罩，不紧不慢地说，你是一年级的毕小沅吧。我是格陵兰，你的师兄，我注意你很久了。

四

几年后，我从S大毕业，离开乌楼，逃离了南方湿冷的冬天，去北方一所普通省属大学教书。我娶了一名样貌普通的辅导员，生了一个儿子。我在漫天白雪中散步，常想起中世纪古堡般的乌楼，一座充满巫术气质的民国建筑。时间是一切移动物体赋予的、不断逝去的灵魂。它是冰冷潮湿的雨点，是乌楼前漫天飞舞的梧桐叶，也是眼前无休无眠的雪。时间有不同附身形式，然而对于普通人来说，没有太大区别。无论南方，还是北方，我们都是时间的囚徒。我们被时间捕获、囚禁、训练，变成一种不断衰老、等待死亡的生命组织体。几年过去了，某些记忆没有模糊，反而更加清晰了。我时常想起S大那个凄风冷雨的操场，想起格陵兰那双铁器般凶狠冷酷的手。仿佛宿命的相遇，正是格陵兰那双手，启示了我的内心，让我看到未来无法挽救，又不可避免的命运。我还能记起，那双手不大，但骨节凸起，张弛有力，它们仿佛是地狱之门逃出的两只孪生小兽，就这样轻而易举地将我捕获了。

我傻傻地问他为何知道我的名字，格陵兰说，导师在邮件里告诉他的。格陵兰还说，那天我敲门，他在门洞的窥视镜看到了我，但是他不敢肯定是我，又怕惹不必要的麻烦，就记住我的长相，在互联网搜索了我的资料，最终确定我就是住在二楼的博士一年级的师弟。

我又问，找我干什么？这显然是一个幼稚可笑的问题。对于格陵兰这样的“天才学者”来说，以我的智商和悟性，很难猜透他的真实想法。果不其然，格陵兰没有回答我的提问，而是拉着我离开操场，回到乌楼。我终于进到神秘的 514 房间。

那间传说中的房间，很普通，普通到近乎寒酸。一张结实的铁架床，一台电脑，两个棕绿色松木小衣橱，两个大书架塞满各类书籍，又非常整齐，很多书中都夹着便笺，字迹工整。如果说，这间屋子有什么特别，那就是过于干净，地上一尘不染，桌子也一点污渍不见，雪白的墙，挂着两只相对而视的黑地白字老式挂钟，像一对尸体标本，嘀嘀嗒嗒地提示着时间流逝。书桌上方墙壁，有一张打印的月度计划书，显现出居住者的极度自律。风夹杂着冷雨，从天台入口灌进来，又被门挡住，发出啪嗒啪嗒的怪响，像一个女人用长长指甲，轻轻地叩门。我想起女鬼的传言，打趣说，师兄不怕鬼？人家都说天台吊死过人。格陵兰说，我这里鬼都不会上门，我也不愿和人应酬，浪费时间。如果真有鬼拜访，我就和她好一场，也不枉缘分。

这完全不符合我对“天才学者”的想象。在我的想象中他应是不修边幅、凌乱不堪的才子，而不是如此冷静理智的人。然而，冷雨淋漓的操场上，一个西装革履的男人，无论如何也不能说是正常的。我们所谓的正常，也许不过是平庸吧。格陵兰打开橱子，里面有十几种咖啡，整齐地放在一个个小方盒子里，用英文标写着名字。格陵兰扫了一眼，夹出一瓶，漫不经心地说，德国格兰特黑咖啡，精选罗布斯塔咖啡豆，醇厚而不酸，特别适合运动后喝。

我问他有没有毛巾。他拍拍脑袋，从卫生间拿出一条淡蓝色干净毛巾，让我擦脸，并带来一套运动服，说，你的身材和我差不多，这套衣服你先穿着，洗干净再还我。格陵兰也换了一套宽松干爽的运动服。当我们终于坐在桌前，喝着格兰特咖啡，我突然发现，不知要说什么。

他微笑着，正襟危坐，优雅得体。他有坚挺的鼻子，细长的眼。他的身材很匀称。他更像一名白领职员，而不是一个以学术见长的哲学系博士。

沉默了一会儿，他突然问我，那天来有什么事。我支支吾吾半天，才说明想让他教教我，如何写论文。我现在被论文搞得情绪很差。

格陵兰小口抿着咖啡，淡淡地说，我只教人如何发表文章，不教人写文章。

格陵兰继续说，任何行为，都取决于目标。达成目标，需要坚韧不拔的努力。这种努力，才决定了进化方向。

你看《动物世界》吗？格陵兰目光炯炯地问。

我自然不看。每天学业如此繁重，应付尚且来不及，哪有时间干别的。

格陵兰告诉我，塞内加尔方果力的雌性黑猩猩，擅长使用自制长矛，在树洞猎杀非洲丛猴。你能想到吗？格陵兰说，动物学会使用工具，人与动物的区别，还那么明显吗？但是，黑猩猩的举动，不是从来如此，而是由于近年森林面积减少，人类猎杀频繁，导致黑猩猩种群生存环境急剧恶化。可以说，使用工具，是大自然和人类的逼迫所致。

格陵兰强调说，生存成为核心目标，猩猩就会进化为使用工具的“类人”，人类就有可能进化为“新人类”。只有“新人类”，才能适应现代性结构中激烈的竞争。

对他的讲述，我听不太懂。我期盼实际的教导，而不是不知所云的东西。这一点，格陵兰和导师没区别。他们太热衷谈论形而上的问题。第一次交谈，我们还是有些交浅言深。

我们又闲聊了一会儿，我看到时钟指针指向九点，赶紧起身告辞。

格陵兰送我到门口。我无意看了看自己的手表，却只是八点五十。我的手表，是父亲送的卡西欧精钢手表，一直非常准时。对于一个自律节制、追求极致的人来说，不准确的时间，无疑不能忍受。我忍不住向他提示，墙上的钟快了十分钟。

我是故意的。格陵兰还是微笑着说，我要成为“走在时间前面”的人。

五

认识格陵兰后，我常去找他聊天，他并不在乎我的打扰。我打着谈学问的名义去，最后不过是发牢骚。他也总是耐心倾听。慢慢地，我们的关系越来越融洽。他很少谈自己，除了说说学问的事，说得最多的，就是死亡。他的博士论文，研究尼采的怨恨哲学。而他也将死亡当成了哲学最高命题和最后理性裁判。

他喝着浓咖啡，在坟墓一般冷寂的宿舍，高声向我宣讲着对死亡的迷恋。他承认，上中学时，曾将无主荒坟的骷髅带回学校。他给那个忧郁的骷髅取了个名字叫“空空”。他每天对着骷髅讲话，将它当成沉默的朋友，善良的宠物。直到“空空”被同桌，一个胖姑娘发现，这个秘密才最终大白天下。胖姑娘被吓得昏倒，骷髅头也被没收，成为学校生物研究室的标本。

“死亡是公平的，它没有怜悯，也没有腐败，在死亡的怀抱里，世界成为宁静的港湾。”他吟诵着不知何人的诗句，眼神充满了疯狂的清醒。他在宿舍里盘旋，向左又向右，后退复又暴起，好似困在牢笼中的豹。他挥舞胳膊，高亢的声音穿透玻璃，变成一道道摄人心魄的魔法，像歌剧院庄严的颂歌。那张英俊的脸，不时变换着各种表情，仿佛一条五颜六色的河，淹没了格陵兰的五官，将之变成一座沉没在幽蓝水底的巨型雕像……

格陵兰说，生命短暂，相比浩瀚宇宙，地球又是短暂的。由此而推，我们不过是一个小得不能再小的“瞬间”。四十五亿年前，地球诞生，在此后漫长的时间里，板块运动使得喜马拉雅山脉隆起，马里亚纳海沟形成，无数岩浆喷射到数万米高空，形成壮观的生命之虹……

听格陵兰师兄讲解死亡，如同听瓦格纳的歌剧，没有颓废阴郁，总有激动人心的壮美。我自惭形秽，深感悟性太差，但有时听他讲多了，也觉得矫情，就嘲讽他说，师兄，你总谈到死亡，可也没见你死，你不是活得有滋有味？

格陵兰不屑地说，你不能只看表象。否则读再多书，也只是书呆子。

你看那是什么？他遥遥指向床头，那里挂着一截棕绳。我问那是干什么用的？格陵兰解释说，这叫“我主之索”，我把它挂在墙头，就是提醒生命短暂，时间流逝，要多学一点东西，多做一点事。

如果哪天我厌倦了，就拿起它结束自己。格陵兰淡淡地说。

我问他，以他的学术水平，完全可以正常毕业，为何要拖延这么久？

格陵兰说，毕业又如何？不过是加快进入这个机器猛兽般的学术体制，变成一个齿轮，或被它吞噬血肉。他不过是在德里达意义上“延宕”了终结的最后时限。

我说，别转，说人话，你是赖着不想走呗。

格陵兰依然保持了神秘感。他很少现身公共场合，如果去餐厅或图书馆，也戴着白口罩。我对格陵兰的情感生活很好奇，但他不谈论女性，偶有涉及，也表现出厌恶。他说，女性是依附性生物，缺乏思想和灵魂，她们用肉身诱惑男性堕落。虽然他这样说，我还是在他的桌子上看到了一张女孩照片。姑娘清秀可爱，个子不高，一副邻家小妹样貌。我追问他，女孩是谁。格陵兰却说不出所以然。也有人告诉我，一个低年级硕士学妹，仰慕格陵兰的才华，数次追求无果。情人节，女孩给他买了精致领带，他给人家送了一朵“塑料花”。我问格陵兰是不是有这件事，他笑着说，他是想让女孩知难而退。他想说，没什么东西可以长久不腐，爱情、友谊，包括我们有限的生命。我们珍视的东西，其实不过像塑料花，是一种虚假的美丽。

格陵兰向我讲述时，脸色苍白，目光忧郁，显然“美丽学妹”的故事，绝不可能仅是如此。他大部分时间，都在宿舍和图书馆读书写论文。只有深夜，他“衣冠楚楚”地在校园散步，不管风吹雨打，雷打不动。他多次被学校保安扣留审问。

转眼间，到了期末，我又有了新烦恼，甚至无暇关注格陵兰了。一次，我们同一级博士生恰巧又在餐厅相遇。我这才惊讶地发现，很多同学都已在核心刊物发表文章。这大半年，我的时间，都用在一些乱七八糟的事上，丝毫没有计划性，对于发论文这样的大事，显然缺乏足够投入。导师也发电邮过来询问论文写作发表情况，我心乱如麻，感受到了巨大的学业压力。看到我唉声叹气的样子，格陵兰表示同情。我趁机说，师兄，你教教我如何写论文吧。格陵兰盯着我，冷冷地说，我说过，我只会教如何发表论文。我说，那也行，我先写出两篇，你帮我发发。

格陵兰又说，不是帮你发，而是教你发表的“方法”。

我说，有什么不同？不就是给编辑投稿吗？

格陵兰说，一句话也说不清楚，晚上八点，你来我宿舍，我教你。

六

几年后，我一直没走出格陵兰带来的惊吓。他一定是恶魔转世，对隐秘的人性，有着刻骨铭心的洞察。这种聪明才智，没有完全转化到学术中去，反而变成了一种疯狂。

寒冬已过，春寒料峭。那天晚上，我准时来到514房间，雪白灯光下，格陵兰坐在黑色书桌前，戴着耳机，陶醉地听着音乐。细长的手，在空中挥舞着，仿佛翩翩起舞的灰鹤。我叫了他两声，他摘下耳机，深吸一口气，说，瓦格纳的音乐，大气磅礴，会让人成为勇者。

我说，你教我吧。格陵兰看了我一眼，让我自己泡咖啡，顺便丢给我一本舍勒的哲学著作，让我看书，充分放松下来，等待时机。我不明所以，只能答应着。他则继续戴上耳机，还是听音乐。时间一分一秒地流逝，不知不觉，我听到墙上钟表响了，竟然已十一点半了。老式挂钟的敲钟声，在寂静寒夜，格外刺耳，好像夜行人突然闯进荒野大宅，发现主人家正在举行热闹非凡的婚宴。格陵兰床头那条“我主之索”无端地动了动，像复活的花斑蝮蛇。屋内也仿佛凭空多了股冷风，打着旋子，张牙舞爪地游动着。我打了个寒战，从心底感到冷意。那肯定是天台入口吹来的冷风，顺着门缝，钻了进来，也许是那位在天台上吊死的师姐，耐不住寂寞，要来与我们相会……

格陵兰拎出条蓝地碎花手提棉布袋，鼓鼓囊囊的，不知装着些什么。他对我说，咱们走吧。

我颤声说，去哪里？

格陵兰不解释，只说，跟着我就行，不要问。

我说，咱们不是去天台招魂吧？发个论文，不至于找鬼帮忙哇。

格陵兰皱着眉说，真能瞎想，咱们去拜访一位前辈。

我蒙了，已是深夜，我们去见谁呢？难道格陵兰是特务？有间谍帮助他？我胡思乱想，昏沉沉地跟着格陵兰，走出房门，下了楼，出了校园东门，越过校门口那条长满杂草的排水沟，走进一个小区。小区门口门卫岗，灯火昏黄，两名保安睡眼蒙眬，也没有注意到我们。板房上方有两条惨白灯光带，映衬着社区门口木牌上的烫金大字：西城蓝湾。

格陵兰和我进入小区，来到了一栋灰色居民楼前。格陵兰领着我，径直上了电梯间。我们进到二十楼，停了下来。咱们来干啥？我更疑惑了，这是谁的家?

这就是我们学报主编的家,格陵兰平静地说,我们给他送礼。

我感到头皮发奓。晚上十二点,我们跑到一个主编家送礼,这场面怎么如此诡异?我问格陵兰,是不是和主编很熟,他摇摇头。即使很熟,也不能这么晚干这种事呀!

果不其然,格陵兰使劲敲门,声音回荡在空旷幽深的走廊,许久,门内传来窸窸窣窣的穿衣服的声响, 以及拖鞋拖拖拉拉的声音。我听到低沉的声音询问,谁敲门?格陵兰说,张主编,我是S大的博士生,来看望您。门内声音很不耐烦,这么晚,你怎么回事?回去吧。格陵兰不依不饶,坚持敲门说,张主编,感谢您对论文的指导,让我进来坐坐吧。门内的声音更高了,你快走,论文的事,有空去编辑部谈,要不然,我报警了!格陵兰也不慌,坚持说,我是S大述平教授的学生,没干任何坏事,我只想请教您,要不然我打通导师的电话,让他和您说……

我简直目瞪口呆,格陵兰偏执而疯狂,又有着疯人特殊的谨慎冷静。他慢条斯理地步步紧逼,门内的那个声音,开始不耐烦、愤怒,接着是恐慌,最后甚至是乞求。格陵兰居然真接通了导师电话,让导师和张主编通话。导师非常气愤, 也只能挂断电话。我看到那扇门拉开一条小小缝隙,声音更加清晰了,主编在门内颤抖着说,论文我肯定好好看,如果可能我会发,你先回去吧,我孩子还小,你这样会吓到她……格陵兰还是不肯放松,讨价还价,追问具体看稿日期,并暗示自己身体很差,论文发表压力很大,如果这篇论文不能发,他可能活不了……

最终格陵兰获胜, 得到了张主编的保证。他也终于将鼓鼓囊囊的袋子,塞进了门缝。后来我才知道,那是两瓶五粮液与一条中华烟。这就是发表文章的“方法”吧。我自始至终,没有说出一句话,我没想到,清高孤傲、思想深刻,又极其自律的格陵兰师兄,居然以这种疯狂的方式发表论文。如果张主编报警了怎么办？如果张主编不答应，事情又如何收场？

格陵兰说，不是没遇到过报警的刊物主编，也不是没有被人拒绝过。我要做的，只是坚持，坚持，再坚持。我说，可以坚持下去吗？格陵兰说，看来你不了解人性，对于一个权威学术杂志主编来说，发文章不是事儿，但惹上麻烦，就没必要了。他们不会和我耗下去的，犯不着。

“以死相拼”获得的论文发表机会，对于学术权力持有者来说，不过是一个利益筹码。格陵兰说着，眼圈红了，我们的自信、荣誉和生存幸福感，都寄托于此。格陵兰说，他还曾坚持每天深夜十二点，给某学报主编打电话，他坚持了三个月，曾被公安局警告骚扰，但最终发表成功，拿到了S大一类期刊发表奖励。

导师和学院领导不知道你这样做吗？我还是不可思议。格陵兰表示，他们全知道，但为了学校发表率和引用率，也睁一只眼闭一只眼算了。格陵兰以如此惨烈手段获取资源，将来的路要如何走下去？我很难想象，也不能认同。我所敬仰的青年学术才俊，不过是一个流氓博士，一个学术钻营者。那两块老式钟表，所谓“走在时间之前”的勤奋学者，用格兰特黑咖啡、瓦格纳音乐、死亡终极追问以及无数书籍构建的高大形象，原来是如此不堪的谎言。从张主编家回来，已是凌晨两点了。我厌恶地甩开格陵兰，独自回宿舍。格陵兰愣了一下，继而面色苍白地嘲讽我说，装什么清高，走吧，我根本就不需要你，本来我以为咱们是一样的，我们都是被逼着使用工具的猴子，我们可以用非常手段征服世界，但我看错了，你不过是怯弱又虚伪的家伙。你滚吧，不要再来找我！

我飞快逃离，身后是格陵兰神经质般的咆哮。天台口的风呼啸，时快时慢，时粗时细，渐渐变成类似喘息的声响。我跑得更快了，裤脚残留着风的痕迹，散发着腥臭的穿透力。地狱之门已打开，我可以逃脱吗？如果不用非常手段，我能完成学业任务，顺利毕业吗？

我整日枯坐在乌楼走廊的长椅上，冬天虽过去了，江南的风依然湿冷，走廊的椅子，也是又湿又冷。南方没有暖气，走廊没有多少温热气息，窗户蒙了一层水汽，好似我灰蒙蒙的心情。我靠着椅子，隔上一段时间擦擦玻璃，我看到“铁条博士”和“面包博士”，在操场慢跑。我还看到，“恶人博士”搂着博士夫人，在乌楼外的亭子下散步，让我嫉妒又伤心。乌楼外的常春藤又开始活跃，偷偷地绿着，枫树、木麻黄和石楠树，经过寒冷冬天，愈发显现出五彩斑斓的欲望，细腻沉稳的表情。只有我，好似一条被遗弃的雏狗，在湿冷的长椅上，满怀怨怼和委屈，无法找到发泄的途径。

七

格陵兰的好消息不断传来。他获得了国家奖学金和校长奖学金，接着，又获得了优秀博士称号。由于发论文数量多、层次高，据传言，校方在考虑让他留校，直聘副教授待遇。S大是一所“211”重点大学，为了培养学术力量，避免“近亲繁殖”，已多年不留本校的学生了。格陵兰要留校的消息，让多少为毕业发愁的博士们羡慕嫉妒。

更大的好消息是，陈建立院长的女儿，也是本校研三在读的师妹，陈菲儿，看上了格陵兰。我在餐厅，亲眼见到了陈菲儿与格陵兰亲密无间地走在一起。格陵兰摘下口罩，换上了潇洒的米色风衣。他面孔英俊，眼神忧郁，身材瘦高匀称，散发着高贵的学术气息。无人相信，他是一个甘肃农民的儿子，更没人会相信，他曾以卑劣手段攫取了大量学术资源。在餐厅，他搂着陈菲儿，俩人旁若无人地调情。很多好奇的学生都过来围观，说是终于见到格陵兰的庐山真面目。格陵兰的脸上，始终带着淡淡的笑意，矜持，又很有分寸，与陈菲儿那种陷入爱河、幸福得要融化的表情，有着巨大差异。陈菲儿不好看，个子高，身材臃肿，特别是小腿很粗，紧绷的黑色丝袜，将那两截粗藕式的肉块暴露无遗。格陵兰不在乎。他的嘴角带着笑意，眼神却是冰冷的。他正在邪恶地嘲弄着整个世界，这个不公正的世界，正在被他无耻地玩弄着。我就站在不远处，手里端着一份炒河粉，样子既寒酸又蠢笨。格陵兰大约也看到了我，他没有任何表情变化，只是把头歪了歪，让视线远离我。有人说，格陵兰留校的事，陈院长也参与操作，他答应格陵兰，只要他与陈菲儿结婚，就帮他留在S大，并安排他去美国哥伦比亚大学访学镀金。

一切都那么光明正大，顺其自然，鲜花与掌声来得理所当然。我始终想不通，他为什么要和我这个平庸之辈成为朋友？我曾问过他这个问题，格陵兰说，他看重我的善良正直，以及对世界的同情之心。我想，我大概是善良的，也基本等于老实无用，或者说愚蠢轻信。他大概觉得，我是可以说说心里话的人，威胁性不大，不会出卖他，也比较好控制。他没有想到，我是一个如此倔强与固执的人。

格陵兰不断在公众面前高调曝光。他不再是神秘的格陵兰，边缘的格陵兰，而是S大“文科的骄傲”格陵兰博士。陈建立院长是西哲研究的全国权威，也是长江学者，“万人计划”入选者。他毫不掩饰对格陵兰的好感，多次在学院办公会提到这位“青年才俊”。陈院长断言，格陵兰的博士论文，必定能评选上国家优秀博士论文，格陵兰也必会将S大西哲研究发扬光大。这样的评语，极有分量。格陵兰和陈菲儿确定关系后，我甚至在学科最权威的学术期刊上，发现了格陵兰与陈建立合作发表的论文。我想，格陵兰甚至越过了我的导师，直接和学界大佬建立了联系。他今后的学术之路，大概非常辉煌吧。

我忍不住在电邮中，将格陵兰的卑劣行径，告诉了导师。他最近虽已“出关”，但听说放弃了冲击下一届长江学者。他最近常去灵谷寺听禅师讲佛法，吃斋饭，还与不少信众居士讨论哲学精义。他显然不愿管这些事，只是回信告诉我，世间万事万物，有因有果，造化无常，成全人也捉弄人，一切安心随意便好。

然而，讨厌格陵兰的，不仅是我。一天黄昏，我从图书馆回到乌楼，在楼下见到格陵兰桌上照片里的女主人公，那位美丽可爱的小师妹。后来，我才得知，她是文学院比较文学专业的硕士师妹高美琪，一个可爱的苏州女孩。她提着一罐东西，怒气冲冲地跑过我，我跟在她的身后，爬了几层楼，又来到久违的 514 房间。她使劲地敲门，哭泣，哀求，然而，那扇门始终紧紧关闭，女孩的嘴唇都要咬破了。她拿出刷子，打开黑陶罐，原来里面装着不少红色油漆。她用刷子在门上打了几个红叉，又写了几句吓人口号，诸如“你不得好死”之类。我这才醒悟，原来上次我看到的格陵兰房门上的血红叹号，不是他自己喷的，极有可能也是出自这位苏州姑娘之手。她与格陵兰之间的纠缠，并不简单。

格陵兰的好运气，在全校公开讲座上达到了顶峰。讲座在校图书馆学术大讲堂举行，一般只针对海外高层次学者，级别很高，这是第一次对本校优秀博士生开放，可见校方对格陵兰的重视。我至今难忘那个阳光明媚的上午。那是“了不起的格陵兰”的高光时刻。按照校方要求，全校文科研究生都要去听讲座，我特意抢了一个前排位置，想看看这位虚伪野心家的表演。讲堂舞台特别大，有一条红地毯，鲜艳夺目，从很远的门口铺到舞台中央的长桌前。伴随着主持人的介绍和暴风雨般的掌声，格陵兰缓缓登上舞台。白西装，黑皮鞋，金丝边眼镜，搭配淡蓝色领带，恰到好处地衬托出他修长的身材与儒雅的神态。他摘下标志性的口罩，露出一张自信迷人的脸。诚恳清澈的目光，飞越全场观众的头顶，在大礼堂的拱顶，绽放出璀璨的烟花。他在讲台上鞠躬，轻松进入话题，不时插入幽默段子，调节因纯学术话题导致的枯燥无味。我必须承认，他的讲座非常精彩，才华横溢。他看到了我，也只是微微点头致意，并没有慌乱或愤恨的表情。他不在意我的捣乱，也自信能应付局面。有那么一刻，我神情恍惚，我甚至怀疑那一夜，我看到和经历的事的真实性。也许，我只是嫉妒格陵兰的成功，才编造臆想出那样的场景？一个甘肃农民的儿子，在严酷的学术体制里，一步步走到了今天，他真不容易。放眼学术圈，哪个成功的青年学者背后，没有些肮脏东西？我为什么要对格陵兰如此苛刻？或许，只是因为我把他想得太完美？我虚弱的内心，需要一个完美偶像来支撑？

格陵兰讲述了他很多我也不知道的人生细节。比如，因为家贫，他五年没回过家，只为了省车费。他曾在本科阶段，靠着在校园捡酒瓶和易拉罐，混几个生活费。我想，这也是他喜欢半夜在校园溜达的原因之一吧。到了硕士阶段，他发表论文多了，靠着学校的奖励和校外杂志的稿费，才过得比较宽裕了。我相信，这大概有很多真实成分。讲座很成功，部分校领导和教师，都坐在前排。他们一次次地对他报以热烈回应。陈菲儿就坐在我身边，她听得热泪盈眶，满眼都是深深爱意。然而，讲座即将结束时，意外情况发生了。

来自苏州的高美琪师妹，冲上了讲台。她如此决绝，以至于几个保安居然没拦住她。她身形娇小，却勇敢得令人战栗。很难想象，一个可爱清纯的小姑娘，有如此大的爆发力。她将一大摞传单漫天撒去。那些纯洁的纸张，纷纷扬扬，快乐飞舞，好似圣诞夜迟来的祝福之雪，又或是无数命运的纸钱，写满迟来的哀悼。苏州姑娘抢步上台，夺走格陵兰的麦克风，大声讲述着格陵兰的劣迹。他玩弄女性，致使她两次怀孕，却对她始乱终弃。他还是一个学术小偷，他的论文，存在很多抄袭和自我重复的情况。他之所以发表那么多论文，大部分靠送礼公关和无赖手段。她已找到了几家刊物主编，取得了他们的证词……

苏州姑娘的吴侬软语，此刻已变成了无数锋利的刀，这些刀，沾满了江南水乡的血泪，正勾出格陵兰的血，将这高雅的学术讲堂变成“血世界”。她掏出一把小刀，刺穿了自己的颈动脉。我从没有见过，一个人的颈动脉被刺穿后，强大的内部血压，将鲜血喷射至五六米的高度，染红了大讲堂两边高大肃穆的蓝色天鹅绒窗帘。传单上，我看到了格陵兰的自拍裸照，女孩的流产证明，刊物主编的证词等内容。由于是黑白打印，裸照并不清晰，大概能看到格陵兰举着手机，自恋地摆着造型。我此时才发现，他的生殖器短小，腹部长满赘肉，完全不像一个美男子应有的卖相。

这便是传说中的玉石俱焚吧。我突然对格陵兰有些怜悯。人生如此脆弱，我们苦心经营的东西，只不过是玻璃制造而成的赝品罢了。一次小小敲击，足以让那美丽缤纷的外表，碎成满地残渣。陈菲儿尖叫着，昏倒在台下，羞愤的校领导和教授们纷纷离场，一言不发。台下八百多名研究生闹成一团，有的起哄，有的嬉笑喧哗，还有的吓得脸色苍白，奔出大讲堂。格陵兰静静地站在讲台上，没有阻拦苏州姑娘，而是掏出烟，静静地抽了一支，仿佛这件事从头到尾都和自己无关。他还是微笑着，悲哀的神色却更浓重了。他默默抱起苏州姑娘。女孩的血染红了西装，他毫不在意，而是轻轻搂着她，向讲堂外走去。阳光还是如此明媚，蓝天像凝结的蓝琥珀，不见一丝白云，阳光仿佛倒垂下来的、流淌的金色丝线。玉兰正在倾吐芬芳，高大的七叶树，低矮的黄金串钱柳，都在迎风飞舞，似乎是迎接这对曾经相爱的男女。格陵兰步伐稳健，就像怀抱婚礼上死去新娘的王子……

八

苏州姑娘高美琪，在医院里挣扎了十几个小时，还是离开了世界。陈院长命令女儿，不要与格陵兰接触。可陈菲儿还是哭闹着要找格陵兰。陈院长不得不想办法，把她送到欧洲的高校去交流。针对格陵兰的调查也展开又结束，最后给了他一个校内记大过处分。留校是不用想了。陈院长主动和格陵兰划清界限，将他提到家里的礼品，交到学院专管纪检的刘挺副书记的办公室。学院其他教授也纷纷效仿。刘副书记的办公室，堆满了各种礼品，除茅台酒、五粮液、中华烟、高档微波炉、高级宣纸外，还有玉石镇纸、文玩核桃等小物件，可见格陵兰用了心了，也晓得投其所好。分管人事的副校长，还退回来两张购物卡。格陵兰这样一个农民的儿子，想要买这些东西，也花了很多心血，费了很多工夫，吃了很多苦。然而，这些东西，就堆在刘书记的桌上，仿佛是一大堆令人耻辱的隐私，暴露在光天化日之下。这些东西变成熊熊大火，最终将格陵兰化为灰烬。

校学术委员会本要以学术不端为由，取消格陵兰博士答辩资格，我的导师坚决反对。他说，学术乃天下公器，更何况格陵兰的博士论文经过学校系统检查，没有不符合规定的地方。教师们争执不休，最后勉强同意，给格陵兰一个机会答辩。这是他在S大最后的亮相了。很多人都赶去旁听他的答辩。大家都想看看，传说中“中国文科第一博士”，是不是真是一个不学无术之徒。导师也早早过来了，他握着格陵兰的手，眼中含着泪，几次欲言又止。他嗫嚅地说，是他没有担负起教育职责，让格陵兰走了歪路。格陵兰还是无所谓的样子，状态变化不大。导师最近瘦了很多，颧骨突出，听说还经常断食辟谷。导师最近沉迷于养生导引，对此院方批评过他好几次。陈院长拒绝担任格陵兰的答辩委员会主席。导师只能另请了几位老专家。答辩氛围沉闷，轮到个人陈述论文主要内容的环节，格陵兰猛地站起，走到讲台中心，举起胳膊，大声宣讲起来。这与那天在大礼堂温文尔雅的他判若两人。此时的格陵兰，顾盼自雄，声音尖锐高亢，充满愤怒与激情。他演说道：

诸位老师，在座诸位学子，我是一个罪人！我亵渎了学术，也毁了自己。可你们扪心自问，你们如何安顿自己的良知？朱教授，你论文抄袭，大家早知道，不过是佯装不知罢了。刘教授，你为了评职称，给学校副处级以上领导干部，写了几轮匿名信，诬告别的老师，你寝食难安否？孟凡老师，前几年你屡次骚扰本科女生，谁不知道？你没有出事，不是运气好，是因为有人保你。我的博士论文就是研究怨恨心理与人类哲学思维的关系。怨恨，才是人类文明进步的根本力量！从不平等、不正义中孵化而出的怨恨，终将变成烈火，涤荡这世上的丑恶。可怜的是，世人掩饰这怨恨，并被恐惧所胁迫，想象出“温良恭让”的所谓“上品人格”。我们将无能称为善良，将怯弱称为谦卑，将屈服改为顺从，就连那些无可奈何的妥协，都被我们称为忍耐，并冠以美德的名称。我们将无能报复称为不愿报复，甚至宽恕……

答辩现场一片混乱，仿佛被导弹袭击过后的敌军阵地。学生们站起来向格陵兰致敬，他们拥向台前，甚至挤翻答辩的讲台。他们哄堂大笑，议论纷纷，看着那些道貌岸然的教授们狼狈不堪的样子，无论如何都是一件快意的事！有的教授高声斥责格陵兰，有的面红耳赤，悄悄退场。六十多岁的孟凡教授，须发皆白，平时喜欢穿唐装，讲老庄，一副仙风道骨之状。此时他愤怒地拍打着桌子，悲恸欲绝地喊着，妖人！我要告你诽谤！学界出此怪胎……只有导师没有动，他稳稳地喝着茶，眯起眼，听着格陵兰的演讲，不时微笑着点头，我听到导师小声说，什么妖人，不过是引用了尼采的原话嘛……

混乱之中，格陵兰敏捷地跳下了讲台。他将论文丢在地上，踩了两脚，重新戴上口罩，转身飞奔而去。我这才注意到，格陵兰穿了一件运动服，干练整洁。他一个箭步，跨越过挡在身前的桌子，甩开大步，一溜烟消失在视线里，在我的视网膜深处，留下一个火红的点。他的速度很快，左冲右突，姿势优美敏捷。我从未想过，一个文科博士，奔跑速度居然如此之快。我最后看到的，是格陵兰的后脑勺，还有白色口罩边沿的痕迹。格陵兰不愧是格陵兰，他不愿苟延残喘，选择了这样一种决绝姿态，与学术界决裂，与过去的自我决裂。朦胧之中，我仿佛看到一只凶猛的巨猿，杀出丛林陷阱，奔向无边无际的雪原，寻找自由自在的快乐生活……

这便是轰动S大的格陵兰逃跑失踪事件。此后，我们再也没有见到他。

九

时间还在流逝，没有格陵兰的日子，有微妙变化，也有枯燥的重复。"铁条博士"和"面包博士"，依然出双入对，打游戏看韩剧，时而被强大的精神压力压迫得去操场放风。化学系女博士走出失恋阴影，不在深夜的水房洗衣服哭泣，改成凌晨早起唱歌了。每当励志而高亢的歌声响起，我从睡梦中醒来，就知道那位将爱情荷尔蒙转化为学术动力的女博士，又开始了一天战斗般的科研工作。"恶人博士"还是经常打老婆，但程度越来越轻，近乎无聊的调情。那些轻微的争吵与殴打，正在变成一种亲昵示爱。激烈的言语交锋，飞舞的皮鞭声，孩子的哭泣声，摔碎的碗碟声，最后都变成没完没了没羞没臊的呻吟。第二天，我总能看到面带伤痕与桃花光晕的博士夫人，快乐地哼唱着小调，在乌楼前晾晒着一家人的衣物，包括孩子的尿布、男人的臭袜子与女人的粉色蕾丝边三角内裤。也许，生活就是这样，第一次它强奸了我们，第二次我们痛苦反抗，第三次我们爱上了这样的生活。我们就是这样一群可怜卑微又无耻可恨的家伙，我们这些知识者，与平常人其实没有什么不同。

论文写作之余，我依然徘徊在乌楼的深处，试图寻找格陵兰的蛛丝马迹。假如在乌楼某个角落，真存在平行空间的"奇点"，我愿意相信，格陵兰是穿越到了他希望到达的某个地方。514房间已变成了杂物间。格陵兰的家人来到S大，拖走了他的行李。有人说，格陵兰逃进了连绵不断的牛首山，成了一名深山修炼者；也有人说，他变成了商人，去非洲做生意；还有更夸张的说法，就是他找了一个我们永远无法找到的深河，将肉身托付给了鱼虾，成为S大历史上的一个谜团。

关于格陵兰的去处，他的家人也不知道，他们变卖了格陵兰的老式挂钟，将格陵兰精心积攒的各种咖啡，倾倒在了垃圾箱。一箱箱的书籍，处理起来更麻烦。对于来自甘肃农村的农民来说，这些东西都是无用的累赘。出于对格陵兰最后的敬重，我买走了他的很多书，那密密麻麻的批注，都在向我显示，格陵兰学习多么认真，他是多么热爱学术。有一本尼采的《悲剧的诞生》还夹着格陵兰与高美琪的合影。他们幸福地靠在乌楼的拐角处，热烈而深情。

其实答辩之前，我还见过一次格陵兰。我没有在宿舍找到他，而是在天台发现了他。他蹲在天台高处的一条窄窄石沿上。风很大，吹得格陵兰的衣服飘飘而起，似是装着几只乱飞的鸽子。他的脖子上套着那条棕色"我主之索"。他眯着眼，抽着烟，烟雾升腾，复又扭着身体，消逝在半空中，只剩下一个忽明忽亮的烟头点，还顽强地活着。他看着天边一点点坠落的残阳，直到那夕阳涂满了脸，从一团酡红色变成黑沉沉的死灰色。

你千万别想不开！我颤声说。

你也来看我的笑话？格陵兰斜眼看着我，似笑非笑地说，这是乌楼最高点，每天晚上，我都会在这里静一会儿。天上，我看到了那位上吊死去的师姐，她吐着长舌头，召唤着我。还有美琪。她也在天上，静静地望着乌楼，等着我来团聚。

师兄，不要这么消沉。我想了想说，事情总会过去。

格陵兰摇头说，我这样的人，不过走钢丝罢了，稍有不慎，便粉身碎骨。我只是没想到，粉身碎骨来得这么快。美琪爱我，我也喜欢她。我明知道，女人的爱，没有理性可言，但还是被她飞蛾投火般的勇气所吸引。她把自己变成火，毁了自己，也灭了我，我不恨她，如果有前世，我肯定是前世欠她太多，今生也无法偿还……

说着，格陵兰落下泪来。他又笑笑说，这也没关系，反正我早晚要离开，早早晚晚，人生这趟车，我们都要停站下车。美琪先行一步，我随后就到。

你后悔吗？我问格陵兰。

他摇摇头，说，不后悔，只是遗憾。

遗憾什么？

我太想出人头地，获得成功，太想打破铜墙铁壁般的学术等级壁垒。我本应在S大顺利毕业，找一个三流高校，教书育人，结婚生子，背负沉重房贷，在一个三线城市苦苦挣扎，到四十多岁，我拥有住房、轿车，为下一代的教育发愁。运气好，我会顺利熬到退休。这便是普通小知识者的一生，平凡卑微，也有着真实的温暖，这也是美琪想要的人生。这本应是我的命，我妄想逆天改命，结果也只能如此了……

我打断了格陵兰，劝他别那么悲观，尽管我不赞成那些卑劣的手段，但我还是觉得，他是一个有才华、有思想的青年学者。格陵兰的脸上，露出感激神色。他喃喃自语，我不会看错人的，你是这世上最后一个关心我、欣赏我的人。

毕小沅师弟，知道我为什么叫格陵兰？格陵兰说。

我有些好奇，说实话，我还真不知道。

格陵兰起身站在了夕阳笼罩的天台之上，他向远方挥着手说，这里是乌楼最高点，离地面大约七八十米。你向远方太阳坠落的地方看去，目光就会飞越S大，飞过石城市。过了石城，就是安徽，你再往北走，一路到东三省，出了漠河北极村，就是西伯利亚。飞过莫斯科，经过芬兰、瑞典和挪威，在冰岛短暂逗留，你就可以到达北冰洋和大西洋之间人类最大的岛屿格陵兰岛了。我曾计划，四十岁后，功成名就，申请移民去格陵兰。那里常年覆盖冻土，人烟稀少，气温可达零下七十度。那里的人过着懒散自在的日子，习惯于在极寒冬夜，在篝火旁阅读诗歌。那里的夏天短暂而明亮，突如其来的温差使他们体内血清素水平紊乱，导致他们酗酒、发狂、歌唱……

直到那天，我才知道，格陵兰真名叫“刘格平”，他的家乡在甘肃天水。可直到今天，我还是不晓得，他为什么如此迷恋“格陵兰岛”那个莫名其妙的鬼地方。

原刊《青年文学》第5期

瓦西里

钟求是

跟莫斯科相比，圣彼得堡显得老派一些，教堂很多，街道不宽，大多数房子攒着不短的年头，看上去有点旧色。好在旧色之中，一条长河从城中穿过——不用说，它就是著名的涅瓦河。涅瓦河水面开阔，颇有气度，让整座城市亮堂了许多。

不坏的是，我们就下榻在离涅瓦河不远的一家三星宾馆。这里的地陪导游是一位夹带中国东北口音的胖男。胖男导游说："你们呀得在这儿住上四宿，圣彼得堡的历史厚着呢，好玩的地方老多了。"他嘟噜着舌头送出一串景点，夏宫冬宫要塞教堂什么的，好像所报的是一份俄餐菜单。

按游程安排，我们第一天逛了夏宫。夏宫的殿厅和喷泉派头不小，挺让人提神的，用团里大爷大妈的话说："别小瞧了老毛子，还真是有点家底儿。"玩到傍晚，集体吃了团餐回到宾馆，一天的奔波才收了尾。上岁数的把门一关，待在房间里准备洗洗睡了。年轻的男女还剩有体力，相互串门扯些闲话。我无伙无伴，又不知道干点什么，就下楼出了宾馆到街上走走。

宾馆门前是一条小街。此时夜色刚冒出来，小街上行人不多，显得有些清淡。我走了一段不觉得有趣，脚步正有些茫然，目光一拐看到了路边咖啡馆的标识。我在北京是泡吧老手，有时待在出租房里太寂寞，就拎着电脑到咖啡馆里写上一个下午或一个晚上。现在既然在这里遇上了，我不反对自己进去坐一坐，也算是添一次俄罗斯的泡吧经历。

我走近咖啡馆推门进去，左右打量一下，在中间一张小桌前坐下。店厅不是很大，但两边靠墙矗着高大的檀木书柜，显出几分优雅。有点暗淡的灯光中，坐着三三两两的身影。很快一位侍应生走过来，我不会俄语，只能用蹩脚的英语要了一杯卡布奇诺。

等候的时间，我掏出手机巡视微信朋友圈。正潦草地看着，屏幕上跳出一个电话号码并响起铃声，我滑开话筒，压低声音说话。对方是一家影视公司的文学策划，用居高临下的口气向我打问剧本的事儿。我不高兴地敷衍几分钟，摁掉话筒。侍应生端着托盘过来，将咖啡杯子搁在桌上，又讲了几句俄语。我不明白地瞧着他，心想这哥们儿干吗这么严肃。这时旁边传来一句中国普通话："他是让你别在这里大声说电话。"我扭头一看，竟是一位中国老男人——他坐在里侧的小桌前，似乎也是一个人一杯咖啡。我吐一下舌头，转过身冲侍应生耸耸肩，说了一声 Sorry。

侍应生走开了。我端起咖啡杯子呷了几口，然后想到一个情况：两个中国人坐在俄罗斯的咖啡馆里，相互不搭腔，这无论如何有点奇怪吧。正这么溜着神儿，那位中国老男人走过来坐到了我的对面。他一头银发，还戴着金边眼镜，儒雅中又有点横劲儿，似乎是个爱教导别人的老头儿。我赶紧说："刚才我以为自己小着声音的。"他盯住我说："是来旅游的吧？"我点点头说："出来散个心，先玩莫斯科，今天刚到这儿。"他说："你是……写剧本的？"我又点点头说："我小着声音还是被您听了去……中国的耳朵在哪儿都有呀。"他说："你，知道瓦西里吗？"这句问话有些跳，我说："是瓦西里大教堂的瓦西里吗？"他说："不是，是电影《列宁在十月》《列宁在 1918》的瓦西里。"我愣了一下，说："这个我不知道。"他说："搞影视的不知道电影《列宁在十月》《列宁在 1918》？"我说："听说过没看过，这种电影又不是必须要看的。"他说："不同意！没看过《列宁在十月》《列宁在 1918》就来圣彼得堡，你怎么读得懂这座城市？"我心里一笑，都什么年代了，还掏出这种神逻辑。我说："这两部电影您看过许多遍吧？"他说："我数字不好，忘了看过多少遍啦，但我能把台词背下来，尤其是瓦西里的。"我哈了一声说："这么说，瓦西里是电影中的牛×人物？"他沉默了一下，说："我不想跟你谈瓦西里……如果你是我的学生，我不会让你及格毕业的！"说着他站起身，走回自己的桌子。

我有点丢兴，追了他一眼。我注意到他的桌子上有几张纸，上面搁着一支笔——我心里一动，看来这老头儿也有在咖啡馆里写字儿的习惯。

从咖啡馆回到住处，时间不算太晚。虽然有些累，我还是起了心念，从手机优酷里调出《列宁在 1918》。这部电影的故事发生地是在莫斯科，那时苏联刚刚迁都。电影一开始，身材高大的瓦西里从莫斯科回到圣彼得堡家中，见到了妻子和摇椅里的孩子。妻子抱怨说没有吃的："牛奶没有，面包也没有，怎么办？"瓦西里说："不要哭，面包会有的，牛奶也会有的，一切都会有的。"这几句话挺耳熟，算是口头语录了，原来出自这里。故事往下走，克里姆林宫卫队长马特维耶夫打入敌人内部，当听到对方马上刺杀列宁时，他奋勇地从楼上窗户跳下，口中大喊一声："瓦西里！"守在那里的瓦西里冲过去护住中弹的马特维耶夫，马特维耶夫让瓦西里赶紧去救列宁。情节到这儿有点意思了，属于剧情叙事中的拐点。我恍惚一下，记起姜文在《阳光灿烂的日子》里玩过一个镜头，几个青春少年高喊着"瓦西里"从高墙上跳下。嘿嘿，其源头原来也在这里。

看完电影已是深夜，我还想做思考状，脑子一暗很快睡去。第二天醒来有些迟，匆匆吃过早餐上了车，才知道是去参观冬宫。胖男导游先提示大家今天要备足体力，因为进门前要排很长的队，再用三四个小时走马观花。一位大叔说："走马观花也得用三四个小时，冬宫很大吗？"胖男导游说："冬宫号称世界四大博物馆之一，有一千零五十个房间。"一位大妈立即表示不服："一千零五十个房间算什么，冬宫房间再多，有故宫那么多吗？"胖男导游呵呵笑了。我掏出手机塞上耳机，开始看《列宁在十月》。影片中列宁很忙碌，瓦西里也很忙碌，武装起义的准备工作在危险中展开。片子进行到一半时，旅游车到达冬宫广场，我们下车排队。队伍的长度的确可观，估计得排上好一阵子。我拿着手机继续看。瓦西里到工厂车间发动工人，与敌方官员周旋；列宁让瓦西里必须睡上两小时，瓦西里悄悄溜掉了；瓦西里在街上用高大身子挡住列宁，骗过敌方士兵的眼睛。影片的尾部形成高潮，阿芙乐尔号巡洋舰开炮了，之后起义人群潮水似的涌向冬宫，打开铁门冲进去。临时政府的部长们正在议事厅开会，面对一拥而入的工人与士兵，他们目瞪口呆。

电影结束得恰是时候，因为此刻排队也接近了入口。在随后的时间里，我一直裹在人流里往前走。这儿的艺术品确实霸气，我看到了达·芬奇《戴花的圣母》、拉斐尔《没有胡须的神圣家族》、伦勃朗《达娜厄》，我还跟石像《伏尔泰》合了影。不过在眼睛忙碌的同时，我脑子里仍留存着影片的余味。我很想找到那个有着政权交替象征的议事厅，但冬宫真的太大了，晕头转向中一时不可能找到。

这天晚上，我又来到那家咖啡馆。我的运气不坏，中国老头儿果然坐在那儿，而且是昨晚的同一张小桌。

我走过去直接坐到他的对面。他没有惊讶，先瞧我一眼，又低头写完纸上的一行字，说："什么情况？觉得这儿的咖啡不错？"我说："我猜您今晚还在这儿，我想跟您聊聊。”他说：“我为什么要跟你聊？”我说：“您是个怕寂寞的人，不然不会在咖啡馆里写字儿。”他说：“我怕的不是寂寞，这个理由不成立。”我说：“昨晚听了您的话，我把《列宁在十月》和《列宁在1918》看完了。”他微微一愣，把笔搁在桌子上，说：“那你想跟我聊什么？瓦西里吗？”我说：“我知道我没资格谈瓦西里，所以只想听您的。”他说：“听也是一种能力，你觉得你有吗？”我说：“我至少有好奇……跟着旅游团挺无趣的，白天跑景点晚上睡大觉，我不想只是这样。”他说：“这句话及格了，和旅游团混在一起是有点傻，我就乐意一个人跑来跑去。”我说：“您看上去不像是来旅游的，您像是在旅行。”他说：“旅游和旅行有什么区别？”我说：“旅游没故事，旅行有故事。”他说：“在圣彼得堡待七天了，我没有故事只有回忆。”我说：“回忆本身就是一种故事。”他说：“毕竟是写剧本的，想着的就是故事。”我说：“一个写剧本的，连瓦西里都不知道，怎么能写好剧本。”他松一松脸笑了：“嗯，这句话又及格了。”

顺着气氛，我唤来侍应生又点了两杯咖啡和一些糕点。他说：“咱们俩这么说着话，像老熟人似的，可我还不知道你是谁。”我说：“我姓吴，你叫我小吴好了。我是南方人，现在北京漂着，是个半拉子编剧，还属于替别人打工的阶段。”他说：“好吧，你‘无’我‘有’。我姓尤，你叫我老尤好了。”我赶紧说：“我不能叫您老尤，瞧您这气度，得叫您尤老。”他说：“这话不及格，我七十还不到，叫尤老起码得八十以上。”我说：“我猜您是大学老师，还是一位不轻易让学生及格的老师。”他点点头说：“以前是大学教授，现在是退休老头儿，一位无所事事的退休老头儿。”

新的咖啡杯子上来了。这位自称是退休老头儿的前大学教授端起杯子吹一吹气又放下来，开始了关于瓦西里的讲述。

事情得从两个月前说起。那一天，无所事事的尤教授坐在杭州家中的书房里，自己跟自己玩一个游戏。他在一张纸上写下“一生最遗憾的事”，然后在脑子里挑挑拣拣，拣到了就记上一笔。到了这个年纪，谁的岁月中不散落着一些憾事，很快白纸上写满了提示词句，有近二十条之多。他对着白纸沉默一会儿，开始做减法——想一想，划去一条，再想一想，又划去一条。划到最后，剩下了两条，一条是“王小语初恋”，另一条是“瓦西里论文”。这两条是联在一起的，没法再划了，但他又明白，若一定往“最”字上靠，还得是瓦西里论文。

许多年前，当尤教授还是县城青年小尤时，中苏关系早已不好。不过关系不好并不意味着马上丢开俄语，小尤在中学时代便学过一年半俄语，而且比班上其他同学学得好。中学毕业后，他进了一家机修厂一干就是好几年，日子过得无味不惊。好在这时他喜欢上了电影，尤其是苏联电影。苏联电影虽然讲的也是中国话，却有异国情调。当然啦，那会儿的苏联电影主要是指《列宁在十月》和《列宁在 1918》。在相当一段时间里，小尤追着这两部电影看，有时在电影院内，有时在城郊某个晒谷场上，有时甚至在某个山腰村子里。银幕上有咖啡、兵舰、芭蕾舞，还有打着手势说话好听的列宁、勇敢又爱笑的瓦西里、老用梳子梳头的马特维耶夫，这一切加起来，让一双县城青年的眼睛充满了迷恋。

迷恋能让人产生激情。有时他在车间里干活儿，脑子里会闪回电影里的一些镜头。这时他多么期待瓦西里突然走进车间，拍拍他的肩膀并发给一支步枪，告诉说明天就攻打冬宫。有时他跟工友们说着话，嘴巴里会卷着舌头蹦出几句亢奋的俄语。工友问，你的舌头发烧了吗？他嘿嘿一笑，说这是瓦西里的台词，他翻译回去的。

有一天他遇到了一位叫王小语的姑娘。她是绣品厂的工人，不仅长得端正，还喜欢看苏联小说。两个人在工厂联谊会上认识，搭过几句话后，都觉得对方懂自己。每次约会时，他聊苏联电影《列宁在十月》《列宁在1918》，她聊苏联小说《在人间》《钢铁是怎样炼成的》。当她说到高尔基时，他会按照电影中的样子描述这位作家的外貌。当他讲到瓦西里和妻子时，她会拐个弯儿引出保尔·柯察金与冬妮娅的爱情故事。因为他们俩的嘴巴，遥远的苏联人物经常会在星月晚上拜访这个县城。此外，电影和小说是可以攀亲的，没有多久，她也喜欢上了这两部苏联电影，他则去图书馆借苏联小说看。

那段时间，县城青年小尤还生长出一个决心，就是自己也要弄一些重要的文字。之所以敢说“重要”两字，是因为瓦西里的分量压得住纸张——电影中列宁说话挺风趣、做事有气势，但他是个大人物，不容易下笔，所以小尤想写一写瓦西里。开始他试着以小说笔法讲一讲瓦西里的故事，却怎么也抻拉不开。在撕掉好些张草稿纸后，他找到了叙事方式，就是用几个角度前后左右地去说，像是一群人围在一起细议一个人。一些年之后，他明白这种文字叫深度影评。但当时他并不自知，只觉着好多想法在脑子里集合，手中的笔写得洋洋洒洒。当然了，洋洋洒洒这种成语只能暗中赠给自己，不能在小语跟前提早使用。

直到文章写好后，小尤才用有点豪迈的口气告诉了小语。小语问，是什么东西呀，是小说吗？他说，不是，比小说要高级一些。小语说，比小说还高级，吹牛吧？在不少时候，有一种兴奋叫淡定，可那会儿他还不懂得这一点。他自得地一笑说，我可以让你看，但必须答应我一个条件。小语问，什么条件？他说，你看完了不能只是口头表扬，你得帮我抄一份稿子。

这篇文章的草稿纸涂改得太丑，已经撕掉了，需要再抄一份以做备用，他想把这件累手的事儿交给小语。小语一抿嘴说，我的手是用来绣花，不是替别人抄字的，除非你写得真的好。这句话里放着一半同意一半撒娇的态度呢，他提一提身子，用秋高气爽般的微笑回应了她。

第二天晚上，小尤带着稿子骑自行车前往城西郊外，那里的大樟树下属于两人经常相会的地方。正是秋日之夜晚，一路上鼻子不时能遇到花香。到达樟树下，小语已等在那里，她的样子比较好看。他刚说一句调皮的夸语，被她堵了回来。她说别光讲好听的，把稿纸赶紧拿出来。他嘿嘿一笑将手伸进裤兜，一摸没摸着，转而再往另一只裤兜，也抓了个空。他愣了一下，两只手急切起来，在上下各只衣兜里进进出出，同时眼睛望向自行车后座、轮胎以及周围地上。待再次抬起头，他的脸上已有了茫然的吃惊。小语说，不见了？怎么会不见了呢？他说，是呀，怎么会不见了呢？小语说，你安静一分钟想想，到底是怎么回事。他就让自己脑子静下来，回想路上的情况。想了一分钟，又想了一分钟，空空荡荡的什么也抓捕不住。小语说，要是丢路上了，得赶紧往回找。他省悟过来，马上跳上车，带着小语往原路骑。这一路有绿草地、石板小道、桥面和铺砖街道，虽然夜色不浅，但白纸们躺在地上是躲不掉两个人四只眼睛的，何况是如饥似渴的眼睛。

随后时间里，两个人骑着自行车在城西郊外的路道上搜寻，一遍两遍三遍。到第四遍的时候，小语突然从后座上跳下来，站在那儿仰起头闭上眼。小尤刹住车用脚点地，问，怎么啦？小语说，我闻到了花香。他说，为什么插进来说这个？小语说，谢谢今天晚上的花香，花香让我的脑子醒了过来。他说，小语你到底想说什么？小语说，你没有写文章，今天晚上也没有丢稿纸。他说，我没听懂，你是说我在开一个玩笑？小语说，你不是在开一个玩笑，你是绣花似的绣了一个谎言。在那一刻，他有点蒙了。蒙了一会儿他说，我可以告诉你，我的文章题目叫《瓦西里的面包》。小语说，我也可以告诉你，面包会有的，牛奶也会有的，但不是一切都会有的。他说，你的意思是瓦西里讲错了？她说，瓦西里没有错，我的意思是你错了！这么讲过，她转过身走了，消失在仍飘着花香的夜色里。

就这样，在那个秋日晚上，县城青年小尤不仅丢掉了稿纸，还丢掉了女友。这是一件多么不及格的事情。此刻，前大学教授老尤坐在咖啡馆里，远远望着许多年前的自己，脸上仍渗出遗憾的神色。我从倾听中回过神来，问：“那个晚上……你们就算掰了？”他点点头：“是的，以后再没有见面了。”我说：“多大的事呀，丢了东西着急一下就应该过去了。”他说：“后来我寻思过，小语读过一些小说，心气不低，可能早有些瞧不上我，我那会儿心里也有傲气。一个心高一个气傲，丢开爱情就不觉得特别可惜，因为我们还有别的向往。”我说：“那个年代，您说的向往是什么呢？”他说：“看书看电影，发现县城之外有趣的东西。这种向往帮助了我，让我有能力在两年后考上大学。”我说：“您考上大学之后的事我不用多想就能猜出七八分，先当学生后做老师，写一堆论文教一堆学生，反正跟我大学里的导师差不多。”他说：“活了这么多年，我经历的事你哪能猜想得出。不过往大里说，人的一辈子还真是差不多。”我嘿嘿笑了。他又说：“譬如一上年纪就喜欢回忆，好像谁都一样。”我说：“那天坐在书房里，您是回忆初恋女友多一些还是回忆瓦西里多一些？”他沉默一下说：“今晚坐在这里，我跟你讲的可不仅是爱情故事。”我说：“我懂了。”他说：“正是那天坐在书房里，我心念一动，决定来圣彼得堡看一看。我以前去过不少国家，也到过莫斯科，可圣彼得堡从没来过。”我说：“来了之后挺有感觉，就每天写点日记什么的？”他摇摇头说：“不是日记，我在补写当年那篇文章。”我暗吃一惊，扫一眼桌上的稿纸，果然看到了“瓦西里的面包”几个字。他端起咖啡杯子喝了一口，说：“当年丢了文章心劲也没了，不肯再去重写，时间一长，脑子里早留不住任何痕迹。奇怪的是到圣彼得堡后，头一天夜里便做了一个梦，随后几日那些遥远的文字竟从记忆角落里慢慢现身，排着队走到我跟前。这是一种提醒，让我在圣彼得堡做一次复习。”我说：“与这些文字重新相遇，得有一些感慨吧？”

他说：“陌生又熟悉呀……陌生是因为有四十多个年头夹在文字里，熟悉是因为瓦西里还是那个瓦西里。”我吸一吸鼻子，说：“可是四十多年过去，你真没觉得瓦西里也已老去，早到了退休的年龄？”他没应答，眼睛抬起来盯住我的眼睛。过了片刻，他收回目光，嘴里轻轻叹出一口气。

接下来是沉默时间。今天晚上，老尤已经说得够多，似乎需要让嘴巴休息了。但我又觉得，也许是我的话扫兴了他的嘴巴。他不喜欢让瓦西里老去。

为了去掉沉默，我拿起手机加他的微信。他同意了。一分钟后，他的头像出现在我的手机里，是一张大学校园的图片。他的昵称是“已老小尤”。

下一天上午的玩程，是坐游船体会涅瓦河。因为内容单纯，出发时间后延一些，到达码头已是十时。上了游船，才知道与另一个旅游团组合一起，一加一之后的人数刚好占满船舱座位。船舱里已布置成临时娱乐厅，据说有歌舞表演以及伏特加和鱼子酱，不过得稍候勿躁。

于是一大群人散到船舷边看河水和岸景，同时不忘了摆出各种拍照姿势。涅瓦河的好，是既开阔又能收住两岸，一路上能望见阿芙乐尔号巡洋舰、彼得保罗要塞、冬宫、罗斯特拉灯塔柱等等。见到阿芙乐尔号巡洋舰的时候，我眼睛吃了一惊，这艘历史战舰没有披着沧桑，而是漆刷一新地舶在岸边成了游览点，像化过妆的特型演员。也不知为啥，它光鲜体面的样子，反而让我觉出有些落魄。我举起手机远远拍下一张。

娱乐的时间到了，男女们抢着进入船舱占了座位。桌子上果然搁着不少吃物，包括伏特加、鱼子酱和面包。大家欢着嘴巴吃起来，同时让眼睛瞧向舱首，那里站着几位胖瘦不一的俄罗斯演员。

表演开始，演员们又是唱歌又是跳舞的，其间不停地拉一些中国游客临时加入节目。一位小伙子演员唱起一首耳熟的俄罗斯情歌，边唱边坐到一位中国大妈旁边，中国大妈奋勇地跟唱两句，马上让歌曲走了调。一位苗条女演员邀请一位中国小伙子上去坐在一张椅子上，然后绕着椅子跳踢踏舞，弄得中国小伙子只好转着脖子扮鬼脸。演出的间隙，另一位肥硕女演员喜欢走来走去地敬酒，一不留神就在男游客脸部送上一只鲜红的唇印。

肥硕女演员端着杯子站到我跟前时，我及时躲开了她的红唇袭击。她用生硬的中国话说："你狡猾，那你喝伏特加。"我说："呀，你会讲中国话？"她说："一点点。"我说："那我上去玩一个节目，你配合我。"她说："什么叫配合？"我说："就是一起演出。"她说："一起演出，好的好的。"我又说："你知道瓦西里吗？"她说："知道知道，瓦西里大教堂。"我说："不是那个瓦西里，是电影中的瓦西里。"她说："你要电影演出吗？配合我可以。"说着她拽了我往前边走，一下子把全场的目光招引了过来。走到那张椅子前，我做个手势让她坐下。她隆重地把肥胖身子摆好，抬起脸好奇又调皮地看着我。我说："娜塔莎，我们的孩子睡着了，他瘦了。"她惊讶地说："我叫娜塔莎？孩子我们有？"现场出现一些笑声。我说："不要难过，不要哭，面包会有的，牛奶也会有的，一切都会有的。"她入戏地说："我没有哭，我有高兴。你要面包吗？拿给你我可以。"她起身从旁边桌子上取了一个面包，塞到我手里。我不知道怎么往下走戏，有点发愣。她将我手上的面包撕了一块，挑逗似的塞到我嘴里，又突然探头在我脸上印了一记红唇。船舱里爆起一阵笑喊声，我崩溃地捂住脸，乱着脚步逃下了场。

游船在河上走了两个小时，回到码头已是午饭时间。在中餐馆吃团餐时，有人提起我的演出节目，一桌人重新被引出了笑。又有人往我手机发了一段视频，正是我两分多钟的表演场面。我看了一遍，也忍不住乐了。

用过午餐，旅游大巴又拉大家去参观一个教堂。坐在车上，我念头一跳，在手机微信里找出“已老小尤”，先将那张阿芙乐尔号巡洋舰的照片发过去。过一会儿，老尤回复：关于这条舰，现在好像添了一些说法，时间在改变历史。我有点明白他的意思，想一想，又似乎不明白。我不乐意在此纠缠，手指一摁把那段表演视频又送出去。没有太久，老尤送回五个字：荒诞的加倍！我赶紧写一句：我只想告诉您，即使在圣彼得堡，瓦西里也不存在了。老尤好像沉默了一会儿，回应道：谁说瓦西里不存在了，此刻他就在街上。我傻了一下，问：什么意思？我不懂！老尤没有再搭理我。

下了车，参观的是滴血大教堂。滴血两字听起来颇有杀气，但那只与历史有关。眼下的教堂外观好看而且和气，搭积木似的叠了一堆“洋葱头”，看上去像一座华丽的城堡。不过因为刚好在整修，无法进入内部，只能在外围转一圈。转完了时间有些早，胖男导游看一眼手表，让大家自由活动。有人就问，这儿有什么好玩的？胖男导游一指手说，那边就是涅瓦大街，可以逛商场买东西。我对购物不感兴趣，拜访一下手机里的百度兄，附近有一家好玩的文学咖啡馆。百度兄说，这家咖啡馆是文青聚集的地方，当年普希金就是在该馆子喝完最后一杯咖啡，然后出门直奔决斗地点的。

旅友里也有两位男女文青，听我这么一说，有兴致一起去领略一下。我们沿着一条小河岸边往前走，走了不长一段路，前方渐渐热闹起来，原来出现了一条步行文化街。这种文化街混杂着前卫艺术和地方风情，容易收集人气，好像哪个旅游城市都会有一条。此刻，我们的目光划来划去，遇到了礼品店铺、小书摊、现场画像师、饮品推车等等。再往前走，是一位安静坐着的手风琴老人、一张摆着画儿的长形售台。忽然，我眼睛一愣，看到了站在路旁的一位中国老头儿——嘿嘿，一头银发，金边眼镜，那不是老尤是谁！

这会儿的老尤不是游客。他手里拿着一张杂志大小的肖像图片，不时截住路人说点儿什么。路人看着肖像要么摇摇头要么耸耸肩，然后转了身子走开。我紧上几步走过去，唤了一声尤老。他看我一眼，说："不是尤老是老尤。"我说："您这是干吗呢？"他晃一晃手中的图片说："陪着瓦西里在这儿玩哩。"我脑子一跳，瞧图片上的人儿，果真是瓦西里——他脸部挂着微笑，眼眸又有点严肃，像是黑白银幕上的一个定格。我扭头问身后跟上来的两位男女文青："这就是瓦西里，你们知道吗？"男文青说："不是你提示，我们哪里知道呀。"女文青说："这瓦西里，长得还挺帅嘛。"我想一想，对老尤说："我明白了，您在问圣彼得堡人，他们认不认识瓦西里。"老尤点点头说："我这是街头调查。"我说："调查的结果呢？"他默了脸，似乎不想回应我，又忍不住一指旁边抱着手风琴的老头："他认识。"那俄罗斯老头一动不动，仿佛睁着眼睛睡着了。

我注意到两位文青好奇的神情，便把老尤简单介绍了一下。男文青冲老尤说："老先生，您这么喜欢瓦西里，我很想知道他到底有什么能耐。"不等老尤答话，女文青说："他拿面包牛奶哄女人，肯定是个情场高手。"男文青说："不要这么说好吗？我觉得这哥们儿是条汉子，已经摆脱了低级趣味。"女文青说："情场高手怎么就低级趣味啦？普希金说，生命诚可贵，爱情价更高。"男文青说："哇，这句话是普希金说的吗？"女文青还想接腔，我猛喝一声："够了！"因为我瞧见老尤似乎要做什么动作。

老尤把图片卷起握在手里，脚一抬踩在旁边凳子上，又一抬站到了卖画儿的售台上。卖画儿女人仰头看一眼这位中国老头儿，把画儿往一旁挪了挪。老尤沉默一下，开始用俄语说话。他先说得有些生涩，渐渐顺起来，一句一句地往前走。旁边的手风琴老人似乎醒过神儿，双臂一动将手风琴拉出了声响。琴声有点抒情又有点伤感，像老友帮个手似的，扶住了老尤的声音。

男文青悄声问："他这算是发表演讲吗？"女文青也不解："他演讲的内容是什么？"我有把握地说："不是演讲是背台词，他在背电影中瓦西里的台词。"这时不少路人停下脚步，围成了松懈的一圈。在文化街上，这种突然冒出来的艺术行为也许并不让人稀奇。

老尤这时候的声音已经比较生动，一会儿低沉，一会儿高亢，很有点进入角色的意思。即使中间有点磕绊，也能自我修补地跳将过去——背诵中的忘词儿或破绽，在场的耳朵们压根儿听不出来。

差不多过去一刻钟，老尤才收起嘴巴，让自己安静下来。作为结束情节，他用手理了理头发，似乎要变换角色，成了卫队长马特维耶夫。又停顿一下，他身子一跃跳离台子，在空中喊了一声"瓦西里"，然后笨拙地摔到地上。我吓了一跳扑到他跟前，两位文青也凑了上来。还好，他似乎没什么大碍。我们扶住他的身子。他抬起脑袋，慢慢地说："我想让你们知道，瓦西里是谁。"

似乎可以这样说，在圣彼得堡与老尤的相遇，是一种没有伏笔的缘分。我到圣彼得堡是看风景的，一不留神却看到了风景外的剧情，这也算是不大不小的趣事。对内心有点堵的我，至少在这几天里开心了一些。

如此一想，我觉得自己这一趟旅行挺值的。

离开圣彼得堡的前一个晚上，我收拾好行李，没忘了给老尤发一句客套话：这次认识您很高兴，明天一早我就撤了。过了大约半小时，老尤回复一句：你现在有空吗？来一下咖啡馆。我写：呵呵，你比我还咖啡控呀。老尤答：不是喝咖啡，你陪我走走。我的手指停顿几秒钟，摁出 OK 的图标。这时候不答应他，显得我有些不够意思。

我穿好衣服下楼，不一会儿就到了咖啡馆。老尤没坐店内，而是倚着一辆自行车等在门口。我走近了说："嘿嘿，您真有能耐，还能弄到自行车。"他说："向咖啡馆老板借的，好几天待下来跟他混熟啦。"我说："那篇文章补写好了吗？"他拍拍衣兜说："补写好了，所以想在街上放个风。"我笑了说："骑车拉风？"他说："先走走吧，可以说会儿话。"

老尤推了车往前走，我伴在旁边。夜色已浓，街上相当安静，路灯将两人的身影时而拉长时而缩短。老尤说："有件事不公平，这几天你知道了我不少，我对你知道得还不多。"我说："我呀个人历史浅薄，没值得特别一说的。"他说："不能吧？一个漂在北京的编剧，又是可以熬夜的年纪，怎么也得出手几部电视剧。"我一时语塞，有些事老尤还真不一定能弄懂。在这个春天，我依着老大提供的分集提纲，日夜兼程地扑腾脑子，终于码完了四十集电视剧中的四分之一剧本。按照一集一万元的稿酬，我本该得到十万元票子的，但老大拍拍我的肩膀，说先拿五万吧，剩下的一半以后再给。说实在的，对此我并不沮丧，日子虽摇晃却趴不下去。我沮丧的是老挣不到名分，虽有作品却不能署名，不能署名就等于没有作品。每当电视上播出一部眼熟的好剧或烂剧，我便知道自己又多了一个无法相认的私生子。

我朝空气中呼出一口气，说："告诉您吧尤老，我现在还是个卖文为生的所谓枪手，熬夜熬出来的文字只是变成了小钱。"他说："说多少次了，不是尤老是老尤。"我嘿嘿笑了一声。他又说："为什么不这么玩？"我说："我们是漂着的人，漂着的人哪有资格按自己的性子玩。"他说："那老婆孩子呢？你不会说你还没成家吧？"我说："还真没成家……这可不能怪我。"他说："不怪你怪谁？"我说："我使劲伸手了，可够不着愿意嫁给我的女人。”他说：“怪不得你昨天的表演很不像样，一开口说‘娜塔莎，我们的孩子睡着了’，那口气就不对。”我一耸肩说：“那娜塔莎太胖了，我找不到那种感觉。”他说：“要这么说，让你找不到感觉的不是那位娜塔莎，而是那种船舱的氛围……那种氛围不是瓦西里出场的时候。”我说：“可您昨天不也站到台桌上了吗？我觉得那也不是瓦西里出场的氛围。”他慢一慢脚步，叹口气说：“看来你我都一样，想逃出眼下的日子去找些新的感觉，可这种感觉不容易让我们找到。”我说：“呵呵，您这句话有点哲学呀。”他不吭声了。

不知不觉两人已到了涅瓦河边。夜晚中的涅瓦河真是好看，两岸的建筑物披上了金黄或冰蓝的灯光，通体晶亮。河上的桥显出了透明般的三维效果，河中的水则形成了一扇扇波光。老尤说：“就在这儿吧，咱们骑一段。”我看一眼自行车：“两个人一起，可以吗？”老尤说：“俄罗斯的车子结实着呢，来吧，你带我。”我接过车把，展腿跨上了车，老尤一跳也坐上了后座。

车子沿着岸道往前骑，路上清静无人，只有一阵阵凉风迎面吹来，让人激灵灵的痛快。我一摁车铃，打出一串明脆的声响。声响中，我能感觉到后面的老尤有话要说。果然，老尤大声说：“小伙子，你现在有没有想到干点什么呢？”我想了想说：“我要吹口哨，我好久没吹口哨了。”我嘴唇一撮，口中飘出一条长长的哨声，还带点声调的起伏。我有点得意，让哨声伴着车子跑了好一会儿。然后我说：“老先生，你现在有没有也想到干点什么呢？”他说：“我早想好了。”他从衣兜里掏出那几张补写的稿纸，撕了一下，又撕了一下。我吃惊着，差点要刹车停下。他说：“不要停，一直往前骑。”我明白了，说：“你这样做是乱丢东西。”他说：“我已做好了被罚款的准备。”说着他的手往上一扬，几张纸片飘到了风里。骑出去一段，他的手又一扬，另几张纸片到达了空中。

我踩着车子向前奔跑。此刻，我的眼睛不能后望，但我能接收到老尤既畅快又伤感的心绪。不仅如此，我还能看见那些白色纸片随风飘在岸道上方和河面上方，久久不肯落下。

原刊《长江文艺》第6期

风中的母亲

邵　丽

怎么说我们那个村子呢，我要说她是一个美丽的村庄，显然有些夸大事实。但若是我告诉你村子里的那些事物，空气香甜澄明，亮晃晃金灿灿的阳光，新盖起的房屋红瓦白墙，蹲在墙根晒暖阳儿的老人和狗，奔跑着的男孩女孩，道边栽种不久的果树，树木开着各色的花或者沉甸甸地挂满果子，雨后的叶子碧绿鲜亮……你是不是觉得很向往呢？真实的情况是，一整个村庄都找不见一棵大树。一个没有大树的村庄，总是有那么一点虚张声势、底气不足。许多新盖起的房屋都空着，院子里荒草丛生，院门也被荒草所包围。偶尔遇见一只狗，也是怯生生地夹着尾巴，好像随时准备着挨打的样子。

其实这并不是一个荒废的村庄，像绝大多数村庄一样，村里的年轻人大多都到城里打工去了，老人留在屋里看家。说是老人，到底有多老呢？也就四五十、五六十岁吧，当然还有更老的。这些人要么年轻的时候在城里用命换钱，得了各种各样治不好的疾病，再也跑不动了；要么是上有老下有小，拽住腿走不出去了。

前些年，在城里打工的年轻夫妻还会把孩子送回来。后来全国上下都在声讨“留守儿童”什么的，弄得政府和农民工两处都不显好，把孩子送回来的也越来越少了。一个村庄，没有年轻人，没有孩子，也没有猪牛羊，怎么看怎么不地道。街道寂寞而肮脏，到处是狗屎和塑料袋，风一吹，尘土就飞起来眯了人的眼睛。耕种过的庄稼地也不再齐齐整整，有些土地还荒着，举目望去，倒很像南方人说的那种瘌痢头。很少有人家种瓜果蔬菜了，太操心，也太费工费力。于是，他们像城里人一样赶集买菜。后来因为人越来越少，集市也撑持不住，散了。超市取代了市场，开超市的去城里买菜，然后再卖给村庄里不再种菜的农人。

爱惜土地的老人都逐渐死去，他们埋在地下，成为最后一批土地守护者。剩下的这些男人和女人，怎么说呢，他们都生在新时代，都随时代改变了心性。男人不再热衷于种地，也不再热爱土地，他们宁可到城里做一些又脏又累的活儿。虽然出了苦力，但来钱快，麻烦事也少。女人也不再做针线，她们到集市上购买衣服和鞋袜，又省力又好看，比自己做的还划算。

我妈就是那些个赶集的队伍里最积极的一个。

我妈活了五十岁了，在人烟越来越稀少的村子里，她的的确确算是一个老人了。她宁愿相信她是一个老人，因为她的父母，她父母的父母，都是在这个年岁上成为老人的。她不信主，谁都不信，什么都不信。或者说，她不知道该信谁。婆婆在的时候，她信婆婆的。婆婆死了，她信老公的。老公也死了，她就无人可信了。别的女人信了主，或者信佛。主也好，佛也罢，离她那么远，怎么好相信呢？她就是这么想的，也是这么说这么做的。有时候，信主的一拨来拉她，她一脸迷茫地看着人家，突然口出惊人地说，你信主，你能不能让主跟我说句话我听听？信佛的那一拨过来，她也是这样，慢悠悠地问人家。她不是讽刺这些人，她根本不会讽刺人。她脑子里就是这么想的。

有时候我从城里回来看我妈，那些人就做我的工作。我说，主也好，佛也好，反正都是教人向善的。自己不生气，也不与人吵架。我妈天生的好脾性，她不懂得生气，更没什么可以吵架的人。你们何必再让她多一道手续呢？

我妈就钦佩地看着我，笑。我觉得她现在只信我。

我奶奶死的时候我还不省事。我爸是我奶奶寡妇熬儿养大的独苗。我爸说我奶奶可是个过日子的好手，麸皮子掺野菜，她都能在锅里炕出味道鲜美的饼子。我奶奶最拿手的就是做茄子面片儿。把茄子切成一寸见方的薄片，拌上面，放在地锅里干炕，不放油，就那么三翻两翻，待两面焦黄，放上葱花姜末儿，加水。稍等片刻，滚出汤味，再把擀好的面片切成菱形放入锅，待起锅时点几滴香油，再放一把荆芥叶，能香半条街。周围邻居还以为咱家天天吃肉呢！

"你奶奶面擀得好，薄得能照见人影儿。下到锅里那个筋道啊！"我爸说，"你奶奶做的饭可香死人了！"

然后每次他都把我奶奶做饭的流程，细细给我讲来。我不记得吃过我奶奶做的面，但爸爸说的那个过程，色香味俱全，听一听都好像含在嘴里，香得流口水。

但他从来不讲给我妈，因为他知道那没用。我奶奶见我妈第一面，还没说上三句话，就知道是个中看不中用的。我奶奶觉得娶个这样的媳妇，太不值，吃了大亏。因为我妈在十里八乡长得出了名的好看，娶我妈花了比别人家多一倍的钱。但奶奶没办法，我爸死活愿意娶她。我爸从小到大都听我奶奶的，但在娶不娶我妈的问题上，他说了过天话。他说，要不让娶她，我就让洪家断子绝孙！我家姓洪。

我奶奶看着这根独苗儿，妥协了。

媳妇娶到家没几天，我爸就跟我奶奶说，他要出去找活干。他兑现了求娶我妈时的谈判条件，挣的钱都交给奶奶。

我奶奶忧心忡忡地看着儿子，说，缘分这东西，会弄死人哩！

奶奶答应了我爸娶我妈，觉得我爸我妈都欠着她。所以奶奶活着的时候，一家大小吃什么穿什么用什么，都得由她说了算。我爸挣多少钱，给谁了，怎么花了，我妈问都不问一句。时间长了，再比比左邻右舍，我奶奶觉得这个媳妇也不算差，省心。邻居家的婆媳之间就没见消停过，整日斗得鸡飞狗跳。有婆媳见天不说话的，也有过不下去干脆上吊死了的。婆婆吊死了，就若无其事地埋掉，儿子和媳妇照样过生活。要是媳妇吊死了，家里就会折腾一阵子。娘家人来闹事，有大打出手的，也有闹得倾家荡产的。有的娘家人门户小，不敢来闹事儿。男人就会跟自己的亲娘闹，找个女人容易吗？不闹一闹，心里的气儿出不来。有时候闹得当娘的也活不下去了，一根绳吊在梁上，死了，事情才算有个了结。

农村就这点子事儿。被这些事儿热闹着，倒也显得不那么萧索。

我爸说，他找了我妈，几处省心。我妈省心，我奶奶省心，我爸也省心。我爸说，你呢？你不省心吗？从小到大你妈没动过你一指头，没骂过你一句。

我爸说这话倒是真的。我妈从来不和我爸生气，更不跟我奶奶生气。我奶奶说往东，我妈绝对不往西；我奶奶说赶猪，我妈绝不撵鸡。我妈不爱操闲杂心，话都不多说。我奶奶觉得娶来个媳妇，就像在院子里栽棵树一样，让开花就开花，让结果就结果。不赶刮风下雨，连个动静都没有。

我奶奶还不算老，家里地里的活都做得动。我妈说我奶奶身体好得很，直到有一天，做饭的时候一头栽在灶台边死掉了。那天好像是刮大风。我妈说，刮风天多了，也没见刮死过人，但我奶奶硬是被风刮死了。

我奶奶死的消息很快就传开了，毕竟她的死有点出乎大家的意料。一家人，没吵过，没闹过，不缺吃也不缺穿，怎么说死就死呢？村里人都跑到我家看热闹，大家都盼着有点故事。我妈胆儿小，我奶奶死了她一眼都没敢看。对于奶奶的死，她比村里人更加错愕。她从来没想过这个问题，她更没想过，我奶奶死了她该怎么处置？看热闹的人都笑我妈，说她不精细，婆婆死了哭都不会。在农村，哭婆婆可是一件技术活儿。

但终究死了就死了，人真正躺在那里，脸上蒙着黄表纸，大家指指点点热闹一会儿，也就没人说什么了。一把火烧了，前几天还擀面条的奶奶，被装在一个小盒子里，再买一口棺材，埋在自家的麦地里。我爸撇下我妈和我，又出门打工去了。

我妈长长地出了口气，好像重新托生了似的。但她也从此觉得生活过得更没意思了，没个人管她，她也没任何人可管，等于没个依靠，没个抓手。

后来我生了儿子，想想都有点后怕，我压根不知道我是怎么长大的，我妈一辈子连一顿像样的饭都没给我做过，更不要说教我做饭了。她老是买一筐馒头，放那儿干着，每天咸菜就干馒头，哪天高兴了还会烧点开水，放点盐，滴几滴香油，算是有点汤水了。要是遇到冬天，我们家不会吃一根青菜。她会去买人家腌好的咸菜疙瘩，切开让我们吃。我小小年纪就便秘，好几天不解一次大手。到了春夏就好了，我妈最会做的菜就是凉拌菜。拌黄瓜、拌水煮的青菜叶子，别人家拌黄瓜青菜都弄个蒜汁什么的搅拌一下。我妈就直接撒点盐放点香油，她懒得捣弄蒜汁，麻烦。哪一天她高兴了，西红柿切一切，撒一把白糖，好吃到我连碗底子的汁水都舔得干干净净。

后来我跟着她啃干馒头啃厌烦了，一点点大就会自己泡方便面吃。

有时候懒得泡，把一包方便面拍碎了，装在书包里当零食吃，其实也是当主食吃。二十多块钱一箱的方便面，我爸每一次从城里回来都给我买上几箱。

有时候我爸从工地上回来，想吃家里煮的面条。我觉得那是我爸对老家唯一的念想了。那时候虽然我爸老是跟我讲奶奶做饭的故事，但我还不会做。我妈也不会，她就到面条铺里换二斤面。水烧开，就把面条和一捆洗好的菜叶一起放进去煮。我爸要是说咸了或者淡了，她就把我爸的碗接过来倒进锅里，淡了撒一把盐，咸了添一瓢水。有了我弟弟后，我爸越来越不愿意回家了，在城里挣一点吃一点，睡涵洞都不回来。我爸曾经骑着他的旧摩托车载我到城里去过几趟。城里人多车多，热闹得我透不过气来。城里的树木草地和画上电视上的一模一样，高楼像山一样高，山上那么多屋子，都空着，楼道里也空空荡荡的。我爸说，这楼还没盖好，等装修好了人就多了。我觉得那没盖好的楼也比农村强，怎么就没人住呢？我爸他们也不住，他和那些农民工夹着破旧的铺盖卷儿，就住在工地附近的涵洞里。夏天还好将就，冬天就像躺在冰窖里。我爸说一大片人挤在一起不怕冷。休息的时候，他就带着我到处游逛，给我买好吃的热乎乎的食物。我喜欢城里的食物。那时候我就想，等我长大一点也到城里打工，只要别让我住涵洞，什么活我都干。

要是手上有了点钱，我妈会一个人去逛市场，买好看的衣服。她很会给自己挑选衣服。村里女人都笑话她，说她买得又贵又不实用。但我觉得好看，我妈是我们村子里最好看的女人。有时候，我妈也会给我买条花裙子。我上了村里的小学，我很瘦，瘦白瘦白的，穿上城里孩子才穿的花裙子和皮凉鞋，老师和同学都很羡慕。但我总是饿着，连嘴唇都发白。

我妈二十岁生了我，三十二岁生了我弟，我和我弟一个属相。我妈生了我弟弟，就完全不干家务事了。那一年过春节，我爸割了一大块肉回来——工地上发了点钱，再加上老婆生了儿子，于是就割了肉。我们父女俩把肉洗了，放在水里煮了整整两个小时，就为了闻那味儿。肉香得把我妈的馋虫都勾出来了，她前后到厨房看了三回。

我爸毕竟在工地上干过，见过世面。他给我二十块钱，让我去小卖店买了一棵白菜两棵葱、二斤豆腐、一捆粉条。我们把所有的东西都放在肉锅里一起煮。我爸说，他们在工地上天天都吃这。我没吭气儿，只顾低着头吃。我去过我爸那里几次，反正一次都没吃过。那天我吃了三碗，我妈吃了四碗。

我长到十二岁第一次吃这么好吃的烩菜，好吃得都快哭了。我妈怎么不这么做呢？她难道真的是不会做吗？我的亲妈，她从来没给我，也没给我后来出生的弟弟做过一顿像样的饭菜。好在农村的孩子不金贵，吃啥都能长大。虽然我在我妈的凑合中长大，但长得像模像样的。村子里的人都说，模子好。

我妈就只会给我弟弟喂奶，其他什么都不干了。我爸于是决定不让我上学了，他说，你闺女家，反正长大也是在村里寻个人嫁了，念书也没啥用处。再说了，你弟得有人看，你上学走了，把这一摊子扔家，谁洗衣服谁做饭呢？我看看我妈。我妈像没事人一样。于是，我爸的决定就这样落实了。其实我爸早就看透了。只是没说而已。家里有个女人，能给他生儿育女，他就很知足了。

其实我也挺高兴的，我跟着我妈啃干馒头啃怕了，听说做饭的事由我当家做主，就两眼放光。与不上学比起来，这更加实惠，不上就不上吧！那学也确实没什么可上的，况且就现在为止，我也比我妈识字多，也比她会算账。

我那年十二岁，由于对吃的恐惧和渴望，我很快就长了不少本事。我会熬米汤、蒸馍、炒菜，虽然没有学会像奶奶擀一手好面条，但顿顿能吃上炒菜，也是一步登天了。其实炒菜也没什么难的，小卖店里什么都有，一桶油、一瓶生抽，一盒十三香，就解决了所有问题。萝卜西红柿、豆腐大白菜、鸡蛋香椿叶，我能弄出好几样炒菜。我爸最爱吃我做的大烩菜，说我比他那次做得好吃多了。

吃饱了肚子，一切皆好。什么我都不觉得苦，冬天洗衣服，手上裂的都是大口子，我没有丝毫怨言。看看那些上学的孩子吧，他们更苦恼，每天天不亮就起床去学校，冬天的寒风把腔子吹得冰凉冰凉，夏天的太阳把头发晒得焦黄。迟到了要挨老师骂，考试不好要挨爸妈打。那是什么样的日子啊？想想就后怕。幸亏我退学了。我妈又不操心不管事儿，一天吃几顿，吃什么，什么时候吃，一切皆由我做主。我在小村庄里欢快地自由穿行，活得比满坡的苹果树都自在。我们村子里那几年时兴种苹果，家家都种苹果。那时还没有网购，开始的时候人家还来收，后来种得多了，苹果卖不出去都烂掉了。于是村子里的女孩子们都学我，上着上着都退学了，拉着架子车，满世界卖苹果。后来苹果树也砍掉了，我们就跟着男人们进城打工。

我妈每次给我打电话，十有八九都是弟弟的事儿，而弟弟的事儿就是钱的事儿。你弟初中没考上，借读费得两千。你弟想学画画儿，总不能让他长大像你爸一样去工地打零工吧？你弟弟去上学害怕家里有急事儿找他，想买个手机……

但有一次要钱，却不是弟弟的事儿。我妈说，你爸在工地上从脚手架上掉下来了，头撞在墙上，肋巴骨也摔断了几根。包工头躲起来不见面，不交钱医院就不收。

只要是跟我要钱，我妈表达得很清晰也很有条理，一点不像个糊涂人。但她每次跟我说这事儿，没等她说完我就问，多少钱？然后就把钱给她打卡上。这次说到我爸，开始我也没在意。听完才觉得不对头，就问她，我爸？我爸怎么了？她说，你爸在工地上摔下来了，死了。我的天！我爸死了她还这样跟我说话，像没事人一样！我放下电话就往家赶。

我爸确实死了，跟着一家装修公司打工，安装一块户外广告时，突然一阵狂风，把广告牌刮倒了，砸在梯子上。我爸连人带梯子从上面摔下来。颅内出血，因为没人交费耽误了救治，死了。

我爸死了。村里管事儿的人就让我们穿上孝衣，头上扎上白布条子，到工地去跪着。我妈也要跪，管事儿的人说，你可不能跪这儿，你是当家人了，好多事儿你还得应酬呢！于是我妈就呆呆地站在我们身后，手足无措地看着我们。好多人围着我们看，他们指指点点，有说我爸死得可惜的，也有夸奖我们母女俩漂亮的。还有的说，这娘俩可惜了，要是生在城里，嫁个好男人，还不活得跟仙儿一样？

大家说说笑笑的像看戏一样，他们说这些我已经见惯不惊了。现在农村都是这样，死了人有跳脱衣舞的，结婚也有大打出手的。反正是丧事当喜事办，喜事当丧事办。

管事儿的领着工头来了。工头提着一个袋子，看见我妈，刺啦一声把袋子拉开，里面是一捆一捆的钱，整整十万块。我妈没见过那么多钱，看了一眼，赶紧把目光移开，求助似的看着我。我走过去要跟工头讲理，被我妈死死拉住了。她是怕我得罪工头，这钱就没有了。

工头指着我说，开工之前就说好了，出了事故我们不管。然后他从口袋里掏出一沓纸，在另一只手上摔打着，干一天活发一天工资，你们自己不小心摔死了，按理我们不该给你们一分钱！他又转头对着我妈，出其不意地笑了一下。那笑把我妈吓住了，下意识地往后退了一步。工头说，我是可怜你们母女俩。你还这么年轻，你要是愿意啊，可以来工地上给大伙儿做做饭，挣得保证比你男人都多！

我妈闻听此言，眼泪立刻成串掉出来了。她怎么可以想象给工地上几十个男人做饭？那不是难为她吗？工地上土气大，每一滴眼泪落在地上就砸出一个坑。我妈突如其来的眼泪把包工头吓坏了。包工头扔下钱，说，我只说让你来干活，你这是怎么了？还想讹我啊？

包工头可真错看我妈了，他是高看她了，我妈她哪有讹人的心计？

我十五岁出门打工，端盘子洗碗家政服务员什么都干过。我遗传了我妈的长相，村里人都说我比我妈长得还好看。女子长得美，多喝半盏水。同样是打工，老板总会多赏我一点。其实也不光拼的颜值，我干活麻利，在餐馆里洗盘子洗得又快又干净。和我一起干活的女孩喜欢偷懒，后来俩人的活我一个人都干了。本来洗一天八十块，老板喜欢我踏实，干脆把另一个人辞了，一天给我一百。客人剩下的饭菜，他们让我随便吃。我是个不生事的，我和我妈一样话不多，稳稳当当倒像个有知识有家教的女孩。我有时被家政公司的人带着去人家家里搞清洁什么的，也都尽职尽责，干完后地缝里都找不到一丝灰尘。我从不打碎东西，主人给什么吃的我也不嫌弃，安安详详地吃。

有位阿姨很喜欢我，这个阿姨好像很有学问，家里到处都是书。零用钱就在窗台上随便放着，她一点不防备我会拿。那天干完活儿，我离开的时候阿姨要了我的电话号码。晚上下了班她来接我，非要请我出去吃饭。我一句都没问为什么，毫不犹豫就跟她上了车。路上阿姨说，我就喜欢这样大大方方的孩子，不扭捏。我没说话，她又问我，愿不愿意在她家里做事？我说，愿意！

阿姨扭头温和地看着我笑笑，问："为什么愿意？"

这倒是把我问住了，刚才答应她的时候，我想都没想。其实我想说，您看着就像个好人。但是我说不出口。

我后来在这个阿姨家里做了两年，吃住都在她家里。她一个月给我两千块钱，还给我买一年四季的衣服。那衣服可比我妈给我买的质量好太多了，就是我自己也没舍得买过那么贵的衣服。一条裙子几百块，一双鞋也是几百。我刚进城的时候赶时髦，跟着女孩子们把头发烫了染了，头发乱得像个草窝。阿姨亲自送我去理发店，我在店里待了一下午，做了营养发油，剪了个齐刘海的短发，整得像个城里的高中生。阿姨看了高兴地说，我还真是没看错人！

阿姨家就她一个人，她在家我就做两个人的饭。但她常常出去吃饭，说是应酬。她有时也带我出去吃饭，跟她的朋友介绍说，这是我女儿。大家都拍了手笑，说还真是长得像。除了公务活动，阿姨做什么都带着我，吃饭逛街做头发蒸桑拿。我有时候睡觉睡糊涂了，真的觉得我就是这个阿姨的孩子，我做梦都想有个阿姨这样的妈妈。

但她毕竟不是我妈。我有妈，我妈住在我们的村子里，她每个月都要等我寄钱回去。我妈只要知道我还活着，她从来都不想知道我是怎么活的。我干什么在哪里干，我妈好像从来没问过。

好日子总是不长久的。阿姨要调走了，她的丈夫在深圳，她要到深圳找她丈夫团聚去了。走之前她说，孩子，要不你跟我一起去深圳吧？深圳？我没去过深圳，在电视上看到深圳，就觉得远得我这一辈子也走不到。所以我很高兴，毫不犹豫就答应了。那天我跟阿姨说，我要回去告诉我妈这件事。可是走着走着，我却犯了愁。我走了，我妈和我弟怎么办？主要是我妈怎么办？于是，走到半道我又回来了，我告诉阿姨，我不想去了。我不想去那么远的地方，我不喜欢。

在阿姨家干了两年，我跟她学了许多东西。我吃过日本牛排和三文鱼刺身，我穿过几百块钱的衣服和鞋子。最重要的是，我还跟着阿姨，坐飞机去过海南，在天涯海角照过相。我穿着短裙站在南国椰子树下的那些照片，在我们村子里曾经成为一个炽热的话题。村子里没有比我更见过世面的女孩子了。

阿姨走了，走时给我留下很多东西，许久我都没舍得打开用。我知道那是我最后的幸福，我偷偷哭了好几个晚上，我觉得我再没有好日子过了。

我越来越和我爸一样，在城里干什么活都行，就是不愿意回村里去。我在城里挣钱，我挣的钱除了自己简单的生活费，都用来养我妈和我弟弟了。我妈不爱操心管事，没有我爸了还有我。家里缺了钱她就管我要，反正我总能挣到钱。我妈觉得我养她和弟弟，是天经地义的。

后来阴差阳错，我到了小牛家的洗浴中心做了大堂接待。洗浴中心不大，是小牛家的一栋旧房子改建的。因为是在市场边上，生意倒是挺好的。我长得好看，举止得体，很受客人欢迎。老板娘就是小牛的妈。那次是去洗浴中心做保洁，小牛的妈觉得我干活踏实，人长得又好，当保洁工可惜了，就让我留下来在门口做接待。

在那里干了一段时间，我觉得小牛的妈是看上我了。她跟人家夸我说，我虽然文化低点，但见识却不低。关键是人长得好，性格也好。我觉得他们家小牛也不错，除了长得不好，其他都好。小牛头大个子矮，人倒精明得很，眼睛小，目光贼亮。小牛知道了他妈的意思，或者说他把对我的意思，变成了他妈的意思。反正他们俩都喜欢我。就这么撮合撮合，我们就经常在一起了。后来小牛还给我买了一条施华洛世奇的钻石项链。他很有眼光，项链比真的钻石都漂亮。我戴上项链穿上新裙子，大家都说这姑娘像是从画上走出来的。

我不知道小牛家有多少钱，他家是城中村的拆迁户，家里做着好几门子生意。小牛的妈很会做饭，家里有保姆，她也亲自下厨。小牛的爸只吃他老婆做的饭。每顿饭都有好多个菜，汤水齐全。

每天晚上下了班，小牛就带我出去吃烤肉或者涮肉。他头上打了彩色发蜡，脖子上戴着大金链子，即使只我们俩，他也点一桌子菜，看着就像一个大老板。他点的菜简直要把人的肚皮撑破了，吃得我眼泪汪汪的。我觉得跟着小牛吃这么好，就是真正的幸福。他会娶我吗？真有这样的好事，能嫁到城里吃香的喝辣的？后来小牛问我愿不愿意嫁给他。我想都没想就答应了。这事儿我不用征求我妈的意见。我妈不会管我的任何事儿，她也不知道该怎么管。反正闺女大了要嫁人，至于嫁到哪里，她不会管。其实我妈不是个贪心的人，她不懂得嫁女儿是可以要彩礼的。这一点让我婆婆很意外，她因而对我们母女两个更加另眼相看了。

我妈二十岁生了我，我二十岁生了我儿子。我婆婆生意上的事顾不过来，非让我把我妈接过来。我妈来了，还带着我弟弟。我弟弟初中没上完就不上了，整天和一帮小混混在一起耍。反正他也不缺钱，我挣的工资都是给他花的。我弟弟跟我一样，长得都随我妈，生得面皮白净，看起来文文气气的，穿的戴的像个有钱人家的公子。

我婆婆人不错，对我妈和我弟弟都很好。可是我妈过来能干什么呢？我把困惑告诉了我婆婆。我婆婆说，看你妈生得好模样，利利索索一个人。乡下的女人又没啥事，怎么不会做饭呢？你们这俩孩子怎么养大的，能帮我给你做做家常饭也好啊。

我羞愧难当，无法为我妈辩解。我妈倒没觉得有什么，理直气壮地辩解说，如今乡下的女人都不怎么会做饭，村里有小饭馆，男人在外头打工，女人就在家打牌，输了回家啃干馒头，赢了就下馆子吃饺子。

哦。怪不得呢！我婆婆说了这句意味深长的话，就没再说什么。她也是从乡下嫁过来的，她小时候在娘家，小牛他姥姥擀面条蒸馒头烙油饼塌菜馍做疙瘩汤，几乎样样都会。结婚之前她就跟着母亲一样样地学，把全套手艺都学到了手。

晚上我把我婆婆的经历说给我妈。我妈说，都怪现在的风气，怎么都出去打工啊？你姥姥也是什么都会做，那时候不兴打工，男人种庄稼，女人就做饭，一大家子人顿顿都不能将就。轮到我嫁你爸，农村男人都出去干活了，剩下老的少的吃饭不讲究，做熟就行，所以我就什么都没学会。我也没法指责我妈，就随口说了一句，你说农村人现在连家常饭都不会做了，这乡村不就毁了吗？我妈一脸迷茫地说，毁了？毁什么，我觉得还怪好哩！

我婆婆人真不错，尽管我妈什么都不会干，她还是留下了她。我生了儿子，给婆婆家长了脸。小牛他们家亲戚，没一个能生儿子的，要么一水儿都是女儿，要么不会生。婆婆让我给我妈里里外外都换上了时尚的新衣服。我妈虽然从来没离开过农村，但是她没下过农活，家务也不做。不操心的女人有一样好处，就是活得轻松，活得年轻。她换上新衣服，很像个样子，跟城里人也没啥差别。她不爱说话，忽闪着天真的大眼睛。别人说话她就安安静静地听，看上去心里蛮有数的样子。

我婆婆晚上去跳广场舞也带上她，大家都夸亲家母又年轻又好看。我妈也真是个人模子，她上辈子难不成是个跳舞的？百八十人的舞群，人乌泱乌泱的，我妈跳了两三天，就出了头，比人家跳三个月甚至跳三年都好。跳着跳着，她从最后一排跳到第一排。领舞的也不领了，立在旁边看她跳。舞曲一响，我妈就不是她自己了，好像她是上天派下来专门跳舞的，多高难度的动作都不是个事儿。她好像完全变了一个人，顾盼生辉，嬉笑盈盈，完全没有了惯常的生涩。河岸上香风吹荡，杨柳摇曳。可那怎么比得了我妈的腰肢！它摇得比杨柳都柔软，比白云都飘逸。连我都吓到了，难不成我妈的春天来了？她怕是要开窍了。有一次，她跳得实在太起劲了，连着跳了两场也不休息。我过去喊她，她好像没听见似的，沉浸在音乐里。我去拉她，她对我打断她的舞蹈怒不可遏，狠狠地朝我手上打了一巴掌。那一巴掌，让我疼得差点跪倒。那是我第一次见她发怒，我吓坏了，赶紧逃到一边，迷迷糊糊地等着她跳完。

跳了一段时间广场舞，有一个人看上了我妈。他是小牛这个村的坐地户，比我妈大十来岁。老伴儿去世了，有一个女儿在别的城市生活。人家倒不嫌弃我母亲带着儿子，通过我婆婆，常常带我妈她们去吃馆子。开始我妈也不知道他是什么意思。待明白了，就想拒绝。我婆婆笑着说，城里人都这样。人家也不吃你，你不吃白不吃。后来那人就直接请我妈了。我婆婆觉得这是一门好亲事，就竭力撮合，反复跟我说，你妈要是能嫁到城里来，你弟弟可不有着落了？咱们离得也近，互相还有个照应。

后来那人要带我妈到他家里去看看。我妈不想去，但禁不住我婆婆可劲劝诱。我婆婆说："事情还是你说了算，你去看看他能黏住你？"那人住得离我们不远，也在村子刚刚开发的小区里面。两室一厅的房子，一个人住着，收拾得还挺干净。那人跟我婆婆说，他也没什么要求，一是看我妈长得有模样，带出去不丢人。二是能有个人做做饭说说话，比找个保姆强。

我妈勉强去了几次，每次回来都绷着脸说，累得骨头都散架了。我婆婆说，人家让你扛麻袋还是搬砖了？我妈脸上愁得能拧出水来，那倒是没有，我就是做不来饭。我婆婆说，嗨！那还算是事儿？我现教你。小葱炒鸡蛋，醋熘土豆丝，小白菜炖豆腐，肉丝青椒……先学会一样是一样吧。做饭对我妈可真不是个轻松活，再怎么教，不是咸了就是淡了，青菜弄得皮焦骨头生。做顿饭手忙脚乱，把个厨房弄得跟个事故现场似的。

那人也算个好说话的，说做不好饭就不做吧，咱们天天买着吃，又不是没钱。他让我妈坐下聊天。那人让她坐哪就坐哪，半天也没个动静，动都不动一下。她也不会聊个什么天，话都不知道该怎么说，人家问一句她嗯一声，拘束得像根木头。

那一段时间，我妈哪儿也不去了，吃完饭就打扮得干干净净的，坐在家里等着人家约她，好像那是一件必须要办的事儿似的。可是那人再也没约过我妈，他跟我婆婆说，你亲家空长了一副好皮囊，是不是脑子不够数？我婆婆便回来开导我妈，怕她心里不舒服。哪知道我妈得了婆婆的话，一下子松弛下来，就像解开了捆绑一身的绳子，高兴得跟个孩子似的。从此再不肯和人家见面了。

我妈是有可能改变身份，变成城里人的。但她错过了。其实错过了是我和婆婆的遗憾，她好像并不觉得。我用我的私房钱给我弟弟买了个车跑出租，虽然他挣的钱还不够自己花的，但毕竟是进了城。我妈害怕我婆婆再张罗着给她介绍男人，死活非要一个人回村里待着。村子里修了路，安了自来水，街道上还安了几盏高高的路灯。她一个人在家里，想吃吃，想睡睡，也蛮自在的。后来我又生了龙凤胎，可把我公公婆婆和小牛高兴坏了，天天笑得合不拢嘴。我婆婆恨不得把我供起来。我给我妈和我弟弟花那点钱，她也根本不在意。

我妈现在独自一人住在村子里，她和村里的妇女在一起，明显比在城里舒坦。我妈在城里见了世面，又学会了跳广场舞。跟大家伙儿说起来，人家都撺掇着她教跳舞。她从城里回来时我婆婆送了她一个小播放器，有好几十种广场舞曲。她就教村里的妇女们跳广场舞。我妈穿得洋气，身材越跳越苗条。村里的干部表扬她，说她丰富了乡村文化，还作为成绩上报到乡里。乡里书记乡长带着人来观摩了，表扬了村里，奖励了一套音响，号召外村的人也来学习。

我妈可找到自己喜欢的事情做了，天天教人家跳舞，很快在乡里成了远近闻名的能人。乡里管文化的副乡长亲自到我们家，亲切地接见了我妈。副乡长要和我妈握手，我妈连忙把手背在身后，羞怯地说我不会，我不会。大家都笑起来。副乡长也笑了，他说，现在新农村建这么好，村里妇女要是都像你这样打扮得漂漂亮亮的，跳跳舞，唱唱歌，新农村建设可不就有新内涵、新发展、新气象了嘛！

后来县里要在我们村开现场会，说是乡村文化建设搞得扎实有效，值得在全县推广。乡里领导决定让我妈参加会议，代表村里发言。还专门安排一个人写好稿子，让我妈背下来。我妈高兴得不得了，她一辈子都没有这么兴奋过，天天拿着稿子，吃完饭就站在屋子后面的空地上，好像面对着无数听众。甚至有时候还学着电视上的女人把一只手拤在腰上，另一只手挥舞着，蛮像一个真正的女演员。

终于到了会议召开的时刻，我妈抹了粉底子和口红，换上了她最喜欢的衣服盛装出席。一进会场，看着西装革履的那么多人，都坐在下面，大眼瞪小眼地看着台上的人，心里就发了怵。当大会主持人宣布她发言时，她突然感觉胃疼，疼得浑身打哆嗦，然后扩展到全身疼，胳膊腿都动弹不得，嘴也好像打了胶似的。她眼睛一闭就倒在地上，任谁也喊不应她。到底也没发成言，闹了个大笑话。

从此之后，我妈的广场舞再也不跳了。

我妈越来越爱打牌。打牌不用说那么多，话越少越好。大家都喜欢跟她打牌。她一天能打十几个小时，端坐在那里，你不说走，她绝对不会中途退场。输了赢了都很淡定，一句怨言都没有，可谓宠辱不惊。如果初次见她，肯定以为她是个娴雅淑静、里里外外一把手、办事干脆利索的人。她也越来越懒，每天都去小馆子吃。经过了城市的历练，她确实比过去进步多了。过去她不会做饭，也不怎么会吃饭，填饱肚子就行。现在她会吃饭了，觉得小馆子真好，南甜北咸东辣西酸，什么都有，也花不了几个钱，简直太好了！日子就这样过下去，有什么可发愁的呢？

村子里信主信佛的人还是常常来找她。但在我母亲看来，那些信了主信了佛的人，生活过得大多都不如她。她们干了家里的活儿就去忙地里的活儿。吃得也很差，喝一碗面条也要祷告半天。辛苦不值得嘛！即使有儿女在城里打工，也很少给她们钱。如果有个没结婚的儿子，那简直就不是人过的日子了。过去娶媳妇，人家要十万块钱彩礼，农村人觉得比老天爷都大。现在娶媳妇可好，要修屋盖房，要买辆车，还得外加三斤六两一百元老头票。老天爷，即使是新崭崭的票子，也得十五六万哪！娶个媳妇累死爹娘，可不是闹着玩儿的！你想想，她们不信主，信谁？信了主，大家的苦乐都在一起比对着，上下也都差不了多少，比着比着就想通了，好歹也算有个安慰。

我妈觉得她在村里是过得比较好的。闺女常常寄钱回家，手里没缺过活便钱。亲家也答应了，等小牛自己的公司做大了，就让我弟弟跟着他，不用再开着车满世界找客人了。她还想什么呢？她越来越懒得动，竟然一天天胖起来，像一个羊脂球。有时候实在找不到打牌的人，她就满村子转。路过村文化广场，看着那些穿得花花绿绿跳广场舞的女人们，她也会坐在路边的台阶上看半天。那里面很多都是她教会跳舞的，都是她的学生。她内心骄傲着，这些人没一个有她跳得好的，可跳得好又如何呢？什么都改变不了。想想自己，想想那些曾经风光的日子，想想她那次开会发言所遭到的羞辱，竟觉得世道混沌无常，恍若有隔世之感。

有一次，她在那里整整坐了一个下午。人家跳完走了，她还在那里看着空空荡荡的广场。起风了，开始风很小，她没怎么在意。可是后来越来越大，刮得垃圾尘土遮天蔽日。她害怕了，赶紧给我打电话，说：刮大风了……我说，你赶紧回家啊！她忽然抽泣起来：刮好大的风……

我想起奶奶，想起我爸，他们都是在风中死的。心里也莫名地难受起来，但没紧张。我觉得我母亲这么从容的人，是不会被风刮死的。不过也不好说，她这一辈子，虽然从来没有坚强过，但也从来没有如此软弱过。我说：快！赶紧回家，到家再给我打电话！

原刊《当代》第4期

最后一天和另外的某一天

艾 伟

窗子很高，几乎直接抵在厂房屋檐下。窗外的天空飞过一群麻雀，发出叽叽喳喳的声音。天空寂静，鸟声惊心。这儿地处城郊，四周都是农田。窗子太高，厂子里的人没法看到农田和庄稼，只能看得见天空。麻雀成群结队出没。

早上六点钟起床铃准时响起。屋子里有十二个人，有六张上下铺的床。她们起床，穿衣服，然后开始折叠被子。被子折叠成部队那样方正，棱角分明。一阵忙乱后，十二个人都整理好了。房间寂寂无声。晨曦从窗外透入，房舍整洁，一尘不染。半个小时后，门打开了。有一个小时可以洗漱。洗漱的工具放在走道尽头的卫生间里。每个人的洗漱用具都放在那儿。俞佩华洗脸。卫生间东西各有一面镜子。一些人排队在照镜子。俞佩华难得站到镜子前面去。今天她有些想去镜子前看看自己，又害怕看到自己的脸。

方敏正在大门处等着她。方敏脸上没有表情，用惯常的不容商量的口吻说，今天你可以不去厂里。俞佩华低下头，没看方敏，她回答，还是去吧，最后一天了。

厂房生产一种模仿芭比娃娃的玩偶。她们不知道这些产品在商店出售时会贴上什么牌子。洋娃娃有三十厘米和四十厘米两种。三十厘米那种供幼童玩，服装艳丽，服装的领子和衣袖上夸张地镶着蕾丝边。四十厘米那种是给成熟一点的女孩玩的，橡胶身体有精致的乳房，穿上衣服后，俨然是个性感女郎了。工作台上摆满了手臂、腿、头部、身体、各种颜色的头发、眼睛和服装等。她们要把它们组装起来，成为一只成品的洋娃娃。

除了干活发出的声响，厂房里没人说话。工作是定量的，有数量及成品率的要求。她们要把一天的任务完成了才能上床休息。工作量大，要按时完成不太容易。那些新来的，手脚笨，更得抓紧时间。吃中饭也是狼吞虎咽，吃完就抓紧干活。俞佩华完成定额没任何问题，她在这里待了十七年了。

黄童童来了一年或者更长。俞佩华感觉她来很久了，好像一直在她身边。在这里时间变得特别漫长。时间又特别清晰，每一天她们算得清清楚楚，像用刀子在心里面刻了一道做记号。黄童童在俞佩华左边干活。黄童童长得很漂亮，有点像她们在制作的四十厘米那种洋娃娃。她以前的头发应该是染成棕色的，刚来时，她发端的颜色还是棕色的。黄童童有点傻，并且是个哑巴。不过不奇怪。到这里来的人要么特别聪明，要么特别傻。

眼睛是最后一道工序。洋娃娃没放上眼睛时，会呈现出骇人的表情。俞佩华想起黄童童刚来那会儿也是这个样子，目光里的恐惧深不见底，就像一只没装上眼睛的洋娃娃。

三十厘米的洋娃娃会说话，需要在身体里安装一个电池盒。黄童童正在把电池盒的接线焊接上去。这是最见功夫的一道工序。黄童童拿着焊枪，双手老是抖，焊了几次都失败。如果再焊接不上要成为废品了。黄童童以往不是这样的，她能准确地把接线焊接好。一年训练下来黄童童已是个熟练工。这不奇怪，只要安装超过一万只，任何人都可以闭着眼睛把电池盒子安装好。

黄童童终于安装好了。俞佩华松了一口气。

今天黄童童有些恍惚，做工时老是控制不住双手。她生病了吗？黄童童正在找她的镊子，可镊子刚才还在她的右手上，这会儿不知跑到哪儿去了。这是黄童童的老毛病。她老是丢三落四，找不到工具。俞佩华告诉过她，工具一定要固定摆好，熟练到“盲取”的程度。黄童童向俞佩华要镊子。俞佩华没把自己的镊子递给她，让黄童童自己把工具放整齐之后再干活。黄童童突然问，你要走了吗？这一年俞佩华学会了手语。她吃了一惊，她没告诉黄童童明天要离开这里。同宿舍的人是知道的，但她们都没有说起这事。一个人离去，她们的心会空一阵子。大家都懂这种心情，这种时候会绝望。不说出来就好多了。在这儿情绪越少波动越好，否则会麻烦。俞佩华没有主动提这事。一切像什么也没发生一样。

俞佩华没回答，看着黄童童，黄童童的目光凶巴巴的。或者不是凶，是恐惧。俞佩华一把从黄童童手里抢过那只玩偶，做起来。她看到黄童童盛玩具娃娃的盒子里没几只成品，这样下去，她将完不成今天的额度。难道她今晚不想睡了吗？俞佩华用手语告诉黄童童，让她把俞佩华装满洋娃娃的盒子堆放到号子处，并要她冷静一些。一百二十九号是俞佩华的号子，黄童童是一百三十号。中间的皮带上放着收纳成品的盒子。等到中午，皮带会转动起来，运转到另一个厂房质检。

我会来看你的。俞佩华用手语说。她刚做好一只四十厘米的娃娃。有一天，黄童童完成一只性感娃娃，对俞佩华说，我好喜欢，真想带一个回去。这是不可能的，俞佩华说，千万别偷偷拿回去，这不是闹着玩的。我以后会送你一只。

你不相信我会来看你？俞佩华说。黄童童没看她。黄童童的目光这会儿投向东边的高窗，天空上的白云一动不动。

窗外的太阳照在工厂的水泥地面上，缓慢地从西向东移动，快到中午的时候，太阳光束立在东边的墙边，好像白色的墙面拉了一层光幕。

厂子里有八十多人。从监视器里看，场面相当壮观。她们坐在工作台前，穿着同样的衣服，年龄各不相同，动作也有差异，但还是能找到一致性。她们面部没有表情，专注让她们显得更为机械。她们手上的洋娃娃，有的正在装配身体，有的正在穿上衣服，有的在固定头发。她们做好的玩具整齐地躺在工作台上。即便厂外的阳光很好，工厂的大灯依旧是亮着的。现在是夏天，大灯散发出灼人的热力，厂内的温度更高了。一些人脊背处渗出细密的汗珠。

陈和平一直观察着俞佩华和黄童童的一举一动。方敏忙于手头的一份档案。明天俞佩华要走了，俞佩华的相关文件需要归档封存。她寄存的物品不多，方敏已让人把物品放到一只简易的旅行包里。方敏复印了各种表彰的官方证明，方敏觉得俞佩华不一定在乎，但这些证明在她以后的生活中是用得着的。十七年里，俞佩华几乎年年都被评为优等。也就是说她在这儿没出过一次差错，没扣过一分。方敏查过并且熟知俞佩华的档案内容。在做化学老师时，她也是年年先进。可就是这样的人干出了那种事。

有一个年轻的女警进来，告诉方敏，她通知了俞佩华的儿子，她儿子说不来接。方敏点了点头，这在她预料中。来到这里后，俞佩华几乎谁也不见，儿子和母亲来看过她，她拒见。她的案子太骇人听闻。她难以面对亲人。她只见过丈夫一面，原因是为了和丈夫离婚。她没多说话，只说把她忘掉，因为她会在这儿待上一辈子，这对他们来说更好。没想到她能减到十七年。十七年在这里一成不变，外面发生了多少事啊。俞佩华的母亲这期间过世了。方敏记得，把母亲亡故的消息告诉俞佩华时，俞佩华并没有停止手中的活，好长时间没有抬头。电焊条冒着青烟，方敏担心俞佩华把焊枪刺入自己的手心。

陈和平朝方敏这边望了望，继续看着监控，好像发现了什么秘密。陈和平问，俞佩华来这儿时儿子多大？方敏说，九岁吧。

方敏看了陈和平一眼。方敏偶尔会感慨，职业真是有着自己的生命方向，会带着人往某个方向长。陈和平虽然是方敏的同学，但他现在成了一位艺术家，这个年龄了，身上竟还带着一些少年气质。而她长久在这儿待着，整天板着个脸，大概这张脸已经面目可憎了。

方敏来到监控器前，看到黄童童一脸不悦地在搬东西，俞佩华也是怒气冲冲的样子。方敏说，我本来想安排你和俞佩华见上一面的，你来一趟这里不容易。

陈和平说，进你们这里确实麻烦，我手机被缴了，介绍信和身份证也押了，到这里过了三道大铁门，每次到你们这儿都有一种进了中央情报局的感觉。我看不出她们有什么危险。

方敏说，可不能小瞧她们，要是由着她们的性子，不少人可是致命武器。当然大多数人与外面的人相差没想象的那么大。

俞佩华今天拒绝休息，方敏有点意外，也有点不高兴。俞佩华违拗了她的指令。这是俞佩华第一次表现出同平常不一样的意志。不过方敏没往心里去，猜想这同黄童童有关。

这儿表面上有严格的秩序，一切井井有条，但只要有人的地方，都是复杂的。这儿暗地里比哪里都遵循丛林法则。方敏当然知道犯人们之间的勾当，既然无法根除这种人与生俱来的恶习，只要不露出水面，谁也不会去管。黄童童刚进来时是这丛林里的小白兔，很多猎枪对着她。她又是个哑巴，被欺还不会开口说话。她动手能力弱，完不成任务，好不容易做好几只玩具娃娃，在她上厕所时还被别人占为己有（上厕所是要申请的，并且只能上下午各一次，她们不能喝太多的水）。黄童童回来后大闹。这很幼稚，也很危险，监控记录得一清二楚，事闹大会被罚处。俞佩华把黄童童叫到一边，让她从自己那儿拿走做好的成品。

黄童童心智极不成熟。在食堂做伙食的欺生（这女人是从她们中抽调到伙食班的），给黄童童打的饭和菜很少，黄童童一直处在饥饿之中。食堂的饭菜并不好，仅能维持生存以及劳动所需要的营养。荤菜比如猪肉不是每餐都有，有也只有那么一点点。黄童童终于失去控制，发泄了压抑已久的不满，把刚打的汤泼到那女人的脸上，烫伤了那女人的脸。这是露出水面了，看得见的错全在黄童童。黄童童因此被关了一周的禁闭。

黄童童一周后放出来已不成人样。那地方谁忍受得了。她都有些疯疯癫癫了。俞佩华向方敏要求黄童童在自己工号边做工。方敏意识到俞佩华想帮黄童童。在这里，难得有人对另外一个人表现出同情心，光凭这一点，俞佩华就值得称赞。她同意了。这是俞佩华这么多年向方敏提的唯一请求。

陈和平一直盯着监视器，好像他今天有什么意外的发现。上次陈和平带来一位演员。应该有些年纪了，不过保养得很好，一举一动带着某种受过舞台训练的仪态，既自然，又优雅。陈和平说让演员来体验一下，深入生活对演出有帮助。

你剧本已在排练了？方敏问。

是的，效果意想不到的好。陈和平说。只要说起他的剧作，他就一点不谦虚了。不过倒也不讨厌，他灿烂的孩子般的微笑把“无耻”完全消解了。

什么时候首演？我想看看。方敏说。

陈和平拉住方敏，指了指监视器上的俞佩华和黄童童，说，她们看上去像一对母女。你瞧见了吧，这就是母爱。女人母爱泛滥是极其可怕的。要是主演看到这一幕就好了，她会受到启发。

你可以手把手教给她啊。方敏讥讽道。

方敏听陈和平讲起过他的一次艳遇。女方把他当孩子，源源不断的母爱让陈和平窒息。

吃饭时她们聚在一起吃。打饭的时候，俞佩华已经知道昨天晚上黄童童哭了一夜，同宿舍的人都被她烦死了。"你自己耳聋，我们听得见。""是你亲娘死了还是相好死了？哭丧啊。"同宿舍的人毫不客气。俞佩华这才知道今天黄童童做不好工的原因。俞佩华打好饭坐到黄童童对面。黄童童这会儿看上去蛮高兴的，她用手语问，你出去打算干吗？

俞佩华没想过这个问题。她想了好久不知怎么回答。她想起出事那天，她和儿子在看一场电影。要不是看那场电影，要是当时她在家里，母亲发现阁楼里的秘密时，就不会去报警，那就不会有后来的事，她还在过正常的日子呢。

想去看一场电影。俞佩华比画着。她的手语没黄童童打得漂亮，黄童童的手语带着表情，有情绪的时候，手语会变得快而有力，像飞快地做着某个决断。

黄童童的目光又转向窗外，好像有谁在召唤着她。她说，我恐怕这辈子不能在电影院看一场电影了。

这里很明亮，很干净。劳动成为她们生活的所有。她们会被集中在一起唱歌，唱歌时脑子一片空白。她们不让自己想事。每个人背后都挂着一个长长的暗影。在这里，谁都不谈自己是怎么进来的，奇怪的是过不了多久人人都知道谁干了什么事。黄童童杀死了自己的继父，继父欺负她母亲还欺负她。

如果活儿干得好，你可以像我一样，十七年后就可以去电影院了。俞佩华说。我到时候陪你一起看。她又说。活儿干得好不难，你只要照我说的做，一定能干好。她的手势停在 OK 的位置。

我不可能十七年就出去。黄童童说。

熄灯铃响了。大家上床。俞佩华没脱衣服，好像脱掉衣服睡觉的话，她会永远留在这儿。她没睡着，时间仿佛停止了。在这儿十七年，她从来没像今天晚上这样感到时间凝滞不动。好像不会再有黎明，长夜将永远留在今晚。这也是她愿意今天继续干活的原因。当然黄童童也是一个重要的原因。她很难想象这个女孩能够承受得了这里的一切，待上漫长的一生。想到黄童童吃饭时高兴的样子，她有些不安。

窗子没有窗帘。月光像一把刀子，从窗子插入这间小屋。这个地方没有植物。这个地方不允许有任何遮挡物。有时候俞佩华会认为这个地方也是从地上生长出来的，是这片空旷田野里的另类植物。她们都睡了。在睡梦中，人就落入黑暗之中。如果她们还有意识，应该也是暗的。凭俞佩华的经验，在这里必须修炼到彻底的暗，彻底的无意识，才能熬过漫长的时光。黄童童做不到。在这不足二十平米的宿舍里，俞佩华住了十七年，每一个角落她都了然于胸。门边上，她们每人有一个小小的格子，存放个人用品。那个地方存放的东西千篇一律。凡是明处的东西都千篇一律。人与人总是不同的。每个人都有自己小小的标记。在这十七年中，去了几个，也来了几个。新来的那人发现床板上刻满了字，是一句诗词：哲人日已远，典刑在夙昔。曾为教师的俞佩华记得那是文天祥的诗，一句很励志的诗。不知道是走的那个妇女留下的还是这之前的人留下的，这次走的女人七十六岁了，她把漫长的岁月留在了这里，她竟在这个地方追慕圣人。俞佩华是上铺，她能看到斜对面那个女人。她已沉沉睡去。俞佩华知道她的床头贴着一幅幼稚的儿童画。不过平时用一块布蒙着。

走道上出现混乱的脚步声。在这里每个人都是警觉的。她们虽然一动不动，但俞佩华相信她们醒了。她们的耳朵一定竖了起来，辨析着走道上的每一个细节。如果能够，她们会让耳朵像手臂那样伸出去，以便听得更清楚。这里出事可不是好事，会殃及每一个人。俞佩华的心揪了一下。

黎明究竟还是会到来的，也只有她这个彻夜不眠的人才会有那种不必要的念头。俞佩华看着月光在窗外的远处消失，看着晨光在窗外的远处一点点升上来。早晨的空气从窗外透进来，是夏天清冷的空气，有点儿庄稼的香味。俞佩华听说离这儿不远处有一片橘林。每年橘花开的时候，能闻到橘皮剥开时那种清香。终于，她听到了起床的铃声。

她洗漱完毕。方敏来了，面色浮肿，一脸憔悴。也许昨晚真的发生了什么。

她跟着方敏来到一间更衣室。她要在这里把身上的这套衣服换掉，换上自己的衬衣。这是一件十七年前穿过的衬衣，她怕不合身了。还可以穿。这十七年，她的身材竟没走样。幸好是夏天，可以穿衬衫。这些十七年前的外套根本无法穿了。

俞佩华看出方敏心情不好。她不敢问。她没资格问一位管教任何问题。她跟着方敏，向大门走去。她第一次看见那扇铁门。来的时候她坐囚车。现在，她得走着出去。方敏走得很快，到了铁门，她回头看了看俞佩华，神情严肃。俞佩华的心悬了起来，好像只要方敏改变主意，她就得回到那个地方。

昨晚出了不好的事，黄童童自杀了。方敏说。她偷藏了厂里的那把镊子，用镊子刺破了血管，幸好发现得早，没生命危险。要是死人的话，是大事件，监区会被究责。

俞佩华愣在那里，好像她的思维停止了运转。这感觉很像她出事那一天。

俞佩华收到一张话剧的票子。票子做得相当考究，比普通票子要细长，上面印着一张不知道谁画的尖顶房子，一半黑一半红。边上印着剧名：《带阁楼的房子》；座号：六排十三号。她猜想应该是方敏寄给她的。她不吃惊。在那儿，方敏告诉过她，有人准备以她的故事写一出戏。在方敏的安排下，她和作家见面。她没办法拒绝，在那儿，她没有任何拒绝的权利，她必须配合。只是她什么也不想说。那人戴着一副精致的黑框眼镜，笑起来依旧带着奇怪的孩子气，表情和善，至少没把她当怪物。她怀疑这么一个天真的人能写一出戏。作家在她心目中是鲁迅那样的形象，警觉、严厉、深刻，一眼可以把人看穿。眼前这个人，他的目光单纯，好像在他眼里，她是位天使。她不是。她是个罪人，法庭也是这么判的。这一点必须清楚。那天她没说什么，全是作家在自说自话，但方敏后来对她说，作家觉得很有收获，因为他握她的手时，她的手很暖和，比一般女性要暖和。这是一个重要的细节。作家是这么告诉方敏的。

现在住的房子是租的。刑期快到前的一个月，方敏问起她出狱后的打算。她不可能回老家。她让自己的亲人都抬不起头来，她不能再出现在他们面前，让他们平复的伤口再次被揭开。她想找一个地方度过余生。方敏主动提出帮她租房子。房子在北部城郊，房租便宜，合她心意。在里面劳作每月有五百元补助（前些年没那么多），十七年下来积下五万多块钱。汶川地震时她捐了两千元。其他的钱她没用过。在那儿她没任何消费，生活降到最低程度。

她很快找到了工作。她去了一家玩具厂。十七年的训练让她已是一位最优秀的工人。车间主任对她还算照顾，从来不问她的来历。民营小企业不关心你来自哪里。

有一天她突然思念起自己的儿子。她回了一趟老家。她不敢让人看见她。他们一定以为她将在牢里待上一辈子，人们见到她会吓坏吗？把她当成鬼吗？也许他们根本认不出她来了。她躲在家对面公园的一棵大树后面观察。儿子和她想象的完全不一样，她差不多认不出他来了，他面色苍白，看上去一副落魄的样子，脸上带着长期熬夜后产生的混乱气息。她后悔来看他。这应该早已料得到的。出了那样的事，同她有关的人都不会好过。她把他们的生活毁掉了。某一刻，她有冲动想站到儿子面前，告诉他，妈妈出来了。她忍住了。她不能这样做。那天她在大树后独自掉泪，待到天黑，然后安静地离开。最好装作是一个不在世上的人，这对儿子是最好的。不过儿子也许早已把她当成不存在的人了。

她不再想儿子。她更多想黄童童。她听说黄童童治愈后又关了禁闭。她写过信。黄童童没回。她相当忧心。她曾许诺过会去看她。当时黄童童不相信是对的。她没有勇气。那里的人都认识她，在她们眼里她或许不配以自由人身份到那里探监。她想，也许黄童童过段日子会回她信的。

这天是一个星期天，是话剧首演的日子。她收到票子时心里一直在斗争，是不是要去看。那是个噩梦，为什么要去面对它呢？她自己都快忘掉那档子事了。她起床，叠好被子，像在那里一样，她把被子叠得有棱有角。她有几次想改掉这个习惯，发现很难。另外她怕一旦改掉，她的生活和精神会垮掉，变得不可收拾。她最终决定去看戏。也许能见到方敏，可以问问黄童童的近况。

出门前她收拾了一下自己。她需要坐一个半小时的公交车才能到市中心。她坐在六公园的长椅上，看到西湖边游客摩肩接踵。一个中年男人走过时一直看着她，目光毫无遮拦。中年男人走了一段路，脚步慢下来，然后停住，往回转，在她坐着的那把长椅上坐下来。那男人说，给一百元，可不可以同他开房。她吃了一惊。这个男人怎么会往这边想？她吓坏了，马上站起来，几乎是逃跑的，样子十分狼狈。直到走远，她才回想刚才那一幕，有点无来由的兴奋。她竟有那么一点点后悔没跟他去。那人看上去不讨厌。她很久没有了。没碰过男人的身体。她几乎也感觉不到自己的身体。她努力把脑子里浮现的画面抹去，星星之火得尽早熄灭。她无法向另外一个人敞开。很多时候她更希望自己成为空气，别人看不到她。

在南山路的一个角落有一家不起眼的玩具店，很窄的一个门，店里很冷清。老板娘说她们卖的是高档玩具，不是地摊货。进去后，里面空间倒是挺大的，布置得很考究，每一个玩具都有固定的龛子，好像它们是供奉在那里的神祇。她看到绿皮火车、金色五子棋、红色的奥特曼、定量版金刚、微型恐龙骨架……在墙壁的空白处，挂着一些抽象油画，绚烂的光点和线条，天真而随性。这时候，她看到在转角处有一只洋娃娃。她吓了一跳，那玩具同她做的几乎一模一样，四十厘米那种，棕红的头发，蓝眼睛，向上翘着的嘴唇，还有穿着的裙子，全都是她记忆中的模样。她最初本能地缩了缩身子，好像重回那个幽闭的监所。一会儿，她慢慢恢复了体力，伸出手去，把那只性感的娃娃从龛子里取了出来。这款产品，从她手中生产了成千上万只。她仔细辨别，是不是自己做的。

她拿起玩具娃娃闻了一下，好像那儿真的留存着她的气味或黄童童的气味。老板娘是个时髦的女人，奇怪地看着她的举动。我要这个。她说。她没看老板娘一眼。价格不便宜，一千二百元。她有点不敢相信。不管是不是那个厂子的产品，她没想到她做的娃娃值这么多钱。那她一年创造了多少价值啊！老板娘夸她有眼光，说这款娃娃是店里最畅销的，许多人都喜欢。老板娘开始替她打包。她说，不用，只要娃娃。老板娘说，这盒子多漂亮啊，免费的，为什么不要呢。她不再反对。盒子确实漂亮，也许洋娃娃放在这样的盒子里才这么值钱。她对老板娘说，我是做洋娃娃的，这种娃娃我做了无数个，数都数不清了。老板娘的脸突然沉了下来，说，我这儿的东西都是进口的，同国产是两回事。

从玩具店出来，俞佩华很高兴。她伸手摸了一下口袋，那张戏票在的。今晚她一定要想办法见到方敏，托方敏把洋娃娃送给黄童童。盒子必须掷掉，那个地方每样东西她们都要开包检查个透。她喜欢把一个没有包装的洋娃娃交给方敏，那感觉像是她刚刚从车间里生产出来一样。她答应过黄童童，会送她一个。她想黄童童会高兴的。她虽然不能把洋娃娃带进宿舍，不能抱着洋娃娃睡觉，因为洋娃娃里面有金属，会有安全隐患。但某些特殊的日子（比如联欢会），管教会允许她和洋娃娃待一段时光。

俞佩华抱着洋娃娃，盼着夜晚的降临。

方敏和陈和平早早坐在胜利剧院。观众陆陆续续地到来。方敏看出陈和平有些紧张，他应该在担心剧场能否坐满。要是空出一大块是很难看的。观众比方敏想象的要多，在开场前十分钟几乎满座了。陈和平又得意起来，对方敏说，现在看话剧是时尚，你应该多看戏才对。看戏的大多数是年轻人。方敏在前排寻找俞佩华的影子。俞佩华在第六排十三号。她在十排。她不确定俞佩华会不会来。在三分钟之前，那个位置是空着的。这会儿，那里已坐着一个人。她很快认出来了，就是她，端正地坐在那里，腰板挺直，好像在那里听一堂思罪课。方敏不知道她是什么时候进来的，她真的像影子一样无声无息。不过那地方的人都有点像影子。她想过去打个招呼，转念放弃了。这样或许会让俞佩华不能安心看戏。等演出结束再说吧。

对俞佩华，方敏怀着同陈和平一样的好奇心。方敏作为俞佩华的管教，和俞佩华相处了十七年，她在那里的行为堪称楷模，没有一个人能像她那样如此严酷地对待自己，不允许自己出一丝一毫的差错，这种意志力无人能及。方敏相信，这样的人干什么都能成事。另一方面，她一点也不了解俞佩华。她杀了自己的叔叔。九年后案子意外暴露。那时候她已结婚生子。她承认犯案，在法庭上详述了杀死叔叔的整个过程，并坦承当时神志清醒，但法官问她动机，她要么回答不知道要么沉默。在每一次的思过教育时，她发言全是判决书上的判词，只是加深了程度，并且表现出真诚和悔恨，从不涉及当年为何要这么干。陈和平采访她，也是这种态度。有时候方敏觉得俞佩华依旧是一个陌生人，是一个谜。这也是陈和平试图用戏剧的形式探索她内心的原因吧。方敏想看看陈和平怎么理解俞佩华。

七点半，演出正式开始了。俞佩华怀着好奇心看着女主角声嘶力竭地一唱三叹。她好久才认出她来，她见过她一面。一年前她跟着作家来过那里。她提的问题毫无逻辑，无法回答。看了一会儿，俞佩华断定这戏虽然有她的影子，但已同她没有太多关系，那演员演的不是她。她打了一个长长的哈欠。边上一个年轻女孩恶狠狠地看了她一眼。她打起精神装作专注地看戏。

方敏也很快得出结论，这出戏对俞佩华的故事做了全新的想象和拓展。职业也改了。戏中女主角父亲被人谋财害命。女主角和母亲相依为命。一年后，远在广州工作的叔叔住进了这一家，叔叔充当起父亲的角色。女主角对叔叔和母亲的结合非常反感，并怀疑父亲的死与此有关。有一天，女主角洗澡时，叔叔意外闯入，虽然叔叔看上去是无意的，但女主角认为叔叔居心不良。

女主角有一个邻家妹妹，是个哑巴，她喜欢在屋顶攀缘，满脑子幻想。夜里，哑巴妹妹来到女主角房间。哑巴说（手语配字幕），我梦见你爸爸了，她同我说，他是被叔叔杀害的。女主角相信这是父亲托梦给哑巴妹妹。看来她的怀疑并非无本之木。哑巴问，要真是这样，你打算怎么办？女主角说，我会杀了他。在舞台的暗处，叔叔听见女主角和哑巴说的话。女主角出门时，看见叔叔匆匆离去的背影。女主角感到不安。

女主角在硫酸厂工作。叔叔和母亲结合以及背后的阴谋开始在厂里流传。有同事拿此事当面嘲笑女主角。女主角像豹子一样扑过去，掐住那位同事的脖子。有人拖开了女主角。女主角告诫所有人，要是有人再敢造谣，再敢胡说八道，她会把硫酸泼到他脸上。话说得狠，但女主角看上去很无助，她蜷缩着抽泣起来，浑身打战。

方敏看出来，导演是用日常化的方式处理戏剧性，舞台平和沉静，某种悬疑氛围又让观众感觉到不安。演员显然完全没有做到导演想要的，表演略显夸张。音乐不错。她没把感受告诉陈和平，免得他笑话她这个外行。

女主角的疑心越来越重，变得疯疯癫癫。女主角发疯的戏演得好极了，每一句话都像胡言乱语，可句句都如利剑刺向叔叔。叔叔认为侄女得了疯症，在母亲的恳求下，叔叔把她送往精神病院治疗。

此时，整个剧场鸦雀无声。观众沉浸在某种悲剧氛围之中。六排十三号的俞佩华一如既往地挺直腰板，这个动作坐下后没有动过，仿佛她是一尊雕像。方敏想，如果剧场里每个人都如俞佩华这样，演员会崩溃。

演出继续。女主角从医院出来后回到硫酸厂工作。她变了一个人，沉默寡言，独来独往。她恨叔叔，残忍地把她送进疯人院。他们用各种仪器对付她（她没病不肯吃药被电击过）。现在女主角坚信是叔叔杀死了父亲。叔叔不但占有了父亲的财产还占有了母亲。接着女主角又遭受了一次打击，她十分喜欢的哑巴妹妹，在一次攀缘中意外从屋顶落下摔死了。对哑巴妹妹的死，女主角怀疑是叔叔所为。

一天，家中无人，叔叔喝醉了酒来到女主角的房间，叔叔酒气熏天，说侄女冤枉他，他为这个家操碎了心，可侄女从来不感谢他，还……叔叔悲伤地哭泣起来。女主角用早已准备好的二十颗安眠药放入开水中，递给叔叔。叔叔拿过杯子，仿佛得到巨大的安慰，悲伤地哭了，口中说，我的好侄女，谢谢，谢谢你接纳叔叔，然后一口喝掉开水。在安眠药的作用下，叔叔睡死过去。女主角用一根电话线勒死了叔叔。她把叔叔拖到卫生间浴缸里，把她从硫酸厂搞来的硫酸倒在叔叔的尸体上。舞台上冒出一股白烟……

女主角：没流一滴血，他就死了。(她看了看上苍，好像爸爸和哑巴妹妹正看着她）看到了吗？这个魔鬼已化成了一股烟。不过，还有几根白骨，可是我的硫酸用完了。(突然失声痛哭）我杀人了，我做得对吗？为什么你们沉默不语？也许我真的生病了，我总是心神不宁，妈妈说我已疯了，邻居也说我神志不清……（慢慢平复，自语)我还得处理这几根残骨……等等，我想起来了，我房间有一只盒子，我把残骨放在盒子里吧……

方敏研读过俞佩华的案宗，剧中杀死叔叔的场景，除了对话，其中的细节和俞佩华在法庭上的陈述完全一致。从开场到现在过去了一个小时，应该还有差不多一半的戏。叔叔已经死了，下面会发生什么？叔叔的突然消失，母亲非常伤心，疑虑重重。邻居们倒是没感到任何奇怪，他们都带着嘲讽的口吻说男人抛弃这家子回广州了。

故事的转折来自于父亲案子的破获。父亲是被另一个人杀死的，警察抓到了那个人，那人也招供了。这件事震惊了女主角。这么说她无缘无故杀了一个人？难道是她错了？难道是因为她不能接受叔叔和母亲的行为，把想象当成了事实？难道当年自己真的因为失心而疯魔过？也许这就是她被送往医院的原因。

愧疚感开始折磨女主角。母亲又念叨起叔叔，对女主角说，我知道你不喜欢他，但你生病时，他每周来医院看你，只是你不肯见他，他很伤心。他如今在哪里？怎么把我们抛弃了呢？

戏开始向高潮推进。女主角再次在楼道口对着阁楼祭祀。这一场面震撼了方敏。舞台的灯光是红黑两色。黑的这一方是女人，红的是阁楼。舞台上只有女主角一人，她烧了很多纸钱，然而高举三支清香，说出大段台词，台词里面纠结着痛苦、悔过、悲伤和恐惧，她被抛入万劫不复的深渊里挣扎。那被灯光打成红色的阁楼里突然传来叔叔的声音：可怜的侄女，你把我放在阁楼，你在你的头上悬了一把剑啊……

方敏落泪了。陈和平转头看她。她有点不好意思。

终于到高潮阶段。左邻右舍都在传说这间带阁楼的房子是一间鬼屋。母亲变得疑神疑鬼，她决定请来道士，在屋子里做一场法事。

一帮道士穿着道服在舞台上跳着阴森的舞蹈，嘴中念着咒语。咒语伴着音乐，仿佛这咒语来自另一个世界，既神秘又悲悯。其中一个道士手中握着一把宝剑，剑刃闪出寒光。道士的剑突然向上一指，轰的一声，阁楼上掉下一只盒子。母亲打开盒子，昏厥了过去……

方敏看到六排十三号的人站了起来。俞佩华退场了。这一行为可以理解为她忍受不了内心被人窥探，也可以理解为她不喜欢这出戏。方敏很想跟她出去，问问她看戏的感受。戏还没结束，这样做显然不合适。她看着俞佩华穿过黑暗的剧场，消失在剧场的门口。

尾声。舞台的布景中间出现一块电影屏幕。女主角和儿子坐在舞台上，从舞台的环境可以看出两人在看一场电影，播放的是《东方快车上的谋杀案》。

剧终。剧场里响起热烈的掌声。接下来是演员谢幕的环节。舞台上大灯亮起。主持人开始一一介绍并感谢演员以及主创。演员们依次上台谢幕。有观众献花给主演。最后是导演登场。编剧原本是不用上台的，但主持人一定要陈和平说几句。陈和平客气了一下上台了，他没多说，只感谢了一个人，他没说出名字，大概只有方敏听出来他在感谢俞佩华。可惜俞佩华已经走了。在舞台光耀下，陈和平显出和平常不同的风度，举手投足很有艺术家风范，且不做作。方敏有点刮目相看了。在主持人的鼓动下，观众的手机成为一支一支的光棒，在黑暗的剧场内晃动，向主创致敬。方敏想，这一刻这些演员无论演的是主角还是配角一定都很幸福，是人生的高光时刻。看戏的人久久不肯散去。

方敏等着陈和平从台上下来，然后一起向剧场外走去。

方敏没想到的是，在剧场的大厅，俞佩华正等她。方敏看不出俞佩华此时的心情，她的表情永远是那么平淡。俞佩华的手中捧着一只洋娃娃，方敏看出来了，洋娃娃和里面生产的几乎一模一样。

方敏说，怎么样，戏还好吗？

俞佩华没有回答。好像她刚才根本没看过戏。她把玩具娃娃递给方敏，拜托方敏，把它带给黄童童。

俞佩华说，我答应过她的，我会送她一只洋娃娃。

方敏愣住了。她没接玩具娃娃。好一会儿，方敏长长地舒了一口气，艰难地说，黄童童已不在女子监区了。

俞佩华吃了一惊，问，黄童童去哪里了？方敏转过头，回避了俞佩华的目光，没有回答她。俞佩华突然面色变得狰狞，她几乎是喊出了声，告诉我，她在哪里？方敏吃了一惊。十七年来，她第一次感受到俞佩华不被驯服的力量，她似乎理解了十七年，不对，应该是二十六年前俞佩华的行为。

方敏和陈和平对视了一下，陈和平看上去像白痴一样不明所以，同刚才台上谢幕时判若两人。

原刊《收获》第4期

篝火边的曾扩红

朱秀海

公元二〇〇〇年的夏天溽热蒸腾，院子里玫瑰花苞夜里绽开早晨萎谢，黎明时生发的林叶不到中午就枯干坠落，被热晕的鸟直接从巢穴里掉落下来。就是这样的一个中午，已在长城脚下某干休所居住了二十六年的老红军战士曾扩红家的空调偏巧坏了，在等待修理工赶过来时，她意外地收到了一封没有寄信人地址和姓名的神秘邮件。邮件沉甸甸的，里面有一封手写的来信。老红军曾扩红手持一柄老旧的放大镜加上一副新配的老花镜一一辨认过去，这些字迹才显出了它们本来的面目，笨拙和潦草的字迹让她觉察到写信人是在某种冲动和慌乱的情绪下匆忙完成的，并没有经过深思熟虑。结尾署名"一个关心您光荣历史的晚辈"，而日期则是两个月前的某一天。

然后就是那本一看就知道不是正式出版物的书。纯白色封面上印着《篝火边的曾扩红》几个特大号黑体字，下面印着作者的名字曾小红。老红军曾扩红当时刚满七十九岁，同样出身于红四方面军的丈夫徐荣华比她年长十岁，六十五岁时从某大单位正军职岗位上退下来，带着同年从国务院某部幼儿园园长位置上离休的妻子住进这家干休所。现在徐荣华虽然已届八十九岁高龄，身板依旧硬朗，说话底气十足，走路遛弯不说健步如飞，但大体上还能独往独来，就连最近一次体检也只查出了右眼陈旧性白内障、老年性骨质疏松症等高寿老人几乎无法避免的毛病。

老红军曾扩红趁着丈夫饭后遛弯和修空调的师傅到来前的不长时间，一目十行地读完了那封信。一个名叫曾小红的女子，声称是一名也叫曾扩红的女红军的后代，几十年间一直在寻找当年逃离夫家参加红四方面军的母亲的下落。有一天，终于在一支已撤编的老部队归入国家档案馆的旧战史中发现了一些似是而非的线索，便以极大的热情和意志力顺着它们寻觅开去，又经过了多年的努力，终于从众多“知情人”那里断断续续地听到了母亲在四方面军第三次、也是最后一次过草地时就牺牲在松潘大草地里的消息。虽然没人知道这位也叫曾扩红的女红军牺牲的详细经过，但她的女儿却在顽强的寻觅中模糊地听到了一个故事，并将其写成了一本书稿，自费印刷几百册，分别寄给从中央到地方各级党史军史研究部门，以期引起人们对牺牲在长征途中的母亲的关注，使这位湮没无闻的英烈重新获得今人的尊敬和纪念。

至于将这样一本书寄给自己并写了那样一封信的人，老红军曾扩红相信，一定对她的身世和革命经历有所了解，偶然得到了这样一本书，觉得它和她的革命经历大不相同，担心书的扩散会对老红军曾扩红的声誉造成不好的影响，又不想暴露自己的身份，于是就用匿名的方式将书直接寄给了她。丈夫遛弯回来，修空调的师傅也到了，老红军曾扩红已经藏好了那封信和那本书，不等师傅修好空调，就告诉丈夫老胃病又犯了，要去住院。丈夫一句多余的话也没说，马上打电话给干休所的领导。当天黄昏，她谢绝了丈夫留院陪同的想法，独自住进了军队医院的高干病房。

夜幕在曾扩红老人的感觉中虽然降临得太慢，但还是落了下来，她关严了病房门并上了锁，开始了通宵达旦的阅读。书挺厚，曙光初现时她只看了三分之一，但一颗悬着的心却放下了。书里讲的是另一个和她无关的也叫曾扩红的红军女战士的故事。但故事本身还是引起了她的兴趣。民国十年也即公元一九二一年，一个出生于川北大山深处连名字也没有的女娃，因为家贫，年方八岁便被卖到县城一家米店做童养媳。丈夫只有两岁，婆家买她的原因就是让她像带弟弟一样把丈夫带大，而且公婆也早早对她的家人明言，等丈夫长大他们还是要娶门当户对人家的小姐做少奶奶的，到时候她只能做小。开米店的人家自然不缺米，但是这个没名字的童养媳直到十四岁从这个家里逃走都没有吃过一顿饱饭，每天既要带丈夫又要干几乎所有家务，天天到后半夜还不得歇息。婆婆脾气出名的乖戾，据说是因为她自己的婆婆当年曾用尽一切病态的手段虐待她，她当然也要有样学样在童养媳身上报仇雪恨。公公老不正经，居然在她十三岁时强暴了她，并让她有了身孕。婆婆发觉后自然不能再容她留在家里，逼她上吊、投河，还拿给她一把刀抹脖子。童养媳在三种死法中选择了上吊。婆婆不舍得给她用新买的粗麻绳，只扔给她一根捆扎米囤子的糟麻辫子，她把脖子套进绳圈，一脚蹬翻凳子，那麻辫子就断了。她把麻辫子打结再扔到房梁上，连试了三次，麻辫子断了三次，最后一次摔得太重，瞬间感到腹痛难忍，把一个不足月的女婴产下来，便在当天拂晓从米店的后门偷跑出去投了嘉陵江。老红军曾扩红看到这里眼圈早就红了，她已经明白这个叫曾小红的作者就是童养媳生下的孩子，她不知怎么还是活下来了，并且活到了革命胜利、全国解放，活到了今天。她以一颗无比坚执的心寻觅母亲离家后的下落，直到含泪为母亲写下了这样一本足有五百页的大书。

再往下看就是作者从各种“知情人”口中听到的那个连她自己也认

为“模糊不清、时常不能自圆其说”的故事了。十三岁的童养媳跳进嘉陵江时，天色还一片昏暗，她料定自己这一跳必死无疑，偏偏这时就有本城一个大户人家的小姐，带着一个叫小翠的长随丫头，趁着拂晓的昏暗和雾气越过江堤，登上了一条贩运下江洋杂货的大船。刚要解缆驶向下游，却发现有人跳了江。小姐一句话没说便纵身跃入江中，在小翠和一众船工的帮助下将投江者救上船去。大船一刻也没有耽搁便急急顺流而下，消失在城外的山水和浓雾之间。童养媳被救上来时已经“死”了，小姐和小翠用尽各种方法生生将她从鬼门关上唤了回来。天亮后，她在船的中舱睁开了眼睛，发现船已离开大江，在一条通往川东的支流上行驶。小姐装束也变了，她和小翠两人全都换了一身灰布军装，八角帽子上缀着红布五角星，军上衣领子也一左一右缀上了两片旗帜样的红布领章。此前，童养媳在米店里曾听人说过鄂豫皖“赤匪”大举入川的消息，也在每天送到店里的报纸上看见过红军的照片，模糊地猜出是什么人救了她。当晚她主动对小翠开了口，不但说出自己是谁、为什么投江，也从对方口中知道了小姐原来是县城官府通缉捉拿的女共党——肖剑奇，在家做小姐时的名字叫肖令仪，是城内最大洋货商号瑞顺福老板的长女。有关小姐的事情，童养媳以前听说过——很小就去上海和北平念书，后来一直念到了西洋，再后来不知怎的就成了女共党和这个县城最大的“赤匪”要犯。第二天早上，小姐来中舱看她，直接告诉她自己此次冒险潜回家乡是要打探当地白军兵力和驻防情况，现在沿这条水路向东走，则是为了迎接来自鄂豫皖苏区的红军主力西上，在川北一带建立新根据地。小姐只用几句简单的话就让一天书没读过的童养媳明白了，革命和红军都是为了让天下受苦最深重的妇女翻身解放，不用再受任何人压迫。童养媳一边听一边认定普天下受苦最深重的女人就是自己呀，过去也求过菩萨，没用，现在才是她的救星来了。两天前跳江死了也就算了，可现在她又活了，小姐不但救了她的命，还用一团火一样炽烈明丽的光照彻了她的心，不管是为了让自己重新活一回，还是像小姐和小翠一样帮助天下像她一样受苦的女人翻身解放，她都迫不及待地要加入红军。

小姐问她的名字，她说没有，只知道娘家姓曾。小姐和小翠对视一眼再把目光转向她说："就是为了这个我们才要革命，我这会儿就让你有个名字，你愿意吗？"童养媳趴在地下磕头不起说："我愿意，小姐您是我的恩人，从今天起小姐走到哪儿我就跟到哪儿，我生是您的人死是您的鬼。"小姐说："错了，从今天起我们都是一样的红军战士，革命队伍里职务不同但人格平等，没有小姐和丫头，更没有老爷和下人，徐向前总指挥号令各军入川后大力扩红，你姓曾，就叫曾扩红吧。"小姐是她的恩人和革命引路人，短短几天的朝夕相处已经让她像男人爱女人一样爱上了小姐。穿着一身红军灰军装、剪短发、打绑腿的小姐在她眼中不但是天下最聪明最有学问的女人，还是世上最漂亮的女人。从这天起，这个可怜的童养媳不但接受了"曾扩红"这个名字，接受了革命和做一名女红军战士的命运，还接受了自己心中萌发的对小姐几近生命极限的爱戴和崇拜，直到死亡，这种感情都不曾改变。

读到这里，老红军曾扩红已经必须吃一片降压药才能不让自己血压升高了。书中的主角不是自己，但这另一位名叫曾扩红的童养媳参加红军的经历几乎就是自己的经历，仅有的不同是夫家不是开米店而是开中药铺的，自己逃出夫家时也并没有被公公玷污生下孩子。她把书放下来，想到自己八岁被卖到通江县城中做童养媳挨打受气的遭遇，想到公公醉后动不动就拿她撒气，用大竹板子打她，连同那个因为一点小事就用针扎她的婆婆。当年从夫家逃出来跳江的原因是自己两岁的小男人偷吃了不干净的东西上吐下泻，眼看着活不成了，公公婆婆把她吊在房梁上打了三天，坚持要她承认看上了药铺里的一个小伙计，说她和这个听风就跑掉的野汉子合起伙来给她男人下了毒。公公叫来了人要将她沉江，婆婆却叫来了人牙子要把她卖到成都窑子里去。夜里她用牙咬断绳子跑到江边跳了下去，也是一位潜回通江县城搞情报的小姐带着一个扮成丫头的女战士救她上了一条大船，藏在船舱里偷偷过了卡子出城加入了红军。也是因为她没有名字，红军入川后大举扩红，小姐为她取了“曾扩红”这个名字。

老红军战士曾扩红静静地躺在病床上默默流泪，她又想到了当时她也像这书中的童养媳一样热烈地爱上了自己的救命恩人和革命引路人，甚至有了一种随时愿意替小姐——后来在外改称大姐——去死的心情。长征开始，扮成大姐长随丫头的女战士牺牲了，她接替前者做了大姐的警卫员和勤务兵，直到大姐牺牲的前一天，每一场恶战中她都有意识地冲在大姐前头，用自己的身体替大姐阻挡枪弹，夜夜守在宿营地帐篷窗后，警惕地防备着每一个在她看来对大姐居心不良的男人。他们对大姐、大姐对他们的热烈而奔放的感情让她嫉妒，但又无法阻止大姐和他们相见并发生爱情，她只能躲在帐篷外的黑暗中，一边让不满和恐惧啃啮着自己的心，一边注视着帐篷里发生的事情，随时准备用生命去保护自己的恩人不受伤害。大姐直到中了那致命的一枪前，一直都认为她关于那个男人的想法是一种疯狂，并笑话童养媳出身的女战士不懂得革命也是对爱情的解放，革命队伍中的男女在恋爱和婚姻方面既是严肃的，又是自由的，严肃的是革命立场，自由的是不仅男人可以选择自己爱上的女人，女人也可以自由地选择爱或者不爱，或者是先爱上然后又不爱了。在大姐中了那最后的一枪，一口口吐出血来时，说出了对她的最后托付：“把你知道的事情如实向组织上报告。”大姐还有更多的话，但是已经说不出来了。曾扩红却觉得自己明白了，那个男人一定在最后一次被大姐从帐篷里赶出来前，对大姐说了某些绝对不能容忍的话，而这些话一定和阴谋、危险、背叛相关。这已经涉及整个红军队伍的安危存亡，因为此人工作的单位正是将要三过草地的四方面军总部机关。

大姐牺牲在她的怀抱里，死不瞑目，却也没有仇恨，只有为信仰献身的骄傲——出身富家的女孩子也做了革命者，像男人一样做出了一番事业，夙愿得偿后的满足。直到生命的最后一刻，大姐关心的仍然不是自己的被杀而是红军的安危，曾扩红理解她最后的那个眼神：如果那个男人仅仅因为求爱不得而开了黑枪，他也是不再值得信任的，革命处于最黑暗的岁月，仅仅因为自己的个人欲望没有得到满足就对自己的同志开枪，他的心灵一定是扭曲、黑暗的。这种人往往会在革命到了最低潮时，以各种畸形的面目暴露自己的绝望与动摇的心。他们会为了感觉中的死亡抓紧生前的一切东西，包括马匹、衣物和女人，而一旦革命到了最后关头，这种人就极有可能背叛，投降到敌人那边去，给红军带来可怕的影响。夜暗如墨，子弹划出的暗红弹道在她和大姐周边飞过，硝烟混在冰凉的夜气中，她抱着大姐，在心中暗暗对自己的恩人、革命引路者和世界上最美丽的女人发誓：只要她不死，一定要为大姐报仇，为红军消除那个可怕的危险。

回忆和哭泣直到天亮时才止住，她的心重新安定下来。她已被书中另一个曾扩红的故事勾起了永藏心底的伤痛往事。接下来一整天，她都没有再碰那本书，午饭后甚至动了出院的念头，但随后又被自己止住了。昨天匆忙地要求住院，她已经隐约感觉到了丈夫的猜疑，今天再急吼吼地出院回家，她担心会引起他内心更多的不安。两人都到了风烛残年，任何容易引起心灵剧烈波动的事情最好都不要发生。

天黑后，她越是不想读那本书越是睡不着，连吃了两片阿普唑仑想让自己睡过去，却无济于事。草地上的篝火，篝火边的曾扩红，一个虚弱的女红军战士，告诉另一个曾扩红，小姐的故事，她的故事，临终庄严的托付……那个黄昏，大昴星早早出现在西天，主力早就走过去了，走过去的人老是说，后边还有收容队，会有人来把你们带出去的，但是无论是这一个还是那一个曾扩红，都知道她们有可能像许多的战友一样，只能留在这片大草地上了。没什么好遗憾的，即使这样死也比当年投嘉陵江死得值，因为有了名字，有了革命经历，会有活下来的人凭“曾扩红”这个名字记得她。唯一不能都死的理由就是大姐最后的托付。曾扩红告诉另一个曾扩红，一定要走出草地，将大姐的话传给四方面军总部某位首长。于是，另一个曾扩红就有了勇气，有了任务，她不能死，必须活着往前走，就算走不出去，也一定要把话捎出草地。这时，老红军曾扩红爬了起来，开灯，重新取出书来接着往下读。

书中的曾扩红被救后成了红四方面军总部妇女独立营（后来是独立团）的一名战士，自己也是；书中的曾扩红和她的恩人打的第一仗是四方面军主力开辟通（江）南（江）巴（中）的巴中之战，自己也是；书中那位小姐的贴身警卫在这场战斗中牺牲，另一位曾扩红立即接替了她，这个有点不同，自己是在四方面军突破嘉陵江开始长征的第一仗之后接替的前者。那一仗，大姐作为妇女独立营的副营长，奋不顾身，无比骁勇，率领突击连冒着枪林弹雨第一波攻击就登上巴中县的城头，身前是妇女独立营的战旗，硝烟四起，枪炮轰鸣，火光在她身前身后一丛丛升起又落下，大姐再也不是一位富商家的闺秀，她成了一位所向披靡的硝烟女神、战争女神和胜利女神，任何枪弹、炮火和大刀片都不能伤害到她。老红军曾扩红曾在一篇文章中回忆过自己的第一次战斗，她发觉书中的曾扩红对她的革命引路人战场形象的描述居然连措辞都没有变化。这以后发生的事就不让她吃惊了，为了创立和保卫川陕根据地，她和大姐参加的每一场战斗：反田颂尧三路围攻、决战空山坝、反川军六路围攻……书中的曾扩红和她的小姐同样都参加了。大姐在决战空山坝后由副营长成为营长,另一个曾扩红的小姐也是。一九三五年三月二十八日,红四方面军主力突破嘉陵江踏上长征之路,和中央红军会师后又分道扬镳,二次过草地南下,她的大姐成了副团长,书中这位曾扩红的小姐也是;她的大姐牺牲在全军三过草地出发前的夜晚,书中曾扩红的小姐也是。最令她激动的时刻到了:这另一个曾扩红也在那个夜晚过后向组织报告说,她的恩人兼革命引路人的死与总部机关某个一直追求她的年轻男性有关。早在小姐对此人有所怀疑前,这名也叫曾扩红的女战士就看出此人居心不良,反对小姐和他接触并发生恋情。原因是:这个和小姐一同在国外喝过洋墨水、年轻英俊的男人,一天夜里闯进小姐的帐篷被赶出后,发现了藏在帐篷外持枪警戒的自己,马上带着醉意对她说出一大堆女孩子特别愿听的甜言蜜语,同时还说了许多小姐在莫斯科时的风流韵事和他对此的不屑。曾扩红是那么爱自己的小姐,不能容忍任何人说小姐的坏话,在黑暗中抬手就给了对方有力的一巴掌。也是在那个夜晚,一向不对小姐私事发言的她大胆破例,把事情如实告诉了小姐。没想到,小姐哈哈大笑,反而回头为那个男人辩解,承认他们在国外相识时,她确实有过自己的恋人。但那并不算什么,因为解放了的女性是自由的女性。爱情来了,女人就像是春天的植物,想开花就开花了。小姐还说男人如何多才多艺,文武兼备,像他这样出身巨富、懂几国外语又聪明能干的人,本可以到敌人那边享受高官厚禄,却选择了红军和革命,况且他有着和自己一样的革命经历,这都说明了他作为优秀男性的卓尔不群和革命者的高贵人品。至于这个晚上失态,小姐的解释是他近来心情不好(碍于保密原则,小姐没有讲这一时期发生在中央和张国焘的“第二中央”的矛盾和冲突),偶然买到了酒,喝多了。他的许多语言虽然是不对的,是对于革命前途的悲观估计,但也不过是人在心情低落时的牢骚罢了。最让老红军曾扩红目瞪口呆的是书中还记述了下面一个细节:当书中的曾扩红忍着内心的痛苦询问小姐对这个人是不是真有了爱情时，小姐立即就做出了令她心碎的回答：是的，眼下她不接受对方求爱的原因不是因为她不再爱他了。革命正处在低潮，他们这支就要三过草地的红军时刻都有全军覆没的危险，战斗和牺牲正在前面等待着每一个人，在这样的时刻，她和他公开恋爱并且像他要求的那样举行结婚仪式是不合适的。曾扩红用难以置信的目光看着面前这个自己无限崇拜的人，第一次觉得她没有那么高大和完美了，她像天下所有人一样有着难以避免的局限。

再后来那件事就发生了。第三次过草地的命令下达，天黑前，她被小姐派去临时给养站领二人的给养。那个一直被她怀疑和忌恨的男人又去了小姐的帐篷，领给养回来的她透过撩起的帐篷门看到小姐一边望着男人，一边拿枪顶着他额头说："你如果不马上走我就开枪。"这个男人和帐篷外的曾扩红都看出了这一刻小姐眼睛中的决绝，男人立即骂了一句什么，转身大步离去。独立团吹响军号集合，就要踏上征途，远处传来如雷的马蹄声，一股敌人赶来偷袭。匆忙之中小姐奉命率领一个连回头反击，她率全连官兵迎着蜂拥而上的敌人发起了反冲锋，刚跑一步，第一枪还没有打出，一颗不知从何处飞来的子弹就从后心处击中了她。小姐向前倒下时，已经冲到她前面的曾扩红不顾一切回头扑上去抱起她，发疯地喊："小姐、小姐你怎么了，你不能……"小姐在她怀里大口吐血，用骄傲的、满足的眼神望着她，说出最后一句话："把你知道的关于 ××× 的事情和我的死报告给上级。"下面的话已经说不出来，小姐死不瞑目，嘴角上现出了一线带血的笑容。曾扩红回头望去，似乎在四处燃烧的黑暗夜色中，看到一个男人纵马驰来停了一下又驰走的身影。

这天夜里，老红军曾扩红还是没有看完这部书。仅仅读到小姐牺牲那一段她的眼泪就止不住地涌流，无法再读下去。她将书放下，关了灯，任眼泪汪洋恣肆地流到了第二天黎明，这竟是她一生中第一次有机会为大姐的牺牲而畅快地痛哭一场。

一进入草地，她就向上级举报了那个男人。当时的总部保卫局非常重视，将那人抓走，一边随队行军，一边严厉审查。最后却还是放了回来，他成了挑夫队里的一名挑夫。接着四方面军和二方面军会师，三大主力红军会师，长征结束。他们被编入西路军西渡黄河，进入河西走廊作战，这个过程中她仍然在不停地举报，直到总部机关下来人通知她，举报没有旁证，组织上不能仅凭她的一面之词就认定一个同志是杀死另一名同志的凶手，更不能凭一个人的想象就认定此人革命意志动摇，有可能危害整个红军，但组织上仍会将她的举报存档，以备将来查出旁证时重新审理。进入河西走廊后，妇女独立团首战吴家山，坚守永昌城，与坚守高台的红五军将士并肩战斗，与攻上城头的敌人展开肉搏，三营女战士大部分牺牲，临泽一战妇女团损失四百人，梨园口战斗中又有四十余人牺牲。后来，她们接受了掩护总部向石窝山转移的任务，勇敢完成阻击任务后，进入祁连山打游击，生死拼杀突围出来了两百人，却于牛毛山附近全数被捕，妇女独立团全军覆没。大姐牺牲后被编入二营五连八班的曾扩红和几个女红军在祁连山打游击时和部队失散，与一群同样与大部队失散的男红军相遇。在坚持下去、集体自杀和嫁给这些男红军之间，通过举手表决，她们选择了后者。她和自己选的男人又经过了令自己也难以置信的逃亡过程，于一九三七年国共合作、抗日统一战线形成后，到了兰州八路军办事处，见到了自己人，她当即再次举报那个男人。办事处党的负责人让她手写出一份举报信报送延安。几年间，她在红军队伍里学了写字，有些字会写，不会写的就问别人，写下了一封正式的举报信并按下手印，信被送走前她被告知，要终生为这封信承担责任。

这个夜晚的痛哭直到天亮，连续两夜不眠加上这场痛哭让老红军曾扩红真的病了，头昏脑涨，发起了低烧。这下连院长都被惊动了，她被紧急转到了重症室，二十四小时受到特别监护。过去她偶染微恙时，丈夫总是每两天来医院看她一次，现在改为每天一次，来了就在病床前坐下，用他那直到老了仍旧炯炯有神的双目默默望着她，而当她回望时，这双目光就会若无其事地移开去。有好几次她都觉得他已经猜到了点儿什么，譬如她真正的病因，至少会觉得和过去每次都大有不同。她甚至想到他可能已经猜出了她的秘密心事，不过她一点儿也不害怕。丈夫像过去一样并没有开口表示他有过这方面的怀疑，也不问她的病情住院期间为何竟加重了，又让她觉得丈夫也许没有她想的那样多疑或者干脆就是故作沉着。他每天只在她的病床前坐上一会儿，有时一句话也不说，有时对她的病轻描淡写地取笑两句，然后就被她赶走，留下了一个高大倔强的背影。她的病情也在好转，进入重症室后第二天，她已经不发烧了。

回到普通病房后，她对自己说的第一句话就是不能再看那本书。刘湘的六路围攻、马步芳的骑兵、日本鬼子的“大扫荡”和国民党新六军的军官敢死队没有要了她的命，这本书说不定做得到。但她知道这是在欺骗自己。无论如何，即便是死，她仍会读完那本来历不明的书。

一旦再次拿起那本书读最后的三分之一，真正意外的时刻就到了。书中的曾扩红已经第三次踏进草地，却没有走出那片茫茫无际的沼泽。她的故事和七十九岁高龄躺在长城脚下高干病房里读这本书的同名者的故事就在这里分了岔。书中的曾扩红离开牺牲的小姐，成了总部卫生部收容队的一名队员，负责在全军后尾收容掉队的伤病员，因为草地连续走了三次，连能吃的草都被前面走过的队伍反复搜寻吃掉了，全军最后尾的她们成了最缺少食物的人。但在她们身后已经没有另一支收容队了。一队女收容队员抬着一名伤病员走在沼泽里，转眼间一起陷进去，她们连同伤病员一起再也走不出草地了。这名也叫曾扩红的女战士身边原来还有几个人，但最后就只剩下她一个人了。病饿交加的她终于在一个大草甸子上躺倒了，她挣扎着燃起了一丛篝火，白天可以让后来者看到青烟，晚上可以看到火光。她的女儿在书中大半靠猜想，她的母亲已经知道自己不可能再走出草地了，但她必须将小姐最后的托付讲出来，托付给可能跟上来的另一名红军战士。她认为母亲的愿望实现了，甚至栩栩如生地用自己并不流畅的笔复原了当时的场景：另一名红军战士，她希望也是一名女战士，看到母亲燃起的篝火，走上了大草甸子，她一定也走不动了，只想死在这里。但是母亲将自己不能不说出的托付讲给了她，鼓励她坚持走下去，至少能将它告诉另一个可能走得出去的人。女战士因为母亲的托付，不能再和母亲一起死，只能继续前行。或者她走出了草地，直接将母亲的托付报告了上级，为红军免除了危险，也为母亲的恩人报了仇；或者她没有，却像母亲嘱咐的一样，将托付告诉了另一个她遇到的人，那个人走出了草地，完成了小姐和母亲的遗愿。无论如何，作为女儿的她都认为母亲即使在牺牲之际，仍然为红军的安危做出了最后的贡献，并且以一颗至死不变的赤诚之心报答了自己的恩人。

作者曾小红就在这里结束了对母亲的寻觅和记述，让她最为欣慰的是，母亲并不是一个人孤零零地牺牲在大草地里，直到走完人生之路，陪伴着母亲的都有她的信仰，那是她的小姐传递给她的，还有那一丛白天晚上一直在茫茫草地中燃烧的篝火，这一丛篝火不但让她的母亲也让今天的她感受到了最后的温暖，像一丛永远不灭的光照亮了母亲最后留在大草地中的身影。和数年前跳进嘉陵江求死不同，这时的母亲已经有了信仰之地作为自己的归宿，她知道牺牲是不可避免的，她的归处有小姐在前方等着和她相聚，在那里，她们会永远在一起，不会有哪个男人夺走她对小姐的不容分割的爱和敬仰。自从她在漫漫长途般的寻觅中知道了这样的一丛篝火，母亲的身影连同她的最后时刻就长久地映亮了整个世界，永远地温暖了她因丧母而长久孤独和凄伤的心。

三天后，老红军战士曾扩红出了医院，没有回家就去了相关的档案馆查询。发现牺牲在长征途中的名叫曾扩红的女红军战士共有一百三十二名，而赵钱孙李周吴郑王各种姓氏的扩红则有四千八百三十二名，死在抗日战争和解放战争中的名叫扩红的女红军战士仍有一百二十四名，活到新中国成立后的曾扩红有二十一名，前二十名已去世，剩下的一名就是自己。

另一个收获是，她还找到了自己当年在兰州给延安手写的那封举报信。在这个档案夹里，还有她在每个历史时期，写给组织的要求复查大姐牺牲真相的举报材料共二十一份。

这天回到干休所的家里已经很晚。她发现丈夫正在等她。

“怎么了？”她感觉到了一点异样，边换鞋边问他。

丈夫没有回答。她开灯，被丈夫关掉。两人隔着一缕从窗外射过来的皎洁月光面对面坐下来。

“我今天去医院拿到了结果，胃癌晚期，还能活三个月。这么老了还得这种病真是不可思议。”他平静地说。

曾扩红心痛了好一阵子，但也只是沉默。“为什么不早点告诉我？”她最后说。

他不回答，却望着她。两人就这样一直坐着，像没有任何人坐在这昏暗的房间里，这里只有一缕月光存在。

“你不想对我说点什么吗？”她再次打破沉寂。

“我听说你今天又一次举报了我。你一直认为当年是我打了那一枪。”

她仍旧用沉默回答了他。

“为了这个你甚至选择了和我结婚。过去我认为你这么做是因为你相信自己的举报。”

“不,”她急急打断了他的话,“我嫁给你,是因为妇女独立团在祁连山被打散后你们救了我们,没有你们我们就死了,还因为……当时红军都那样了,你仍然没有变节。”

“你嫁给我更多的还是因为她的那个托付。这样我就再也不会离开你的视野……另外你也许真的对自己数十年如一日举报我没有完全的信心。”

她不说话。

“可你仍在这样做,几十年间一直这样。你这么做只有一个原因……你让组织上一直忘不了调查你的大姐牺牲的真相。”

“我也不会活很久了……现在你可以告诉我真相了吗?”她的眼中含着泪。

男人沉默了一会儿,说:“我今天怎么回答你,对你真有意义吗?”

“有意义。我活到这个岁数,等的就是它。”她颤抖着说出这句话,眼泪也要掉下来。

“我和你以及所有的曾扩红都不同。我的出身不错,又在国外读过书,我有知识,和你的小姐一样,在那个年代我可以选择另外的人生。可我还是选择了红军和革命。”

她望着他,不说话。这不是她用一生时间等待的回答。

“我们换一个话题吧。你知道我什么时候开始相信中国革命真的会胜利?”

“什么时候?”

“你选择和我结婚的时候。还有,在兰州,你写下那封举报信的时候。”

“那时你愿意接受我做你的结婚对象,我也有点诧异呀……直到今天,我仍然像当初一样诧异。有多少次你可以换一个,七七事变后国共合作那一阵子，抗战胜利后也有一段不打仗的日子，还有新中国刚成立的时间里。”

“我愿意和你结婚是因为听说了另一个也叫曾扩红的故事。那时我在西路军的挑夫队里……第三次过草地时她掉队了，在松潘大草地中部的大沼泽里，看到一个大草甸子，上面燃烧着篝火，篝火边一个也叫曾扩红的女战士已经快不行了，她向另一个曾扩红说出了自己的故事，让后者代自己走出草地，向组织上转达一个庄重的托付。后面这个曾扩红最终走出了草地，完成了使命。再后来，每到一个新单位，我都会发现一个甚至几个曾扩红，不姓曾却叫扩红的女战士更多……每遇见一个曾扩红，我就会更加坚信：中国革命一定会胜利。”

“我有点明白了……但还是不大明白，为什么有那么多女战士叫曾扩红，你就相信中国革命会胜利。我和你结婚时，中国革命连一点能胜利的影子还看不到呢。”

“我也有个问题一直想问你。那种时刻，中国革命一点能胜利的影子都看不到，你为什么还要革命到底？”

“因为……革命给了我名字。为了天下像我这样的人能有一个名字去死，让我觉得只有这样死才值得，别的都不值得。”

“我那时就相信中国革命一定能胜利，不是因为读了《资本论》和列宁的书，像你们一直嘲笑的那样‘喝多了洋墨水’，是我从你们这些都叫曾扩红的红军女战士身上明白了一件事。”

“什么？”

“无论还要失败多少次，牺牲多少人，中国革命都要胜利。这个胜利不是因为有我们这种人在，这都无关大局，有你们在就够了。你们不会因为一次或多次失败离开革命。只要有革命，你们就没有失败……今天有多少人不懂得中国革命，就是因为他们不懂得，那时的中国有多少曾扩红需要一个名字。”

“你……真的没有对她打出那一枪？”

“我一死组织上就会知道我对这个问题的回答……那个夜晚无论我开不开那一枪，她只要活下去都会向组织举报我的动摇，因为革命处在黑暗中，任何人的动摇都是不能够被容忍的……而对我这种人来说，暂时的动摇，不，经常的动摇，是不可避免的。我和你们不同，我有别的路可走，你们没有。我就要死了，今天我向组织上写下了最后一份《自述》，我一死邮箱就会自动发出去。我承认在革命处于最黑暗的年代，我动摇过……但我爱她，想带她一起走。当她拿起枪顶上我额头的那一刻，我知道了，虽然她是个女人，却比我坚强。她能用枪逼我，不准我动摇，是她仍旧深爱着我。”

“但是……她牺牲了，有人对她开了那一枪。”曾扩红流着泪说。

“是的。她牺牲了，却成了最幸福的人，她赢得了所有曾扩红的心……而她留给我的却只有被猜疑的命运，连同痛苦和羞愧。以后的日子里，无论多么艰难，只要想到她，我的动摇就会受到无情的狙击。不就是一个死吗，我没脸动摇。还有，她在我身边留下了你。”

“你当初愿意和我结婚是因为她？”她几乎喊起来了。

“我当初愿意和你结婚，与其说是为了她，不如说是为了自己。”

“你，你自己？”

“我每天看到你，也就看到了她，看到了那个篝火边的曾扩红，看到了中国革命一定会胜利这个原来只属于你们而现在也属于我的信仰。只要你在我身边，她就在我身边，篝火边的曾扩红就在我身边。多艰难的时刻，你都可以代替她们，让我不再动摇。”

“你还是没有告诉我，为什么你从那时起就相信了中国革命一定会胜利。”

“你的小姐……或者说，你们的小姐……深深地爱上了我，但仍然会毫不犹豫地指控我。还有那个篝火边的曾扩红，她至死也没有忘记将小姐的托付转达给另一个曾扩红……由此我明白了，我的动摇多么幼稚。红军会走出草地，革命会走出低潮……就因为有她，有无数的曾扩红，你们对中国革命的忠诚超越了对最爱的人的忠诚。”

“如果你真没有开那一枪，我是说如果，你有没有想过，当时怀疑你有可能因为动摇而变节，对你的一生都是一种残酷？”

“中国革命必须胜利。没有比让无数曾扩红拥有一个名字更重要的事。没有比中国革命不成功更残酷的事。”

“你一生都背负着组织上对那一枪的怀疑，但你一直都没有离开……你没有离开的不是我，而是那个怀疑。”

“当年红四方面军保卫局没有处决我，是因为孤证不立，我距离被处决只需要一个旁证……我用了六十余年的时间和你做夫妻，也是为了等待你一直都在寻觅的那个旁证……很抱歉直到今天，我和你都没有等到它。”

“你一点也不为这样的一生遗憾？”

“在一场大革命中，个人的命运算不了什么……最重要的是，中国革命真的胜利了！”

原刊《人民文学》第8期

清 歌

项 静

所有的街巷里，石阶上，运河上，
都沉睡着一种绝望的忧伤，
想要向人诉说过去的时光。

——黑塞

一

天空露出鱼肚白的光亮，透过玻璃模模糊糊看得清床前石榴树蜷曲的轮廓。小孩子一骨碌爬起来，边披衣服边跳下床，去看仙女腊八姐。无论天气多么冷，绝不能有任何迟疑，否则就会错过腊八姐。一只脚踩在鞋上，另一只脚来不及穿，一口气拉开走扇发紧的门，心里像敲鼓一样，急促紧密不敢停顿。如果提一下鞋或者扣好扣子，腊八姐转眼就不见了。神秘而性子急的腊八姐端坐在冬天清晨光秃秃的树杈上，“红棉袄绿裤子，腰里别着个大肚子”，一定是扎眼的。

一年又一年，孩子们无论多么努力迅捷，一次一次提高速度，都没看到过奶奶念叨的腊八姐。爸爸说，说瞎话鼻子会长长，奶奶说有腊八姐，妈妈说糖里有虫子，都是大人骗小孩的游戏。他们乐此不疲。仙女的审美蒙住了富村裁缝的眼睛，几乎所有女孩子冬天都是红棉袄绿裤子。女孩子的衣服穿小了，留给下边的弟弟妹妹，赶上谁是谁，来不及区分男女，一群孩子在场院里进进出出，都是土得掉渣的腊八姐装束。上了小学就不一样了，男女上不同的厕所，唱歌要分男声女声，家长们说，上了小学就讲文明了，要天天洗脸刷牙，不打人不骂人，见人要打招呼。那些骗小孩的话再也没人听了，富村小学是他们走进文明世界的第一步。

学校有两个老师，他们是文明的灯塔，一男一女。女老师是大队书记梁汉民的女儿，代课老师，工资由村里发放；男老师是学区分配过来的，是民办老师，拿财政工资。女老师是本村人，村里人几乎见过她儿童时代的每一天，头发干草一样的纷乱，坐在门前台阶上啃着干馒头，袖着手去小学校，用力抽一下鼻子，她跑开的姿势像扇动翅膀的蝴蝶。抽条儿生长的时候村人一晃神就错过了，好像热气腾腾出锅的馒头，一下子端上来了。梁莹一年四季都修着利落的短头发，夏天穿黑色波点的衬衫，戴一块上海牌的手表，表盘铂金色的镶边，在阳光下特别扎眼，靠近她能听到像心跳一样的秒针声。她做老师板正严厉，她右手插在裤兜里，走路迈大步，像个军人。她穿过教室，没有人敢迎着她的眼神，学生都惧怕她手里那支竹料的教杆，随时会啪的一声落在腰背上。家长们却有些看轻她，初中毕业来教小学，家长们当她是看孩子的老师，直呼她的名字梁莹。梁莹教一年级，语文和数学一勺烩，她基本应付得来。她还负责打钟点，核一下手表上的数字，整点时刻拽拉钟下面垂吊的绳子，发出急躁的叮叮当当声，学生们就飞奔出教室去院子里撒个欢。

男老师姓刘，几乎没人知道他的全名，中等体量，微胖身材，头发自然蜷曲，在头顶上蓬松着，拉长了他的身高，他温和爱笑，笑容里有一种腼腆，只要他露出笑容，后半段一定是低下头去。他有礼貌，第一天来教书，是骑自行车来的。一到村口就从自行车上下来，看到早起的老人喊一声，大爷大娘，他说是学校新来的老师，姓刘。老人家指着红色砖墙说，往前走。他推着车子往前走，有人问他找谁，他再重复一遍自我介绍，那人说，往前走两步就是了。此后成为惯例，刘老师进村必先下了车，推着自行车往前走，随时停下脚步聊两句，大人们都说刘老师文明谦和。刘老师夏天穿白色的确良短袖衬衫，里面套了尼龙小背心，透得出清晰的形状。春秋天穿灰色外套，冬天外面套着军大衣，有时候也换洗一身毛领的蓝色棉猴。村里人恭恭敬敬地称呼他刘老师，刘老师像钻进羊群里的一只威风凛凛的猎狗，每只羊都好奇地盘过头看着它。刘老师教三年级，语文、数学、自然、地理、毛笔字、品德，没有课程表，他到教室里来，说上什么课，学生就扒翻出相应的课本，全凭他的意愿，他感觉自己是一只自由的猎狗。

梁莹午饭回家吃。第一天梁莹跟他说，刘老师去家里一起吃啊？刘老师说不用，我有准备。梁莹翻翻写好的教案，整理了一下办公桌上散落的钢笔、书签，舒了一口气似的把两本教师用书竖起来，咚的一声平齐搭在一起。衣裾擦过门边，脚步在地板上拖动，咔嗒一声荡回来的风门，剩下刘老师一个人，好像终于结束的一首协奏曲。他先放空瘫坐了几分钟，稍后打起精神，给半熄的炉火添上新炭块，拆开备好的锅碗瓢盆，用毛巾一一擦拭，把白铝饭盒放在蒸笼上等待锅里的水煮沸。他关上门，仔细地吃饭，整个中午两个小时，只有他一个人，他咬一口馒头，夹一口菜，一点都不剩，饭后烫洗了饭盒，摊开晒在南面阳台上。

春夏秋冬，他们熟悉了一点。从春天开始，他们成了朋友。

一男一女，一紧一松，一严一宽。两位一起上课的时候，办公室空荡荡的，课间和吃饭的时候两个人笑语晏晏，有说不完的话，路过小学校的村民都能听得见。他们停下来听一番，听不明白，他们谈左和右的写法，同样都是一横一撇，写法却是两样，左字一撇写得小一些受看，右字的一撇需要长一些。写字的事儿能聊得如此开心，让人费解，有人踅进学校打个招呼，背着手到处看看。看到有人来，刘老师迎出来聊两句，梁莹低下头看书，写教案。

刘老师问："找我有事儿？"

来人答："没事儿，我就看看。"

刘老师说："看看呗，又不要钱。我去上课，您进来坐会儿？"

来人摆摆手走了，心里怅怅的，没有闹明白原委。

刘老师是村里一员，他属于每一个人，每一个人也属于他。冬季老师生炉子需要玉米棒，干燥易起火，学生轮流码地整整齐齐地送过去，也有家长自作主张给老师担一挑去，刘老师客气推让一下，但都会收下，玉米棒不需要花钱，没什么好拒绝的。一家送，家家送，接了一家，就不好拒绝另一家。有学生读书的来送，他觉得收下没问题，没学生读书的，纯是对刘老师的敬意，他就留下来人聊两句，家长里短，刘老师也懂得，适时地回应两句，让人心顺口服。有人送来几瓶酒，刘老师严词推却，来人就说酒是自己酿造的，不值钱，况且自己不会喝酒，在家放着就是浪费。也有人送来几块肉，刘老师哭笑不得，追出去，人已经跑得没影了，他觉得有辱斯文。送最多的是大白菜和玉米棒，学校的储物间都放不下了。刘老师在班上说，请同学们回家告诉家长，让家长不要送东西来了，老师一切都够用。

中午下了暴雨，傍晚放晴，路上泥泞，刘老师没办法回家，梁莹家来了客人，梁莹的爸爸叫刘老师去陪客人。刘老师说自己不擅喝酒，梁莹说，不用喝酒，就坐着说说话。这也正常，常住在这里，难免要接受几次请客吃饭。去做客不能空手，刘老师把酒和肉挑拣出来带上，有来有往。刘老师并不记得是谁家送的酒和肉，他大剌剌地提着送到梁莹家，心里感激送来酒肉的家长，不然他就要专门去买礼品。梁莹家请来陪客的并不只有刘老师，他们请了七八个人，人多喝酒才热闹，一圈下来一斤酒，主宾尽兴，喝酒划拳，此起彼伏，富村的兄弟哥们就这样融为一体。

刘老师一进门，座上诸位都看到了他手中的酒和肉，送酒的人一眼就认出了自家的酒，送肉的人也猜出了是自己家的肉。刘老师心里嘀咕了一下，随后就释然。他觉得他们应该理解，自己不可能大动干戈地在办公室烧鱼煮肉，也不好喝起小酒，况且礼品送了来就归自己支配，并无多大不当。觥筹交错间，人人都喝得醉醺醺的，刘老师推辞不下，勉强喝了几杯，呛辣的气流直插心肺，他感到周身泛起温热的暖流，世界轻微地晃动。他们勾肩搭背地把刘老师送回办公室，梁莹跟过去帮忙，收拾停当，众人散去。他们说，刘老师平日斯文，喝醉了也是一个熊样儿。

饭后几日，刘老师渐渐品出一些异样来。人们对刘老师不那么热情了，他们看到刘老师依然打招呼，仅仅是说一句，“刘老师，早啊！”“刘老师，来了。”再无别话。刘老师只是觉得蹊跷，并不放在心上，没人到学校里来闲谈，他自然也不用应对，多了读书和做笔记的时间，当然也多了跟梁莹聊天的时间。他问梁莹是不是自己得罪了村里人，梁莹支支吾吾说不清楚，她是真说不清楚那些弯弯绕的心理。过了半年，日子寡淡无味，又到了秋收时节，梁莹天天回家，也不来搭伙吃饭。

刘老师问：“家里有人给你做饭？”

梁莹说：“没有，回家现做。”

刘老师问：“我做的饭不好吃？”

梁莹不说话。低下头继续看书，写字。

中午，梁莹说不回家吃饭了。刘老师起身搜刮了下备用的食材，辣椒、丝瓜和咸肉，他说中午加三个菜。刘老师熟练地操持着勺子，掂起锅来也不手生，他垫上打开的昨日报纸，四菜一汤。梁莹说，村里人觉得刘老师不懂人情，酒和肉吃不了扔了都不可惜，但不能转送他人。他们觉得梁莹也不对，一个未婚的姑娘，对刘老师要尊重，不能那么叽叽喳喳靠在一起说话。他们觉得梁莹爸爸也有不妥之处，为了几十块钱的工资，让一个未婚的姑娘整日跟一个单身男人待在一起，不太像样子。

梁莹说："一群乡巴佬，多嘴多舌。"

刘老师说："不管他们。他们也是好心。"

梁莹说："我早晚要离开这里。"

二

一九八七年冬天，村里来了打井队，机器哐当哐当日夜不停，高瓦斯的夜灯亮彻半个村庄。打井队的男孩子们驻扎在小广场上，小广场离学校很近。冬天日短夜长，学校上两节晚自习，刘老师天尚光亮就起程回家，留下梁莹一个人看着。打井队上一个姓袁的技术员，大家都叫他小袁，一米八的大个子，黑亮的脸庞，他经常拿杯子去学校续开水，梁莹备课的时候，他坐在旁边跟她攀谈，一来二去熟悉了。熟悉了之后就给她讲故事，打井队有时候驻扎在荒郊野岭，半夜换班的时候，他出去解手，远远地看到一簇火光忽上忽下地跑，他好奇跟过去看看，追出去几百米，发现那团火也跑，他往后撤，那团火也跟回来。小伙子心里发毛，但还是好奇，回去叫醒了几个伙伴，拿着手电筒一路追出去，越走越远，走过甲子屿的条形山谷，爬上陡峭的半山坡。眼前晨曦未明，气喘吁吁，听到前方村庄里的鸡鸣声，头顶上树梢飒飒晃红，蒲扇翅膀的云翳，那团火光遍寻不见。

他们转动方向，想看看出发的地方，却被眼前的黑色石碑惊了心神，是一个坟墓。他们把手电筒的光合力打在坟墓上，是一个年轻女孩的名字。早上返回营地，村里负责烧饭的大妈说，那个坟墓是早些年一个大户的女儿，喜欢上附近的一家佃户的儿子，家里人不同意，那位小姐一绳子把自己吊死了。没有出嫁的闺女无法入祖坟，家里人就把她葬在荒郊里了。大妈哀怨地说，这个未婚的姑娘看来还没找到归宿，她出来专门找单身男子。打井队的男孩子此后谁也不敢夜里单独出门，到野地里小便都排着队一起去，生怕被女鬼捉住。讲完这个故事，梁莹吓得不敢回家，小袁就自告奋勇送她回家。

冬雷震震，却下了一场大雨，电闪雷鸣，巨响从天而降，打井队驻扎地附近的那棵百年老树被劈成两半，燃起熊熊大火。夜里被惊醒的村人，几乎都看到了一颗人头大的火球。有人说看到落在自己家电视机上，有人说明明是落在树杈上，还有人说落在窗台上。广播响起，扩音器里传出书记的声音，村民们提着水桶，担着炉灰，奔到着火的地方。火并不大，一会儿就被扑灭了。惊魂未定的人们，围坐到打井队的帐篷里。神婆也来了，她转了几圈，说打井的架子高得过分，日夜不停，怕是扰了宁静，得罪了狐狸仙人，黄鼠狼大仙，冬雷震夏雨雪都是不好的兆头啊。有人说神婆说得有道理，自古以来没出过这种事儿，必有什么妨碍，有人心里认为就是种迷信说法，却也不想说出来，大部分人觉得好险，差点出人命。只有刘老师一个人置身事外，照旧上课，梁莹跟他讲了，刘老师并不惊慌，他画了一幅本地的气象图给梁莹看。甲子屿是东南—西北走向，是方圆百里地势最高的位置，低云系常年在这里积聚，积状云时间久了变成积雨云造成降雨，冬季此地多为西北风，偶尔还有东南风，进入谷内形成地形雨，一直涡旋到牛山之间。这一地带容易遭雷击，过去多有记录，一般都是夏季，冬季不多见，但一九七三年中央气象台发过一个《天气公告》，说一九七二年以来，天气反常和气候异常的现象，时有出现，不必大惊小怪。

梁莹把气象图拿给当书记的爸爸看，他说虽然听不懂，但是心里亮堂了，他开了一个群众大会，郑重地告诉大家，刘老师的科学解释，他说那些都是迷信，自己吓唬自己。梁莹把气象图拿到打井队上，男孩子们看了看，都佩服刘老师的博学和镇定，包括小袁，他们每个人都争着要去跟刘老师学画图这一手艺，喧闹过后，依然难掩对狐狸精、大仙们的惊恐之态。打井队停了三天，请示了上级领导，回复继续打井，钻机的声音复又响起。小袁每天晚上都送梁莹回家，他不再讲鬼故事，他讲的都是自己的故事。他们家在城郊，有路灯，有商店，一条大马路直通百货公司。他家附近有一片大湖，白鹭呼啦啦掠过水面，擦湿翅膀，又像受了惊吓一样迅速跃起，叫声被湖面稀释得尖细而清脆，湖无边无际，从前梁山泊的英雄们就经常在这个湖上飞来飞去，水性好得像浪里白条。男人们半年生活在湖上，半年回到陆地，每次返回的船板上都跳跃着翻出白肚皮的大鱼。他也讲自己的未来蓝图，再打两年井就可以承包机架自己包活了，等他攒够了钱，他可以买一艘大船，半年湖上半年陆地，湖上的世界清澈明亮，如果钱再多一点也可以直接搬到城里生活。梁莹其实并不相信他的话，梁莹的父母也不相信，但他们都愿意听他说话，他生活的地方跟富村真不一样，他的话听起来有股新鲜劲儿，就像野外作业的鬼故事一样。最主要的是，小袁把梁莹当作最重要的人，在富村他就围着她一个人转。

三个月以后，第一眼机井喷出清澈的地下水，打井队打包离开富村。小袁寄来了第一封信，是一首诗：

冬天从半空落到场院 / 冬天坐在我的对面 / 一张书桌的对面 /

我呵出白色的雾气／烘烘她的手指，温暖／她的距离，她的心／温暖她飘忽的注视／然后，随随便便地扯开自己／想象一次春的郊游／从冬天进入春天／有一座花坛为我绽开／花坛后面的四级台阶／有一片正午的光影／缓慢穿越瘦弱的校园／想象时间的后面阳光的前面／熟悉或陌生脸面的背后／想象自己随随便便地伸出手／影子落在对面的位子上

此后每月三封，总有一首诗，加上一些日常的汇报，像一幅流转的地图，梁莹跟着信知道远方的溪流、山套、旱情、食物、牛羊马匹和瓜果蔬菜等远方的消息。小袁果然赚到了钱，承包了机井架，歇伏的时候，小袁领着父母来到富村，带了一枚金戒指、一箱子布匹和四箱水果。父母起初不同意，梁莹也犹豫，跨越一个县城，独自一个人去那么远的地方，一个没出过远门的女孩子，心里满是忐忑。梁莹觉得自己是一咬牙做了结婚的决定，离开他们，好像出于赌气，但又不知道具体对谁，可能是对整个富村人赌气，其实谁都不知道。她办理完辞职手续，深居简出，就像在做一个出门远行漫长的准备。梁莹跟小袁订了婚，第二年举行了简单的乡村婚礼，一辆绿色吉普车满载着嫁妆远去，在沿途的池塘边、致富桥和凤凰岭，撒下喜糖和几枚硬币。

学校只剩刘老师一个人。两间教室的学生合并到一间，左边是一年级，右边是三年级，来年变成左边二年级，右边四年级，村里孩子少，都是隔年招生。五年级去邻村的学校，那个学校校舍宽敞，老师学生人数翻了十倍，有一名勤劳的老校工，进进出出负责打点和做饭。

刘老师早上到学校一个人生火点炉子，烧开一暖瓶水，其间到教室里巡查三次，在晨读的喧闹声中，他先做饭，再备好下一节的课程。刘老师要求我们比他来得早，原因也说得过去，家长也都觉得合情合理。以镇

政府所在地为中心，东边被称为东乡里，西边是西乡里，刘老师家在西乡，一路爬坡，自行车速度慢，要半个小时才能到达。刘老师赶早七点半到学校，学生没理由起得比老师晚，每一次他到学校我们都以琅琅读书声欢迎他。定然有瞒和骗的艺术，刘老师没到学校，没有学生主动读书，就在院子里打闹，放一个学生守在门口望风，刘老师一进村，望风的学生大叫“老师来了”，众人撤回教室做读书状。刘老师体罚学生，他抓住过望风的学生，让他蹲着马步上课，罚全班学生的站，外加每个人打十板子手心。刘老师也骂学生，他说你们的脑袋里全是草包。

家长都不介意老师打骂孩子，鞭子不响学问不长。他们介意刘老师一个人，一个人一天到晚连个说话的人都没有，他们说，一个人只能跟自己的影子说话。最先注意到这事儿的是五十多岁的孙太太，孙太太是村里人给她取的绰号，她是地主的幺女，从小是当大家族的太太培养的。仪表姿势自有风范，嫁给富村唯一的知识分子，丈夫是本地中学校长，因公去世后得了一份抚恤金，儿子举家移居新疆，女儿在县政府做文员，她一个人赋闲在家。孙太太耳朵背，拿不准音量，一说话嗓门总是过高，仿佛在喊：“小刘老师，家来喝茶，酽着哩。”刘老师憋红了脸喊回去：“下课过去。”下课后，学生上自习课，刘老师就过去孙家喝茶，孙太太吸烟，刘老师不吸，他用手挥一挥烟气，孙太太摁灭了烟头。孙太太看电视剧，把音量放到最高，看完了到学校兜个圈子，学生有时候正在上自习或上朗读课，她跟刘老师在院子里聊天。聊天的内容非常乏味。

“午饭吃了吗？”

“吃的啥？”

“黄瓜炒鸡蛋。”

“拿什么炒？”

……

立春，孙太太自作主张把家里的田旋花、圆叶风铃花、车轴草、月季、玫瑰挪到学校花坛里，她指挥刘老师在两个教室门前开辟出两个条形花园，四周砌上一排三角形砖头，呈锯齿状。她撒上了指甲花、蝎子草、鸡冠子花的种子，两个学生一组，轮流从家里抬水来浇水，一周一次。夏天一到，花坛里满满鼓鼓，一副花园的样子，校园有点像花园了，更像孙太太家的花园。

春天刘老师学着孙太太辟出校园东南角一块地种上茄子、南瓜、芸豆、丝瓜、黄瓜，各种一行，芸豆最先开花，其次是南瓜、茄子、丝瓜、黄瓜，每天一样不重复。自己吃不了，刘老师摘了分成几份，让学生带回家。上午最后一节课前刘老师洗菜、切菜，准备停当，下课后做饭炒菜，一饭一菜一汤，搪瓷碗盛好，一个人默默地吃。村里人对刘老师多了体恤，刘老师又成了公共财产。冬闲时节，他们都把学校当自己的家，没事就去转转。北方温度低，学生上课冻得手都伸不出来，一进十月，他们就去跟刘老师说，应该把窗户都打上暖墙。刘老师叹口气说是该，往年这事都是刘老师一个人弄，他买一块大的油毡布，裁开来，拿摁钉一片片固定牢靠，天气一冷他有点怵干活。他们说，刘老师不用担心，我们来帮忙。开工那天，来了十几个人，他们推着独轮车，带来砖头、沙土和麦秸秆。就地挖一个泥坑，填进沙子、土，注进三桶水，拿铁铲搅和匀称，再把麦秸秆掺和进去。阴面的窗户拿砖头从窗台垒得严丝合缝，拿泥板抹上泥浆，一层层抹平，阳面的窗户留出三分之二的空，给自然光留出空隙。

教室密不透风，刘老师背着手左看右看，叹了口气。红砖黛瓦的教师抹上土黄色的暖墙，搭配差强人意，跟村里人们整齐划一的暖墙倒是找齐了。晚上，刘老师叫大家来喝酒，算是酬谢。有男有女，女的像孙太太是来凑人场，还有两个妈妈是来做菜的，她们带着碗碟、蔬菜，肉和酒是刘老师备好的，螺蛳壳里做道场，整出十个碟子的菜，她们返家，留下男人们喝酒。刘老师酒量不大，象征性地喝一杯，他主要负责说话。拉拉扯扯谦让一番，他被迫坐在主位。一轮喝下来，男人们就听刘老师说话，他挨个评点了读书的十个孩子，家长喜欢听人夸奖自家孩子，刘老师说你家孩子认真，一个字写不好看，他自己写十遍。家长站起来敬一杯，老师教育得好，他不敢对自己要求不严。刘老师说你家孩子脑袋瓜不是特别聪明，但也算不上笨，这种孩子只有勤奋一条道，家长听了不愉心，但觉得老师实在可靠不滑头。有了暖墙，教室里还是冷，读书没问题，写字却不行。家长们来跟刘老师商量怎么办，刘老师给出一个法子，晨读自习在教室，写字上课就到办公室。他们觉得跟刘老师喝酒吃饭，拉近了距离，也解决了问题，学校的事儿就是他们自家的。

梁莹的办公桌撤到储物间，节省出来半间房，刘老师冬天不回家，把办公室隔成两部分，里间塞了一张床。北方风大，晚上回家早上赶来，遇上逆风，人被吹得五脏六腑都是凉风，时间也不赶趟。生起炉火，狭小的办公室烤得暖烘烘的，五个人围着办公桌坐下，边上炉子上猪肉炖白菜咕嘟嘟响，学生们吞咽着口水，算着应用题，像私塾先生授课，也像个孩子多的家。让学生胆怯的是老师手里的竹竿，在尺把远的地方显得更硬朗，看到竹竿有人说话就结巴，刘老师不允许在课堂上结巴的，他手里竹竿就经常落到头上。刘老师说，我打你们就像打自己家孩子，那时候学生们才知道他已经生了第一个女儿。男生挨了打缩一下脖子皱一下眉头，出了校门说说笑笑就过去了，女生会小声抽泣，刘老师对女生的哭并不格外开恩，他置之不理，久了女生也皮实了。

期末考试，富村人都翘首期待着。两个年级都考得不错，学生少，跛腿的少，平均分就高，成绩算出来，全学区妥妥的第一名。刘老师成了英雄，他们说人少有优势，人多就是放羊，掉了队的根本看不到，私塾教育就是好，一对五，一个都不会落下。他们说，刘老师有两把刷子，教书认真有门道，以前的老师，都没这样有成绩。前几年调来的老师，讲课水平一般，怎么说一般呢？谁确定他水平不高的？放羊的程明，从教室后头路过，看到老师在讲鸡兔同笼问题，他停下来听了听，条理不清，学生都听不懂，他也听不懂。程明把这事儿汇报给书记，书记就到学校去探探虚实。书记在教室前面露了个面，朝老师点了点头，算是打招呼。就到门口抽烟，两袋烟抽完了，老师都没出来跟他聊两句，书记扔了烟头，踩了两脚，扬长而去。书记跟他们说，老师确实没水平，还不会做人。他们去政府闹意见，把那个老师换走了。那位老师，水平确实不高，但比程明和书记还是高一些。

学生成绩好，众人皆欢。年后开学最是热闹，刘老师要排着号去吃宴请。逢上端午、中秋，他们也提前叫老师去家里吃顿饭，也没什么好饭，就是多加两道荤菜，再来两瓶酒，人多酒多，人少酒少。刘老师满面红光地走在村中那条弯曲的路上，他蜷曲的头发微微颤动，笑声爽朗，能够穿透巷子和石头墙。学生散学，远远跟在后边，窥探他到谁家去，装着漫不经心的样子，谁都希望老师到自己家里去。跟刘老师一个锅里吃过饭，惧怕的心情就减弱了点，挨在头上的竹竿，手心上的板子，好像也会力道轻一些。有来有往，家长们也到办公室聚会，四间大瓦房，一间用来大队办公，一间刘老师办公，剩下两间是教室。合并班级后，还空出来一间，有时候就充当村民活动室。但凡开会商量事情，就有几个家长在刘老师那里喝酒。

刘老师在富村学会了吸烟，他有时候在街上吸，遇到的男人给他点上，还会纠正他的姿势和吞吐烟气的方式，后来他也在办公室里吸，一边吸烟一边写字，学生到了门口，他才掐灭，正襟危坐起来。他经常被人叫去喝酒，拗不过众人的热情，他只能放开自己喝，一喝就醉，醉了还歪歪扭扭地跳上自行车，往家赶。他和村里人嬉笑，爱凑人群里热闹，老师似乎不应该是他这个样子，可是谁也说不出什么错来。有人用粉笔把他名字写在厕所里，“大酒鬼刘宗礼”，惹恼了他，他趁着酒劲儿怒气冲冲瞪着我们：

“谁写的？把你的名字报上来。”

“你们不承认是吧，不说所有人都不能回家吃饭。”

骂人耗费了巨大的精气神儿，他趴在讲桌上呼呼大睡，呼噜震天响，学生们围着他转两圈，试探他到底是真睡还是佯装睡着，他们拿着课本假装去请教一个问题，课本啪一声掉地上，刘老师纹丝不动。他们远远地拿笤帚碰他翘起的发梢，也没有反应，于是大起胆子来，上去推他两下，站在背后做一个鬼脸，逗得底下的学生发笑。他直睡到被尿憋醒，像散了架的自行车，拖拉着链条去厕所，再转到办公室继续昏睡。

喝酒误事，学生自然遭殃，太阳西下，到放学时间了，却没有人来宣布放学。于是就推举胆大的到办公室请假去厕所，一个接一个，刘老师大手一挥，去吧。重复来几次，刘老师方才领悟到该放学了，学生们散学回家。也有喝多了糊涂了不予理会的时候，学生们会撒开嗓门读书，就像呼喊人来救他们，孙太太听到学校里的读书声，会去替老师说一声“放学回家吃饭”。

三

富村人都知道要学好语文、数学。按照生活经验来，读书识字，会算账，能满足基本的生活需求。三年级开始教学生写周记，开篇写新学期的打算（以后年年都是重头戏）。刘老师指导这个文章分两部分写，第一要先说这学期的成绩，语文学会了多少生字、新词语，背下来几首古诗，数学学会了哪些种类的应用题，有什么解题技巧，最重要的是生活中，学会了哪些家务活，做过什么新鲜尝试，去过哪些外边的地方。接下来要写这一学期的缺点和不足，缺点和不足要坐实了写，你不愿意干农活可以写，不必所有人的妈妈都伟大勤劳，不喜欢爸爸妈妈也可以写，包括愚蠢与自私，都不能虚着写。交上来的作文千篇一律，像喊口号，没有缺点，他们最大的缺点是不用功，第一次写算是缺点，每一年都写自己不用功，不用功就成了凑够字数的格式。刘老师说，一群榆木疙瘩开不了窍儿。

刘老师去管区开教育督查会，留下一个作文题目——“我的妈妈”，五百字，体裁不限。教室里的学生乐呵呵地想象和描画自己的母亲。边写边聊，王芬最自豪的时候就是说她妈妈了，她说：“我妈妈是高中生，比刘老师学问都高。”梁宁不服气地说：“最有学问的人去做老师，你妈妈怎么还种地啊？”

“刘老师回家也种地，你不知道别胡乱说话。”

“你等刘老师回来问一问，到底谁的学问大，你妈妈连走路都不稳当，还有学问？”

王芬的妈妈疯过一次，送到精神病医院电疗了好几个月，人们都说，过了电的人，精神头就消失了，眼神无光，走路腿打软，像踩在棉花上，她颀长消瘦的身形走在街上，让人担心她随时都会被风刮倒。王芬听到梁宁嘲笑她妈妈，像被刺到内脏一样绞痛，手心攥出了汗水，她抓起他的作业撕扯起来，僵硬的作业本因用力过度而变了形，但无法撕碎，遇阻的王芬扑上去抓伤了梁宁的脸，她才稍稍获得一点平静。十个指甲印在脸上，梁宁眼睛里泛着热泪，尖叫起来，教室里乱糟糟的，拉架的，帮忙助威的，吵嚷成一片。孙太太先听到吵嚷声，她到学校安抚不下，就奔出去叫了两个孩子的妈妈来。梁宁的妈妈颤动着肥胖的身体挤进教室，在富村连男人都不是她的对手，看到儿子脸上伤口，她破口大骂，有娘生没娘养，谁的孩子都一样金贵，有病不是打人的理由。王芬的妈妈脸上挂不住，她抖动着嘴唇，拉着王芬回家，王芬执拗着不走，要跟梁宁妈妈对峙到底。晚上，男人们分别出动，三番五次地骂到大街上，半夜才消停。

第二天一早，等着看好戏，戏台转到学校。刘老师一落脚孙太太就在办公室门口等着了。刘老师让王芬、梁宁把作文拿出来，每个人对着自己的作业念一遍，两个人哆嗦着把作文本拿出来，结结巴巴地念出声来。刘老师拿起作文本，朝梁宁和王芬头上扔过去："我教出来的学生，撒泼骂人。学会写作文有什么用？"

刘老师带着王芬送梁宁回家。他跟梁宁说："我没什么学问，没考上大学，跟王芬的妈妈一样高中毕业，说不定还不如她呢。"梁宁说："我不信。""由不得你信不信，我们这些在一起的人，有什么高低贵贱？只有离开这里的人才有自由，你们以后要到远方去看看。"梁宁问："什么是自由？"刘老师头也不回地走了，"我没见过。"刘老师拉着王芬向梁宁的妈妈道歉，王芬僵硬着身子，嘴巴上咕哝出一句"对不起"。出了梁宁家门，王芬前头走，刘老师跟在后边，他说："什么时候都要保护妈妈。"刘老师看着她进了大门，才转身离开。下半年，王芬的妈妈发病，跳井死亡，除了刘老师，没有人联想到这件事，当然这件事也不是她的死因。

刘老师开完追悼会回家，骑车掉进了壕沟中，摔伤了胳膊，他心里其实是庆幸摔伤了胳膊，那缓解了他心头的痛。停课一周，他的心比任何时候都忙碌，富村第一次对他产生了排挤，他抗拒起这个地方来。他打报告给上级单位，回话给他，教师稀缺暂时没办法调配，他只好带着打了石膏的手回去上课。

书贩子洪水弄来一堆考试资料和作文书。洪水开着红色面包车来的，好像天外来客，直奔目的地，车上放置着几个木头箱子，他把箱子在走廊上一字打开，有一排排的作文选、连环画、小说、诗集，都是盗版的，也有点心、零食、玩具、文具。刘老师像欢迎一个旧朋友一样接待了洪水，他想有个人随便聊聊天，洪水健谈，天南海北，天文地理无所不知。学生们真心想买的是零食和点心，把手里的毛票花掉满足嘴巴，但我们只能买书，挑好心水的书籍，计算出价格来，回家吃饭的时候，把书钱带来。洪水送给刘老师几本公办老师考试资料，作为回报，刘老师买了几本文学名著《猎人笔记》《在人间》《我的大学》《母亲》，我们合起来买一套作文书，一人一本。作文书里生活跟我们差异很大，我们抄写改编一下，好像跟我们的生活建立起了一种亲密关系。书贩子洪水两个月来一次，带来新书和新零食。一来二去，他成了刘老师的朋友，跷着二郎腿坐在办公室喝茶，蹭一顿午饭，有时候也有一顿酒，喝到暮色低垂，办公室里传出两个人猜拳的声音，他们喊头一顶、哥俩好、三桃园、四季财、五魁首、六六顺，他们俩坐在昏暗的办公室里，上半身伏在桌子上摇来晃去。喊累了，他们背诗："天空是倒过来的大海……停电了 / 我打一通太极拳 / 世界就暗下来。"刘老师应该是听了洪水的劝，开始准备公办教师考试。他考了两次，都是数学扯后腿。家长们听说了之后心里紧张，有人去问他，他笑呵呵地回答没考上，以后不考了。他真的没再考，洪水来了，他只买文学书和诗集，不再买考试资料。家长们松了一口气，背地里说，刘老师毕竟还差一把火候，一年半载走不了。

一九九三年秋天，富村小学取消，并入小唐田小学。刘老师调离到圣井峪，离富村向西三十里。刘老师离开富村那天中午，学生被叫出来拍合影，他坐在一把藤条椅子上，学生围着他站着，个子矮的站在刘老师左右两边，高个子绕到后边，踩在水泥台阶上。摄影师喊一二三，大家睁大眼睛，太阳明晃晃的，总是有人跟不上节奏。拍完照，家长跟他拍合影，也有自己来找刘老师单独合影的，他赔着笑脸一一满足。拍照停当，他抢先付了摄影师钱，大人们拥堵到办公室把钱塞给他。学生自行到教室等着告别的时刻，他被大人们簇拥着去镇上的饭店吃告别宴，他太着急和忙碌了，没有来得及跟学生告别，学生们心里怏怏不乐，觉得家长们太过分，太抢戏。王芬的爸爸到教室说："家长们，你们回家吧，以后到哪里都要记住你们是刘老师的学生。"他们的嘤嘤细语，他没有听见。合影一个星期后送达，是四寸的黑白照片，学生们拍照的机会少，姿势摆得不自然，太过用力，用力睁着眼睛，没收住下巴就像刻意去昂着脸，只有刘老师坐得比较雅正，笑容自然，他盘着二郎腿，双手交叉放在腿上。中山装口袋里，插着银色钢笔，像一枚别致的胸针。这张照片几乎放在富村每一个家庭里，直到它被潮气侵蚀，黄色的光斑遮住了一半的人影。

四

梁莹、孙太太跟着送葬的队伍拖沓前行，她们两个边走边压住嗓门聊天，她们两个猜测那些年轻的面孔可能是刘老师的学生，抱怨现在读大学的人越来越多，满大街都是大学生。因为遇不到熟人，她们有点拘束、疑惑和不满。

"一个富村的学生都没通知？"

"听说家属不让通知富村的人。"

"什么道理？"

"刘老师是喝醉了出事儿的，他老婆说起喝酒的事儿，一肚子怨气……当然，想通知也找不到人，过去熟悉的人都散了。"

"喝酒这事儿，确实怪富村那些人。"

"唉，大家也是看他一个人出出进进，太孤单了。"

"怎么联系上你的？"

"从前当老师的朋友转给我的讣告。"

"我们住的小区隔一条马路，他一直想再回富村去看看，约了多少回了，都没成行。唉，可惜富村只有我们两个来送他。”

她们聊到此处，掉下泪来，孙太太抽泣起来：“如果他不到富村就不会落到如此下场，他原本是不会喝酒，不会吸烟的，干干净净一个小伙子。”鼻涕眼泪一起流淌的三个子女身着白色长袍子，边缘沾满了黄色泥浆的斑点，“爸爸，回家了，别害怕，爸爸回家了，别害怕。”三个竹竿一样高瘦的孩子哭得身子起伏动荡，刘师母扑倒在坟茔上，两个女人上去抱住她，她昂起的头用力地往后甩了几次，有人去托住她的脖颈，一股白色的泡沫从嘴角流下来，两个男士站起来，把她抬着离开现场，拖拉的腿脚荡起一股无力感。她不会了解刘老师在富村经历了什么，她们也不会了解刘师母正在经历什么。孙太太用手帕擦眼泪，梁莹努力咬着下嘴唇。追悼会的哀乐奏起，空中飞来几只鸣叫的蚊蝇，人们不得不经常挥一挥手，去驱赶它们。“刘宗礼老师，生于一九六三年，逝于二〇〇六年，享年四十二岁。自一九八三年开始任教，先后在过流、富村、圣井峪、甲子屿、凤凰岭等地中小学，躬身于教书育人事业。他热爱工作，热情大方，热爱家人，养育了三个优秀的孩子。他多才多艺，富有潜力和才华，写了一百多首诗歌，献给他工作过的地方和人民。他在我们心坎上取得了荣耀而亲切的地位。”

悼念会上，放着一本本按年月排列的教案，梁莹随手翻到一九八七年下半学期教案的第一页，工整地书写着一首诗：当雏菊将草原铺满／当乌鸫将清歌啼遍／我们的心也跳得欢／一起迎接新的一年（彭斯）。这是一首他多年前抄写过的诗，刘老师在办公室朗诵过这首诗，声音从远处向她驶来。刘老师踱着方步边走边诵读，她抬头看了他一眼，不解地绕过去，她的手指落在“鸫”字上，若有所悟地点点头。现在她的手掌后座起了厚厚的茧子，腰身和肚皮已经松弛，再也塞不进二尺一寸腰身的裤子，她热爱穿民族风格的黑色阔腿裤，是生活里唯一自由舒展的时刻。

如果活着，他们定然认不出彼此来，再次遇到，她想应该是自己死的时候了吧。

作为纪念，每个到场的人都领了一本本地教育局编著的《撷英录》，第六十五页是刘老师的采访报道。他一九九三年转入公办教师编制，教育的学生先后有一百多人考入大学，下面插了几张照片，第一张就是富村的那张合影，那几张依然可以辨认出来的呆呆的脸。他的两个女儿成绩优异，在各自的学校名列前茅，文章附了一张三个孩子的照片，他们的头偏向一个方向，局促地挤在一起，怔怔地望着前方。他因为工作很少关注家庭，妻子一个人负担着全部家务，养育三个孩子，照顾老人，一九九六年妻子心脏病住院，刘老师同一年调入实验小学，两年后提拔为校长，自费出版诗集《天空是倒过来的大海》，两组诗发表在本地杂志《东平湖》《岱岳文学》上，以“青年诗人”专号，诗的风格冷静而沉郁，流泻着丰满的生活质地。

梁莹认真地念了一遍题目，第一首是《用手推一推季节》，就是小袁写给她的第一封信里的诗，这件事过去久远了，小袁结婚后就承认了所有信都是刘老师写好的，自己只是原样誊抄一遍。十二封信还没抄完，梁莹就答应嫁给他，剩下几首他随手丢掉了。梁莹并没有生气，那时候她觉得小袁还是个格外有趣的青年，她还讲给自己的姐妹和父母听，他们都说小袁鬼气得很，满腹心眼，传为笑谈，亲戚们聚在一起经常拿此事打趣他。说笑的时候，他们从没有提起过刘老师，小袁经常说是别人写的，至于别人是谁，他没说，也没有人特意问起过，只有梁莹的脑海里，瞬间闪过刘老师的影子，也就那么一刹那。

仪式结束，宾客陆续散去。孙太太的女儿开车来接，正好可以捎带梁莹到金槐中转站，方便她乘公车。两个人并排坐在后座上，汽车颠簸的时候孙太太的身躯就会靠在梁莹身上，肉贴着肉，一股燠热感，空调打得太低，梁莹一直盼望颠簸频繁一点，她有点贪恋那一刻贴近带来的温热。孙太太说，富村人都跟插花似的搬到大社区里去了，来年聚会的时候，我还想回去，到时候你也去。梁莹朝她笑了下说，要得。从前在富村她们并不熟悉，富村整体搬迁后，孙太太搬到女儿家住，梁莹多年没见过她，但也没有感觉生分。梁莹挎住孙太太的胳膊，就像回到消失了的富村。

孙太太已显老态，脸颊上的肉耷着，嘴角向下拉扯着法令纹，她说多话就精神不济昏昏欲睡。孙太太说，刘老师是个好人哦，我们都把他当富村人了。梁莹说富村人对他比自己人都好。孙太太叹了一口气，都是怜惜外乡人。梁莹说我现在懂了，盛日不再来呀。孙太太咕哝了一句，你说啥？梁莹说，没说什么。橘红色的大众汽车卸下梁莹，昏睡中的孙太太清醒了，她要跟出来，被梁莹推回去。孙太太用擦喉音的嗓子说："我们好像都不了解老刘。"汽车的发动机嘶嘶鸣响，梁莹控制着内心的剧烈鼓动，用力地点点头，朝她挥了挥手，示意她赶紧走。

原刊《当代》第 5 期

画隐

邱华栋

一

刺客，一定要刺杀别人，才能称为刺客。我算是一个刺客吗？对这个问题我有点疑惑。我是杀过人，但我不轻易出手，除非这个目标罪大恶极，有足够的理由去刺杀他。

很多年来，我碰到了欺男霸女的、伤天害理的、残害无辜的，我都出手惩戒之，极少数杀之。但我一直是独行侠，也没有人给我酬金，我是自己愿意当个隐形刺客的。

也就是说，刺客对于我不是职业，而是兴趣。

我的名字叫甄画隐，在东京汴梁，我有一家店铺，白天里，我卖些文房四宝，赚些银子过生活。我还喜欢画画，喜欢到处走走。本朝是四京制，东京开封，西京洛阳，北京大名，南京宋州，除了东京汴梁开封府是我生活的地方，其他三个京都，我闲了也曾去转了转，但觉得都比不上东京汴梁热闹繁华。

没有人知道我是一个刺客，刺客为了谋取酬金，要接单杀人，我则是侠隐隐于小店。江湖上有人听说过我，但我就像夜晚鸟的影子，你能听见鸟叫，但你却很难看到鸟的踪影。

作为一名刺客，我会夜行术、缩骨术、翻墙术，会飞檐走壁的轻功。我的杀人武器不是刀，虽然我的绑腿上别有匕首，后背上藏着一把短刀。我的杀人武器在我的袖管里藏着，平时都不拿在手上，关键的时候我的手一抖，那东西就到了我的手上。

它是我最拿手的武器——吹针。一根铜管，我瞬间吹出去毒针，杀人于无形，伤人于无影。

白天里，我开店卖文房四宝，总是听到开封的一些文人议论朝政，什么宋徽宗任用奸臣蔡京，到处搞花石纲，让江南人民苦不堪言，还迷恋旁门左道，被一些道士迷惑，炼丹药，打醮，给一些道士很高的荣誉，给他们盖道观，等等。宋徽宗还秘密派出使者，想与敌人的敌人大金国联盟，攻打大辽国。这简直是把大宋江山放在火上烤，当前的局势已经危如累卵了。

你看看，文人们买个文房四宝，还要忧国忧民发议论，实在让我觉得可笑。即使他宋徽宗祸国殃民，祸害的也是他大宋赵家自己的江山，和你有什么关系？我这么想，但我从来不插话，只是做我的生意。

你要问我哪种毛笔好，有什么特点，哪种宣纸产于什么地方，吸墨性哪一种强，哪种墨最香最黑，我就能和你说上话了，我就能打开话匣子了。

再说了，我又没见过宋徽宗，他虽然住在距离我不远的皇宫里，可他出行都是坐在车里，前后有重兵保护，根本就看不见。

你要说我对他有没有好奇心，本来我是没有的。一个小民对皇帝有了好奇心，那绝对不应该。有一天，一个买宣纸的东京画家说，宋徽宗画的花鸟棒极了，这一下子勾起了我的好奇心。他说，现在东京汴梁人都在说，徽宗皇帝是不爱江山不爱美人，只爱画画，整天和一群画家在一起舞文弄墨，不理朝政，这可怎么是好。

晚上我关了店门，自己画画。画累了，闲极无聊，就想到了那个人夸宋徽宗的画好的情景。我决定穿上夜行服，一身黑衣，悄悄地出门了。

二

这天晚上，我以夜行术、翻墙术，以飞檐走壁的轻功，造访了汴梁宫城。

在开封汴京，皇宫是戒备森严的，但对于我，却是如履平地。我一身黑衣，就像鸟儿在夜间飞行，一下就攀缘进了宫城。

简单说，汴京的皇宫由高大的长方形的宫墙围着，面南背北，从南面的宣德楼一直到北面的拱宸门，是一条中轴线。我攀缘上角楼的屋檐，放眼望去，在灯火通明的开封夜景的包围之下，皇宫却一片沉寂与黑暗。这就更有利于我的夜行了。

在这条中轴线上，一进宣德楼下的大门，面对北方，右边是左掖门，左边是右掖门。继续往前走，就是大庆殿，这是皇帝举行大典的时候使用的地方，非常开阔，到了晚上黑灯瞎火。有巡逻的人，哈欠连天地走过去。

我继续走，行走如飞，我在那由飞檐斗拱勾连起来的木建筑上攀缘如猴。东边有一栋藏书阁崇文院，里面的书有一股香气，我在大梁上向下看，看到有灯笼点亮着。

右边有一座文德殿，钟楼和鼓楼在文德殿的南面并排而列，钟鼓报时。西边就是中书省，我知道，宋徽宗的臣子一般在那里办公，提出各项意见，供皇帝参考。现在，下班了，里面没有一个人。

再往北，就是皇帝平时起居的寝殿和办公地点了。比如，西边从南往北是垂拱殿、紫宸殿、集英殿、福宁殿、宝慈宫、延和殿和宣和殿。这些大殿由大宋皇帝使用，留下的故事很多，大宋的文人喜欢写小道消息，叫作"笔记"，然后偷偷印了在外面卖。

东边首先是东宫，那是太子的居住地，然后是司天监和殿中省，最北面就是内侍省，负责宫内的日常管理。后花园在西侧，奇花异草和山石亭台样样皆有，一楼一亭，决定了后花园的空间格局，太清楼遥遥地对着瑶津亭。

这就是大宋东京汴梁的皇宫布局。我造访了皇宫，从南到北，仔细地勘察了一番，倒也有些意思。

在后花园里，我盘桓了一阵子，流连在假山和奇异的树木花草间，不忍离去。这后花园是徽宗皇帝的最爱，他其实自小没有想过要当皇帝。他的父亲神宗驾崩之后，他的哥哥哲宗皇帝很短命，二十五岁就死了。结果哥哥死了，剩下四个弟弟，不知道谁应该即皇帝位。还是老妈说了算——那就排行第二的弟弟即位吧，就有了当朝的这个宋徽宗。

在那瘦、露、透、皱、丑的太湖石间流连，我以缩骨术变形为石头，一动不动，真是有些神形兼备了。我有点如醉如痴。真没有想到皇宫后花园里的太湖石这么多、这么美。

我忽然想，宋徽宗爱画画，画些花鸟虫鱼倒也挺好，但他和金国暗地里想联手抗击大辽，那就会置大宋江山于危险境地了。不知道他有没有这个眼光，我是看得出来这个危险的。大金国也是吃人的，他们觊觎大宋有很久了，即使和大宋联手，也不过是权宜之计，干掉大辽国，大宋早晚会倒霉的。

我忽然听到在皇宫东北角的上清宝箓宫内，传来了道士们作法的声音。他们唱起道歌来是抑扬顿挫的。还飘来了一阵奇异的香气，这都是那个道观里的气味。我想到，其实，本朝眼前的最大危险，不是宋徽宗喜欢画画，喜欢画花草虫鱼玩物丧志，而是他被一些号称高人的道士包围着，沉迷于各种离奇道术，我早就听说了。在这种情况下，误国误民的事情发生的概率就非常高。

这一天对皇宫的探访，检验了我的夜行术、翻墙术和飞檐走壁的轻功。大宋皇宫虽然戒备森严，在夜幕的掩护下，我却能进出自由。

我是甄画隐，回到了自己的店里，躺下来的时候，已经是后半夜了。我在想，沉湎于道教的宋徽宗，真的是一个无道昏君吗？要是他是无道昏君，我刺杀他又怎么样呢？那些道士，真的是绝世高手吗？他们是高手，我也不服气啊，要不要会一会他们呢？

三

宋徽宗沉迷于道教的事情，社会上早就有所耳闻。有些江湖骗子就是要靠这个来吃饭，来达到自己的目的。

大宋皇帝喜欢道教。还是哲宗在位的时候，有一天，他的孟皇后吃鱼时不小心喉咙里卡了一根刺，御医手忙脚乱，进行了一番诊治，也没有把那根鱼刺取出来，有人推荐了道士柳混康，说他肯定能取出皇后喉咙里的那根鱼刺。

于是，哲宗皇帝下诏让柳混康进宫。

柳混康一进内宫，也不开药也不占卜，只是在一张纸上画了道符，把这张纸烧成了灰，然后把纸灰和蜂蜜搅和在一起，冲水后让孟皇后吃了。结果孟皇后竟然把鱼刺给吐了出来。柳混康从此声名大振。道士在皇宫里的地位从此提高，在社会上也威名远扬。

徽宗即位之后,想起来了这个柳混康,问旁边的人,这个道士跑到哪里去了? 旁边的人说, 他回到茅山上当道士去了。当年哲宗给他修建了一座道观。徽宗说,那就赶紧请回来呀。徽宗给他写信,叫快马送去,可见他是如何沉迷于道术了。

柳混康就被请回到了皇宫内, 宋徽宗和他促膝长谈, 还送给他一幅亲自画的老子像。

不久,根据柳混康的建议,徽宗把传说生活在汉代的道教三兄弟,又叫三茅真君, 重新加以封号, 在宫廷里祭奠, 亲自写青词和祭文说, 三茅真君能给大宋江山带来一千年以上的福祉, 不仅造福人民, 还会让宋代江山永远延续。

必须把他从迷途中拉回来, 可迷途的鸟儿不知返。柳混康还提议徽宗,让皇帝给自己所主的本命神,修建了一座宫内道观。宋徽宗就常常在这座他本人的本命道观中,在自己的本命星神像和北斗七星神像前举行祭奠仪式,进献水果,激情朗读他写下来的祭文。

大臣们都跟着瞎起哄, 没人真信, 可皇帝喜欢。他们背后放风说, 徽宗在精神上被道士控制住了,不理国事,江山社稷危殆了。但徽宗对柳混康非常好,还亲自抄写了《七星经》《度人经》《清净经》,赐给柳混康做礼物。

朝内有反对势力,请了刺客前去刺杀柳混康,将柳混康刺伤,并告诫他立即离开京城,否则下次就要他的命。

柳混康被刺身未死, 也不敢声张, 不得不离开了京城, 回到了茅山上。

柳混康那一次被刺,受伤严重,回到茅山不久就死去了。他的弟子谈净之继续被徽宗皇帝请下山, 担任皇家祭祀仪式的司仪, 主念道教的经文,还将神符和咒语之术用于宫廷内部的占卜。

如果有些宫内的人得了怪病，驱邪术就派上用场了。喷火术是这个道士最常用的，什么都用喷火术一烧，即使那人的病没治好，也被呼啦啦蹿出来的火苗子给吓好了。

这都是前些年的事情。现在，徽宗皇帝信赖的，是一位叫汪老志的道士，还邀请他住进了宫中。

四

有天晚上，我再次进入了皇宫中。夜行是我最拿手的，连猫在晚上都来不及看到我，也就是说，猫看到我的时候，我已经不在它的视线里了。

再高的宫墙也挡不了我。借助绳索和金钩，我进入到宫内。我喜欢先躲在翰林院里面。到了晚上，这里空无一人。十间屋子都是相通的，有供翰林学士使用的屋子，还有一座大堂，叫作玉堂。

玉堂的东西两面墙壁上，各有一幅巨大的画作，东边的是董羽画的沧海图卷，西边是晏殊画的六曲山水图卷。在我眼前，在昏黄的灯笼光的映照下，沧海横流，波涛汹涌，雄峰耸立，云山雾罩，看上去，两幅画上的人物，宛如在大海上隐现的神祇，又似在山林间奔走的仙人，让我看得如醉如痴。

我在想，我自己的画风要不要再豪放一点呢？

听到巡逻的人走近，我用缩骨术，一下子把自己变得单薄和缩小了，远看成了画幅中的一个人物。我的衣服皱褶，神似一片山石丛林，我就能躲藏在一幅画里了。我还真成了画隐。

我能听到遥远的对话声，有人在宫内走动。是什么人在走动？这天晚上，徽宗没有在他的画室和蔡京聊天吗？徽宗喜欢的道士汪老志在哪里练习功法呢？我要靠近他，我必须对他致命一击。

汪老志是徽宗最信任的道士，他一年四季都只穿一件衣服，一件道士袍子，每天也只吃一顿饭。

柳混康死后，徽宗遍寻得道的道士，最后请汪老志入宫，并御赐一个称呼给他——“洞微先生”。那一段时间，徽宗的妃子刘明达去世不久，徽宗很想念她，就询问汪老志她的情况。

汪老志说，她是上真紫虚元君，她也很思念皇上，她还常常梦见皇上。徽宗听了大喜，加封汪老志为观妙明真洞微先生。

徽宗崇尚道教，还亲自修改了冬季祭祀大礼的流程，把由宦官和宫女组成的先导队列，换成了一百个手拿白色拂尘的道士在前面引路，使得整个冬季祭祀的队列宛如仙人游行，充满梦幻。

我进入了宣和殿，在这里，夜晚静悄悄。白天则是一片忙碌景象，徽宗正在让人编纂一部《画谱》，要把他所见到的和收藏的六千多件精美的画作一一存档，并进行整理和描述。

宣和殿里墨香四溢，到处都是画作、卷轴，墙上也是画作，而一件六联屏的屏风上，比真人略小的汉唐高士人物屏风，最适合我藏在画中，我用缩骨术变成了画隐，隐于屏风的画中。

我在观察隐藏在旁边侧室内静修的道士汪老志。

我闻到了一阵香气袭来。接着，我看到一个青袍老人急速从影壁侧面走出来，他手拿一把宝剑。

他似乎知道有人靠近他了。我在画中，他看见我了，但很疑惑，又似乎没有看见我。我稍微动了一下，他举剑就刺，我从屏风中一跃而出，背部的短刀依然在手，刀剑相击，铿锵作响，火花四溅。

短兵相接中，我知道这汪老志身手不凡，他是闪展腾挪，我是腾跃俯仰，战作一团。

兵器掀起的微风将宣和殿里的那些画作震到地上，卷轴纷纷展开了画面，牡丹、芍药、锦鸡、马鹿纷纷现身，让人眼花缭乱。

我们是两团黑影，在宣和殿内左冲右突，争斗不已。

这一打就是几十个回合。汪老志白发飘飘、道袍飘扬，我是黑影憧憧、神出鬼没，我们在宣和殿里，互相击杀。

他猛地撒手，散出迷香，一阵迷雾在宣和殿里散开，他企图毒杀我，但我早就预先吃了解药，不会中毒。

打斗中，我再次跃入屏风，缩骨之后不见了。

汪老志的剑劈空而来，顿了一下，没有刺中，刺破屏风。我已在屏风背后。

隔着屏风的细纱，我将袖管里的吹针取出，迅疾地一吹，前三根毒针和后四根毒针相隔时间很短，短到了无法形容的那么短，七根毒针射出，谁都躲不过。

这七根毒针，前三根扎中了他的左前胸，后四根扎中了他的右后背。

他大叫一声，倒在了地上。

我采集的蜘蛛毒马上就在他体内发作，眼看着他的脸色由白变黑了。他已无力再继续和我缠斗了。

我从屏风的暗影中走出俯身察看，说："汪老志听着，你装神弄鬼，干扰朝政，人神共愤。火速离开这里，再也不要回来。"

他一动不动，已经昏迷了。

我翻身攀缘出宣和殿。没有多长时间，我在暗处看着他在宫人的搀扶下，离开了宫殿。我这一次击败了汪老志这个老道，让他中招发了蜘蛛毒。

第二天，就传来了汪老志回茅山休养的消息。他走了。我想他不会再回来了。

五

两个月之后，我感觉宫内平静了，夜晚又来到皇宫里。这一次我潜伏在睿思殿中。

没多久，就看到宫人握着灯笼长柄，挑着大红灯笼在前面，后面是徽宗的轿子在走。徽宗来到了睿思殿里侧室的一处书房，在那里画画。他细心地描绘着一幅花鸟，画面上，一只五彩锦鸡栩栩如生，顿时使得满室生光，我在屋顶梁椽格子里隐藏。徽宗在那里仔细地描画着，一点都察觉不到我的存在。

在这一年，天降旱灾民不聊生，辽兵大军压境边境吃紧，朝廷里暗流涌动，危机四伏。而这个皇帝，所有的心思还是他的花石纲、他的花鸟虫鱼、他的明堂修建和艮岳的施工。

我就要下手了，这是一个千载难逢的好机会，我在房梁上倒翻，准备向他吹出我的毒针。

忽然，一阵脚步声杂沓响起，外面进来了几个人，急匆匆走在最前面的，就是当朝的宰辅蔡京。

我飘然无声地跳下来，躲在屏风的后面，和屏风里面一个仙人的画影重叠在一起，缩骨隐藏了起来。

只见徽宗看到蔡京，笑了笑："朕的'定鼎礼仪使'到了。看到你我很高兴，有什么好消息带给朕吗？"

蔡京跪下施礼，然后站起来："启奏陛下，是坏消息。修建艮岳的花石纲，在半路上被劫匪打劫了。而且，江南向北的道路上劫匪横行，他们不仅打劫官府，还啸聚山林，图谋抢劫官兵粮草，越闹越大。"

徽宗手拿画笔忽然愣住了，他把毛笔一扔，脸上泪如雨下，这是谁都没有想到的，皇帝听到了这个消息，竟然哭了：

“哎呀，百姓艰难啊，盗贼就是百姓变的，联想起最近的旱灾，那朕修建明堂和艮岳的计划，是不是引发了天怒？朕会不会遭到天谴？天怒人怨，这是对朕的惩罚。工程先停一停，对山东、河南、湖北几个路的灾区，要赶紧开仓放粮，救助百姓要紧。”

蔡京说：“艮岳所需的金银数量十分庞大，还需国库支持，抓紧修建艮岳，给百姓放粮，是不是缓行？”

“不不，不能缓行，要立即进行。这是天谴啊。朕必须重视，不能让老百姓最后落到了吃土吃树皮的地步。必须立即开仓放粮赈灾。”

蔡京躬身，示意旁边的人立即传旨照办。

我一听，心下有些感动。这个皇帝没有传说中的那么颟顸和愚蠢，而是挂念着苍生百姓。我在屏风阴影中一动不动。

忽然又有一个宦官进来报告说，皇帝派去茅山邀请道士汪老志出山的人回来说，汪老志发了急病，已经去世了。

徽宗叹息说：“汪老志也去了。朕还能让哪位道仙帮忙啊？国事家事天下事，事事都让朕操心。这些道仙，都是神人，就像那个柳混康，还有他的徒弟谈净之，来去无踪。去了，就去了罢。他早先就和我说，道人归隐山林修仙才是正途。”

蔡京说：“汪老志去世，是很可惜。但我听闻，开封近日来了一位道仙，他叫钟灵素，神通广大，法力无边，能预言吉凶祸福，非常灵验，道法超群，驱邪、占卜样样皆能，臣想引荐给皇上。”

徽宗说：“过几天再说，你且走近来看看，朕新画的花鸟图吧。”

说罢，他们移步到旁边的画室。走过屏风的时候，徽宗忽然看到了屏风上的重影了，那是我在那里躲藏。我一动不动，徽宗迟疑了一下，伸出手想摸一摸，但没有再做什么，而是快步走了出去。

宫人们手提灯笼跟在后面，到另外的画室看皇帝新画的花鸟。

我还在屏风画中隐藏。刚才好险，我差一点就被徽宗发现了。等到所有人都走了，我从暗影中走出来，翻上房梁，从通风窗钻出去，在内宫的大殿屋顶夜行，顺着宫墙，逃出了大内。

我都无法解释，为什么我没有刺杀徽宗皇帝。我距离他那么近。

只能说，我并不讨厌他。你要是见到了这么一个才华横溢、柔和慈祥的皇帝，也不会下毒手的。

何况，我亲眼所见，他近年的梦想，就是修建一座最神奇美丽的皇家宫苑——艮岳的花石纲都被劫匪打劫了，他没有生盗匪的气，还说盗匪也是百姓变的，他惦记全国各地的旱灾，还下令赶紧开仓放粮。

作为一个画隐刺客，我这一次刺杀是既算失手，也算得手了。失手之处在于没有刺杀目标，而得手之处在于，我发现徽宗皇帝并不是一个昏庸的帝王。

六

在我自己的家里躺着，两个我在我的脑海里辩论。一个说："徽宗没有那么不好，他惦记着天下生民，我不能向他吹出毒针。"

另一个说："蔡京这个人最坏了，不仅揽权擅权，他还心怀叵测。你是把汪老志赶走了，可是他又请来了一个钟灵素。这个钟灵素的道行更高，更能迷惑人，徽宗马上就被他给迷住了。"

一个说："钟灵素要是迷惑了皇上，那我就刺杀他！"

另一个说："对，只要是他玩弄妖术，就应该杀掉他。汪老志已经毒发而死了，就是你干的。"

两个我不再争论了。似乎除掉妖言惑众、神神鬼鬼干扰朝政的妖道，是我的责任。我必须冷静观察，沉着应对，静观钟灵素的表现。

那天，我并不想杀了汪老志，但我的蜘蛛毒针还是很厉害，他没有扛过去。

自从能够出入大内皇宫之后，我有些喜欢宋徽宗了。这个皇帝是一个艺术家皇帝，可能是从古至今少有的。

我听说，唐太宗喜欢书法，尤其喜欢二王，他自己的字也写得很好。唐玄宗喜欢歌舞，常常在长安宫殿里，举行西域和汉地的歌舞晚会。梁武帝和南唐后主一个喜欢在宫内搞诗人雅集，另一位干脆就是一个著名词人。但是，在绘画、书法、文章、诗词、收藏几个方面都很出色的皇帝，一千年来，我看只有一个大宋的徽宗。

我决定暗中观察钟灵素的作为，采取行动。

有时候，我在夜晚进入宫内，是为了看看宋徽宗是怎么作画的。他的瘦金体书法太风格化了，实在令人喜欢，劲瘦而有力，似乎带着刀剑的寒气与豪迈，却又有文人的那种天地方圆得大自在的洒脱。他也常常把自己的书法作品送给臣下，或者与画家们一起品赏绘画作品。

他的画作有的非常风格化，比如《金英秋禽图》，画面内容分为三段，第一段画面上，一只喜鹊很巨大，羽毛栩栩如生，其他的喜鹊却只露出脑袋和侧影，第二段画面上是一丛秋菊在绽放，配以兰草妩媚，第三段则是两只蝴蝶舞蹁跹。精美绝伦，妙趣横生，动中有静，灵气飞动。

徽宗还和多位画家一起绘制了巨作《文会图》，这也是我很喜欢的一幅画作。这幅画，以八位文人雅士在郊野树下雅集作为题材，把唐太宗喜欢与文人雅士唱和、曾经重用了十八个学士的典故，和徽宗自己重视建立国家画院的举措联系起来。

这幅巨作后来有多个摹本，画面上，松下交谈的两个人物在多个摹本中接近真人大小，被放大绘制，用来装饰徽宗喜欢的几间画室。而我，加入夜间探访画室，刚好就能隐藏在画中，以我的缩骨术，能够成功替换成这幅画中的很多人而不被察觉。

这成了我的一个小小的爱好和秘密。隐于画中，这是千古以来没有任何刺客能够做到的，我做到了。

我还非常喜欢王希孟送给徽宗的一幅青绿山水长卷《千里江山图》。蔡京写的跋文中，盛赞王希孟画这幅画的时候，只有十八岁。

徽宗十分倚重和宠信蔡京，蔡京那个时候正在主持修建徽宗要他主持督办的明堂。

明堂是一座组合式的祭祀建筑，史料中记载，王莽新朝时期曾经修建过一座明堂，后来被光武帝刘秀给拆掉了。几百年前，武则天也修建过一座，在她去世之后也被毁掉了。这两位在历史上都以篡位而被非议。

那么，徽宗修建明堂的想法早就有了。明堂的功能，主要是祭祀天、地、日、月、河、海和三皇五帝各位神灵祖先。同时，徽宗前面的几位大宋皇帝的牌位，也可以放在明堂中祭祀。修建明堂需要花费很多金钱，也遭到了一些大臣的反对。但一个契机出现了。

有一天，湖南沅陵的县令报告说，因为一场大雨，导致了山洪暴发，结果从深山老林里冲出来二十七根巨大的杉木，县令想进献给朝廷，用于皇宫内大型建筑的栋梁构造。

这一消息令徽宗十分振奋，他立即让蔡京督办此事。蔡京就行动起来，并让自己的三个儿子帮助他实施皇帝的宏伟计划，确保按照徽宗皇帝心目中的样子，建好明堂。

他们组织了一万多工匠，而徽宗也非常关注明堂的修建，要知道，他也是一位建筑学家，亲自组织人撰写《营造法式》，规定了建筑的制式、规矩和规则。

施工进展顺利完成，徽宗下诏宣布，明堂建成。

他还宣布，在明堂中供奉的只有昊天上帝和宋神宗，也就是他父亲的牌位。他还宣布，道教天师将主持明堂的仪式。

七

那么，这场明堂竣工剪彩的重大仪式，由谁来主持呢？自然就是道教天师钟灵素了。

钟灵素到来不久，徽宗不仅为他在宫城之内修建了玉清和阳宫，那是有一百四十多个房间的道观，前所未有。而且，徽宗又在宫城的东北角的外围，把原先的上清宝箓宫增建扩建，这两座道观都由钟灵素使用。

钟灵素第一次由蔡京引荐给徽宗的时候，宋徽宗问他会些什么道术，钟灵素答道："本道人不仅熟知人间万事，也知道天上和地下的事情，一句话，就是无所不知也。"

钟灵素手拿一本《神霄天坛玉书》说，就是这本神书，帮助他掌握了招引雷电、预测吉凶、治病救人、驱除魔鬼的法术。他已经修炼得样样皆能了。

徽宗对钟灵素的恃才傲物十分惊讶，但也因此很喜欢他。钟灵素还能作诗，他非常会吹牛，把徽宗吹得天花乱坠，说天界一共有九重天，就是九霄，而徽宗本人是最高的神仙天帝的长子，叫作长生大帝君，他把天界的事务交给了弟弟青华帝君管理，自己下凡，前来统治大宋，是神仙下凡在人间。

徽宗对他的这个说辞十分信任，开始宠信他了。

在那段时间里，一旦宫内出现一些怪事，比如某个宫女突然犯了疯病，宋徽宗立即请钟灵素到宫中，钟灵素就在宫内树下埋上一根九尺长的铁棒，作法驱邪，后来，这个宫女果然好了。

钟灵素还当着徽宗的面，请人从街上找来一些瘸子、瞎子、聋子，当着宋徽宗的面烧掉纸符，用来调制神水，让这些人喝下去。他们立即恢复了健康，跟常人一模一样，不再是瘸子、瞎子和聋子了。

但我知道，这一定是他事先安排好的骗局，那些瘸子、聋子和瞎子本来就是健康人，是他花钱安排的。我估计蔡京也知道，但就是蒙蔽了徽宗一个人。

所以，徽宗就让钟灵素在上清宝箓宫每个月讲道，那些宗室贵族、朝廷官员、太学生和市民都来旁听。

有一天，他在讲道的时候，天上突然出现了很多仙鹤在飞翔，这变成了巨大的祥瑞事件，让徽宗心旷神怡。他按捺不住激动的心情，还专门画了一幅绢本设色的《瑞鹤图》。画面上，半幅是他的题跋，详细记载了那次祥瑞出现的情况，半幅图是他画的二十只仙鹤，飞翔在上清宝箓宫的飞檐斗拱之上。

这年的二月，钟灵素对徽宗说，他要宣布青华帝君即将降临人间，来给自己天界的哥哥徽宗送信。

于是，徽宗带着一千多人来到了上清宝箓宫，从傍晚一直等到了半夜，其间他们在一起唱和诗词，看钟灵素作法，钟鼓齐鸣，仙乐阵阵，好不热闹。

那天晚上，我也来到了附近，在屋顶的檐角处向下观瞧。

到了半夜，在很远的天空中出现了一个白色的火球，还带着隐隐的雷声，向这边移动，照亮了上清宝箓宫聚集的所有人，那个闪亮的火球爆炸了，徽宗等大惊失色，众人都闭上了眼睛，等到再睁开眼睛，眼前出现了两个穿着鲜艳衣服的少年，说他们是青华帝君专门派来的侍者，手拿一份卷轴书信，要把这封信交给自己天界的哥哥长生大帝君，就是现在的徽宗。

徽宗展读这封来信。青华帝君在信中说,他们最终会在天界相遇,而徽宗在阳间的寿命是一百零八岁。徽宗十分欣喜,为了纪念这件事,还专门刻了一块碑石。他就更加信赖钟灵素了。

在钟灵素的影响下,他下令全国各地都要修建道观神霄宫,都要在里面设置他自己的化身,就是长生大帝君和他在天界的弟弟青华帝君的神像。有些地方就把最大的佛寺改为神霄宫,这就等于限制了佛教的发展。既然道教的人叫作道士,徽宗还把僧人的称呼改为德士,并把释迦牟尼封为大觉金仙。

这一切引起了很多人的不满,太子赵桓那个时候还不到二十岁,对钟灵素的各种伎俩,他都派人在事后进行调查。比如天空火球,太子调查出来,那是钟灵素放风筝,带着装了黑火药的烟火球燃烧形成的。那两个青华帝君的侍者,就是上清宝箓宫刚刚从江浙一带物色来的年轻道士假扮的。

钟灵素平时就在布袋里装着剪纸鹤,他安排好时间,一撒纸鹤,就让人准备好放飞他在郊外饲养的真白鹤,白鹤就飞起来了。很多人就会把纸鹤和飞起来的白鹤联系起来,以为是出现了祥瑞。

到了夏天,开封都出现了旱灾,宋徽宗下令钟灵素施展雷电之法祈雨,此时,钟灵素被徽宗宠信多时,他也干下了很多荒唐事,蒙骗皇帝和世人很久了,该了结了。

八

我决定在这个时候,伺机揭穿钟灵素,让他的骗局当众败露。只见钟灵素带着自己的徒弟在开封城墙上奔走,呼号,烧纸符,怎么祈雨都不灵,两天了,就是不下雨。

钟灵素不灵了。到了第三天，钟灵素施放了一个气球升入空中，其他的弟子们都在开封城墙上奔走呼号。几千人在围观，大家开始将信将疑。

这个时候我现身了，在人群中我吹出吹针把他的气球刺破了，他乘坐的气球一下子漏气了，很快掉了下来，栽到了一个污泥坑里。

钟灵素被人救起来的时候十分狼狈，几千人都看到了他被污泥弄脏了。这下作法失败了，他的骗局败露了。

愤怒的人们围住了他，要把他的道服撕烂，他不得不挣脱开市民的拉扯，逃走了。

当天，徽宗听了报告也很生气。按照徽宗的命令，贬斥他，要他立即回老家浙江宁波。

傍晚的时候，我追上了他。他的车驾停下来。

他下了车，看到了我："你是谁？"

我说："我是甄画隐，我是来要你命的人。"

他问："是谁让你来要我的命？难道是徽宗皇帝？"

我说："你不要问。但你的死期就在今天。"

他哈哈笑了："不要吹牛，你会死在我的铁拂尘之下。"他的手里，果然拿着一把特制的铁拂尘，拂尘的每一条都十分锋利。

现在，我们站在原野之上，护卫他的几个人都走开了。

我和他决斗。他以他的铁拂尘和我对阵。

我手里的短刀在手，我绑腿里的匕首也将出鞘。

我们旋转着，我身着黑衣，他身着白衣，我们战在一起，十分激烈。

我的雪花刀异常锋利，每一次靠近他，我以短击长，都能将他的铁拂尘削去一些。

我计算好了他的铁拂尘的长度，一点点地削去拂尘的那些铁毛刷。

直到他手中的铁拂尘，渐渐变成了一把秃毛刷。

他愤怒地将手里的秃毛刷拂尘投向了我，我以刀背磕开，然后我向下一抖，袖子里的吹针筒就在我的手上了，我用力一吹。

三根针先飞出去，击中了他的左前胸。

他转身就跑，我又一吹，四根针飞出去，深入他的右后背。

我的七星梅花针前三后四，射中了他。

他倒地了，他的脸上浮现出诡异的笑容来。

我知道那是蜘蛛毒在发作。然后我转身，隐入了一片如同水墨画一样的暗影里。

我是甄画隐，我除掉了妖道钟灵素，没有人知道这件事，即使是徽宗，也以为他早就回到故乡了。

九

大宋的命运即将发生巨大变化，但谁也没有想到这变化会来得这么快。徽宗在金兵大军压境、即将对开封发起猛攻之前，禅位给了太子赵桓，是为宋钦宗。很快，金兵攻破开封，将宋徽宗和宋钦宗俘获之后，连同所有的皇室成员和家眷，全都送往北地，是为“北狩”。

我跟随部分宋室宗亲逃到了南方，稳定下来后，在南宋临安开了一间宣纸铺子，像过去在东京汴梁一样，卖些宣纸毛笔之类。

谁都不知道我是一位刺客。白天，我卖文房四宝，晚上，夜行在临安的宫城附近，看那宫内欢宴不断，夜夜笙歌，看宫外市面上繁华依旧，人来人往，看那世事变幻，真的是其乐无穷。

原刊《花城》第6期

吮吸

辽京

一

飞机开始滑行的时候，莉莉已经睡了一觉醒来，没感受到航班延迟的焦躁。机场细雨蒙蒙，视野中掠过一大片湿绿的草地，然后渐渐倾斜，莉莉想起一把茶壶上的彩画，倒茶的时候，壶身上印的那片田野跟着转动。那是她妈妈家的旧茶壶，从姥姥手里继承下来的，家具都被舅舅拿走了，她妈妈最后什么都没要，只拿走这套茶具。茶杯已经摔碎了一只，还剩三只，壶身上印着一个农夫耕田的图案，旁边站着一个红衣女子，手里拎的竹篮子上盖着布。她妈妈说上面画的是牛郎和织女，或许是别的典故——就说是牛郎织女也行。

把飞机起飞和倒茶的动作联系起来，她自己都觉得莫名其妙。这是经济舱的第一排，空间比后面略微宽敞，专门留给带婴儿的旅客，挂在前面的吊床放下来，刚好睡得下一个七个月的孩子，或许再大几个月也睡得下？婴儿长得多快，她只从育儿书上得知，没有实际经验，苗苗是她的第一个孩子，估计也是最后一个。这几个月可是受够了。

苗苗已经睡了两个多小时，估计快醒来了。平常，苗苗一睡着，莉莉的时间就开始倒数，怎么都不够用，心里想着她可别醒过来，这一分钟别醒，下一分钟也别醒，让自己多享受一会儿成年人的独处，这独处也是颤巍巍的，随时会被一个翻身或者一声哭叫打破，因此她心里并不安定，把时间都用来计算时间。

今天，苗苗睡得比平常更久——通常她一觉不会超过两个小时，现在已经快三个小时，还是一动不动。莉莉带了一本书，放在座位底下的妈咪包里，不想去拿。每次她一读书苗苗就哭起来，简直像个魔咒，几个月没读完一本小说，前面的情节都快忘光了。她决定下次从头开始看，因此更不想翻开了。

吊篮里，苗苗身上裹着轻柔的纱布小被，浅淡的粉色，柔和得像一团雏鸟的绒毛。关于婴儿的一切，莉莉想，都那么可爱又可怜，令人不得不放轻了脚步，压低了声音，在这具小小的身体面前自惭形秽，又赞叹，又嫉妒，一边恭喜妈妈，一边暗自庆幸，这个黄皮憔悴的女人幸好不是我。莉莉从舷窗的玻璃上看见自己的模糊影子，看不见皮肤上的颗粒起伏，看不到黑眼圈和鱼尾纹，影子还是大学时的样子，本人却不像年轻的莉莉。她变得更安静，更温柔，更有耐性，将自己装进一个理想母亲的外壳里，处处挤压碰撞，直到完全贴合，归顺于没有尽头的做母亲的生涯，不再横生枝节。有很多次，她看着苗苗睡着的脸，觉得自己特别爱她，只要她别一醒过来就开始尖叫。苗苗的哭声非常真切，近乎凄厉，好像有一只魔鬼被禁锢在身体中，那魔鬼就是她的饥饿本能。她总是饿，甚至边吃边哭，好像来到世间是受了天大的委屈，莉莉拍哄着她，摇动着她，把乳头塞进她的嘴里，她依然不满足，愤恨地吸吮，时不时地扭头再哭几声。

她带苗苗去看医生，医生也说不出所以然。她觉得或许该看医生的是自己，她一听见女儿的哭声就心跳加速，手脚冰凉，育儿书上说人类的幼崽用这种方式获取母亲的关注，她想这不是获取，这是掠夺，是狂风掀走了房子的屋顶。她不得不穿着敞胸露怀的难看衣服，绝望地想要满足苗苗，让她安静下来。苗苗毫不领情。

只要别醒过来，莉莉想，她就能保持这份母爱。爱是用来撒娇，用来抚摸，用来亲吻，唯独不是用来解决问题的。在苗苗之前，她对爱的理解就是这样，两情相悦，你来我往，一面索求，一面付出。她没想过母爱居然毫无回报，甚至恩将仇报。哪怕一个微笑也好。

苗苗四个月的时候，第一次真正地露出笑容。她对着空气笑出声来，好像为自己前几个月的无理取闹感到好笑，当时莉莉正在整理床边的收纳架，把上面的奶瓶按照容量和功能重新归类，排列整齐，然后一阵咯咯咯的笑声破空而来。

从那天起，莉莉开始感受到母女之间平和宁静的一面。苗苗扭过头来，冲着妈妈一笑，或者把手背放进嘴里，啃得口水流到手腕上，口水味和奶味混合出一股淡淡的酸，浸透棉质的婴儿服，闻起来像一块变质的糖果。苗苗笑，莉莉也跟着笑，抓紧片刻温存。她把女儿放进婴儿车，把婴儿车推到厨房门口，让苗苗看着她做晚饭。婴儿车上挂着一串彩色的塑料环，她好奇地伸手去抓。和平的时间是有限的，很宝贵，说不定下一秒又哭起来，莉莉必须抓紧这些间隙做家务事。

莉莉有一个根深蒂固的概念，近乎执念，是被她妈妈从小灌输的：做事一定要做到最好。念书的时候，她是好学生，工作之后，她是好员工，甚至因为干得太好了，没办法升到领导的位子上，大家都觉得她留在原地最合适。现在，她要做个好妈妈，这可不是说说就行的，而是一项漫长的任务，没有老师来教，却天天都在考试，而她总难及格。苗苗的身高体重长得很慢，比不上同月龄的邻居家孩子。妈妈们之间，总免不了比较。

“你这是怎么回事？”李远皱着眉头，弯腰看着婴儿。话是问莉莉的，她正在卫生间洗衣服，苗苗又开始哭了。

必须是妈妈抱，换谁都不行。莉莉擦干手，走过来，把苗苗轻轻地捞起来，贴在自己的胸口。李远说：“你太惯着她了，所以她特别爱哭。”他倒是也有一番道理，就是帮不上忙。莉莉说：“她一哭，我就心跳加速。”

“是吗？”李远笑着说，“让我听听。”他把头凑过来，没有孩子的时候，他经常这样，莉莉转身躲开了，同时苗苗安静下来，凭着本能，在解开扣子的地方，找到乳房，开始吸吮。

“她是不是吃不饱？这么瘦。”李远说。

莉莉坐在一张专门用来哺乳的椅子上，手边缺一杯水，李远帮她倒了来，然后站在一边，背靠着墙壁。莉莉下意识地挪动身体，想遮掩身体，又无从遮掩，苗苗还在吃嘛。按道理夫妻之间没什么可避讳的，但她就是不想让李远看见，让他评论，他的评论不带褒贬，只是开个玩笑，“像一头奶牛。”她不怎么喜欢这些玩笑，虽然自己也被逗笑了。她觉得自己太敏感了，而变得敏感只是诸多变化之一，还有其他的，比如她不再喜欢照镜子，拿起想看的书却没办法集中精力，渴望一段空闲时间，但又不知道拿这闲暇去做什么，只好继续等待，等着苗苗醒来，哭声像一把剑插进耳朵。

世人告诉她，做母亲理应感到喜悦，笼统的，普遍的，出乎天然人性的喜悦，她没有，觉得自己一定是哪里不对劲。李远说她可能太累了，他懂得体恤，但是旁人的理解总是浮皮潦草的，不能正中靶心。苗苗满月的时候他送了一条白金手链，莉莉只戴了半个小时，就摘下来放进抽屉。等她再次在抽屉里发现那个首饰盒的时候，想了很久才想起来这东西是哪里来的，那时候她跟李远已经分手几年了。

当她拿出那条亮晶晶的白金手链，想起李远，终于打心里承认他是一个好人，可是现在，莉莉需要的远不止于此，甚至多得连她自己也弄不清楚。结婚之前他们一直相处得很顺利——只能说顺利，莉莉的妈妈不相信好事多磨，不相信情路多艰，莉莉和李远，一样的老大不小，一样优秀，一样的脾气温和，多么般配，相识不久就结婚了。莉莉拿着那条手链回忆他，打心底里叹着气，根本没有什么造物弄人，只是自己折腾自己。李远是个好人，好得全无棱角，只剩下一个模糊的柔和的轮廓。面对莉莉，他说她像只坏脾气的母猫，或者一头胖乎乎的安分守己的奶牛，他带着一种逗弄似的神气前来爱抚莉莉。起初莉莉并不排斥，渐渐地，她开始逃避他。爱抚都是真心的，但是，莉莉觉得他望向自己的眼神，对她说话的语气，就像对待一只珍爱的宠物，不像是人与人之间的所谓距离，简直是隔着物种的另一种爱。他喜欢看她哺乳。

苗苗的腿动了一下，从纱布被子里露出来，莉莉帮她拉拉被子，把腿盖好。还是没醒。婴儿漫长的睡眠，是送给妈妈的一份礼物，这礼物她一时不知道该怎么用，就继续望着窗外。李远在广东出差几个月，要她带着女儿去看他，在电话里恳求，说他很想苗苗，莉莉就买了机票。

生小孩之前，莉莉在一家英语培训机构当老师。李远是来练口语的学生。有一次下课之后，问她要不要一起去看电影，不想看的话，吃饭也行，或者喝杯咖啡也行，总之听莉莉的，只要是两个人即可。莉莉被他的怯懦逗笑了，他们坐在电影院里，中间放着一桶爆米花，伸进去拿的时候经常碰到另一只手，莉莉的心思并没放在电影上。散场之后，他们吃了饭，又喝了咖啡，到头来还没觉得厌倦，一个挺好的开始。温柔的开始，和平的结束，中间有一段平顺的生活，离婚的时候连自己都觉得诧异，居然轻易地、毫无痛苦地分开了。其实两个人连争吵都没有几次。

莉莉的妈妈没办法理解这种离婚，“什么问题都没有。”她说，“你们什么问题都没有。失眠就白天多运动运动，实在不行，吃一片药也可以，睡着了不就没事了？”

然而问题的根源并不在于睡眠。她回想起来，最初的分裂是跟苗苗的哭声有关。她喜欢安静，李远也是，所以苗苗一哭，李远就躲到一边，让莉莉独自面对苗苗。她心情烦躁，精疲力竭，而李远望着她无能为力，“她不认我呀。”他说。莉莉把婴儿的头放在自己的肩膀上，轻轻拍打着后背。“看来认识母亲是天生的，有意思。”他抱着双手说。莉莉觉得自己正在被观赏，被隔着笼子观赏，生育这件事把她和现实世界隔开了。

飞机穿越云层，到达稳定的高度，空姐挑开一道深蓝色的布帘，朝着机尾的方向走去。过一会儿就要发饮料了。莉莉突然有了一种模糊的幻想，或许苗苗会一直睡下去，一直睡，到飞机落地也不醒来。永远不醒来。那样的话，整整三个小时，甚至整整一生，不知道该怎么挥霍。她起身去了卫生间，在里面洗了脸，涂了一遍润肤霜，然后回到座位上，给自己涂上口红。没带镜子，口红的外包装是镜面金属，她就用来照着看颜色如何，然后把包里的那本书拿出来，早就忘记上次读到哪里，翻了翻，每一页都很陌生，只好从第一页开始。

她的座位靠窗，坐在旁边的是一个年轻的男人。起初她没注意到他，一直到空姐发饮料的时候，他帮忙递了一杯橙汁过来，莉莉说声谢谢，把橙汁放在桌板上，书也在旁边，只喝了一半，就不小心碰翻了，洒在书页上，她手忙脚乱地擦抹，旁边的人递过一张纸巾，她又说：“谢谢。”书没办法再看了，对方跟她聊起天来。

他在广东的大学读研究生，中文专业，在一家报社实习。暑假快结束了，提前回去准备开学。莉莉离开学校已经七年了，她过去上班的培训机构没有寒暑假，现在她不上班了，苗苗的成长节奏就是她的时间标尺。听见他说“暑假”“实习”这些词语，带着一股自以为成熟的学生气，莉莉不自觉地微笑。结婚之前，这样热心搭话的男人她见过不少，有同事，有学生，其实她并不算有多美，桃花运这种事，似乎只要年轻就足够了，接得住几句玩笑，听得懂或深或浅的甜言蜜语。在李远之前，她谈过好几段恋爱。遇见李远之前，莉莉完全没想过自己会嫁给这样一个木讷的人。或许就是因为木讷，她才觉得这就是婚姻的样子。

莉莉有个大学同学，博士毕业后就在他的学校当讲师，她提了名字，对方果然认识，上过那位老师开的英美文学选修课。聊着聊着，两个人就互通了姓名，板板正正地报出全名，像两个新入学的同桌。他叫赵季明，莉莉答应他，把这个名字告诉她的同学，考试的时候多照顾一下。赵季明提到她刚才看的那本书，莉莉才意识到他关注自己很久了，不自觉地抿了抿嘴唇，口红的颜色还在。

他看过那本小说，给她讲了故事情节，不顾她的警告，一再剧透，莉莉没办法，只好听他讲完，原来那里面的男主和女主没能在一起。赵季明说，其实这本书并不是个爱情故事，爱情只是其中的一条线索，作者的手法……莉莉笑着打断他，说我可不要听你背课本，我只想知道他们俩最后好了没有？没有，真可惜，那这本书不用再看了。

空姐送餐过来，莉莉把她不爱吃的香肠给了赵季明，换来他的一盒酸奶。此时，外人不了解的话，一定会以为这两个人是情侣，加上吊篮里的婴儿，无疑是夫妻了。反正几个小时的旅途，做个伴有何不可，下了飞机就各奔东西。莉莉觉得自己进入了一个很有文学意味的境地，密闭的安全的空间，碰见有趣的人，亲密一会儿也无妨。

赵季明说她长得像一个女演员，经常演侠女的一位香港老牌影星，莉莉被逗笑了，一笑就更像了。他的胳膊靠着她的，搭在扶手上，一下一下地触碰，她装作不知道，伸手把散着的头发盘起来，一次没盘好，又盘一次，丝毫不觉得这是卖弄风情。赵季明把手伸到她头顶试了试空调吹出来的冷风，说：“你要毛毯吗？”

“帮我要一条吧。真有点冷。”

赵季明按下呼叫按钮，一会儿空姐过来，告诉他毛毯已经发完了，很抱歉。等她走了，赵季明把他身上的一件拉链外套脱下来，让莉莉先盖着，莉莉说：“太不好意思了。”

“没事。”他说，看看手表，“再过一个多小时就要降落了。”

苗苗还在熟睡，莉莉大胆起来。赵季明的衣服上沾着一些白色的细毛，她拈起来几根，他解释说是他女朋友家里的猫，提到女朋友，像吃米饭忽然咬着一粒沙似的，打了个磕巴，说：“我们快分手了。她想要出国，我不想。”

“为什么不想？一起出去念书多好。”

“我没那么多钱。”

“其实也用不了很多钱，可以打工。”

“我可以打工，她不会啊。”赵季明说，“她家里很有钱，我陪不起。”

他的语气里有种真实的落寞。莉莉说：“这有什么大不了的？你一定要陪她去，你们都这么年轻。”说完这些话，她的眼睛又转开了，好像触及了一些遥远的事。吊篮里，苗苗蹬几下腿，翻个身，继续沉睡。本来她也有这样的机会，跟大学的男朋友一起去留学，算了，不要再提。

苗苗不觉得冷了，就把外套还给他，他接过去，没说话，随手塞在身后。外面的天色渐渐暗淡，飞机下方一层厚厚的黑云，镶着灿烂滚热的金边。她想，我可真傻，怎么忽然有了艳遇的心情？她扭头看向窗外，认命地等待苗苗醒来，甚至盘算着要不要干脆把她摇醒。一只手伸了过来，手指碰到她的大腿。她依旧看着那块厚厚的云层，中间突然出现一道透明的裂隙，近得好像一步就能跨过去。赵季明的手像一条滑溜溜的鱼，从海草丛中缓缓地游上来了。

二

半个月前，苗苗感冒发烧。邻居家的妈妈告诉莉莉，有一种国外产的儿童感冒药，温和无害，可以给孩子吃，症状立刻减轻。她记下药名，找代购下单买来，一次半片，吃了两次，果然见效，唯一的问题是吃完就睡，含有催眠的成分。

她把这件事告诉李远，李远听了非常生气，让她不要胡乱给孩子吃药，肯定有副作用。莉莉说："不吃药，她难受，夜里睡不好，不停地哭闹，我累死了。"李远说："我看你就是不用心。"聊天不愉快，她挂了电话。上网去查了这种药的成分和评价，很多妈妈推荐，其中有个人说，有时候我实在太忙，顾不上孩子的时候，就给他喂两粒，能睡一整夜。

这条发言下面，很多人指责她不负责任，甚至威胁要扒出她的真实资料，要报警。

"只有无良保姆才会干这种事。"有人如此评论，"你可是亲妈。"

昨天晚上，等苗苗睡了，她开始收拾行李，要带的东西在脑子里列出清单，把那盒吃剩的感冒药也翻了出来，以防万一——万一感冒生病，进口药可不是随处都能买到。

网上，那个被人指责的妈妈替自己辩解："偶尔一次，也不是天天吃，人总有顾不过来的时候。"

还有你想偷懒的时候，莉莉想，一边在心里暗暗地鄙视，好一个不负责任还振振有辞的母亲。

起初没什么特别的感觉，隔着一条厚牛仔裤，他轻轻地按压，用一种试探的力道。手指拍打，富有节奏，顺着牛仔布的斜纹向上移动。有条毛毯就好了，她想，毛毯可以做个遮挡。身上骤然起了鸡皮疙瘩。他经常这样吗？从前得手过吗？

莉莉跟李远很久没在一起了，不单单是因为有了孩子。李远睡在书房，书房将来要改成儿童房，给苗苗用，到时候李远就会搬回她的卧室——一想到这个前景，莉莉的嘴里就泛出一股铅笔头的苦味，很想把这味道随着口水吐干净。小时候她喜欢啃铅笔头，妈妈告诉她，铅进入血液，会使小孩变傻。她一边担心变傻的问题，一边因为焦虑而啃得更凶了。

赵季明的手在她身上探索，像猎人走进了一片陌生的森林。莉莉下意识地把左手的食指放进两排牙齿的中间，指甲剪得秃秃的，毫无撕咬的快感。一年级的时候，莉莉的妈妈发现女儿还在啃手指，这个爱吃手的阶段并没有像育儿书上说的那样很快过去，指甲被咬得参差不齐，指尖的皮肤也坑坑洼洼，时常渗血。为此，她妈妈不再相信那些一板一眼的育儿书，决定回归传统的理性：打。

被打了几次之后，莉莉学聪明了。她开始在妈妈面前控制自己，压抑习惯的动作和内心渴望，假装改掉了让家长丢脸的坏习惯。她装得很完美，手指上再也没有被撕得一层层的皮肤，指甲不再短得缩进肉里。她开始啃各种尺子、橡皮和铅笔，她妈妈偶尔一次去教室接她下学，透过后门的窗户看见她在啃一截短短的绘图铅笔。那是一堂美术课，老师正在示范如何涂抹建筑物的阴影。

幸运的是，这次莉莉没有挨打。她妈妈从哪儿又听说某个观点，或者读了一篇教育专家的文章，觉得还是不打孩子更好，只告诉女儿吃铅笔头会变傻，傻了我们可不养你。和妈妈在一起的那些年，莉莉觉得她的态度不停摇摆变化，在做母亲的路上，好像一个刚学会骑自行车的小孩，稳不住车把，忽左忽右，忽而苛求严厉，忽而又温柔宽容。这些反复无常构造出一片迷宫，莉莉费力地在其中寻找道路，想要到达那个最终的目的地——她妈妈的内心，却压根儿没能走近。

对于这场在母女之间持续多年的迷宫游戏，莉莉的爸爸始终是个旁观者。现在，李远也要成为旁观者了，是怀着好奇，在马戏剧场里前排落座的观众，而莉莉不得不在本能和责任的鞭打之下准确地钻过火圈，像一头年轻强壮的母狮子。

那些手指，她闭上眼睛，感受那些手指隔着衣料，在她的皮肤上弹奏，一串勾连的音符，她几乎要随着哼唱起来，神经紧绷的同时品出一丝隐约的愉快。李远总说她胖，这是事实，他用一种开玩笑的语气，管她叫："我家的肥奶牛。"听起来像是昵称，就是昵称，她不应该多想，但是从前的她很苗条、轻盈、矫捷，走路的速度比一般人快。他们约会的时候，李远不得不迈大步子跟上她，"你是我见过走路最快的女生。"

她告诉他这是从小养成的习惯，因为她妈妈早上总是起得太晚，动作又慢，导致莉莉吃完早饭去上学的时候，不得不快点走，又不敢跑起来，因为怕生病，吃铅笔头会变傻之后的又一条忠告：吃饱了跑步会得阑尾炎。她妈妈的教条总是没头没脑的，围绕着各种生活琐事，"倒茶的时候，茶杯七分满，酒要九分。"诸如此类，细碎不成系统，而莉莉的好奇心并不在茶水上，她想知道那把老茶壶上画的是什么故事，她妈妈草草地说："不知道，大概是牛郎织女吧。"

"牛郎织女是什么故事？"

"故事太长了，我懒得讲。等你长大就知道了。"早晚会知道嘛，何必现在多费口舌？

现在，她想从那些零零碎碎不成片段的回忆里打捞出一些有用的指示，来帮助她处理眼前的形势，却一无所获。只有习俗、偏见、陈词滥调，一些她妈妈的妈妈告诉她的东西，她原样不动地说给女儿听。莉莉眼前飘过一些灰色浓稠的雾气，是飞机正在穿越一团乌云，转眼又明亮起来。

他不再弹奏了，停下来，手掌缓缓贴上莉莉的身体。她穿着一件前面开扣的翻领衬衫，为了喂奶方便，又不至于像平常的喂奶服那么丑陋。如果没有睡在吊篮里的婴儿，她看起来就像个出差途中的职业女性，衬衫的胸部被撑得鼓胀起来，从侧面能看见里面的哺乳内衣，这一点她自己还没注意到。自从哺乳以来，不知怎地，她对这些事情的敏感度降低了，身体变成了随时可以亮出来使用的工具。赵季明的手掌温热，她没有反抗。妈妈会怎么说呢？

等你长大就懂了，常用的标准答案。她想，我现在算长大了吧，我早就知道牛郎织女，甚至更多，更多你都不知道的事情。比如现在，她懂得一动不动，不接受，也不拒绝，让他探索，让自己思考。再不会有人说她的问题全是胡思乱想，她镇定地坐着，眼睛也不看他，像一尊漠然的神像。

她浅浅地呼吸，胸口起伏如一道柔缓的波浪。他顺势向上攀越，莉莉闭上眼睛，随即又睁开。不能沉下去，她想，必须回到现实。苗苗怎么还不醒？

今天早上，苗苗一直在哭，似乎本能地预感到了环境即将变化，而妈妈一直忙着收拾行李，没空哄孩子。箱子敞开在地上，从一个趴在床上的婴儿视角来看，除了一些凌乱堆放的衣服，里面还装着一些没见过的新玩具，是莉莉准备给她在酒店里解闷的。苗苗看中了一个手摇铃，紫色和红色相间的手柄，上面顶着一个云朵的造型。她想要那个摇铃，却够不着，尝试几次之后，她哼哼起来，双手撑在床沿上，身体向前探去。

莉莉在房间里走来走去，到处都是她掏出来的东西，衣服，玩具，各种零碎物品。第一次带孩子旅行，东西怎么带都嫌不够用，总担心缺这缺那。李远工作的地方并不偏僻，不至于买不到东西，她仍然不放心，又走进书房去找一些婴儿绘本，苗苗喜欢把彩页撕下来玩。刚拉开书柜的玻璃门，就听见苗苗突然大哭起来。

她跌进了箱子里，头撞在箱子的金属锁扣上，眼泪迸出来，嘴巴张得大大的。女儿摔痛了，莉莉看着她，厌烦突如其来。

也许是第一千次了，莉莉弯腰把孩子抱起来，手指摸索着，找到脑后摔痛的部位，轻轻地揉搓，一边摇晃，一边听苗苗表达着对世界的愤怒。在床和衣柜之间，她来回踱步。婴儿的哭声听起来越来越轻，越来越遥远，仿佛被放进了一只竹篮，随波荡漾着，漂走了。

过一会儿，苗苗渐渐平静下来，莉莉把她放进婴儿车。然后，她从妈咪包里取出那盒感冒药。淡蓝色的包装盒上印着英文，她翻过来看背面的字，又拿出说明书来看，上面画着药物的化学分子结构。她盯着那个图示看了很久，好像从中看出了某种严肃的意义，科学的、冷冰冰的、有效的意义，与婴儿的任性、柔软和敏感形成鲜明的对比。

儿童用药，这不算什么过分的行为。

只是想安静一下而已。

她走进厨房，把包装盒丢进垃圾桶，又取下挂在墙上的塑料案板，这是专门给苗苗切水果用的，每天仔细清洗消毒。药是纯白色的，她琢磨着用什么工具才能精准切分，按照苗苗的体重，应该一次吃半片。必须精准称量。

她从冰箱里取出一袋冰冻的母乳，放在一盆热水里化开，然后倒进奶瓶，把药片挤成粉末，撒了进去。等着母乳化开的那一会儿工夫，她还重新整理了箱子，把新买的手摇铃拿出来，塞给苗苗玩，让她晃着听声音。小脸重新露出笑容。

费了一点劲，才把奶瓶塞到苗苗的嘴里，这并不是平常喂奶的时间，她还不饿，吃得很不专心，手里始终紧紧握着那件新鲜的玩具。好在只有半瓶，抗拒了几次之后，苗苗喝完了，重新回到婴儿车里，靠背调成平躺的姿势。莉莉去洗了个澡，准备换好衣服就出发去机场，当她从浴室里走出来的时候，发现摇铃已经掉在地板上，苗苗的头歪向一边，呼吸平稳而绵长。

三

天空乌云不散，傍晚显得特别漫长。莉莉有点分不清时间了，也看不清身边的这个人和这只手。在电影院里，李远和她同时把手伸进爆米花桶里，彼此都像碰着异物似的一躲，爆米花甜得过头。赵季明停止了动作，仿佛在等待她的回应，莉莉的沉默使他大胆起来，开始试着从衬衫的下方伸进去。一个穿制服的男空乘走了过去，从他的角度来看，不过是亲密男女之间惯常的狎昵。他的手很温暖，让她联想起一块炉子里燃过的炭，正贴在自己的肚子上。不是发烧，而是被克制的情欲的热度。她开始觉得热，也许应该把头顶的冷风开得大一些。

胸口很不舒服，微微地痛，好像有两只气球在里面渐渐膨胀起来，吹满了还在不停灌气，乳房表面有丝丝的疼，血管也跟着膨胀起来。她估算时间，发现早过了平常的喂奶间隔，莉莉的奶水特别丰沛。

苗苗仍旧一动不动。一个真实而恐怖的念头出现了，像突然从雾气中显形的幽暗冰山，轮船要撞上去了。分量超出太多了。她顾不得那只手，猛地探身向前，把苗苗从吊篮里抱出来，赵季明一下子就缩了回去，好像什么事都没发生过。

她用一种抱歉的语气说："我女儿该饿了。"好像是自己破坏了别人的好事。她开始叫苗苗的名字，使劲摇晃她，动作幅度很大。

过了几分钟，苗苗的腿踢动起来，发出哭声，平常她也是一睡醒就哭，而睡梦中总是微笑着，好像不愿意回归现实似的。衬衫扣子被赵季明解到第三颗，她自己解下了第四颗，露出胸部，喂起奶来。

早上的一通忙乱过后，她忘了往随身的妈咪包里塞一条宽大的围巾，空姐也没有多余的盖毯给她，让她可以遮一遮羞——纵然这没什么可羞的，天然至极，合理至极，至少比刚才发生的事情更合乎道德。苗苗睡了四个小时，要饿坏了。

赵季明一声不吭。莉莉看着苗苗的脸、嘴和下巴的动作，婴儿的眼睛盯着裸露出来的广阔皮肤，目光还是黏黏的，有些呆滞，还没有完全摆脱药物的作用。莉莉的胳膊托住了苗苗的头，让她的脚搭在扶手上，闯进了赵季明的座位空间。

过了一会儿，他用一只手抓住苗苗的两只脚腕，抬起又放下，塞回莉莉那一边，好让婴儿不再随意地踢来踢去。苗苗执拗地要把腿伸直，不肯蜷缩起来，穿白袜子的两只小脚摸索着又探了过去。赵季明说："你女儿总是踢我。"语气中压抑着一股抱怨，听起来非常熟悉，李远说："这孩子怎么老是哭？"莉莉惊讶地看向他，她天真地以为，经过刚才的摸索，他们可以算是这架飞机上的朋友了。在那几分钟里，她放弃了尊严和自我，打算把这段经验当作旅途中的意外，没有写在旅行攻略里的风景，不怎么美，也不怎么丑，只是没经历过。太久没经历过了。

赵季明的神情完全变了，仿佛突然戴上了一个严肃而文明的面具，将他脸上那些好奇的、温柔的、快活的、满不在乎的线条都遮住了，一下子显得非常僵硬，看起来年纪都大了几岁。他调直了座椅靠背，姿势不再放松，手肘架在扶手上占据空间，防止苗苗再伸脚过来。显然，他不喜欢婴儿。再一次，他看着莉莉，眼中满是嫌恶。

"你可真豪放啊，大姐。"他冷冷地说。这句话像一粒石子落进池塘，击碎了风景的倒影。莉莉觉得她全身的血液和乳汁都凉下来，每一滴都在凝结。苗苗奋力地吸吮着，一次又一次，直至饱满的乳房软塌下来，这是很久以后的事了。此时的莉莉一动不动，垂着头，侧脸毫无表情，体内的春水结成了冰晶。李远说，你看起来像一头肥奶牛。她抱着苗苗，头一次觉得自己特别爱她，需要她，为感冒药的事感到深深的后悔。她又解开一粒扣子，将大半个胸腹都暴露出来，接着，她用一只手抱稳了孩子，另一只手把衬衫的肩部向下一拉，褪到腰上，腹部的一块赘肉松软地堆在裤腰上。现在，她实实在在地半裸了。

她没有看向赵季明，目光始终追随着窗外的一片云，轻薄的云，一撕就破。漫长的黄昏，终于到了最辉煌的时刻，天空充满了暗金色的光，像一只巨大的灯泡，夕阳就是寿命将尽的灯芯，马上就要熄掉了。她就沐浴在最后的光亮里，毫无保留和戒心，将自己奉献给无限，而无限就浓缩在婴儿的眼睛里。她抱着她，合二为一，又一分为二，确立起一个陌生而全新的自我。赵季明消失，一切都消失了，周围正在褪色，显现出最原始的质地。她闭上眼，辨认着，感受着整个世界越来越清晰的节律，以及苗苗不间断的用力吮吸。我是幸运的，莉莉想着，一个幸运的坏妈妈。早上，她往苗苗的奶瓶里放了三粒碾碎的药片，正常剂量的六倍，这是她平凡生活中的第一次脱轨，也是最后一次。从这一刻起，她变成了世上最温柔、最有耐心的母亲。

原刊《小说界》第 6 期

竹峰寺

——钥匙和碑的故事

陈春成

来竹峰寺的头两天，我睡得足足的。从来没那么困过。那阵子心里烦闷，所谓“闷向心头瞌睡多”，有它的道理。山中的夜静极了，连虫鸟啼鸣也是静的一部分。头两天，只是睡。白天也睡。白天，寺院中浮动着和煦的阳光，庭中石桌石凳，白得耀眼，像自身发出洁白的柔光。屋瓦渐渐被晒暖。这是春夏之间。我躺在一间仅有一床一桌的客房的床上，想象自己是个养病的病人，虚弱又安详。多少年没睡过那样的好觉了。像往一个深潭里悠悠下沉，有时开眼看看水面动荡的光影，又闭上。睡到下午四点多，实在不好意思了，起来吃了点面条，开始在寺中转悠。这时他们正在做晚课。每个寺庙的晚课内容不尽相同，竹峰寺的不算长，也不短。三个人在大殿里嗡嗡念诵，音节密集，用密集的音节营造出一种小规模的庄严气象来，站门外听，声势颇壮，听不出仅有三人。忽而声调一缓，由慧灯带头，曼声吟唱起来，好听极了。听到“是日已过，命亦随减。如少水鱼，斯有何乐……”我就走出院去,四下闲逛。

偏殿一侧,深草中散落着不少明清的石构件,莲花柱础,云纹的水槽。多数都残损了。一只石狮子已然倒了,侧卧着,面目埋在草丛中,一副酣然大睡的样子。另一只仍立着,昂然地踩着一只球,石料已发黑,眼睛空落落地平视前方。我打着呵欠,懒洋洋地穿行在这些废石荒草间,那石狮子像被我传染了似的,也大大地打了一个呵欠,然后若无其事,继续平视前方。我扭头对它说:“我看到了。”它装作没听见,一直平视前方。它前边只有一丛芒草,风一吹,摇着淡紫的新穗。于是我就走开了。

有时我也去慧灯和尚的禅房里,向他借几本佛经看看。有一些竟是民国传下来的。经我央求,才借给我。竖排繁体,看得格外吃力。不一会儿,又困了。有时从书页中滑落下一片干枯的芍药花瓣。也不知是谁夹在那里的,也不知来自哪个春天。已经干得几乎透明,却还葆有一种绰约的风姿,而且不止一片。这些姿态极美的花瓣,就这样时不时地,从那本娓娓述说着世间一切美尽是虚妄的书卷里,翩然落下。看倦了,就去散步。黄昏时我总爱走出寺去,到山腰去看看那个瓮。

那个瓮是前年秋天慧航师父发现的。据本培说,那阵子他没事老在山上转悠,拿一根竹棒,东戳戳,西探探,想找到那块碑。先是找到一块石板,掉在南边山涧里,费了好大劲,人爬下去一看,上面没字。翻过来,也没字。那石板显然不是天然的。怎么好好的一块石板会落在山涧里?谁也不知道。慧航还不死心。秋天,又找到一块木板。这块木板被一块大石压着,埋在山腰深草中。慧航心想:是了!这是记号,东西一定藏在下面。搬开石头,揭开木板,是个瓮。瓮中空空如也,只有一层干掉的泥。这是下雨天泥水渗进去留下的。本培拿抹布把瓮里头淘洗了一遍。好大一个瓮!人可以蹲坐在里面。这是干什么用的呢?慧航说,他去过广州,那边人喜欢吃深井烧鹅,就是这样在地下挖个洞,埋个瓮,再把涂好料的鹅吊进去烤。没准以前寺里有个广东和尚，躲到这里来开荤。回去问慧灯，慧灯老和尚说，不懂不要乱讲哪，出家人怎么能吃烤鹅？这是个听瓮。什么瓮？听瓮。听到的听。慧灯说，过去行军打仗，一般是埋个小陶罐在土里，罐口蒙层牛皮，人伏在地上，耳朵凑上去听。远处有兵马动静，自然就听到了。效果最好的，是埋个大瓮在地下，人躲进去听，能听十几里开外的声音。清末的时候，这寺庙被土匪霸占了，那个瓮估计就是他们埋下的，官兵要来剿，提前能听到。这些是从前我师父告诉我的。那个瓮，我小时候就在那里了，也钻进去玩过，没想到这么多年了，还在。于是他们把那个瓮原样盖好，搁在那里。这回来寺里，上山时我听本培说起，觉得很有趣，没事总爱来玩玩。

黄昏时我又揭开木板，钻进瓮里，盖好。躲在里头，油然而生一种安全感，像回到了自己的洞穴。有一天傍晚我不知道因为什么事，觉得心里难受，就躲进那瓮里，痛痛快快地哭了一场，无人知晓，舒服极了。漆黑中，能听见空气的流动声、遥远的地下水冰凉的音节，甚至溪流拂过草叶时的繁响。土壤深处有种种奇异的声音。有时听见黑暗中传来一阵隆隆的响声，像厚重的石门被缓缓推开，片刻又寂然了。问本培，他说这是山峰生长的声音。山峰不是一点点匀速长高的，而是像雨后的竹笋，一下一下地拔高。也许几个月拔一次，也许几年。我问他哪里听来的，他说百度。去问慧灯师父，他说他小时候也听到过，听师兄说，是土地公的呼噜声。我至今也没搞明白那是什么声音。有时从瓮中出来，天已黑透，我周身浸在一种敏锐、清冷的知觉里，仿佛刚从深渊里归来。擎着手机的一团光，我慢慢摸上山去。

睡了几天，精神好多了，有时兴起，爬上久无人迹的藏经阁去望望。藏经阁在竹峰最高处，推开二楼后窗，可以望见群山间有一小片碧莹莹的闪光，那是远处的湖面。往东一些，两座山之间，有一小截很细的深灰色线段，那是回鸾岭隧道和铁葫芦山隧道之间的公路。多年前我就是在那截线段上望见竹峰的，不然此刻也不会来到这里。仿佛上一刻还在那儿张望，忽然就已置身山中。人生真是奇妙。

福建多山。闽中、闽西两大山带斜贯而过，为全省山势之纲领，向各方延伸出支脉。从空中看，像青绿袍袖上纵横的褶皱。褶皱间有较大平地的，则为村、为县、为市。我家乡屏南县在闽东的深山里。从宁德市到屏南，有两小时车程，沿途均是山。我非常喜欢这段路。这些山多不高。除了到霍童镇一带，诸峰较为秀拔外，其余多是些连绵小山，线条柔和，草木蔚然，永远给人一种温厚的印象，很耐看。我很喜欢看这些山，一路都在张望，望之不厌。山间公路，多是盘山上下，要么就穿山过隧。常常是连续几个隧道，刚从一段漫长的黑暗中出来，豁然开朗，豁然没多久，又进入下一段黑暗。在隧道中行车，想到自己身处山体内部，既有一点激动，又觉得安宁。回鸾岭隧道很长，出了隧道，到进入铁葫芦山隧道之前，有约二十秒的时间，可以望见上面的云天和四下的山野。大一寒假，从宁德回屏南的路上，这二十秒中，我第一次望见了竹峰。竹峰和公路间隔着一道水，山峰的下半截隐在前面一座山之后。这时我望见竹峰的峰顶上，茂林之中，露出一角黑色的飞檐。当时十分好奇，那样的绝顶山巅上，怎么会有人家呢？是为了防范土匪侵扰，或者躲避征税？我们本地的民居，屋檐又没有那样美丽的弧线。是道观，或是庙？就在这儿留了个心。第二年暑假回来，路过那里，一望峰顶，却不见了那个檐角。也许是久无人居，坍塌了？也许之前所见，只是幻觉。这一来更增添了神秘感。到那年冬天，我又回来，车还在隧道里，我就准备好了，到了，一望，那檐角竟又完好地重现在峰顶。一想，才明白过来：夏天林木繁茂，屋檐为山巅的浓绿所遮蔽，冬天草叶凋零，这才显露出来。这些年来，对于我，它就像一个小小的神龛，安放在峰顶的云烟草树间。在我的想象中，无论世界如何摇荡，它都安然不动，是那样的一处存在。

一直到大学毕业那个夏天，我才下定决心，要上去看看。我就要去遥远的城市工作了，无论如何，要上去看看。一个念头搁久了，往上添加了种种想象，那就非实现不可了，即便明知幻想有破灭的可能。寻了个机会，我搭了乡间大巴，在回鸾岭附近的站点下了车，烈日下徒步走了大半天，近傍晚时才到那山峰脚下，仰脖一望，分明是绝壁。绕到山峰后面时，恰有一道狭长的紫霞，蜿蜒着指向西侧的天空。原来山峰背面，远离公路的一侧，有个小村庄。村子上空炊烟还没散尽，几声狗吠，霞光渐暗。进村逛逛，似乎只见到老人和小孩。几个孩子在场上疯跑，发出尖锐的叫声。老人喝骂着唤他们回家。从村中望峰上，天际余光里，几座殿堂的檐角隐约可见，俨然是一座寺庙嘛。从山峰这一面，有路上去。问了一个老头，那座山叫竹峰，寺是竹峰寺。夏天天黑得晚，我冒险趁着最后的亮，一气上了山。山路还算好走，多是土路，难走的地方垫了石块。走到半山腰，树丛中蹿出一只小兽，月光下远远地站住，向我望了一眼，又急急地回身蹿入林中。看模样，是麂。到了寺门口，我敲了敲那扇木门板。门上的红漆剥落殆尽，只剩零星几块，像地图上的岛屿。过了好久，本培的声音懒懒地响起：“谁呀？”我还没答，门就开了。

那是我第一次见到本培。那时慧航师父还没来，寺中只有他师父慧灯老和尚和他两人。他还没出家，是个住庙的居士。这人有点怪，医学院毕业，不知为什么，跑来这寺庙住下，日常帮慧灯打理些事务。他父母早已离婚，父亲经商，忙，也管不了他，只好和他商定，当居士可以，出家不行。大概认为他没几年就会想通，回来了。没想到他刚到寺里半年，父亲就接了几笔大订单，觉得冥冥中似有佛祖庇佑，再劝他回家时，语气也没那么坚定了。本培有个世俗的爱好，打游戏，学生时代养成的，戒不了。每天早课后、午饭后、睡前，都要玩几局。他说古有诗僧、书僧、棋僧，游戏僧也是与时俱进的产物。不过学佛之人沉迷游戏,总归不像话。慧灯和他约定,游戏可以玩,只有一样,射击、打斗类的不行,会滋长戾气。本培说好,就下了一个单机版的实况足球,单机版魔兽(慧灯不懂这其实也算打斗),天天玩,玩不腻。他也玩游戏,也看经书,也种菜、做饭,日子过得很有滋味。这几年不见,他倒胖了。他说是馒头面筋吃多了。

我初次来时,庙里荒凉得很,大雄宝殿是废墟一片,衰草离离,只有僧房、斋堂、藏经楼几处地方较完好。连佛像都没有,房间里挂着佛祖、观音的画像,聊以代替。那晚慧灯师父和我招呼了几句,就早早睡下了。这是个枯瘦而话不多的老人。本培和我坐在寺门外乘凉,谈天说地,直到很晚才睡。银河从天顶流过,像一道淡淡的流云,风吹不散。本培大概挺久没和同龄人聊天了,且乐于向我介绍山中的一切,说得很有兴味。不知为什么,我这人不爱交际,和他一见却很投缘,聊起来没完。也许因为性格都有点怪僻,怪僻处又恰好相近。那次住了两天。和慧灯师父道了谢,和本培留了联系方式,约好下次再来,我就走了。一走,就是六年。

如今我又来了。

这次回乡,心里烦闷。一是刚换了工作,还有点飘然无着落的感觉;二是老屋被拆。我在辞职和入职之间,狡猾地打了个时间差,赚到了为期两个月的自由。哪也不想去,想回家休整休整。回来一看,家已经没有了。早听说要拆,要拆,老不拆,空悬着心;突然就拆了,风驰电掣。我一回来,放好行李,就跑去老屋。一看,全没了。青砖的老屋,连同周边的街巷、树木,那些我自幼生长于其间,完全无法想象会变更的事物,造梦的背景,一闭上眼都还历历在目的一切,全没了。不仅如此,整个县城都在剧变,新来的领导看样子颇有雄心,要在这山区小县施展拳脚,换尽旧山河。四处一逛,风景皆殊,我真切地感觉到世事如梦。一切皆非我有。没什么恒久之物。其实在城市中生活,我早已习惯如此,每天到处都在增删一些事物，涂涂改改，没个定数。有什么喜欢的景致，只当一期一会，不倾注过多感情，也就易于洒脱，没了就没了。只是对于故乡的变动，我一时没有防备，觉得难以接受。无论如何，那座安放在群山之间，覆盖着法国梧桐浓荫的小县城，已经不复存在了。

我总希望一切事物都按既定的秩序运行下去，不喜欢骤然的变更。我知道这是一种强迫症，毫无办法。前两年，每天上下班，坐车绕过一个交通环岛，岛心有一株大榕树，我很喜欢那株树，幽然深秀的样子。上班时车从这边过，我看一下树的这半边；下班时从那边过，看一下那半边。好像非如此一天不算完整似的。那树也确实好看。某一天它忽然消失了。没什么理由，就是消失了。我无法解释它的消失，只好想象它是一只巨大的绿色禽鸟，在夜里鼓翼而去了。我像丢了一个根据地似的，惘然了几天。后来环岛上改种了一片猩红的三角梅，拼成五角星的形状。还有一处幽僻的小花园，废弃在博物馆的一角，我夜跑时最爱隔着铁栅栏，向园中张望。心中烦乱时，遥想那里的荒藤深草、落叶盘根，就渐渐静定下来。后来它也消失了。楼盘像蜃楼一样在那里冉冉升起。相似的经历有许多次，似乎是在为老屋的消失而预先演练，让我好接受一些。榕树、废园、老屋，这些像是我暗自设定的，生活的隐秘支点，如今一一失去了，我不免有种无所凭依之感。

老屋那一带成了工地，围着铁皮墙。工地边上，也蜃楼一般，起了两座售楼部，各亮着殷红的大字，刺在夜空上。左边是：盛世御景。对面是：加州阳光。我一阵恍惚，不知身在何世。我想，那些消逝之物，都曾经确切地存在过，如今都成了缥缈的回忆；一些细节已开始弥散，难以辨识。而我此刻的情绪、此刻所睹所闻的一切，眼下都确凿无疑，总有一天，也都会漫漶不清。我们所有人的当下，都只是行走在未来的飘忽不定的记忆中罢了。什么会留下，什么是注定飘逝的，无人能预料，唯有接受而已。如此迷糊了几天，正在愤闷和惆怅间摇摆，忽然想起竹峰寺，想起本培和慧灯师父。一联系，本培说你有空来住几天嘛，我二话不说，收拾了一个小包，和父母说了一声，就来了。

来竹峰寺的大巴上，我一边望着窗外群山，一边用手摩挲着老屋的钥匙。钥匙上印着“永安”两字，是个早已湮没的品牌。我不知道该怎么处置它。老屋不复存在，它就是我和老屋之间最后的一丝联系，像风筝的线头。我想象这钥匙是一只 U 盘，老屋仍完好无损，只是微缩成极小的模型，就存放在这只 U 盘里。一同存储在其中的，还有关于老屋的诸般记忆。这么幻想着，摸着掌心的一小片冰凉，心情渐渐松弛下来。钥匙该如何处置呢？不能放在身边。放在身边，久了，它就成了日常之物，日常的空气会消解它身上的魔力，直到对我失去慰藉作用。扔掉，又太残忍。我想了想，决定把它藏起来。藏在一个无人知道的，千秋万载不会动摇的地方。只要我不去取它，就能一直藏到世界末日。但不能把钥匙扔进湖中或悬崖下，必须要我想取，就能够取到的地方。什么时候来取，不一定，但这种可能性必须保留。这一点可能性将我和它永远地联系在一起。

藏东西，是我惯用的一种自我疗法。我从小就是个太过敏感而又有强迫症的人，也试图把自己的神经磨钝一些，办不到。这点我很羡慕本培，他的脑子里像有个开关，和他谈到一些最细微的感受时，他完全能了解，能说出，洞然明彻；在一些乏味的、可憎的事物面前，他只消啪的一声关上开关，就如同麻木，全然不受其侵蚀。我问他是如何做到的，要从哪部经典入手？他说打打游戏就好了。我想世上也许并不存在对人人管用的经文，要调伏各自的心性，每个人有每个人的偏方。大学时，我有一件心爱的玩意儿，是个铁铸的海豚镇纸，四年里在宿舍练字，离不开它。毕业前，我把它藏在图书馆里一处我非常喜爱的幽静角落，藏得极隐蔽，保管不会被人发现。它现在一定也还在那里。想到这个，我心中就觉得安适，仿佛自己就置身在那个小角落里，无人瞧见，将岁月浸在书页的气味中。闭馆熄灯后，落地窗前一地明月。有时月光伸进那角落，停留片刻，又挪移开，一切暗下来。这样想，仿佛那铁海豚就是我的分身，替我藏在我无法停留的地方。我可以通过它，在千里外遥想那里发生的一切。这种癖好，太过古怪，那感受也极幽微，恐怕常人不太能理解，但对我确实是有效的。这么想着，车到站之前，我已决定把钥匙藏在竹峰上。

本培骑了个小电驴，在村外客车站等我。我坐在后座上，风声呼呼中，他向我说了寺庙的近况。前几年，慧灯师父的师弟慧航也来了。慧灯年纪大了，不爱管事，最怕去宗教局开会，就让慧航当了住持。慧航才五十来岁，很能干，寺庙兴旺了不少，大雄宝殿也重修了。本培说，蛱蝶碑的故事，不知你听过没有？我说我在书上看到过一点，不太了解。本培说，你可以了解一下，蛮有意思的，你可以拿来写写。他大概是看过了我空间里存的文章，知道我在写东西。说话间我们进了村，一抬头，就望见竹峰。本培把小电驴还给村民，和我谈谈说说，一路走上山去。

峰以竹名，倒不是因为峰上多竹，而是说山峰的形状像一截上端被斜斜劈去的竹茬子。这比喻不知是什么人想出来的，倒也传神。春夏时山头隐没在一片浓绿中，不大看得出来，待到秋冬草木萧疏，露出苍然岩壁，这才显出一峰孤绝，宛若削成，确实像一截巨大的竹茬，直指云天。峰顶是一块倾斜的平面，竹峰寺就建在这块斜面上。最低处是山门，山门进来，照例是大雄宝殿、观音堂、法堂，渐次升高，最高处是北面的藏经楼。寺院不算大，前后高差却有十来米。我在公路上望见的，就是藏经楼的一角飞檐。

竹峰寺的格局如一般汉传寺院。早年间，进了山门左右还有钟楼、鼓楼，郑重其事，今已不存。钟楼旧址上，用三根杉木搭了个架子，铜钟就悬在横梁上，早晚由本培象征性地敲几下。因为位置好，钟声经群山回荡，远远地送将出去，惊散一些林梢白鹭，像吹起一阵雪片，旋了几圈，复又落下。钟对面，是坍了的碑亭，石制碑座还在，亭柱久已朽坏。再往前，当中是大雄宝殿，前些年重修的，红漆尚新，长窗上的雕饰极精美，是慧灯师父亲手打的。大殿里供着释迦牟尼佛，佛前还摆了一尊很小的石佛，造型古拙，笑容憨厚，这是从大殿旧址的废墟里挖出来的。大雄宝殿背后是观音堂。观音堂后，是一方庭院，种些寻常花木，左边是几间僧房，一间库房。右边是香积厨兼斋堂。厨房的后门外有一条由山泉汇成的小溪，像一道弯弧，自峰顶发端，从寺庙右侧流过，下到半山腰，积成一处小水潭，再往山崖下泻水，就成了一道细长的悬泉飞瀑。从厨房后门出来，溪上一道小桥。桥面覆了层浅土，中间因有人走，土色泛着白，两边则摇曳一些野花蔓草。春天时开一种朝开暮落的叫“婆婆纳”的蓝色白心小野花，常有粉蝶飞息。桥下小溪，密匝匝生遍茂草，水浅时，只能从草茎间一些断续的亮光辨认出这是溪流。过了小桥，是一块菜园，规划得小而精致，依照节候，种着各色果蔬。果蔬熟后，一半送给到访的香客，一半留着自己吃。

庭院再往上，是法堂，已经塌了一半，残垣瓦砾，另一半的青砖地上蒙了几寸厚的青苔。这一部分，暂时还无力重修，而且寺中人少，照顾不了这么大块地方，只好任其荒废。法堂和藏经楼之间，又是一片荒庭，石砖缝里，野草像水一样溅出来，四下流淌。庭中松、柏、菩提树，均极高大，浓荫匝地，绿到近于黑。日暮时枝叶望如浓墨，凭空堆积，枝叶间鸣声上下，却不见飞禽的踪影，又热闹又荒凉的样子。因为高，阴雨天常有几缕流云横曳而过，一派云树森森的气象。藏经楼在寺庙最高处，虽还完好，也废弃多年了，踏入时，黑暗中像有什么小动物一哄而散。上人时楼梯呻吟不已，似乎随时有崩坏之虞。据说楼里有时闹山魈，我没遇见过。魈，是福建山区中一种传说中的生物，身形如小狗大小，也有说像猴子的。该物行动迅捷无比，性子顽皮，常闯入人家，打翻油灯，开一些无恶意的玩笑。

从前农村常有关于魈的传说，如今近乎绝迹了。夜里散步，有时听见从藏经楼方向传来奇怪的声响，像小孩赤脚跑过木地板。刚竖起耳朵听，却又安静了。楼阁的黑影突兀而森严，月亮移到檐角，像一只淡黄的灯笼。

住了几天，我渐渐对竹峰寺加深了了解。一方面是向慧灯师父请教，一方面，用手机查了些资料。

竹峰寺始建于北宋，寺中传下来的刻有元丰字样的石臼、石槽可以证明。后来几经劫乱，屡废屡兴，规模在乾隆年间达到鼎盛。其时由紫元禅师住持。从当地的一些传说，可以想见竹峰寺当年的兴旺（兴旺到有点奢靡）。说是紫元禅师过七十大寿，弟子找来名厨执掌寿宴，要摆三十八桌素斋，遍请全县名流。说法是一桌一岁，如此就可寿至一百零八岁。寿宴提早一年就开始准备。当时香火极旺，银钱不缺。厨师拟好菜单，请管事的大弟子过目，说其中有二菜一汤，都需用到芍药花瓣，一道菜要用干制的花瓣，一汤一菜则要用新鲜的。芍药花，本地少有，就有，成色也不佳。大弟子问能不能换成别的，厨师有些为难。旧时办宴席，菜色、次序都有定式，菜名均有相应的口彩，替换了几道，就不成套了。大弟子去请示师父。紫元方丈在蒲团上眯着眼，也不接递过来的菜单，像入定又像瞌睡，白须微颤。过了好久，在香烟缭绕中，老方丈睁开眼，缓缓地说："没有？没有就种嘛。"于是就种。把扬州的芍药花工千里迢迢请到这山区小县的寺庙里来，如今想来也令人咋舌。老方丈的一句话，一个老人低哑的声音，飘飘忽忽，落到实处，就成了灿若云锦的花朵，实在近乎神迹。芍药环寺而种，遍地绮罗，烂漫不可方物。花香炉香，融成一脉，满山浮动。寿宴之后，竹峰寺的芍药就出了名，列入本县十景之中，当地缙绅名士，多有题咏。这些诗如今还能查到一些，大多无甚可观，有趣的是，几乎都提到了蛱蝶碑。因为竹峰寺此前是以这块碑出名的。如今知道它的人已经不多了。

这碑上有个故事。故事大要在《覆船山房随笔》里有记载，有些细节则是听慧灯师父讲的。他是在解放前听他师父说的。

说是明朝景泰年间，有个书生姓陈名永字元常的，寄住在竹峰寺中。陈元常“家贫，世崇佛，工书，少有才名”，功名不就，就成了写经生。几个月前，方丈托他写一部《法华经》，酬以银钱，还管吃住，一是爱他的字，二来也有怜才恤贫之意。陈元常来了数月，却不着急写，笔墨不动，每天就在寺中转悠。午饭后在庭院里走走，黄昏时在山崖边坐坐。望望天上的云，捡起一个松果，看看，又抛掉。日子久了，僧人间不免有议论，以为他吃白食。陈元常不着急。他在琢磨该怎么写。陈元常少孤，母亲信佛很诚，从小就拿佛经教他识字。他是在念“子曰诗云”前就先读过“如是我闻”的。《法华经》，他自幼能背，而且感情很深，一些句子，使他想起已经亡故的母亲。他要好好写这部经。该怎么写，他琢磨了很久，还是没动笔。

陈元常学书，最佩服的是王右军，稍长，觉得右军不可追及，转而学虞永兴、李北海。这两人的字，其实都宗法王羲之，永兴守之，得其温婉；北海变之，参以雄健。陈元常学这两家，都很像，几可乱真。可他觉得，用这两种风格写《法华经》，都不太对。“若书此经，则永兴之法失于柔，北海之法失于豪，”他想把二者融合起来，“复欲以永兴笔书北海体，则两失之。”没有成功。

这天暮春午后，花气熏人，陈元常又在寺中闲逛。照例看过了偏殿的壁画，听了会儿枝头的莺啭，摸了摸打呵欠的小和尚的头，他到一处石阶边坐下。对着庭院中融融春光，他看了很久，想了很久。直到一只翅上有碧蓝斑点的蝴蝶飞过他眼前。那个午后他想了什么呢？几百年前的少年心绪，没人知道。我猜想，他是在找一个平衡点，在庄严和美丽之间找到最恰当的位置，然后等圣境降临笔端。蝴蝶飞过。陈元常意态忽忽，迷了魂似的，就跟了那只蝴蝶走。那天天气晴暖，莺啼切切。蝴蝶飞进大雄宝殿，他也迈进去。午后殿中无人，香烟袅袅，佛也半眯着眼。陈元常见那蝴蝶在香烛垂幔间忽上忽下地飞，飞绕了几圈，竟翩翩然落在佛髻上。他大吃一惊，呆立当场，《覆船山房随笔》里写，陈元常“见彩蝶落于佛头，乃大悟，急索笔砚，闭门书经，三日而成。成，乃大病。诸僧视其所书，笔墨神妙，空灵蕴藉，似与佛理相合。尤以《药草喻》一品，神光涌动，超迈出尘”。蝴蝶轻盈地落在大佛头顶，是何等光景？难以想象。宗教的庄穆和生命的华美，于刹那间，相互契合，彼此辉映，想来是极其动人。陈元常被那个瞬间击中，找到了他的平衡点，得于心而应于手，于是奇迹在纸上飘然而至。这部经一直保存在寺中，其中的《药草喻品》后来被刻成碑，立于亭下，供人观赏。原本应叫法华碑，因此典故，多被称作蛱蝶碑。每年到寺中礼佛的文墨人不少，见了这碑，没有不惊奇赞叹的。晚明的福建晋江书法家张瑞图曾购得此碑拓本，评价说：“如春山在望，其势也雄，其神也媚。又如古池出莲，淳淡之间，时露瑰姿。端凝秀润，不失圆劲，真得永兴之宏规，北海之神髓，惜乎其人名之不显也！”据说弘一法师晚年在泉州，也见过友人所藏的拓本，说：“此字中有佛性，有母性，亦有诗性。”不知确否。如今是连拓本也失传了。至于陈元常其人，据《枯笔废砚斋笔记》记载，几年后他再次赴考，在山路中遇到土匪，死于非命。也有说他就在这寺里出了家的。

《覆船山房随笔》中摘了一些清代题咏竹峰寺中芍药和碑的诗句，往往将碑花对举，平实的如“谁见蝶飞金粟顶，唯余花落碧苔碑”，轻佻的有“诵偈三千首，观花一并休。春风无戒律，蝶绕古佛头”云云，不一而足。

到清末，寺庙为土匪所占，成了匪穴。民国时又重建，不过已经很凋敝了，寺中僧侣不过五六人。其时“废庙兴学”，庙产，也就是竹峰下的几十亩田和果园，被没收充公。芍药花只剩寥寥几丛，红灼灼的，像几簇余焰，每年春末，在墙角寂然地烧几个夜晚，又寂然地熄灭了。“破四旧”时，有信徒提前到寺中报信，僧人们有了准备，在那些小将上山之前，把寺中一些贵重的法器、经卷、玉雕观音、黑檀木罗汉像之类，收集起来，藏到大雄宝殿供的佛像肚中和法座里。旧时塑像，往往在佛像背后留一空洞，法座背后亦有机窍，佛像开光时，由高僧将经书、五谷、珠宝、香料甚至舍利装入其中，各有寓意，叫作“装藏”。这时就成了临时藏匿之所。因为听说本县的另一处名寺永兴寺的石碑尽数被砸毁，考虑到蛱蝶碑名头太大，难于幸免，僧人们就把它从廊壁上取下来——民国初年，碑亭朽了，一时无力修复，只好把石碑镶在大殿一侧廊壁上，一样风雨不到——不知抬到山上什么地方藏起来了，然后众僧四散而逃。结果，佛像被砸了，里边的器物都被掏出毁掉。那块碑也就此失踪。

那些逃下山去的和尚里，有一个就是慧灯师父。他是本县北乾村人，自幼在竹峰寺出家，当时才三十出头。下山后回到村里，被迫还俗，就随他舅舅学手艺，当了个细木匠。那时细木匠没有全职的，平时也种田，秋收后，谁家里要准备嫁妆了，就把木匠请去。木匠是吃住都在主人家的，一连打几个月的嫁妆：桌椅、衣橱、梳妆台、床。乡下对样式要求不高，结实为主。雕花刻镂，有则最好，没有也成。雕花也无非那几样：松鼠葡萄、蝙蝠祥云、云龙纹样、松鹤图。有的还要刻一两句诗，比如衣橱上照例刻“云锦天孙织，霓裳月姊裁”，字是凸起的，可以当作开抽屉的把手。慧灯学了没两年，就都会了，还能自己出样。他的手很巧，现在也能看出来。六月芒草吐穗时，我见过他用极流利的手法做出一支扫帚，那扫帚几乎可用美丽来形容，且十分顺手耐用。寺中现在用的家什器具，大半是出自他手。如今慧灯七十二了，大件家具，已不再做，有时兴之所至，随手做个小玩意儿。平日泡茶用的茶海，即是慧灯用一段树根做的，样式苍莽而富有野趣，稍加斧凿，便显出一种浑厚静穆。树根上有一块圆形节疤，本来不好处理，他将它雕成鲸鱼隆出水面的背部，另一处雕出举起的尾鳍，使整个茶海的面像一片真的海面。置茶杯于其上，就像沧海浮舟，非常好玩。

七十年代，他进了木器社。后来木器社又改成县家具厂，他一直当到技术股股长。其间当然也娶妻生子。九十年代，他退休了，也抱了孙子，觉得对家庭的责任已经尽到，想了却一桩心愿，和妻子儿子一商量，就再度出家了。妻子知道他多年来一直存有这个念头，也不加阻拦，但有一个要求：端午、中秋、过年要回家里过。这没话说，慧灯同意了。儿子开车送他到福州西禅寺受戒。慧灯即二次出家时起的法号。受戒回来，就上竹峰寺去了。这时竹峰寺已毁了多年，慧灯稍事修葺，就住下了。他工作以来，一直有笔专门的积蓄，绝不动用，就是留着重建竹峰寺用的。但要重修佛殿，这也远远不够。没有佛像，就在墙上贴了三世佛、观音的画像，下置一小香炉，早晚参拜。环堵萧然，不减其诚。一直到慧航来了，情况才有所好转。

慧航是三十多岁出家的。他是扬州人。据说八十年代在北京上过某名牌大学。那时本科生都金贵，能考上那所大学，前途无量。临毕业，他不知道犯了什么错误，竟没拿到毕业证，被遣送回原籍。为什么毕不了业，他绝口不提。回乡后，他在扬州开过几年茶楼，也开过澡堂、素菜馆。他想来很会做生意。但是据他说，也受过不少刁难、勒索。钱没给够，就天天被临检，开的第一家茶楼就是这样倒闭的。后来才学乖。也许正因为这种经历，他对权力非常热衷，平日最爱谈的是省级、市级的人事任免。开素菜馆时，结识了一些和尚，他觉得干和尚这行挺有前途，一拍大腿，把素菜馆转让给朋友，自己留了点股份，就出家了。他是在九十年代末出的家，比慧灯稍晚。因此年纪相差近三十岁，望如父子，却以师兄弟相称。

这是个绝顶聪明的人。他到过多省，会说粤语、闽南语、温州话、京片子，来了本地没半年，屏南话也学会了。他记性非常好，记数字尤其快，手机号码他只消听上两遍，没有不会背的。县里几个领导、老板的号码、生日甚至家人的生日，他都记得一清二楚，随问随答。算算某老板母亲寿辰快到了，就拿点礼品：手串、平安符、观音玉佩之类，登门拜访，每次所得的馈赠，都十分可观。他这人诙谐健谈，俗而有趣，大家都很喜欢他。而且谁都得承认，他确实很有才干。没几年，他就募捐到一大笔钱，重修了山门、大雄宝殿、观音堂。村里的小孩，有时还拿功课来问他，没有他不会的。凭着这份机灵，他刚出家几年，就在西禅寺当到典座，很得住持赏识。因为升得太快，被同辈排挤，常穿小鞋。当了几年，心情郁闷，没想到当和尚也这么累。这时慧灯师父从山里给他打电话，聊到竹峰寺近况。慧航听了，忽然动念，宁做鸡头不做凤尾，与其在大寺里打熬，不如另立山门，自己创业。而且他四处打听了一下，这个县城经济虽不发达，近年外出做生意的人多了，年节回乡，往往乐于捐助，寺庙还是有发展潜力的。加上慧灯在电话里说，你要来，住持给你当，你有本事。于是一拍大腿，他就来了。

来了之后，发现情况没想象的好。寺庙好容易有了起色，维持生计，绰绰有余，要发展壮大，则远远不够。这几年，他受了两个打击。一是想修一条直通山门的路，施主可以由山下直接开车到门口。问了一个在外做施工的老板，老板估了个价，高得离谱，说没办法，这个山实在太陡，施工难度很大。第一桩宏愿就此破灭了。二是他想申报文物保护单位。和县里几个领导都打过招呼，却没了下文。有人来看过，说你这寺庙过去破坏得太厉害，而且民国的老建筑，都残败了，近年重建的，价值不大。正在他将要作罢的时候，一个老头带了一队老头，上山来了。是县里的书法协会和诗词协会来采风，都是些退休老干部。上到半山，就都气喘吁吁，歇了一气，在半山腰分了韵，老头们各赋律诗一首，然后怀揣笔墨，奔袭到寺中，茶还没喝，就借了书桌，开始排队挥毫。为首的老头是县书协主席，他挥完了毫，对慧航说，解放前，这个寺庙的蛱蝶碑很有名，他小时候还见过，非常难忘。不知那块碑现在找到了没有？慧航不知道这事，问慧灯。慧灯说，没找到，找不到了。主席说，竹峰就这么点地方，能藏到哪里去？总归就在这山上哪里埋着吧？慧灯不说话了。主席临走前，对慧灯、慧航说，要是能把碑找到，一则是个文物，二则陈列起来，给大家观摩一下前辈书法，也是一桩功德啊。说完露出遗憾的神情，就下山了。本培收拾桌子，拿起那主席的题字看了看，问慧航，就这字也能当书协主席？慧航说，他儿子是市里某某部门的领导。这些事都是本培告诉我的。

本培悄悄跟我说，慧航这人，人是不错，好相处，就是有一样，官瘾大。他这几年的理想，不是什么内修外弘、重振道场，而是当上县政协委员。永兴寺的住持法峰和尚，就当了县政协委员。他对法峰似睡非睡地坐在会议桌旁的胖大形象非常向往。可是永兴寺香火很旺，每年还能给贫困生捐不少钱，因此法峰名声很好，俨然宗教界领袖。竹峰寺没法比。慧航想，要是能找到那块碑，一来，弄个玻璃柜陈列起来，游客来寺里，除了进香，也有个赏玩的地方；二来请人打个拓本，或拍个照片，给书法协会的主席老头送去，没准老头一高兴，能给他说上话。提名县政协委员，没准有戏。

于是慧航就问慧灯。慧灯逃下山时，也三十岁了，藏石碑的人里，想必也有他一个。起初，慧灯不说话，只是摇头，且难得地露出非常厌烦的神色。后来被磨久了，他才开口，对慧航说，碑，是师父领着我们几个师兄弟一起藏的。当时说好，就把碑藏在那，下山以后，谁问也不能说。慧航说，那现在寺庙不是重建了嘛，还藏着干吗？慧灯说，就放那里挺好的，别动它了。拿出来，保不准哪天又有人来砸。慧航嚷嚷起来，说现在什么时代了，谁还会砸你的碑？慧灯就不说话了。

慧航不死心，前年从春天到秋天，每天一清早就满山转悠，找碑。先在山沟里找出一块石板来，又在山腰找到一个瓮，接连失望两回，这才有点心灰意懒。前年年底，他最后找了一次，无果而归，进门见到慧灯在那里雕一个竹筒，自得其乐的样子，忍不住和他吵了一架，逼问他碑在哪里。话说得僵了，两人一下都沉默起来。慧灯忽然剧烈地摇了一阵头，抿着嘴，大滴大滴的泪水滚落下来。老和尚哭了。哭得无声无息。神色很庄重，又像很委屈。慧航一下子就后悔了，也明白了慧灯的意思。老和尚对当年的承诺看得很重，是打算守一辈子的。另一层意思，他有点惊弓之鸟，总担心从前的事会再来一遍。碑还是藏着好，谁也砸不了。慧航觉得自己之前的做法，对师兄，是一种出卖，似乎有点羞愧。第二天起，他再没提过碑的事情。

去年一年，慧航的雄心壮志好像忽然瓦解了。可能是年纪到了，可能是山居生活改变了他的脾性。他有一天吃饭时竟然说，其实路修不上来，挺好的，人太多了，吵，也应对不过来。另一表现是他开始听评书，《三侠五义》《白眉大侠》《七杰小五义》《楚汉争雄》。他说他自小就爱听，扬州的茶楼、澡堂里，都有说书的，泡在热汤里，听着书，在池边嗑个瓜子，赛神仙。多年不听了，如今把这爱好捡起来。当然有客人来时，不好当面听这个，没人时听。后来还听上《鬼吹灯》《盗墓笔记》了。他还会唱几嗓子，常哼的竟然是崔健和罗大佑。他说是大学时学的，那会儿兴这个，《一块红布》《盒子》《之乎者也》。黄昏时我在山上散步，听见远远的一个故作沙哑（模仿罗大佑）、荒腔走板的声音在昏暗中逼近，就知道，是慧航来了。

黄昏时我总爱在寺门外的石阶上坐着，看天一点一点黑下来。想到“苍然暮色，自远而至，至无所见而犹不欲归。心凝形释，与万化冥合”，这些字句像多年前埋下的伏笔，从初中课本上，或唐代的永州，一直等到此时此地，突然涌现。山下的村庄，在天黑前后，异常安静。直到天黑透，路灯亮了，才又听见小孩的嘶喊声。本培说，这村里有个说法，说是人不能在外面看着天慢慢变黑，否则小孩不会念书，大人没心思干活。我记起小时候似乎也听奶奶说过类似的话。山区里，古时山路阻隔，往往两村之间，口音风俗都有所差异，但毕竟同在一县，相似处还是较多。为什么会有这种说法呢？天黑透了却不忌讳，小孩一样玩耍，大人出来乘凉。忌讳的是由黄昏转入黑夜的那一小会儿。也许那时辰阴阳未定，野外有什么鬼魅出没？我想象在黄昏和黑夜的边界，有一条极窄的缝隙，另一个世界的阴风从那里刮过来。坐了几个黄昏，我似乎有点明白了。有一种消沉的力量，一种广大的消沉，在黄昏时来。在那个时刻，事物的意义在飘散。在一点一点黑下来的天空中，什么都显得无关紧要。你先是有点慌，然后释然，然后你就不存在了。那种感受，没有亲身体验，实在难于形容。如果你在山野中，在暮色四合时凝望过一棵树，足够长久地凝望一棵树，直到你和它一并消融在黑暗中，成为夜的一部分——这种体验，经过多次，你就会无可挽回地成为一个古怪的人。对什么都心不在焉，游离于现实之外。本地有个说法，叫"心野掉了"。心野掉了就念不进书，就没心思干活，就只适合日复一日地坐在野地里发呆，在黄昏和夜晚的缝隙中一次又一次地消融。你就很难再回到真实的人世间，捡起上进心，努力去做一个世俗的成功者了。因为你已经知道了，在山野中，在天一点一点黑下来的时刻，一切都无关紧要。知道了就没法再不知道。

余光霭霭中，我想东想西，又想到那块碑的去向。慧航不找了，我却对它起了很浓的兴趣。山涧里，怎么会找到一块没有字的石板呢？这事相当离奇。在我的想象中，那些字潜进了石头的内部，其实石板即是碑，那些字能在所有石头间流转，也许现在就藏在我脚下的石阶里，在柱础中，在山石内，在竹峰的深处，灵光一般，游走不定，幽幽闪动。这样想着，我坐了很久，直到钟声响过，本培打着电筒来喊我回去。

夜里山中静极。说天黑了，其实是山林漆黑，天空却拥有一种奇妙的暗蓝，透着碧光，久望使人目醉神迷。黑色的山脊有蒙茸的边缘，像宣纸的毛边，那是参差的林梢。寺中很早就歇下了。灯一关，人就自然地犯困，满山虫声有古老的音节。躺着算了算日子，已来了半月有余，没几天就该回去了。我在黑暗中摸到床头的钥匙，摸着"永安"两个字，想，是时候把它藏起来了。

藏在哪里好呢？清早起来，我在寺里寺外转悠，一面想。一个幽僻之处。一个无人知道的地方。一个恒久不会变更的所在。似乎满山随处都是。不对。随处挖个洞埋起来，不会带给我那种安适感，那种暗搓搓的欢喜，隐秘的平和。我散着步，脑中想着藏钥匙，不免又想到和尚们藏碑。如果我是慧灯他们，我会把碑藏在哪里呢？不，我不会埋起来的。在我们看来，知道那场浩劫只有十年，忍忍就过去了。在他们，也许觉得会是永远，眼下种种疯狂将成为常态。碑埋在土里，百年后那些文字难免漫漶得厉害。是我，我不会直接埋起来。不埋，还能藏在哪里呢？当成石板，铺在廊下？不成，廊下铺的尽是错落的方块小石板，没有这么长条大块的。我踱步到碑亭下，打量那碑座上的凹槽，琢磨了好一会儿，忽然想起一件事，差点叫出声来。这时他们已做完早课，本培来喊我吃早饭。早饭是粥、馒头、炒笋干、腌雪里蕻、腌菜心。我边吃边发呆。一个念头像一缕烟，在我心里袅袅升起，盘来绕去。饭后，我和本培一同去菜园侍弄茄子，我神思不属，差点没把那些茄子浇死。这些天来，我恨不得山中岁月能无限延长，这一天却盼着天黑。下午连去了几趟菜园，要么是本培，要么是慧灯在那里，轮流值班一样。我只好等着天黑，心下焦躁。

天黑透时，我在房里已躺了半天。出来看看，寺中一片静，各处都熄了灯。走过慧航房门外，里头传出单田芳苍凉的嗓音。本培房间窗户亮着绿荧荧的光，像一团鬼火。我知道那是他在玩实况足球，屏幕把他身后的窗玻璃都映绿了。慧灯的房间安安静静，老和尚想已睡下。院中虫声唧唧，此外别无声息。我回房拿了支小电筒，换了条短裤，穿拖鞋，悄悄进了厨房，推开后门。忽然有几道黑影从菜园里腾起，扑扑地远去了。我吃了一惊，随即知道是长尾山鹊，这种鸟红嘴蓝身，有着过分华丽颀长的尾羽，胆子极大，常来菜园偷食。

鸟去后，菜园里一味地黑，水流声在黑暗中听来格外空灵。我定了定神，没过小桥，却在岸边坐下，把电筒叼在口中，手扶岸沿，用脚去探溪水。水凉极了。我慢慢滑下去，在溪中站稳，水刚淹到大腿。溪中半是长草，高与人齐，我用手拨开，一步步往桥洞挪去。手脸被草叶刮得生疼。钻进桥洞时，和躲进瓮中有相似的感觉。桥洞因为背阴，没生多少草，人可以舒服地站着。

拿手电往上一照，原来这小桥是由两块长石板拼成，长不到两米，一块稍宽些，一块窄，都蒙了层青苔。两块石板的缝隙间，有土，所以青苔尤为肥厚。石板搭在两边石砌的桥墩上。我把手电凑近了石板，仔细看，窄的那块，青苔只是青苔；再看宽的那块——青苔下有字。我听见自己咚咚的心跳声。用手摸了摸笔画的凹痕，这才确信自己猜得没错。字迹在苔痕后时隐时现：

“……山川溪谷土地，所生卉木丛林，及诸药草……密云弥布，遍覆三千大千世界……雨于一切卉木丛林，及诸药草，如其种性，具足蒙润，各得生长……犹如大云，充润一切，枯槁众生，皆令离苦，得安隐乐……”

其实事情的经过很简单。白天我在脑中过了几遍，有了点信心，这才等到夜里无人，下桥洞来验证。和尚们逃下山前，把贵重法器藏在佛肚中、莲座里，蛱蝶碑太大，只能另藏他处。我要不是因为自己要藏钥匙，设身处地地推想一番，也绝对想不到碑在哪里。看碑座上凹槽的宽度，可以估计出碑的尺寸，把竹峰寺前前后后想一遍，也只有这小桥较为吻合了。和尚们把原先的小桥抬起来，用石碑替换了其中一块石板，再原样放好，架在桥墩上。他们大概还在上面原样铺了层浅土，踩实了，弄得和菜园、厨房后门的土色一样，桥与岸浑然相连，不仔细看，都留神不到下面是石桥。被替换出的石板，如果就近扔在桥边，小将们见了，容易生疑，所以和尚们抬了它，远远地扔进南边的山涧里。就是这么简单一回事。慧航那么聪明，却总以为碑在竹峰上某处埋着，一来是灯下黑，二来他不理解我们藏东西时的心理。藏碑于桥，有字的一面向下，悬空着，不受土壤和雨水侵蚀；溪床里又满是茂草，将桥洞遮掩，隐蔽得很好。我们日日从桥上过，谁也不会想到蛱蝶碑就在脚下。

我举头端详那些字迹。对于书法，我爱看，爱写，懂得不深。只觉得那一笔一画，看得人心中舒展。笔画间弥漫着一种古老的秩序感，令人心安。经文大半为青苔覆盖，然而仅看露出的部分，就已十分满足。写佛经，自然通篇是小楷。结体茂密，内敛而外舒，透出稳凝，而不沉滞；运笔坚定，但毫不跋扈。写经者极有分寸，他在雄严与婉丽之间找到了一个绝佳的位置，既兼容这二者，又凌驾于其上。更可贵是其安分：能看出写经者并非徒骋才锋，一意沉浸于书道，那经文本身想必亦使他动容，因为笔下无处不透出一种温情。字与经，并非以器盛水的关系，而是云水相融，不可剥离。我用目光追随着一笔一画，在石板上游走，忽然间得到一种无端的信心，觉得这些字迹是长存永驻之物，即便石碑被毁成粉屑，它们也会凭空而在，从从容容，不凌乱，不涣散。它们自己好像也很有信心。看了很久，我站定了，闭上眼，过了一会，在黑暗中看见那些笔画，它们像一道道金色的细流，自行流淌成字，成句，成篇，在死一样的黑里焕着清寂的光。我睁开眼来，心中安定。

老屋的钥匙早放在口袋里；这时我摸出来，在手心用力握了握，给它递一点温热。然后环顾桥下，见到石碑和桥墩的缝隙间，封着一道很厚的青苔，幽绿。我将青苔小心地揭开一点，然后趁钥匙上的一点热度还没消泯，把它放进去，推了推，塞实了；又把青苔小心地盖上。于是我的钥匙，钥匙里储存的老屋，老屋的周边巷陌乃至整个故乡，就都存放在这里，挨着那块隐秘的碑。青苔日夜滋长，将它藏得严严实实，谁也发现不了。唯有我知道它的所在，今后无论身在何方，都能用想象和它接通。也许多年后我会一时兴起，重来此地，将它取出；也许永远不会。只要我不去动它，它就会千秋万载地藏在这碑边，直到天地崩塌，谁也找不到它。这是确定无疑的事情。确定无疑的事情有这么一两桩，也就足以抵御世间的种种无常了。我这么想着，最后凝视了一眼那道青苔，那块碑，就钻出桥洞，爬上岸去。

第二天早上，浇菜的时候，本培说，溪里的草怎么东倒西歪的，是不是山上的麂昨晚跑到这来喝水？我低头锄草，不接话。过了一会儿，本培又问我，你手臂上的道道在哪刮的？昨天还没有。我只好扯了个谎，说昨晚肚子饿，想到菜园摘根黄瓜，太黑了没留神，滑到溪里去了。本培笑了我几句。慧灯在一旁插竹竿侍弄豆子，这时抬起头，深深地看了我一眼，没说话。

到了该回去的日子。午饭吃过，三人送我到寺门口，一一道别。慧灯送了我一本《金刚经》，说有空时看看。慧航给了我一条手串。本培和我一道下山，待会儿用电驴载我去车站。路过山腰那口瓮时，我又进去坐了会儿，盖上盖子，重温一下那黑暗和声音。本培也不催，就站在路边等我。午风中林叶轻摇，群山如在梦寐中，杜鹃懒懒地叫。我们一前一后，走在将来的回忆中。我恍恍惚惚，又想起我的钥匙来。我想到日光此时正映照溪面，将一些波光水影投在那碑上，光的涟漪在字迹上回荡，在青苔上回荡，青苔在一点一点滋长，里边藏着我的钥匙，钥匙里藏着老屋和故乡，那里一切安然不动。就这么想着，我一路走下山去，不知何时会回来。

原载《夜晚的潜水艇》